Ergreife Mich

Die komplette Trilogie

Anna Zaires

Aus dem Amerikanischen von

Grit Schellenberg

♠ Mozaika Publications ♠

Capture Me
Ergreife Mich

Ergreife Mich: Buch 1

TEIL I: DER AUFTRAG

ERSTES KAPITEL

❖ YULIA ❖

Die beiden Männer vor mir verkörpern Gefahr. Sie strahlen sie förmlich aus. Einer von ihnen ist blond, der andere dunkelhaarig – eigentlich sollte sie das zu kompletten Gegenteilen machen, aber auf gewisse Weise ähneln sie sich. Sie haben die gleiche Ausstrahlung.

Eine Ausstrahlung, von der mir innerlich kalt wird.

»Ich möchte gerne eine delikate Angelegenheit mit Ihnen besprechen«, sagt Arkady Buschekov, der russische Politiker neben mir. Sein verblasster, farbloser Blick ist auf das Gesicht des dunkelhaarigen Mannes gerichtet. Buschekov spricht Russisch und ich wiederhole seine Worte umgehend auf Englisch. Meine Übersetzung ist flüssig und mein Akzent ist nicht herauszuhören. Ich bin eine gute Übersetzerin, auch wenn das nicht meine eigentliche Arbeit ist.

»Fahren Sie fort«, meint der dunkelhaarige Mann. Er heißt Julian Esguerra und ist ein Waffenhändler im großen Stil. Das weiß ich aus der Akte, die ich diesen Morgen durchgegangen bin. Er ist die wichtige Person, an die ich heute herankommen soll. Das sollte mir nicht allzu schwer fallen. Er ist ein umwerfend gut aussehender Mann mit blauen, stechenden Augen und einem dunkel gebräunten Gesicht. Hätte er nicht diese Ausstrahlung, die mich erschaudern lässt, würde ich mich wirklich von ihm angezogen fühlen. So wie die Dinge stehen, werde ich es ihm vorspielen müssen, aber das wird er nicht spüren.

Das tun sie nie.

»Ich bin mir sicher, dass Sie sich der Schwierigkeiten in unserem Gebiet bewusst sind«, sagt Buschekov. »Wir möchten, dass Sie uns dabei helfen, diese Angelegenheit zu lösen.«

Ich übersetze seine Worte und versuche, so gut wie möglich meine wachsende Aufregung zu verbergen. Obenko hatte recht. Zwischen Esguerra und den Russen braut sich etwas zusammen. Obenko hatte es sofort vermutet als er erfuhr, dass der Waffenhändler Moskau einen Besuch abstattet.

»Inwiefern helfen?«, fragt Esguerra. Er sieht nicht besonders interessiert aus.

Als ich seine Worte für Buschekov übersetze, werfe ich einen kurzen Blick auf den anderen Mann am Tisch – den mit den blonden Haaren, die so kurz sind, wie es normalerweise beim Militär üblich ist.

Lucas Kent, Esguerras rechte Hand.

Ich habe versucht, ihn nicht anzusehen. Er jagt mir noch mehr Angst ein als sein Chef. Zum Glück ist er nicht meine Zielperson, also muss ich nicht so tun, als sei ich an ihm interessiert. Aus irgendeinem Grund werden meine Augen von seinen harten Gesichtszügen angezogen. Durch seinen großen, stark muskulösen Körper, sein eckiges Kinn und seinem finsteren Blick erinnert mich Kent an einen Bogatyr – einen dieser tapferen Krieger aus den russischen Volksmärchen.

Er erwischt mich dabei wie ich ihn anschaue, und seine blassen Augen blitzen auf, als sie an meinem Gesicht hängenbleiben. Ich blicke schnell weg und unterdrücke einen Schauer. Diese Augen lassen mich an die Eiskristalle draußen denken – blau-grau und eiskalt.

Gott sei Dank ist er nicht derjenige, den ich verführen muss. Es wird viel, viel einfacher sein, seinem Chef etwas vorzuspielen.

»Es gibt da bestimmte Teile der Ukraine, die unsere Hilfe benötigen«, sagt Buschekov. »Aber wegen der derzeitigen Meinung weltweit wäre es problematisch, wenn wir einmarschieren und helfen würden.«

Ich übersetze schnell was er sagt und konzentriere mich wieder auf die Informationen, die ich eigentlich sammeln soll. Das ist wichtig; das ist der Hauptgrund dafür, weshalb ich heute hier bin. Esguerra zu verführen ist zweitrangig, auch wenn wahrscheinlich unvermeidbar.

»Also soll ich das stattdessen tun?«, fragt Esguerra und Buschekov nickt, als ich übersetze.

»Ja, so etwas in der Art«, erwidert Buschekov. »Wir hätten gerne, dass eine große Schiffsladung voller Waffen und anderer Waren die Freiheitskämpfer in Donetsk erreicht. Sie würde dann nicht zu uns zurückverfolgbar sein. Als Gegenleistung würden Sie die normale Entschädigung bekommen und eine sichere Reise nach Tadschikistan.«

Als ich ihm diese Worte übermittele, lächelt Esguerra kalt. »Ist das alles?«

»Es wäre uns außerdem wichtig, wenn Sie zur Zeit Geschäfte mit der Ukraine vermeiden würden«, sagt Buschekov. »Zwei Stühle und ein Arsch und so.«

Ich versuche den letzten Teil so gut wie möglich zu übersetzen, aber auf Englisch hört es sich nicht so ausdrucksvoll an. Außerdem präge ich mir jedes einzelne Wort ein, damit ich später alles was gesagt wurde Obenko wiedergeben kann. Das ist genau das, was mein Chef hören wollte. Oder besser gesagt was er befürchtete zu hören.

»Ich befürchte, dafür werde ich eine zusätzliche Entschädigung verlangen müssen«, sagt Esguerra. »Wie Sie wissen, bleiben wir normalerweise neutral bei derartigen Konflikten.«

»Ja, davon haben wir gehört.« Buschekov spießt ein Stück Selyodka – gesalzenen Fisch – auf seine Gabel, schiebt ihn in seinen Mund und kaut langsam, während er dabei den Waffenhändler anschaut. »Vielleicht könnten sie in diesem Fall ihre Position noch einmal überdenken. Die Sowjetunion mag zwar nicht mehr bestehen, aber unser Einfluss in der ganzen Gegend ist immer noch beträchtlich.«

»Ja, dessen bin ich mir bewusst. Weshalb denken Sie bin ich sonst gerade hier?« Esguerra Lächeln ähnelt dem eines Hais. »Aber Neutralität aufzugeben ist eine teure Angelegenheit. Ich bin mir sicher, dass Sie das verstehen.«

Buschekovs Blick wird kälter. »Das tue ich. Ich bin autorisiert, Ihnen zwanzig Prozent mehr als den normalen Preis für Ihre Kooperation in dieser Angelegenheit zu zahlen.«

»Zwanzig Prozent? Während gleichzeitig meine potentiellen Profite halbiert werden?« Esguerra lacht leise. »Das glaube ich nicht.«

Nachdem ich die Antwort übersetzt habe gießt sich Buschekov einen weiteren Wodka ein und lässt ihn im Glas kreisen. »Zwanzig Prozent mehr plus der gefangene Al-Quadar Terrorist«, erwidert er nach einigen Augenblicken. »Das ist mein letztes Angebot.«

Ich übersetze seine Worte und schaue erneut kurz zu dem blonden Mann, da ich eigenartigerweise neugierig auf seine Reaktion bin. Lucas Kent hat die ganze Zeit über kein einziges Wort gesagt, aber ich kann spüren, dass er alles beobachtet, alles aufnimmt.

Ich kann spüren, dass er mich beobachtet.

Vermutet er etwas oder fühlt er sich von mir angezogen? Ich finde beide Möglichkeiten gleichermaßen beunruhigend. Männer wie er sind gefährlich und ich habe das Gefühl, dass genau er noch gefährlicher als die meisten anderen ist.

»Einverstanden«, sagt Esguerra und ich verstehe, dass das Gespräch beendet ist. Das, was Obenko befürchtet hat, wird geschehen. Die Russen werden den sogenannten Freiheitskämpfern Waffen zukommen lassen und das Chaos in der Ukraine wird epische Ausmaße annehmen.

Aber gut. Das ist Obenkos Problem, nicht meins. Alles was ich tun muss, ist lächeln, hübsch aussehen und übersetzen – und das tue ich auch, bis das Essen vorüber ist.

* * *

Als das Treffen beendet wird bleibt Buschekov im Restaurant um mit dem Besitzer zu reden und ich verlasse das Gebäude mit Esguerra und Kent.

Sobald wir vor die Tür treten, überkommt mich die beißende Kälte. Der Mantel den ich trage ist sehr schick, aber er hat dem russischen Winter nichts entgegenzusetzen. Die Kälte dringt durch die dünne Wolle sofort bis in meine Knochen ein. Innerhalb von Sekunden verwandeln sich meine Füße in Eisklumpen da die dünnen Sohlen meiner Absatzschuhe nur wenig Schutz vor dem gefrorenen Boden bieten.

»Würde es Ihnen etwas ausmachen, mich zur nächsten U-Bahn Haltestelle zu bringen?«, frage ich, als sich Esguerra und Kent ihrem

Auto nähern. Ich weiß, dass man mein Zittern sieht und ich hoffe darauf, dass selbst rücksichtslose Kriminelle eine hübsche Frau nicht grundlos frieren lassen würden. »Sie befindet sich etwa zehn Straßen von hier entfernt.«

Esguerra betrachtet mich einen Moment lang bevor er Lucas ein Zeichen gibt. »Durchsuche sie«, befiehlt er knapp.

Mein Herz beginnt zu rasen, als der blonde Mann auf mich zukommt. Sein hartes Gesicht zeigt keinerlei Gefühlsregung und sein Ausdruck ändert sich auch nicht, als seine großen Hände von Kopf bis Fuß über meinen Körper wandern. Es ist ein klassisches Abtasten ohne dass er versucht, mich zu betatschen, aber als er fertig ist, zittere ich aus einem anderen Grund: meine innere Kälte hat sich durch eine plötzliche, unwillkommene Erregung verschlimmert.

Nein, ich zwinge mich dazu, gleichmäßig zu atmen. Das ist keine Reaktion meines Körpers, die ich gebrauchen könnte. Er ist nicht der Mann, auf den ich reagieren sollte.

»Sie ist sauber«, meint Kent während er von mir zurücktritt und ich immer noch damit beschäftigt bin, meine Atmung zu verlangsamen.

»Also, in Ordnung« Esguerra öffnet mir die Tür des Autos. »Steig ein.«

Ich steige ein, nehme neben ihm auf der Rückbank Platz und bin dankbar, dass Kent sich nach vorne neben den Fahrer gesetzt hat. Endlich befinde ich mich in einer guten Angriffsposition.

»Dankeschön«, sage ich und schenke Esguerra mein wärmstes Lächeln. »Ich weiß das wirklich zu schätzen. Das ist einer der schlimmsten Winter der letzten Jahre.«

Zu meiner Enttäuschung spiegelt sich nicht einmal der Hauch eines Interesses auf dem hübschen Gesicht des Drogendealers wider. »Kein Problem«, sagt er und zieht sein Telefon hervor. Ein Lächeln erscheint auf seinen sinnlichen Lippen während er eine Nachricht liest und dann beginnt er eine Antwort zu tippen.

Ich betrachte ihn und frage mich, was ihn in so eine gute Laune versetzt haben könnte. Ein gutes Geschäft? Ein Angebot von einem Lieferanten, das besser ausgefallen ist als erwartet? Um was auch immer es sich handelt, es lenkt ihn von mir ab, und das ist nicht gut.

»Bleiben Sie länger?«, frage ich mit sanfter und verführerischer Stimme. Als er zu mir schaut, lächele ich erneut und schlage meine Beine übereinander – deren Länge durch meine seidigen schwarzen Strumpfhosen betont wird. »Ich könnte Ihnen die Stadt zeigen, wenn Sie möchten.« Als ich das sage, schaue ich ihm in die Augen und mein Blick ist so einladend wie möglich. Männer erkennen keinen Unterschied zwischen diesem Verhalten und echtem Verlangen; so lange die Frau aussieht als würde sie sie wollen, glauben sie auch daran.

Und um ehrlich zu sein, würden die meisten Frauen diesen Mann begehren. Er ist mehr als hübsch – wirklich umwerfend. Frauen würden trotz dieser dunklen, grausamen Note, die ich in ihm spüre, töten, um in sein ins Bett steigen zu können. Die Tatsache, dass er diese Wirkung auf mich nicht hat, ist mein Problem – eines an dem ich arbeiten muss, wenn ich meine Mission zu Ende bringen möchte.

Ich weiß nicht, ob Esguerra es bemerkt oder ich einfach nicht sein Typ bin, aber anstatt mein Angebot anzunehmen, lächelt er mich nur kühl an. »Danke für die Einladung, aber wir verlassen die Stadt früh und ich befürchte ich bin zu kaputt, um mich heute auf das Nachtleben einlassen zu können.«

Scheiße. Ich verstecke meine Enttäuschung und erwidere sein Lächeln. »Natürlich. Falls Sie ihre Meinung ändern, wissen Sie ja, wo sie mich finden können.« Ich kann nichts weiter sagen, ohne verdächtig zu wirken.

Das Auto hält vor der U-Bahn-Station und während ich aussteige, überlege ich, wie ich mein Versagen auf diesem Gebiet erklären werde.

Er wollte mich nicht? Ja, das wäre bestimmt eine gute Entschuldigung.

Ich seufze, wickele meinen Mantel fester um meine Brust und beeile mich in die U-Bahn-Station zu gelangen, da ich wenigstens schnell der Kälte entkommen möchte.

ZWEITES KAPITEL

❖ YULIA ❖

Das erste, was ich tue als ich nach Hause komme, ist, meinen Chef anzurufen und ihm alles zu berichten, was ich erfahren habe.

»Es ist also genau so, wie ich es vermutet hatte«, sagt Vasiliy Obenko als ich meinen Bericht beendet habe. »Sie werden Esguerra dafür benutzen, diese Scheißrebellen in Donetsk zu bewaffnen.«

»Ja.« Ich schlüpfe aus meinen Schuhen und mache mir einen Tee. »Und Buschekov hat Exklusivität verlangt, also ist Esguerra jetzt ganz und gar mit den Russen verbündet.«

Obenko lässt eine Reihe von Flüchen ertönen, von denen die meisten eine Kombination aus Ficker, Wichser und Scheiße sind. Ich blende ihn aus als ich Wasser in einen Wasserkocher fülle bevor ich ihn anschalte.

»In Ordnung«, meint Obenko als er sich wieder ein wenig beruhigt hat. »Du wirst ihn heute Abend sehen, richtig?«

Ich atme tief ein. Jetzt kommt der unschöne Teil. »Nicht wirklich.«

»Nicht wirklich?« Obenkos Stimme wird gefährlich leise. »Was zum Henker soll das bedeuten?«

»Ich habe mich ihm angeboten, aber er war nicht interessiert.« In solchen Situationen ist es immer das Beste, die Wahrheit zu sagen. »Er meinte, sie würden bald abreisen und er sei zu kaputt.«

Obenko beginnt erneut zu fluchen. Ich nutze die Zeit um einen Teebeutel auszupacken, ihn in die Tasse zu hängen und kochendes Wasser darüberzugießen.

»Bist du sicher, dass du ihn nicht wiedersehen wirst?«, fragt er als er seine Schimpfkanonade beendet hat.

»Ziemlich sicher, ja.« Ich puste in meinen Tee um ihn abzukühlen. »Er war einfach nicht interessiert.«

Obenko schweigt einige Augenblicke lang. »In Ordnung«, sagt er letztendlich. »Das hast du versaut, aber darüber werden wir ein anderes Mal reden. Jetzt müssen wir erst einmal herausbekommen, was wir mit Esguerra und den Waffen machen, die unser Land überfluten werden.«

»Ihn eliminieren?«, schlage ich vor. Mein Tee ist immer noch ein wenig zu heiß, aber ich nehme trotzdem einen Schluck und genieße die Wärme, die meinen Hals hinunterläuft. Es ist eine einfache Freude, aber die besten Dinge im Leben sind immer die einfachen. Der Geruch von blühendem Flieder im Frühling, die Weichheit des Fells einer Katze, die saftige Süße einer reifen Erdbeere – ich habe es in den letzten Jahren gelernt, diese Dinge zu genießen, jedes letzte bisschen Freude aus dem Leben herauszupressen.

»Leichter gesagt als getan.« Obenko hört sich frustriert an. »Er ist besser geschützt als Putin.«

»Stimmt.« Ich nehme einen weiteren Schluck von meinem Tee und diesmal genieße ich seinen Geschmack. »Ich bin mir sicher, dass Sie einen Weg finden werden.«

»Wann, hat er gesagt wird er abreisen?«

»Das hat er nicht genau gesagt. Er meinte einfach nur „früh“«

»Alles klar.« Plötzlich wirkt Obenko ungeduldig. »Falls er Kontakt zu dir aufnimmt, gib mir umgehend Bescheid.«

Und bevor ich ihm antworten kann, hängt er auf.

* * *

Da ich den Abend frei habe, beschließe ich, mir ein Bad zu gönnen. Meine Badewanne, wie der Rest dieses Apartments, ist klein und schmuddelig, aber ich habe schon Schlimmeres gesehen. Ich lenke mich von der Hässlichkeit des Badezimmers ab, indem ich einige Duftkerzen auf den Wannenrand stelle und Schaumbad in das Wasser gebe bevor ich einsteige. Ich seufze genüsslich auf, als die Wärme des Wassers meinen Körper einhüllt.

Wenn ich es mir aussuchen könnte, wäre mir immer warm. Wer auch immer gesagt hat, die Hölle sei heiß, hatte unrecht. Die Hölle ist kalt.

Kalt wie der russische Winter.

Ich bin gerade in die entspannende Wirkung meines Bades versunken, als es an der Tür klingelt. Sofort beginnt mein Herz zu rasen und ein Adrenalinschub rauscht durch meine Adern.

Ich erwarte niemanden – was bedeutet, dass es sich nur um Ärger handeln kann.

Ich springe aus der Wanne, wickele ein Handtuch um mich und renne aus dem Badezimmer in das Hauptzimmer meines Studios. Die Kleidung, die ich ausgezogen habe, liegt noch auf meinem Bett, aber ich habe keine Zeit sie anzuziehen. Stattdessen werfe ich mir einen Bademantel über und nehme eine Waffe aus der Schublade meines Nachttisches.

Danach atme ich tief durch und nähere mich mit ausgerichteter Waffe der Tür.

»Ja?«, rufe ich und bleibe einige Meter vor der Eingangstür stehen. Meine Tür ist verstärkt, aber das Schlüsselloch nicht. Jemand könnte es durchschießen.

»Ich bin es, Lucas Kent.« Diese tiefe Stimme, die Englisch spricht, erschreckt mich so sehr, dass die Hand mit der Waffe zuckt. Mein Puls beschleunigt sich noch ein wenig mehr.

Warum ist er hier? Weiß Esguerra irgendetwas? Hat mich jemand verraten? Diese Fragen schießen mir durch den Kopf, lassen mein Herz rasen, aber dann fällt mir der plausibelste Grund für seinen Besuch ein.

»Was wollen Sie?«, frage ich und bemühe mich, eine ruhige Stimme zu haben. Es gibt nur eine Erklärung für Kents Anwesenheit die nicht mit meinem Tod enden würde: Esguerra hat seine Meinung geändert. In diesem Fall muss ich mich wie die unschuldige Zivilistin verhalten, die ich vorgebe zu sein.

»Ich würde gerne mit Ihnen reden«, sagt Kent und ich höre in seiner Stimme einen Hauch von Belustigung. »Werden Sie die Tür öffnen oder werden wir uns weiterhin durch 7,5 cm dicken Stahl unterhalten?«

Scheiße. Das hört sich nicht so an, als hätte Esguerra ihn zu mir geschickt.

Ich wäge schnell meine Möglichkeiten ab. Ich kann in dem abgeschlossenen Apartment bleiben und er wird keinen Weg hinein finden – aber mich fassen können wenn ich hinausgehe, was ich irgendwann tun muss – oder ich kann das Risiko eingehen, dass er nicht weiß wer ich bin und es entspannt angehen lassen.

»Was möchten Sie?«, frage ich um Zeit zu schinden. Es ist eine vernünftige Frage. Jede Frau in meiner Situation wäre vorsichtig, nicht nur eine, die etwas zu verbergen hat.

»Dich«

Dieses eine Wort, ausgesprochen mit seiner tiefen Stimme, trifft mich wie ein Faustschlag. Meine Lungen hören auf zu arbeiten. Ich habe also nicht falsch gelegen, als ich mich gefragt hatte, ob er mich angreifen könnte – ob der Grund dafür, dass er mich andauernd angeschaut hat, so etwas Einfaches sein könnte, wie menschliche Biologie.

Ja, natürlich. Er will mich.

Ich zwinge mich dazu, wieder zu atmen. Das sollte eine Erleichterung sein. Das ist kein Grund zur Panik. Männer haben mich begehrt seit ich fünfzehn war und ich habe gelernt, damit umzugehen. Ihre Lust zu meinem Vorteil zu nutzen. Das hier ist nicht anders.

Außer, dass Kent härter und gefährlicher ist als die meisten.

Nein, ich bringe diese kleine Stimme zum Verstummen, atme tief durch und lasse meine Waffe sinken. Während ich das tue, erblicke ich mich selbst im Spiegel des Flurs. Meine blauen Augen in meinem blassen Gesicht sind weit aufgerissen, mein Haar ist nur grob nach oben gesteckt und nasse Strähnen fallen meinen Rücken hinunter. Mit dem Bademantel aus Frottee, den ich unordentlich umgebunden habe und der Waffe in meiner Hand, sehe ich überhaupt nicht wie die schicke junge Frau aus, die versucht hat, Kents Chef zu verführen.

Ich treffe eine Entscheidung und rufe ihm zu: »Gib mir eine Minute.« Ich könnte versuchen Lucas Kent den Zutritt zu meinem Apartment zu verweigern – das wäre nicht besonders verdächtig für eine Frau die alleine ist – aber es wäre cleverer diese Gelegenheit zu nutzen um mehr Informationen zu bekommen.

Zumindest kann ich versuchen herauszufinden, wann Esguerra abreisen wird und es Obenko mitteilen, um mein Versagen teilweise wieder gut zu machen.

Schnell verstecke ich die Waffe in der Schublade unter dem Flurspiegel und nehme die Spange aus meinem Haar, so dass die dicken blonden Strähnen über meinen Rücken fallen. Ich habe mich zwar schon abgeschminkt, aber das ist nicht schlimm, da ich reine Haut habe und von Natur aus braune Wimpern. Wenn überhaupt, sehe ich jetzt jünger und unschuldiger aus.

Eher wie „das Mädchen von nebenan", wie es die Amerikaner umschreiben.

Als ich mir sicher bin, dass ich mich so zeigen kann, gehe ich zur Tür und schließe sie auf, während ich gleichzeitig versuche, das starke, schnelle Klopfen meines Herzens zu ignorieren.

DRITTES KAPITEL

❖ YULIA ❖

Er betritt mein Apartment sobald sich die Tür öffnet. Er zögert nicht, er grüßt nicht – er tritt einfach ein.

Überrascht weiche ich zurück und der kurze, enge Flur fühlt sich plötzlich bedrückend klein an. Ich hatte ganz vergessen wie groß er ist, wie breit seine Schultern sind. Für eine Frau bin ich groß – groß genug um so zu tun als sei ich ein Model, falls es für einen Auftrag nötig ist – aber er überragt mich um einen Kopf. Mit der schweren Daunenjacke die er trägt, nimmt er fast den ganzen Flur ein.

Immer noch schweigend schließt er die Tür hinter sich und kommt auf mich zu. Instinktiv trete ich noch weiter zurück, da ich mich wie eine in die Ecke getriebene Beute fühle.

»Hallo Yulia«, murmelt er und hält an, als wir aus dem Flur treten. Sein blasser Blick ruht auf meinem Gesicht. »Ich habe nicht erwartet, dich so zu sehen.«

Ich schlucke und mein Puls rast. »Ich habe gerade gebadet.« Ich möchte ruhig und selbstsicher wirken, aber er hat mich völlig aus dem Konzept gebracht. »Ich habe keine Besucher erwartet.«

»Das kann ich sehen.« Ein leichtes Lächeln erscheint auf seinen Lippen und die harte Linie seines Mundes wird weicher. »Und trotzdem hast du mich hineingelassen. Warum?«

»Weil ich mich nicht weiter durch die Tür hindurch unterhalten wollte.« Ich atme beruhigend ein. »Kann ich dir einen Tee anbieten?« Es ist dumm das zu fragen wenn man bedenkt weshalb er hier ist, aber ich benötige noch einen Augenblick um mich zu fangen.

Er zieht seine Augenbrauen in die Höhe. »Tee? Nein, Danke.«

»Kann ich dir deine Jacke abnehmen?« Offensichtlich kann ich nicht damit aufhören die Gastgeberin zu spielen, da ich mit der Höflichkeit meine Angst überspiele. »Sie sieht ziemlich warm aus.«

Ein Hauch von Belustigung flackert in seinem eisigen Gesichtsausdruck auf. »Gerne.« Er zieht seine Daunenjacke aus und reicht sie mir. Er trägt einen schwarzen Pullover und eine dunkle Hose, die er in schwarze Winterstiefel gesteckt hat. Die Jeans sitzt eng an seinen muskulösen Oberschenkeln und kräftigen Waden, und an seinem Gürtel sehe ich eine Waffe in einem Holster.

Ungewollt atme ich bei seinem Anblick schneller und muss mich anstrengen, damit meine Hände nicht zittern während ich ihm die Jacke abnehme und sie in meinen winzigen Kleiderschrank hänge. Es ist keine Überraschung, dass er eine Waffe trägt – ich wäre entsetzt wenn das nicht der Fall wäre – aber die Waffe erinnert mich deutlich daran, wer Lucas Kent ist.

Was er ist.

Das ist keine große Sache, sage ich mir um meine angespannten Nerven zu beruhigen. Ich bin an gefährliche Männer gewöhnt. Ich wuchs unter ihnen auf. Dieser Mann ist nicht anders. Ich werde mit ihm schlafen, so viele Informationen herausholen wie ich kann und dann wird er aus meinem Leben verschwunden sein.

Genauso wird es sein. Je schneller ich es hinter mich bringe, desto eher wird das ganze vorbei sein.

Ich schließe die Schranktür, setze mein geübtes Lächeln auf und drehe mich herum um ihn anzuschauen, da ich endlich bereit bin, in die Rolle der selbstsicheren Verführerin zu schlüpfen.

Aber er befindet sich bereits neben mir, da er offensichtlich lautlos den Raum durchquert hat.

Mein Puls rast erneut und ich verliere meine neuerrungene Fassung. Er steht so dicht neben mir, dass ich die grauen Schlieren in seinen blassblauen Augen erkennen kann, so nahe bei mir, dass er mich berühren könnte.

Und eine Sekunde später tut er es auch.

Er hebt seinen Arm, um mit seinem Handrücken über mein Kinn zu streichen.

Ich blicke ihn an und werde von der augenblicklichen Reaktion meines Körpers überrascht. Meine Haut erwärmt sich, meine Nippel werden hart und meine Atmung beschleunigt sich. Es ergibt keinen Sinn, dass mich dieser harte, rücksichtslose Fremde so sehr erregt. Sein Chef sieht besser aus, und trotzdem reagiert mein Körper auf Kent. Er hat nur mein Gesicht berührt. Das sollte mir nichts bedeuten, aber trotzdem geht es mir nahe.

Es geht mir nahe und verwirrt mich.

Ich schlucke erneut. »Herr Kent – Lucas – bist du sicher, dass ich dir nichts zu trinken anbieten kann? Vielleicht einen Kaffee oder –« Meine Worte enden damit, dass ich nach Luft schnappe als er nach dem Gürtel meines Bademantels greift und so selbstverständlich daran zieht, als würde er ein Paket auspacken.

»Nein.« Er sieht dabei zu, wie der Bademantel zu Boden gleitet und meinen nackten Körper freigibt. »Keinen Kaffee.«

Und dann berührt er mich wirklich, bedeckt meine Brust mit seiner großen, harten Handfläche. Seine Finger sind schwielig und rau. Und kalt, da er gerade von draußen kommt. Sein Daumen streicht über meinen harten Nippel und ich spüre tief in mir ein Ziehen, ein wachsendes Bedürfnis, das sich genauso fremd anfühlt wie seine Berührung.

Ich kämpfe gegen meinen Drang an, zurückzuweichen, und befeuchte meine trockenen Lippen. »Du bist sehr direkt.«

»Ich habe keine Zeit für Spielchen.« Seine Augen blitzen auf, als sein Daumen erneut über meinen Nippel streicht. »Wir wissen beide, warum ich hier bin.«

»Um Sex mit mir zu haben.«

»Ja.« Er gibt sich keine Mühe die Dinge zu beschönigen, mir etwas anderes als die brutale Wahrheit zu sagen. Er bedeckt meine Brust immer noch so mit seiner Hand, als hätte er das Recht dazu, mein nacktes Fleisch zu berühren. »Um Sex mit dir zu haben.«

»Und wenn ich nein sage?« Ich weiß nicht einmal, warum ich ihn das frage. So war das Ganze nicht geplant. Ich sollte ihn verführen und nicht versuchen, ihn vom Sex abzubringen. Trotzdem wehrt sich etwas in mir gegen seine selbstverständliche Annahme, dass er mich einfach so nehmen kann. Andere Männer sind auch davon ausgegangen und es hat mich nicht ansatzweise so sehr gestört. Ich weiß nicht, was dieses Mal anders ist, aber ich möchte, dass er zurücktritt und aufhört mich zu berühren. Ich möchte es so sehr, dass sich meine Hände an meinen Seiten zu Fäusten ballen und sich meine Muskeln anspannen, da ich den Drang verspüre, gegen ihn anzukämpfen.

»Sagst du nein?« Er fragt ruhig während seine Daumen über meine Brustwarze kreist. Als ich nach einer Antwort suche, fährt er mit seiner anderen Hand in mein Haar und umfasst besitzergreifend meinen Hinterkopf.

Ich blicke ihn an und atme stockend. »Und wenn ich es tun würde?« Zu meinem Missfallen klingt meine Stimme dünn und verängstigt. Es ist, als sei ich wieder eine Jungfrau, die von ihrem Trainer in der Umkleidekabine in die Ecke getrieben wird. »Würdest du gehen?«

Einer seiner Mundwinkel verzieht sich zu einem halben Lächeln. »Was denkst du?« Seine Finger verstärken ihren Griff in meinem Haar und ziehen genau so fest, dass ich einen Hauch von Schmerzen verspüre. Seine andere Hand, die auf meiner Brust liegt, ist immer noch zärtlich, aber das bedeutet nichts.

Ich weiß meine Antwort bereits.

Als seine Hand meine Brust verlässt und meinen Bauch hinunterfährt, wehre ich mich nicht. Stattdessen öffne ich meine Beine und lasse ihn meine glatte, frischgewachste Muschi berühren. Als sein harter, direkter Finger in mich stößt, versuche ich nicht, mich wegzubewegen. Ich stehe einfach nur da und versuche meine abgehackte Atmung zu kontrollieren, versuche mich davon zu überzeugen, dass sich dieser Auftrag nicht von den anderen unterscheidet.

Aber er tut es.

Ich möchte nicht, dass es so ist, aber genau das ist der Fall.

»Du bist feucht«, murmelt er und betrachtet mich, während er seinen Finger tiefer hineinschiebt. »Sehr feucht. Wirst du immer so feucht bei Männern, die du nicht begehrst?«

»Warum denkst du, dass ich dich nicht begehre?« Zu meiner Erleichterung ist meine Stimme diesmal fester. Meine nächste Frage hört sich sanft an, fast amüsiert, während ich seinen Blick erwidere. »Ich habe dich hineingelassen, oder etwa nicht?«

»Du hast dich ihm angeboten.« Kents Kiefer spannt sich an und seine Hand auf meinem Hinterkopf bewegt sich, greift nach einem Büschel meiner Haare. »Vor einigen Stunden hast du ihn gewollt.«

»Das habe ich.« Diese Darstellung typisch männlicher Eifersucht macht mich sicherer, da ich mich durch sie auf vertrauterem Terrain befinde. Meine Stimme wird noch sanfter, noch verführerischer. »Und jetzt möchte ich dich. Stört dich das?«

Kents Augen verengen sich. »Nein.« Er zwängt einen zweiten Finger in mich und drückt gleichzeitig seinen Daumen auf meine Klitoris. »Überhaupt nicht.«

Ich will etwas Intelligentes sagen, eine knackige Antwort geben, aber ich kann nicht. Die Lust überkommt mich durchdringend und überraschend. Meine inneren Muskeln ziehen sich zusammen, umschlingen seine rauen, eindringenden Finger und ich kann nichts Anderes tun, als wegen der Gefühle die mich überkommen laut aufzustöhnen. Ungewollt hebe ich meine Hände an und greife nach seinem Unterarm. Ich weiß nicht, ob ich versuche ihn wegzudrücken oder möchte, dass er weitermacht, aber das ist auch unwichtig. Der Arm unter der weichen Wolle seines Pullovers ist voller stahlharter Muskeln. Ich kann seine Bewegungen nicht kontrollieren – alles was ich tun kann, ist, mich an ihm festzuhalten während er mit diesen harten, gnadenlosen Fingern immer tiefer in mich eindringt.

»Das gefällt dir, nicht wahr?«, murmelt er, schaut mir in die Augen und ich ziehe scharf Luft ein als er beginnt, mit seinem Daumen über meine Klitoris zu streichen, von links nach rechts, von oben nach unten. Er krümmt seine Finger in mir und ich unterdrücke ein Stöhnen, als er einen Punkt berührt der eine noch schärfere Lustwelle durch meine Nervenbahnen jagt. Eine Spannung beginnt sich in mir aufzubauen, die

Lust wird stärker und intensiver, und mit Entsetzen wird mir klar, dass ich kurz vor einem Orgasmus stehe.

Mein Körper, der normalerweise sehr langsam reagiert, pocht mit schmerzhafter Begierde nach der Berührung eines Mannes, der mir Angst macht – eine Entwicklung, die mich erstaunt und mich verunsichert.

Ich weiß nicht, ob er das von meinem Gesicht ablesen kann oder ob er die Anspannung in meinem Körper spürt, aber seine Pupillen weiten sich und seine blassen Augen werden dunkel. »Ja, genau so.« Seine Stimme ist ein leises, tiefes Grollen. »Komm für mich, meine Schöne« – sein Daumen drückt fest auf meine Klitoris – »jetzt.«

Und ich komme. Mit einem unterdrückten Stöhnen ziehe ich mich um seine Finger zusammen und die harten Kanten seiner kurzen, stumpfen Fingernägel bohren sich in mein kontaktierendes Fleisch. Mein Blick verschwimmt, meine Haut prickelt heiß als ich auf einer Welle aus Gefühlen reite, bevor ich zusammensacke und nur von seiner Hand in meinen Haaren und seinen Fingern in meinem Körper gehalten werde.

»Na bitte«, sagt er belegt und als ich meine Umwelt wieder wahrnehmen kann, sehe ich, dass er mich eindringlich betrachtet. »Das war doch nett, oder nicht?«

Ich kann nicht einmal nicken, aber er scheint meine Bestätigung auch nicht zu benötigen. Und warum auch? Ich kann die Feuchtigkeit in mir fühlen, die Nässe, die diese rauen männlichen Finger bedeckt – Finger, die sich langsam aus mir zurückziehen, während er die ganze Zeit mein Gesicht anschaut. Ich will meine Augen schließen oder mich wenigstens von seinem stechenden Blick abwenden, aber ich kann nicht.

Nicht, ohne dass er bemerken würde, wie viel Angst er mir macht.

Anstatt meinem eigentlichen Bedürfnis nachzugeben, betrachte ich ihn ebenfalls und sehe Zeichen von Erregung auf seinen starken Gesichtszügen. Sein Kiefer ist angespannt, während er mich anblickt und ein kleiner Muskel neben seinem rechten Ohr pulsiert. Selbst durch den sonnengebräunten Teint seiner Haut kann ich die rötlichere Farbe auf seinen flügelartigen Wangenknochen erkennen.

Er will mich unbedingt – und dieses Wissen gibt mir den Mut zu handeln.

Ich fasse nach unten und bedecke die harte Ausbeulung im Schritt seiner Jeans mit meiner Hand. »Es war nett«, flüstere ich und sehe zu ihm hoch. »Und jetzt bist du dran.«

Seine Pupillen werden noch größer und seine Brust weitet sich durch ein tiefes Einatmen. »Ja.« Seine Stimme ist voller Begehren, als er seine Hand in meinem Haar dazu benutzt, mich näher an ihn heranzuziehen. »Ja, ich denke das bin ich.« Und bevor ich darüber nachdenken kann, ob es clever war ihn so unverhohlen zu provozieren, beugt er seinen Kopf hinunter und nimmt meinen Mund mit seinem in Besitz.

Ich schnappe nach Luft, meine Lippen öffnen sich überrascht und er nutzt diese Tatsache sofort aus, um den Kuss zu vertiefen. Sein Mund, der so hart aussieht, fühlt sich erstaunlich weich an, seine Lippen sind warm und glatt als seine Zunge hungrig meinen Mund erforscht. In diesem Kuss verbinden sich Können mit Selbstsicherheit; es ist der Kuss eines Mannes der weiß, wie er einer Frau Lust verschaffen kann, wie er sie mit nichts weiter als der Berührung seiner Lippen verführen kann.

Die Hitze, die in mir glüht, verstärkt sich und die Anspannung in mir nimmt zu. Er hält mich so nahe bei sich, dass meine nackten Brüste gegen seinen Pullover drücken und die Wolle gegen meine aufgestellten Nippel reibt. Ich kann seine Erektion durch das raue Material seiner Jeans spüren. Sie drückt sich in meinen Unterbauch und lässt mich erkennen, wie sehr er mich will, wie schwach seine vorgespielte Kontrolle in Wirklichkeit ist. Ich bekomme kaum mit, dass der Bademantel von meiner Schulter geglitten ist und ich jetzt komplett nackt bin, aber ich vergesse die Tatsache sofort wieder, als in seiner Kehle ein knurrendes Geräusch ertönt und er mich gegen die Wand stößt.

Der Schreck über die kalte Oberfläche an meinem Rücken lässt mich einen Moment lang zu klarem Verstand kommen, aber er öffnet bereits den Reißverschluss seiner Jeans, seine Knie zwängen sich zwischen meine Beine, spreizen sie und er hebt seinen Kopf um mich anzublicken. Ich höre das Geräusch einer Folie die geöffnet wird und dann nimmt er meine Pobacken in seine Hände und hebt mich hoch. Mit rasendem Herzen halte ich mich instinktiv an seinen Schultern fest, als er mir rau befielt: »Schlinge deine Beine um mich« – und mich auf seinen steifen Schwanz hinabsinken lässt, ohne auch nur einen Moment lang seinen Blick von mir abzuwenden.

Sein Stoß ist hart und tief, da er komplett in mich eindringt. Mein Atem stockt wegen der Gewalt dieses Eindringens, seiner kompromisslosen Brutalität. Meine inneren Muskeln ziehen sich um ihn zusammen und versuchen erfolglos, ihn nicht hineinzulassen. Sein Schwanz ist so groß wie sein restlicher Körper, so lang und dick dass er mich bis zu einem Punkt ausdehnt, der schmerzhaft ist. Wäre ich nicht so feucht, hätte er mich zerrissen. Aber ich bin nass und nach einigen Augenblicken gibt mein Körper nach und gewöhnt sich an seine Dicke. Unbewusst hebe ich meine Beine an und umschlinge seine Hüfte, genauso wie er es befohlen hat. Diese neue Stellung lässt ihn noch tiefer in mich hineingleiten und ich schreie wegen der überwältigenden Sensation auf.

Jetzt beginnt er sich zu bewegen und seine Augen funkeln, als er mich betrachtet. Jeder Stoß ist genauso hart wie derjenige, der uns vereinigt hat, aber mein Körper versucht nicht länger, sich dagegen zu wehren. Stattdessen gibt er mehr Feuchtigkeit ab, um seinen Weg zu erleichtern. Jedes Mal wenn er in mich stößt, drückt seine Lende gegen mein Geschlecht, presst sich auf meine Klitoris, und die Anspannung tief in mir ist wieder da, wächst mit jeder Sekunde die vergeht. Fassungslos wird mir klar, dass ich mich meinem zweiten Orgasmus nähere … und dann ist er auch schon da. Die Anspannung erreicht ihren Höhepunkt und ich explodiere so stark, dass ich nicht mehr denken kann, sondern nur noch meine geladenen Nervenbahnen spüre.

Ich fühle mein eigenes Pulsieren, spüre, wie sich meine Muskeln immer wieder abwechselnd um seinen Schwanz zusammenziehen und ihn freigeben. Ich bemerke, dass sein Blick abschweift und er gleichzeitig aufhört zuzustoßen. Ein raues, tiefes Stöhnen entweicht seiner Kehle als er sich in mir reibt und ich weiß, dass er ebenfalls gekommen ist, ihn mein Orgasmus mitgerissen hat.

Meine Brust hebt und senkt sich schwer während ich zu ihm hochblicke um dabei zuzusehen, wie sich seine blassblauen Augen wieder auf mich richten. Er ist immer noch in mir und plötzlich kann ich diese Intimität nicht mehr ertragen. Er ist niemand für mich, ein Fremder, und trotzdem hat er mich gefickt.

Er hat mich gefickt und ich habe es zugelassen, weil es mein Job ist.

Ich schlucke, drücke gegen seine Brust und meine Beine geben seine Hüfte frei. »Bitte, lass mich runter.« Ich weiß, ich sollte ihn umschmeicheln und sein Ego polieren. Ich sollte ihm sagen wie unglaublich es war, und dass er mir mehr Lust bereitet hat als jemals ein anderer Mann zuvor. Das wäre nicht einmal gelogen – ich bin noch nie zweimal hintereinander gekommen. Aber ich kann das nicht tun. Ich fühle mich zu verwundet, zu überfallen.

Bei diesem Mann verliere ich die Kontrolle und dieses Wissen macht mir Angst.

Ich weiß nicht, ob er das spüren kann oder ob er einfach nur mit mir spielen will, aber ein ironisches Lächeln erscheint auf seinen Lippen.

»Es ist zu spät um es zu bereuen, meine Schöne«, murmelt er und bevor ich etwas erwidern kann, setzt er mich ab und nimmt seine Hände von meinem Po. Sein erschlaffendes Geschlecht gleitet aus meinen Körper als er zurücktritt und ich sehe ihm ungleichmäßig atmend dabei zu, wie er beiläufig das Kondom abnimmt und es auf den Boden fallen lässt.

Aus irgendeinem Grund erröte ich deshalb. Etwas an diesem Kondom, das hier liegt, ist falsch und schmutzig. Vielleicht ist der Grund dafür, dass ich mich wie dieses Kondom fühle: benutzt und weggeworfen. Ich sehe meinen Bademantel auf dem Boden und bewege mich um ihn aufzuheben, aber Lucas Hand auf meinem Arm hält mich davon ab.

»Was tust du?«, fragt er und blickt mich dabei an. Es scheint ihn überhaupt nicht zu stören, dass seine Jeans immer noch einen geöffneten Reißverschluss haben und sein Schwanz heraushängt. »Wir sind noch nicht fertig.«

Mein Herz setzt einen Schlag aus. »Sind wir nicht?«

»Nein«, sagt er und tritt näher an mich heran. Entsetzt bemerke ich, dass er sich schon wieder aufrichtet, da er meinen Bauch berührt. »Wir sind noch lange nicht fertig.«

Und damit führt er mich an meinem Arm zum Bett.

VIERTES KAPITEL

❖ YULIA ❖

Meine Gedanken sind ein einziges Durcheinander als ich mich auf die Bettkante setze und Lucas dabei zusehe, wie er sich auszieht.

Zuerst zieht er seinen Pullover aus, unter dem ein enges T-Shirt zum Vorschein kommt das über seiner muskulösen Brust spannt. Als nächstes folgen seine Schuhe, danach schiebt er seine Hose und seine schwarzen Boxershorts nach unten. Seine Beine sind so kräftig wie sie mit Bekleidung gewirkt hatten, muskulös und braungebrannt wie sein Gesicht. Sein Schwanz ist schon wieder hart und ragt aus einem Büschel braun-blondem Haar heraus während er sich sein T-Shirt auszieht, das klar definierte Bauchmuskeln und eine gemeißelte Brust freilegt.

Lucas Kent hat den Körper eines Sportlers, wunderschön durch seine kompromisslose Stärke.

Als ich ihn betrachte bemerke ich meinen starken Drang ihn zu berühren. Nicht um ihm zu gefallen oder weil das von mir erwartet wird, sondern weil ich es möchte. Ich möchte wissen, wie sich seine Muskeln unter meinen Fingerspitzen anfühlen, ob seine gebräunte Haut weich oder rau ist. Ich möchte seinen Nacken mit meiner Zunge entlangfahren, dann weiter zu seiner Vertiefung über seinem Schlüsselbein und herausfinden, wie diese warm aussehende Haut schmeckt.

Es ergibt keinen Sinn, aber ich will ihn. Ich will ihn, auch wenn ich von dem rauen Sex ganz wund bin, auch wenn das hier ein Auftrag und nichts Weiter sein sollte.

Er tritt aus seiner Jeans und seinen Shorts und schiebt sie mit dem Fuß zur Seite, bevor er zu mir kommt. Ich bewege mich nicht als er sich nähert. Ich atme kaum. Als er sich neben mir befindet, bleibt er stehen und kniet sich hin. »Lege dich hin«, murmelt er, ergreift meine Knöchel und bevor ich die Möglichkeit habe zu verstehen was er tut, zieht er mich zu sich bis mein Po halb von der Matratze hängt.

»Was tust –«, beginne ich zu fragen aber er ignoriert mich und benutzt eine seiner starken Hände um mich auf die Matratze zu drücken. Ich falle mit hämmerndem Herzen auf meinen Rücken und dann spüre ich ihn.

Seinen warmen Atem auf meinem Geschlecht als er meine Schenkel auseinanderbiegt.

Ich atme schneller und Hitze wallt durch meinen Körper als er mit weichen und zärtlichen Lippen einen Kuss auf meine geschlossenen Falten haucht. Er übt kaum Druck auf meine Klitoris aus, aber ich bin so empfindlich von meinen beiden Orgasmen, dass sogar diese leichte Berührung meine Nerven fast überreizt. Ich schnappe nach Luft, biege mich ihm entgegen und er lacht leise auf – ein tiefes, maskulines Geräusch das mein Fleisch durchdringt und den wachsenden sehnsüchtigen Schmerz in mir verstärkt.

»Lucas, warte.« Meine Stimme ist atemlos, panikerfüllt wegen des Begehrens das er in mir auslöst. Die Decke verschwimmt vor meinen Augen. »Warte, nicht –«

Er ignoriert mich weiterhin, und als er beginnt mich mit seiner Zunge zu ficken, vergesse ich, was ich sagen wollte. Ich vergesse alles. Meine Augen schließen sich und die Welt um mich herum verschwindet. Das Einzige was bleibt ist Dunkelheit und das Gefühl seiner Zunge die in meine feuchte Muschi hinein- und hinausgleitet. Das Feuer in mir brennt heiß, mein Fleisch ist so geschwollen und empfindlich, dass seine Zunge sich genauso groß anfühlt wie sein Schwanz. Nur dass sie weicher und dehnbarer ist – und er sie weiter nach oben bewegt um meine Klitoris zu umkreisen, was sich anfühlt als würde ein Faden immer weiter aufgespult werden.

»Lucas, bitte …« Diese Worte hören sich an wie ein flehendes Stöhnen. Ich weiß nicht, um was genau ich bitte, aber er scheint es zu wissen … denn er umschließt meine pulsierende Klitoris mit seinen Lippen und saugt an ihr. Sanft, zärtlich, nur mit seinen Lippen, während seine Zunge ihre Unterseite streichelt. Und das ist genug. Mehr als genug. Meine Zehen krümmen sich, ich biege mich ihm entgegen und die Anspannung verwandelt sich in einen pulsierenden Punkt – bis ich mit einem unterdrückten Aufschrei komme und der Orgasmus mich mit einer betäubenden Stärke durchfährt. Jede Zelle meines Körpers ist mit der pulsierenden Lust der Entladung erfüllt und mein Herz zerspringt fast in meiner Brust.

Bevor ich mich erholen kann, dreht er mich auf meinen Bauch und beugt mich über die Bettkante. Ich höre, wie ein weiteres Päckchen aus Folie geöffnet wird und eine Sekunde später dringt er in mich ein, sein dicker Schwanz spießt mich auf, dehnt mich weiter aus. Ich schnappe nach Luft und meine Fäuste krallen sich in das Laken als er mich hart in einem schnellen Rhythmus nimmt, so hart in mich stößt, dass es schmerzen sollte – aber mein Körper nimmt das nicht mehr wahr. Das Einzige was ich spüre ist Verlangen. Ich werde davon überflutet, bin berauscht von den Gefühlen die er aus meinem Fleisch wringt. Während er in mich stößt wird mein Geschlecht gegen die Matratze gepresst, ein rhythmischer Druck gegen meine Klitoris ausgeübt, und seinen Namen schreiend explodiere ich erneut. Aber er hört nicht auf.

Er fickt mich einfach weiter und seine Finger graben sich in meine Hüften während er immer wieder in mich eindringt.

* * *

Als ich aufwache, sind unsere Körper miteinander verschlungen, durch den klebrigen Schweiß miteinander verbunden. Ich erinnere mich nicht daran in seiner Umarmung eingeschlafen zu sein, aber es muss trotzdem passiert sein, da ich mich jetzt in ihr befinde, und von seinem kräftigen Körper umhüllt werde.

Es ist dunkel und er schläft. Ich kann seine gleichmäßige Atmung hören, und das Heben und Senken seiner Brust spüren, da mein Kopf auf seiner Schulter liegt. Mein Mund ist trocken und meine Blase ist voll, also versuche ich mich vorsichtig unter seinem schweren Arm herauszuwinden – der sich sofort fester um mich legt.

»Wohin willst du gehen?« Lucas' Stimme ist heiser, ganz rau vom Schlaf.

»Zum Badezimmer«, erkläre ich ihm vorsichtig. »Ich habe eine volle Blase.«

Er hebt seinen Arm an und sein Bein gibt meine Waden frei. »In Ordnung. Geh.«

Ich rücke von ihm ab und zucke wegen des wunden Gefühls tief in mir zusammen. Ich weiß nicht, wie lange er mich jenes zweite Mal gefickt hat, aber es könnte problemlos eine Stunde oder länger gewesen sein. Ich habe den Überblick darüber verloren wie oft ich gekommen bin, die Orgasmen verschmolzen zu einer unendlichen Welle von Höhepunkten und Tälern.

Meine Beine zittern als ich aufstehe, meine Oberschenkelinnenseiten schmerzen davon, dass sie so weit auseinander gespreizt wurden. Nachdem er mich von hinten genommen hatte, drehte er mich herum, ergriff meine Knöchel und hielt meine Beine geöffnet, während er in mich eindrang, so tief zustieß dass ich ihn angebettelt habe aufzuhören – was er natürlich nicht tat. Er hat seine Hüften bewegt und den Winkel seiner Stöße geändert um diesen empfindlichen Punkt in mir zu treffen, und ich habe den ganzen Schmerz vergessen, mich in der überwältigenden Lust seiner Inbesitznahme verloren.

Ich atme tief ein und zwinge mich dazu, in die Gegenwart zurückzukommen, da meine Blase mich an ein weiteres dringendes Bedürfnis erinnert. Unsicher gehe ich zum Badezimmer und aufs Klo. Danach wasche ich meine Hände, putze meine Zähne und spritze mir kaltes Wasser in mein Gesicht um mein Gleichgewicht wiederzuerlangen.

Alles ist gut, sage ich mir, als ich auf mein blasses Gesicht im Spiegel schaue. Alles läuft nach Plan. Großartiger Sex ist ein Bonus. Also was ist das Problem daran, dass ich auf einen rücksichtslosen Fremden auf diese Art und Weise reagiere? Das hat nichts zu bedeuten. Es ist einfach Sex, ein bedeutungsloser körperlicher Akt.

Aber mit ihm ist er nicht bedeutungslos.

Nein. Ich schließe meine Augen und zwinge diese Stimme zu verschwinden bevor ich mehr Wasser in mein Gesicht spritze und meine

Zweifel wegwasche. Ich habe einen Job zu erledigen und es ist nicht falsch, diese Nacht als ein Extra dieses Jobs zu betrachten.

Es ist nicht falsch, dass ich es zulasse Lust zu spüren – solange ich ihm keine Bedeutung zumesse.

Als ich mich ein wenig mehr wie ich selbst fühle, gehe ich zum Bett zurück, in dem Lucas auf mich wartet. Sobald ich mich hingelegt habe, zieht er mich wieder an sich heran, umgibt meinen Rücken mit seinem Körper und legt eine Decke über uns. Ich seufze wohlig als die Wärme mich umhüllt. Dieser Mann ist wie ein Ofen, er strahlt so viel Hitze aus, dass mir sofort warm ist und ich die ständige Kälte in meinem Apartment vergesse.

»Wann reist du ab?«, frage ich leise als er es mir noch bequemer macht, indem er meinen Kopf auf seinen ausgestreckten Arm legt und seinen anderen Arm über meine Hüfte schlingt. Das ist es, was ich von ihm wissen muss, was ich Obenko für mein Versagen schuldig bin - aber trotzdem zieht sich etwas in meiner Brust zusammen während ich auf Lucas' Antwort warte.

Dieser Gefühlsausbruch kann kein Bedauern darüber sein, dass er bald abreist.

Das würde keinen Sinn ergeben.

Lucas knabbert an meinem Ohr. »Am Morgen«, flüstert er und seine Zähne fahren mein Ohrläppchen entlang. Sein Atem lässt einen warmen Schauer durch mich fahren. »In einigen Stunden muss ich von hier verschwunden sein.«

»Oh.« Ich ignoriere diesen irrationalen Anflug von Traurigkeit und führe in meinem Kopf eine kurze Berechnung durch. Der Uhr auf meinem Nachttisch nach zu urteilen, ist es kurz nach ein Uhr morgens. Wenn er mein Apartment so gegen sechs verlassen muss, muss ihr Flugzeug um acht oder neun starten.

Obenko hat nicht viel Zeit, das zu planen, was er mit Esguerra vorhat.

»Kannst du nicht länger bleiben?« Ich drehe meinen Kopf, um mit meinen Lippen an Lucas' ausgestrecktem Arm entlangzufahren. Das ist die Art von Frage, die eine Frau stellen könnte, die Gefühle für einen Mann hat, und deshalb habe ich keine Angst, ihn dadurch misstrauisch zu machen.

Er lacht leise. »Nein, meine Schöne, das kann ich nicht. Und du solltet froh darüber sein« – sein Arm der auf mir liegt bewegt sich und seine Hand gleitet hinunter um mein Geschlecht zu bedecken– »wenn du so wund bist wie du gesagt hast.«

Ich schlucke als ich mich daran erinnere, dass ich gegen Ende des Marathon-Sexes um Gnade gebettelt habe, da ich von dem vielen Ficken innerlich ganz wund war. Unglaublicherweise werde ich durch die Erinnerung daran erneut erregt – und dadurch, dass mich eine große, starke Hand zwischen meinen Beinen berührt.

»Ich bin wund«, flüstere ich und hoffe gleichzeitig, dass er aufhört und dass er es nicht tut.

Zu meiner Erleichterung und Enttäuschung bewegt er seine Hand zurück zu meinen Hüften, obwohl ich spüre dass sich sein Schwanz an meinem Hintern verhärtet. Dieser Mann ist eine Sexmaschine mit unersättlicher Lust. Laut der Akte die ich über ihn bekommen hatte, ist er vierunddreißig Jahre alt. Die meisten Männer die ihre Teenagerjahre hinter sich gebracht haben wollen nicht dreimal Sex in einer Nacht haben. Einmal, vielleicht zweimal. Aber dreimal? Sein Schwanz sollte sich nicht schon durch eine solche Kleinigkeit verhärten.

Ich frage mich, wie lange es her ist, dass Lucas Kent das letzte Mal mit einer Frau zusammen war.

»Wirst du bald wiederkommen?«, frage ich und lasse meine Überlegungen fallen. Es ist lächerlich, aber bei dem Gedanken daran, dass er mit anderen Frauen Sex hat – ihnen eine solche Lust bereitet wie mir – zieht sich mein Brustkorb unangenehm zusammen.

»Ich weiß es nicht«, sagt er und dreht sich, um seine halbe Erektion angenehmer an meinen Po zu schmiegen. »Eines Tages vielleicht.«

»Ich verstehe.« Ich starre in die Dunkelheit und kämpfe gegen den Teil von mir an, der wie ein Kind heulen möchte, dem sein Lieblingsspielzeug weggenommen wird. Das ist nicht echt, nichts davon ist echt. Selbst wenn ich wirklich eine Übersetzerin wäre, wüsste ich, dass es sich hierbei um nichts weiter als einen One-Night-Stand handelt. Aber ich bin nicht das unbesorgte, leichte Mädchen das ich zu sein vorgebe. Ich habe nicht aus Spaß Sex mit ihm gehabt; ich habe es getan, um Informationen zu bekommen – und jetzt, da ich sie habe, muss ich sie sofort Obenko zukommen lassen.

Als Lucas gleichmäßig atmet und ich weiß, dass er schläft, greife ich vorsichtig nach meinem Telefon. Es liegt auf dem Nachttisch weniger als einen Meter von mir entfernt und ich schaffe es, es in meine Hand zu nehmen ohne Lucas zu wecken, der mich immer noch an sich drückt. Ich ignoriere den wachsenden Schmerz in meiner Brust und schreibe eine Nachricht an Obenko, um ihn wissen zu lassen, dass Kent bei mir ist und um welche Zeit sie planen, abzureisen.

Wenn mein Chef vorhat, einen Anschlag auf Esguerra zu verüben, ist jetzt ein guter Zeitpunkt, da zumindest einer seiner Sicherheitsmänner gerade nicht bei ihm ist.

Sobald die Textnachricht gesendet ist, lösche ich sie von meinem Telefon und lege das Gerät wieder auf meinen Nachttisch. Danach schließe ich meine Augen und zwinge mich dazu, mich an Lucas' hartem Körper zu entspannen.

Mein Auftrag ist, was auch immer geschieht, erledigt.

FÜNFTES KAPITEL

❖ LUCAS ❖

Ich werde von dem ungewohnten Gefühl eines schlanken Körpers in meinem Arm und dem Duft von Pfirsich in meiner Nase geweckt. Ich öffne meine Augen und sehe zerzauste, lange, blonde Haare auf dem Kissen vor mir, sowie eine schlanke, blasse Schulter die unter der Decke hervorschaut.

Einen Augenblick lang überrascht mich dieser Anblick, aber dann erinnere ich mich.

Ich bin bei Yulia Tzakova, der Übersetzerin, die die Russen für das gestrige Treffen angeheuert hatten.

Erinnerungen an letzte Nacht schießen in meinen Kopf und bringen mein Blut zum Kochen.

Verdammt war das heiß. Mehr als heiß. Glühend heiß.

Alles an ihr war perfekt gewesen, der Sex so intensiv dass ich nur beim Gedanken daran hart werde. Ich weiß nicht, was ich erwartet hatte als ich an ihrer Tür aufgetaucht bin, aber bestimmt nicht das, was letzte Nacht passiert ist.

Ich hatte sie das ganze Treffen über beobachtet, die Art und Weise genossen, wie sie so mühelos mit ihrer weichen und akzentfreien Stimme übersetzt hat. Es war keine Überraschung, dass sie meine

Aufmerksamkeit auf sich gezogen hat. Ich habe schon immer auf große, langbeinige Blondinen gestanden und Yulia Tzakova ist so schön wie sie nur sein können, mit hellen blauen Augen und einem feingliedrigen Knochenbau. Sie hat während des Essens kaum etwas zu sich genommen, nur an einigen Appetithäppchen geknabbert, aber sie hat Tee getrunken und ich habe bemerkt wie ich ihre rosafarbenen, glänzenden Lippen angestarrt habe, als sie den Rand der Tasse aus Porzellan berührten … ihren Kehlkopf, wie er sich beim Schlucken bewegt hat. Ich wollte diese Lippen um den Ansatz meines Schwanzes spüren und die Bewegung ihres Kehlkopfs beim Schlucken meines Spermas sehen. Ich wollte ihr ihre elegante Kleidung ausziehen und sie über den Tisch biegen, dieses lange, seidige Haar in meine Faust nehmen während ich in sie stoße und sie ficke bis sie schreit und kommt.

Ich wollte sie – und sie schien nur Augen für Esguerra zu haben.

Selbst jetzt hinterlässt das Wissen, dass sie es auf meinen Chef abgesehen hatte, einen bitteren Nachgeschmack in meinem Mund. Es sollte mir egal sein. Frauen haben sich schon immer von Esguerra angezogen gefühlt und es hat mir nie etwas ausgemacht. Es belustigt mich sogar, wie die Frauen sich ihm an den Hals werfen, obwohl sie vermuten wie er in Wirklichkeit ist. Selbst seine frischgebackene Ehefrau – ein hübsches, zierliches, amerikanisches Mädchen, das er vor zwei Jahren entführt hat – scheint ihm verfallen zu sein. Es war nur logisch, dass Yulia es bei ihm versuchen würde – oder zumindest habe ich mir das gesagt, als ich sie dabei beobachtet habe, wie sie Esguerra das ganze Treffen über gemustert hat.

Falls sie ihn gewollt hätte, wäre das für mich in Ordnung gewesen.

Aber er wollte sie nicht. Diese letzte Tatsache hat mich überrascht, auch wenn ich ihn eigentlich in den letzten zwei Jahren nicht mit anderen Frauen gesehen habe. Er ist einfach immer zu seiner privaten Insel geflogen. Ich habe erst vor einigen Monaten erfahren, dass er dort dieses amerikanische Mädchen festgehalten hat, das er jetzt auch geheiratet hat. Dieses Mädchen – Nora – muss seine Bedürfnisse vollständig befriedigen. Muss sie sogar außergewöhnlich gut befriedigen, wenn Esguerra nicht einmal einen Blick für Yulia übrig hatte.

Ich war auch versucht, die Übersetzerin zu vergessen – bis er mir angeordnet hat sie zu durchsuchen. Sie hat zitternd in ihrem eleganten

Mantel dagestanden und ich hatte die Möglichkeit sie zu spüren, meine Hände über ihren Körper gleiten zu lassen, um sie nach Waffen abzutasten. Sie trug keine, aber ihre Atmung hat sich verändert, als ich sie berührte. Sie hat mich weder angesehen, noch hat sie sich bewegt, aber ich habe gemerkt, dass sie einen Moment lang ihre Luft angehalten hat und gesehen, dass ihre Wangen einen Hauch von Farbe bekamen. Bis dahin war ich davon ausgegangen, dass sie mich überhaupt nicht als Mann wahrgenommen hat, aber in diesem Moment habe ich verstanden, dass sie das durchaus hatte – und dass sie aus irgendeinem Grund gegen diese Anziehung ankämpfte. Als Esguerra ihre Einladung ablehnte, habe ich deshalb die spontane Entscheidung getroffen, sie mir zu nehmen.

Nur für eine Nacht, nur um die Begierde zu stillen.

Es war nicht schwierig ihre Adresse herauszubekommen – dafür genügte ein Anruf bei Buschekov – und dann bin ich vor ihrer Tür aufgetaucht und habe erwartet, die gleiche schicke, selbstsichere junge Frau vorzufinden, die mit meinem Chef geflirtet hat.

Aber ich wurde nicht von dieser Person empfangen.

Ich traf auf ein Mädchen, das so aussah als sei es gerade Anfang zwanzig mit einem wunderschönen völlig ungeschminkten Gesicht und einem schlanken Körper der in einen definitiv nicht eleganten Bademantel gehüllt war. Yulia hat mich eintreten lassen nachdem ich ihr deutlich gesagt hatte, was ich wollte, aber der Ausdruck ihrer großen blauen Augen war der eines gejagten Kaninchens. Eine Minute lang hatte ich meine Zweifel daran, dass sie mich überhaupt bei sich haben wollte; sie wirkte so nervös wie dieses Kaninchen wenn es auf den Fuchs trifft. Ihre Angst war so offensichtlich, dass ich mich fragte, ob es ein Fehler gewesen war zu ihr zu gehen, ob ich entweder ihre Erfahrungen überschätzt hatte, oder ihr Interesse an mir.

Nur eine Berührung, habe ich mir gesagt als sie mir meinen Mantel abgenommen hat. Nur eine Berührung, und sollte sie mich nicht wollen, würde ich gehen. In meinem ganzen Leben habe ich niemals eine Frau gezwungen und ich hatte auch nicht vor, bei diesem Mädchen damit anzufangen – einem Mädchen, das trotz ihrer korrupten Beziehungen zum Kreml so eigenartig unschuldig zu sein schien.

Einem Mädchen, das ich mit jeder Sekunde mehr wollte.

Ich hatte mir gesagt, dass ich nach einer Berührung aufhören würde, aber sobald ich sie berührte, wusste ich, dass das eine Lüge gewesen war. Ihre helle Haut war so weich wie die eines Babys, die Knochen ihres Kiefers so zart, dass sie fast zerbrechlich waren. Meine Hand wirkte im Vergleich zu ihrer blassen Perfektion so braun und grob, meine Handfläche so groß, als ob ich ihr Gesicht mit einem harten Griff meiner Finger zerquetschen könnte.

Sie hat sich bei meiner Berührung versteift und ich konnte deutlich den Puls an ihrem Hals schlagen sehen. Als ich sie abgetastet habe, hat sie so teuer gerochen wie ein schickes Parfum, aber das war nicht länger der Fall. Jetzt stand sie mit erröteten Wangen vor mir und roch nach Pfirsich und Unschuld. Natürlich wusste ich rational, dass es die Seife in ihrem Badewasser gewesen sein muss, aber ich hatte trotzdem einen wässrigen Mund weil ich sie lecken, dieses saubere, nach Frucht riechende Fleisch schmecken wollte.

Sehen wollte, was sie unter dem großen, unerotischen Bademantel versteckte.

Sie hat von etwas zu trinken geredet, vielleicht ging es um Kaffee, aber ich habe ihre Worte kaum gehört da meine ganze Aufmerksamkeit dem Stück blasser Haut galt, das am Ausschnitt ihres Bademantels zu sehen war. »Nein«, antwortete ich automatisch, »keinen Kaffee«, und dann greife ich nach dem Gürtel ihres Bademantels, da meine Hände offensichtlich ihren eigenen Willen haben.

Das Kleidungsstück fiel schon durch eine leichte Berührung auseinander und hat einen Körper enthüllt, der aus meinen feuchten Träumen stammen könnte. Feste, volle Brüste mit harten, rosafarbenen Nippeln, eine Hüfte die so schmal war, dass ich sie mit meinen Händen umfassen könnte, und sehr lange Beine. Und zwischen diesen Beinen nicht einmal der Hauch eines Haares, nur der weiche, freiliegende Hügel ihrer Muschi.

Mein Schwanz wurde so hart, dass es schmerzte.

Sie errötete noch tiefer im Gesicht und auf der Brust und meine restliche Selbstkontrolle löste sich in Rauch auf. Ich berührte ihre Brust, strich mit meinem Daumen über ihren Nippel und beobachtete, wie sich ihre Pupillen weiteten und ihre blauen Augen dunkler wirken ließen.

Sie reagierte auf mich. Vielleicht war sie verängstigt, aber sie reagierte.

Nicht stark, aber ausreichend. Ich hätte zu diesem Zeitpunkt nicht einmal weggehen können, wenn eine Bombe genau neben uns hochgegangen wäre.

»Du bist sehr direkt«, flüsterte sie und ich erwiderte ihr, dass ich keine Zeit für Spielchen hätte. Das war die Wahrheit – und wenn es auch nur deshalb war, weil das Verlangen das ich fühlte intensiver, gewaltiger war als alles, was ich davor erlebt hatte. In diesem Moment hätte ich alles getan um sie zu haben, jede Grenze überschritten … jedes Verbrechen begangen.

»Und wenn ich nein sage?«, fragt sie mit leicht zitternder Stimme und ich schaffe es kaum sie zu fragen, ob sie wirklich nein sagen würde. Ich habe es geschafft meine Stimme ruhig zu halten und sanft ihre Nippel mit meinem Daumen zu umkreisen während ich gleichzeitig meine andere Hand in ihr Haar gleiten ließ, aber sie hat mir nicht konkret geantwortet. Stattdessen hat sie wissen wollen, was ich in jenem Fall tun würde, ob ich gehen würde.

»Was denkst du?«, habe ich sie ausweichend gefragt, um eine Antwort zu finden, aber sie hat nichts gesagt. Sie muss den gewaltigen Hunger gespürt haben, der sich in mir zusammenbraute und beschlossen haben mich nicht weiter zu reizen. Ich konnte die Akzeptanz in ihren Augen sehen, die Art und Weise spüren, auf die sie sich mir entgegenbog, so als würde sie mir ihre Erlaubnis geben.

Und deshalb habe ich sie berührt, die weiche warme Hitze zwischen ihren Beinen gespürt.

Ich bin mit meinem Finger in ihre enge Muschi eingedrungen und habe ihre Nässe gespürt.

Sie wollte mich – außer die Feuchtigkeit war nicht für mich.

Außer sie hat in diesem Moment an Esguerra gedacht.

Dieser Gedanke erfüllte mich mit blanker Wut. »Wirst du immer so feucht bei Männern, die du nicht begehrst?«, habe ich sie gefragt, da ich meine irrationale Eifersucht nicht verbergen konnte, und sie erwiderte, dass sie mich begehrt. Zuerst hatte sie Esguerra gewollt und jetzt mich.

»Stört dich das?«, wollte sie von mir wissen und zum ersten Mal, seit ich in ihr Apartment gekommen bin schien sie die erfahrene, selbstsichere Frau aus dem Restaurant zu sein und nicht das verängstigte Mädchen das mich an der Tür begrüßt hat.

Diese Gegensätzlichkeit faszinierte und erregte mich, auch wenn die Wut weiter durch meine Adern floss. »Nein«, antwortete ich ihr und schob einen weiteren Finger in ihre feuchte Öffnung während ich meine Daumen auf ihre Klitoris legte. »Überhaupt nicht.«

Ihre Augen wurden weich und schweiften ab, und ich konnte spüren, wie ihre Muschi meine Finger zusammendrückte, wie sie durch meine Berührung noch feuchter wurde. Ihre Hände ergriffen meinen Arm, so als wollten sie mich zum Aufhören bewegen, aber ihr Körper sehnte sich nach meinen Berührungen. Ich betrachtete sie eindringlich, nahm jeden noch so kleinen Ausdruck ihres Gesichts wahr, lauschte jedem Luftholen und Stöhnen während ich mit meinen Fingern ihre Muschi innen und außen bearbeitete. Sie hat so gut reagiert, so unglaublich gut dass ich innerhalb kürzester Zeit wusste, was sie mochte, was meine Finger noch feuchter machen würde. Ich konnte spüren, wie ihr Körper sich anspannte, bemerkte, dass sie schneller atmete, und mein Schwanz wurde so hart dass er sich anfühlte, als würde er jeden Moment explodieren.

»Ja, genau so.« Ich drückte fest auf ihre Klitoris. »Komm für mich, meine Schöne, jetzt.«

Und das tat sie auch. Ihr Blick schweifte ab, sie nahm nichts mehr wahr und ihre Muschi zog sich um meine Finger zusammen. Ich habe sie gehalten bis ihre Kontraktionen aufhörten und hatte meine Hand immer noch in ihrem seidigen Haar, als ich zufrieden zu ihr meinte: »Na bitte. Das war nett, oder nicht?«

Zuerst hat sie mir nicht geantwortet und einen Moment lang habe ich mich erneut gefragt, ob ich sie missverstanden und sie gegen ihren Willen dazu gezwungen habe. Aber dann streckte sie ihren Arm aus und nahm zielstrebig meine Eier durch meine Jeans hindurch in ihre Hand. »Das war nett«, flüsterte sie und sah zu mir auf. »Und jetzt bist du dran.«

Das war die Aufforderung die ich gebraucht hatte. Ich fühlte mich wie ein wildes Tier in Freiheit, aber irgendwie habe ich es geschafft, sie auf eine halbwegs zivilisierte Art zu küssen, ihre Lippen zu schmecken anstatt sie zu verschlingen, so wie ich es innerlich tun wollte. Ihr Mund war köstlich, wie warmer Tee und Honig, und eine Minute lang war ich in der Lage, so etwas wie Kontrolle aufrecht zu erhalten, so zu tun, als sei ich kein lustgesteuerter Wilder.

Aber genau das war ich – und als ihr Bademantel zu Boden fiel, hat sich ein Schalter in mir umgelegt und ich habe sie gegen die Wand gedrückt. Allein durch die zwanzigjährige Angewohnheit erinnerte ich mich daran ein Kondom überzustreifen, bevor ich sie in die Höhe hob und sie anwies, ihre Beine um mich zu schlingen während ich in sie stieß, da ich keine Sekunde länger warten konnte.

Sie war so eng, so unglaublich eng und heiß, dass ich fast auf der Stelle gekommen wäre, besonders als sich ihre Muschi um mich zusammenzog und sich ihr Körper durch mein Eindringen anspannte. Ich habe eine kurze Pause gemacht, weil ich Angst hatte ihr wehzutun und habe gewartet bis sich ihre Beine um meine Hüfte legten – und dann habe ich damit begonnen, sie ernsthaft zu ficken, da ich von einem Hunger getrieben wurde, den ich niemals zuvor gespürt hatte. Ich wollte so tief in ihr sein, dass ich niemals wieder hinauskäme, sie so hart nehmen, dass ich meine Spuren auf ihrem Fleisch hinterlassen würde.

Ich habe sie beobachtet, während ich sie fickte und wusste genau, in welchem Moment sie ihren zweiten Höhepunkt erreichte. Ihre Augen weiteten sich, so als sei sie überrascht, und dann habe ich gespürt, wie sich ihre Muschi um mich zusammenzog, sich um meinen Schwanz krampfte. Dieses Gefühl war so intensiv, dass ich meinen eigenen Orgasmus nicht zurückhalten konnte. Er ist über mich hinweggespült, ist aus meinen Eiern geschossen und ich haben meine Lende an ihr gerieben, da ich so weit wie menschenmöglich in ihr sein musste, mit ihr in dieser explosiven, bewusstseinsveränderten Lust verschmelzen musste.

Das war der beste Höhepunkt meines Lebens. Ich habe mich wie unter Drogeneinfluss gefühlt, ausgefüllt mit ihrem Geschmack, der Berührung ihres Körpers und einige Augenblicke lang dachte ich, dass sie das Gleiche fühlt – aber dann hat sie mich weggedrückt. »Bitte, lass mich hinunter«, sagte sie und sah verstört aus – was auf mich die Wirkung eines Eimers Eiswasser hatte, der über meinen Kopf geschüttet wird.

Ich habe ihr zwei Orgasmen beschert und sie hat mich angesehen als hätte ich sie vergewaltigt.

So als hätte ich sie in einer dunklen Gasse überfallen.

Etwas in mir hat sich zusammengezogen und verhärtet. Ich habe meine Lippen zu einem ironischen Lächeln verzogen und gesagt: »Es ist zu spät, um es zu bereuen, meine Schöne.« Ich habe sie auf ihre Füße gestellt und meine Hände dazu gezwungen, sich von ihrem festen und wohlgeformten Po zu trennen. Mein Schwanz glitt aus ihr als ich zurücktrat und das Kondom, das jetzt mit meinem Sperma gefüllt war, saß locker.

Ich zog es ab und ließ es auf den Boden fallen. Ihre Augen folgten dieser Bewegung und ich sah, dass sie erneut im Gesicht errötete. Das, was passiert war, war ihr unangenehm, wurde mir klar und meine Wut verstärkte sich.

Sie hat mich hineingelassen, gesagt, dass sie mich begehrt – ihr Körper hat mir verdammt nochmal gezeigt, dass sie mich begehrte – und jetzt verhielt sie sich so, als sei das Ganze ein riesiger Fehler gewesen.

So, als könne sie nicht schnell genug von mir wegkommen.

Drauf geschissen, beschloss ich, da mein Blut mit einer Mischung aus Zorn und erneuter Lust kochte. Wenn sie dachte, dass ich diesen Scheiß durchgehen lassen würde, lag sie falsch.

Und den Rest der Nacht habe ich dazu genutzt, ihr zu zeigen, wie falsch sie lag. Ich habe ihre Muschi geleckt und sie gefickt bis sie mich angefleht hat aufzuhören, bis ihre Stimme heiser war, weil sie meinen Namen zu oft geschrien hatte und mein Schwanz wund davon war, in ihr enges Fleisch zu stoßen. Ich ließ sie ein halbes Dutzend Mal kommen bevor ich meinen zweiten Orgasmus zuließ und danach musste ich mich zurückhalten, sie ein drittes Mal zu nehmen als sie aufwachte, um zum Klo zu gehen.

Ich musste mich zurückhalten, weil ich aus irgendeinem Grund unglaublicherweise mehr wollte.

Ich wollte immer noch.

Scheiße. Ich habe Yulia gesagt, dass ich eines Tages zurückkommen könnte, aber wenn dieser kranke Hunger anhält, werde ich früher als geplant nach Moskau zurückkommen müssen – vielleicht sobald wir in Tadschikistan fertig sind.

Ja, das werde ich tun, beschließe ich und beginne mich anzuziehen.

Ich werde meinen Job erledigen und dann zu dem russischen Mädchen zurückkehren, sollte ich sie mir immer noch nicht aus dem Kopf geschlagen haben.

SECHSTES KAPITEL

❖ YULIA ❖

Ich gebe vor, zu schlafen, als Lucas sich anzieht und dann schnell mein Apartment verlässt. Als er die Tür hinter sich zuzieht, höre ich, wie das automatische Schloss einrastet. Ich bin dankbar, dass er es eingestellt hat. In Moskau ist es nicht einmal wenige Minuten lang sicher, die Tür geöffnet zu lassen. Kriminelle sind dreist, erfindungsreich und scheinbar überall.

Ich liege eine weitere Minute mit geschlossenen Augen da um sicherzugehen, dass Lucas nicht zurückkommt und springe dann aus dem Bett, ohne dem leicht wunden Gefühl zwischen meinen Beinen Beachtung zu schenken. Trotzdem wandern meine Gedanken automatisch zum Grund meines wunden Gefühls und ich bemerke erneut, dass ich eigenartig traurig bin.

Wahrscheinlich werde ich Lucas Kent nie wieder sehen.

Hör auf damit, ermahne ich mich selbst. Es gibt keinen Grund dafür, über ihn nachzudenken. Wir hatten Sex, nichts weiter. Was ich jetzt wirklich tun muss, ist, herauszufinden ob Obenko eine Gelegenheit gefunden hat, zu einem Schlag gegen Esguerra auszuholen während Kent bei mir war. Sollte das der Fall sein, wäre mein Gastspiel hier beendet. Meine falsche Identität ist hieb- und stichfest, aber sobald den Russen auffällt, dass es eine undichte Stelle gab, wird der Verdacht auf mich fallen.

Ich rufe Obenko an, während ich mich anziehe. »Gibt es Neuigkeiten?«, frage ich, als er rangeht.

»Wir haben einen Plan«, antwortet er. »Wir konnten Esguerras Boeing C-17 ausfindig machen – es ist das einzige Privatflugzeug jener Größe, das voraussichtlich in den nächsten Stunden starten wird. Unser Kontakt in Usbekistan wird sich um den Rest kümmern.«

Ich halte dabei inne, mir meine Reißverschlüsse an den Stiefeln zu schließen. »Was meinen Sie damit?«

»Das usbekische Militär wird eine Rakete abfeuern wenn sie über seinen Luftraum fliegen«, erklärt Obenko. »Natürlich wird es ein Unfall sein. Das wird den Russen nicht gefallen aber sie werden wegen eines Waffenhändlers keinen Krieg beginnen. Unser Kontakt wird dafür ins Gefängnis wandern und degradiert werden, aber seine Familie wird eine sehr gute Entschädigung für seine Unannehmlichkeiten bekommen.«

»Esguerras Flugzeug wird abgeschossen werden?« In meinem Hals bildet sich ein kalter Knoten. Mir ist es egal, was aus Esguerra wird, aber der Gedanke daran, dass Lucas in einem zerquetschten Metallklumpen sterben oder in Stücke zerrissen werden könnte …

»Ja. Es wäre zu gefährlich ihn hier anzugreifen. Er hat vier Dutzend seiner Männer bei sich. Es gibt keinen anderen Weg, wie wir an ihn herankommen können.«

»Ich verstehe.« Mir läuft ein eiskalter Schauer den Rücken hinunter. »Also werden sie alle sterben.«

»Wenn alles nach Plan verläuft, ja. Wir werden die Bedrohung auf einen Schlag unschädlich machen, ohne selbst Verluste zu haben.«

»Stimmt.« Ich versuche einen Hauch von angemessenem Enthusiasmus in meine Stimme zu legen, aber ich weiß nicht, ob es mir gelingt. Ich kann nur an Lucas starken Körper denken, verbrannt und gebrochen, und an seine blassen Augen, die blind in den Himmel starren. Es sollte mir nichts ausmachen – er bedeutet mir nichts – aber ich kann dieses grauenvolle Bild nicht aus meinem Kopf verbannen.

»Wir müssen dich verschwinden lassen«, sagt Obenko und lenkt damit meine Aufmerksamkeit wieder auf sich. »Wenn die Russen wirklich Nachforschungen anstellen und unser usbekischer Kontakt beschließt zu reden, werden sie nicht lange brauchen, um herauszufinden wie wir an die Informationen gekommen sind. Es ist bedauerlich, aber wir wussten immer, dass diese spezielle Aufgabe ein gewisses Risiko beinhaltet.«

»In Ordnung.« Ich schließe meine Augen und reibe über meinen Nasenrücken. »Wo treffe ich das Team?«

»Nimm den Zug nach Kon'kovo. Dort wird ein Auto für dich bereit stehen.« Danach verstummt die Leitung.

* * *

Ich benötige weniger als zwanzig Minuten um zu packen. Ich habe seit sechs Jahren in Moskau gelebt, aber ich habe nur wenige Dinge, die mir etwas bedeuten. Etwas Make-up, eine Bürste, Unterwäsche zum Wechseln, meinen gefälschten Pass, meine Waffe – das ist alles, was in meiner großen Handtasche von Gucci verschwindet. Ich stelle außerdem sicher, dass die Kleidung die ich trage – Designer Jeans, die ich in meine kniehohen, flachen Stiefel gesteckt habe, Kaschmir Pulli und ein dicker, gut sitzender Parka – warm und gleichzeitig bequem ist. Falls mich jemand dabei beobachtet, wie ich das Apartment verlasse, werde ich genauso aussehen, wie man es von mir erwartet: wie eine junge Frau die zur Arbeit geht und sich gegen die brutale Kälte geschützt hat.

Nachdem ich mit dem Packen fertig bin, reinige ich das ganze Apartment, um meine Fingerabdrücke zu verwischen bevor ich es verlasse – natürlich nicht, ohne die Tür sicher hinter mir zu verschließen. Ich bin nicht länger besorgt darüber, dass Diebe einbrechen könnten, aber ich muss es ihnen auch nicht gerade einfacher machen als nötig.

Niemand scheint das Gebäude zu beachten als ich auf die Straße trete, aber trotzdem beobachte ich meine Umgebung weiterhin, um sicherzugehen, dass mir niemand folgt.

Als ich bei der U-Bahn-Station ankomme, muss ich erneut an Lucas denken und ich erschaudere trotz meiner warmen Bekleidung. Ich sollte glücklich sein – seit Monaten habe ich mich darauf gefreut, hier herausgeholt zu werden – aber ich kann meine Gedanken nicht vor Lucas' Schicksal verschließen.

Wird er schnell oder langsam sterben? Wird ihn die Rakete oder der Absturz töten? Wird er lange genug bei Bewusstsein sein um zu verstehen, dass er sterben wird?

Wird er vermuten, dass ich etwas damit zu tun hatte?

Der Knoten in meinem Hals vergrößert sich und ich fühle mich, als würde ich gleich ersticken. Einen kranken Moment lang verspüre ich diesen überwältigenden Drang ihn anzurufen, ihn davor zu warnen dieses Flugzeug zu besteigen. Ich greife bereits nach dem Telefon, bevor ich meine Hand bremsen kann und sie stattdessen in meine Hosentasche stecke.

Dumm, dumm, dumm, schimpfe ich mit mir selbst während ich die Treppen zur U-Bahn-Station hinabsteige. Ich habe nicht einmal Kents Nummer. Und selbst wenn ich sie hätte, würde ich Obenko und mein Land verraten, sollte ich ihn warnen.

Misha verraten.

Nein, niemals. Ich atme tief ein und ignoriere das Drängen der Moskauer Pendler um mich herum. Die Operation liegt jetzt schon nicht mehr in meinen Händen. Selbst wenn ich etwas ändern wollte, könnte ich es nicht mehr. Obenko und sein Team haben jetzt die Kontrolle übernommen und ich kann nur darauf hoffen, dass ich schnell aus Russland rauskomme.

Außerdem gibt es in meinem Leben keinen Platz für Romantik. Den gäbe es auch dann nicht, wenn Lucas Kent nichts mit dem Waffenhändler zu tun hätte, der gerade zu einem Feind der Ukraine geworden ist. Ob Kent tot oder lebendig ist, sollte mir egal sein – weil ich ihn sowieso nicht wiedersehen werde.

Die Ankunft des Zugs reißt mich aus meinen Gedanken. Die Menschen um mich herum drängen nach vorne, drücken sich in den vollen Zug, und ich zwänge mich ebenfalls schnell hinein, bevor die Türen sich schließen.

Zum Glück schaffe ich es. Ich halte mich an der Stange fest, zwänge mich zwischen zwei mittelalte Frauen und gebe mein Bestes, das anzügliche Grinsen eines alten Mannes zu ignorieren, der vor mir sitzt. Nur noch wenige Stunden und ich werde mich nicht mehr mit der Moskauer U-Bahn abgeben müssen.

Ich werde auf meinem Weg nach Kiew sein, der Stadt, in die ich gehöre.

Ich schließe meine Augen und versuche mich darauf zu konzentrieren – auf das nach Hause kommen.

Darauf, in Mishas Nähe zu sein, auch wenn ich ihn nicht persönlich treffen kann.

Mein kleiner Bruder ist jetzt vierzehn. Ich habe seine Fotos gesehen: er ist ein hübscher Teenager mit leuchtenden, schelmisch blauen Augen. Auf allen Fotos ist er lachend mit seinen Freunden zu sehen. Er ist sehr gesellig, hat mir Obenko erzählt. Aufgeschlossen.

Glücklich mit dem Leben, das sie ihm gegeben haben.

Jedes Mal wenn ich eines dieser Bilder erhalte, betrachte ich es stundenlang und frage mich, ob er sich an mich erinnert. Ob er mich wiedererkennen würde, wenn wir uns auf der Straße über den Weg laufen würden. Das ist unwahrscheinlich – er war erst drei Jahre alt als er adoptiert wurde – aber ich mag den Gedanken, dass er es tun könnte.

Dass er sich daran erinnert, wie ich das eine, brutale Jahr in diesem Waisenhaus auf ihn aufgepasst habe.

Ein knackendes Geräusch unterbricht meine Überlegungen. Ich öffne meine Augen und bemerke, dass der Zug langsamer wird.

»Wir entschuldigen uns für die Verzögerung«, wiederholt der Fahrer laut, als der Zug stehenbleibt. »Das Problem sollte in Kürze behoben sein.«

Die Passagiere um mich herum stöhnen gleichzeitig auf. Die Frau mittleren Alters links neben mir beginnt zu fluchen, während die auf meiner rechten Seite etwas über korrupte Politiker vor sich hin murmelt, die sich öffentliche Gelder in die eigene Tasche stecken, anstatt Dinge zu regeln. Das ist nicht die erste Verzögerung in diesem Monat; die extremen Temperaturen diesen Winter haben ihren Zoll von den Straßen und den U-Bahn-Schienen gefordert und diesen Albtraum der Pendler in Moskau zur Rush-Hour verschlimmert.

Ich unterdrücke mein ungeduldiges Seufzen und schaue auf mein Handy. Wie ich vermutet habe, zeigt es keinen Balken an. Die dicken Wände des Tunnels verhindern jeglichen Empfang, weshalb ich meine Kontaktmänner nicht über meine Verspätung informieren kann.

Großartig. Einfach großartig.

Ich packe das Telefon weg und versuche, mich nicht von meiner Frustration überwältigen zu lassen. Wenn ich Glück habe, kann das Problem leicht behoben werden, und es sind keine ernsthafteren Reparaturen nötig. Letzten Monat hat ein Rohrbruch den Verkehr in ganz Moskau lahmgelegt und die U-Bahn hatte Verspätungen von drei Stunden und mehr. Sollte so etwas passiert sein, könnte es sein, dass ich bis zum Nachmittag nicht bei dem Treffpunkt ankommen werde, von dem sie mich abholen.

Ungewollt wenden sich meine Gedanken erneut Lucas zu. Am späten Nachmittag wird sein Flugzeug wahrscheinlich über den usbekischen Luftraum fliegen. Er könnte zu diesem Zeitpunkt sogar schon tot sein. Mein Magen brennt sauer, als ich mir seinen durch die Explosion und den Aufprall in Stücke gerissenen und zerstörten Körper vorstelle.

Hör auf damit, Yulia. Das Brennen in meinem Magen verstärkt sich, wird zu einem leeren Grummeln und ich verstehe erleichtert, dass ich heute Morgen vergessen habe zu frühstücken. Ich hatte es so eilig zu packen und zu verschwinden, dass ich nur einen Bissen von meinem Apfel genommen habe.

Kein Wunder, dass mir schlecht ist. Es hat nichts mit Kent zu tun, sondern nur damit, dass ich Hunger habe.

Ja, genau das ist es, sage ich mir. Ich bin einfach nur hungrig. Sobald sich der Zug wieder in Bewegung setzt und ich an meinem Ziel ankomme, werde ich mir etwas zu Essen holen und alles wird wieder gut.

Ich werde mich in Kiew in Sicherheit befinden und nie wieder an Lucas Kent denken.

SIEBENTES KAPITEL

❖ LUCAS ❖

Als ich beim Flugzeug ankomme, ist die ganze Mannschaft, einschließlich Esguerra, schon an Bord und in Kampfbekleidung. Die Anzüge sind kugelsicher und schwer brennbar – was sie unverschämt teuer macht. Ich bin dankbar dafür, dass Esguerra bei jedem Einsatz auf sie besteht, da sie dabei helfen, die Verluste unter unseren Männern zu minimieren.

Ich bin der letzte an Bord und ich fliege das Flugzeug, weshalb wir Richtung Tadschikistan – wo sich die letzte Hochburg der Al-Quadar befindet – abheben, sobald ich mich umgezogen habe. Esguerra hat das Versteck kürzlich erfahren, und da diese Idioten sich mit ihm angelegt haben, als sie seine Frau vor einigen Monaten entführten, ist er jetzt entschlossen sie auszurotten. Die Russen haben uns einen sicheren Durchlass garantiert – darum ging es bei dem Treffen mit Buschekov – also erwarte ich keinerlei Schwierigkeiten. Trotzdem behalte ich den Radar im Auge, als wir uns von Moskau entfernen und uns Zentralasien nähern.

In diesem Teil der Welt kann man nie vorsichtig genug sein.

Sobald wir unsere Flughöhe erreicht haben, stelle ich das Flugzeug auf Autopilot und überprüfe meine Waffen, nehme jede einzelne auseinander um sie zu reinigen, bevor ich sie wieder zusammenbaue. Das ist eines der ersten Dinge gewesen, die ich in der Navy gelernt habe: stelle vor jedem Kampf sicher, dass deine Waffen in Ordnung sind. Esguerras Ausrüstung ist hervorragend und ich hatte noch nie eine Fehlfunktion, aber irgendwann ist immer das erste Mal.

Ich bin zufrieden, dass alle Waffen sich in einem guten Zustand befinden und packe sie wieder weg, bevor ich erneut auf den Radar schaue.

Es ist nichts Außergewöhnliches zu sehen.

Ich lehne mich in meinem Sitz zurück und strecke meine Beine aus. Ich kann ihn schon fühlen – den Beginn des Adrenalinrausches, die Aufregung tief in meinen Adern.

Die Vorfreude, die mich vor jedem Kampf überkommt.

Meine Gedanken und mein Körper bereiten sich bereits darauf vor, auch wenn wir noch einige Stunden unterwegs sein werden, bis wir unser Ziel erreichen.

Genau dafür bin ich geschaffen, genau das liebe ich. Kämpfen liegt mir im Blut. Deshalb habe ich mich sofort nach der Schule bei der Navy eingeschrieben, deshalb konnte ich den Gedanken an das, was meine Eltern für mich geplant hatten, nicht ertragen. Ein Jurastudium, bevor ich mich der erfolgreichen Anwaltskanzlei meines Großvaters anschließe – ich konnte mir nichts dergleichen für mich vorstellen. Ich wäre in einem solchen Leben erstickt, wäre an Luftnot in den stickigen, elitären Sitzungssälen in Manhattan gestorben.

Meine Familie hat das natürlich nicht verstanden. Für sie ist Körperschaftsrecht – und das Geld und das Ansehen, das es mit sich bringt – die Spitze des Erfolgs. Sie konnten nicht verstehen, warum ich etwas Anderes tun wollte, warum ich etwas Anderes als ihr Goldjunge sein wollte.

»Wenn du nicht Jura studieren möchtest, warum versuchst du es dann nicht mit Medizin?«, hat mein Vater vorgeschlagen als ich ihm in meinem letzten Schuljahr meine Bedenken erklärt habe. »Oder, falls du nicht so lange studieren möchtest, könntest du Investment Banker werden. Ich kann dir für diesen Sommer ein Praktikum bei Goldman Sachs besorgen – das würde sich in deiner Bewerbung für Princeton gut machen.«

Ich habe sein Angebot nicht angenommen. Zu diesem Zeitpunkt wusste ich nicht wohin ich gehörte, aber ich wusste, es war nicht Goldman Sachs und es war nicht Princeton oder eine andere Universität, bei der sie eine riesige Menge Geld für mein Studium bezahlt hätten. Ich war anders als meine Klassenkameraden. Zu unruhig, voller aufgestauter Energie. Ich spielte jeden Sport der angeboten wurde, habe an allen Kampfsportkursen teilgenommen, die ich finden konnte, aber das hat mir nicht gereicht.

Mir hat immer noch etwas gefehlt.

Eines Nachts in meinem Abschlussjahr, als ich betrunken von einer Party in Brooklyn nach Hause gewankt bin, habe ich herausgefunden, was dieses etwas war. In einer leeren U-Bahn-Haltestelle wurde ich von einer Gruppe Schläger angegriffen, die hofften, einem Jungen der Upper East Side leicht sein Geld abnehmen zu können. Sie waren mit Messern bewaffnet, während ich gar nichts hatte, aber ich war zu betrunken, als dass es mir etwas ausgemacht hätte. Das Training meiner Kampfsportkurse kam zum Vorschein und ich habe mich im ersten wirklichen Kampf meines Lebens wiedergefunden.

Einem Kampf, in dem ich einen Mann niederstach und sein Blut über meine Hände laufen sah.

Einem Kampf, in dem ich das Ausmaß der Gewalt in mir erkannt habe.

* * *

Wir fliegen über Usbekistan und sind nur noch einige hundert Kilometer von Usbekistan entfernt, als Esguerra ins Cockpit kommt.

Als ich die Tür höre, drehe ich mich zu ihm um. »Wir sollten in anderthalb Stunden dort sein«, erkläre ich ihm schon bevor er mich fragt. »Die Landebahn ist noch vereist, aber wird gerade für uns vorbereitet. Die Hubschrauber sind betankt und startklar.«

Wir brauchen diese Hubschrauber um zum Pamir Gebirge zu gelangen, wo wir das Versteck der Terroristen vermuten.

»Hervorragend«, sagt Esguerra und seine blauen Augen funkeln. »Gibt es irgendwelche ungewöhnlichen Aktivitäten in der Region?«

Ich schüttele meinen Kopf. »Nein, es ist alles ruhig.«

»Gut.« Er betritt die Kabine und setzt sich in den Sitz des Copiloten. »Wie war die Nacht mit dem russischen Mädchen?«, will er wissen und legt sich den Gurt um.

Einen kurzen Moment lang kann ich spüren, wie Eifersucht in mir aufsteigt, aber dann erinnere ich mich daran, wie Yulia die ganze Nacht lang auf mich reagiert hat. »Sehr befriedigend«, sage ich lächelnd als die Erinnerungen meine Gedanken füllen. Sie haben etwas verpasst.«

»Ja, da bin ich mir sicher«, erwidert er, aber ich kann sehen, dass er es überhaupt nicht bedauert. Dieser Mann ist besessen von seiner jungen Frau. Ich habe das Gefühl, dass die schönste Frau der Welt nackt vor ihm entlang spazieren könnte und er nicht einmal mit den Wimpern zucken würde. Esguerra hat es wirklich erwischt – und das ausgerechnet bei dem Mädchen, dass er gefangen gehalten hat.

Bei diesem Gedanken muss ich grinsen. »Ich muss sagen, dass ich nie gedacht hätte, Sie jemals als einen glücklich verheirateten Mann zu sehen.«

Esguerra zieht seine Augenbrauen in die Höhe. »Wirklich?«

Ich zucke mit den Schultern und mein Grinsen verschwindet. Ich bin nicht gerade ein Freund meines Chefs – Esguerra ist niemals übermäßig freundlich – aber aus irgendeinem Grund scheint er heute aufgeschlossener zu sein.

Oder aber ich habe wegen der umwerfenden Übersetzerin einfach sehr gute Laune.

»Sicher«, sage ich zu Esguerra. »Menschen wie wir werden nicht gerade als Kandidaten für perfekte Ehemänner angesehen.«

Ich kann mir wirklich keine zwei Menschen vorstellen, die weniger geeignet für ein häusliches Leben sind.

Esguerra lacht. »Ich weiß auch nicht, ob Nora mich direkt als den perfekten Ehemann bezeichnen würde.«

»Falls sie es nicht tut, sollte sie ihre Meinung vielleicht ändern.« Ich drehe mich wieder zu den Armaturen um. »Sie betrügen sie nicht, Sie sorgen gut für sie und haben schon Ihr Leben riskiert, um sie zu retten. Wenn das nicht ein guter Ehemann ist, dann weiß ich es auch nicht.« Während ich spreche bemerke ich eine Bewegung auf dem Bildschirm des Radars.

Ich runzele die Stirn und schaue genauer hin.

»Was ist das?« Esguerras Ton wird schärfer.

»Ich bin mir nicht sicher«, beginne ich zu sagen und in diesem Moment durchfährt ein so gewaltiger Ruck das Flugzeug, dass ich fast aus meinem Sitz geschleudert werde. Das Flugzeug neigt steil nach unten und Adrenalin explodiert in meinen Adern als ich das frenetische Piepen der Anzeigen höre, die sich überschlagen.

Wir sind getroffen worden.

Dieser Gedanke ist kristallklar in meinem Kopf.

Ich greife nach dem Steuer und versuche das Flugzeug unter Kontrolle zu bekommen während wir durch eine dickere Wolkendecke fallen. Mein Herzschlag hat die Geschwindigkeit einer Rakete und ich kann das Klopfen in meinen Ohren hören. »Scheiße, Scheiße, Scheiße, Scheiße, verfickte Scheiße –«

»Was hat uns getroffen?« Esguerra hört sich ruhig an, fast desinteressiert. Ich kann die Motoren mahlen und stottern hören, bevor uns der Geruch von Rauch und laute Schreie erreichen.

Wir brennen.

Verdammte Scheiße.

»Ich bin mir nicht sicher«, gelingt es mir zu sagen. Das Flugzeug fliegt im Sturzflug und ich kann es nicht länger als eine Sekunde stabilisieren. »Ist das nicht scheißegal?«

Das Flugzeug zittert und die Motoren geben ein beängstigendes stotterndes Geräusch von sich während wir geradewegs auf den Boden unter uns zurasen. Ich kann die Gipfel des Pamir Gebirges bereits sehen, aber wir sind zu weit entfernt, um es bis zu ihnen zu schaffen.

Wir werden abstürzen, bevor wir unser Ziel erreichen.

Scheiße, nein. Ich bin nicht bereit zu sterben.

Fluchend kämpfe ich weiter mit der Steuerung und ignoriere die Anzeigen, die mich über die Sinnlosigkeit meiner Anstrengungen informieren. Das Flugzeug fängt sich und der Motor setzt sich für einen kurzen Moment in Gang, aber dann begeben wir uns wieder in den Sturzflug. Ich wiederhole das Manöver, setzte auf meine jahrelangen Erfahrungen als Pilot, aber es ist sinnlos.

Ich schaffe es lediglich unseren Abfall um einige Sekunden zu verlangsamen.

Man sagt, dass das Leben vor unseren Augen vorbeizieht, kurz bevor wir sterben. Man sagt, wir würden über die ganzen Dinge nachdenken, die wir anders hätten tun können, über alle Dinge, die wir nicht mehr tun konnten.

Ich denke an nichts dergleichen.

Ich bin viel zu beschäftigt damit, so lange wie möglich zu überleben.

Esguerra neben mir schweigt, seine Hände krallen sich in die Kanten seines Sitzes während wir abstürzen, die kleinen Objekte unter uns bedrohlich größer werden. Ich kann die Bäume sehen – wir befinden uns jetzt über einem Wald – und ich sehe die einzelnen Zweige, die kahl und schneebedeckt sind.

Wir sind jetzt nahe am Boden und ich unternehme den letzten Versuch, das Flugzeug zu führen und es zu einer Ansammlung kleinerer Bäume und Büsche zu steuern, die sich einige hundert Meter von uns entfernt befinden.

Und dann sind wir da, rauschen markerschütternd durch die Bäume.

Mein letzter Gedanke gilt eigenartigerweise ihr.

Dem russischen Mädchen, das ich nie wieder sehen werde.

TEIL II: DIE HAFT

ACHTES KAPITEL

❖ YULIA ❖

Siebeneinhalb Stunden.

Der Zug hat siebeneinhalb Stunden in dem Tunnel festgesteckt. Die Erleichterung, die mich überkommt als sich die Türen endlich an der nächsten Station öffnen, ist so stark, dass ich zittere.

Oder aber ich zittere vor Hunger und Durst. Ich kann es nicht sagen.

Ich steige aus dem verfluchten Zug, schiebe mich durch die Horde erschöpfter, gestresster Pendler und nehme die Rolltreppe nach oben. Ich muss Obenko umgehend anrufen; meine Kontaktpersonen müssen vor Sorgen verrückt sein.

»Yulia? Was zum Henker ist passiert?« Wie zu erwarten war, ist Obenko wütend. »Wo bist du?«

»Rizhskaya.« Ich nenne ihn den Namen der Station, die sich etwa zwanzig Haltestellen von meinem Ziel entfernt befindet. »Ich war in dem Kaluzhsko-Rizhskaya Zug.«

»Scheiße. Du hast wegen dieses Idioten festgesteckt.«

»Ja.« Ich lehne mich gegen die eisige Wand am Ende der Rolltreppe, während die anderen Menschen an mir vorbeieilen. Laut der letzten Durchsage des Zugführers war der Grund für die Verspätung eine Geiselnahme zwei Züge vor uns. Ein tschetschenischer Freiheitskämpfer hatte die tolle Idee, sich eine selbstgebastelte Bombe umzuhängen und damit zu drohen, sich selbst in die Luft zu sprengen, sollten seine Forderungen nicht erfüllt werden. Der Polizei ist es gelungen ihn festzunehmen, aber sie benötigten Stunden, um es gefahrlos tun zu können. Wenn man die Ernsthaftigkeit der Lage bedenkt, ist es ein Wunder, dass wir überhaupt vor Einbruch der Dunkelheit aus dem Zug herausgekommen sind.

»In Ordnung.« Obenko hört sich ein wenig ruhiger an. »Ich werde das Team zum Treffpunkt zurückschicken. Fahren die Züge wieder?«

»Die Linie Kaluzhsko-Rizhskaya nicht. Sie haben gesagt, dass sie am späteren Abend ihren Dienst wieder aufnehmen wird. Ich werde mir ein Taxi nehmen müssen.« Ich verlagere mein Gewicht von einem Fuß auf den anderen und wieder zurück, da mich meine Blase daran erinnert, dass ich seit Stunden nicht mehr auf der Toilette gewesen bin. Ich muss dringend eine aufsuchen und endlich etwas essen, aber zuerst muss ich etwas wissen. »Vasiliy Ivanovich«, sage ich zögerlich und spreche meinen Chef mit seinem Namen und Vatersnamen an, »war die Operation … erfolgreich?«

»Das Flugzeug ist vor einer Stunde abgeschossen worden.«

Meine Knie geben nach und die Station verschwimmt vor meinen Augen, da ich einen kurzen Schwindelanfall bekomme. Wenn ich nicht mit dem Rücken an der Wand lehnen würde, wäre ich gestürzt. »Gab es Überlebende?« Meine Stimme hört sich erstickt an und ich muss mich räuspern, bevor ich fortfahren kann. »Ich meine … sind Sie sicher, dass die Zielperson getötet wurde?«

»Wir haben noch keine Verlustmeldung vorliegen, aber ich kann mir nicht vorstellen, dass Esguerra überlebt hat.«

»Oh. Gut.« Galle steigt in meinem Hals auf und ich fühle mich, als müsse ich mich gleich übergeben. Ich schlucke und zwinge mich zu sagen: »Ich muss jetzt gehen und ein Taxi suchen.«

»In Ordnung. Lass uns wissen, falls du Probleme haben solltest.«

»Das werde ich.« Ich drücke auf den Knopf um das Gespräch zu beenden, lege meinen Kopf gegen die Wand und atme gierig die kalte Luft ein. Mir ist schlecht und mein Magen knurrt durch die Säure und die Leere. Mein Metabolismus ist sehr schnell, aber obwohl ich noch nie gut mit Hunger umgehen konnte, erinnere ich mich nicht daran, mich deshalb jemals so schlecht gefühlt zu haben.

Ausdruckslose, blassblaue Augen, die nichts mehr sehen können. Blut, das ein hartes, kantiges Kinn hinunterläuft …

Nein, hör auf. Ich zwinge mich dazu, mich richtig hinzustellen. Ich werde das nicht zulassen. Ich habe Hunger, Durst und ich bin erschöpft. Sobald ich diese Probleme gelöst habe, wird es mir gut gehen.

Es muss mir gut gehen.

* * *

Bevor ich nach einem Taxi suche, gehe ich in eine kleine Kaffeebar neben der Haltestelle und benutze die Toilette. Ich hole mir außerdem einen Becher heißen Tee und verschlinge drei Pirozhki mit Fleischfüllung – kleine herzhafte Pasteten. Danach fühle ich mich wieder wie ein Mensch und trete auf die Straße um zu sehen, ob es ein freies Taxi gibt.

Die Straßen rund um die Haltestelle sind ein Albtraum. Der Verkehr scheint komplett zu stehen und alle Taxen sehen belegt aus. Das ist nicht überraschend, wenn man bedenkt was mit den Zügen passiert ist, aber es ist trotzdem lästig.

Ich beginne schnellen Schrittes weiterzugehen, da ich hoffe, zu Fuß zu einem weniger überfüllten Ort zu gelangen. Es ist sinnlos ein Auto zu besteigen, das sich in zwei Stunden gerade mal zwei Straßen weiterbewegt. Da das Flugzeug bereits abgestürzt ist, muss ich so schnell wie möglich zu meinen Kontaktpersonen gelangen.

Das Flugzeug. Ich atme tief ein, als die Übelkeit erregenden Bilder erneut in meinem Kopf aufsteigen. Ich weiß nicht, warum ich nicht aufhören kann darüber nachzudenken. Ich habe Lucas nicht einmal vierundzwanzig Stunden lang gekannt und den Großteil der Zeit, die ich mit ihm verbracht habe, Angst vor ihm gehabt.

Und den Rest vor Lust schreiend in seinen Armen, erinnert mich eine leise Stimme.

Nein, hör auf.

Ich gehe schneller und im Zickzack um langsamere Fußgänger zu überholen. *Denke nicht über ihn nach, denke nicht über ihn nach … Ich lasse diese Worte im Takt meiner Schritte in meinem Kopf widerhallen. Du wirst nach Hause zu Misha fahren … Ich werde noch schneller, bis ich fast renne. Wenn ich mich mit dieser Geschwindigkeit fortbewege, erreiche ich nicht nur schneller mein Ziel, sondern bleibe auch warm. Denke nicht über ihn nach, du fährst nach Hause …*

Ich weiß nicht, wie lange ich mit diesen Gedanken in meinem Kopf laufe. Erst als die Straßenlaternen eingeschaltet werden, fällt mir auf, dass es bereits dunkel wird. Ich nehme mein Telefon in die Hand und sehe, dass es fast achtzehn Uhr ist.

Ich gehe seit zweieinhalb Stunden und der Verkehr um mich herum ist genauso schlimm wie zuvor.

Ich bleibe stehen und blicke mich frustriert um. Ich bin die Hauptstraßen entlanggegangen, um meine Chancen auf ein Taxi zu erhöhen, aber das scheint die falsche Strategie gewesen zu sein. Vielleicht sollte ich mich von den Hauptverkehrsadern entfernen und mein Glück auf den kleineren Straßen versuchen. Wenn ich dort ein Auto finde, kann der Fahrer die Stadt vielleicht über Schleichwege verlassen. Ich werde ihm auch mehr Geld geben, sollte er es verlangen.

Als ich in eine der Querstraßen einbiege, sehe ich einen Park an ihrem Ende. Ich beschließe, ihn diagonal zu durchqueren und danach eine der kleineren Straßen auf seiner anderen Seite zu nehmen. Dadurch werde ich mich immer noch in die richtige Richtung bewegen, aber ich werde mich in einem ruhigeren Gebiet befinden. Vielleicht kann ich dort sogar einen Bus finden, falls es kein Taxi gibt.

Es muss einen Weg geben, innerhalb der nächsten Stunden mein Ziel zu erreichen.

Mein Telefon vibriert in meiner Tasche und ich krame es hervor. »Ja?«

»Wo bist du?« Obenko hört sich genauso frustriert an wie ich mich fühle. »Der Mannschaftsführer wird nervös. Er möchte die Grenze hinter sich gelassen haben, wenn der Kreml erfährt was passiert ist.«

»Ich bin immer noch in der Stadt und gehe zu Fuß. Der Verkehr ist unglaublich.« Schnee knirscht unter meinen Füßen, als ich den Park betrete. Sie haben sich nicht die Mühe gegeben hier zu reinigen, weshalb die Fußwege mit einer dicken Eisschicht überzogen sind.

»Scheiße.«

»Ja.« Ich versuche, nicht auf dem Eis auszurutschen während ich über einen Hundehaufen hinwegsteige. »Ich werde alles geben, um noch heute Nacht dort anzukommen, versprochen.«

»In Ordnung. Yulia …« Obenko macht eine kurze Pause. »Du weißt, dass wir das Team abziehen müssen, wenn du bis zum Morgen nicht eingetroffen bist?« Seine Stimme ist leise, fast entschuldigend.

»Das weiß ich«, antworte ich in einem ruhigen Ton. »Ich werde dort sein.«

»Gut. Mach das auf jeden Fall.«

Er beendet das Gespräch und ich gehe wegen meiner steigenden Angst schneller. Wenn die Mannschaft ohne mich fährt und ich gefangen genommen werde, bin ich so gut wie tot. Der Kreml ist nicht dafür bekannt, besonders freundlich mit Spionen umzugehen, und die Tatsache, dass unsere Organisation völlig geheim und unabhängig arbeitet, verschlimmert diese Tatsache um einiges. Die ukrainische Regierung wird nicht verhandeln um mich zurückzubekommen, weil sie keine Ahnung hat, dass ich existiere.

Ich habe den Park schon fast hinter mich gebracht, als ich betrunkenes männliches Gelächter und das knirschende Geräusch von Schuhen auf Schnee höre.

Als ich mich umschaue, erblicke ich einige hundert Meter hinter mir eine kleine Gruppe von Männern, die in ihren behandschuhten Händen Flaschen halten. Sie schwanken über die ganze Breite des Fußwegs und ihre Aufmerksamkeit ist zweifellos auf mich gerichtet.

»Hey, junge Dame«, schreit einer von ihnen lallend. »Lust, mit uns Party zu machen?«

Ich schaue weg und gehe noch schneller. Sie sind nur eine Gruppe Betrunkener, aber auch Betrunkene können gefährlich werden, wenn sie zu sechst gegen einen sind. Ich habe keine Angst vor ihnen – ich habe meine Waffe und mein Training – aber ich kann heute Abend keinen Ärger gebrauchen.

»Junge Dame«, schreit der Mann diesmal lauter. »Du bist sehr unfreundlich, weißt du das?«

Seine Freunde lachen wie ein Rudel Hyänen und der Betrunkene schreit erneut, diesmal: »Fick dich, Schlampe! Wenn du keine Party machen möchtest, dann sag es verdammt nochmal einfach!«

Ich ignoriere sie und gehe weiter, während ich meine linke Hand in meine Handtasche gleiten lasse, um vorsichtshalber nach meiner Waffe zu greifen. Als ich den Park verlasse und auf die Straße trete, werden die Stimmen leiser und ich bemerke, dass sie mir nicht mehr folgen.

Erleichtert ziehe ich meine Hand aus meiner Tasche und gehe ein wenig langsamer. Meine Beine schmerzen und ich spüre, dass sich an der Seite meiner Ferse eine Blase bildet. Meine flachen Stiefel sind bequemer als Absatzschuhe, aber sie sind nicht für drei Stunden schnellen Fußmarsch geeignet.

Jetzt befinde ich mich eher in einer Wohngegend, was gleichzeitig gut und schlecht ist. Der Verkehr hier ist besser – nur wenige Autos fahren auf der Straße an mir vorbei – aber die Straßenbeleuchtung ist schlecht und alles ist wie ausgestorben. Erneut höre ich aus einiger Entfernung männliches Gelächter und zwinge mich dazu, meine müden Muskeln zu ignorieren und wieder schneller zu gehen.

Fünf Straßen weiter sehe ich es: ein Taxi, das etwa fünfzig Meter vor mir auf der anderen Straßenseite am Bürgersteig anhält. Ein kleiner, dünner Mann steigt aus. Erleichtert schreie ich: »Halt!«, und renne zu dem Auto, während der Mann damit beginnt die Tür hinter sich zuzuschlagen.

Ich bin fast an dem Taxi als ich aus meinem Augenwinkel Lichter sehe und einen Motor aufheulen höre.

Ich reagiere innerhalb einer Millisekunde: ich werfe mich zur Seite und komme auf dem Boden auf, als ein Auto an mir vorbeirauscht. Während ich über den eisigen Asphalt rolle, höre ich, wie der Fahrer betrunken grölt – und dann schlägt etwas Hartes an die Seite meines Kopfes.

Mein letzter Gedanke, als alles um mich herum schwarz wird, ist, dass ich diese Betrunkenen doch besser erschossen hätte.

NEUNTES KAPITEL

❖ LUCAS ❖

Stimmen. Entferntes Piepen. Weitere Stimmen.

Diese Geräusche kommen und gehen, genauso wie das Rauschen in meinen Ohren. Mein Kopf fühlt sich dick und schwer an, der Schmerz umhüllt mich wie ein Laken aus Dornen.

Am Leben. Ich bin am Leben.

Diese Erkenntnis durchdringt mich langsam, phasenweise. Sie wird begleitet von einem Pochen in meinem Schädel und einer Übelkeitswelle.

Wo bin ich? Was ist passiert?

Ich strenge mich an, die Stimmen zu verstehen.

Es handelt sich um zwei Frauen und einen Mann, vermute ich wegen ihrer Stimmlagen. Sie sprechen eine fremde Sprache die ich nicht erkenne.

Meine Übelkeit verschlimmert sich, genauso wie das Pochen in meinem Kopf. Ich muss meine ganze Kraft aufwenden, um meine Augenlider zu öffnen.

Über mir flackert ein Neonlicht, dessen Helligkeit schmerzhaft ist. So unerträglich, dass ich meine Augen wieder schließe.

Eine weibliche Stimme ruft etwas und ich höre schnelle Schritte.

Eine Hand berührt mein Gesicht und Finger legen sich auf meine Lider. Als mir erneut das grelle Licht in die Augen scheint, spanne ich mich an und balle durch die Schmerzen meine Hände zu Fäusten. Ich würde jetzt instinktiv kämpfen, nach demjenigen schlagen, der mir das antut, aber irgendetwas hindert mich daran, meine Arme zu bewegen.

»Ganz ruhig.« Die männliche Stimme spricht Englisch, wenn auch mit einem starken fremden Akzent. »Das ist nur die Krankenschwester, die nach Ihnen sieht.«

Die Hand verlässt mein Gesicht und ich zwinge meine Augen dazu, trotz meiner Kopfschmerzen geöffnet zu bleiben. Alles sieht unscharf aus, aber nachdem ich einige Male geblinzelt habe, kann ich den Mann sehen, der neben meinem Bett steht.

Er trägt die Uniform eines Militäroffiziers, hat ein schlankes Gesicht mit scharfen Zügen und ich schätze, dass er Anfang fünfzig ist. Als er bemerkt, dass ich ihn anschaue, sagt er: »Ich bin Oberst Sharipov. Können Sie mir bitte Ihren Namen sagen?«

»Wo bin ich? Was ist passiert?«, frage ich mit rauer Stimme und versuche noch einmal, meine Arme zu bewegen. Ich kann es nicht - und ich bemerke, dass der Grund dafür die Handschellen sind, mit denen ich ans Bett gefesselt bin. Als ich versuche meine Beine zu bewegen, stelle ich fest, dass ich mein rechtes Bein bewegen kann, aber mein linkes nicht. An ihm befindet sich etwas Schweres und Klobiges, das es still hält und als ich daran ziehe, schreie ich vor Schmerzen auf.

»Sie befinden sich in einem Krankenhaus in Tashkent«, beantwortet mir Sharipov meine erste Frage. »Sie haben ein gebrochenes Bein und eine schwere Gehirnerschütterung. Ich würde Ihnen raten sich nicht zu bewegen.«

Tashkent. Das bedeutet, dass ich in Usbekistan bin, dem Land, das an unser eigentliches Ziel, Tadschikistan, angrenzt. Während ich das verarbeite, lichtet sich der Nebel in meinem Kopf und ich erinnere mich an das, was geschehen ist.

Die Schreie. Der Rauchgeruch.

Der Absturz.

Scheiße.

»Wo sind die Anderen?« Durch die aufsteigende Wut ziehe ich an meinen Handschellen. »Esguerra und der Rest?«

»Das werde ich Ihnen gleich sagen«, antwortet Sharipov. »Zuerst muss ich Ihren Namen wissen.«

Der hämmernde Schmerz in meinem Schädel lässt mich nicht Denken. »Lucas Kent«, knirsche ich. Es ist sinnlos zu lügen. Er sah nicht überrascht aus, als ich Esguerra erwähnt habe – was bedeutet, dass er sich bereits denken kann, wer wir sind. »Ich bin Esguerras zweiter Mann.«

Sharipov betrachtet mich. »Ich verstehe. In diesem Fall, Herr Kent, wird es Sie freuen zu hören, dass Julian Esguerra am Leben ist und sich ebenfalls in diesem Krankenhaus befindet. Er hat einen gebrochenen Arm, angeknackste Rippen und eine Kopfverletzung, die allerdings nicht ernsthaft zu sein scheint. Wir warten gerade darauf, dass er zu Bewusstsein kommt.«

Mein Kopf fühlt sich an, als würde er gleich explodieren, aber trotzdem bemerke ich meine Erleichterung. Dieser Kerl ist ein unmoralischer Mörder – manche würden auch sagen ein Psychopath – aber im Laufe der Jahre habe ich ihn kennengelernt und respektiere ihn. Es wäre eine Schande gewesen, wenn ihn eine von der Flugbahn abgekommene Rakete getötet hätte. Was mich daran erinnert –

»Was zum Teufel ist geschehen? Warum bin ich festgebunden?«

Der Oberst schaut mich fest an. »Sie sind zu ihrer eigenen Sicherheit und der der Schwestern in Handschellen, Herr Kent. Ihres Berufes wegen haben wir uns nicht wohl dabei gefühlt, das Personal einem Risiko auszusetzen. Das hier ist ein ziviles Krankenhaus und –«

»Ernsthaft?« Ich beiße meine Zähne zusammen. »Ich verspreche, den Krankenschwestern nichts anzutun, okay? Nehmen Sie mir diese verdammten Handschellen ab. Jetzt.«

Einige Sekunden lang starren wir uns an, um den Blick des anderen zu senken. Dann macht Sharipov eine kurze, ruckartige Kopfbewegung und sagt etwas in der fremden Sprache zu einer der Schwestern. Die dunkelhaarige Frau kommt zu mir und befreit mich mit einem misstrauischen Blick von den Handschellen. Ich ignoriere sie und konzentriere mich stattdessen auf Sharipov.

»Was ist geschehen?« Ich wiederhole meine Frage in einem etwas ruhigeren Ton und führe meine Hände zusammen, um meine Handgelenke zu reiben, während die Krankenschwester zum anderen Ende des Raums flieht. Das Pochen in meinem Kopf wird durch die

Bewegung schlimmer, aber ich führe meine Befragung fort. »Wer hat das Flugzeug abgeschossen und was ist mit den anderen Männern passiert?«

»Es tut mir leid, aber die genaue Ursache für den Absturz des Flugzeugs wird im Moment noch untersucht«, antwortet Sharipov. Er macht den Eindruck, als würde er sich etwas unwohl fühlen. »Es ist möglich, dass es eine … Fehlkommunikation gab.«

»Eine Fehlkommunikation?« Ich starre ihn ungläubig an. »Haben Sie auf uns geschossen? Sie wussten, dass uns eine sichere Durchreise durch dieses Gebiet versichert worden war, oder nicht?«

»Natürlich wussten wir das.« Jetzt sieht er noch unbehaglicher aus. »Das ist der Grund für unsere derzeitigen Untersuchungen. Es ist möglich, dass ein Fehler unterlaufen ist –«

»Ein Fehler?« Die Schreie, der Rauch … »Ein Scheißfehler?« Mein Kopf fühlt sich an, als sei ein Schlagzeuger in ihm eingezogen. »Wo zum Henker sind die anderen?«

Sharipov zuckt fast unmerklich zusammen. »Ich befürchte es gab außer Esguerra und Ihnen nur drei Überlebende. Sie sind noch nicht bei Bewusstsein. Ich habe gehofft, Sie könnten uns dabei helfen, sie zu identifizieren.« Er greift in seine Brusttasche und zieht sein Telefon hervor, um mir den Display zu zeigen. »Das ist der erste.«

Meine Eingeweide ziehen sich zusammen. Ich kenne den Mann auf dem Foto.

John „der Sandmann" Sanders, ein ehemaliger britischer Strafgefangener. Sehr gut mit Messern und Handgranaten. Ich habe mit ihm trainiert, mit ihm Pool gespielt. Man konnte Spaß mit ihm haben, selbst dann noch, wenn er völlig besoffen war.

Das könnte sich jetzt geändert haben. Jetzt sieht eine Hälfte seines Gesichts völlig verbrannt aus.

»Das Flugzeug ist explodiert«, erklärt Sharipov, wahrscheinlich als Antwort auf meinen Gesichtsausdruck. »Er hat fast am ganzen Körper Verbrennungen dritten Grades. Er wird beträchtliche Hauttransplantationen benötigen – falls er überleben sollte. Wissen Sie seinen Namen?«

»John Sanders«, sage ich rau und greife nach dem Telefon. Mein Körper beschwert sich über diese Bewegung, meine Schläfen pochen wieder mit Übelkeit erregenden Schmerzen, aber ich muss die anderen sehen. Ich nehme das Telefon näher zu mir und klicke auf das nächste Foto.

Dieses Gesicht ist nahezu unerkenntlich – abgesehen von einer Narbe in der Ecke des linken Auges. Dieser Mann wurde erst kürzlich rekrutiert und ich war mir nicht sicher, ob wir ihn mit auf diese Mission nehmen sollten.

»Jorge Suarez«, sage ich ruhig bevor ich mich dem nächsten Bild zuwende.

Dieses Mal kann ich nicht einmal einen Tipp abgeben. Alles was ich sehen kann, ist verbranntes Fleisch. »Er lebt noch?« Ich blicke kurz zu Sharipov. Ich spüre, dass das Brennen meiner Eingeweide sich verschlimmert und weiß, dass es nur teilweise auf meine Gehirnerschütterung zurückzuführen ist.

Der Oberst nickt. »Er befindet sich in einem kritischen Zustand, aber er könnte durchkommen.« Ich schaue auf das nächste Bild, das den unteren Teil seines Körpers zeigt. Dieser ist weniger verbrannt.

Ich kämpfe gegen meine Übelkeit an und betrachte die haarigen Beine, die von Streifen des zerfetzten Sicherheitsanzugs bedeckt sind. Die Explosion muss die Schutzausrüstung zerstört haben; das Material kann einem kurzen Feuer widerstehen, keiner Sprengung eines Flugzeugs. Es ist schwer, allein anhand der Beine zu sagen, wer dieser Mann ist. Außer ... Ich verenge meine Augen, betrachte das Foto genauer und dann sehe ich sie.

Eine Tätowierung unter einem Stück der zerrissenen Kampfbekleidung.

»Gerard Montreau«, sage ich sicher. Der junge Franzose ist im ganzen Team der einzige mit dieser Tätowierung.

Ich lasse das Telefon auf meine Brust sinken und schaue Sharipov an. »Warum bin ich nicht verbrannt? Wie konnte ich der Explosion entkommen? Und was ist mit Esguerra? Hat er –«

»Nein, ihm geht es gut«, versichert mir Sharipov. »Zumindest hat er keine Verbrennungen. Sie beide waren im Cockpit, das während des Absturzes vom Hauptkörper des Flugzeugs abgetrennt wurde. Der hintere Teil der Maschine explodierte, aber das Feuer ist nicht bis zu Ihnen durchgedrungen.«

Das Pochen in meinem Kopf wird unerträglich und ich schließe meine Augen, um diese ganzen Informationen zu verarbeiten.

Fünf Mann von fünfzig. Das ist alles, was von unserem Team übrig bleibt. Der Rest ist tot. Verbrannt oder in Stücke gerissen. Ich kann mir das Entsetzen vorstellen, als das Feuer im hinteren Teil des Flugzeugs wütete. Die Tatsache, dass es überhaupt Überlebende gibt, grenzt an ein Wunder – obwohl die drei Männer von den Bildern das vielleicht nicht so sehen werden.

Ein Fehler. Bullshit.

Ich werde dieser Sache auf den Grund gehen, aber zuerst muss ich meinen Job erledigen.

Ich zwinge mich dazu, meine Lider wieder zu öffnen und schaue durch meine Augenschlitze Sharipov an, der vorsichtig nach dem Telefon greift, das ich immer noch festhalte. Was zum Teufel denkt dieser Mann, werde ich tun? Ihn erwürgen, während ich außer Gefecht gesetzt in diesem Krankenhaus liege?

Das werde ich nicht – außer ich finde heraus, dass er für diesen „Fehler" verantwortlich ist.

»Sie müssen einige Bodyguards für Esguerra bereitstellen«, sage ich und umfasse das Telefon fester. »Es ist hier nicht sicher für ihn.«

Der Oberst schaut mich Stirn runzelnd an. »Wie meinen Sie das? Das Krankenhaus ist völlig sicher –«

»Er hat viele Feinde, unter anderem Al-Quadar, die Terroristengruppe deren Versteck sich gleich hinter Ihrer Grenze befindet. Sie müssen Schutzmaßnahmen ergreifen, und zwar jetzt sofort.«

Sharipov sieht immer noch so aus, als hätte er Zweifel, also füge ich hinzu: »Ihre Verbündeten im Kreml werden nicht erfreut sein, wenn sie erfahren, dass er in Ihrer Obhut getötet oder entführt wurde. Besonders nicht nach diesem unglücklichen Fehler.«

Sharipovs Mund spannt sich an, aber nach einem Augenblick sagt er: »In Ordnung. Ich werde einige Soldaten hier positionieren. Sie werden sicherstellen, dass niemand Unbefugtes in die Nähe Ihres Bosses gelangt.«

»Gut. Nehmen Sie mehr als nur einige. Vierzig oder fünfzig wären gut. Diese Terroristen wollen ihn um jeden Preis.« Mein Kopf quält mich und das Bein in dem Gips beginnt auf eine Art zu schmerzen, wie es nur bei gebrochenen Knochen der Fall ist. »Ich muss auch Kontakt mit Peter Sokolov aufnehmen –«

»Wir haben bereits mit ihm gesprochen. Er weiß, wo Sie sich befinden und wird ein Flugzeug schicken, das Sie und die anderen abholt. Jetzt, bitte.« Sharipov streckt seine geöffnete Hand aus. »Geben Sie mir mein Telefon zurück, Herr Kent.«

Ich öffne meinen Mund, um darauf zu bestehen selbst mit Peter zu sprechen, aber bevor ich irgendetwas sagen kann, spüre ich einen Einstich in meinem Arm. Augenblicklich durchströmt mich eine Müdigkeit, die gleichzeitig die Schmerzen dämpft. Aus meinem Augenwinkel sehe ich, wie die Schwester mit einer Spritze in der Hand zurücktritt. »Was zum –«, beginne ich zu sagen, aber es ist bereits zu spät.

Die Dunkelheit übermannt mich und ich bekomme nichts mehr mit.

ZEHNTES KAPITEL

❖ YULIA ❖

»Ich habe Ihnen doch gesagt, dass es mir gut geht.«

Ich ignoriere die lautstarken Proteste der Krankenschwester und ziehe die Infusionsnadel aus meinem Handgelenk, bevor ich aufstehe. Mir ist schwindelig und ich habe Kopfschmerzen, aber ich muss mich in Bewegung setzen. Dem Sonnenlicht nach zu urteilen, das durch mein Krankenhausfenster einfällt, ist es bereits Morgen oder sogar später. Das Team, das mich aus dem Land schaffen sollte, ist wahrscheinlich schon weg, aber falls es doch noch da sein sollte, muss ich sofort mit Obenko Kontakt aufnehmen.

»Wo ist meine Tasche?«, frage ich die Schwester, während ich hektisch den Raum durchsuche. »Ich brauche meine Tasche.«

»Was Sie brauchen, ist Bettruhe.« Die rothaarige Schwester stellt sich vor mich und verschränkt ihre Arme vor ihrer riesigen Brust. »Sie haben eine Beule in der Größe eines Eis auf ihrem Kopf, weil sie in einen Pfosten geknallt sind, und Sie waren seit Ihrer Einlieferung gestern Abend bewusstlos. Der Arzt hat angeordnet, Sie die nächsten vierundzwanzig Stunden zu überwachen.«

Ich starre sie wütend an. Mein Kopf fühlt sich an, als würden gleich seine Nähte aufplatzen wenn er welche hätte, aber wenn ich hier bleibe, unterschreibe ich mein eigenes Todesurteil. »Wo ist meine

Handtasche?«, wiederhole ich. Ich bin mir der unangenehmen Tatsache bewusst, dass ich Krankenhausbekleidung trage, aber ich werde mir später über Bekleidung – und diese höllischen Kopfschmerzen – Gedanken machen.

Die Frau rollt mit ihren Augen. »Meine Güte. Wenn ich Ihnen Ihre Tasche bringe, legen Sie sich dann hin und tun, was ich Ihnen sage?«

»Ja«, lüge ich und sehe ihr dabei zu, wie sie zu einem Schrank auf der anderen Seite des Raumes geht. Sie öffnet seine Tür, nimmt meine Gucci Tasche heraus und kommt zurück.

»Bitteschön.« Sie lässt die Handtasche in meine Hände fallen. »Und jetzt legen Sie sich hin, bevor Sie gleich umfallen.«

Ich tue was sie sagt, weil ich meine Kräfte für die bevorstehende Reise aufsparen muss. Ich bin vor weniger als zehn Minuten aufgewacht und zittere bereits durch die Anstrengung, auf eigenen Beinen zu stehen. Ich benötige wahrscheinlich medizinische Überwachung, aber dafür habe ich jetzt keine Zeit.

Ich muss aus Moskau verschwinden, bevor es zu spät ist.

Die Krankenschwester beginnt, die Laken von dem leeren Bett neben mir abzuziehen, und ich nehme mein Telefon hervor, um Obenko anzurufen.

Es ruft und ruft und ruft …

Scheiße. Er geht nicht ran.

Ich versuche es erneut. *Nun mach schon, geh ran.*

Nichts. Keine Antwort.

Langsam verzweifelt, rufe ich ihn ein drittes Mal an.

»Yulia?«

Gott sei Dank. »Ja, ich bin es. Ich bin in einem Krankenhaus in Moskau. Ich wurde beinahe von einem Auto überfahren. Aber ich verlasse es jetzt und –«

»Es ist zu spät, Yulia.« Obenkos Stimme ist ruhig. »Der Kreml weiß, was passiert ist und Buschekovs Leute suchen nach dir.«

Ein eisiger Schauer durchfährt mich. »So schnell?«

»Einer von Esguerras Leuten hat gute Kontakte in Moskau. Er hat sie mobilisiert, sobald er von der Rakete erfahren hat.«

»Scheiße.«

Die Schwester wirft mir einen bösen Blick zu, während sie die Laken auf dem leeren Bett zu einem großen Haufen zusammensammelt.

»Es tut mir leid«, sagt Obenko und ich weiß, dass er es ernst meint. »Der Teamleiter musste seine Leute hinausbringen. Es ist für uns nicht mehr sicher in Russland.«

»Natürlich«, antworte ich automatisch. »Er hat das Richtige getan.«

»Viel Glück, Yulia«, meint Obenko und ich höre das Klicken, als er auflegt.

Ich bin alleine.

* * *

Ich warte, bis die Schwester mit dem Stapel Bettwäsche das Zimmer verlässt und stehe auf, diesmal problemlos.

Die Panik, die mich durchströmt, ist stärker als jedes Schmerzmittel. Ich nehme meine Kopfschmerzen kaum wahr, als ich zu dem Schrank gehe, aus dem die Schwester meine Tasche geholt hat, um einen Blick in ihn zu werfen.

Wie ich gehofft hatte, befindet sich meine Bekleidung ebenfalls dort, fein säuberlich zusammengefaltet. Ich werfe einen schnellen Blick auf den Eingang, um mich zu versichern, dass die Tür geschlossen ist, bevor ich meinen Krankenhauskittel abstreife und die Sachen anziehe, die ich gestern getragen habe. Während ich das tue, fällt mir auf, dass nicht nur mein Kopf verletzt ist. Meine komplette rechte Körperseite ist blau und zerschrammt.

Dieser betrunkene Idiot. Ich hätte ihn und seine Hyänen-Freunde definitiv erschießen sollen, als ich die Gelegenheit dazu hatte.

Nein. Ich atme tief ein. Wütend zu sein, ist sinnlos. Es ist eine Ablenkung, die ich gerade nicht gebrauchen kann. Es besteht immer noch eine winzige Chance, dass ich es schaffe, aus Russland herauszukommen. Ich darf die Hoffnung nicht aufgeben.

Zumindest noch nicht.

Ich nehme mein Haar hoch und binde es zu einem Knoten zusammen, damit die blonden Locken weniger auffallen. Danach überprüfe ich schnell den Inhalt meiner Tasche: alles ist noch drin, abgesehen von meinem Bargeld im Portemonnaie und meiner Waffe.

Aber das war zu erwarten. Ich habe schon Glück gehabt, dass die Tasche nicht gestohlen wurde, als ich bewusstlos war. In das Futter am Boden der Tasche habe ich Bargeld für den Notfall eingenäht, und da der Stoff intakt ist, gehe ich davon aus, dass die Diebe es übersehen haben.

Ich umfasse meine Tasche fest, gehe zur Tür und trete auf den Gang. Ich kann die Schwester nirgends erblicken und niemand beachtet mich auf meinem Weg zum Fahrstuhl. Naja, ein älterer Mann in einem Rollstuhl mustert mich bewundernd von oben bis unten, aber sein Blick ist nicht misstrauisch. Er schaut einfach nur, wahrscheinlich schwelgt er in Jugenderinnerungen.

Die Türen des Fahrstuhls öffnen sich mit einem leisen „Ding" und ich trete mit einem viel zu schnell schlagenden Herzen ein. Obwohl meine Flucht bis jetzt problemlos verlaufen ist, kribbelt meine Haut und meine Instinkte warnen mich vor Gefahr.

Mein Zimmer ist im siebten Stock des Gebäudes und die Fahrt nach untern verläuft quälend langsam. Der Fahrstuhl hält in jedem Stock an, um Patienten und Krankenschwestern ein- und aussteigen zu lassen. Ich hätte die Treppen nehmen können, aber damit hätte ich unnötige Aufmerksamkeit erregt. Niemand nutzt das Treppenhaus, außer wenn es absolut notwendig ist.

Endlich öffnen sich die Türen im Erdgeschoss. Ich trete, umgeben von einigen anderen Menschen, hinaus – und in diesem Moment sehe ich sie.

Drei Polizisten, die gerade in den Fahrstuhl auf der anderen Seite der Eingangshalle steigen.

Scheiße. Ich ziehe meinen Kopf ein und krümme meine Schultern nach unten, um kleiner auszusehen. *Schau nicht zu ihnen. Schau nicht zu ihnen.* Ich richte meinen Blick auf den Boden und bleibe nahe bei dem großen, kräftigen Mann, der vor mir aus dem Fahrstuhl gestiegen ist. Er läuft langsam und ich tue das Gleiche, damit es so aussieht, als würde ich zu ihm gehören.

Sie suchen nach einer einzelnen Frau, nicht nach einem Paar.

Zum Glück geht mein ahnungsloser Begleiter Richtung Ausgang, und weil sich um uns herum so viele andere Menschen befinden, schenkt er mir kaum Aufmerksamkeit. Seine mächtige Statur bietet mir ein wenig

Deckung, die ich so gut ich kann ausnutze, indem ich meine gekrümmte Haltung beibehalte.

Gehe schneller. Jetzt komm schon, gehe schneller, bitte ich den Mann in Gedanken. Jeder Muskel in meinem Körper ist wegen meines Drangs zu rennen angespannt, aber das würde jede Chance zunichtemachen, dieses Krankenhaus unbemerkt zu verlassen. Ich weiß allerdings auch, dass ich innerhalb der nächsten zwanzig Minuten aus dem Gebäude verschwunden sein muss. Sobald diese Polizisten bemerken, dass ich mich nicht mehr in der siebenten Etage befinde, werden sie das ganze Krankenhaus in Alarmbereitschaft versetzen.

Endlich kommen der Mann und ich am Ausgang an und ich sehe, dass ein Taxi am Straßenrand anhält.

Ja! Ich habe mir ein bisschen Glück verdient.

Ohne einen weiteren Blick lasse ich den Mann hinter mir, eile zum Taxi und steige genau in dem Moment ein, in dem die Frau, die mit ihm kam, aussteigt. »Zum Lubyanka Bahnhof, bitte«, sage ich zu dem Fahrer, sobald sich die Tür schließt. Ich sage das, falls die Frau auf meine Worte achtet. Sollte sie später befragt werden, wird sie ihnen meine vermutliche Richtung sagen und meine Spuren ein wenig verwischen.

Der Fahrer nickt und fährt vom Bordstein weg. Als wir uns auf dem Weg befinden, meine ich: »Oh, ich habe ganz vergessen, dass ich etwas am Azimut Moscow Olympic Hotel abholen soll. Können sie mich bitte dort absetzen?«

Er zuckt mit den Schultern. »Natürlich, kein Problem. Sie zahlen und ich fahre sie zu dem Ort ihrer Wahl.«

»Danke.« Ich lasse mich gegen die Rückenlehne fallen. Ich habe zu viel Angst um mich völlig zu entspannen, aber ein Großteil der Anspannung fällt von mir ab. In diesem Moment, bin ich in Sicherheit. Ich habe etwas Zeit gewonnen. In der Nähe dieses Hotels gibt es eine Autovermietung. Sobald ich dort ankomme, werde ich mir eine Verkleidung und ein Auto suchen. Sie werden die Flughäfen, Züge und öffentlichen Verkehrsmittel überwachen, aber es besteht eine winzige Möglichkeit, dass ich es irgendwie bis zur ukrainischen Grenze schaffen kann, wenn ich über Nebenstraßen fahre.

Die Fahrt scheint ewig zu dauern. Der Verkehr ist schlimm, aber nicht so furchtbar wie gestern. Allerdings kommen dadurch, dass der

Fahrer dauernd bremst und beschleunigt – und dem Nachlassen der betäubenden Wirkung des Adrenalins – meine Kopfschmerzen mit voller Wucht zurück, genauso wie die Schmerzen der Prellungen und Abschürfungen. Zur Krönung des Ganzen bemerke ich außerdem eine knurrende Leere in meinem Magen und eine staubige Trockenheit in meinem Mund.

Natürlich. Ich habe seit gestern Nachmittag weder etwas gegessen, noch getrunken.

Um mich von meinem Elend abzulenken, denke ich an Misha, so wie er auf dem letzten Foto aussah, das mir Obenko geschickt hat. Mein kleiner Bruder hatte seinen Arm um ein hübsches, braunhaariges Mädchen gelegt – seine derzeitige Freundin, laut Obenko. Das Mädchen hat Misha mit einer Bewunderung angeschaut, die schon fast an Anbetung grenzte, und er hat so stolz ausgesehen, wie ein Teenager nur aussehen kann.

Für dich, Misha. Ich schließe meine Augen, um das Bild in meinem Kopf festzuhalten. *Du bist es wert.*

»Oh, das ist nicht gut«, murmelt der Fahrer, und als ich meine Augen öffne, sehe ich, dass die Autos vor uns angehalten haben. »Ich frage mich, ob es einen Unfall gegeben hat.« Er kurbelt das Fenster hinunter und steckt seinen Kopf hinaus, um nach vorne zu schauen.

»Gab es einen Unfall?«, frage ich resigniert. Es scheint so, als würden sich alle Schicksale verschworen haben, mich in Moskau festzuhalten. Es reicht nicht aus, dass Moskau einen solch brutalen Winter hat, dass die feindlichen Armeen dezimiert werden; jetzt gibt es hier auch noch einen Verkehr, der Spione festhält.

»Nein«, antwortet der Fahrer und zieht seinen Kopf ins Auto zurück. »Es sieht nicht danach aus. Ich meine, dort stehen einige Polizeiautos, aber ich kann keine Krankenwagen sehen. Es könnte eine Blockade sein oder sie haben jemanden erwischt –«

Ich bin aus dem Auto raus noch bevor er zu Ende gesprochen hat.

»Hey«, schreit er, aber ich renne bereits Zickzack durch die stehenden Autos. Welche Beschwerden ich bis eben noch gehabt haben sollte, sie sind alle verschwunden, sind von einer starken Angstwelle weggeschwemmt worden.

Eine Polizeiblockade. Irgendwie haben sie meinen Aufenthaltsort eingegrenzt – oder vielleicht haben sie auch einfach alle größeren Straßen in der Hoffnung gesperrt, mich zu fangen. Wie dem auch sei, ich habe verloren, wenn ich diese Stadt nicht verlassen kann.

Mein Herz pocht in einem schweren Staccato, als ich die Straße entlanglaufe um zu einer kleinen Gasse zu gelangen, die ich gerade aus dem Taxi gesehen habe. Sie werden Probleme haben, mir dort mit einem Auto zu folgen, und mit etwas Glück kann ich ihnen lange genug aus dem Weg gehen, um ein anderes Taxi zu finden.

Alles, was mir mehr Zeit verschafft, ist gut.

Hinter mir höre ich Schüsse und das Geräusch schneller Schritte. »Bleiben Sie stehen!«, schreit eine männliche Stimme. »Bleiben Sie sofort stehen! Sie sind verhaftet!«

Ich ignoriere die Anweisung und werde stattdessen schneller. Die kalte Luft schmerzt in meinen Lungen, als ich meine Beinmuskeln an ihre Grenzen treibe. Ich kann die Gasse bereits deutlich sehen, eng und dunkel, und ich zwinge mich dazu, in der gleichen Geschwindigkeit weiterzurennen, ohne einen Blick nach hinten zu werfen.

»Bleiben Sie stehen oder ich werde schießen!« Die Stimme hört sich weiter entfernt an, was mir einen Funken Hoffnung gibt. Vielleicht kann ich meinem Verfolger entkommen. Ich war schon immer ein schneller Läufer, da ich mit meinen langen Beinen einen Vorteil gegenüber kleineren Menschen habe.

Ein Schuss ertönt, eine Kugel saust an mir vorbei und bleibt im Gebäude vor mir stecken.

Scheiße. Er schießt wirklich. Ich weiß nicht, warum mich das so sehr überrascht. Die Polizisten in Moskau sind nicht gerade dafür bekannt, sich um die Einwohner zu kümmern, die sie eigentlich beschützen sollten. Sie sind ein Werkzeug ihrer korrupten Regierung, nichts weiter. Es sollte mich nicht wundern, dass sie das Leben von unschuldigen Menschen aufs Spiel setzen, um mich zu fangen.

Ein weiterer Schuss und etwa einen Meter vor mir explodiert der Schnee auf dem Boden. Ich höre entsetzte Schreie und sehe, wie Menschen schutzsuchend zum Bürgersteig springen.

Ich ignoriere mein Mitgefühl und renne in die kleine Gasse. Genau vor mir stehen zwei große Müllcontainer und hinter ihnen schlängelt sich eine Feuerleiter die Seite des Gebäudes hinauf.

Ein dritter Schuss und die Kugel prallt vom Container ab und trifft mich dabei fast. Der Polizist, oder wer auch immer mich jagt, ist ein guter Schütze.

Ich bin fast an der Leiter und springe so hoch ich kann, um mit meinen Händen die unterste Sprosse zu umfassen. Danach nutze ich den Schwung meines Sprungs, um meine Beine in die Höhe zu schwingen und die Metallstange mit meinen Füßen zu umfassen. Danach lege ich meine Knie um die Stange und ziehe mich mit aller Kraft nach oben, um die nächste Sprosse der Leiter mit meiner linken Hand zu umgreifen. Ich schaffe es und ziehe mich in eine Sitzposition, bevor ich anfange, hinaufzuklettern.

Ein weiterer Schuss und die Wand vor mir explodiert, wodurch Backsteinsplitter in alle Richtungen fliegen.

Scheiße, Scheiße, Scheiße. Ich klettere die Leiter hoch so schnell ich kann, ohne auf den vereisten Sprossen auszurutschen. Unter mir höre ich laute Stimmen und Flüche, bevor die Leiter erzittert, als eine weitere Person auf sie springt.

Ich nehme an, dass sie beschlossen haben, mich lebend zu ergreifen.

Ich blicke nicht nach unten, während ich meinen gefährlichen Aufstieg fortsetze. Ich habe Höhen noch nie gemocht, also stelle ich mir vor, es sei eine Übung während des Trainings und eine dicke Matte läge unter mir. Auch wenn ich fallen sollte, würde mir nichts passieren. Natürlich ist das eine Lüge, aber durch sie kann ich weitermachen, auch wenn mein Herz mir höher als nur bis zum Hals schlägt.

Schneller als erwartet erreiche ich das Dach und springe von der Leiter auf die flache Oberfläche. Das Gebäude, auf dem ich mich befinde, ist wie ein Viereck gebaut, mit einem Loch in der Mitte für einen großen Hof – die typische Architektur der Sowjet-Ära, die die ganze Straße geformt hat. Ich halte lange genug inne, um eine Leiter am anderen Ende des Vierecks auszumachen, und dann renne ich los, um zu ihr zu gelangen.

»Bleiben Sie stehen«, schreit erneut jemand, und mich überkommt Angst, als mir klar wird, dass sie schon hier oben sind, mir dicht auf den

Fersen. Ich muss mich einfach umdrehen um einen Blick hinter mich zu werfen und sehe, dass zwei Männer mich verfolgen. Die tragen Polizeiuniformen und einer von ihnen hält eine Waffe in seiner Hand. Beide Männer sind groß und offensichtlich schnell und kräftig. Ich werde sie nicht lange abhängen können.

Ich ändere meinen Plan, werde um einiges schneller und benutze meinen Vorsprung von zwei Sekunden, um mich hinter einem Betonschornstein zu verbergen. Ich lehne mich an ihn, schnappe nach Luft und versuche verzweifelt, dabei keine Geräusche von mir zu geben.

Drei Sekunden später höre ich die Schritte der Männer.

Es ist an der Zeit, in die Offensive zu gehen.

Als der erste Polizist auf mich zukommt, strecke ich meinen Fuß aus. Er stolpert laut fluchend und ich höre, wie seine Waffe über das vereiste Dach rutscht.

Der Schütze liegt unbewaffnet am Boden.

Bevor sein Partner die Möglichkeit bekommt zu reagieren, springe ich, mit meiner rechten Hand zu einer Faust geballt, vor ihn. Er duckt sich automatisch nach links als ich aushole, und ich benutze meine Schwungkraft, um mit meiner linken Hand zuzuschlagen.

Sie trifft sein Kinn und er stolpert vor Schmerzen aufstöhnend nach hinten. Ohne innezuhalten schmeiße ich mich in Richtung der Waffe und sehe, dass der andere Polizist das Gleiche tut.

Wir stoßen zusammen und einen Augenblick lang berühren meine Finger die Waffe.

Ja! Ich ergreife sie und drücke ab, als der Polizist versucht sich, auf mich zu schmeißen.

Er schreit, umfasst seine Schulter und ich kann ihn von mir wegdrücken, weil das Adrenalin mir übermenschliche Kräfte verleiht. Ich bin schon fast wieder auf meinen Knien, als der zweite Polizist sich auf mich wirft und seine Hand brutal mein Handgelenk umfasst.

»Lass die Waffe fallen, Schlampe«, zischt er und in diesem Moment höre ich weitere Schritte.

»Hast du sie, Sergey?«, ruft ein Mann und ich sehe, dass fünf weitere Polizisten mit gezogenen Waffen auftauchen.

Es ist sinnlos, weiterzukämpfen, also lasse ich meine Waffe los. Sie fällt mit einem dumpfen Geräusch auf das Dach, während Sergey mich herumdreht und meine Handgelenke mit Handschellen auf meinem Rücken sichert.

Sie haben mich gefasst.

Jetzt kann ich die Hoffnung aufgeben.

ELFTES KAPITEL

❖ LUCAS ❖

»Sie haben was?«

Meine Stimme ist ein tiefes Zischen als ich mich hinsetze und die Krankenschwester ignoriere, deren Hände um mich herumschwirren, um mich dazu zu bringen, ruhig liegenzubleiben. Die Wut, die in mir aufsteigt, lässt alle Reste der Benommenheit, die ich durch die Medikamente verspürt habe, verschwinden. Ich weiß nicht, wie lange ich weg war, aber offensichtlich war es zu lange.

»Die Terroristen haben das Krankenhaus vor einigen Stunden angegriffen«, wiederholt Sharipov mit angespanntem und müdem Gesicht. »Es sieht so aus als hätten wir ihre Fähigkeiten unterschätzt – und ihren Wunsch, an Ihren Boss heranzukommen. Wir haben seinen Körper nicht zwischen den Leichen gefunden, also nehmen wir an, dass sie ihn mitgenommen haben.«

»Sie haben Esguerra?« Ich muss meine ganze Selbstbeherrschung aufbringen, um nicht aus dem Bett zu springen und den Oberst mit meinen bloßen Händen zu erwürgen – die nicht wieder gefesselt worden sind, wie mir nebenbei auffällt. »Sie haben es verdammt nochmal zugelassen, dass sie ihn entführen? Ich habe Ihnen gesagt, ihn mit Wachpersonal zu schützen –«

»Das haben wir. Wir hatten einige unserer besten Soldaten als Wachen –«

»Einige? Es hätten einige Dutzend sein müssen, ihr verfluchten Idioten!«

Die Krankenschwester zuckt zusammen als ich brülle und springt schnell aus meiner Reichweite. Clevere Frau. In diesem Moment würde ich auch sie gerne erwürgen.

Sharipovs Kiefer spannt sich an. »Wie gesagt, wir haben diese bestimmte Terroristenorganisation unterschätzt. Wir werden diesen Fehler nicht wiederholen. Es war ein Blutbad. Sie haben Dutzende von Patienten und Angestellten des Krankenhauses auf ihrem Weg nach draußen verwundet und alle Soldaten, die zur Bewachung abgestellt waren, getötet.«

»Scheiße.« Ich boxe so stark in die Matratze, dass das Kissen in die Höhe schnellt. »Konnten Sie ihnen wenigstens folgen?« Majid wäre nicht so dumm, Esguerra zu der Al-Quadar Festung im Pamir Gebirge zu schaffen; er muss verstanden haben, dass wir diesen Ort gefunden haben.

Sharipov tritt vorsichtshalber zurück. »Nein. Wir haben sofort die Polizei verständigt und nach Verstärkung verlangt, aber die Terroristen waren verschwunden, bevor wir am Krankenhaus ankamen.«

»Scheiße.« Hätte ich nicht diesen Gips am Bein, wäre ich bereits aus dem Bett gesprungen und hätte dem Oberst in sein resigniertes Gesicht geschlagen. Aber da ich ihn habe, muss ich mich damit zufrieden geben, erneut in die billige Matratze zu boxen. Mein Kopf pocht von dieser starken Bewegung, aber das ist mir scheißegal.

Esguerra wurde entführt, während ich betäubt und bewusstlos in meinem Bett lag.

Ich habe meinen Job vermasselt, richtig vermasselt.

»Geben Sie mir das Telefon«, sage ich, als ich mich soweit beruhigt habe, dass ich wieder sprechen kann. »Ich muss mit Peter Sokolov reden.«

Sharipov nickt und zieht das Handy aus seiner Hosentasche. »Bitte.« Er hält es mir vorsichtig hin. »Wir haben schon mit ihm gesprochen, aber Sie können ihn gerne selbst anrufen.«

Ich kämpfe gegen meinen Drang an, mir Sharipovs Hand zu schnappen und seinen Arm zu brechen, nehme das Telefon und gebe die

Nummern für eine sichere Verbindung ein, die mich durch einige Relais leitet. Zu meinem Ärger nimmt Peter nicht ab.

Sharipov beobachtet mich, also verberge ich meine Frustration und versuche es erneut. Und erneut. Und erneut.

»Ich werde in einigen Minuten zurück sein«, meint Sharipov bei meinem fünften Versuch. »Kontaktieren Sie, wen immer Sie kontaktieren müssen.«

Er verlässt das Zimmer und ich versuche weiterhin, mit steigender Wut und Besorgnis, Peter zu erreichen. Esguerras russischer Sicherheitsberater hat sein Telefon immer bei sich, und ich habe keine Ahnung, warum er jetzt nicht rangeht. Gab es einen Anschlag auf Esguerras Anwesen in Kolumbien? Diese Möglichkeit lässt mich rot sehen.

Als ich fast so weit bin aufzugeben, steht die Verbindung. »Ja?« Die Stimme mit dem leichten Akzent gehört unverkennbar zu Peter Sokolov.

»Ich bin es, Kent.«

»Lucas?« Der Russe hört sich überrascht an. »Du bist wach?«

»Zur Hölle, ja, ich bin wach. Wo bist du? Warum bist du nicht ans Telefon gegangen?«

In der Leitung wird es kurz still. »Ich bin gerade in Chicago gelandet.«

»Was?« Das ist das letzte, was ich zu hören erwartet hatte. »Warum?«

»Esguerras Frau. Sie will als Köder für die Al-Quadar fungieren.«

»Was?« Ich springe trotz des verdammten Gipses fast aus meinem Bett.

»Ja, ich weiß. Ich habe genauso reagiert. Aber Esguerra, der besessene Bastard, hat Tracker in sie implantieren lassen. Wenn sie sie schnappen, um sie als Druckmittel gegen Esguerra einzusetzen, wissen wir, wo sie sich aufhalten.«

»Scheiße.« Dieser Plan ist brillant, aber höllisch gefährlich. Wenn die Terroristen diese Tracker in ihr finden, wird Esguerras hübsche kleine Frau um ihren Tod betteln. Und sollte Esguerra diese Sache überleben, wird er Peter langsam und qualvoll dafür zerstückeln, das Mädchen auf diese Weise benutzt zu haben. »Das war Noras Idee?«

»Das war sie.« Ich kann einen Hauch von Bewunderung aus der kühlen Stimme des Russen heraushören. »Ich weiß nicht, womit er sie an sich fesselt, aber sie ist fest entschlossen. Ich wollte dem Plan zuerst nicht zustimmen, aber sie hat mich überzeugt.«

Ich atme tief ein und lasse die Luft langsam wieder heraus. Ich sollte überrascht sein – schließlich hat Esguerra das Mädchen entführt – aber ich bin es nicht. Wie auch immer ihre Beziehung begonnen hat, es ist ganz offensichtlich, dass das, was sich zwischen den beiden abspielt, auf Gegenseitigkeit beruht. Ich bin versucht, auf Peter loszugehen, weil er gegen Esguerras Anweisungen handelt, aber das wäre eine Verschwendung von Zeit und Energie. Was er in Bewegung gesetzt hat, kann nicht mehr rückgängig gemacht werden. »Also, wie sieht der Plan genau aus?«, frage ich stattdessen. »Wirst du in Chicago bleiben, um sicherzugehen, dass sie den Köder schlucken?«

»Nein, ich werde sofort nach Tadschikistan weiterfliegen. Das Rettungsteam ist bereits auf dem Weg dorthin. Sobald Majids Männer sie zu ihrem Versteck bringen, werden wir sie befreien – und Esguerra.«

»Du weißt, dass er sie vielleicht gar nicht zu ihm bringt. Ein Video, auf dem zu sehen ist, dass sie gefoltert wird, wäre genauso effektiv wie eine live-Aufführung.«

»Ich weiß.«

Natürlich tut er das. Genau wie ich, ist er an Spiele um Leben und Tod gewöhnt. Ich könnte jetzt bis in alle Ewigkeit die Risiken aufzählen, aber es würde nichts ändern. Der Plan wird entweder funktionieren oder schiefgehen, ohne dass ich Einfluss darauf habe.

»Hast du herausgefunden, was passiert ist?«, frage ich und wechsele damit das Thema. »Sharipov meinte, auf ihrer Seite könne ein Fehler unterlaufen sein.«

»Ein Fehler?« Ich kann Peters abwertendes Schnauben durch die Leitung hören. »Eher zu lockere Sicherheitsvorkehrungen. Einer ihrer Offiziere stand jahrelang auf der Gehaltsliste der Ukrainer und die Idioten hatten keine Ahnung davon, bis er die Rakete auf euer Flugzeug gefeuert hat.«

»Ukraine?« Das ergibt Sinn; dadurch, dass Esguerra sich mit den Russen verbündet hat, würden die Ukrainer ihn töten wollen. Aber … wie haben sie so schnell von unserer Unterhaltung erfahren? Wurde das Restaurant in Moskau abgehört? Hat Buschekov ein doppeltes Spiel gespielt? Oder hat–

»Es war die Übersetzerin«, sagt Peter und spricht damit meine nächste Vermutung aus. »Ich habe sie in Moskau festnehmen lassen, sobald ich herausgefunden habe was passiert ist.«

Ein lautes Piepen ertönt in meinem Ohr und ich bemerke, dass ich das Telefon so stark zusammendrücke, dass ich fast einen der Lautstärkeregler zerquetscht hätte.

»Was zum Teufel –«

»Es tut mir leid. Ich bin auf den falschen Knopf gekommen.« Meine Stimme ist kalt und äußerlich ruhig, obwohl kochende Lava durch meine Adern fließt. »Die Übersetzerin ist eine ukrainische Spionin?«

»Es sieht ganz danach aus. Wir sind noch dabei ihren Hintergrund auszugraben, aber bis jetzt scheint mindestens die Hälfte ihrer Identität erfunden zu sein.«

»Ich verstehe.« Ich zwinge mich dazu, meine Finger zu entspannen, bevor ich das Telefon komplett zerdrücke. »Deshalb konnten sie so schnell agieren.«

»Ja. Sie haben irgendwie herausbekommen, wann genau ihr den usbekischen Luftraum durchqueren würdet und haben ihren Agenten dort kontaktiert.«

Das Telefon gibt ein weiteres verärgertes Piepen von sich, als sich meine Hand ungewollt erneut zusammenballt. Ich weiß ganz genau, wie sie die Zeit abschätzen konnten. Ich selbst habe der verdammten Spionin unsere Abflugzeit verraten.

»Lucas?«

»Ja, ich bin noch dran.« Ich kann mich nicht an das letzte Mal erinnern, an dem ich so wütend gewesen war. Yulia Tzakova - wenn das überhaupt ihr wahrer Name ist – hat mich an der Nase herumgeführt. Ihr anfängliches Zögern, ihr Hauch von Unschuld – das alles war nur gespielt gewesen. Wahrscheinlich hatte sie gehofft, an Esguerra heranzukommen, und als das nicht geklappt hat, hat sie sich mit mir zufrieden gegeben.

»Ich muss jetzt los«, sagt Peter. »Ich werde mich bei dir melden, wenn wir landen. Ruhe dich ein wenig aus und werde wieder gesund; du kannst gerade nichts Anderes tun. Ich werde dich über alle Entwicklungen auf dem Laufenden halten.«

Er beendet das Gespräch und ich zwinge mich dazu, mich hinzulegen, da sich meine Kopfschmerzen durch die brennende Wut verschlimmert haben.

Sollte mir Yulia Tzakova jemals wieder über den Weg laufen, wird sie dafür büßen.

Sie wird für alles büßen.

* * *

Ich bin immer noch außer mir vor Wut, als Sharipov zurückkehrt und sein Telefon wiederhaben möchte. Als er sich meinem Bett nähert, setzte ich mich hin und starre ihn wütend an. »Ein verdammter Fehler, ja?«

Der Oberst hebt seine Hand und reibt sich seinen Nasenrücken. »Wir verhören den verantwortlichen Offizier gerade. Es ist noch nicht klar ob –«

»Bringen Sie mich zu ihm.«

Sharipov sieht bestürzt aus und lässt seine Hand sinken. »Das kann ich nicht tun«, sagt er. »Das ist eine Angelegenheit unseres Militärs.«

»Ihr Militär hat es dieses Mal so richtig versaut. Ihr Verantwortlicher für das Raketenverteidigungssystem war ein Verräter.«

Der Oberst öffnet seinen Mund, aber ich unterbinde seine Einwände. »Bringen Sie mich zu ihm«, verlange ich erneut. »Ich muss ihn persönlich befragen. Ansonsten bleibt mir nichts anderes übrig, als anzunehmen, dass weitere Personen innerhalb Ihres Militärs oder Ihrer Regierung in diesen Raketenanschlag verwickelt waren.« Ich mache eine Pause. »Und vielleicht sogar in den Terroristenanschlag im Krankenhaus.«

Sharipovs Augen weiten sich, als er meine unterschwellige Drohung hört. Sollte herauskommen, dass die usbekische Regierung Verbindungen zu einer terroristischen Organisation wie Al-Quadar unterhält, könnte das für dieses Land fatale Folgen haben. Es würde mich nicht überraschen, wenn der Oberst von unseren Beziehungen zu den USA und Israel wüsste. Sollte er mir die Möglichkeit verweigern, einen Offizier zu verhören, der ein Verräter ist, könnte sich die usbekische Regierung die mächtige Esguerra Organisation zum Feind machen und weltweit in dem Ruf stehen, sich mit Terroristen zu verbünden.

»Das muss ich mit meinen Vorgesetzten besprechen«, erwidert Sharipov nach einem Augenblick. »Bitte geben Sie mir mein Telefon.«

Ich reiche es ihm und beobachte ihn dabei, wie er bereits im Hinausgehen eine Nummer wählt. Während ich auf seine Rückkehr warte, bin ich mir bereits sicher, wie die Entscheidung lauten wird – und ich habe recht. Als Sharipov mein Zimmer betritt sagt er: »In Ordnung, Herr Kent. Wir werden unseren Offizier innerhalb der nächsten Stunde hierher bringen. Sie können mit ihm sprechen, aber das ist alles. Unser Militär wird sich danach um ihn kümmern.«

Ich werfe ihm einen grimmigen Blick zu. Das Einzige, um was sich das Militär bei diesem Verräter noch kümmern wird, ist sein Leichnam, aber das muss Sharipov zu diesem Zeitpunkt noch nicht wissen. »Bringen Sie ihn«, ist das einzige, was ich erwidere bevor ich mich hinlege und meine Augen in der Hoffnung schließe, dass meine pochenden Kopfschmerzen innerhalb der nächsten Stunde nachlassen werden.

Ich kann zwar der Übersetzerin gerade nichts antun, aber ich werde einen Teil meiner Rachegelüste mit Sicherheit an diesem Verräter ausleben.

* * *

Als der Mann eintrifft, geben mir die Krankenschwestern Krücken und führen mich zu einem anderen Raum des Krankenhauses. Ich benötige einige Minuten, um den Dreh herauszubekommen, wie ich mit den Krücken gehen muss, und die verdammten Kopfschmerzen sind nicht gerade hilfreich. Als ich endlich an meinem Ziel ankomme, sehe ich den Kerl auf einem Bett sitzen, an dessen einer Seite Oberst Sharipov und auf der anderen ein mit einer M16 bewaffneter Soldat stehen.

»Das ist Anton Karimov, der Offizier der für den unglücklichen Unfall mit Ihrem Flugzeug verantwortlich ist«, sagt Sharipov, als ich zu Ihnen humpele. »Sie können alle Fragen stellen, die Sie haben. Sein Englisch ist nicht so gut wie meins, aber er sollte Sie verstehen.«

Eine der Schwestern holt einen Stuhl herbei und ich nehme auf ihm Platz, um den extrem schwitzenden Mann vor mir eingehend zu betrachten. Karimov ist Anfang vierzig, füllig, mit einen schwarzen Schnauzbart und große Geheimratsecken. Er trägt immer noch seine

Uniform und ich kann sehen, dass seine Schweißränder bis zu seinen Unterarmen reichen.

Er ist nervös. Nein, mehr als das.

Er ist Panik erfüllt.

»Wer hat Sie bezahlt?«, frage ich, als die Krankenschwestern den Raum verlassen haben. Ich beschließe, die Befragung leicht zu beginnen, da dieser Mann wahrscheinlich nicht allzu schwer zu knacken ist. »Wer hat Ihnen den Auftrag erteilt, unser Flugzeug abzuschießen?«

Karimov zuckt sichtlich zusammen. »N-Niemand. Mir ist ein Fehler unterlaufen. Ich habe die Steuerung gereinigt –«

Ich unterbreche ihn, indem ich eine meiner Krücken anhebe und ihr Ende auf seinen Schritt lege. Obwohl ich nur einen leichten Druck auf seine Hoden ausübe, erblasst der Mann sichtlich.

»Wer hat Ihnen die Anweisung gegeben, unser Flugzeug abzuschießen?«, wiederhole ich und blicke ihn dabei an. Ich sehe, dass Sharipov nicht ganz wohl bei meiner Befragungsmethode ist, aber ich ignoriere ihn. Stattdessen drücke ich den Holzstab nach vorne, um den Druck auf Karimov zu erhöhen.

»N-Niemand«, stöhnt dieser und rückt weiter nach hinten, um der Reichweite meiner Krücke zu entfliehen. »Ich reinigte die –«

Ich werfe mich nach vorne. Ihm entfährt ein hohes Quieken, als ich seine Eier mit meinem Stock an der Matratze festnagele. »Hören Sie verdammt nochmal auf, mich anzulügen. Wer hat sie bezahlt?«

»Herr Kent, das ist nicht akzeptabel«, greift Sharipov ein und tritt zwischen mich und den Gefangenen. »Wie wir gesagt haben, nur Fragen. Wenn Sie nicht aufhören –«

Bevor er zu Ende gesprochen hat, bin ich bereits auf meine Füße gesprungen und stütze mich auf eine der Krücken, während ich mit der anderen den Soldaten schlage. Er hebt gerade seine M16 an, als ich ihn bereits am Knie treffe, er nach vorne stürzt und ich mir seine Waffe schnappen kann. Nach einer weiteren Sekunde habe ich das Sturmgewehr bereits auf Sharipov gerichtet.

»Raus«, befehle ich und deute mit einer ruckartigen Bewegung meines Kinns auf die Tür. »Sie und der Soldat. Verschwinden Sie.«

Sharipov tritt mit einem geröteten Gesicht zurück. »Ich weiß nicht, was Ihnen gerade einfällt –«

»Raus.« Ich hebe die Waffe an, um sie auf den Punkt zwischen seinen Augen zu richten. »Jetzt.«

Sharipovs Kiefer spannt sich an, aber er tut das, was ich ihm sage. Der Soldat folgt ihm humpelnd und wirft mir noch einen giftigen Blick über seine Schulter zu. Ich zweifele nicht daran, dass sie mit Verstärkung zurückkommen werden, aber dann wird es bereits zu spät sein.

Sobald sich die Tür hinter ihnen schließt, wende ich meine Aufmerksamkeit wieder Karimov zu. »Und jetzt«, sage ich in einem nahezu freundlichen Ton, während ich die Waffe auf den Verräter richte. »Wo waren wir stehengeblieben?«

Die Augen des Mannes sehen angsterfüllt aus. »Mir – mir ist ein Fehler unterlaufen. Das habe ich Ihnen schon gesagt. Niemand hat mich bezahlt. Niemand –«

Ich drücke ab und sehe dabei zu, wie die Kugeln das Knie des Mannes durchlöchern. Die Schüsse und das daraus resultierende Schreien verschlimmern meine Kopfschmerzen, was mich noch wütender macht. »Ich habe Ihnen gesagt, mich nicht anzulügen«, brülle ich, als die Schreie ein wenig leiser werden. »Also, wer hat Sie bezahlt?«

»D-Das weiß ich nicht!« Er schluchzt und umklammert sein Knie, aus dem Blut in das Krankenhausbett sickert. »Es war alles per E-Mail! Alles per E-Mail.«

»Was für eine E-Mail?«

»M-Mein Yahoo! Sie überweisen seit Jahren Geld auf mein Konto und bitten mich um Gefallen. K-Kleine Gefallen. Ich treffe sie nicht. Treffe sie nie –«

»Sie wissen nicht, wer sie sind?«

»N-Nein«, schluchzt er und versucht seine Blutung mit seinen dicken Händen zu stoppen. »Ich weiß nichts, ich weiß nichts, ich weiß nichts …«

Scheiße. Ich bin geneigt, dem Mann zu glauben. Er ist zu feige, um sie nicht zu verraten, um seine eigene Haut zu retten, und sie wissen es wahrscheinlich besser, als ihm zu trauen. Wir werden seinen E-Mail Account hacken, aber ich bezweifle, dass wir viele Hinweise finden werden.

Als ich auf dem Flur Schüsse und schnelle Schritte höre, drücke ich die Waffe gegen Karimovs schweißige Stirn. »Letzte Chance«, sage ich grimmig. »Wer sind sie?«

»Ich weiß nicht!« Sein Aufheulen ist verzweifelt und ich weiß, dass er die Wahrheit sagt. Er weiß wirklich nichts, und genau das macht ihn nutzlos. Ich bin versucht, ihn am Leben zu lassen, damit Esguerra und Peter noch ein wenig Spaß mit ihm haben können, aber es wird zu aufwendig sein, ihn aus dem Land zu bringen.

Das bedeutet, dass ich nur noch eine Sache tun kann.

Ich drücke ab, um Karimov mit Kugeln zu durchlöchern und sehe dabei zu, wie sein Körper gegen die Wand knallt und Blut und Gehirnmasse in alle Richtungen spritzen. Danach senke ich die Waffe, atme einige Male tief ein und versuche, das schmerzhafte Pochen in meinem Kopf zu beruhigen.

Als Sharipovs Soldaten einige Sekunden später in den Raum stürmen, sitze ich im Stuhl und die leere Waffe liegt zu meinen Füßen.

»Ich entschuldige mich für das Chaos«, sage ich und stütze mich auf die Krücken, um aufzustehen. »Selbstverständlich werden wir die Kosten für die Reinigung des Zimmers übernehmen.«

Ich ignoriere das Entsetzen auf allen Gesichtern und beginne, zur Tür zu humpeln.

ZWÖLFTES KAPITEL

❖ YULIA ❖

»Welcher Organisation gehören Sie an?« Buschekov lehnt sich nach vorne und seine Augen durchdringen mich mit der Intensität einer Schlange, die ihre Beute hypnotisiert.

Ich starre zurück zu dem russischen Politiker, ohne seine Frage wirklich zu hören. Ich kann mich nicht entscheiden, ob seine Augen eine gelblich graue Farbe haben oder eher einen hellen Haselnussston; welche Farbe seine Iris auch immer hat, sie verschmilzt mit dem gelblichen Grau um sie herum, weshalb seine Augen so aussehen, als seien sie farblos. Überhaupt ist alles an Arkady Buschekov gelblich grau, angefangen von der Farbe seiner Haut bis hin zu dem dünnen Haar, das an seinen durchschimmernden Schädel gedrückt ist.

»Welcher Organisation gehören Sie an?«, wiederholt er mit seinem stechenden Blick. Ich frage mich, wie viele Menschen alleine wegen dieses Blickes zusammengebrochen sind; wenn ich an den Röntgenblick glaubte, würde ich schwören, dass er gerade in mich hineinschaut. »Wer hat Sie hierher geschickt?«

»Ich weiß nicht, wovon Sie reden«, sage ich und kann die Erschöpfung in meiner Stimme nicht unterdrücken.

Seit meiner Festnahme sind mehr als vierundzwanzig Stunden vergangen und ich habe weder geschlafen, noch gegessen, noch etwas getrunken. Sie schwächen mich auf diese Art, untergraben meine Willensstärke. Das ist hier die Standardbefragungstechnik. Die Russen halten sich selbst für zu zivilisiert, um sofort mit Folter zu beginnen, also benutzen sie diese „sanfteren" Methoden – Dinge, die eher der Psyche schaden und weniger dem Körper.

»Wissen Sie, Yulia Andreyevna« – Buschekov spricht mich mit meinem Namen und dem gefälschten Vatersnamen an – »die ukrainische Regierung hat jegliche Verbindung zu Ihnen abgestritten.« Er beugt sich noch weiter nach vorne, um zu erreichen, dass ich zurückschrecke und mich weiter in meinen Sitz zurückziehe. Aus dieser Entfernung kann ich den gesalzenen Fisch und die Knoblauchkartoffeln riechen, die er zu Mittag gegessen haben muss. »Sollte keine inoffizielle ukrainische Organisation Ansprüche auf Sie erheben, haben wir keine andere Wahl als anzunehmen, dass sie eine russische Staatsbürgerin sind, so wie ihre gefälschten Papiere behaupten«, fährt er fort. »Sie verstehen, was das bedeutet, richtig?«

Das tue ich. Wenn sie mich wegen Verrats verurteilen, werden sie mich hinrichten. Das ist für mich allerdings kein Grund zu reden. Obenko wird nicht nach vorne treten und einen Anspruch auf mich erheben, auch dann nicht, wenn ich unsere geheime Organisation verrate. Eine Operation ist nichts in diesem großen Spiel.

Als ich weiterhin schweige, seufzt Buschekov und lehnt sich in seinem Stuhl zurück. »In Ordnung, Yulia Andreyevna. Wenn Sie es lieber so spielen möchten.« Er schnippt mit seinen Fingern in Richtung des Spiegels, der auf meiner linken Seite die ganze Wand bedeckt. »Wir werden bald erneut reden.«

Er steht auf und geht auf die Tür in der Ecke zu. Er bleibt vor ihr stehen und schaut zu mir zurück. »Denken Sie über das nach, was ich Ihnen gesagt habe. Es kann sehr schlecht für Sie enden, wenn Sie nicht kooperieren.«

Ich antworte nicht. Stattdessen schaue ich auf meine Hände, die mit Handschellen am Tisch vor mir befestigt sind. Ich höre, wie die Tür sich öffnet und schließt, bevor ich alleine bin, abgesehen von den Menschen, die mich durch den Spiegel beobachten.

* * *

Die Stunden vergehen, eine Sekunde unerträglicher als die nächste. Der Durst, der mich quält, ist so stark, das nur der Hunger, der in mir nagt, es mit ihm aufnehmen kann. Ich versuche, meinen Kopf auf den Tisch zu legen, um zu schlafen, aber jedes Mal, wenn ich das tue, geht ein ohrenbetäubender Alarm durch die Lautsprecher los, der mich schlagartig aufweckt. Dieses kreischende Geräusch ist unmöglich zu ignorieren, nicht einmal in meinem erschöpften Zustand, und irgendwann versuche ich es nicht mehr, sondern versuche einfach, mir eine kostbare Auszeit von einigen Momenten zu nehmen, während ich in meinem Stuhl sitze.

Ich weiß, was sie tun, aber das macht es nicht erträglicher. Menschen, die diesen dauerhaften Schlafentzug noch nie selbst erlebt haben, können nicht verstehen, dass es eine echte Folter ist, dass jeder Teil des Körpers nach einer Weile langsam abschaltet. Mir ist schlecht, ich friere und alles schmerzt – mein Magen, meine Muskeln, meine Haut, meine Knochen … sogar meine Zähne. Mein alter Kopfschmerz lässt meinen Schädel Höllenqualen ausstehen und meine Lippen sind durch den Wassermangel aufgesprungen.

Wie viel Zeit ist vergangen, seit Buschekov mich alleine gelassen hat? Einige Stunden? Ein Tag? Ich weiß es nicht und langsam verliere ich auch den Willen, mir darüber Gedanken zu machen. Wenn es etwas Gutes an dieser Sache gibt, dann ist es die Tatsache, dass ich wenigstens nicht auf die Toilette muss. Ich bin zu dehydriert und mein Magen ist zu leer. Allerdings hat mich das nicht davor bewahrt, gedemütigt zu werden. Als ich hier ankam, haben sie mich ausgezogen und jeden Zentimeter meines Körpers abgetastet. Selbst jetzt, in meinem grauen Gefängnisanzug, fühle ich mich entsetzlich nackt und meine Haut kribbelt bei der Erinnerung an die latexbehandschuhten Finger der Wachen, die keine Stelle meines Körpers ausgelassen haben.

Eine Sekunde lang schließe ich meine Augen und der kreischende Alarm geht los, lässt mich sofort wieder aufschrecken. Ich öffne meine Augen und versuche zu schlucken, indem ich die letzte Flüssigkeit, die ich in meinem Mund habe, zusammensammele, damit ich meine Kehle befeuchten kann. Es fühlt sich an, als hätte ich Sand gegessen. Schlucken ist noch schmerzhafter, als nicht zu schlucken, also gebe ich es auf und konzentriere mich darauf, einen Moment und danach einen weiteren zu überleben. Sie werden mich nicht einfach so sterben lassen – nicht solange sie hoffen, Informationen von mir zu bekommen – also muss ich einfach so lange durchhalten, bis sie mir etwas Wasser bringen.

Bis sie zurückkehren, um mich erneut zu befragen.

Meine Gedanken schweifen ab, drehen sich um die letzten Tage. Jetzt gibt es keinen Grund mehr, nicht an Lucas zu denken, also lasse ich die Erinnerungen zu. Schneidend und bittersüß füllen sie mich, führen mich von meinen Schmerzen, von meinem erschöpften Körper weg.

Ich erinnere mich an die Art und Weise, wie er mich geküsst hat, wie er an mich und in mich gepasst hat. Ich rufe mir seinen Geschmack, Geruch und das Gefühl seiner Haut auf meiner, in meine Erinnerung zurück. Er hat mich betrachtet während er mich fickte, sein Blick hat mich mit seiner Intensität in Besitz genommen. Hat ihm die Nacht, die wir zusammen verbracht haben, irgendetwas bedeutet? Oder war es nur ein nebensächliches Abenteuer, ein Weg, ein Bedürfnis zu befriedigen, während er einen Zwischenstopp in Moskau hatte?

Meine trockenen Augen brennen, als ich mit leerem Blick auf die Wand vor mir starre. Wie auch immer die Antwort lautet, sie ist unwichtig. Sie war niemals wichtig gewesen, aber jetzt ist sie bedeutungslos. Lucas Kent ist tot, sein Körper ist wahrscheinlich in Stücke gerissen worden.

Der Raum vor mir verschwimmt, wird abwechselnd scharf und unscharf, und ich bemerke, dass ich zittere, dass meine Atmung schwach ist, während mein Herz schmerzhaft schnell schlägt. Ich weiß, dass das wahrscheinlich auf die Dehydration und den Schlafmangel zurückzuführen ist, aber es fühlt sich an, als würde etwas in mir zerbrechen, als sei der Druck um meinen Brustkorb fest und erstickend. Ich will mich zu einem Ball zusammenrollen, mich in mich selbst zurückziehen, aber das kann ich nicht, nicht solange meine Hände an den Tisch und meine Füße an den Boden gekettet sind.

Alles, was ich tun kann, ist, dazusitzen und um etwas zu trauern, das ich niemals hatte – und niemals kennenlernen werde.

DREIZEHNTES KAPITEL

❖ LUCAS ❖

Nachdem ich Karimov befragt habe, beauftragt Sharipov zehn bewaffnete Soldaten damit, mich zu überwachen und die Krankenschwestern zu begleiten, wenn sie sich um mich kümmern. Ich weiß, dass er gerne mehr tun würde, wie mich ins Gefängnis werfen, aber das traut er sich nicht. Peter hat seine russischen Verbindungen bereits spielen lassen, weshalb jeder in diesem Krankenhaus sich von seiner Schokoladenseite zeigt, abgesehen von den bewaffneten Wachen.

Mich stört meine Begleitung nicht. Da ich jetzt die Gelegenheit hatte, einen Teil meiner Wut loszuwerden, bin ich ein wenig ruhiger und verbringe die Zeit zwischen Karimovs Tod und Esguerras Rettung damit, meine Fortbewegung mit Krücken zu perfektionieren. Laut den Ärzten ist es ein sauberer Schienbeinbruch, also sollte der Gips in sechs bis acht Wochen abgenommen werden können. Dieses Wissen ist beruhigend und mindert meine Wut und Frustration darüber, im Krankenhaus festzuhängen, während andere meine Arbeit verrichten.

Peter hält mich auf dem Laufenden und deshalb weiß ich, dass Al-Quadar den Köder geschluckt hat. Jetzt müssen wir nur abwarten, ob Nora auch dorthin gebracht wird, wo die Terroristenzelle Esguerra gefangen hält. Da ich leicht optimistisch gestimmt bin, arrangiere ich, dass die beiden nach ihrer Rettung in eine Privatklinik in die Schweiz gebracht werden. Ich habe das Gefühl, dass das nötig sein wird. Außerdem bespreche ich mit Peter die besten Strategien, um Esguerra aus jeder Art von Löchern herauszubekommen, in denen sie ihn festhalten könnten, und sehe regelmäßig nach den verbrannten Männern, die sich jetzt bereits in einem stabilen Zustand befinden, aber in einem künstlichen Koma gehalten werden, um ihr Leiden zu mindern. Sie werden einige Hauttransplantationen benötigen – eine Geldausgabe, die Esguerra bewilligen muss, sobald er zurückkommt.

Meine zuständigen Ärzte sind verstimmt, weil ich wegen dieser ganzen Beschäftigungen nicht viel Zeit damit verbringe, im Bett zu liegen und mich auszuruhen. Sie behaupten, ich müsse still daliegen und dürfe keinen Stress haben, damit meine Gehirnerschütterung heilen kann. Ich ignoriere sie. Sie haben nicht verstanden, dass ich mich beschäftigen muss, dass selbst der schlimmste Kopfschmerz besser ist, als dazuliegen und über sie nachzudenken.

Die russische Übersetzerin /ukrainische Spionin.

Yulia.

Allein an ihren Namen zu denken, lässt meinen Blutdruck in die Höhe schnellen. Ich weiß nicht, warum ich ihren Verrat nicht aus dem Kopf bekommen kann. Es ist nicht mal ein wirklicher Verrat. Rational gesehen schuldete sie mir keine Loyalität. Ich bin zu ihrem Apartment gegangen, um ihren Körper zu benutzen, aber letztendlich hat sie mich benutzt. Das macht sie zu meinem Feind, zu jemandem, den ich töten wollen sollte, aber es bedeutet nicht, dass sie mich betrogen hat. Ich sollte nicht mehr an sie als an Al-Quadar denken.

Das sollte ich nicht, aber ich tue es.

Ich denke permanent an sie, erinnere mich an die Art und Weise, wie sie mich angeschaut hat und wie ihr Atem sich beschleunigte, als ich sie zum ersten Mal berührt habe. Wie sie sich an mich gekrallt hat, als ich in sie eingedrungen bin, wie sich ihre enge, feuchte Muschi um meinen Schwanz angefühlt hat. Sie wollte mich – dessen bin ich mir sicher – und der Sex mit ihr war der heißeste, den ich seit Jahren hatte.

Den ich vielleicht jemals hatte.

Scheiße.

Ich kann mir das nicht länger antun. Ich muss dieses Mädchen vergessen. Sie befindet sich in den Händen der russischen Regierung, was bedeutet, dass sie nicht länger mein Problem ist. So oder so wird sie für das bezahlen, was sie getan hat.

Das ist ein Gedanke, der mich beruhigen sollte, aber stattdessen macht er mich wütender.

* * *

»Wir haben sie.«

Als ich Peters Stimme höre stehe ich auf, da ich zu angespannt bin um stillzusitzen, »Wie geht es ihnen?« Es ist nicht einfach, das Telefon festzuhalten, während ich auf den Krücken balanciere, aber ich schaffe es.

»Esguerra ist ziemlich mitgenommen. Sie haben mit seinem Gesicht gespielt - ich denke er hat ein Auge verloren. Nora scheint in Ordnung zu sein. Sie hat Majid umgebracht. Hat ihm seinen Kopf weggeschossen bevor wir zu ihnen gelangten.« Peter hört sich an, als bewundere er sie. »Hat ihn kaltblütig erschossen, kannst du dir das vorstellen?«

»Verdammt.« Ich kann das Bild nicht in meinen Kopf bekommen, also versuche ich es auch gar nicht erst. Stattdessen konzentriere ich mich auf den ersten Teil seines Berichts. »Esguerra hat ein Auge verloren?«

»Sieht ganz danach aus. Ich bin kein Arzt, aber es sieht übel aus. Hoffentlich können sie es in der Schweiz retten.«

»Ja.« Wenn es einen Ort gibt, an dem sie es können, dann in dieser Schweizer Klinik. Sie ist dafür bekannt, Berühmtheiten und äußerst reiche Menschen zu behandeln, von russischen Ölmagnaten bis zu mexikanischen Drogenbossen. Ein Aufenthalt dort kostet ab dreißigtausend Schweizer Franken die Nacht, aber Julian Esguerra kann es sich leicht leisten.

»Er möchte dich und die anderen übrigens in diese Klinik verlegen lassen«, sagt Peter. »Wir werden euch in Kürze ein Flugzeug schicken.«

»Okay.« Ich hatte nichts Anderes erwartet, aber es ist trotzdem schön, es zu hören. Sich in der noblen Schweizer Klinik zu erholen, sollte um einiges besser sein, als in diesem Dreckloch festzusitzen. »Er ist nicht auf dich losgegangen, weil du Noras Entführung zugelassen hast?«

»Ich habe nicht wirklich mit ihm gesprochen. Ich halte Abstand.«

»Peter …« Ich zögere einen Moment, entscheide dann aber, dass er sich eine faire Warnung verdient hat. »Esguerra reagiert nicht sehr rational wenn es um seine Frau geht. Es besteht die Möglichkeit dass er –«

»Mir die Leber mit bloßen Händen herausreißt? Ja, ich weiß.« Der Russe hört sich eher amüsiert als besorgt an. »Deshalb werde ich ihn auch nur an der Klinik absetzen und danach verschwinden. Sie gehören dann ganz dir.«

»Verschwinden? Was ist mit deiner Liste?« Es ist kein Geheimnis, dass Esguerra versprochen hat, ihm für drei Dienstjahre eine Liste mit den Namen der Menschen zu geben, die für das verantwortlich sind, was seiner Familie zugestoßen ist.

»Mach dir darüber keine Gedanken.« Peters Stimme kühlt sich auf arktisches Niveau ab. »Sie werden das bekommen, was sie verdienen.«

»In Ordnung.« Das ist wahrscheinlich mein Stichwort die Wachen zu benachrichtigen, um Peter festzuhalten. Esguerra würde mich dafür lieben, aber ich kann den Russen nicht auf diese Weise verraten. Auch wenn wir noch nicht so lange zusammenarbeiten, habe ich diesen Mann mehr als schätzen gelernt. Er ist ein kaltblütiges Arschloch, und das macht ihn perfekt für das, was er tut. Und außerdem ist er ehrlich gesagt gefährlich genug, um nicht das Leben weiterer meiner Männer zu riskieren. »Viel Glück«, sage ich und meine es ernst.

»Danke, Lucas. Dir auch. Ich hoffe du und Esguerra, ihr werdet bald wieder gesund sein.«

Und damit beendet er das Gespräch und ich bleibe auf das Flugzeug wartend und an Yulia denkend zurück.

∗ ∗ ∗

Wir bleiben fast eine Woche lang in der Schweizer Klinik. Während dieser Zeit unterzieht sich Esguerra zwei Operationen – einer, um sein aufgeschnittenes Gesicht zu reparieren und einer anderen, um ein künstliches Auge in seine linke Höhle zu implantieren.

»Sie sagen, seine Narben werden nach eine Weile kaum noch zu sehen sein«, erzählt mir seine Frau, als ich sie auf dem Gang treffe. »Und das

Augenimplantat sollte sehr natürlich aussehen. In einigen Monaten wird er fast wieder der Alte sein.« Sie hält inne und betrachtet mich mit ihren großen dunklen Augen. »Wie geht es Ihnen, Lucas? Wie geht es Ihrem Bein?«

»Es geht ihm gut.« Ich habe keine Schmerzmittel nehmen wollen, weshalb es höllisch wehtut, aber das muss Nora ja nicht wissen. »Ich hatte Glück. Wir beide hatten Glück.«

»Ja.« Ihr schlanker Hals bewegt sich, als sie schlucken muss. »Wie sieht es mit den anderen aus?«

»Sie werden bis zur nächsten Operation überleben.« Das ist das einzig Positive, das ich über die drei verbrannten Männer sagen kann. »Die Ärzte rechnen damit, dass jeder von ihnen etwa ein Dutzend Operationen benötigen wird.«

Sie nickt düster. »Natürlich. Ich hoffe, die Operationen werden gut verlaufen. Bitte richten Sie ihnen meine besten Wünsche aus, wenn Sie mit ihnen sprechen.«

Ich nicke. Diese Möglichkeit besteht kaum, da sie vollkommen ruhig gestellt sind, aber ich sehe keinen Grund, ihr das zu erzählen. Die zierliche, junge Frau vor mir hat schon genug Mist zu verarbeiten. Esguerra hat gesagt, sie kommt damit zurecht, aber ich habe meine Zweifel. Nicht viele Neunzehnjährige aus einem amerikanischen Vorort schießen einem Terroristen den Kopf weg.

Ich will gerade weitergehen, als Nora ruhig fragt: »Haben Sie etwas von Peter gehört?« Der Gesichtsausdruck, mit dem sie mich anschaut, ist schwer zu lesen.

»Nein, das habe ich nicht«, antworte ich ihr ehrlich. »Warum?«

Sie zuckt mit den Schultern. »Aus reiner Neugier. Wir verdanken ihm unser Leben.«

»Stimmt.« Ich habe das Gefühl, dass mehr dahintersteckt, aber ich bohre nicht nach. Stattdessen nicke ich ihr erneut zu und humpele zu meinem Zimmer zurück.

Als ich in dieser Nacht einschlafe, dringt die blonde Spionin erneut in meine Gedanken ein und mein Schwanz versteift sich trotz der unterschwelligen Kopfschmerzen. Das gleiche ist jede Nacht in der vergangenen Woche geschehen. Zufällige Bilder unserer gemeinsamen Nacht steigen in mir auf, sobald ich mich entspanne – sobald ich zu müde bin um dagegen anzukämpfen. Ich höre nicht auf, an den festen Griff ihrer Muschi zu denken, an die Schreie, die ihrer Kehle entwichen sind, als ich sie gefickt habe, ihren Geschmack … Es ist so schlimm geworden, dass ich mit dem Gedanken gespielt habe, mir eine Nutte kommen zu lassen, aber aus irgendeinem Grund spricht mich diese Vorstellung nicht an.

Ich will nicht einfach nur Sex. Ich will Sex mit ihr.

Wütend stehe ich auf, schnappe mir meine Krücken und humpele zum Badezimmer, um mir einen runterzuholen.

Wenn alles gut geht, sind wir morgen wieder zurück in Kolumbien und dieses Kapitel in meinem Leben wird vorbei sein.

Vielleicht werde ich Yulia dann für immer und ewig vergessen.

TEIL III: DIE GEFANGENE

VIERZEHNTES KAPITEL

❖ LUCAS ❖

Meine Finger schweben über der Tastatur meines Laptops während ich auf den Bildschirm starre und darüber nachdenke, ob das, was ich vorhabe, clever ist. Dann atme ich tief ein und beginne zu tippen. Meine E-Mail an Buschekov ist kurz und direkt:

Esguerra verlangt, dass Yulia Tzakova für weitere Befragungen in seinen Gewahrsam ausgeliefert wird.

Ich drücke auf „senden", stehe auf und genieße die Freiheit, mich ohne Krücken bewegen zu können. Vor zwei Wochen wurde mir der Gips abgenommen und ich bin immer noch jedes Mal erleichtert, dass ich ohne Hilfe aufstehen und gehen kann.

Ich verlasse meine Bibliothek, die gleichzeitig mein Büro ist, und gehe in die Küche, um mir ein Sandwich zu machen. Kochen ist etwas, das ich noch nie konnte, weshalb selbst mein Sandwich mehr als einfach ist: Schinken, Käse, Salat und Mayonnaise zwischen zwei Brotscheiben.

Ich setze mich zum Essen an den Tisch, um mein Bein nicht überzustrapazieren. Auch wenn es gut heilt, muss ich immer noch gegen meinen Hang zu humpeln ankämpfen. Seit dem Bruch sind erst zwei Monate vergangen und die Knochen benötigen mehr Zeit, um komplett zu heilen.

Während ich esse, kehren meine Gedanken zur möglichen Antwort des Russen auf meine E-Mail zurück. Ich kann mir nicht vorstellen, dass es Buschekov gefallen wird, seine Gefangene zu verlieren, aber gleichzeitig denke ich nicht, dass er allzu stark protestieren wird. Esguerras Waffen sind die besten auf dem Markt und da der Konflikt in der Ukraine eskaliert ist, benötigt der Kreml unsere geheimen Lieferungen an die Rebellen mehr denn je.

Sie werden auf jeden Fall Esguerras – in Wirklichkeit meiner – Aufforderung nachkommen. Das bedeutet, dass ich Yulia Tzakova nach zwei Monaten Besessenheit endlich in meine Finger bekommen werde.

Ich kann es kaum erwarten.

* * *

In den nächsten Tagen tauschen Buschekov und ich ein Dutzend E-Mails aus. Wie ich vermutet hatte, ist er nicht sehr glücklich und geht anfangs sogar so weit zu sagen, dass er nur mit Peter Sokolov über diese Angelegenheit reden wird.

»Sokolov ist derzeit verhindert«, erkläre ich Buschekov während eines Videoanrufs. Der russische Politiker hat wieder eine Übersetzerin dabei, diesmal eine Frau mittleren Alters. »Ich bin jetzt derjenige, der in allen Angelegenheiten für Esguerra spricht und er will Tzakova so schnell wie möglich in seinem Gewahrsam haben und alle Informationen bekommen, die Sie bis jetzt über sie herausfinden konnten.«

»Das ist unmöglich«, widerspricht Buschekov, nachdem die Übersetzerin ihm mitgeteilt hat, was ich gesagt habe. »Das betrifft die nationale Sicherheit –«

»Bullshit. Alles was wir wollen, sind die Akten über ihren persönlichen Hintergrund. Das hat nichts mit der russischen nationalen Sicherheit zu tun.«

Buschekov sagt nach der Übersetzung einige Augenblicke lang nichts und ich weiß, dass er darüber nachdenkt, wie er mit mir umgehen soll. »Warum brauchen Sie sie?«, fragt er schließlich.

»Weil wir die Person oder die Organisation ausfindig machen wollen, die für den Raketenanschlag verantwortlich ist.« Zumindest rede ich mir das selbst ein: dass ich das Mädchen persönlich befragen möchte, um die Arschlöcher zu finden, die unser Flugzeug abgeschossen haben.

Buschekov farblose Augen blinzeln nicht. »Dafür brauchen Sie Tzakova nicht. Wir werden Ihnen diese Informationen zukommen lassen, sobald wir sie haben.«

»Also haben Sie sie nicht. Und das nach zwei Monaten.« Ich bin überrascht und beeindruckt, dass sie es nicht geschafft haben, das Mädchen zu brechen. Ihr Training muss hervorragend gewesen sein, wenn sie einer so lang andauernden Befragung widerstehen kann.

»Wir werden sie bald haben.« Buschekov verschränkt seine Arme vor der Brust. »Es gibt Wege, die Extraktion der Informationen zu beschleunigen, wir haben nur noch keine Erlaubnis dafür bekommen.«

Meine Bauchmuskeln spannen sich an. Ich habe versucht, nicht darüber nachzudenken, was sie ihr in Moskau antun könnten, aber ab und an überkommen mich diese Gedanken zusammen mit den Erinnerungen an unsere gemeinsame Nacht. Ich möchte, dass Yulia leidet, aber die Vorstellung, dass irgendwelche gesichtslosen russischen Wächter sie missbrauchen, weckt etwas Dunkles und Hässliches in mir.

»Ihre Autorisationen interessieren mich nicht.« Ich zwinge mich dazu, meine Stimme ruhig zu halten als ich mich näher zur Kamera beuge. »Sie werden sie uns ausliefern. Natürlich nur, falls sie unsere geschäftlichen Beziehungen aufrechterhalten möchten.«

Er starrt mich an und ich weiß, dass er darüber nachdenkt und sich fragt, ob ich bluffe. Das tue ich zwar – Esguerra hat nichts davon autorisiert – aber das weiß Buschekov nicht. Für den russischen Politiker repräsentiere ich die Esguerra Organisation und ich bin dabei, die Luft aus einer gegenseitig vorteilhaften Verbindung zu lassen.

»Das wäre nicht gut für Sie«, sagt Buschekov schließlich, »derart gegen uns vorzugehen.«

»Vielleicht.« Ich zucke bei dieser nicht sehr unterschwelligen Drohung nicht einmal mit der Wimper. »Vielleicht nicht. Aber es nimmt selten ein gutes Ende mit Esguerras Feinden.«

Ich beziehe mich auf Al-Quadar, die seit unserer Rückkehr komplett ausgelöscht wurde. Wir haben uns seit einigen Monaten mit der Terroristengruppe im Krieg befunden, seit dem Zeitpunkt, als sie versucht haben Sprengstoff von Esguerra zu erpressen, indem sie Nora entführten. Seit unserer Rückkehr aus Tadschikistan sind die Dinge eskaliert. Wir haben die Lieferanten der Terroristen, ihre Geldgeber und entfernten Verwandten aufgespürt und niemand, der auch nur eine entfernte Verbindung zur Gruppe hatte, konnte unserem Zorn entkommen. Die Anzahl der Opfer liegt etwa bei vierhundert und die Geheimdienste wissen das ganz genau.

Einige angespannte Augenblicke lang antwortet Buschekov nicht und ich frage mich, ob er meinen Bluff erkannt hat. Aber dann sagt er: »In Ordnung. Sie werden sie innerhalb eines Monates bekommen.«

»Nein.« Ich schaue Buschekov in die Augen, während die Frau meine Worte übersetzt. »Früher. Morgen werden wir ein Flugzeug schicken, das sie abholt.«

»Was? Nein, das –«

»Sollte genügend Zeit sein, um alles vorzubereiten«, unterbreche ich die Übersetzerin. »Vergessen Sie nicht, dass wir sie und die Akten erwarten. Sie möchten uns nicht enttäuschen, glauben Sie mir.«

Und bevor er weitere Proteste hervorbringen kann, beende ich den Videoanruf.

* * *

Am nächsten Morgen trainiere ich wie immer mit Esguerra und dem Team. Wie ich, ist er fast wieder zu seiner alten Form zurückgekehrt und hat es gerade mit drei neuen Rekruten aufgenommen. Da mein Bein immer noch heilen muss, beschränke ich mich auf Boxen und Schießübungen und bin mehr als nur ein wenig neidisch darauf, dass er schon wieder richtig kämpfen kann.

Als wir das Trainingsgelände verlassen, berichte ich ihm von den neuesten Entwicklungen Peter Sokolov betreffend. Irgendwie ist der Russe an Esguerras Liste gekommen und arbeitet jetzt die auf ihr stehenden Namen ab, tötet systematisch einen nach dem anderen.

»Es gab einen weiteren Schlag in Frankreich und außerdem zwei in Deutschland«, erzähle ich ihm und benutze ein Handtuch, um mir den Schweiß vom Gesicht zu wischen. In diesem Teil Kolumbiens am Amazonas ist es immer heiß und feucht. »Er verschwendet keine Zeit.«

»Das hatte ich auch nicht erwartet«, erwidert Esguerra. »Wie hat er es diesmal getan?«

»Der Franzose wurde im Fluss treibend gefunden und wies Folter- sowie Würgemale auf weshalb davon ausgegangen wird, dass Sokolov ihn vorher entführt hatte. Bei den Deutschen war ein Anschlag eine Autobombe und der andere ein Scharfschützengewehr.« Ich grinse. »Auf sie war er wohl weniger wütend.«

»Oder es war so praktischer.«

»Oder das«, stimme ich zu. »Wahrscheinlich weiß er, dass Interpol ihm auf der Spur ist.«

»Mit Sicherheit tut er das.« Esguerra sieht abgelenkt aus, also beschließe ich, dass es ein guter Zeitpunkt ist, ihm von der Sache mit Yulia zu erzählen.

»Und außerdem«, sage ich wie beiläufig, »lasse ich gerade Yulia Tzakova aus Moskau hierherbringen.«

Esguerra bleibt stehen und blickt mich an. »Die Übersetzerin, die uns an die Ukrainer verraten hat? Warum?«

»Weil ich sie persönlich befragen möchte«, erkläre ich ihm und lege mir das Handtuch um den Hals. »Ich vertraue nicht darauf, dass die Russen ihren Job ordentlich machen.«

Esguerra zieht seine Augen zusammen, wobei seine Prothese erschreckend natürlich aussieht. »Es ist, weil du sie in jener Nacht in Moskau gefickt hast, stimmt's? Geht es darum?«

Wut steigt in mir auf und ich spanne meinen Kiefer an. »Sie hat mich gefickt. Im wahrsten Sinne des Wortes.« Soviel kann ich zugeben, ohne mich unwohl zu fühlen. »Also ja, ich will mich persönlich um diese kleine Schlampe kümmern. Aber ich denke, dass sie außerdem nützliche Informationen für uns hat.«

Oder zumindest hoffe ich das, damit ich meine krankhafte Besessenheit mit ihr rechtfertigen kann.

Esguerra betrachtet mich einen Augenblick lang eindringlich, bevor er nickt. »In dem Fall hast du meinen Segen.« Als wir weitergehen fragt er: »Hast du schon mit den Russen verhandelt?«

Ich nicke. »Anfangs haben sie versucht mir zu erzählen, dass sie nur mit Sokolov reden würden, aber ich habe sie davon überzeugt, dass es nicht clever wäre, Sie zu ihrem Feind zu haben. Buschekov hatte eine

Erleuchtung als ich ihn an die jüngsten Probleme mit der Al-Quadar erinnerte.«

»Gut.« Esguerra strahlt grimmige Zufriedenheit aus. In der Welt des illegalen Waffenhandels kommt es auf den Ruf an, und die Tatsache, dass die Russen nachgegeben haben, ist eine vielversprechende Entwicklung für seine Geschäfte.

»Ja, es ist sehr hilfreich«, sage ich, bevor ich hinzufüge: »Sie wird morgen hier ankommen.«

Esguerra zieht eine Augenbraue in die Höhe. »Wo wirst du sie unterbringen?«, fragt er. Es ist ein großes Zeichen seines Vertrauens, dass er meine Eigeninitiative nicht in Frage stellt. Seit ich ihm in Thailand das Leben gerettet habe, hat er mir einen riesigen Handlungsspielraum eingeräumt.

»Bei mir«, antworte ich. »Die Befragung wird ebenfalls dort stattfinden.«

Er grinst und ich weiß, dass er mich verstanden hat. »In Ordnung. Viel Spaß dabei.«

»Den werde ich haben«, erwidere ich grimmig. »Darauf können Sie sich verlassen.«

Ich zähle buchstäblich die Stunden bis Yulia sich im Flugzeug befindet. Ich überlege sogar, persönlich nach Moskau zu fliegen, um sie zu holen, aber entscheide mich dafür Thomas zu schicken, einen ehemaligen Navy Piloten, sowie einige andere Männer, denen ich vertraue. Es hätte eigenartig ausgesehen, wenn ich geflogen wäre; als Esguerras zweiter Mann werde ich auf dem Anwesen gebraucht und gebe mich nicht mit so unwichtigen Aufgaben wie der Empfangnahme von Spionen ab.

»Informiere mich umgehend, sollten Probleme auftreten«, befehle ich Thomas, auch wenn ich mir sicher bin, dass das nicht der Fall sein wird.

In weniger als vierundzwanzig Stunden wird Yulia Tzakova hier sein.

Sie wird meine Gefangene sein und niemand wird sie vor mir retten können.

FÜNFZEHNTES KAPITEL

❖ YULIA ❖

Die schwere Metalltür am Ende des Flurs öffnet sich und ich schrecke auf, da ich darauf konditioniert bin, auf dieses Geräusch genauso zu reagieren wie auf einen Elektroschock.

Sie kommen mich wieder holen.

Ich beginne zu zittern – eine weitere konditionierte Reaktion. So sehr ich auch stark bleiben möchte, sie bekommen mich langsam, brechen mich Stück für Stück. Jede zermürbende Befragung, jede große oder kleine Demütigung, jeder Tag, der in Nacht übergeht, während ich dort ohne Essen und Wasser sitze – das alles summiert sich und zerstört meine Willenskraft wie Wassertropfen einen Stein. Und ich weiß, dass sie gerade erst anfangen. Buschekov hat so etwas das letzte Mal angedeutet, als er mich in den Spiegelraum holen ließ.

Ich versuche meine Atmung zu kontrollieren, setze mich auf mein Feldbett und hülle die schmutzige Decke um mich. Außen mag es vielleicht Mai sein, aber in diesem Gefängnis herrscht immer noch Winter. Die Kälte hört nie auf. Sie durchdringt die grauen Steinwände und rostigen Gitterstäbe, zieht durch die Risse im Boden und an der Decke. Es gibt keine Fenster, durch die die Sonne diese Räume erwärmen könnte. Ich lebe grau in grau und die Wände um mich herum werden jeden Tag enger.

Schritte.

Als ich sie höre, stecke ich meine Füße in meine Stiefel. Meine Socken sind genauso schmutzig wie der Anzug den ich trage. Ich habe seit drei Wochen nicht geduscht und ich stinke zweifellos bis zum Himmel. Das ist eine der kleinen Demütigungen, durch die man sich nahezu unmenschlich fühlt.

»Yulechka …« Ein vertrauter Singsang verstärkt mein Zittern. Igor ist der Wachmann, den ich am meisten hasse, der mit den gierigsten Händen und dem widerlichsten Mundgeruch. Obwohl hier überall Kameras installiert sind, schafft er es Möglichkeiten zu finden, mich zu berühren oder mir Schmerzen zuzufügen.

»Yulechka«, wiederholt er, als er sich meiner Zelle nähert und ich kann die Freude in seinen braunen Knopfaugen sehen. Er benutzt die vertrauteste Form meines Namens, die, die normalerweise liebevoll von Eltern oder anderen Familienmitgliedern benutzt werden würde. Von seinen dicken Lippen hört er sich schmutzig und pervers an, so als würde ein Pädophiler mit einem Kind reden.

»Bist du bereit, Yulechka?« Während er nach dem Schloss an der Zellentür greift, lässt er mich nicht aus den Augen.

Ich bekämpfe meinen Drang, bis an die Zellenwand zurückzuweichen. Stattdessen stehe ich auf und lege meine Decke ab. Er würde jede Entschuldigung begrüßen, seine Hand an mich zu legen, also gebe ich ihm keine. Ich gehe einfach bis an die Gitterstäbe und warte dort, während sich mein Magen vor Übelkeit zusammenzieht.

»Draußen wird wieder nach dir verlangt«, erklärt er und greift nach meinem Arm. Ich übergebe mich beinahe, als er meine Handgelenke umfasst und ich seine dicken, öligen Finger auf meiner Haut spüre. Er legt mir die eine Handschelle um, kommt näher und greift nach meinem anderen Arm. »Sie haben gesagt, dass du nicht mehr hierher zurückkommen wirst«, flüstert er und ich spüre, wie eine seiner Hände in meinen Po kneift und sein Finger schmerzhaft in die Ritze eindringt. »Das ist zu schade. Ich werde dich vermissen, Yulechka.«

Galle steigt in meinem Hals auf, als ich seinen Atem rieche – alte Zigaretten gemischt mit verfaulten Zähnen. Ich muss meine ganze

Willenskraft aufwenden, um ihn nicht von mir wegzustoßen. Wenn ich mich wehre, fasst er mich nur noch mehr an; das weiß ich aus eigener Erfahrung. Also stehe ich einfach nur da und warte darauf, dass er mich loslässt. Er wird mich nicht vergewaltigen – eine Demütigung, die mir dank der Kameras erspart geblieben ist – also muss ich einfach nur bewegungslos bleiben ohne mich zu übergeben.

Nach einigen Sekunden legt er mir die zweite Handschelle um das andere Handgelenk und tritt mit einem vor Enttäuschung dunklen Gesichtsausdruck zurück.

»Gehen wir«, bellt er, umfasst meinen Ellenbogen, und ich atme tief die Luft ein, die nicht mit seinem Gestank verseucht ist, und hoffe dabei verzweifelt, dass mein Magen sich beruhigen wird. Ich habe mich hier einmal übergeben müssen, als sie mir nach drei Tagen Hungerns fettiges Fleisch zu essen gegeben haben. Ich musste mein Erbrochenes mit der Decke aufwischen, die ich immer noch auf meiner Pritsche liegen habe.

Zu meiner Erleichterung lässt meine Übelkeit nach, als Igor mich den Flur hinunterführt und mir wieder einfällt, was er gesagt hat.

Du wirst nicht zurückkommen.

Was hat das zu bedeuten? Bringen sie mich zu einer anderen Einrichtung oder haben sie letztendlich beschlossen, dass es sich nicht lohnt, zu versuchen, etwas aus mir herauszukriegen. Werden sie mich jetzt umbringen? Ist es das, was Buschekov angedeutet hat, als er sagte, er würde bald eine neue Autorisation bekommen?

Mein Herz schlägt schneller und eine frische Übelkeitswelle überkommt mich. Dazu bin ich noch nicht bereit. Ich dachte ich sei es, aber jetzt, da der Moment gekommen ist, will ich leben.

Ich will leben, um Misha zu sehen.

Wenn ich den Russen allerdings das gebe, was sie möchten, werde ich Misha niemals wiedersehen. Obenkos Schwester und ihre Familie würden gezwungen sein, unterzutauchen, und mein Bruder mit ihnen. Mishas glückliches Leben wäre vorbei, und ich würde daran Schuld sein.

Nein. Meine Entschlossenheit verstärkt sich.

Es ist besser, wenn ich sterbe.

Dann werde ich wenigstens ein für alle Mal dieser Hölle entkommen.

* * *

Trotz meiner Entschlossenheit fühlen sich meine Beine an als seien sie aus Gummi, als Igor mich einen unbekannten Gang entlangführt. Wir bewegen uns vom Befragungsraum weg, was bedeutet, dass der Wachmann nicht gelogen hat.

Heute passiert etwas Anderes.

»Hier entlang«, sagt Igor und zerrt mich zu einem Tor mit zwei Türen. Als wir uns ihm nähern, schwingen die Türen auf und ich blinzele wegen der plötzlichen, blendenden Lichtflucht.

Sonnenlicht.

Es ist so warm und rein auf meiner Haut, so anders als das kalte Leuchten der Gefängnislichter. Die Luft, die durch diese Türen hineinströmt, ist ebenfalls anders. Sie ist frischer, voller Gerüche, die von einer Stadt im Frühling sprechen und nichts mit Verzweiflung und menschlichem Leiden zu tun haben.

»Hier ist sie«, meint Igor als er mich durch die Türen schiebt, und zu meinem Entsetzen wiederholt eine Frau seine Worte in einem Englisch mit russischem Akzent.

Ich kneife meine Augen wegen der unerträglichen Helligkeit zusammen und drehe meinen Kopf zur Seite, um die Frau mittleren Alters anzuschauen, die neben fünf Männern in einem engen Innenhof steht. Hinter ihnen befindet sich eine dicke Wand mit Stacheldraht und einigen bewaffneten Wachmännern.

»Wer sind Sie?«, frage ich die Frau auf Englisch, aber sie antwortet mir nicht. Stattdessen blickt sie einen der Männer an – einen großen, dünnen, der ihr Anführer zu sein scheint.

»Sie können jetzt gehen, vielen Dank«, sagt er in akzentfreiem Amerikanisch zu ihr und ich verstehe, dass sie eine Übersetzerin sein muss.

Sie nickt ihm zu und eilt zum Tor auf der anderen Seite des Hofes. Der Mann kommt auf mich zu und ich sehe, wie ein angewiderter Ausdruck auf seinem Gesicht erscheint. Er muss gerochen haben, dass ich seit Ewigkeiten nicht geduscht habe.

»Gehen wir«, sagt er und ergreift meinen Arm, um mich von Igor wegzuziehen.

»Wohin bringen Sie mich?« Ich versuche ruhig zu bleiben. Das hatte ich nicht erwartet. Was sollten Amerikaner von mir wollen? Außer ...

Könnten sie mit –

»Kolumbien«, antwortet der Mann und bestätigt damit meine Befürchtungen. »Julian Esguerra besteht auf die Ehre Ihrer Anwesenheit.«

Und noch bevor ich diese neue Wendung verarbeiten kann, zerrt er mich Richtung Tor.

* * *

Ich weiß nicht, wann ich beginne mich zu wehren – ob es ist, als wir den Ausgang hinter uns gelassen haben oder als wir uns dem schwarzen Van nähern. Ich weiß nur, dass die Furie in mir erwacht und ich mit meiner ganzen verbleibenden Kraft den Mann angreife, der mich festhält.

Ich weiß nicht, wie der Waffenhändler noch am Leben sein kann und in diesem Moment interessiert es mich auch nicht. Das panische Tier in mir interessiert sich nur dafür, den furchtbaren Qualen zu entgehen, die mich am Ende dieser Reise erwarten. Ich habe Esguerras Akte gelesen und Gerüchte über ihn gehört. Er ist nicht nur einfach ein gewissenloser Geschäftsmann.

Er ist außerdem ein Sadist.

Meine Hände sind mit Handschellen gefesselt, also benutze ich meine Füße, um nach dem Knie des Anführers zu treten und mich gleichzeitig zu ducken und zu winden, um seinem Griff zu entkommen. Er schreit fluchend auf, aber ich rolle bereits über den Boden, entferne mich von den fünf Männern. Natürlich komme ich nicht weit. Innerhalb einer Sekunde sind sie bei mir und zwei große Männer halten mich fest, bevor sie mich auf meine Beine stellen. Ich kämpfe weiterhin; trete, beiße und schreie, während sie mich von hinten in den Van schieben. Erst als sich die Türen schließen und der Wagen sich zu bewegen beginnt, höre ich auf mich zu wehren, da ich erschöpft bin und am ganzen Körper zittere. Mein Atmen ist abgehackt und laut und mein Herz schlägt in einem beängstigenden Tempo gegen meinen Brustkorb.

»Hijo de puta, wie übel die stinkt«, murmelt der Mann der mich festhält und ich erröte peinlich berührt, so als sei es meine Schuld, dass ich zu einer solch ekelerregenden Kreatur geworden bin.

Dann knebeln sie mich, wahrscheinlich um mich davon abzuhalten, erneut zu schreien, und binden meine Handgelenke mit Handschellen an meine Knöchel, bevor sie mich in eine Ecke des Vans werfen und sich in einigem Abstand zu mir hinsetzen. Danach fassen sie mich nicht mehr an und nach einigen Minuten lässt meine Panik ein wenig nach, so dass ich wieder nachdenken kann.

Julian Esguerra will, dass ich zu ihm ausgeliefert werde. Das bedeutet, dass er bei dem Raketenanschlag nicht ums Leben gekommen ist. Wie ist das möglich? Hat mich Obenko angelogen oder hatte Esguerra Glück? Und wenn der Drogenhändler überlebt hat, was ist dann mit dem Rest seiner Mannschaft?

Was ist mit Lucas Kent?

Ein vertrauter Schmerz sticht in meiner Brust, als ich seinen Namen denke. Ich habe ihn nur diese eine Nacht lang gekannt, aber ich habe um ihn getrauert, um ihn in der kalten Enge meiner Zelle geweint. Könnte er noch am Leben sein? Und falls er noch lebt, werde ich ihn wiedersehen?

Wird er derjenige sein, der mich foltern wird?

Nein, ich schließe meine Augen. Daran kann ich jetzt nicht denken. Ich muss eine Minute nach der anderen überleben, genauso wie im Befragungsraum. Es ist wahrscheinlich, dass die nächsten Stunden die letzten ohne Schmerzen sein werden – wenn nicht sogar die letzten überhaupt – und ich kann diese kostbare Zeit nicht damit verbringen, mir über meine Zukunft Gedanken zu machen.

Ich kann sie nicht damit verbringen, über einen Mann nachzudenken, der höchstwahrscheinlich tot ist.

Also denke ich stattdessen an meinen Bruder, an sein sonniges Lächeln und die Art, wie seine Speckärmchen mich umarmten als er klein war. Ich war acht Jahre alt, als er geboren wurde und unsere Eltern hatten Angst, ich könne ein Problem damit haben, dass das neue Baby in unsere enge Verbindung eindringt. Aber das hatte ich nicht. Ich habe Misha von dem Augenblick an geliebt, als ich ihn zum ersten Mal im Krankenhaus gesehen habe, gefühlt habe, wie winzig er war und ich wusste, dass es meine Aufgabe sein würde, ihn zu beschützen.

»Es ist wirklich schön, dass Yulia ihren Bruder so sehr liebt«, haben die Freunde meiner Eltern gesagt. »Seht nur, wie gut sie sich um ihn kümmert. Eines Tages wird sie eine großartige Mutter sein.«

Meine Eltern haben genickt, mich stolz angelächelt und ich habe meine Anstrengungen verdoppelt, eine gute Schwester zu sein, alles zu tun um sicherzustellen, dass mein kleiner Bruder glücklich, gesund und in Sicherheit war.

Ich werde aus meinen Gedanken gerissen, als der Van stehenbleibt und ich mit aufsteigender Panik verstehe, dass wir angekommen sind.

»Gehen wir«, sagt der Anführer der Gruppe, als sich die Türen des Fahrzeugs öffnen und ich sehe, dass wir uns auf einer Landebahn von einem privaten Gulfstream Jet befinden. Dadurch, dass ich mit meinen zusammengebundenen Füßen und Händen nicht gehen kann, muss mich der Mann, der sich über meinen Geruch beschwert hatte, aus dem Van in das Flugzeug tragen, dessen Inneneinrichtung nicht luxuriöser sein könnte.

»Wo willst du sie haben?«, fragt er den Anführer und ich kann sein Dilemma verstehen. Die großzügigen Sitze in der Kabine sind mit cremefarbenem Leder bezogen, genauso wie die Couch neben dem Kaffeetisch. Alles hier ist sauber und hübsch, während ich schmutzig bin.

»Dort«, meint der Anführer und zeigt auf einen Sitz am Fenster. »Diego, bedecke ihn mit einem Laken.«

Ein dunkelhaariger Mann nickt und verschwindet hinten im Flugzeug. Eine Minute später kommt er mit einem Bettlaken zurück. Er bedeckt den Sitz sorgfältig damit bevor der Mann, der mich hält, mich dort ablegt.

»Wollen Sie, dass ich den Knebel abnehme und ihre Knöchel freigebe?«, fragt er den Anführer, aber der dünne Mann schüttelt mit dem Kopf.

»Nein, lass die Schlampe so sitzen. Das wird ihr eine Lektion sein.«

Und mit diesen Worten dreht er sich weg und lässt mich alleine. Ich starre aus dem Fenster und versuche nicht daran zu denken, was mich erwartet, wenn das Flugzeug landet.

SECHSZEHNTES KAPITEL

❖ YULIA ❖

»Komm, raus hier.« Raue Hände heben mich aus meinem Sitz, reißen mich aus meinem unruhigen Schlaf. »Wir sind da.«

Da? Mein Herz setzt einen Schlag aus als ich verstehe, dass wir bereits gelandet sind. Irgendwann heute Nacht muss ich während des Flugs eingeschlafen sein, muss meine Erschöpfung meine Angst überwogen haben.

Jetzt trägt mich ein anderer Mann – Diego hat ihn den Anführer genannt. Sein Griff ist nicht besonders vorsichtig als er mich vor seiner Brust hält. Trotzdem bin ich froh darüber, nicht gehen zu müssen. Nachdem meine Knöchel und Handgelenke den ganzen Flug über zusammengebunden waren, bin ich mir nicht sicher, dass meine krampfenden Muskeln mich tragen würden. Davon mal ganz abgesehen, dass mir vor Hunger schwindelig und schlecht ist. Sie haben mir auf der Hälfte des Flugs meinen Knebel abgenommen und mir etwas Wasser gegeben, aber nichts zu essen.

Sobald Diego aus dem Flugzeug tritt wäscht eine Wälle warmer Feuchtigkeit über mich und ich fühle mich, als hätte ich gerade ein russisches Badehaus betreten – oder einen Regenwald. Letzteres ist wahrscheinlich der bessere Vergleich, wenn man die dicken, Wein umrankten Bäume betrachtet, die das Flugfeld umgeben.

Trotz der riesigen Angst, die durch meine Adern zieht, bin ich von der Flora die mich umgibt wie berauscht. Ich liebe die Natur - das habe ich getan, seit ich ein kleines Kind war – und dieser Ort ist einfach perfekt. Die Luft ist von dem Geruch der tropischen Vegetation durchtränkt, Insekten zirpen im Gras und die Sonne strahlt trotz einiger kleiner Wolken am Himmel. Für einige kurze, herrliche Momente fühle ich mich, als sei ich im Paradies.

Dann höre ich, wie sich ein Auto nähert und die Realität kommt zurück.

Der Besitzer dieses Paradieses wird mich foltern und umbringen.

Mein leerer Magen krampft sich zusammen. Ich will mich von der Angst nicht auffressen lassen, aber ich kann nichts gegen die Panik machen, die mich überkommt, als das Auto – ein schwarzer Geländewagen – vor unserem Flugzeug anhält.

Die Fahrertür öffnet sich und ein großer, breitschultriger Mann tritt heraus, dessen kurzes, helles Haar in der Sonne glänzt.

Ich höre auf zu atmen und kann meinen Blick nicht von seinen harten Gesichtszügen lösen.

Lucas Kent.

Er lebt.

Seine blassen Augen erwidern meinen Blick und die Welt um mich herum verschwindet, wird unscharf. Ich vergesse meinen Hunger, meine Unbehaglichkeit wegen der Handschellen, die mich fesseln und meine Angst vor der Zukunft.

Alles, was ich wahrnehme, ist diese starke, irrationale Freude darüber, dass Lucas am Leben ist.

Er geht auf mich zu und ich zwinge mich dazu, wieder zu atmen. Er ist noch größer als ich ihn in Erinnerung hatte und seine Schultern sind durch seine Muskeln breit und dick. Er trägt eine ärmelloses T-Shirt mit Tarnmuster, zerrissene Jeans und hat ein Sturmgewehr über seinem Oberkörper hängen, wodurch er genau wie das aussieht, was er ist: ein gnadenloser Söldner, der für einen Drogenboss arbeitet.

»Ich übernehme sie ab hier, Diego«, sagt er, kommt auf mich zu und ich beginne zu zittern, als er nach mir greift und wegschaut. Diego übergibt mich schweigend und mein Zittern verschlimmert sich, als ich Lucas' Hände erneut auf mir spüre, seine Berührung brennt sich sogar durch das raue Material meiner Gefängnisbekleidung.

Er tritt zurück, dreht sich um und beginnt mich zum Auto zu tragen, indem er mich gegen seine Brust drückt. Er lässt sich keinen Ekel über meinen ungewaschenen Zustand anmerken und ich erschaudere, als ich spüre, wie die Hitze seines Körpers in mich eindringt und einen Teil meiner ständigen inneren Kälte zum Schmelzen bringt. Ich sollte terrorisiert sein, aber stattdessen fühle ich erneut diese Erregung – diese irrationale Anziehung, die ich nur von ihm kenne. Zur gleichen Zeit baut sich hinter meinen Schläfen ein Druck auf und meine Augen brennen, so als würde ich gleich weinen.

Am Leben. Er ist am Leben.

Das ist so unwirklich. Das alles ist so unwirklich. Meine Realität ist eine graue, stinkende Zelle in einem russischen Gefängnis. Sie ist Igors fettige Hände und Buschekovs verspiegelter Befragungsraum. Sie ist Hunger, Durst und Sehnsucht – Sehnsucht nach dem Leben, das ich verloren habe, als das Auto meiner Eltern auf der vereisten Straße ins Schleudern geriet, Sehnsucht nach dem Bruder, den ich nur auf Bildern gesehen habe und Sehnsucht nach dem Mann, den ich nur einen Tag lang kannte.

Sehnsucht nach dem Mann, von dem ich dachte, ich hätte ihn getötet – demjenigen, der mich in diesem Moment in seinen Armen trägt.

Könnte das alles ein Traum sein? Eine Fantasie in meinem erschöpften und unter Schlafentzug leidenden Kopf? Könnte ich gerade am Befragungstisch das Bewusstsein verloren haben und gleich wird mich der kreischende Alarm wieder zurück in die Realität holen?

Lucas' Gesicht verschwimmt vor meinen Augen und ich weiß, dass ich weine, dass fette, hässliche Tränen in meinen Augen aufsteigen und über meine Wangen laufen. Peinlich berührt versuche ich automatisch sie wegzuwischen, aber meine Hände sind immer noch an meine Knöchel gefesselt, so dass ich mein Gesicht nicht erreichen kann. Meine Bewegung ist ruckartig und unbeholfen und ich sehe, dass Lucas' Gesicht sich versteinert, als er zu mir runter blickt.

»Du dreckige Schlampe«, sagt er so leise, dass ich ihn kaum hören kann. »Denkst du, du kannst mich mit deinen Tränen manipulieren?« Der Griff, in dem er mich hält, wird fester und bestrafend, während er vor dem Geländewagen anhält und wütend auf mich hinunterstarrt, so als warte er auf eine Antwort. Als ich ihm keine gebe, wird sein Gesichtsausdruck noch härter. »Du wirst für das, was du getan hast, bezahlen«, verspricht er mir mit einer Stimme voller ruhiger Wut. »Du wirst für alles bezahlen.«

Damit öffnet er die Autotür und schmeißt mich auf die Rückbank. Als mein Rücken auf dem gepolsterten Leder aufkommt weiß ich, dass ich falsch lag.

Das ist kein Traum.

Das ist ein Albtraum.

* * *

Die Fahrt dauert nur wenige Minuten. Lucas fährt schweigend und ich nutze die Zeit, um meine Selbstbeherrschung wiederzuerlangen. Eigenartigerweise hilft mir der Gedanke an seine Drohung dabei, meine Tränen zu kontrollieren, meine überwältigende Freude in kalte Angst zu verwandeln, während ich verarbeite, dass Lucas Kent am Leben ist – und dass er mich wirklich dafür zahlen lassen wird.

Bedeutet das, dass der Flugzeugabsturz wirklich passiert ist? Und falls ja, wie konnten er und Esguerra überleben? Das würde ich Lucas gerne fragen, aber ich kann mich nicht dazu bringen, die Stille zu brechen, nicht, wenn ich seine Wut in der Luft pulsieren spüren kann wie eine bösartige Macht, die darauf wartet losgelassen zu werden. Er hat seine Waffe abgenommen und sie auf den Sitz neben sich gelegt, aber das verringert die Bedrohung die er ausstrahlt nicht.

Er kann mich mit seinen bloßen Händen umbringen, falls er das möchte.

Als das Auto dieses dicht bewaldete Gebiet verlässt, sehe ich in einiger Entfernung ein großes, weißes Haus. Es ist umgeben von gepflegtem grünen Gras, das einen Kontrast zu dem ungezähmten Dschungel hinter uns bildet. Weiter hinten sehe ich Wachtürme, die jeweils einige Dutzend Meter voneinander entfernt stehen. Dieser Anblick überrascht mich nicht; in Esguerras Akte stand, dass sein kolumbianisches Anwesen stark befestigt ist, obwohl es sich so abgelegen am Rand zum Amazonas befindet.

Wir fahren allerdings nicht zu dem großen Haus, sondern biegen ab und folgen dem Rand des Dschungels zu einer Siedlung aus kleineren Häusern und kastenförmigen, einstöckigen Gebäuden. Hier müssen die Wächter und anderen Angestellten des Esguerra Anwesens leben, wird mir klar, als ich bewaffnete Männer – und manchmal Frauen – die Häuser betreten und verlassen sehe.

Das Auto hält vor einem der Einzelhäuser, demjenigen mit der Veranda, und Lucas steigt aus, ohne die Waffe mit sich zu nehmen. Er schlägt die Tür hinter sich zu und ich zucke zusammen, obwohl ich versuche, die Angst zu kontrollieren, die mir von innen heraus die Luft abschnürt. Die Furcht macht sich dick und bitter in meiner Kehle bemerkbar. Irgendwie ist es schlimmer, dass Lucas mir diese furchtbaren Dinge antun wird, dass er derjenige sein wird, der mir meine Fingernägel herauszieht oder mich Stück für Stück aufschneiden wird.

Es ist schlimmer, weil ich mir vorgestellt habe bei ihm zu sein, als ich in dem Gefängnis in Moskau war, und ich mir ausgemalt habe, dass er mich festhält und ich mich in seiner starken Umarmung in Sicherheit befinde.

Lucas geht um das Auto herum und öffnet die hintere Tür. Er greift herein, nimmt mich, zieht mich heraus und sagt immer noch kein Wort, als er mich an seine Brust drückt und die Tür mit seinem Fuß zuschlägt. Sein Griff ist erneut hart und bestrafend und ich weiß, dass das nur der Anfang ist.

Meine Fantasien werden gerade von der Realität erdrückt.

Er trägt mich die Stufen zur Veranda hinauf und läuft dabei so leicht, als würde ich nichts wiegen. Er ist unglaublich stark, aber er bietet keine Sicherheit. Zumindest mir nicht. Vielleicht einer Frau in der Zukunft, einer, für die er etwas empfindet und die er schützen möchte.

Eine Frau, die er nicht so sehr hasst wie mich.

Als er die Eingangstür aufstößt und sich seitlich dreht um mich durch die Tür zu tragen, erhasche ich einen Blick auf die neugierigen Gesichter, die uns von der Straße aus ansehen. Sie gehören zu einigen Männern und einer Frau mittleren Alters und absurderweise bin ich einen Augenblick lang versucht, sie um Hilfe zu bitten, sie anzubetteln, mich zu retten. Dieser Drang vergeht genauso schnell wie er kommt. Diese Menschen sind keine unschuldigen Passanten. Sie sind Angestellte eines sadistischen Waffenhändlers und sie unterstützen das Schicksal, das mich erwartet.

Also schweige ich, während Lucas mich ins Haus trägt und die Tür hinter sich erneut mit dem Fuß schließt. Er schaut mich nicht an, also nutze ich die Gelegenheit ihn zu betrachten und bemerke, dass sein Kiefer hart wie Granit ist. Er ist immer noch wütend und er strahlt den Zorn aus, wie eine Flamme Hitze abgibt. Ich frage mich, warum er so wütend ist. Mit Sicherheit ist so etwas – Esguerras Feinde büßen zu lassen - Routine für ihn. Ich hätte kalte Distanziertheit erwartet, nicht diese vulkanartige Wut.

Aber ich hätte ja auch erwartet, dass er mich zu einem Lagerhaus oder einer anderen Halle bringt, zu irgendeinem Ort den man unbedenklich mit Blut und Körperflüssigkeiten beschmutzen kann. Stattdessen finde ich mich in einem Wohnhaus wieder, auch wenn es nur die grundlegendste Einrichtung besitzt. Ein schwarzes Ledersofa, einen Flatscreen Fernseher und weiße Wände – der Raum, durch den er mich trägt, ist nicht luxuriös, aber mit Sicherheit keine Folterkammer. Ist das Lucas' Haus? Und falls es das ist, wieso bin ich dann hier?

Ich habe keine Zeit, lange darüber nachzudenken, weil er mich in ein großes, weiß gefliestes Badezimmer bringt. In ihm gibt es eine riesige Badewanne, eine verglaste Dusche und ein Waschbecken neben einer Toilette.

Definitiv keine Folterkammer.

»Warum hast du mich hierher gebracht?« Meine Stimme ist rau und kratzig, weil ich so lange nicht mehr gesprochen habe. Ich habe nichts mehr gesagt, seit Esguerras Männer mich in Moskau geknebelt haben, damit ich nicht schreie. »Das ist dein Haus, stimmt's?«

Lucas' Kiefermuskeln bewegen sich, aber er antwortet mir nicht. Stattdessen trägt er mich in die Dusche, legt mich auf den gefliesten Boden und zieht einen Schlüssel hervor. Er ergreift meine Handschellen, schließt sie auf und löst sie von meinen Fußfesseln, von denen er mich als nächstes befreit. Dann stellt er mich auf meine Beine.

»Du brauchst eine verdammte Dusche«, sagt er grob. »Zieh dir diese Sachen aus. Jetzt.«

Meine Knie geben nach, da meine Beinmuskeln die plötzliche Anstrengung, aus eigener Kraft zu stehen, nicht aushalten können, auch wenn mein schmerzender Rücken dankbar dafür ist, sich endlich wieder strecken zu können. Mein Kopf dreht sich wegen meines chronischen Hungers und meiner Erschöpfung und ich sinke nur deshalb nicht zurück auf den Boden, weil Lucas mich am Arm festhält.

Eine Dusche? Er will, dass ich dusche? Bevor ich diesen eigenartigen Befehl verarbeitet habe, gibt er ein ungeduldiges Geräusch von sich und greift nach dem Reißverschluss meines Anzugs, um ihn grob zu öffnen.

»Warte, ich kann –« Ich versuche meine zitterige Hand an den Reißverschluss zu legen, aber es ist zu spät. Lucas dreht mich um, drückt mein Gesicht gegen die Duschwand und schiebt den Overall mit einer schnellen Bewegung bis zu meinen Knien hinunter, so dass ich nichts weiter trage, als meine hohe Unterhose und einen ausgeleierten Sport-BH – die einzige Unterwäsche die im Gefängnis erlaubt war. Innerhalb einer Sekunde hat er sie ebenfalls von meinem Körper gerissen und dreht mich herum, damit ich ihn anschaue.

»Ich werde dir das nicht zweimal sagen.« Seine Finger umfassen mein Kinn hart, während er mit seiner anderen Hand meinen Oberarm festhält. »Du wirst das tun, was ich dir sage, verstanden?« In seinen Augen leuchtet eisige Wut und etwas Anderes.

Lust.

Er will mich immer noch.

Mein Herz schlägt wild, als mir klar wird, dass ich gerade nackt vor ihm stehe. Ich sollte das erwartet haben, aber aus irgendeinem Grund habe ich das nicht. In meinem Kopf ist das, was zwischen uns gewesen ist völlig von der Bestrafung getrennt, der er mich unterziehen wird – aber ich hätte es besser wissen sollen.

Für Männer wie Lucas Kent sind Sex und Gewalt untrennbar.

»Verstehst du mich?«, wiederholt er, während seine Finger sich schmerzhaft in meinen Kiefer graben, und ich blinzele zustimmend, da ich zu keiner weiteren Bewegung fähig bin. Offensichtlich reicht ihm das, denn er entlässt mich und tritt zurück.

»Wasch dich«, befiehlt er, tritt aus der Duschkabine und schließt die Glastür hinter sich. »Du hast fünf Minuten Zeit.«

Und damit verschränkt er seine Arme vor seiner breiten Brust, lehnt sich mit dem Rücken gegen die Wand und starrt mich erwartungsvoll an.

SIEBZEHNTES KAPITEL

❖ LUCAS ❖

Als sie nach der Mischbatterie greift, zittert ihr ganzer Körper und ich kann sehen, wie viel Anstrengung sie jede Bewegung kostet. Sie ist schwach und dünn, unendlich zerbrechlicher als das letzte Mal, als ich sie gesehen habe, und die Tatsache, dass mich das stört, macht mich nur noch wütender.

Ich habe erwartet, Lust und Hass zu fühlen, ihr Leiden zu genießen, selbst während ich meinen Hunger an ihrem verräterischen Fleisch Stille. Ich hatte geplant, sie als mein Fickspielzeug zu benutzen, bis meine Besessenheit mit ihr verschwindet und dann alles Mögliche zu tun, um den Strippenzieher zu finden, der sie geführt hat.

Ich habe nicht mit dieser blassen, ausgemergelten Kreatur gerechnet und damit, wie ich mich fühlen würde, Yulia so zu sehen.

Haben sie sie hungern lassen? Offensichtlich, schließlich kann ich jede ihrer Rippen sehen. Ihr Magen ist ausgehöhlt, ihre Hüftknochen stechen hervor und ihre Glieder sind schmerzhaft mager. Sie muss in den letzten zwei Monaten mindestens fünfzehn Pfund verloren haben, und dabei war sie vorher schon sehr schlank.

Sie schafft es, das Wasser anzustellen und ich zwinge mich dazu, still stehen zu bleiben, während sie nach dem Shampoo greift. Sie schaut mich nicht an, da ihre ganze Konzentration ihrer Aufgabe gilt und ich fühle, wie mich eine frische Wutwelle, gemischt mit Lust und diesem beunruhigenden Etwas, überkommt.

Etwas, dass sich verdächtig nach Beschützerinstinkt anfühlt.

Scheiße. Ich beiße meine Zähne zusammen, da ich entschlossen bin, diesem bizarren Drang, die Dusche zu betreten und sie an mich zu drücken, zu widerstehen. Nicht um sie zu ficken, auch wenn mein Körper es kaum erwarten kann, das ebenfalls zu tun, sondern um sie in meinen Armen zu halten.

Sie zu halten und sie zu trösten.

Wütend verändere ich meine Stellung und sehe ihr dabei zu, wie sie damit beginnt, ihr Haar einzuschäumen. Trotz ihrer extremen Dürre ist ihr Körper anmutig und weiblich. Ihre Brüste sind kleiner als zuvor, aber immer noch erstaunlich voll, und ihre Nippel ziehen sich zu spöttischen pinkfarbenen Knospen zusammen während sie unter dem Wasser steht. Zwischen ihren Beinen kann ich weich aussehenden, blonden Flaum sehen; nach fast zwei Monaten ohne rasieren oder wachsen muss ihre Muschi sich wieder in ihrem eigentlichen Zustand befinden. Mein Schwanz, der sich halb verhärtet hat, als ich sie ausgezogen habe, wird jetzt komplett steif und ich stelle mir vor, wie ich zu ihr in die Dusche gehe und ohne Vorbereitung in ihre enge Hitze stoße. Sie einfach nur zu nehmen, wie das Fickspielzeug, das sie sein sollte.

Und es gibt nichts, was mich davon abhält, es zu tun. Sie ist meine Gefangene. Ich kann alles mit ihr machen, was ich möchte. Ich habe niemals eine Frau zum Sex gezwungen, aber ich habe auch noch niemals eine gleichzeitig so sehr gewollt und gehasst. Wie könnte es schlimmer sein, sie zu ficken als ihr zartes Fleisch aufzuschlitzen um sie zum Reden zu bringen?

Das wäre es nicht. Sie gehört mir und ich kann ihr auf alle Arten wehtun, die ich möchte.

Allerdings will ich ihr gerade nicht wehtun. Die Gewalt in mir richtet sich nicht gegen sie. Sie richtet sich gegen diejenigen, die ihr wehgetan haben. Als ich sie in Diegos Griff sah und ihre Haare strähnig und glanzlos um ihr blasses Gesicht fielen, habe ich eine unvergleichliche Wut gefühlt. Und als sie angefangen hat zu weinen, konnte ich mich kaum davon abhalten, sie an meine Brust zu drücken und ihr zu versprechen, dass ihr niemals wieder jemand wehtun wird.

Nicht einmal ich.

Dieser Drang hat mich verrückt gemacht, und er macht mich jetzt gerade wieder verrückt. Ich zweifele nicht daran, dass diese Hexe genau wusste, was sie mir mit ihren Tränen antut, genauso wie sie wusste, wie sie in jener Nacht in Moskau Informationen von mir bekommen konnte. Ihre zerbrechliche Erscheinung ist genau das: eine Erscheinung. Das wunderschöne blonde Äußere umhüllt eine trainierte Agentin, eine Spionin, die genauso in Psychospielchen wie in Fremdsprachen geschult ist.

»Deine fünf Minuten sind um«, sage ich und stelle mich wieder gerade hin. Sie hat ihre Haare und ihren Körper gewaschen und steht jetzt einfach mit geschlossenen Augen und nach hinten gelegtem Kopf unter dem Wasserstrahl. »Komm raus.« Meine Stimme ist unfreundlich und lässt sich die innere Verwirrung die ich fühle nicht anmerken.

Ich werde mich nicht noch einmal von ihr ficken lassen.

Bei meinen Worten zuckt sie zusammen, ihre Augen öffnen sich schnell und sie greift hinter sich, um das Wasser abzustellen. Sie zittert immer noch, wenn auch nicht so schlimm wie zuvor und ich frage mich, wie viel davon gespielt ist und wie viel wirklich Schwäche ist.

Ich öffne die Tür zur Dusche, nehme ein Handtuch in die Hand und werfe es ihr zu. »Trockne dich ab.«

Sie gehorcht und trocknet zuerst ihre Haare und danach ihren Körper ab. Während sie das tut, sehe ich blaue Flecken, die ihre Beine und ihren Brustkorb bedecken, sowie dunkle Ringe unter ihren müden Augen.

Verdammt. Sie spielt mir das nicht vor.

»Das reicht.« Ich unterdrücke diesen unlogischen Anflug von Mitleid, reiße ihr das Handtuch aus den Händen und hänge es auf einen Haken. »Komm.«

Ihre Augen schauen mich flehend an, als ich ihren Arm ergreife, aber ich ignoriere ihre schweigende Bitte und halte sie unnötig grob fest. Ich kann dieser Schwäche nicht nachgeben, dieser Besessenheit, die so vollkommen außer Kontrolle geraten zu sein scheint. In den letzten zwei Monaten habe ich mich mit der Tatsache abgefunden, dass ich nicht aufhören kann sie zu begehren, aber das hier ist anders.

Sie stolpert, als ich sie durch die Tür zerre, also bleibe ich stehen, um sie hochzuheben und rede mir ein, dass es leichter sein wird sie zu tragen, als sie hinter mir herzuschleifen. Als ich sie gegen meinen Brustkorb lehne, fühle ich, wie sich ihre Brüste leicht an mich drücken, rieche ihren Duft, der jetzt sauber und mit meinem Duschgel vermischt ist. Lust überkommt mich erneut und ich begrüße sie, da sie meine Gedanken von ihrem zu leichten Gewicht ablenkt. Genau das brauche ich: sie zu wollen und nichts weiter. Und deshalb darf sie nicht so zerbrechlich und dermaßen abgemagert sein.

Sie muss kräftiger werden.

Eigentlich wollte ich sie ins Schlafzimmer bringen, aber ich ändere meinen Weg und gehe stattdessen in die Küche. Ich spüre, wie schnell sie atmet – wahrscheinlich hat sie Angst – aber sie wehrt sich nicht. Zweifellos erkennt sie, wie sinnlos das in ihrem geschwächten Zustand wäre.

Als wir in der Küche ankommen, setze ich sie auf einem Stuhl ab und trete einen Schritt zurück. Sie zieht sofort ihre Knie an die Brust, um möglichst viel ihres nackten Körpers zu verbergen. Als sie mich anblickt, sind ihre Augen groß und verängstigt und ihr nasses Haar klebt an ihrem Rücken und ihren Schultern.

»Du wirst etwas essen«, erkläre ich ihr und gehe zum Kühlschrank. Ich öffne ihn, nehme Putenbrust, Käse und Mayonnaise heraus und lege alles auf den Tresen, neben das Brot, das sich bereits dort befindet. Während ich ihr ein Sandwich zubereite, behalte ich sie im Auge um sicherzugehen, dass sie nichts versucht – was sie nicht tut. Sie sitzt einfach nur da und beobachtet mich misstrauisch dabei, wie ich die Mayonnaise auf beide Brotscheiben schmiere, Käse und Putenbrust darauf lege und alles auf einem Teller platziere.

»Iss«, sage ich und stelle den Teller vor sie.

Sie fährt sich mit der Zunge über die Lippen. »Könnte ich bitte auch etwas Wasser haben?«

Natürlich. Sie muss auch Durst haben. Ohne ihr zu antworten gehe ich zum Wasserhahn, fülle ein Glas und bringe es zu ihr.

»Danke.« Ihre Stimme ist ruhig, als sie sich bei mir bedankt und ihre schlanken Finger berühren mich, als sie sich um das Glas legen. Ein elektrischer Schlag fährt mir bei dieser unbeabsichtigten Berührung durch die Wirbelsäule und meine Jeans werden unangenehm eng, als sich mein Schwanz gegen den Reißverschluss drückt.

Ihre Augen blicken kurz nach unten, bevor sie sich wieder meinem Gesicht zuwenden und ich sehe, dass sich ihre Pupillen weiten. Sie muss sich meiner Lust nach ihr bewusst sein und sie macht ihr Angst. Die Hand, in der sie das Glas hält, zittert leicht während sie trinkt und ihr anderer Arm spannt sich um ihre hochgezogenen Knie an.

Gut. Ich will, dass sie Angst hat. Ich will, dass sie weiß, dass ich ihren Körper begehre, aber dass ich trotzdem keine Gnade walten lassen werde. Sie wird mich nie wieder manipulieren können.

Während sie trinkt, setze ich mich in den Stuhl auf der gegenüberliegenden Seite des Tisches, lehne mich zurück und verschränke meine Hände hinter meinem Kopf.

»Iss. Jetzt«, befehle ich ihr erneut, als sie ihr Glas abstellt und sie gehorcht: ihre Zähne versinken mit unverhohlener Gier im Sandwich.

Obwohl sie offensichtlich hungrig ist, isst sie langsam und kaut jeden Bissen gründlich. Das ist clever; sie möchte nicht, dass ihr schlecht wird, weil sie zu viel isst.

»Also«, sage ich als sie ein Viertel ihrer Mahlzeit gegessen hat, »wie heißt du wirklich?«

Sie hält mitten im Biss innen und legt ihr Sandwich ab. »Yulia.« Sie erwidert meinen Blick ohne zu blinzeln.

»Lüge mich nicht an.« Ich hebe meine Hände vom Tisch und beuge mich nach vorne. »Ein Spion würde niemals seinen richtigen Namen benutzen.«

»Ich habe nicht behauptet, dass ich Yulia Tzakova heiße.« Sie nimmt ihr Sandwich wieder in die Hand und beißt ab, bevor sie erklärt: »Yulia ist ein weitverbreiteter Name in Russland und der Ukraine, und es ist zufällig auch mein Geburtsname. Es ist die russische Variante von Julia.«

»Okay.« Das ergibt Sinn und ich bin geneigt, ihr zu glauben. Es ist immer einfacher, bei falschen Identitäten nahe an der eigenen zu bleiben. »Also, Yulia, wie lautet dein richtiger Nachname?«

»Mein Nachname ist unwichtig.« Ihre weichen Lippen verziehen sich. »Das Mädchen, zu dem er gehörte, existiert schon lange nicht mehr.«

»Dann solltest du ja auch kein Problem damit haben, ihn mir zu sagen.« Ohne es zu wollen, bin ich neugierig. Ob es wichtig ist oder nicht, ich will ihren Nachnamen wissen.

Ich will alles über sie wissen.

Sie zuckt mit den Schultern und beißt erneut in ihr Sandwich. Ich begreife, dass sie nicht vorhat mir zu antworten.

Meine Zähne knirschen, aber ich zwinge mich dazu, geduldig zu bleiben. Die Russen haben in zwei Monaten nichts Nützliches aus ihr herausbekommen, also kann ich kaum erwarten, sie in der ersten Stunde zu knacken. Sie essen zu lassen, damit sie kräftiger wird, hat oberste Priorität. Die Antworten werden später kommen. Ich werde sie auf jeden Fall irgendwie aus ihr herausbekommen.

Jetzt gehe ich im Kopf die Informationen durch, die mir Buschekov gemailt hat. Sie haben nicht viel herausgefunden. Alles, was sie zugegeben hat, ist, dass sie zweiundzwanzig ist und nicht vierundzwanzig wie auf ihrem gefälschten Pass, und dass sie in Donetsk geboren wurde, einem der umkämpften Gebiete in der östlichen Ukraine. Die ukrainische Regierung hat abgestritten von ihr zu wissen, also muss die Organisation für die sie arbeitet privat oder völlig geheim sein. Ihre Abschlüsse in Englisch und internationalen Beziehungen der Moskauer Staatsuniversität sind offensichtlich echt, da es eine Aufzeichnung darüber gibt, dass Yulia Tzakova vor zwei Jahren ihr Studium beendet hat. Außerdem hat Buschekov Professoren und Kommilitonen ausfindig gemacht, die ihre Anwesenheit in den Kursen bestätigen.

Haben die Ukrainer sie an der Universität rekrutiert oder haben sie sie dorthin geschickt? Es ist nicht ausgeschlossen, dass sie für sie arbeitet, seit sie ein Teenager ist. Agenten werden zwar selten so jung rekrutiert, aber es kommt vor.

»Wie lange tust du das schon?«, frage ich sie als sie fast aufgegessen hat. Ihre blassen Wangen haben ein wenig Farbe bekommen und sie sieht weniger zitterig aus. »Ich meine, für die Ukraine zu spionieren.«

Anstatt mir zu antworten, trinkt Yulia einen Schluck Wasser, stellt ihr Glas ab und schaut mich an. »Darf ich bitte zur Toilette gehen?«

Meine Hände spannen sich auf dem Tisch an. »Ja, sobald du meine Frage beantwortet hast.«

Sie blinzelt nicht. »Ich mache das schon eine ganze Zeit lang«, sagt sie ruhig. »Darf ich jetzt bitte auf die Toilette gehen? Oder soll ich es hier tun?«

Die Wut, die in mir schwelt, flammt auf und ich gebe ihr nach. Im nächsten Augenblick bin ich neben Yulia, ergreife sie an ihren Haaren und stelle sie auf ihre Beine. Sie schreit vor Schmerzen auf, ihre Hände klammern sich um mein Handgelenk, aber ich gebe ihr nicht die Möglichkeit, zu kämpfen. In weniger als zwei Sekunden liegt sie mit dem Oberkörper auf dem Tisch, ihre Arme sind auf ihrem Rücken verschränkt und ihr Gesicht ist gegen die Tischplatte gedrückt. Der Teller mit den Resten ihres Sandwichs rutscht vom Tisch und zerbricht auf dem Boden, aber das interessiert mich einen Scheißdreck.

Sie wird jetzt eine wichtige Lektion lernen.

»Sag das noch einmal.« Ich beuge mich über sie und drücke ihren nackten Körper unter mir gegen den Tisch. Ich kann ihr schnelles, flaches Atmen hören, spüre, wie sich die Rundung ihres Hinterns gegen meinen Schritt presst und mein Schwanz wird hart, als dunkle sexuelle Fantasien in meinem Kopf aufsteigen. In dieser Position muss ich nur meinen Hosenschlitz öffnen und schon bin ich in ihr.

Die Versuchung ist fast unerträglich.

»Seit ich elf bin.« Ihre Stimme ist dünn und dumpf, da sie gegen die Tischplatte spricht. »Ich mache das, seit ich elf bin.«

Elf? Fassungslos lasse ich sie los und trete zurück. Welche Organisation rekrutiert ein Kind?

Bevor ich diese Enthüllung verdauen kann, drückt sie sich vom Tisch auf und dreht sich zu mir um. »Bitte, Lucas.« Ihr Gesicht ist wieder blass und ihre Lippen zittern. »Ich muss wirklich aufs Klo.«

Scheiße.

Ich ergreife ihren Arm. »Ich gebe dir fünf Minuten«, warne ich sie, als ich sie zurück zum Badezimmer führe. »Und schließ die Tür nicht ab. Ich habe den Schlüssel.«

Sie nickt, verschwindet im Badezimmer, und ich betrachte sie dabei, genieße den Anblick ihres halbtrockenen Haares, das ihren schlanken Rücken hinabfällt.

Ich schüttele den Kopf, gehe in die Küche zurück und räume auf.

Ich möchte nicht, dass sie sich ihre nackten Füße an den Scherben des zerbrochenen Tellers aufschneidet.

ACHTZEHNTES KAPITEL

❖ YULIA ❖

Meine Knie zittern, ich lasse mich gegen die geschlossene Badezimmertür fallen und versuche, meine gehetzte Atmung zu beruhigen. Das, was gerade in der Küche passiert ist, sollte mich nicht derart mitnehmen, aber es war der Vergangenheit zu ähnlich … dem dunklen Ort, dem ich verzweifelt versucht habe zu entkommen. Diese Stellung – ich auf dem Bauch und hilflos, unter einem Mann, der entschlossen ist, mich zu bestrafen – das war zu vertraut und ich bin in Panik geraten.

Ich bin in Panik geraten wie die Fünfzehnjährige, von der ich dachte, dass ich sie begraben hätte.

Vielleicht wäre es nicht so schlimm gewesen, wäre es ein anderer Mann gewesen – irgendein Mann. Ich hätte meinen stahlharten mentalen Schutzschild aufrechterhalten können, um nicht durchzudrehen – so wie sonst auch. Wenn ich für Lucas nur Angst und Abscheu empfinden würde, wäre es einfacher gewesen.

Wenn ich im Gefängnis nicht diese dummen Fantasien von ihm gehabt hätte, wäre es auch weniger verheerend gewesen.

Ich atme tief durch und zwinge mich dazu, mich von der Tür abzudrücken und auf die Toilette zu gehen. Ich habe nur wenige

Minuten, bevor Lucas zu mir zurückkommt und ich kann es mir nicht leisten, diese Zeit zu verschwenden. Während ich meine Hände wasche und meine Zähne putze, betrachte ich mich im Spiegel und versuche mich davon zu überzeugen, dass ich das schaffen kann – dass ich jeder Art von Bestrafung widerstehen kann, selbst wenn es sich dabei um Sex handeln sollte.

»Deine Zeit ist um.« Seine tiefe Stimme schreckt mich auf und ich bemerke, dass ich einfach nur mit laufendem Wasser dagestanden habe. »Komm heraus.«

Panik steigt in mir auf. »Nur noch eine Sekunde«, rufe ich.

Ich bin noch nicht bereit dafür. Ich bin noch nicht bereit für ihn. Zum ersten Mal seit Wochen habe ich etwas Normales gegessen und geduscht, und aus irgendeinem Grund macht das alles schlimmer. Da ich mich jetzt wieder halbwegs menschlich fühle, bin ich mir meiner Nacktheit und der Tatsache, dass ich einem Mann ausgesetzt bin, der mich verletzen möchte, mehr als bewusst.

Mein Herz klopft, als ich meinen Blick durch das Badezimmer schweifen lasse. Lucas wäre nicht so dumm, eine Waffe herumliegen zu lassen, aber ich brauche auch nicht viel. Mein Blick fällt auf die Plastikzahnbürste, die ich eben benutzt habe, und ich nehme sie mir. Mit beiden Händen zerbreche ich sie. Wie ich gehofft hatte, ist die Bruchstelle scharfkantig und gezackt und ich verstecke meine neue Waffe mit einem festen Griff in meiner rechten Hand.

Ich atme erneut tief ein, öffne die Tür und trete hinaus. »Fertig«, sage ich und hoffe, dass er die Anspannung in meiner Stimme nicht bemerkt.

»Gehen wir.« Lucas ergreift meinen linken Arm und ich stolpere – diesmal absichtlich. Er dreht sich herum um mich aufzufangen und in diesem Moment stoße ich meine selbstgebastelte Waffe nach oben und ziele dabei auf seine Niere. Ich unterdrücke den Teil meines Gehirns, der bei dem Gedanken ihm wehzutun zusammenzuckt, den Teil, in dem jene Fantasien noch lebendig sind, und lasse mich von meinem Training führen.

Im letzten Moment dreht Lucas sich reflexartig um und anstatt in ihn zu stechen, fahre ich nur an seinem Oberkörper entlang. Die zerbrochene Zahnbürste bleibt an seinem T-Shirt hängen, so dass ich sie loslassen muss, aber das hält mich nicht auf. Er umfasst immer noch meinen Arm, also lasse ich mich auf den Boden fallen, so dass mein ganzes Gewicht an diesem Arm hängt, und trete mit meinem rechten Bein nach oben. Mein Fuß trifft auf seinen Kiefer und der Aufschlag jagt eine Schmerzwelle durch mich hindurch. Lucas springt zurück, wodurch ich diese Millisekunde bekomme, die ich brauche, um mich aus seinem Griff herauszuwinden.

Ich schaffe es, mich hinzustellen und renne in die Küche, um mir ein Messer zu schnappen, aber bevor ich auch nur zwei Schritte tun kann, wirft er sich von hinten auf mich. Es gelingt mir, mich halb rollend herumzudrehen als wir auf dem Teppich landen, und meinen Ellenbogen in seinen harten Bauch zu rammen. Durch den Aufschlag bekomme ich einen tauben Arm. Er stöhnt auf, aber rollt weiter und einen Augenblick später hält er mich auf dem Boden fest. Er ergreift meine Handgelenke und hebt sie über meinen Kopf, während er gleichzeitig meine Beine mit seinen kräftigeren Gliedmaßen am Boden festnagelt.

Ich kann mich nicht bewegen. Ich befinde mich ein weiteres Mal hilflos unter ihm.

Ich atme schwer, blicke zu ihm hinauf und meine Eingeweide ziehen sich vor Angst zusammen, während ich auf meine Bestrafung warte. Unser Kampf hat ihn erregt; ich kann die harte Wölbung in seiner Jeans an meinem Bauch spüren. Oder er ist noch steif von eben.

Wie dem auch sei, ich weiß, dass er mich bestrafen wird.

Er atmet ebenfalls schwer, wie ich an dem Heben und Senken seiner Brust auf mir spüre. Ich kann die brennende Wut in seinen blassen Augen sehen – Wut und etwas viel Primitiveres.

Zu meinem Entsetzen durchfährt mich sanft eine Hitzewelle, als mein Kopf meine derzeitige entsetzliche Zwangslage mit der spektakulären Lust jener einen Nacht in Verbindung bringt. Damals lag ich auch unter ihm und mein Körper scheint nicht zu verstehen, dass die Situation eine andere war.

Dieser Mann auf mir will nicht nur meinen Körper.

Er will Rache.

Er senkt seinen Kopf und ich erstarre, atme kaum, als seine Lippen an meinem linken Ohr entlangfahren. »Das hättest du nicht tun sollen«, flüstert er und die feuchte Hitze seines Atems brennt auf meiner Haut. »Ich wollte dir mehr Zeit geben, damit du kräftiger werden kannst, aber jetzt nicht mehr …« Sein Mund legt sich auf meinen Hals und ich spüre, wie seine Zunge über diese empfindliche Stelle gleitet, so als würde sie sie kosten. »Du hast meine Geduld aufgebraucht, meine Schöne.«

Ich erschaudere und versuche, mich diesem heißen, lasterhaften Mund zu entziehen, aber ich kann ihm nicht entweichen. Lucas umhüllt mich, sein muskulöser Körper liegt groß und schwer auf mir. Dieser kurze Energieschub, den ich nach dem Essen verspürte, ist weg und nach Wochen voller Entbehrungen habe ich keine Kraft mehr. Erschöpft höre ich auf, mich zu wehren – und bemerke, dass diese sanfte Hitzewelle die sich durch mich schlängelt, in meinem Innersten angekommen ist und ich wegen dieser unwillkommenen Lust feucht werde.

»Lucas, bitte.« Ich weiß nicht, warum ich bettele. Ich habe gerade versucht, ihn zu verwunden; er wird nicht noch einmal gnädig zu mir sein. »Bitte, tu das nicht.« Die unlogische Reaktion meines Körpers sollte mich das leichter ertragen lassen, aber sie verstärkt meine Hilflosigkeit – die Tatsache, dass ich keinerlei Kontrolle habe. Ich kann das bei ihm nicht ertragen. Es würde mich zerstören. »Bitte, Lucas …«

Er bewegt sich auf mir, ohne seinen Mund von meinem Ohr zu entfernen. »Was soll ich nicht tun?«, flüstert er und legt meine Handgelenke in eine seiner großen Hände. Er lässt seine freie Hand zwischen uns entlanggleiten und seine Finger verschwinden zwischen meinen Oberschenkeln, um zu meinem Geschlecht zu gelangen. »Das?« Sein Daumen drückt sich auf meine Klitoris während sein Zeigefinger in mich eindringt.

Ich krümme mich und die Hitze in mir wird zu einem pulsierenden Verlangen. Meine Nippel verhärten sich und ich spüre, dass ich noch feuchter werde, da mein Körper diesen Akt will, der meine Seele zerstören würde. »Nicht. Bitte nicht.« Tränen, dumme, pathetische Tränen steigen auf und ich kann sie nicht zurückhalten. Sie überschwemmen meine Augen, laufen meine Schläfen hinunter und ich sterbe vor Scham über meine Schwäche. »Nicht, bitte …« Sein Finger vergräbt sich tiefer in mir und die alten Erinnerungen steigen auf, führen mich zurück zu diesem dunklen, erstickenden Ort. Mein Atem verwandelt sich in panisches Keuchen und meine Stimme wird schrill. »Bitte, Lucas, tu das nicht!«

Zu meiner Überraschung hält er inne und rollt sich fluchend von mir, bevor er sich mit einer geschmeidigen Bewegung hinstellt. »Steh auf«, faucht er und ergreift meine Arme, um mich nach oben zu ziehen. Sobald ich stehe, zerrt er mich ins Wohnzimmer, stößt mich auf das Sofa und sagt durch zusammengebissene Zähne: »Wenn du auch nur einen Muskel bewegst …«

Wie betäubt sehe ich ihm dabei zu, wie er um die Ecke verschwindet und einen Moment später mit einem Stuhl und einem Seil zurückkommt. Er platziert beides in der Mitte des Raumes. Ich habe mich nicht bewegt – ich zittere viel zu sehr – und ich wehre mich auch nicht, als er mich aufhebt, um mich auf den Stuhl zu setzen und meine Arme hinter meinem Rücken an dem stabilen Holzrahmen des Stuhls zu fesseln. Danach benutzt er ein weiteres Seil, um meine Knöchel mit gespreizten Beinen an die Stuhlbeine zu binden.

Als er damit fertig ist, steht er auf und betrachtet mich. Die Beule in seiner Hose ist immer noch sichtbar, aber die Hitze in seinen Augen hat sich abgekühlt und seinen Blick gewohnt eisig werden lassen.

»Ich bin in einigen Minuten zurück«, lässt er mich unfreundlich wissen. »Wenn ich wieder da bin, solltest du besser bereit sein, mit mir zu reden.«

Und bevor ich ihm antworten kann, verlässt er den Raum und lässt mich gefesselt, nackt und alleine zurück.

NEUNZEHNTES KAPITEL

❖ LUCAS ❖

Ich betrete das Badezimmer und schließe die Tür beherrscht hinter mir, gehe sicher sie nicht zu fest zuzuschlagen. Kontrolle – das ist alles was ich gerade brauche.

Kontrolle und Abstand zu ihr.

Mein Schwanz fühlt sich in meinen Jeans wie ein Stachel an und meine Eier sind so voll, dass ich jeden Moment abspritzen könnte. Ich war niemals so nah daran gewesen, eine Frau zu ficken und habe mich dann zurückgezogen.

Ich habe mir niemals etwas verweigert, was ich so unbedingt wollte.

Sie lag dort ausgestreckt unter mir, mit ihrem langen, schlanken Körper, so nackt und verletzlich. Ich hätte sie auf jede Art und Weise ficken können, die ich wollte, hätte meine Wut an ihrem zarten Fleisch auslassen können, um den Hunger zu beruhigen, der mich schon so lange quält.

Aber ich habe sie gehen lassen.

Scheiße.

Ich blicke in den Spiegel und sehe Wut und Frustration auf meinem Gesicht. Sie wollte mich, ich habe gespürt wie feucht sie war, wie ihr

Körper auf mich reagiert hat – und trotzdem hab ich sie davonkommen lassen.

Trotz der brennenden Hitze in meinem Körper konnte ich es nicht über mich bringen, sie zu vergewaltigen.

Meine Schwäche ekelt mich an und ich schaue weg, während ich meine Finger durch mein kurzes Haar gleiten lasse. Vergewaltigung ist nicht schlimmer als die Verbrechen, die ich in den vergangenen Jahren ausgeführt habe. Im Dienste Esguerras habe ich Männer und Frauen gefoltert und getötet, ohne mich jemals schlecht dabei gefühlt zu haben. Yulia zu nehmen sollte die leichteste Sache der ganzen Welt sein – ich habe während der letzten zwei Monate jede Nacht davon geträumt, sie zu ficken – und trotzdem habe ich von ihr abgelassen.

Ich habe von ihr abgelassen, weil das Entsetzen in ihrer Stimme echt war und ich es nicht ignorieren konnte.

Ich knirsche mit den Zähnen, hebe mein T-Shirt hoch und untersuche meine Rippen. Dort, wo mich Yulias Waffe gestreift hat, ist kein Blut zu sehen, aber ich habe einen üblen roten Kratzer. Wahrscheinlich hatte sie es auf meine Niere abgesehen. Wenn ich nicht schnell genug gewesen wäre, würde ich jetzt unter höllischen Schmerzen auf diesem Boden verbluten – vorausgesetzt sie hätte mir nicht gleich die Kehle durchgeschnitten. Jetzt schmerzt mein Kinn an der Stelle, wo ihr Fuß mich getroffen hat und erinnert mich daran, wie verräterisch und gefährlich sie ist.

Es wäre cleverer gewesen, sie bei den Russen zu lassen.

Nein. Sobald mir dieser Gedanke durch den Kopf geht, spannt sich mein ganzer Körper ablehnend an. Jetzt, da sie sich endlich in meinem Besitz befindet, ist der Gedanke, dass jemand Anderes sie quält, unerträglich. Alles in mir schreit, dass sie mir gehört – ich sie ficken und bestrafen kann wie ich möchte.

Niemand wird jemals wieder seine Hände an sie legen.

Ich öffne den Reißverschluss meiner Jeans, hole meinen harten Schwanz heraus und umschließe ihn mit meiner Faust. Ich schließe meine Augen und stelle mir vor, dass ich in ihr bin und es ihre Muschi ist, die meinen Schwanz so fest umschießt.

Mit diesen pornographischen Bildern in meinem Kopf komme ich nach weniger als einer Minute und mein Samen landet in dem weißen Waschbecken.

ZWANZIGSTES KAPITEL

❖ YULIA ❖

Ich weiß nicht, wie lange ich benötige um zu begreifen, dass diese Gnadenfrist echt ist und ich mich endlich genug beruhige, um nicht mehr zu zittern.

Er hat es nicht getan.

Er hat mich nicht gezwungen.

Ich kann es immer noch nicht glauben. Ich weiß wie steif er war – ich habe es gefühlt. Es gab keinen guten Grund für ihn, Gnade zu zeigen. Ich bin nicht irgendeine Frau die er in einer Bar kennengelernt hat; ich bin der Feind, der gerade versucht hat ihn zu verletzen. Er sollte sich an meinem pathetischen Flehen geweidet haben und die Schwäche, die ich gezeigt habe, ausgenutzt haben, um mich komplett zu brechen.

Zumindest habe ich genau das von ihm erwartet.

Ich senke meinen Kopf und blicke auf meine nackten Beine, während ich versuche zu verstehen, weshalb er aufgehört hat. Lucas Kent ist kein Neuling in diesem Leben – ganz im Gegenteil. Seiner Akte nach ist er gleich nach der Highschool zur United States Navy gegangen und hat einige Monate später mit dem SEAL Trainingsprogramm begonnen. In den Aufzeichnungen stand nicht viel über seine Aufträge – nur dass es sich dabei normalerweise um geheime und extrem gefährliche Missionen gehandelt hat – aber der Grund für sein Ausscheiden wurde genannt.

Gegen ihn wurde nach acht Dienstjahren Anklage wegen Mordes erhoben. Der Mann, der mich gefangen hält, hat seinen Kommandanten ermordet und ist danach im südamerikanischen Dschungel verschwunden. Nach diesem Vorfall weist die Akte eine Lücke von vier Jahren auf, bevor Lucas Kent irgendwann als Esguerras Vertrauter und extrem tödlicher zweiter Mann auftaucht.

Ich spüre ein Kribbeln in meinen Armen und irgendein sechster Sinn veranlasst mich, nach oben zu blicken.

Zwei dunkle Augenpaare schauen mich durch das Fenster an, eines von ihnen groß und von dichten Wimpern umrandet, das andere leicht mandelförmig.

Es handelt sich um zwei junge Frauen, wird mir klar, als die Besitzerin der vollen Wimpern sich duckt, um nicht von mir gesehen zu werden, und ich nur noch auf den mutigeren Eindringling blicke. Das verbleibende Mädchen hat ungefähr mein Alter und sieht mit ihrem bronzefarbenen, runden Gesicht, das von weichem dunklen Haar eingerahmt wird, kolumbianisch aus. Sie ist hübsch – und ihrem starren Blick nach zu urteilen extrem neugierig auf mich.

Ich habe keine Zeit noch mehr wahrzunehmen, denn eine Sekunde später duckt sie sich und verschwindet ebenfalls.

Irritiert blicke ich weiterhin erwartungsvoll auf das Fenster, aber sie kommen nicht zurück. Stattdessen höre ich Schritte und als ich mich umdrehe, sehe ich, dass Lucas das Zimmer mit einem weiteren Stuhl betritt.

Er stellt ihn mir gegenüber ab und setzt sich mit vor der Brust verschränkten Armen auf ihn. »In Ordnung, Yulia.« Sein Blick ist hart und fährt meinen nackten Körper hinab, bevor er sich wieder meinem Gesicht zuwendet. »Warum beginnst du nicht einfach damit, mir deine Geschichte zu erzählen.«

Meine Erholungspause ist vorbei.

Ich versuche ruhig zu bleiben und befeuchte meine Lippen. »Könnte ich bitte etwas Wasser bekommen?« Ich habe Durst – und will die Befragung so lange wie möglich herauszögern.

Er bewegt sich nicht. »Rede, und ich gebe dir Wasser.«

Ich schlucke, als ich sein entschlossenes Kinn sehe. »Was möchtest du wissen?« Vielleicht gibt es einige unwichtigere Dinge, die ich ihm erzählen könnte, so wie ich es bei den Russen getan habe. Ich kann zugeben, dass ich für die Ukrainer spioniere – das weiß er sowieso schon – und ich könnte ihm ein wenig über mich erzählen.

Vielleicht werden mir diese Informationen noch ein wenig schmerzfreie Zeit verschaffen.

»Du hast mir gesagt, dass du mit elf Jahren begonnen hast.« Er betrachtet mich kalt, ohne auch nur einen Hauch der Lust, die zwischen uns gebrannt hat. »Erzähle mir von ihnen, den Menschen, die dich rekrutiert haben.«

Das war es dann wohl mit meiner Hoffnung, ihn erst einmal mit harmlosen Enthüllungen zufriedenzustellen.

»Ich weiß nicht viel über sie«, sage ich. »Sie haben mir Aufträge gegeben, das ist alles.«

Seine Augen verengen sich. Er weiß, dass ich lüge. »Ist das so?« Seine Stimme ist täuschend ruhig. »Und war das Einschreiben in der Moskauer Staatsuniversität auch ein Auftrag?«

»Ja.« Es ist sinnlos, das abzustreiten. »Sie haben mir gefälschte Papiere gegeben und mich an der Universität eingeschrieben, damit ich in Moskau leben und an die Schlüsselpersonen der russischen Regierung herankommen konnte.«

»Wie, an sie herankommen?« Er beugt sich nach vorne und ich sehe etwas Dunkles in seinen blassen Augen aufblitzen. »Wie genau wollten sie dich den Auftrag ausführen lassen, meine Schöne?«

Ich antworte ihm nicht, aber ich kann sehen, dass er die Antwort kennt. Auf welche andere Weise würde sich eine junge Frau Zugang zu den Regierungskreisen verschaffen.

»Wie viele?« Lucas' Stimme ist schneidend genug, um mich zu zerstückeln. »Wie viele musstest du ficken, um nahe genug heranzukommen?«

»Drei.« Zwei niedrigere Regierungsbeamte und einen von Buschekovs Freunden – durch den ich den Job als Buschekovs Übersetzerin bekommen habe. »Ich musste mit drei Männern schlafen.« Ich blicke Lucas an und ignoriere das Schamgefühl tief in meiner Brust. »Esguerra wäre der vierte gewesen, aber stattdessen bin ich bei dir gelandet.«

Seine Augen verengen sich noch mehr und mein Puls rast durch die kalte Angst, die ich verspüre. Ich weiß nicht, warum ich ihn derart reize. Lucas wütend zu machen ist eine schlechte Idee. Ich muss ihn friedlich stimmen, um mir mehr Zeit zu erkaufen. Es ist unwichtig, dass sich die Verachtung auf seinem Gesicht wie ein Messer anfühlt, dass sich in meine Leber schiebt.

Ein richtiges Messer wäre allerdings sehr viel schlimmer.

Plötzlich steht er auf, beugt sich über mich und ich versuche nicht zusammenzuzucken, während ich meinen Kopf anhebe um seinen Blick zu erwidern. Seine Augen blitzen und ich sehe, wie erneut Wut in ihren blaugrauen Tiefen flackert. Einen Moment lang bin ich davon überzeugt, dass er mich schlagen wird, aber stattdessen ergreift er mit seiner Faust ein Haarbüschel und zwingt meinen Kopf dazu, sich weiter nach hinten zu lehnen.

»Hast du sie begehrt?« Seine Finger verstärken ihren Griff an meinem Haar und meine Augen tränen durch die Schmerzen auf meinem Kopf. »Hat deine Muschi auch nach ihnen geschrien?«

»Nein.« Ich sage ihm die Wahrheit, aber ich kann erkennen, dass er mir nicht glaubt. »Es war nichts dergleichen mit ihnen. Es war einfach etwas, das ich tun musste.« Ich weiß nicht, warum ich versuche ihn davon zu überzeugen. Ich will nicht, dass er weiß, dass er etwas Besonderes war, aber gleichzeitig kann ich mich nicht dazu bringen, zu lügen. »Es war mein Job.«

»Genauso wie ich dein Job war.« Er schaut auf mich hinab und ich erhasche einen Blick auf die dunkle Lust, die sich hinter seiner Wut versteckt. »Du hast mir deinen Körper gegeben, um Informationen zu bekommen.«

Ich streite das nicht ab und sehe, wie sich seine Brust ausdehnt als er einatmet. Ich bereite mich auf verletzende und verurteilende Worte vor, aber sie kommen nicht. Stattdessen lässt sein schmerzhafter Griff an meinem Haar etwas nach, so als würde ihm auffallen, dass es mein Hals nicht lange in dieser Stellung aushalten kann.

»Yulia ...« Seine Stimme hat einen eigenartigen Klang. »Wie alt warst du, als du mit dem ersten von ihnen geschlafen hast?«

Ich blinzele, da mich diese Frage überrascht. »Sechzehn.«

Zumindest hat in diesem Alter meine Beziehung zu ihm begonnen. Boris Ladrikov, ein kleiner Mann mit leicht schütterem Haar der ein Mitglied der Staatsduma war, war mein erster Freund und unsere Affäre dauerte fast drei Jahre an. Er hat mich den ganzen wichtigen Menschen vorgestellt, einschließlich Vladimir, der mein nächster zugeteilter Liebhaber geworden war.

»Sechzehn?«, wiederholt Lucas und ich bemerke, dass ein Muskel neben seinem Ohr zuckt. Er ist wütend, aber ich habe keine Ahnung warum. »Wie alt war deine Zielperson?«

»Achtunddreißig.« Ich weiß nicht, warum mich Lucas diese ganzen unwichtigen Fragen fragt, aber ich beantworte sie gerne, solange ihn das von wichtigeren Themen ablenkt. »Er dachte, dass ich achtzehn sei; die Identität die ich angenommen hatte, war zwei Jahre älter.«

Ich erwarte, dass Lucas weiter nachbohrt, aber zu meiner Überraschung lässt er mein Haar los und tritt zurück.

»Das reicht für den Moment«, sagt er und mir fällt auf, dass seine Stimme erneut diesen eigenartigen Klang hat. »Wir werden bald damit fortfahren.«

Ohne ein weiteres Wort zu sagen, dreht er sich herum und verlässt den Raum. Eine Minute später höre ich, wie die Eingangstür geöffnet und geschlossen wird und ich weiß, dass ich wieder alleine bin.

EINUNDZWANZIGSTES KAPITEL

❖ LUCAS ❖

Ein Kind. Sie war ein verdammtes Kind, als sie sie nach Moskau geschickt und gezwungen haben, mit schmierigen Arschlöchern der Regierung zu schlafen.

Die Wut, die durch mich hindurchrauscht, fühlt sich heiß genug an, um meine Eingeweide zu verbrennen. Ich hatte meine ganze Selbstbeherrschung aufbringen müssen, um meine Reaktion vor Yulia zu verbergen. Wenn ich das Haus nicht verlassen hätte, hätte ich mit der Faust ein Loch in die Wand geschlagen.

Eine Stunde später ist dieser Impuls immer noch nicht verschwunden, also schlage ich weiter auf den Sandsack vor mir ein und kanalisiere meine Wut mit jedem Schlag. Ich kann die fragenden Blicke der anderen Männer sehen, da ich das gleiche seit vierzig Minuten tue und nicht einmal unterbrochen habe, um etwas zu trinken.

»Lucas, du verrückter Gringo, was ist denn mit dir los?« Die Stimme dieses Mannes unterbricht meine Konzentration und als ich herumwirbele, sehe ich Diego hinter mir stehen. Der große Mexikaner grinst, so dass seine weißen Zähne in seinem bronzefarbenen Gesicht aufblitzen. »Solltest du dir nicht ein wenig Energie für deine Gefangene aufheben?«

»Fick dich, pendejo.« Ich greife durch die Unterbrechung verärgert nach meiner Wasserflasche auf dem Boden und trinke einen Schluck. Eigentlich mag ich Diego, aber in diesem Moment bin ich versucht, ihn als Sandsack zu benutzen. »Meine Gefangene geht dich einen Scheißdreck an.«

»Ich habe geholfen, sie hierherzubringen, also geht sie mich ein bisschen was an«, widerspricht er, aber das Grinsen verschwindet aus seinem Gesicht. Er hat verstanden, dass ich in keiner guten Stimmung bin. »Sie ist die Schlampe, die den Absturz verursacht hat, stimmt's?«

Ich wische den Schweiß von meiner Stirn. »Wieso glaubst du das?« Ich hatte angenommen, dass nur Esguerra, Peter und ich über Yulias Rolle in der Geschichte Bescheid wüssten.

Diego zuckt mit den Schultern. »Wir haben sie von einem russischen Gefängnis abgeholt und alle wissen, dass die Ukrainer dahinterstecken. Also würde es zusammenpassen. Außerdem schien das eine recht persönlich Angelegenheit zu sein …« Seine Stimme verstummt, als ich ihn fest anblicke.

»Wie gesagt, sie geht dich einen Scheißdreck an«, erwidere ich kalt. Ich möchte auf keinen Fall mit den anderen Männern über Yulia sprechen. Was eigentlich die einfachste Sache der Welt sein sollte – Rache zu üben – hat sich in ein Desaster epischen Ausmaßes verwandelt. Das Mädchen, das sich gefesselt auf dem Stuhl in meinem Wohnzimmer befindet, ist nicht so, wie ich erwartet hatte, und ich habe keine Ahnung, was ich jetzt tun soll.

»Okay, kein Problem.« Diego grinst erneut. »Aber eine Sache würde ich gerne wissen: hast du sie schon gefickt? Trotz ihres Gefängnisgestanks ist mir nicht entgangen, wie heiß sie ist –«

Meine Faust trifft auf sein Gesicht bevor er den Satz zu Ende gesprochen hat. Meine Reaktion ist ein Reflex; der Zorn, der mich erfüllt, ist einfach zu explosiv, um ihn kontrollieren zu können. Diego stolpert durch die Wucht meines Aufschlags nach hinten und ich folge ihm, springe auf ihn, so dass er zu Boden gerissen wird. Meine Beine protestieren gegen diese plötzliche Bewegung, aber ich ignoriere die Schmerzen und lasse einen Schlag nach dem anderen auf Diegos entsetztem Gesicht niedergehen.

»Kent, was soll das?« Hände nehmen mich in einen stählernen Griff und ziehen mich von meinem Opfer, widerstehen meinen Versuchen sie abzuschütteln. »Beruhige dich, Mann!«

»Was ist hier los?« Esguerras Stimme wirkt wie ein Schwall Eiswasser auf meine brennende Wut. Als ich wieder einen klaren Kopf bekomme, bemerke ich, dass Thomas und Eduardo meine Arme festhalten und unser Boss in etwa einem Meter Abstand am Eingang unseres Trainingsraums steht.

»Nur eine kleine Auseinandersetzung.« Es gelingt mir, meine Stimme trotz meines anhaltenden Blutrauschs ruhig zu halten. Thomas und Eduardo lassen mich los, als sie sehen, dass ich nicht länger gegen sie ankämpfe, und treten mit bedacht neutralen Gesichtsausdrücken zurück.

Ich weiß, dass ich etwas sagen muss, also drehe ich mich zu dem Wächter um, den ich angegriffen habe. »Es tut mir leid, Diego. Du hast mich in einem ungünstigen Moment erwischt.«

»Definitiv«, murmelt er und stellt sich unter Anstrengungen hin. Seine Nase blutet und sein linkes Auge schwillt bereits an. »Ich muss Eis darauf legen«, meint er und eilt aus der Halle. Esguerra schaut mich fragend an.

Ich zucke mit den Schultern, so als sei das Problem zu unwichtig gewesen, als dass es einer Erklärung bedürfe, und zu meiner Erleichterung geht Esguerra nicht weiter darauf ein. Stattdessen informiert er mich darüber, dass wir am späteren Abend ein Telefongespräch mit unserem Lieferanten aus Hong Kong führen werden – er glaubt, es sei eine gute Idee, dass ich daran teilnehme – und geht zurück zu seinem Büro, während ich mit den Wächtern auf Bierdosen schieße und versuche, nicht an meine Gefangene zu denken.

ZWEIUNDZWANZIGSTES KAPITEL

❖ YULIA ❖

Ich weiß nicht, wie lange ich hier sitze und versuche, eine bequeme Position auf diesem harten Stuhl zu finden, aber irgendwann zieht ein leises Klopfen am Fenster meine Aufmerksamkeit auf sich. Erschreckt schaue ich auf und sehe das Mädchen, das mich zuvor schon einmal betrachtet hat – das mit dem runden Gesicht. Sie steht draußen, hat ihre Nase an das Glas gedrückt und starrt mich an. Ich kann ihre Freundin nicht sehen, also nehme ich an, dass sie dieses Mal alleine gekommen ist.

»Hallo?«, rufe ich, nicht sicher ob sie Englisch spricht und ob sie mich durch das Glas überhaupt hören kann. »Wer bist du?«

Sie zögert einen Moment bevor sie fragt: »Wo ist Lucas?« Ihre Stimme ist durch das Fenster kaum zu hören, aber ich erkenne, dass sie amerikanisches Englisch mit nur einem kleinen Hauch von einem Akzent spricht.

»Ich weiß es nicht. Es ist vor einer Weile weggegangen«, erkläre ich ihr und betrachte sie genauso eingehend wie sie mich. Es ist kein fairer Tausch; ich kann nur ihren Kopf erblicken, während sie mich so sieht, wie Gott mich erschaffen hat. Trotzdem bemerke ich ihre ebenmäßigen Gesichtszüge und ihre vollen Lippen und behalte diese Dinge in meinem Hinterkopf, falls ich sie später gebrauchen könnte.

Wer ist sie? Könnte sie Lucas' Freundin sein? In der Akte wurde niemand erwähnt, aber Obenko würde auch nichts darüber wissen, wenn Lucas hier auf dem Anwesen jemanden hätte. Mein Entführer könnte sogar eine Frau und drei Kinder hier haben, ohne dass irgendjemand im Rest der Welt etwas davon weiß. Eine junge hübsche Freundin ist da nicht abwegig; Lucas ist ein kräftiger, stark sexueller Mann, der kein Problem damit hat Frauen anzuziehen, nicht einmal an einem solch abgelegenen Ort wie dieser Ansiedlung.

Je länger ich darüber nachdenke, desto mehr Sinn ergibt es. Genau das ist der Grund dafür, weshalb er mich vorhin nicht genommen hat.

Es war nicht, weil ich gebettelt habe – es war, weil er nicht untreu sein wollte.

»Was willst du?«, frage ich das Mädchen und versuche das unlogische Gefühl, betrogen worden zu sein, das mich bei dieser Erkenntnis überkommt, zu ignorieren. Sie scheint nicht entsetzt zu sein, mich nackt und gefesselt zu sehen, also weiß sie offensichtlich, was ihr Freund so treibt. »Warum bist du hier?«

Sie öffnet ihren Mund, so als würde sie antworten wollen, aber stattdessen duckt sie sich und ich kann sie nicht mehr sehen. Einen Augenblick später höre ich die Eingangstür und weiß, warum sie verschwunden ist.

Lucas ist zurück.

Eine leichte Erregung durchzieht mich, als ich seine Schritte höre. Er betritt den Raum, bleibt genau vor mir stehen und ich sehe, dass seine gebräunte Haut schweißig glänzt. Sein ärmelloses T-Shirt klebt an seiner muskulösen Brust und in der Mitte sehe ich ein schweißnasses V. Er sieht stark aus, kompromisslos männlich und als ich seinem eisigen Blick begegne, werde ich mir der Hitze zwischen meinen Beinen bewusst.

So unglaublich das auch ist, ich will ihn.

Unter Anstrengungen trenne ich meinen Blick von seinem Gesicht, da ich Angst habe, er könne bemerken, was ich fühle. Nichts an meinen Reaktionen auf ihn ergibt Sinn. Ich habe gerade erkannt, dass er eine Freundin hat, und selbst wenn das nicht der Fall wäre: wie kann ich einen Mann begehren, den ich fürchte? Und warum hat er mir noch nicht wehgetan?

Mein Blick fällt auf seine Knöchel.

Er muss gerade jemanden zusammengeschlagen haben.

Ich möchte ihn dazu befragen, aber ich bleibe stumm und schaue auf meine Knie. Er ist immer noch wütend, das kann ich spüren, und ich will ihn nicht reizen. Ich spreche auch seine Freundin nicht an obwohl ich dafür sterben würde, ihn damit zu konfrontieren. Aus irgendeinem Grund wollte das dunkelhaarige Mädchen nicht, dass er weiß, dass sie mir hinterherspioniert hat, und ich will sie noch nicht verraten.

Ich muss jeden Vorteil nutzen, egal wie klein er ist.

»Hast du Hunger?«, fragt Lucas und ich schaue durch die Frage überrascht auf.

»Ich könnte etwas essen«, erwidere ich vorsichtig. In Wirklichkeit bin ich am Verhungern, da mein Körper nach wochenlangem Nahrungsentzug nach Essen verlangt, aber ich möchte nicht, dass er diese Tatsache gegen mich verwenden kann. Ich muss auch dringend aufs Klo – ich versuche schon angestrengt, nicht daran zu denken.

Er blickt mich eindringlich an, so als würde er eine Entscheidung treffen wollen. Dann dreht er sich um, verschwindet im Flur zum Badezimmer und ein wenig später höre ich das Geräusch laufenden Wassers. Duscht er sich?

Drei Minuten später ist er wieder da, bekleidet in schwarzen Baumwollshorts und einem frischen T-Shirt. Auf seinem muskulösen Hals glitzern Wassertropfen und er riecht nach dem Duschgel das ich vorhin benutzt habe, was meine Vermutung mit der Dusche bestätigt.

Er kniet sich vor mir hin, löst geschickt meine Fußfesseln und geht dann um mich herum, um meine Arme zu befreien. »Komm«, sagt er und greift nach meine Ellenbogen um mich auf meine Beine zu stellen. »Du kannst zur Toilette gehen, und danach gebe ich dir etwas zu essen.«

Er führt mich zum Badezimmer und ich gehe neben ihm, da ich zu entsetzt bin, um an einen weiteren Fluchtversuch zu denken. »Mach«, meint er als wir dort ankommen, schiebt mich durch die Tür und ich gehe hinein, da ich mein Glück nicht auf die Probe stellen möchte.

Als ich meine Hände wasche, sehe ich eine neue, unzerbrochene Zahnbürste auf der Ablage. Einen Augenblick lang bin ich versucht, meinen letzten Angriff zu wiederholen, aber tue es dann doch nicht. Wenn ich ihn nicht mal mit dem Überraschungsmoment überrumpeln konnte, werde ich ihn mit Sicherheit nicht in die Knie zwingen, wenn er bereits über meine Fähigkeiten Bescheid weiß.

Außerdem hat er gesagt, dass er mir etwas zu essen geben würde und mein Magen überschlägt sich allein bei dem Gedanken an Nahrung.

»Hände«, befiehlt Lucas und umfasst meine Handgelenke, sobald ich aus dem Badezimmer trete. Ich zeige ihm meine geöffneten Handflächen, damit er sieht, dass sie leer sind. Er nickt zufrieden. »Braves Mädchen.«

Ich ziehe meine Augenbrauen wegen seines eigenartigen Verhaltens in die Höhe, aber er führt mich bereits in die Küche.

»Setz dich hin«, weist er mich auf einen Stuhl zeigend an und ich folge seinem Befehl, während ich ihm dabei zuschaue, wie er die gleichen Zutaten herausstellt, die er schon mittags benutzt hat, und damit beginnt, zwei Sandwiches zuzubereiten. Als er beschäftigt ist, fahre ich die Küche mit den Augen ab, um etwas zu finden, das ich als Waffe benutzen könnte. Zu meiner Enttäuschung sehe ich weder einen Messerblock noch ähnliche Dinge. Die Arbeitsflächen sind leer und sauber, abgesehen von den Dingen, die er für die Zubereitung der Sandwiches benötigt. Er trägt auch keine Pistole; er muss seine Waffen an einem anderen Ort lagern, wie zum Beispiel in seinem Auto.

»Hier«, sagt er und stellt mir einen Teller hin, der, wie ich bemerke, jetzt aus Papier ist und nicht mehr aus Keramik. Das Messer mit dem er die Mayonnaise verschmiert, ist ebenfalls aus Plastik. Ich zweifele nicht daran, dass ich etwas finden würde, wenn ich seine Schubladen durchsuchte, aber Lucas wäre schon bei mir, bevor ich die Schubladen überhaupt geöffnet hätte.

Meine Hände sind zwar nicht gefesselt, aber Flucht ist ausgeschlossen.

Ich fahre mit meiner Zunge über meine trockenen Lippen. »Könnte ich bitte –«

»Wasser? Bitteschön.« Er füllt einen Papierbecher mit Wasser aus dem Hahn und stellt ihn vor mir ab, bevor er sich mit seinem eigenen Sandwich mir gegenüber hinsetzt.

Ich habe eine Milliarde Fragen an ihn, aber ich trinke das Wasser und esse den Großteil meines Sandwiches, bevor ich meinem Drang nachgebe. Ich will ihn auf gar keinen Fall wütend machen und dadurch die Mahlzeit ausfallen lassen.

Schließlich kann ich nicht länger warten. »Warum tust du das?«, frage ich, während er sein Essen beendet. Mein Magen ist so voll, dass er gleich platzt und ich kann spüren, dass ich stärker werde, als mein Körper die Kalorien aufnimmt. »Was willst du von mir?«

Lucas schaut mich mit einem angespannten Gesichtsausdruck an und ich bemerke, dass er gerade auf meine Brüste gestarrt hat, die trotz meiner langen Haare sichtbar sind. Hitze steigt in mir auf und meine Nippel werden hart, da ich auf die unverhohlene Lust in seinen Augen reagiere. Ich bin den ganzen Tag lang nackt vor ihm gewesen und habe mich daran gewöhnt, was allerdings nicht bedeutet, dass diese Situation nicht sexuell angespannt ist. Als ich ihm in die Augen schaue dämmert mir, dass ein Teil des Grundes für dieses schweigende Abendessen der ist, dass er von meinem unbekleideten Körper abgelenkt wurde.

Er begehrt mich immer noch und ich weiß nicht, ob mich dieses Wissen erschreckt oder erregt.

»Erzähle mir von ihnen«, sagt er plötzlich. »Erzähle mir von den Menschen, die dich rekrutiert haben und dich all diese Dinge tun ließen.«

Und da ist er auch schon, der wahre Grund dafür, warum er die ganze Zeit so nett zu mir ist. Er spielt den guten Polizisten im Gegensatz zu den bösen russischen, den Retter ihrer Sklavin. Das ist so dicht an meinen Fantasien, dass ich weinen möchte. Nur dass er mich nicht retten, sondern Antworten bekommen will.

»Was ist an jenem Tag geschehen?«, frage ich stattdessen. Diese Frage hat mich gequält, seitdem ich erfahren habe, dass er und Esguerra leben. »Wie habt ihr überlebt?«

Lucas' Kiefer spannt sich an und die Lust in seinem Blick verschwindet. »Du meinst den Flugzeugabsturz?«

»Also gab es einen Flugzeugabsturz?« Ich war mir nicht sicher gewesen, auch wenn ich angenommen hatte, dass sein Bedürfnis, mich büßen zu lassen bedeutete, dass etwas geschehen sein musste.

Lucas beugt sich nach vorne und seine Hände zerknüllen den leeren Pappteller. »Ja, es gab einen Flugzeugabsturz. Haben dich deine Vorgesetzten nicht darüber informiert?«

Ich kämpfe dagegen an, wegen des neuentflammten Zorns in seiner Stimme zusammenzuzucken. »Das haben sie, aber ich dachte, dass sie vielleicht falsch unterrichtet waren.«

»Weil wir überlebt haben?«

Ich nicke und halte meinen Atem an.

Er betrachtet mich einen Augenblick lang, dann steht er auf und geht um den Tisch herum. »Komm«, sagt er, während er meine Hand ergreift. »Wir sind hier fertig.«

Damit zerrt er mich zurück ins Wohnzimmer, fesselt mich an den Stuhl und lässt mich, die Eingangstür laut zuschlagend, erneut allein.

DREIUNDZWANZIGSTES KAPITEL

❖ LUCAS ❖

Während Esguerra die neuesten Transportprobleme mit unserem Zulieferer aus Hong Kong bespricht, sitze ich schweigend da und meine Aufmerksamkeit gilt nur teilweise dem Videogespräch. Ich verstehe nicht, wie mich eine junge Frau nach derart allen Regeln der Kunst fesseln kann. In einer Minute will ich mich um sie kümmern, sie gesund und stark machen und in der nächsten bin ich hin- und hergezogen zwischen dem Wunsch sie zu ficken oder sie auf der Stelle zu töten.

Eine Kinderhure.

Das haben sie aus ihr gemacht. Sie haben sie mit elf Jahren zu sich geholt, sie trainiert und sie mit sechzehn Jahren und dem Auftrag Zugang zu den höchsten Kreisen der Moskauer Regierung zu bekommen, in Moskau ausgesetzt.

Allein von dem Gedanken daran wird mir schlecht. Ich weiß auch gar nicht, was mich wütender macht: dass sie ihr das angetan haben, oder dass sie in den Flugzeugabsturz verwickelt war, der fünfundvierzig unserer Männer getötet und drei weitere so zurückgelassen hat, dass sie wegen ihrer Verbrennungen unkenntlich sind.

Wie ist es möglich, jemanden zu hassen und gleichzeitig das ihm zugefügte Leid rächen zu wollen?

»Ich danke Ihnen für ihre Zeit«, sagt Esguerra ungewohnt freundlich und ich sehe wie der alte runzlige Mann ihm auf dem Bildschirm zunickt, während er die gleichen Worte wie ein Papagei wiederholt. Es ist wichtig in diesem Teil der Welt auf die Feinheiten zu achten, selbst wenn man es mit Kriminellen zu tun hat.

Sobald Esguerra das Gespräch beendet, stehe ich auf, da ich ungeduldig bin, zu Yulia zurückzukehren. »Bis morgen«, sage ich und er nickt, während er immer noch an seinem Computer arbeitet.

»Bis morgen«, erwidert er, als ich hinausgehe.

Es ist dunkel draußen – dunkel, warm und feucht. Esguerras Büro ist ein kleines Gebäude neben dem Haupthaus und recht weit entfernt von den Unterkünften der Wächter, wo ich wohne. Ich hätte mit dem Auto fahren können, aber ich laufe generell gerne und nach dem zweistündigen Stillsitzen möchte ich dringend meine Beine bewegen und meinen Kopf freibekommen.

Ich bin noch nicht weit gekommen als ich höre, wie eine Frau meinen Namen ruft, und als ich mich umdrehe, sehe ich Esguerras Dienstmädchen, Rosa, schnellen Schrittes über die große Wiese eilen. An ihre Brust hat sie etwas gedrückt, das aussieht wie ein abgedeckter Kochtopf.

»Lucas, warte!« Sie hört sich atemlos an.

Ich bleibe stehen und bin neugierig, herauszufinden was sie möchte. Eduardo hat einmal von ihr erzählt, erinnere ich mich dunkel. Damals hat er sich häufiger mit ihr getroffen und meinte, sie sei auf diesem Anwesen geboren, weil ihre Eltern für Juan Esguerra, den Vater meines Bosses, arbeiteten. Ich habe sie hier häufiger gesehen und wir haben uns einige Male gegrüßt, aber ich habe niemals wirklich mit dem Mädchen gesprochen.

»Hier«, sagt sie, als sie vor mir stehen bleibt und mir den Topf gibt. »Ana wollte, dass ich dir das bringe.«

»Ach ja?« Überrascht nehme ich den schweren Behälter entgegen. Der Duft, der durch den Deckel dringt, ist so vollmundig und würzig, dass mir das Wasser im Mund zusammenläuft. »Warum?«

Esguerras Haushälterin lässt den Wächtern manchmal Kekse oder zusätzliches Obst zukommen, aber das ist das erste Mal, dass sie mich persönlich ausgewählt hat.

»Das weiß ich nicht.« Aus irgendeinem Grund röten sich Rosas Wangen. »Ich nehme an, dass sie eine Suppe gekocht hat, die Nora und der Señor nicht wollten.«

»Ich verstehe.« Eigentlich tue ich das nicht, aber ich werde keine Diskussionen über eine so köstlich riechende Mahlzeit anfangen. »Ich esse sie gerne, wenn sie sie nicht wollen.«

»Sie wollen nicht. Sie ist für dich.« Sie lächelt mich vorsichtig an. »Ich hoffe, du wirst sie mögen.«

»Ganz sicher«, sage ich und betrachte das Dienstmädchen. Sie ist hübsch, mit ihren üppigen Kurven und glitzernden braunen Augen, und als ihr Rot sich unter meinem Blick vertieft, dämmert mir, dass die Haushälterin mittleren Alters vielleicht doch nicht hinter dieser Sache steckt.

Rosa interessiert sich für mich. Plötzlich bin ich mir dessen sicher.

Ich versuche bestmöglich mein Unbehagen darüber zu verbergen, wünsche ihr eine gute Nacht und drehe mich um. Vor einigen Monaten hätte ich mich geschmeichelt gefühlt und gerne die Einladung angenommen, die in dem schüchternen Lächeln des Mädchens lag. Jetzt allerdings kann ich nur an diese Blondine mit den langen Beinen denken, die zu Hause auf mich wartet, und an die schmutzigen, wilden Dinge, die ich mit ihr anstellen möchte.

»Tschüss«, ruft Rosa als ich weitergehe und ich lächele sie neutral über meine Schulter an.

»Danke für die Suppe«, sage ich, aber sie rennt bereits zum Haus und ihre schwarze Dienstbekleidung bläht sich um sie auf wie ein Mantel.

* * *

Sobald ich zu Hause ankomme, stelle ich den Topf in den Kühlschrank und gehe ins Wohnzimmer. Meine Gefangene befindet sich noch genau dort, wo ich sie zurückgelassen habe: in der Mitte des Raumes an den Stuhl gefesselt. Yulias Kopf ist gesenkt und ihre langen blonden Haare verdecken den Großteil ihres Oberkörpers. Sie bewegt sich nicht, als ich mich ihr nähere und ich verstehe, dass sie eingeschlafen sein muss.

Ich knie mich vor sie und beginne damit, ihre Knöchel loszubinden ohne auf meine Reaktion auf ihre Nähe zu achten. Da ihre Beine auseinandergebunden sind, kann ich die zarten Fältchen zwischen ihren Beinen sehen und erinnere mich plötzlich lebhaft daran, wie ihre Muschi geschmeckt – und sich um meinen Schwanz angefühlt hat.

Scheiße.

Ich schaue auf meine Hände und bin entschlossen, mich auf meine Aufgabe zu konzentrieren. Es hilft nicht. Als meine Finger über ihre seidige Haut fahren, bemerke ich, dass ihre Füße lang und schlank sind, genau wie ihr restlicher Körper. Trotz ihrer Größe hat sie einen zierlichen Körperbau und ihre Knöchel sind so schmal, dass ich sie mit meinem Daumen und Zeigefinger umfassen kann.

Es würde keiner Anstrengung bedürfen, diese zarten Knochen zu brechen. Dieser Gedanke dringt durch meinen Lustnebel und ich konzentriere mich auf ihn, weil ich die Ablenkung begrüße. Genau das muss ich tun: ich muss sie als einen Feind betrachten und nicht als eine begehrenswerte Frau. Und als Feind wäre sie ein leichtes Opfer. Mit einem kleinen Kraftaufwand könnte ich ihr den Fuß brechen. Ich weiß das, weil ich so etwas schon getan habe. Vor einigen Jahren hat uns ein thailändischer Raketenhersteller betrogen und wir haben uns gerächt, indem wir seine komplette Familie töteten. Die Frau des Mannes versuchte, ihren Ehemann und die Söhne im Teenageralter zu verstecken, aber wir haben unter Folter ihren Aufenthaltsort herausgefunden, in dem wir ihr jeden Knochen ihrer Beine brachen.

Seitdem hatten wir in Thailand keine Schwierigkeiten mehr.

Genau das sollte ich mit Yulia tun: ihr wehtun, ihre Geheimnisse herausfinden und sie danach töten. Das erwartet auch Esguerra von mir.

Das hatte ich mit ihr vorgehabt, sobald ich sie in die Hände bekommen sollte.

Ihre Beine zucken, spannen sich unter meinem Griff an und als ich aufschaue, sehe ich, dass Yulia wach ist und ihre blauen Augen auf mein Gesicht gerichtet sind.

»Du bist zurück«, sagt sie ruhig und ich nicke nur, da ich wegen einer neuen brutalen Lustwelle gerade nicht sprechen kann. Mein Schwanz, der bereits leicht erhärtet war, verwandelt sich in meiner Hose in einen eisernen Stab und mir fällt auf, dass meine rechte Hand ihre Oberschenkelinnenseite hinaufgleitet, so als hätte sie ein Eigenleben. Höher und höher ... Ich kann spüren, dass Yulia sich noch mehr anspannt, kann hören, wie ihre Atmung sich verändert während ihre Pupillen sich weiten und ich weiß, dass sie Angst hat.

Angst und vielleicht noch etwas Anderes, das die aufsteigende Röte in ihrem Gesicht erklären würde.

Da ich meinem dunklen Drang nicht widerstehen kann, lasse ich meine Hand ihre Reise fortsetzen und meine Finger über die blasse Wölbung ihres Knies und die Weichheit ihrer Oberschenkelinnenseiten gleiten. Ihre Beinmuskeln sind so stark angespannt, dass sie unter meiner Berührung vibrieren und die Nippel unter ihrem Schleier aus Haaren ziehen sich zu kleinen rosafarbenen Knospen zusammen.

Ihr Kehlkopf bewegt sich als sie schluckt. »Lucas –«

Ich höre nicht, was sie mir sagen möchte, da in diesem Moment das Telefon in meiner Hosentasche laut klingelt.

Scheiße.

Völlig frustriert ziehe ich meine Hand von Yulias Oberschenkel zurück, um mein Telefon hervorzuziehen. Als ich darauf schaue, sehe ich eine Nachricht von Diego.

Potentielles Problem am North Tower One.

Ich will das Telefon am liebsten gegen die Wand schleudern, aber beherrsche mich. Stattdessen stehe ich auf und gehe zum Telefonieren in mein Büro, damit Yulia nicht mithören kann.

Bevor ich Diego anrufe, atme ich tief ein, um mich zu beruhigen.

»Was ist los?«, belle ich, sobald er abnimmt. »Was gibt es Wichtiges?«

»Wir haben einen Eindringling nahe der Nordgrenze aufgegriffen. Er behauptet, er sei ein Fischer, aber ich bin mir da nicht so sicher.«

Ich unterdrücke meine Wut. Diego hatte recht, mich zu alarmieren, auch wenn die Unterbrechung zu einem Scheißzeitpunkt kam. »In Ordnung. Ich werde in fünfzehn Minuten dort sein.«

Ich kehre ins Wohnzimmer zurück und befreie Yulia schnell von ihren Fesseln, während ich versuche, meine unbezähmbare Erektion zu ignorieren. »Musst du ins Bad?«, frage ich, als ich ihr hochhelfe, und sie nickt mir irritiert zu.

»Gehen wir.« Ich zerre sie durch den Flur und schiebe sie geradezu ins Bad. »Beeil dich.«

Fünf Minuten später kommt sie mit frisch gewaschenem Gesicht und nach Zahnpasta riechendem Atem wieder heraus. Ich untersuche ihre

Hände, um sicherzugehen, dass sie leer sind und führe sie danach ins Schlafzimmer. Ohne sie aus den Augen zu verlieren schnappe ich mir eine Decke, die ich auf den Boden vor das Fußende des Bettes werfe. Dann greife ich in die Nachttischschublade, nehme ein aufgewickeltes Seil heraus, das ich vorbereitet hatte, und befehle Yulia: »Auf die Decke.«

Sie erstarrt und ich sehe, wie sie auf das Seil blickt, das ich in meinen Händen halte.

»Hierhin«, wiederhole ich und strecke mich nach ihr aus. »Auf die Decke. Jetzt.«

Sie spannt sich an, als ich sie zur Decke ziehe und einen Moment lang bin ich mir sicher, dass sie sich wehren wird. Stattdessen gehorcht sie steif und faltet ihre langen Beine unter sich.

»Leg dich hin.« Ich lasse ihren Arm los um ihre Schulter nach unten zu drücken. Mein Geschlecht pocht, als ich ihre weiche Haut spüre und ich muss tief durchatmen, um dem Drang zu widerstehen, sie mir zu nehmen bevor ich gehe. So wie ich mich gerade fühle, würde ich nicht mehr als einige Minuten benötigen, um mich zu entladen und die Versuchung, ihre Beine zu spreizen und sie zu ficken ist unwiderstehlich. Wenn ich nicht mehr als einen rauen Quickie wollen würde, wäre ich schon in ihr.

»Lucas.« Ihre Lippen zittern, als sie zu mir hochblickt. »Bitte, ich –«

»Leg dich verdammt nochmal hin. Jetzt«, fauche ich sie an, da ich meine Geduld verliere. Wenn ich sie zwingen muss, werde ich sie nehmen.

Mit blassem Gesicht gehorcht Yulia und streckt sich auf der Decke aus. Sobald sie liegt, knie ich mich neben sie, ergreife ihre Hände und hebe sie über ihren Kopf. Vorsichtig, um ihr nicht die Blutzufuhr abzuschnüren, wickele ich das Seil fest um ihre Handgelenke und binde das andere Ende um das eine Bein des Bettes. Danach mache ich das gleiche mit ihren Knöcheln am anderen Bein des Bettes, und versuche die Steifheit ihrer Glieder zu ignorieren. Das Endergebnis ist, dass sie ausgestreckt auf ihrer Seite auf der Decke liegt und ihre Knöchel und Handgelenke an den gegenüberliegenden Seiten des Bettes befestigt sind.

Ich stehe auf und betrachte mein Werk. Da das Bett schwer ist, ist Yulia hier noch sicherer gefesselt als auf dem Stuhl – und sie befindet sich in einer besseren Schlafposition, falls das Problem mit dem Eindringling mehr Zeit in Anspruch nimmt als ich erwarte.

Bevor ich gehe, nehme ich ein Kissen und schiebe es unter ihren Kopf. Ihr Haar ist über ihr Gesicht gefallen, also streiche ich die seidigen blonden Strähnen zur Seite und versuche die pochende Lust in mir zu ignorieren. Sie blickt mich mit ihren Augen, die wie tiefe blaue Seen wirken, an und ich stöhne beinahe auf, als sie sich mit ihrer Zunge über die Lippen fährt, um sie zu befeuchten.

»Ich bin bald zurück«, sage ich und zwinge mich dazu, aufzustehen und von ihr wegzugehen.

Bevor ich meine Meinung über den Quickie ändern kann, habe ich den Raum verlassen und bin auf dem Weg zum North Tower One.

VIERUNDZWANZIGSTES KAPITEL

❖ YULIA ❖

Mein Puls rast und ich halte die Luft an, als ich dem Geräusch von Lucas' leiser werdenden Schritten lausche. Er hat gesagt, dass er bald zurück sein wird. Bedeutet das, dass er sich duschen will oder dass er irgendwo hingeht? Sosehr ich auch lausche, ich kann nicht hören, ob die Eingangstür geöffnet wird, aber das hat nichts zu bedeuten. Das Schlafzimmer befindet sich wahrscheinlich zu weit vom Eingang entfernt.

Nach einigen Minuten Stille bewege ich mich auf der Decke, um die Spannung in meinen Schultern zu vermindern. Da meine Hände an ein Bein des Bettes und meine Beine ans andere gefesselt sind, kann ich mich nicht weiter als einige Zentimeter in jede Richtung bewegen, und die ausgestreckte Position ist nur ein klein wenig bequemer als das Sitzen auf dem Stuhl.

Langsam werde ich frustriert und teste meine Fesseln. Wie zu erwarten war, geben sie nicht nach und das hölzerne Kingsize Bett ist so schwer, dass es genauso gut im Boden verankert sein könnte. Jedes Mal, wenn ich an dem Seil ziehe, schneidet es sich in meine Haut, also unterlasse ich meine Anstrengungen.

Ich atme langsam ein und versuche, mich zu entspannen, aber ich bin zu besorgt.

Wo ist Lucas? Warum hat er mich so gefesselt hier zurückgelassen? Als er das Seil hervorgezogen hat und mir befahl, mich auf die Decke zu begeben, war ich mir sicher, dass er mich zwingen würde – Freundin hin oder her. Ich konnte seine Erektion sehen, den starken Hunger in seiner Berührung spüren, und nur das Wissen, dass es unendlich schlimmer sein würde, wenn ich mich zur Wehr setzte, hat mich seine Anordnung befolgen lassen.

Ich hatte gehofft, dass er weniger brutal sein würde, wenn ich das tat, was er wollte.

Aber er hat mich nicht berührt. Er hat mich lediglich ans Bett gefesselt und mich hier auf der Decke liegengelassen. Er hat mir sogar ein Kissen gegeben, so als wäre es ihm wichtig, dass ich bequem liegen kann.

So als sei ich nicht jemand, den er plant irgendwann umzubringen.

Einige weitere Minuten vergehen ohne ein Zeichen von Lucas und ich komme zu der Erkenntnis, dass er das Haus doch verlassen haben muss. Wahrscheinlich wegen der Textnachricht, die er bekommen hat. Hatte sie mit seiner Arbeit zu tun oder war sie privat? Hat sie etwas mit seiner mysteriösen Freundin zu tun? Sie weiß, dass ich hier bin. Sie hat mich nackt in diesem Haus sitzen sehen. Könnte es sein, dass sie Lucas zu sich gebeten hat, weil sie vermutet, dass etwas zwischen uns läuft? Weil sie nicht möchte, dass ihr Freund auf diese Weise mit seiner Gefangenen spielt?

Unlogischerweise ziehen sich bei diesem Gedanken meine Eingeweide zusammen. Ich weiß nicht, warum es mich stört, dass Lucas eine Freundin hat. Wir führen keine Beziehung, zumindest nicht im romantischen Sinn. Er hat mich hierher gebracht, um mich zu quälen und mich für das büßen zu lassen, was ich getan habe. Wenn jemand einen Anspruch auf ihn hat, dann dieses Mädchen, nicht ich.

Ich bin die andere Frau – diejenige, die er begehren mag, aber niemals lieben wird.

Ich schließe meine Augen und versuche erneut, mich zu entspannen. Die Erschöpfung, die ich spüre, ist erdrückend, aber aus irgendeinem Grund kann ich nicht schlafen. Der Luftzug aus der Klimaanlage fühlt sich auf meiner nackten Haut kalt an und meine Schultern schmerzen, weil meine Arme nach oben gestreckt sind. So lächerlich das auch ist, ein kleiner Teil von mir wünscht sich, dass Lucas hier wäre – dass ich jetzt in seiner harten Umarmung läge.

Diese Vorstellung ist so verlockend, dass ich ihr nachgebe, so wie im Gefängnis. In meinem Traum ist nichts von dem, was geschehen ist, echt. Lucas hasst mich nicht. Es gab keinen Flugzeugabsturz und wir befinden uns nicht auf gegenüberliegenden Seiten. Er hält mich einfach nur, küsst mich ... schläft mit mir.

In meinem Traum gehört er zu mir und ich zu ihm – und nichts kann uns trennen.

FÜNFUNDZWANZIGSTES KAPITEL

❖ LUCAS ❖

Als ich am Wachturm ankomme, haben Diego und die anderen den Eindringling in einem kleinen Schuppen in der Nähe aufgehängt. Es ist rabenschwarz draußen und es gibt in dem Verschlag keine Elektrizität, weshalb ich eine batteriebetriebene Laterne mitbringe, um mir den Gefangenen anschauen zu können.

Als das Licht auf ihn fällt, sehe ich, dass es sich bei ihm um einen durchschnittlich aussehenden kolumbianischen Mann wahrscheinlich Anfang dreißig handelt. Seine Bekleidung wirkt billig und ist ein wenig schmutzig – auch wenn das von dem Kampf mit unseren Wachmännern kommen könnte. Es ist geknebelt, wahrscheinlich um ihn davon abzuhalten, die Wächter mit seinem Betteln zu nerven.

Ich trete zurück und drehe mich zu Diego um. Der junge Mexikaner hat ein blaues Auge – ein Andenken an meinen Wutausbruch wegen Yulia. Einen Augenblick lang überlege ich, mich ernsthafter bei ihm zu entschuldigen, aber dann beschließe ich, dass jetzt nicht der richtige Zeitpunkt ist. »Wo habt ihr ihn gefunden?«, frage ich stattdessen.

»Er war am Flussufer«, erklärt Diego leise. »Er hatte ein Boot bei sich und behauptete, gerade geangelt zu haben.«

»Aber du glaubst ihm nicht?«

»Nein.« Diego wirft einen Blick auf den Mann. »Sein Boot hat nicht eine Schramme. Es ist brandneu.«

»Ich verstehe.« Diego hatte vollkommen Recht damit, misstrauisch zu sein. Nur wenige Fischer in dieser Gegend können sich ein neues Boot leisten. »In Ordnung. Nehmt ihm seinen Knebel ab und wir sehen, was er sagt.«

* * *

Es ist zwei Uhr morgens, als der Eindringling endlich redet. Ich genieße das Foltern nicht so sehr wie Esguerra, also habe ich die Wächter zuerst rangelassen. Sie verprügeln ihn, bis er einige gebrochene Rippen hat und dann frage ich ihn, was er hier zu suchen hat. Er versucht zu lügen, besteht darauf, zufällig auf das Anwesen gestoßen zu sein, aber nachdem ich einige Male mit meinem Klappmesser über ihn geglitten bin, beginnt er zu singen und uns alles über seinen Auftraggeber, einem mächtigen Drogenbaron aus Bogotá, zu berichten.

»Werden diese Cabrons niemals etwas lernen?«, fragt Diego angeekelt, als der Mann nur noch schluchzend um Gnade bittet. »Man würde denken, dass sie es besser wüssten, als solch einen Scheiß zu versuchen. Diesen Joker zu schicken um Lücken in unserem Sicherheitssystem zu finden – hätten sie es dümmer anstellen können?«

»Das hätten sie.« Ich gehe zu dem winselnden Mann und schneide ihm die Kehle mit meinem Messer durch, um ihn von seinem Leiden zu erlösen. »Sie hätten versuchen können, uns hier anzugreifen.«

»Das stimmt.« Diego tritt zurück um dem spritzenden Blut auszuweichen. »Möchtest du, dass sein Körper zu seinem Patrón geschickt wird, oder sollen wir ihn verbrennen?«

»Verbrennen.« Ich säubere das Klappmesser an meinem T-Shirt – das sowieso schon so blutig ist, dass ein weiterer Fleck nichts ausmacht – und schließe es danach, bevor ich es wegstecke. »Sein Boss kann sich ruhig Gedanken machen.«

»Okay.« Diego weist die zwei anderen Wachen mit einer Geste an, den Körper aus dem Schuppen zu entfernen. Dieser Ort wird gereinigt werden müssen, aber das ist eine Aufgabe für die nächste Schicht. Ich

157

warte, bis die frischen Wachen eintreffen und gebe ihnen die nötigen Anweisungen, bevor ich zu meinem Auto gehe.

Diego verlässt den Schuppen mit mir, also frage ich ihn: »Soll ich dich mitnehmen?«

»Gerne. Ich hatte eigentlich vor, zu Fuß zu gehen, aber nach Hause gefahren zu werden, hört sich gut an.« Er grinst mich an. »Damit ich schneller ins Bett komme.«

»Stimmt.« Bevor wir einsteigen, nehme ich ein aufgerolltes Handtuch aus dem Kofferraum, das ich für solche Situationen bereitliegen habe, und breite es auf dem Fahrersitz aus. Diego ist nicht so schmutzig wie ich, also lasse ich ihn ohne weitere Vorkehrungen auf dem Beifahrersitz Platz nehmen.

Die Fahrt ist kurz, aber Diego schafft es, dass meine Ohren am Ende bluten. Er ist hyperaktiv, so wie es bei einigen Personen der Fall ist, nachdem sie getötet haben. Es ist so, als müsse er sich bewusst machen, dass er lebt, dass es nicht sein Körper ist, der verbrannt wird. Ich weiß genau wie er sich fühlt, weil die gleiche Erregung durch meine Adern fließt. Sie ist nicht so stark wie bei meinen ersten Morden – man kann sich an alles gewöhnen, sogar daran, Leben zu nehmen – aber ich fühle mich trotzdem extrem lebendig und alle meine Sinne sind durch die Berührung mit dem Tod geschärft.

»Und noch was«, sagt Diego als ich vor seinem Wohnhaus anhalte, »Ich wollte dir nur sagen, dass ich keine bösen Absichten hatte, als ich vorhin über dein Mädchen gesprochen habe. Du hast recht - sie geht mich nichts an.«

»Sie ist nicht mein Mädchen.« Sobald diese Worte meinem Mund entweichen weiß ich, dass sie gelogen sind. Yulia mag nicht „mein Mädchen“ sein, aber sie gehört mir.

Sie hat mir seit dem ersten Moment gehört, als ich sie in Moskau gesehen habe.

»Ja, wie auch immer.« Grinsend öffnet Diego die Tür und springt hinaus. »Bis morgen.«

Er schließt die Tür und ich fahre los. Kies fliegt hinter meinem Auto in die Luft, als ich das Gaspedal durchdrücke, weil ich plötzlich ungeduldig werde.

Ich habe zu lange gewartet.

Es ist an der Zeit, das zu beanspruchen, was mir gehört.

* * *

Bevor ich das Schlafzimmer betrete dusche ich ausgiebig, um alle Blut- und Schmutzspuren wegzuspülen. Das warme Wasser beruhigt mich etwas, aber das dunkle Pochen des Adrenalins ist immer noch in mir, als ich aus der Duschkabine steige, mich abtrockne und mein Schwanz sich voller Vorfreude aufrichtet.

Ich halte mich nicht damit auf, mich anzuziehen, bevor ich das Badezimmer verlasse. Die Luft fühlt sich auf meiner noch feuchten Haut kühl an, als ich den Flur entlanggehe und mein Herz schlägt schneller, als ich mir Yulia vorstelle, wie sie dort nackt, gefesselt und meiner Gnade ausgesetzt liegt. Niemals zuvor habe ich eine Frau in der Position gewollt, aber alles an meiner Gefangenen bringt meine primitivsten Instinkte zum Vorschein. Ich will sie gefesselt und hilflos.

Ich will, dass sie weiß, dass sie mir nicht entkommen kann.

Als ich das Schlafzimmer betrete ist es dunkel, also taste ich nach dem Lichtschalter. Als meine Nachttischlampe angeht, sehe ich Yulia ausgestreckt vor mir auf der Decke liegen. Ihr nackter Körper, der auf der Seite liegt, ist lang und schlank und sie hat mir ihren Rücken zugedreht. Trotz ihres Gewichtsverlusts ist ihr Po schön kurvig und ihre blasse Haut wirkt wie Alabaster auf der dunklen Decke. Sie bewegt sich nicht, als ich mich ihr nähere und ich sehe, dass sie schläft; ihre Augen sind geschlossen und ihre Lippen leicht geöffnet. Ihre vollen, runden Brüste bewegen sich gleichmäßig mit ihrer Atmung, ihre Nippel sind weich und rosa.

Die Lust, die sich den ganzen Tag über in mir aufgebaut hat, überkommt mich gewaltiger als zuvor. Ich knie mich neben sie und lasse meine Hand über ihre Seite gleiten, streichele sie von ihrer Schulter bis zur Mitte ihres Oberschenkels. Obwohl sie einige blaue Flecke aufweist, ist ihre Haut wunderschön, so sanft und glatt, dass ich sie überall schmecken möchte.

Ich gebe meinem Verlangen nach, beuge mich über sie, halte sie in meinen Armen fest und neige meinen Kopf nach unten, um ihren Nippel in den Mund zu nehmen. Er zieht sich sofort zusammen, verhärtet sich als ich an ihm sauge und ich fühle, wie sie sich unter mir anspannt und sich ihre Atmung verändert, als sie aufwacht.

Ich hebe meinen Kopf an, um sie anzuschauen und ihr in die Augen zu blicken. Ich erkenne Angst, aber sie ist mit etwas Anderem gemischt – etwas, dass mich unerträglich erregt.

Begehren.

Langsam und meine ganze Beherrschung aufbringend, lasse ich meine Hand kontrolliert über ihre Taille und Hüfte gleiten. Sie gibt keinen Laut von sich, aber ich sehe, wie ihre Augen sich verdunkeln, als meine Hand sich bewegt, um sich auf die feste, runde Erhebung ihres Pos zu legen. Ihre Haut fühlt sich kühl und weich, ihr Fleisch fest an, als ich leicht ihre Pobacke zusammendrücke. Sie fühlt sich so gut, so verdammt gut an, dass mein Schwanz schon bereit zum Explodieren ist und meine Hand vor Lust zittert, während ich sie weiter nach unten bewege, meine Finger unter die Rundung ihres Pos zwischen ihre Schenkel gleiten lasse.

Ja, genau das ist es. Ein wilder Triumph erfüllt mich, als ich ihre Falten erreiche und die Feuchtigkeit am Rand ihres Eingangs spüre. Ihre Muschi ist bereit für mich, genauso wie beim ersten Mal. Ich schaue ihr immer noch in die Augen, als ich meinen Finger in ihre enge Hitze schiebe und spüre, wie sie erschaudert und ein sanftes Aufstöhnen unterdrückt.

»Du willst mich, habe ich recht?« Meine Stimme ist leise und rau. »Du willst das hier.« Mein Daumen findet ihre Klitoris, drückt sich auf sie und ich beobachte ihre Reaktion. Sie scheint nicht mehr zu atmen und ihre Augen sehen in ihrem schmalen Gesicht riesig aus, während sie mich anblicken.

»Sag es.« Ich krümme meinen Finger in ihr und erhöhe meinen Druck auf ihre Klitoris. »Sag mir verdammt noch mal, dass du das willst.«

Sie schluckt, ihre blasse Kehle bewegt sich und ich fühle, wie sich ihre Muschi um meinen Finger zusammenzieht, während ein Schauer sie durchfährt. »Lucas, bitte …«

»Sag es, verdammt nochmal«, knirsche ich hervor, aber sie schließt ihre Augen und dreht ihr Gesicht weg. Sie atmet jetzt schnell, ihre Brust hebt und senkt sich hektisch und ich fühle, wie ihre Muskeln erzittern, als ich einen zweiten Finger in sie schiebe und ihren engen Kanal ausdehne.

Sie kämpft gegen mich an, verleugnet mich.

Mein Hunger wird dunkel und meine Begierde vermischt sich mit Wut und Frustration. Wie kann sie es wagen, mir das anzutun? Sie gehört mir – ihr Körper gehört mir und ich kann mit ihm tun was ich möchte. Ich muss ihr keine Wahl lassen. Sie ist meine Gefangene, meine Kriegsbeute und ich war mehr als geduldig mit ihr.

»Schau mich an.« Ohne meine Hand von ihrem Geschlecht zu nehmen, knie ich mich hin und nehme ihr Kinn in meine andere Hand, zwinge sie dazu, mich anzuschauen. »Spiel keine Spielchen mit mir«, knurre ich, als sie ihre Augen öffnet. »Du wirst verlieren, hast du verstanden?«

Sie blinzelt und ich fühle, wie sich ihre inneren Muskeln um meine Finger zusammenziehen. Sie ist triefnass, ihr Körper begrüßt meine Berührung. »Ja.«

»Was, ja?« Das ist alles, was ich tun kann um weiterhin mit ihr zu reden, anstatt sie auf der Stelle zu nehmen. Mein Daumen streicht über ihre Klitoris und zwingt sie dazu, aufzustöhnen. »Was, ja?«

»Ja, ich –«, sie schnappt nach Luft und ihre Stimme zittert. »Ich habe es verstanden.«

»Gut. Jetzt hör auf zu lügen und beantworte die verdammte andere Frage.« Ich krümme beide Finger in ihr und zwinge sie erneut, zu erschauern. »Begehrst du mich?«

Ihr Nicken ist leicht, kaum zu erkennen, aber es reicht.

Ich lasse ihr Gesicht los, ziehe meine Finger aus ihr zurück und meine Eier fühlen sich an, als würden sie sofort explodieren. Ich bin versucht, sie gleich hier auf der Decke zu nehmen, aber ich habe sie mir diese ganzen Wochen in meinem Bett vorgestellt und genau dort möchte ich sie dieses Mal haben.

Ich bin zu ungeduldig, um die Knoten ihrer Fesseln zu lösen, also stehe ich auf und gehe in den Wäscheraum, wo ich meine blutige Kleidung gelassen habe. Dreißig Sekunden später komme ich mit meinem Klappmesser zurück.

Ich gehe zu Yulias Beinen und öffne das Messer. Ihre Augen weiten sich Angst erfüllt, aber ich schneide nur das Seil durch, um ihre Knöchel zu befreien.

»Bleib still liegen«, befehle ich ihr und stehe auf, um zur anderen Seite zu gehen. Eine Sekunde später sind ihre Arme ebenfalls gelöst. Da ich keine Waffe in ihrer Nähe haben möchte, gehe ich auf die andere Seite des Zimmers und lege das Messer in die oberste Schublade meines Kleiderschranks, bevor ich mich zu ihr umdrehe.

Yulia hat sich bereits hingekniet und ist gerade dabei aufzustehen, aber ich gebe ihr keine Chance. Ich schließe den Abstand zwischen uns, beuge mich nach unten und hebe sie gegen meine Brust. Ich weiß, dass sie sich alleine auf das Bett legen kann, aber ich muss sie berühren, sie spüren. Ich kann den Pulsschlag an ihrem Hals sehen, als ich sie auf den weißen Laken absetze und meine Lust intensiviert sich.

Mir. Sie gehört mir.

Diese Worte sind ein primitiver Rhythmus in meinem Kopf. Niemals war ich so besitzergreifend bei einer Frau, wollte niemals so unbedingt eine zu meinem Eigentum machen. Dieses Verlangen ist rein instinktiv, ein Bedürfnis, das genauso dunkel und alt ist, wie der Drang zu töten. Ich habe sie bereits in jener Nacht in Moskau gehabt, aber das hat nicht gereicht.

Nicht einmal ansatzweise.

Während ich sie betrachte, öffne ich meine Nachttischschublade und nehme ein Kondom heraus. Ich reiße die Packung mit meinen Zähnen auf, ziehe das Kondom heraus und streife es über meinen pochenden Schwanz. Ihr Blick folgt meinen Fingern und ich sehe, dass sich ihr Körper noch stärker anspannt. Aus Angst oder Lust? Ich weiß es nicht, aber es interessiert mich auch nicht mehr.

»Komm her«, weise ich sie an und steige auf das Bett. Ich weiß nicht, was ich erwartet habe, als ich mich nach ihr ausstrecke, aber bestimmt nicht das, was geschieht.

Einen Moment später schlingt Yulia ihre Arme um meinen Hals und drückt ihre Lippen auf meine.

SECHSUNDZWANZIGSTES KAPITEL

❖ YULIA ❖

Ich weiß nicht, warum ich Lucas in jenem Moment küsse, aber sobald sich unsere Lippen treffen, schmilzt meine Angst dahin und wird von einem schmerzhaften Verlangen abgelöst. Ich begehre ihn – diesen harten, verwirrenden Mann der mich gefangen hält.

Mit den aufgefrischten Fantasien in meinem Kopf, begehre ich ihn mehr, als ich ihn fürchte.

Die Panik, die ich vorhin verspürt habe ist völlig verschwunden und die dunklen Erinnerungen schweigen, als er mich auf die Matratze drückt, während seine Hand in mein Haar gleitet. Ich biege mich ihm entgegen und er vertieft den Kuss, indem seine Zunge in meinen Mund eindringt und ihn hungrig erkundet. Er schmeckt nach Hitze und Leidenschaft, wie in meinen Träumen und Albträumen. Er verzehrt mich und ich verzehre ihn, als sich meine Hände hektisch über seinen muskulösen Rücken, seinen Hals und sein kurzes Haar bewegen. Ich weiß, dass er mich höchstwahrscheinlich in einer nicht allzu weit entfernten Zukunft töten wird – ich weiß, dass die Hände, die gerade meinen Kopf kraulen, mir eines Tages den Schädel einschlagen könnten – aber in diesem Moment ist das alles unwichtig.

Ich lebe nur in der Gegenwart, in der seine Zunge Lust anstatt Schmerzen auslöst.

Seine Lippen fahren über mein Ohr und ich fühle seine Zähne auf meinem Hals entlang knabbern, bevor er an der zarten Haut saugt. Mein ganzer Körper wird von einer Gänsehaut überzogen und die Lust wird intensiv und elektrisch, als seine rechte Hand meine Seite entlangfährt, über die Kurven meiner Taille und Hüfte gleitet, bevor sie sich zwischen unsere Körper zwängt, um mein Geschlecht zu finden. Zielstrebig legen sich seine Finger auf meine Klitoris und der Hunger in mir verstärkt sich.

Ich schreie seinen Namen, da ich von der Intensität meiner Empfindungen überrascht werde, aber es ist zu spät. Ich komme bereits, da mein Körper zu lange zu kurz vor dem Höhepunkt gewesen war.

Er liebkost mich, während die Lustwellen mich mitreißen, seine Finger streicheln meine Falten, bis mein Orgasmus vorüber ist, und dann ergreift er mein Bein um es weit geöffnet über seine Hüfte zu legen. Sein Schwanz drückt gegen meine Oberschenkelinnenseite und ein Hauch von Angst durchfährt mich, als ich in seine glitzernden Augen schaue.

»Ich werde dich nehmen«, sagt er mit tiefer und kehliger Stimme. »Du gehörst mir, hast du mich verstanden? Mir.«

Überrascht versuche ich seinen Anspruch zu verarbeiten, aber in diesem Moment küsst Lucas mich erneut und meine Augen schließen sich, während meine Fähigkeit zu denken sich in Luft auflöst. Sein Körper ist ein warmer Käfig aus Eisen, der mich umhüllt; sein Geruch und sein Geschmack überwältigen meine Sinne. Ich kann nicht einatmen, ohne seinen Duft aufzunehmen, kann nichts Anderes fühlen, als die verschlingende Macht seines Mundes und die Härte seiner Erektion am Eingang zu meinem Körper.

Ich klammere mich in seine Seiten, meine Nägel dringen in seine Haut ein und dann spüre ich ihn – seinen dicken Schwanz, der in mich stößt, in mich eindringt. Der Griff seiner linken Hand in meinem Haar festigt sich, hält mich davon ab, mich von seinem Mund wegzudrehen, und ich kann nicht einmal aufschreien, als er mich ausdehnt, meinen Körper für sich beansprucht, als habe er das Recht dazu. Er dringt so tief ein, dass es schmerzen sollte, was es auch tut – aber gleichzeitig fühle ich Lust, Lust und eine eigenartige Erleichterung.

Erleichterung darüber, dass ich in diesem Moment wirklich zu ihm gehöre.

Als er vollständig in mir ist, hebt er seinen Kopf an, lässt mich zu Atem kommen und ich öffne meine Augen, um ihn anzublicken. Seine Lippen glänzen von unseren Küssen und seine sonnengebräunte Haut spannt über seinen, auf eine raue Art schönen, Gesichtszügen. Ich spüre, wie tief er in mir vergraben ist, wie die Hitze, die von ihm ausgeht, mich von innen heraus verbrennt und mein Körper für ihn schmilzt, ihn mit mehr Feuchtigkeit umgibt.

»Yulia«, flüstert er während er mich anblickt und ich weiß, dass er sie auch spürt, diese Anziehung, diese instinktive Verbindung zwischen uns beiden. Er mag die ganze Macht besitzen, aber in diesem Moment ist er genauso verletzlich wie ich, befindet sich in der Hand des gleichen Wahnsinns.

Ich weiß nicht, ob ihm das auch gerade klar wird, aber plötzlich spannt sich sein Kiefer an und sein Blick wird kalt und verschlossen. Ohne ein weiteres Wort zu sagen, streckt er seine linke Hand nach unten, um damit eines meiner Handgelenke zu ergreifen und es über meinen Kopf zu führen, um es dort festzuhalten. Danach wiederholt er das gleiche mit seiner rechten Hand und ich finde mich unter ihm ausgestreckt wieder, ohne mich bewegen oder ihn berühren zu können.

Ich befinde mich hilflos unter einem Mann, der mich bestrafen will.

»Lucas, warte«, flüstere ich, als ich das dunkle panische Prickeln spüre, aber es ist bereits zu spät. Er hält meine Handgelenke über meinem Kopf fest, während er beginnt, sich in mir zu bewegen, und in seinen Augen eisige Wut funkelt. Seine Stöße sind hart und gnadenlos, sie nehmen mir den Atem und nötigen meiner Kehle schmerzerfüllte Schrei ab. Er macht keine Liebe mit mir, er nimmt meinen Körper, macht seinen Anspruch so brutal wie jeder Eroberer geltend.

Ich beginne mich zu wehren, als die Panik sich ausbreitet und die alten Erinnerungen hochkommen, aber ich bin machtlos. Ich werde festgehalten, benutzt, und der Mann auf mir kennt keine Gnade. Sein Körper nimmt sich meinen, immer wieder und ich fühle, dass ich zu dem kalten, dunklen Ort gleite, den ich nur unter höchsten Anstrengungen verlassen habe. Die Grenzen zwischen Gegenwart und Vergangenheit verschwimmen und ich höre Kirills grausame, spöttische Stimme, rieche den erstickenden Gestank seines Eau de Cologne als er mich auf den Boden wirft. Das Entsetzen beginnt, mich zu verschlingen, aber bevor ich völlig verloren bin, vereint Lucas meine Handgelenke in einer seiner großen Hände und gleitet mit seiner anderen Hand zwischen uns, um meine Klitoris zu finden. Seine Berührung ist erfahren, zielsicher und die überwältigende Lust holt mich in die Gegenwart zurück, macht mir klar, dass sich erneut Spannung in mir aufbaut.

Ich schließe meine Augen fest und versuche, mich wegzudrehen, zu entkommen, aber hier gibt es keinen Zufluchtsort. Hier gibt es nur seinen Schwanz in mir und seine Finger auf meiner Klitoris, Schmerz und Lust, die zu einer lasterhaften erotischen Spirale miteinander verschlungen sind. Mit Kirill gab es keine Lust, niemals etwas anderes als furchtbaren Schmerz, und das Entsetzen über diese zweiseitigen Empfindungen erdet mich gerade, erinnert mich daran, dass der Mann auf mir nicht mein Trainer ist.

Es ist Lucas, ein weiterer Mann, der mich hasst.

Aber mein Körper weiß das nicht, bemerkt nicht, dass die Art und Weise auf die er mich berührt keine Lust verschaffen sollte. Trotz der Härte seiner Stöße sind Lucas Finger auf meiner Klitoris zärtlich und die Lust wird stärker, verjagt die Dunkelheit. Stöhnend und keuchend biege ich mich nach oben, verzweifeltes Bitten entschlüpft meiner Kehle und er verstärkt seinen Druck auf meine Klitoris, um mich an diesen heißen, vulkanischen Rand des Orgasmus zu bringen.

»Komm für mich, meine Schöne«, sagt er heiser, senkt sein Gesicht auf meinen Hals und entsetzt fühle ich, wie ich meinen Höhepunkt erreiche. Explosive Ekstase steigt in mir auf und strahlt aus jeder der Zellen in meinem Körper, alle meinen Muskeln zittern, als ich mich zuckend um seinen dicken Schwanz zusammenziehe.

Überwältigt rufe ich seinen Namen und im gleichen Moment höre ich wie seine Atmung sich verändert und ein tiefes Stöhnen seiner Brust entweicht. Seine Hände verstärken ihren Griff an meinen Handgelenken, als er ein letztes Mal tief in mich stößt und innehält, während seine Hüften eine kreisende, reibende Bewegung ausführen. Ich spüre, wie sein Schwanz in mir pulsiert und ich weiß, dass er ebenfalls gekommen ist.

Verzweifelt schnappe ich nach Luft und drehe meinen Kopf zur Seite, da ich mich weder ihm, noch dem verwirrenden Gefühlschaos in meiner

Brust stellen möchte. Ich bin am Ende meiner Kräfte, erledigt durch die Schmerzen und die Lust. Er ist immer noch in mir und sein Schwanz ist nur unwesentlich weicher als vorher. Ich fühle die klebrige Feuchte des Schweißes, der unsere Körper verbindet, höre seinen schweren Atem und fremde, unwillkommene Tränen brennen in meinen Augen.

Falls ich Zweifel an der Echtheit dessen gehabt hätte, was zwischen uns passiert ist, wären sie jetzt verschwunden. Dieser Akt, dieses Erlebnis, das unsere Seelen verändert hat, beeindruckt mich noch mehr als die Tatsache, dass Lucas lebt.

Er lebt und ich bin seine Gefangene.

Die Tränen drohen aus meinen Augen zu entweichen und ich drücke meine Augenlider fester zusammen, da ich entschlossen bin, das zu verhindern. Ich kann mir den Luxus zu weinen nicht erlauben. Was auch immer das hier zu bedeuten hat, was auch immer Lucas mit mir vorhat, ich werde es ertragen müssen. Ich muss stark sein, weil das hier erst der Anfang ist.

Meine Gefangenschaft hat gerade erst begonnen.

Bind Me
Fessele Mich

Ergreife Mich: Buch 2

TEIL I: SEINE GEFANGENE

ERSTES KAPITEL

❖ YULIA ❖

Gefangen. Eingesperrt.

Da Lucas mich gerade mit seinem schweren, muskulösen Körper auf das Bett drückt, spüre ich diese Tatsache besonders deutlich. Meine Handgelenke sind über meinem Kopf festgebunden und in meinem Körper befindet sich ein Mann, der mich gerade durch Himmel und Hölle geführt hat. Ich kann fühlen, dass Lucas' Schwanz in mir an Härte verliert und in meinen Augen brennen unvergossene Tränen, deretwegen ich mit weggedrehtem Kopf daliege und es vermeide, ihn anzuschauen.

Er hat mich genommen und ich habe ihn wieder einmal gelassen. Nein, ich habe ihn nicht nur gelassen – ich habe ihn umarmt. Obwohl ich weiß, wie sehr mein Entführer mich hasst, habe ich ihn aus eigenem Antrieb geküsst, habe mich Fantasien und Träumen hingegeben, die keinen Platz in meinem Leben haben.

Ich habe meinem Verlangen nach einem Mann nachgegeben, der mich zerstören wird.

Ich weiß nicht, warum Lucas das noch nicht getan hat, warum ich mich in seinem Bett befinde und nicht gebrochen und blutend an eine Folterbank gefesselt. Das hatte ich nicht erwartet, als Esguerras Männer mich gestern hierher gebracht haben und ich feststellte, dass der Mann, für dessen Tod ich mich schuldig fühlte, noch am Leben ist.

Am Leben und entschlossen, mich zu bestrafen.

Lucas bewegt sich auf mir, sein schweres Gewicht verlagert sich leicht und ich spüre den kalten Luftstrom der Klimaanlage auf meiner schweißigen Haut. Meine inneren Muskeln spannen sich an als sein Schwanz aus mir hinausgleitet und ich bemerke, dass ich zwischen meinen Beinen wund bin.

Mein Hals schnürt sich zusammen und das Brennen unter meinen Lidern verstärkt sich.

Nicht weinen. Nicht weinen. Ich wiederhole diese Worte wie ein Mantra und konzentriere mich darauf, meine Tränen zurückzuhalten. Das ist schwieriger als es sein sollte und ich weiß, dass das, was gerade zwischen uns geschehen ist, der Grund dafür ist.

Schmerz und Lust. Angst und Begehren. Ich wusste nicht, dass diese Kombination so zerstörerisch sein kann, hätte niemals gedacht, dass ich aus dem Abgrund meiner Vergangenheit so schnell wieder aufsteigen kann.

Ich habe mir niemals vorstellen können, nach frischen Erinnerungen an Kirill einen Orgasmus zu bekommen.

Alleine der Gedanke an meinen Ausbilder schnürt mir den Hals zu, und die dunklen Erinnerungen steigen erneut auf.

Nein, halt. Denke nicht daran.

Lucas bewegt sich, hebt seinen Kopf an, und ich atme erleichtert aus, als er meine Handgelenke befreit und sich von mir rollt. Das brennende Gefühl in meinen Augen verschwindet langsam, als ich tief einatme und meine Lungen sich mit der dringend benötigten Luft füllen.

Ja, das ist es. Ich brauche Abstand zu ihm.

Ich atme erneut ein, und als ich meinen Kopf drehe, sehe ich, dass Lucas aufsteht und das Kondom abnimmt. Unsere Augen treffen sich und ich erkenne leichte Verwirrung in der blau-grauen Kühle seiner Augen. Im nächsten Moment ist diese Gefühlsregung allerdings verschwunden und sein Gesicht mit diesem kantigen Kinn ist genauso hart und kompromisslos wie immer.

»Steh auf.« Lucas streckt sich nach mir aus und ergreift meinen Arm. »Komm«, befiehlt er mir und zieht mich vom Bett.

Ich bin zu zitterig um mich zu wehren, also stolpere ich einfach hinter ihm her, als er den Flur entlanggeht.

Einige Augenblicke später bleibt er vor der Badezimmertür stehen. »Brauchst du einen Moment alleine?«, fragt er und ich nicke dankbar. Ich brauche mehr als eine Minute – ich brauche eine Ewigkeit, um mich davon zu erholen – aber ich werde mich auch mit einer Minute Privatsphäre zufriedengeben, wenn das alles ist, was ich bekommen kann.

»Mach keine Dummheiten«, sagt er, als ich die Tür schließe und ich nehme mir seine Warnung zu Herzen, indem ich nur die Toilette benutze und meine Hände so schnell wasche, wie ich kann. Selbst wenn ich etwas finden könnte, um ihn anzugreifen, habe ich gerade nicht die Kraft dazu. Ich bin ausgelaugt, psychisch und emotional, und mein Körper schmerzt fast genauso stark wie meine Seele. Das war von allem zu viel: die kurze Verbindung die wir hatten, die Tatsache, dass er plötzlich kalt und grausam wurde, die Erinnerungen an Kirill in Kombination mit der zerstörerischen Lust.

Und dass Lucas mich genommen hat, obwohl es dieses andere Mädchen in seinem Leben gibt, das dunkelhaarige, das mich durch das Fenster betrachtet hat.

Meine Kehle schnürt sich erneut zu und ich muss ein Schluchzen unterdrücken. Ich weiß nicht, warum gerade dieser Gedanke so viel schmerzvoller ist als alle anderen. Ich habe keinen Anspruch auf meinen Entführer. Bestenfalls bin ich sein Spielzeug, sein Eigentum. Er wird mit mir spielen, bis er sich langweilt, und dann wird er mich brechen.

Er wird mich töten, ohne zweimal darüber nachzudenken.

Du gehörst mir, hat er gesagt während er mich gefickt hat und einen kurzen Augenblick lang habe ich gedacht, dass er es ernst meint. Ich dachte, dass er sich genauso zu mir hingezogen fühlt wie ich mich zu ihm.

Offensichtlich habe ich mich geirrt.

Tränen verschleiern meinen Blick und ich blinzele, um die Feuchtigkeit aus meinen Augen zu entfernen. Das Gesicht, das mich aus dem Badezimmerspiegel anschaut, ist mager und sehr blass. Zwei Monate in einem russischen Gefängnis haben ihren Zoll gefordert, was mein Aussehen betrifft. Ich weiß nicht einmal, wieso Lucas mich überhaupt will. Seine Freundin ist unendlich hübscher, mit ihrem warmen Teint und ihren lebhaften Gesichtszügen.

Ein lautes Klopfen erschreckt mich.

»Deine Minute ist abgelaufen.« Lucas' Stimme ist hart und ich kann es nicht länger herauszögern, ihm gegenüberzutreten. Ich atme tief durch, um mich zu beruhigen, und öffne die Tür.

Er steht am Eingang und wartet auf mich. Ich nehme an, dass er mich zurück ins Schlafzimmer bringt, aber stattdessen betritt er das Badezimmer.

»Geh hinein«, meint er und schiebt mich zur Dusche. »Wir werden duschen.«

Wir? Er kommt mit mir mit? Bei dieser Vorstellung zieht sich mein Unterleib zusammen und eine Hitzewelle wäscht über mich hinweg, aber ich gehorche. Ich habe keine andere Wahl, aber selbst wenn ich sie hätte, ist die Erinnerung an die zwei Wochen ohne duschen im Moskauer Gefängnis noch sehr frisch.

Sollte mein Entführer wollen, dass ich fünfmal pro Tag dusche, werde ich das gerne tun.

Die Duschkabine ist groß genug für uns beide und die Glaswände sind sauber und modern. Lucas' Haus ist generell sauber und modern, völlig anders als das winzige Apartment aus der Sowjetzeit, in dem ich in Moskau lebte.

»Dein Badezimmer ist schön«, sage ich beiläufig, als er das Wasser aufdreht. Ich weiß nicht, warum ich gerade dieses Thema wähle, aber aus irgendeinem Grund muss ich mich ablenken. Wir sind in der Dusche, zusammen und nackt, und auch wenn wir gerade erst Sex hatten, kann ich nicht aufhören, ihn anzustarren. Seine klar definierten Muskeln spannen sich bei jeder Bewegung an und seine schweren Hoden hängen zwischen seinen Beinen, hinter seinem Schwanz, an dem noch Samenreste kleben. Er ist nicht der einzige Mann, den ich jemals nackt gesehen habe, aber er ist mit Abstand der bestaussehendste.

»Du magst das Badezimmer?« Lucas dreht sich zu mir um, lässt das Wasser über seinen breiten Rücken laufen und mir wird klar, dass ich nicht die einzige bin, der die sexuelle Anspannung auffällt, die in der Luft liegt. Sie spiegelt sich in seinem Blick durch die halbgeschlossenen Augen wider, der über meinen Körper gleitet, bevor er zu meinem Gesicht zurückwandert, und in der Art, wie er seine großen Hände zu Fäusten ballt, so als wolle er sich davon abhalten, nach mir zu greifen.

»Ja.« Ich versuche meinen Ton beiläufig zu halten, so als wäre es nichts Besonderes, dass wir hier nackt nebeneinander stehen, nachdem er mich gefickt hat, bis ich nicht mehr denken konnte, und meine Wirbelsäule wie elektrisiert war. »Ich mag deine schlichte Dekoration.«

Sie ist eine nette Abwechslung zur Vielschichtigkeit des Besitzers.

Er starrt mich mit diesen Augen an, die in diesem Licht eher grau als blau aussehen, und ich sehe, dass er, im Gegensatz zu mir, nicht abgelenkt werden möchte. Er hatte einen Grund dafür, gemeinsam duschen zu wollen, und dieser Grund wird deutlich, als er sich nach mir ausstreckt und mich zu sich unter die Brause zieht.

»Nach unten.« Er unterstreicht seinen Befehl, indem er fest auf meine Schultern drückt. Meine Knie knicken ein, da sie sich seiner Kraft nicht widersetzen können und ich finde mich vor ihm auf meinen Knien wieder, habe meinen Kopf auf seiner Lendenhöhe. Sein breiter Rücken hält den Großteil des Wassers ab, aber einige Tropfen treffen mich trotzdem noch und zwingen mich dazu, meine Augen zu schließen, während er in mein Haar greift und meinen Kopf an seinen harten Schwanz zieht.

»Wenn du mich beißen solltest ...« Er beendet den Satz nicht, aber ich brauche auch keine Details um zu verstehen, dass so etwas nicht gut für mich ausgehen würde. Ich möchte ihm sagen, dass diese Warnung unnötig ist, dass ich zu kaputt bin, um jetzt zu kämpfen, aber ich bekomme keine Möglichkeit dazu. Sobald meine Lippen sich öffnen, schiebt er seinen Schwanz hinein und zwar so tief, dass ich fast ersticke, bis er ihn endlich wieder herauszieht. Ich schnappe nach Luft, umarme seine Beine, die wie stählerne Säulen sind, und er stößt wieder zu, diesmal langsamer.

»Gut, das ist ein braves Mädchen.« Sein Griff um mein Haar locker sich, als ich meine Lippen um seinen dicken Schaft schließe und meine Wangen zusammenziehe, um an ihm zu saugen. »Genau so, meine Schöne ...« Komischerweise senden diese ermutigenden Worte eine Hitzewelle durch meinen Unterleib. Ich bin noch feucht von unserem Sex und ich kann diese Nässe deutlich spüren, als ich meine

Oberschenkel zusammenpresse und versuche, mein Verlangen dadurch zurückzuhalten.

Ich kann ihn nicht schon wieder wollen. Mein Geschlecht ist durch seine harte Inbesitznahme wund, geschwollen und empfindlich. Ich erinnere mich an diese alles beherrschende Dunkelheit, die Erinnerungen die mich fast übermannt hätten. Mit einem Mann wie ihm zusammen zu sein – dem ich wehrlos ausgeliefert bin und der mich bestrafen will – ist mein schlimmster Albtraum, aber bei Lucas scheint das egal zu sein.

Ich bin immer noch erregt.

Seine Finger legen sich um meine Haare und er stößt in meinen Mund, findet einen Rhythmus, während ich versuche, so gut wie möglich meine Halsmuskulatur zu entspannen. Ich weiß, wie man einen guten Blow Job gibt, und deshalb umfasse ich seine Hoden mit beiden Händen, während ich kräftig an seinem Schwanz sauge.

»Ja, genau so.« Seine Stimme ist lustvoll. »Mach weiter so.«

Ich gehorche und umfasse seine Eier fester, während ich ihn noch tiefer in mir aufnehme. Eigenartigerweise macht es mir nichts aus, ihm Lust zu verschaffen. Obwohl ich gerade knie, habe ich das Gefühl, jetzt mehr Kontrolle zu haben, als in jedem anderen Moment seit meiner Ankunft heute Morgen. Ich verschaffe ihm Lust und es liegt eine gewisse Macht darin, auch wenn ich weiß, dass das eher eine Illusion ist. Ich bin seine Gefangene, nicht seine Freundin, aber einen Moment lang kann ich so tun, als ob der Mann, der seinen Schwanz zwischen meine Lippen schiebt, mehr in mir sieht, als nur ein Sexobjekt.

»Yulia …« Er stöhnt meinen Namen und verstärkt dadurch einen Augenblick lang meine Fantasie. Dann dringt er auf einmal bis zum Anschlag in meinen Mund ein und verharrt bewegungslos, während er seinen dicken Samenstrahl in meinen Hals spritzt. Ich konzentriere mich darauf zu atmen und mich nicht an seinem Samen zu verschlucken, ohne jedoch meine Hände von seinen Beinen zu lösen.

»Gutes Mädchen«, flüstert er, lässt mich auch den letzten Tropfen schlucken und streichelt zärtlicher über mein Haar. Ich sollte sein Lob erniedrigend finden, aber ich genieße das kleine bisschen Zärtlichkeit, sauge es mit verzweifeltem Verlangen auf. Ich bin müde, so müde, dass ich einfach nur so verharren möchte, während er mein Haar streichelt und ich langsam in das dunkle Nichts gleite.

Viel zu früh hilft er mir auf die Beine und ich öffne meine Augen, als der Wasserstrahl mich auf der Brust trifft, anstatt ins Gesicht. Lucas schweigt, aber als er das Duschgel auf seine Handfläche gießt und es auf meiner Haut aufträgt, ist seine Berührung immer noch zärtlich und beruhigend.

»Lehne dich zurück«, murmelt er, tritt hinter mich und ich lehne mich an ihn, lege meinen Kopf gegen seine Schulter, während er meine Vorderseite wäscht und seine großen Hände über meine Brüste, meinen Bauch und die empfindliche Stelle zwischen meinen Beinen gleiten. Er kümmert sich um mich, realisiere ich verträumt und meine Gedanken beginnen abzuschweifen, als ich meine Augen schließe, um seine Aufmerksamkeit zu genießen.

Schneller als mir lieb ist, bin ich sauber und er tritt zurück, um den Wasserstrahl auf mich zu richten und mich abzuspülen. Ich schwanke leicht, da meine Beine mich kaum noch halten können, als Lucas das Wasser abdreht und mich aus der Dusche führt.

»Komm, ich bringe dich ins Bett. Du fällst ja gleich um.« Er wickelt mich in ein dickes Handtuch, hebt mich hoch und trägt mich aus dem Badezimmer. »Du musst schlafen«, fügt er hinzu und geht mit mir in sein Schlafzimmer und legt mich auf seinem Bett ab.

Ich blinzele ihn an, meine Gedanken sind langsam und benebelt. Wird er mich nicht an sein Bett fesseln und mich auf dem Boden schlafen lassen?

»Du schläfst bei mir«, beantwortet er meine unausgesprochene Frage. Ich blinzele ihn erneut an, da ich zu müde bin um zu verstehen, was das zu bedeuten hat, aber er nimmt bereits ein Paar Handschellen aus seiner Nachttischschublade.

Bevor ich mich fragen kann, was er vorhat, legt er eine Schelle um mein linkes Handgelenk und legt die zweite um sein eigenes. Danach legt er sich zu mir, schmiegt sich von hinten an mich und umfasst meine Seite mit seinem linken, an mich geketteten Arm.

»Schlafe«, flüstert er in mein Ohr und ich folge seiner Anweisung, indem ich mich von der warmen Dunkelheit umhüllen lasse.

ZWEITES KAPITEL

❖ LUCAS ❖

Yulias Atmung wird fast augenblicklich gleichmäßig und ihr Körper erschlafft, als sie in meiner Umarmung einschläft. Ihr Haar ist vom Duschen noch feucht und das Kopfkissen wird nass, aber das ist mir gerade egal.

Ich bin zu vertieft in die Frau in meinen Armen.

Sie riecht nach meinem Duschgel und sich selbst, einem einzigartigen, sanften Duft, der mich immer noch an Pfirsiche erinnert. Ihr schlanker Körper ist weich und warm, die Kurve ihres Pos liegt an meinen Lenden. Mein Körper kribbelt zufrieden, während ich so daliege, aber mein Kopf weigert sich, loszulassen.

Ich habe sie gefickt.

Ich habe sie gefickt und wieder war es der beste Sex den ich jemals hatte, sogar besser als jenes Mal in Moskau. Als ich in sie eingedrungen bin, hat mir die Intensität den Atem verschlagen. Es hat sich nicht wie Sex angefühlt – es hat sich angefühlt, als würde ich nach Hause kommen.

Selbst jetzt, da ich mich daran erinnere wie es war, in ihre enge, warme Tiefe zu tauchen, zuckt mein Schwanz und meine Brust schmerzt undefinierbar. Ich will das nicht mit ihr, was auch immer „das" ist. Es sollte so einfach sein: sie ficken, sie mir aus dem Kopf schlagen und sie dann bestrafen und gleichzeitig Informationen aus ihr herausholen. Sie hat Männer getötet, mit denen ich jahrelang gearbeitet und trainiert habe.

Sie hat mich beinahe umgebracht.

Der Gedanke, dass ich nicht einfach nur Hass und Lust für Yulia empfinden kann, macht mich wütend. Ich musste meine ganze Kraft aufwenden, um ihren weichen Blick zu ignorieren und sie wie die Gefangene zu behandeln, die sie ist – sie rau zu ficken, anstatt Liebe mit ihr zu machen. Ich wusste, dass ich ihr wehtat – ich habe gemerkt, wie sie zu kämpfen hatte, als ich gnadenlos in sie eingedrungen bin – aber ich konnte sie nicht spüren lassen, wie sehr sie mich berührt.

Ich konnte dieser kranken Schwäche nicht nachgeben.

Aber genau das habe ich getan, als sie mir einen geblasen hat ohne zu protestieren, mich mit ihrem Mund gemolken hat, als könne sie nicht genug davon bekommen. Sie hat mir Lust verschafft, nachdem ich sie wie eine Nutte behandelt habe und dieses verdammte Bedürfnis überkam mich erneut.

Dieses Bedürfnis, sie zu halten und zu beschützen.

Sie hat vor mir gekniet, ihre nassen, spitzen Wimpern lagen wie Fächer auf ihren blassen Wangen, als sie jeden Tropfen meines Spermas geschluckt hat, und ich wollte sie wiegen, sie in meinen Armen halten und ihr Versprechen geben, die ich niemals halten würde. Ich habe mich damit zufrieden gegeben, sie zu waschen, aber ich konnte sie nicht fesseln und sie auf dem Boden schlafen lassen – genauso wie ich ihr vorher nicht wirklich wehtun konnte.

Was für ein beschissenes Chaos. Sie ist erst seit weniger als vierundzwanzig Stunden hier und der Zorn, der die letzten zwei Monate in mir gebrannt hat, beginnt sich bereits abzukühlen, da ihre Verletzlichkeit mich mehr berührt als alles andere. Es sollte mir egal sein, dass sie schwach und ausgehungert ist, dass ihr Körper ein Schatten seiner selbst ist und sie vor Erschöpfung Augenringe hat. Es sollte mir egal sein, dass sie mit elf angeheuert wurde und mit sechzehn als Spionin nach Moskau geschickt wurde.

Diese Dinge sollten für mich keinen Unterschied machen, aber sie tun es.

Scheiße.

Ich schließe meine Augen und sage mir, dass das, was ich fühle nur etwas Momentanes ist, dass es vorbeigehen wird, sobald ich genug von ihr gehabt habe.

Ich sage mir das, obwohl ich weiß, dass ich lüge.

So einfach wird es nicht sein, und ich hätte es wissen müssen.

* * *

Ein eigenartiges Geräusch reißt mich aus dem Schlaf. Ich öffne meine Augen und alle Spuren von Schläfrigkeit sind durch meinen Adrenalinschub verschwunden. Ich spanne mich an und bereite mich auf einen Kampf vor, als mir wieder einfällt, dass ich nicht alleine bin.

Eine Frau liegt in meinen Armen und ihr linkes Handgelenk ist an meines gekettet.

Ich atme langsam aus, als ich verstehe, dass das Geräusch von ihr kam. Sie rollt sich von einer Seite auf die andere und ich höre es erneut.

Ein leises Wimmern, das in einem gedämpften Aufschrei endet.

»Yulia.« Ich lege meine linke Hand auf ihre Schulter und nehme dabei auch ihren Arm mit. »Yulia, wach auf.«

Sie windet sich, wehrt sich plötzlich auffallend stark und ich bemerke, dass sie noch nicht wach ist. Sie weint halb, schnappt halb nach Luft und zieht mit ihrer ganzen Kraft an den Handschellen.

Scheiße.

Ich ergreife ihr Handgelenk, um sie davon abzuhalten uns beide zu verletzen, und rolle mich dann auf sie, um mein Gewicht dazu zu benutzen, sie bewegungsunfähig zu machen. »Beruhige dich«, flüstere ich in ihr Ohr. »Das ist nur ein Traum.«

Ich erwarte, dass sie jetzt aufhört sich zu wehren, aufwacht und versteht, was gerade geschieht, aber das geschieht nicht.

Stattdessen verwandelt sie sich in ein wildes Tier.

DRITTES KAPITEL

❖ YULIA ❖

»*Das ist deine Schuld, Schlampe. Es ist alles deine Schuld.*«

Ein schwerer Körper presst mich zu Boden, grausame Hände ziehen an meiner Kleidung und dann spüre ich Schmerzen, brutale, brennende Schmerzen, als er in mich stößt, mir sagt, dass das die Bestrafung ist, die ich verdient habe.

»Nein!« Ich schreie, ich kämpfe, aber ich kann mich unter ihm weder bewegen, noch kann ich atmen. »Hör auf, bitte hör auf!«

»Beruhige dich«, flüstert er auf Englisch in mein Ohr. »Beruhige dich endlich.«

Die Tatsache, dass Kirill Englisch spricht, verwirrt mich einen Augenblick lang, aber ich bin zu panisch, um länger darüber nachzudenken. Die Schmerzen der Vergewaltigung und das Schamgefühl sind wie ein Schraubstock, der meine Brust zerquetscht. Ich ersticke, werde in den Strudel der Dunkelheit gezogen und alles was ich tun kann, ist, mich zu wehren – zu schreien und mich zu wehren.

»Yulia. Scheiße, hör auf damit!« Seine Stimme ist tiefer als ich sie in Erinnerung habe und er spricht wieder Englisch. Warum tut er das? Wir sind gerade nicht im Training. Das ist zu eigenartig, als dass ich es ignorieren könnte und es ist nicht das Einzige, was gerade komisch ist.

Er trägt auch kein Rasierwasser.

Verwirrt höre ich auf, mich unter ihm zu bewegen und bemerke, dass ich auch keine Schmerzen habe.

Er befindet sich auf mir, aber er tut mir nicht weh.

Die Realität kommt und geht und ich erinnere mich.

Kirill war vor sieben Jahren. Ich bin nicht in Kiew – ich bin in Kolumbien und die Gefangene eines anderen Mannes, der mich für das bestrafen will, was ich getan habe.

»Yulia.« Lucas' leise Stimme ist ganz nah an meinem Ohr. »Kann ich dich loslassen?«

»Ja«, murmele ich in das Kissen. Meine Muskeln zittern vor Überanstrengung und mein Atem geht schwer, so als sei ich gerannt. Ich muss gegen Lucas gekämpft haben, anstatt gegen das Phantom in meinem Albtraum. »Es ist wieder alles in Ordnung. Wirklich.«

Lucas rollt von mir herunter und ich spüre ein Ziehen an meinem linken Handgelenk, an dem die Handschellen uns verbinden. Die Haut unter dem Metall brennt und ist wund. Ich muss während des Kampfes an den Fesseln gezogen haben.

Er lehnt sich zurück und einen Moment später geht ein sanftes Licht an, das den gesamten Raum erhellt. Die sauberen, weißen Wände, die ich erblicke, sind ein weiterer Beweis dafür, dass ich geträumt habe und Kirill nicht in der Nähe ist.

Lucas greift in den Nachttisch und holt den Schlüssel hervor, um die Handschellen zu lösen. Als er die Schlüssel in die Schublade zurücklegt, merke ich mir automatisch wo er sie aufbewahrt, auch wenn meine Zähne bereits zu klappern beginnen. Seit Jahren habe ich nicht mehr so einen schlimmen und realistischen Albtraum gehabt und deshalb vergessen, wie verheerend sie sein können.

Lucas dreht sich zu mir. »Yulia.« Sein Gesichtsausdruck ist düster, als er nach mir greift. »Was ist passiert?«

Ich lasse mich von ihm auf seinen Schoß ziehen, damit ich die Hitze seines Körpers auf meiner eiskalten Haut spüren kann. Ich kann nicht aufhören zu zittern, da der Schatten des Albtraumes immer noch über mir liegt. »Ich –« Meine Stimme bricht weg. »Ich habe schlecht geträumt.«

»Nein.« Er hebt mein Kinn mit einer Hand an und zwingt mich, ihm in die Augen zu schauen. »Erzähle mir, warum du diesen Traum hattest. Was hast du erlebt?«

Ich schließe meinen Mund ganz fest und kämpfe gegen den unlogischen Drang an, diesem ruhigen Befehl zu gehorchen. Irgendetwas an der Art, wie er mich hält – fast so wie Eltern, die ihr Kind trösten wollen – bringt mich dazu, mich ihm anvertrauen zu wollen, ihm Dinge zu erzählen, die bis jetzt nur der Therapeut meiner Organisation von mir erfahren hat.

»Was ist geschehen?«, drängt Lucas mit sanfterer Stimme und ich spüre wie meine Sehnsucht, mein Wunsch nach der Verbindung zwischen uns, die ich mir eingebildet hatte, sich verstärkt. Vielleicht habe ich sie mir ja doch nicht nur eingebildet. Vielleicht ist da etwas.

Ich will unbedingt, dass da etwas ist.

»Yulia.« Lucas nimmt mein Kinn in seine Handfläche und streichelt mit seinem Daumen meine Wangen. »Sag es mir. Bitte.«

Das letzte Wort bricht mich, da es von so einem harten und dominanten Mann kommt. In seiner Berührung liegen weder Wut, noch raue Lust. Auch wenn es stimmt, dass er mir vorhin wehgetan hat, hat er mir gleichzeitig Lust verschafft und ist später nahezu zärtlich mit mir umgegangen. In diesem Moment verlangt er keine Antworten von mir – er bittet mich darum.

Er bittet mich und ich kann ihn nicht zurückweisen.

Nicht, während ich mich so verloren und alleine fühle.

»In Ordnung«, flüstere ich und schaue den Mann an, von dem ich die letzten zwei Monate lang geträumt habe. »Was möchtest du wissen?«

VIERTES KAPITEL

❖ LUCAS ❖

»Wie alt warst du, als es passiert ist?«, frage ich und lege meine Hand auf ihren Nacken, um die angespannten Muskeln zu massieren. Yulias Körper zittert, während sie auf meinem Schoß sitzt, und eine frische Wutwelle schnürt mich innerlich zusammen.

Jemand hat ihr wehgetan, sehr weh getan, und ich werde dafür sorgen, dass diese Person dafür bezahlen wird.

»Fünfzehn«, antwortet sie und ich höre die Anspannung in ihrer Stimme.

Fünfzehn. Ich zwinge mich dazu, ruhig zu bleiben und der vulkanischen Gewalt, die in mir brodelt, nicht nachzugeben. Ich hatte vermutet, dass es sich um so etwas handeln würde. Als sie geschrien hat, war ihre Stimme sehr hoch gewesen, fast kindlich, und die Worte sprudelten auf Russisch oder Ukrainisch aus ihr heraus.

»Wer war er?« Ich spreche mit ruhiger Stimme und fahre mit meiner Massage fort. Das scheint sie zu beruhigen, da ihr Zittern nachlässt. Ihr Gesicht ist genauso weiß wie die Laken und ihre blauen Augen sehen im schwachen Licht der Nachttischlampe dunkel aus. Sie ist zwar schon zweiundzwanzig, aber in diesem Moment sieht sie unglaublich jung aus.

Jung und unvorstellbar zerbrechlich.

»Sein Name –« Sie schluckt. »Sein Name war Kirill. Er war mein Ausbilder.«

Kirill. Ich behalte den Namen im Hinterkopf. Ich benötige auch noch seinen Nachnamen, um ihn suchen zu können, aber wenigstens habe ich einen Anhaltspunkt. Danach begreife ich den zweiten Teil dessen, was sie mir gesagt hat.

»Dein Ausbilder?«

Sie wendet ihren Blick ab. »Einer von ihnen. Sein Spezialgebiet war Nahkampf.«

Arschloch. Ein fünfzehnjähriges Mädchen – selbst ein erwachsener Mann – hätte niemals eine Chance gegen ihn gehabt.

»Und diejenigen, für die du arbeitest, haben das zugelassen?« Die Wut schleicht sich in meine Stimme und sie zuckt fast unmerklich zusammen. Da ich ihr keine Angst einjagen möchte, atme ich tief durch und versuche, meine Kontrolle wiederzuerlangen. Sie schaut immer noch weg, ihre Augen sind auf einen Punkt links von mir gerichtet. Ich lasse meine Hand in ihr Haar gleiten und umfasse sanft ihren Kopf, um ihre Aufmerksamkeit wieder auf mich zu lenken.

»Yulia, bitte.« Mit Anstrengung kann ich meinen Ton ruhig halten. »Haben sie das gebilligt?«

»Nein.« Ihre Lippen verziehen sich zu einem bitteren, ironischen Lächeln. »Das war das Problem. Sie haben es nicht gebilligt.«

»Das verstehe ich nicht.«

Sie lacht, ein raues, schmerzerfülltes Geräusch. »Sie hätten es einfach hinnehmen sollen. Dann wäre er nicht so wütend gewesen.«

Mein Blut fühlt sich gleichzeitig heiß und eisig an. »Erzähle mir, was passiert ist.«

»Er begann zu mir zu kommen, als ich gerade fünfzehn wurde und sie mir die Zahnspange abnahmen.« Ihr Blick schweift wieder ab. »Als Kind war ich hässlich, musst du wissen – lang, dürr und staksig – aber als ich älter wurde, sah ich besser aus. Jungen begannen, mich zu mögen und auch die Männer bemerkten mich auf einmal. Die Veränderung passierte fast über Nacht. Er war einer dieser Männer.«

Sie nickt und wendet sich wieder mir zu. »Ja. Er war einer dieser Männer. Zuerst war es nicht so schlimm. Er hielt mich ein wenig länger auf der Matte, als nötig war, oder er ließ mich eine Bewegung häufiger wiederholen um mich anfassen zu können. Ich habe nicht einmal mitbekommen, dass er an mir interessiert war, bis er –« Sie hält abrupt inne und ein Schauer läuft über sie hinweg.

»Bis er was?«, wiederhole ich und versuche ruhig genug zu bleiben, um ihr zuhören zu können.

»Bis er mich in der Umkleidekabine in die Ecke gedrängt hat.« Sie schluckt erneut. »Er hat mich nach dem Duschen erwischt und mich angefasst. Überall.«

Dieses dumme Stück Scheiße. Jeder Zelle meines Körpers verlangt danach, diesen Mann zu töten.

»Was ist dann passiert?«, zwinge ich mich zu fragen. Das ist noch nicht das Ende der Geschichte, so viel habe ich schon verstanden.

»Ich habe ihn gemeldet.« Ein erneuter Schauer läuft durch Yulias schlanken Körper. »Ich bin zum Leiter des Programms gegangen und habe ihm von Kirill berichtet.«

»Und?«

»Und dann wurde Kirill gefeuert. Ihm wurde gesagt, dass er gehen und mich ein für alle Mal in Ruhe lassen soll.«

»Aber das hat er nicht.«

»Nein«, stimmt sie matt zu. »Das tat er nicht.«

Ich atme tief durch und bereite mich auf das vor, was jetzt kommen wird. »Was hat er mit dir gemacht?«

»Er kam in mein Zimmer im Wohnheim und hat mich vergewaltigt.« Ihre Stimme ist leise und ihr Blick wendet sich wieder von mir ab. »Er hat gesagt, dass er mich für das bestraft, was ich getan habe.«

Ihre Worte nehmen mir den Atem. Die Parallelen entgehen mir nicht. Ich hatte auch geplant, Sex als Strafe zu benutzen, meine Lust an ihrem Körper zu befriedigen und ihr gleichzeitig zu zeigen, wie wenig sie mir bedeutet.

Eigentlich habe ich genau das vorhin getan, als ich sie hart nahm und ihre Gegenwehr ignoriert habe.

»Yulia …« Zum ersten Mal seit Jahren fühle ich bitteren Selbsthass. Kein Wunder, dass sie in Panik geraten ist, als ich sie mit meinem Gewicht auf den Fußboden gedrückt habe. »Yulia, ich –«

»Die Ärzte haben gesagt, dass ich Glück hatte, dass die anderen Ausbilder mich nicht noch später gefunden haben«, fährt sie fort, so als hätte ich nichts gesagt. »Ansonsten wäre ich verblutet.«

»Verblutet?« Ein Wutanfall schnürt mir die Kehle zu. »Dieses Arschloch hat dich so stark verletzt?«

»Ich habe sehr viel Blut verloren«, erklärt sie mir und ihr Gesicht ist eigenartig ruhig als sie meinen Blick erwidert. »Es war mein erstes Mal und er war brutal. Sehr brutal.«

Dieses verfickte Arschloch wird langsam sterben. Sehr, sehr langsam. Ich stelle mir vor, wie ich einige von Peter Sokolovs Techniken an dem Ausbilder anwenden werde und diese Fantasie stabilisiert mich genug, um sie ruhig fragen zu können: »Wie lautet sein Nachname?«

Yulia blinzelt und ich sehe, wie ihre unnatürliche Ruhe wieder verschwindet. »Sein Name ist egal.«

»Mir ist er nicht egal.« Ich umfasse ihre Schultern und spüre ihre zarten Knochen. »Jetzt sag schon, Süße. Wie heißt er?«

Sie schüttelt ihren Kopf. »Das ist egal«, wiederholt sie. Ihr Blick wird härter, als sie hinzufügt: »Er ist egal. Er ist tot. Er ist seit sechs Jahren tot.«

Scheiße. So viel zu diesem Thema.

»Hast du ihn umgebracht?«, will ich wissen.

»Nein.« Ihre Augen funkeln wie Splitter eines zerbrochenen Glases. »Ich wünschte, ich hätte es getan. Ich wollte es tun, aber der Leiter unseres Programms hat stattdessen einen Killer auf ihn angesetzt.«

»Also haben sie dir deine Rache genommen.« Ich weiß, dass die meisten Menschen froh wären, wenn ein junges Mädchen nicht die Möglichkeit hätte, einen Mord zu begehen, aber ich habe niemals daran geglaubt, auch die zweite Wange hinzuhalten. Rache gibt eine gewisse Befriedigung, lässt einen eine Art Schlussstrich ziehen. Sie macht die Vergangenheit nicht rückgängig, aber sie kann dabei helfen, dass man sich besser fühlt.

Ich weiß dass, weil sie mir geholfen hat.

Yulia antwortet nicht und mir fällt auf, dass ich einen wunden Punkt getroffen habe. Sie nimmt es ihr übel, dieser Organisation über die sie nicht sprechen will – diesem „Leiter des Programms", der sie von Anfang an vor dem Ausbilder beschützt haben sollte.

Würde sie sie verraten, wenn ich sie jetzt nach ihnen fragen würde? Sie ist verwundet und verletzlich, nachdem sie ihre schmerzhafte Vergangenheit offengelegt hat. Ich wäre wirklich ein Arschloch, wen ich das zu meinem Vorteil nutzen würde. Aber wenn ich es tue, bekomme ich vielleicht die Information, die ich brauche, und müsste ihr nicht wehtun.

Ich könnte sie beschützen und niemand würde ihr jemals wieder Schmerzen zufügen.

Gestern hätte ich diesen Gedanken noch verdrängt, ihn einfach als Schwäche abgetan. Ich habe mich diese ganzen Wochen selbst belogen und es ist Zeit, das zuzugeben. Ich werde ihr nicht wehtun können. Wenn ich mir vorstelle, mein Messer genauso auf ihrem Körper entlangfahren zu lassen, wie ich es bei dem Eindringling getan habe, dreht sich mir der Magen um. Schon vor ihrem Albtraum habe ich es nicht fertig gebracht, Yulia so zu behandeln, wie ich es mit einem normalen Gefangenen tun würde, und jetzt, da ich weiß wie viel sie schon durchstehen musste, macht mich der Gedanke daran, ihr weitere Schmerzen zuzufügen, körperlich krank.

Ich komme zu einem Entschluss und sage ruhig: »Erzähle mir von dem Programm.« Das ist meine beste Gelegenheit, die Informationen, die ich brauche, zu bekommen, und ich kann sie mir nicht entgehen lassen, auch wenn das bedeutet, Yulias Verletzlichkeit auszunutzen. Ich blicke ihr immer noch in die Augen, bewege meine Hand zu ihrem Nacken und streichele ihn sanft. »Wer hat dich rekrutiert?«

Sie versteinert auf meinem Schoß und ihre Gesichtszüge verzerren sich einen Augenblick lang schmerzerfüllt, bevor sie sich wieder in diese wunderschöne Maske verwandeln. »Das Programm?« Ihre Stimme hört sich kalt und distanziert an. »Darüber weiß ich nichts.«

Damit stößt sie mich weg, springt vom Bett auf und rennt aus dem Raum.

FÜNFTES KAPITEL

❖ YULIA ❖

Ich renne den Flur hinunter und meine nackten Füße sind auf dem Teppich nicht zu hören. Verrat bedeckt wie ein bitterer, öliger Schleim meine Zunge.

Dummkopf. Idiot. Dura. Debilka. Ich schimpfe mich in zwei Sprachen aus und kann trotzdem nicht genügend Worte finden, um meine eigene Dummheit ausreichend zum Ausdruck zu bringen. Wie hatte ich Lucas auch nur eine Sekunde lang vertrauen können? Ich weiß, was er von mir will, aber trotzdem habe ich dieser dummen Sehnsucht nachgegeben, diesen Fantasien, die ich ausradiert haben sollte, als mir klar wurde, dass ich sie habe.

Der Mann, von dem ich im Gefängnis geträumt habe, ist nichts weiter als ein Traumgebilde gewesen.

Die Verhörmethode, die er bei mir angewandt hat, ist mehr als einfach. Erster Schritt: Nähere dich deinem Feind an und finde heraus, wie er tickt. Zweiter Schritt: Höre ihm verständnisvoll zu und gib vor, dass es dich wirklich interessiert. Das ist der älteste Trick aller Zeiten und ich bin auf ihn hereingefallen.

Ich brauchte so dringend menschliche Wärme, dass ich einen Feind in meine Seele blicken ließ.

»Yulia!« Ich kann hören, dass Lucas mir hinterher läuft, aber ich bin bereits am Badezimmer angelangt. Schnell gehe ich hinein und schließe die Tür mit dem Schlüssel ab, bevor ich mich dagegen lehne und hoffe, ihn wenigstens einige Sekunden aufhalten zu können, bevor er sie aufbricht.

»Yulia!« Er schlägt mit der Faust gegen die Tür und ich kann spüren wie sie erzittert, genauso wie mein Körper. Mir ist wieder kalt, das eisige Gefühl des Albtraums kommt zurück. Warum habe ich Lucas von Kirill erzählt? Ich habe dieses Geheimnis außer dem Therapeuten der Organisation niemandem anvertraut. Obenko wusste natürlich Bescheid – er war derjenige, der den Mord an Kirill in Auftrag gegeben hat – aber ich habe niemals mit ihm darüber gesprochen.

Außerhalb meiner Therapiestunden, habe ich bis jetzt nur mit Lucas darüber geredet.

»Yulia, mach diese Tür auf.« Er hört auf dagegen zu schlagen und seine Stimme wird wieder ruhig und besänftigend. »Komm heraus und wir reden.«

Reden? Ich will lachen, aber ich habe Angst, dass stattdessen ein Schluchzen ertönt. Als ich frisch rekrutiert worden war, hatte der Therapeut die Befürchtung, dass ich nicht abgebrüht genug für diesen Job sein könnte, dass die Tatsache, dass ich meine Familie so früh verloren habe, mich empfänglich für emotionale Manipulation machen könnte. Es ist eine Schwäche, an der ich hart gearbeitet habe, aber offensichtlich nicht hart genug.

Eine zärtliche Berührung, ein Ausdruck von Ärger zu meiner Verteidigung und schon habe ich mich in Lucas Kents Händen in Wachs verwandelt.

»Yulia, in diesem Raum gibt es nichts, was dir hilft. Komm raus, Süße. Ich werde dir nichts tun, ich verspreche es.«

Süße? Wut entfacht sich in mir und drängt die eisige Kälte zurück. Für wie dumm hält er mich eigentlich?

Ich trete von der Tür zurück, drehe mich um und schließe auf. Lucas hat recht: dieses Badezimmer hilft mir nicht, es verstärkt lediglich meine Selbstvorwürfe und meine Bitterkeit. Ich kann nicht ändern, was passiert ist. Ich kann die Tatsache nicht ändern, dass ich einem Mann vertraut habe, der nichts weiter als Rache will.

Was ich tun kann, ist, den Spieß umzudrehen.

Als sich die Tür öffnet, schaue ich zu Lucas hoch und lasse die Tränen, die sich in meinen Augen gesammelt haben, endlich laufen.

SECHSTES KAPITEL

❖ LUCAS ❖

Sie sieht so wunderschön und verletzlich aus, als sie im Türrahmen steht, dass sich mein Herz in meiner Brust zusammenzieht. In ihren Augen glitzern Tränen und als ich mich nach ihr ausstrecke, umarmt sie in einer abwehrenden Geste ihren nackten Oberkörper.

»Nein, komm her, Süße.« Ich nehme vorsichtig ihre Arme herunter und ziehe sie an mich, allerdings nicht ohne einen schnellen Blick auf ihre Hände zu werfen, um sicherzugehen, dass sie dort keine Waffe versteckt. Egal, wie zerbrechlich Yulia zu sein scheint, ich darf nicht vergessen, dass sie eine ausgebildete Spionin ist, die bereits versucht hat, mich umzubringen.

Zu meiner Erleichterung ist sie unbewaffnet, also schließe ich sie in meine Arme und drücke sie gegen meine Brust. »Es tut mir leid«, flüstere ich und streichele ihr über die Haare. »Es tut mir so leid.«

Durch das Gefühl ihrer nackten Haut an meiner, wächst meine Erregung erneut und ich muss mich konzentrieren, um den Druck ihrer Nippel gegen meine Brust zu ignorieren. Ich will nicht von Lust abgelenkt werden, nicht nachdem, was ich gerade erfahren habe.

Ich weiß, dass ich nicht rational handele. Es sollte mir egal sein, dass sie vergewaltigt wurde. Einige der abscheulichsten Individuen die ich kenne hatten eine schwierige Vergangenheit und ich habe niemals dazu tendiert, Rücksicht darauf zu nehmen. Wenn sie Scheiße bauen, müssen sie dafür zahlen. Niemand bekommt bei mir einen Freifahrschein, aber trotzdem habe ich genau das mit ihr vor.

Meine hundertachtzig Grad Wendung ist so abrupt, dass ich über mich selbst lachen möchte. Sie ist erst weniger als achtundvierzig Stunden hier und meine eigentlichen Pläne mit ihr haben sich bereits in Luft aufgelöst. Ich nehme an, dass ich das erwartet haben sollte, da ich mir Yulia die ganzen letzten zwei Monate nicht aus dem Kopf schlagen konnte, aber mein krankhaftes Bedürfnis und diese lästigen Gefühle, die mit ihm kommen, überfordern mich immer noch.

Sie hat Dutzende unserer Männer getötet und auch mich fast umgebracht.

Dieser Gedanke, der mich immer wütend gemacht hat, löst jetzt eher Echos meines früheren Zorns aus. Sie hat ihren Job erledigt, den Auftrag ausgeführt, den sie erhalten hatte. Ich wusste schon immer, dass es nichts Persönliches war, aber das hatte bis jetzt keinen Unterschied gemacht. Auge um Auge, Zahn um Zahn – genauso haben Esguerra und ich es immer gehandhabt. Du legst dich mit uns an, du wirst dafür bezahlen.

Aber ich möchte Yulia nicht länger bezahlen lassen. Sie hat genug durchgemacht, zuerst im russischen Gefängnis und dann bei mir. Statt auf sie, konzentriere ich meine Rache auf diejenigen, die eigentlich für das Ganze verantwortlich sind.

»Lass uns zurück ins Bett gehen«, sage ich und trete einen Schritt zurück, um Yulia anschauen zu können. Sie hat aufgehört zu zittern, auch wenn ihr Gesicht immer noch tränennass ist. »Es ist noch früh.«

Sie schüttelt kurz ihren Kopf. »Nein, ich kann nicht schlafen. Es tut mir leid, aber ich kann nicht.«

»In Ordnung.« Die Sonne geht bereits auf, also nehme ich an, dass es nicht mehr zu früh zum Aufstehen ist. »Möchtest du etwas essen?«

Sie befreit sich aus meinem Griff und geht einen Schritt zurück. »Noch ein Sandwich?« Ihre Stimme zittert leicht, aber ich kann auch eine leichte Belustigung heraushören.

»Ich habe eine Suppe«, erwidere ich und versuche, meine Augen von ihrem schlanken, nackten Körper abzuwenden.

Sie blinzelt. »Was für eine Suppe?«

»Ich weiß es nicht. Ich habe vergessen, in den Topf zu schauen, bevor ich sie in den Kühlschrank gestellt habe. Sie kommt aus Esguerras Haus. Sein Dienstmädchen hat sie mir letzte Nacht gegeben.«

Ein leichtes Lächeln erscheint auf Yulias Lippen. »Wirklich? Du bekommst seine Essensreste?«

»Nein.« Ich muss über ihren nicht besonders subtilen Seitenhieb lachen. »Ich würde mich allerdings freuen, wenn es so wäre. Esguerras Haushälterin ist eine umwerfende Köchin, während ich scheiße koche.«

Yulia hebt ihre zart geschwungenen Augenbrauen an. »Ernsthaft? Ich kann kochen.«

»Ach?« Mir fällt auf, dass ich unseren unerwarteten Schlagabtausch genieße. »Haben sie dir das in der Schule für Spione beigebracht?«

»Nein, als ich nach Moskau gegangen bin, habe ich mir einige einfache Rezepte beigebracht. Ich habe von einem Studentenstipendium gelebt, also hatte ich nicht viel Geld, um auswärts zu essen. Im Laufe der Zeit habe ich gemerkt, dass ich gerne koche, also habe ich angefangen, schwierigere Rezepte auszuprobieren.«

Diese Erinnerung an ihren beschissenen Job lässt meine gute Laune schwinden. »Hast du kein Gehalt bekommen?«

»Was?« Sie sieht überrascht aus. »Doch, natürlich habe ich das. Es wurde auf mein Bankkonto in der Ukraine überwiesen. Ich hätte das Geld ja gar nicht benutzen können - ich musste wie ein Student leben, sonst wäre ich bei den Kontrollen des Kremls über meinen Hintergrund aufgeflogen.«

Natürlich. Die perfekte falsche Identität.

»Stimmt«, sage ich und zwinge mich zu einem leichten Ton. »Jetzt probieren wir erst mal die Suppe. Vielleicht kannst du mich ja später von deinen Kochkünsten überzeugen.«

* * *

Die Suppe mit Pilzen, Reis, Bohnen und Lammstückchen, die ich von Rosa bekommen habe, ist köstlich. Während des Essens betrachte ich Yulia und frage mich, was zum Teufel ich jetzt mit ihr machen soll? Sie für immer nackt und gefesselt in meinem Haus leben lassen?

Entsetzt bemerke ich, dass diese Idee eine gewisse dunkle Anziehung auf mich ausübt. Zum ersten Mal verstehe ich, warum Esguerra seine Frau, Nora, die ersten fünfzehn Monate ihrer Beziehung auf der privaten Insel gelassen hat. Sicherer und abgelegener geht es nicht – es ist der perfekte Ort für eine Frau, die vielleicht nicht unbedingt bei einem sein möchte.

Wenn ich eine Insel hätte, würde ich Yulia auch dorthin bringen und sie würde nichts weiter tragen, als ihr langes blondes Haar.

Yulias Löffel schlägt gegen ihre Schüssel aus Porzellan – für Suppen habe ich keine Papierteller – und ich spanne mich an, während mein Blick umgehend zu ihrer Hand wandert. Sie isst aber nur und scheint sich auf ihre Mahlzeit zu konzentrieren.

Trotz des ruhigen Eindrucks den sie vermittelt, entspanne ich mich nicht. Sie wird etwas versuchen, dessen bin ich mir sicher. Ich habe mich zwar dagegen entschieden, sie für das, was sie getan hat, bezahlen zu lassen, aber das bedeutet nicht, dass ich Yulia vertraue oder erwarte, dass sie mir vertraut. Selbst wenn ich ihr sagen würde, dass ich nicht länger vorhabe, sie zu bestrafen, würde sie mir nicht glauben. Wenn sie eine Möglichkeit finden könnte, würde sie umgehend fliehen, und die Tatsache, dass sie gerade so zahm ist, beunruhigt mich. Es ist gut, dass ich vorsichtshalber meine Waffen aus dem Haus entfernt und in meinen Kofferraum gelegt habe; es wäre ein zu hohes Risiko, Waffen in der Nähe zu haben wenn sie nicht gefesselt ist.

Nackt und nicht gefesselt.

Ich versuche, mich durch den Anblick ihrer Nippel, die durch ihren Haarschleier hervorstehen, nicht ablenken zu lassen, aber das ist unmöglich. Mein Schwanz unter dem Tisch fühlt sich an, als sei er aus Stein. Ich habe mir die Zeit genommen, mir ein Paar abgeschnittene Jeans und ein T-Shirt anzuziehen, bevor ich Yulia in die Küche geführt habe, aber ich habe ihr keine Bekleidung gegeben. Langsam glaube ich, dass es keine gute Idee ist, sie ständig nackt herumlaufen zu lassen.

Als würde sie meine Gedanken spüren, streicht sich Yulia ihr Haar hinter ihr Ohr, so dass es sich bewegt und ihre Brüste größtenteils bedeckt. Ich seufze erleichtert und esse weiter, da meine Erregung langsam nachlässt.

»Du hast mir nie erzählt, was damals mit dem Flugzeug passiert ist«, sagt sie auf einmal, und ich bemerke, dass ihre blauen Augen auf mein Gesicht gerichtet sind und mich betrachten. Wieder einmal werde ich daran erinnert, dass ich es mit einem fähigen Profi zu tun habe. Sie mag nach ihrem Albtraum zerbrechlich ausgesehen haben, aber das bedeutet nicht, dass sie nicht eine große Kraftreserve hat.

Die muss sie haben, sonst hätte sie nach der brutalen Vergewaltigung ihren Job nicht ausüben können.

»Du meinst, nachdem sie die Rakete auf uns abgefeuert haben?« Ich schiebe meine Schüssel zur Seite. Die Tatsache, dass sie so ruhig über den Flugzeugabsturz reden kann, lässt einen Teil meiner Wut aufflammen und ich muss mich anstrengen, ihr mit ruhiger Stimme zu antworten.

Yulias Hand, die den Löffel hält, spannt sich an, aber sie weicht nicht zurück. »Ja. Wie hast du überlebt?«

Ich atme tief durch. So sehr ich es auch hasse, darüber zu reden, will ich trotzdem, dass sie weiß, was passiert ist. »Unser Flugzeug hatte ein Raketenabwehrsystem, deshalb ist es nicht direkt getroffen worden«, sage ich. »Die Rakete ist neben unserem Flugzeug explodiert, aber der Explosionsradius war so groß, dass unsere Motoren beschädigt wurden, was einen Brand im Heck ausgelöst hat«. Zumindest ist das die Theorie unserer Ingenieure, nachdem sie die Überreste unseres Flugzeugs untersucht haben. »Wir sind abgestürzt, aber ich habe es geschafft, die Maschine in eine Ansammlung dünner Bäume und Büsche zu lenken. Das hat unseren Aufprall etwas abgedämpft.« Ich mache eine Pause und versuche, meinen Zorn unter Kontrolle zu halten. Trotzdem ist meine Stimme hart, als ich hinzufüge: »Die meisten Männer im Heck haben nicht überlebt, und die drei, die nicht getötet wurden, sind immer noch mit Verbrennungen dritten Grades im Krankenhaus.«

Ihr Gesicht erblasst, während ich rede. »Also befand sich dein Chef bei dir im Bug?«, fragt sie und legt ihren Löffel ab. »Deshalb habt ihr beide überlebt?«

»Ja.« Ich hole erneut tief Luft, um gegen die Erinnerungen anzukämpfen. »Esguerra kam kurz bevor es passierte in die Pilotenkabine, um etwas mit mir zu besprechen.«

Yulia legt angespannt ihre Stirn in Falten. »Lucas, ich –« , beginnt sie zu sagen, aber ich hebe meine Hand.

»Nicht.« Meine Stimme ist so scharf wie eine Rasierklinge. Wenn sie mich jetzt anlügt, kann ich mich vielleicht nicht mehr kontrollieren.

Sie erstarrt, schaut auf den Tisch und verstummt augenblicklich. Ich kann ihre Angst spüren und zwinge mich dazu, noch einmal durchzuatmen und meine Hände zu entspannen – die ich unbewusst unter dem Tisch zu Fäusten geballt hatte.

Als ich mir sicher bin, nicht auszurasten, fahre ich fort. »Ja, wir waren beide vorne und haben überlebt«, sage ich ruhiger. »Allerdings wurde Esguerra danach beinahe umgebracht. Al-Quadar hat herausgefunden, dass er nicht weit von ihrem Versteck entfernt in einem Krankenhaus in Tashkent lag und kam, um ihn in ihre Gewalt zu bekommen.«

Yulia hebt ruckartig ihren Kopf und ihre Augen sind weit aufgerissen. »Die Terroristen haben deinen Chef gefangen genommen?«

»Nur einige Tage lang. Wir haben ihn befreien können, bevor sie ihm zu viel Schaden zugefügt haben.« Ich gehe nicht weiter auf die Einzelheiten der Rettungsaktion ein, auch nicht darauf, dass Esguerras Frau ihr Leben riskiert hat, um seines zu retten. »Sein Auge war der größte Verlust.«

»Er hat ein Auge verloren?« Sie sieht schockiert aus und ihre Reaktion weckt die alte Eifersucht tief in mir.

»Ja.« Meine Stimme ist hart. »Aber mache dir keine Gedanken – er hat ein Implantat und ist genauso gut aussehend wie immer.«

Sie schweigt erneut und schaut auf ihre Schüssel, die immer noch halbvoll ist. In einem mürrischen Ton sage ich zu ihr: »Iss. Deine Suppe wird kalt.«

Yulia gehorcht und nimmt ihren Löffel in die Hand. Nachdem sie ein wenig gegessen hat, schaut sie mich allerdings wieder an.

»Er muss mich sehr hassen«, sagt sie leise. »Dein Chef, meine ich.«

Ich zucke mit den Schultern. »Nicht so sehr wie er die Al-Quadar hasst. Oder besser gesagt, *gehasst hat.*«

Sie blinzelt. »Es gibt sie nicht mehr?«

»Er hat sie ausgelöscht«, antworte ich und beobachte ihre Reaktion. »Also ja, es gibt sie nicht mehr.«

Sie zuckt leicht zusammen, so leicht, dass es mir nicht aufgefallen wäre, wenn ich sie nicht gerade eindringlich beobachtet hätte. »Die ganze

Organisation? Alle ihre Zellen?« Sie hört sich ungläubig an. »Wie ist das möglich? Haben nicht alle Regierungen sie jahrelang verfolgt?«

»Das haben sie, aber Regierungen sind immer… die Hände gebunden.« Ich lächele grimmig. »Wenn man versucht, sich besser zu verhalten als diejenigen, die man verfolgt, ist es schwierig das zu tun, was man tun muss. Ihre Hände sind durch Gesetze und Budgets, öffentliche Meinung und Demokratie gebunden. Die Wähler wollen in den Nachrichten keine Meldungen über Kinder sehen, die während eines Drohnenangriffs getötet oder Familien, die während Befragungen gefoltert wurden. Ein kleines bisschen Waterboarding und schon sind alle empört. Sie sind zu weich für diesen Kampf.«

»Aber du und Esguerra nicht.« Yulia legt ihren Löffel aus ihrer zittrigen Hand. »Ihr seid bereit das zu tun, was getan werden muss.«

»Ja, das sind wir.« Ich kann die Verurteilung in ihren Augen sehen und sie amüsiert mich. Meine Spionin ist bei gewissen Sachen noch sehr unschuldig. »Das Versteck der Al-Quadar in Tadschikistan war eine der letzten großen verbliebenen Zellen und danach mussten wir nur noch die wenigen finden, die auf der ganzen Welt übrig geblieben waren. Da wir alle unsere Ressourcen auf diese Aufgabe verwendet haben, war es nicht besonders schwierig.«

Sie starrt mich an. »Ich verstehe.«

»Iss deine Suppe auf«, erinnere ich sie, als ich sehe, dass sie schon wieder nicht isst.

Yulia greift zu ihrem Löffel und ich stehe auf, um mir nachzunehmen. Als ich zum Tisch zurückkomme hat sie ihre Portion fast aufgegessen.

»Möchtest du noch etwas?«, frage ich und sie schüttelt ihren Kopf, wobei sie einen Blick auf ihre Nippel freigibt.

»Ich bin satt, danke.«

»Okay.« Ich zwinge mich dazu, zu essen, anstatt auf Yulias Brüste zu starren. Als ich wieder aufschaue, hat sie ihre Knie angezogen und ihre Arme fest um sie gelegt. Ich frage mich, ob sie die Lust auf meinem Gesicht gesehen hat und Erinnerungen an ihren Albtraum hochkamen.

Der Gedanke an das, was passiert ist, als sie fünfzehn war, lässt erneut Wut in mir aufsteigen. Ich will Kirills Leiche ausgraben und sie in Stücke reißen. Ich weiß, dass es mehr als ironisch ist, dass ich wegen einer Vergewaltigung wütend bin, während ich Dinge getan habe, die die meisten Menschen tausendmal schlimmer finden würden, aber ich kann in dieser Angelegenheit nicht rational handeln.

Ich kann bei ihr nicht rational handeln.

»Also, Lucas, wieso hast du dich dazu entschieden, hier zu arbeiten?«, will Yulia wissen und reißt mich damit aus meinen Gedanken. Ich weiß, dass sie versucht, mehr über mich zu erfahren, mich besser kennenzulernen, damit sie mich manipulieren kann. Ich kann ihrer Frage ausweichen, aber sie war vorhin offen zu mir, also nehme ich an, dass ich ihr einige Antworten schuldig bin.

Ein wenig Ehrlichkeit wird keinen Schaden anrichten.

»Esguerra bezahlt gut und er behandelt seine Leute fair«, sage ich und lehne mich in meinem Stuhl zurück. »Was will ich mehr?«

»Fair?« Yulia legt ihre Stirn in Falten. »Das ist nicht gerade der Ruf, der deinem Chef vorauseilt. Die meisten würden ihn wahrscheinlich eher als „gnadenlos" beschreiben, denke ich.«

Ich lache, da mich das, was sie gesagt hat, aus irgendeinem Grund amüsiert. »Ja, er ist ein gnadenloser Bastard, das stimmt. Trotzdem hält er in der Regel sein Wort, was ihn für mich zu einem fairen Menschen macht.«

»Deshalb bist du ihm gegenüber loyal? Weil er sein Wort hält?«

»Deshalb und aus anderen Gründen.« Ich mag außerdem Esguerras Loyalität zu seinen Angestellten. Er hat sich nach dem Tod seiner Eltern um die Menschen auf diesem Anwesen gekümmert und das bewundere ich. Aber alles, was ich sage, ist: »Ein siebenstelliges Gehalt ist mit Sicherheit auch ein guter Grund.«

Yulia betrachtet mich und ich frage mich, was sie sieht. Einen unmoralischen Söldner? Ein Monster? Einen Mann, der genauso ist wie Kirill? Irgendwie beunruhigt mich der letzte Gedanke. Ich mag nicht viel besser sein, aber ich will nicht, dass sie mich so sieht.

Ich möchte nicht in ihren Albträumen auftauchen.

»Wann hast du Esguerra getroffen?«, fragt sie, immer noch in ihrem Informationssammelmodus. »Wie kam es, dass du angefangen hast, für ihn zu arbeiten?«

»Haben sie dir das nicht erzählt?« Ich nehme an, dass sie ausführliche Informationen über meinen Chef erhalten hat, da er ihr ursprünglicher Auftrag war. Und wahrscheinlich über mich, weil ich ihn begleitet habe.

»Nein«, antwortet Yulia. »Das stand in keiner der Akten über dich.«

Also hat sie sich über uns informiert. »Was stand in meiner Akte?«, frage ich neugierig.

»Nur grundlegende Dinge. Dein Alter, wo du zur Schule gegangen bist, solche Sachen.« Sie macht eine Pause. »Deine Entlassung aus der Navy.«

Natürlich. Ich sollte nicht überrascht sein, dass sie das weiß. »Sonst noch etwas?«

»Nicht wirklich.« Yulia macht erneut eine Pause und sagt dann ruhig: »Es wurde nicht einmal erwähnt, ob du verheiratet oder anderweitig vergeben bist.«

Ein warmes Gefühl steigt in meiner Brust auf. Ich schiebe die leere Schüssel zur Seite und beuge mich nach vorne, um mich auf meinen Unterarmen abzustützen. »Das bin ich nicht«, beantworte ich ihre nicht gestellte Frage. »Und ich bin auch seit dem Mal mit dir in Moskau mit niemandem zusammen gewesen.«

Yulia wirft mir einen unleserlichen Blick zu. »Bist du nicht?«

»Nein.« Ich gebe mir nicht die Mühe, ihr zu erklären, dass ich zu besessen mit ihr war, um an andere Frauen zu denken.

Ich stehe auf, trage die beiden Schüsseln zur Spüle und drehe mich danach zu ihr um. »Komm, meine Schöne. Frühstück ist beendet.«

SIEBENTES KAPITEL

❖ YULIA ❖

Als Lucas mich ins Wohnzimmer führt, denke ich über das nach, was ich gerade erfahren habe. Was Lucas mir über die Al-Quadar erzählt hat, passt haargenau zu den Informationen in Esguerras Akte. Lucas' Chef ist gnadenlos im Umgang mit seinen Feinden, und ich bin einer von ihnen.

Eigentlich sollte ich schon lange auf grausame Weise getötet worden sein, aber trotzdem bin ich am Leben, esse regelmäßig und bin unverletzt. Jetzt, da ich wieder klarer denken kann, wird mir klar, dass Lucas' Entschluss, mich emotional zu manipulieren anstatt mich körperlich zu foltern, ein unbeschreibliches Glück für mich ist. Meine Gefühle mögen verletzt sein, aber mein Körper ist unversehrt, von kleineren Abschürfungen abgesehen. Ich habe keinen Zweifel daran, dass er mit mir spielt, aber es ist möglich, dass zumindest ein kleiner Teil seines Spiels real ist.

Es ist möglich, dass sein Verlangen nach mir momentan stärker ist als sein Hass auf mich.

Ich habe diese Theorie getestet, als ich aus dem Badezimmer gekommen bin, zuerst indem ich mich verletzlich gezeigt habe, und dann dadurch, dass ich freundlich war. Als mein Entführer gut darauf zu reagieren schien, habe ich den Flugzeugabsturz angesprochen, ein

Thema, das ihn davor immer provoziert hat. Die Tatsache, dass er mich nicht angegriffen hat – dass er sich wirklich mit mir unterhalten und mir etwas über seine Vergangenheit erzählt hat – ist mehr als ermutigend.

Es bedeutet, dass das Mitgefühl, das er mir vorhin entgegengebracht hat, echt sein könnte.

Voller Hoffnung werfe ich einen Blick auf Lucas, der neben mir geht. Er hat eine neue Rolle Seil in der Hand und als wir vor dem Stuhl stehen bleiben, an dem er mich sonst immer festbindet, gebe ich mir Mühe, einen verletzlichen Gesichtsausdruck aufzusetzen.

»Muss ich wirklich nackt sein?«, frage ich und in meinen Augen glitzern Tränen. Es ist leicht, sie aufsteigen zu lassen; meine Gefühle wechseln immer noch von verletzt sein, über Wut bis zu der unterschwelligen Sehnsucht nach Geborgenheit. »Es ist kalt, wenn die Klimaanlage angeht.«

Er zögert und ich blicke ihn verzweifelt bittend an. Das ist auch nur teilweise gespielt. Es ist eine kleine Sache, Bekleidung, aber ich würde mich menschlicher fühlen, wenn ich angezogen wäre. Was viel wichtiger ist, ist, dass meine Strategie, mit seinen Gefühlen zu spielen, funktioniert, wenn er mir meine Bitte erfüllt.

»In Ordnung«, meint er und gibt damit nach, genauso wie ich es gehofft hatte. »Komm mit.« Er lässt das Seil auf dem Stuhl liegen, ergreift meinen Arm und bringt mich ins Schlafzimmer.

»Hier«, sagt er und reicht mir ein T-Shirt. »Zieh das an.«

Ich versuche meine überschwängliche Erleichterung zu verbergen, als ich das Kleidungsstück entgegennehme und es über meinen Kopf ziehe – nicht ohne die Hitze in Lucas Augen zu bemerken, der mich währenddessen betrachtet. Es ist ein Herrenshirt – sein Shirt – und es ist so lang, dass es mich bis zur Mitte meiner Oberschenkel bedeckt.

»Alles klar, gehen wir«, sagt er, als ich angezogen bin, und führt mich zurück zu dem Stuhl. Während er mich fesselt schaue ich auf seine großen, sonnengebräunten Hände, die das Seil um meine Knöchel legen, und frage mich, ob er die gleiche elektrische Aufladung spürt wie ich. Es ist schlecht, dass ich ihn immer noch begehre, aber es könnte mir bei meiner Flucht helfen.

Es könnte dabei helfen, diesen neuen, freundschaftlicheren Umgang zwischen uns zu verstärken.

Als er mich zu Ende gefesselt hat, steht Lucas auf und sagt: »Ich muss einige Dinge erledigen. Ich werde in ein paar Stunden zurück sein.«

»Alles klar, in Ordnung«, sage ich mit einem Pokerface.

Lucas geht, nachdem er mich länger als nötig angeblickt hat, und ich lasse dem erleichterten Lächeln, das sich auf meinem Gesicht ausbreitet, freien Lauf.

* * *

Nach einer Weile nimmt mein überschwängliches Gefühl ab und wird von einer Kombination aus Langeweile und Unbequemlichkeit abgelöst. Der Stuhl ist hart und das Seil schneidet jedes Mal in meine Haut, wenn ich versuche meine Stellung zu wechseln. Die Minuten beginnen, sich in die Länge zu ziehen; sie vergehen langsam und ereignislos. Ich schaue weiterhin auf das Fenster und warte darauf, dass das mysteriöse Mädchen zurückkehrt, aber das tut sie nicht. Ich sehe lediglich ab und an eine Eidechse, die zufällig über das Fenster läuft.

Seufzend schaue ich nach unten und denke über die andere Kleinigkeit nach, die mir Hoffnung gegeben hatte. Wenn Lucas nicht gelogen hat, war meine dunkelhaarige Besucherin nicht seine Freundin.

Er hat keine Freundin.

Dieses Wissen ist wie Balsam für meine aufgewühlten Gefühle. Ich weiß nicht, warum es mich interessiert, ob Lucas Single ist, verheiratet oder jede Nacht eine andere hat, aber die Tatsache, dass er dieses Mädchen nicht mit mir betrügt, nimmt mir mein schlechtes Gefühl wegen der letzten Nacht. Er hat keiner anderen Frau wehgetan. Was auch immer zwischen mir und Lucas abläuft, ist nur zwischen uns. Niemand anderem wird wehgetan werden.

Natürlich muss ich auch die Möglichkeit zulassen, dass er gelogen hat, dass das alles Teil seiner Verhörmethode ist, aber ich denke, dass ich ihm in diesem Fall glauben kann. In diesem Haus gibt es kein Anzeichen für die Anwesenheit einer Frau: keine Dekoration oder Bilderrahmen, kein Fön oder andere Produkte für Frauen im Badezimmer.

Dieser Ort ist durch und durch das Haus eines Junggesellen, bis hin zum leeren Kühlschrank, und wäre ich gestern nicht so verängstigt und erschöpft gewesen, hätte ich diese offensichtliche Tatsache bemerkt.

Gähnend schaue ich erneut zum Fenster. Eine weitere Eidechse läuft vorbei. Ich beobachte sie und frage mich, wie es dort draußen wohl ist, im Dschungel hinter diesen Wänden. Alles in mir sehnt sich danach, die warme Sonne auf meiner Haut zu spüren und das Gezwitscher der Vögel zu hören. Der kleine Einblick, den ich gestern bekommen habe, hat mir nicht gereicht.

Ich möchte draußen sein.

Ich möchte frei sein.

Bald, verspreche ich mir und bewege mich ein wenig auf dem Stuhl. Jetzt verstehe ich, was für ein Spiel Lucas spielt und werde mitspielen. Ich werde sein Sexspielzeug sein, so lange er mich begehrt und ich werde schwach und offen wirken. Ich werde ihm alles erzählen, außer der Information, die er bekommen möchte, und ich werde ihn denken lassen, dass er Geheimnisse herausbekommt, dass seine sanfte Verhörmethode funktioniert. Auf diese Weise wird er erst mal nicht auf gröbere Methoden zurückgreifen und ich werde diese Zeit nutzen, um einen richtigen Fluchtplan auszuarbeiten, etwas Erfolgversprechenderes als einen verzweifelten Angriff mit einer zerbrochenen Zahnbürste.

Ich werde auch daran arbeiten, eine sehr persönliche Beziehung zu Lucas aufzubauen.

Lima Syndrom. So nennen sie das psychologische Phänomen, wenn der Geiselnehmer so viel für sein Opfer empfindet, dass er es irgendwann freilässt. Ich habe das während meines Trainings studiert, da die hohe Wahrscheinlichkeit bestand, dass ich eines Tages entführt werden könnte. Das Lima Syndrom ist nicht so verbreitet wie sein Gegenteil, das Stockholm Syndrom, wenn die Gefangenen sich in ihren Entführer verlieben, aber es kommt vor. Ich bin nicht so dumm zu denken, dass ich Lucas dazu bekommen kann, mich freizulassen, aber es ist möglich, dass er weniger wachsam wird und kleine Dinge tut, die meine Flucht vereinfachen.

Wie zum Beispiel mir zu erlauben, dass ich bekleidet bin.

Ich muss erneut gähnen, während ich eine weitere Eidechse dabei beobachte, wie sie über das Fenster eilt und ich stelle mir vor, dass ich klein und grün bin. Klein genug, um aus meinen Fesseln zu kriechen und mich durch die Belüftung zu quetschen. Wenn ich das tun könnte, wäre ich die beste Spionin der Welt.

Das ist ein dummer Gedanke, aber er beruhigt mich, lenkt mich davon ab, was mich erwartet, wenn mein Plan fehlschlägt. Meine Augenlider werden schwer und ich kämpfe nicht dagegen an. Als ich einschlafe, träume ich von der kleinen grünen Eidechse und meinem kleinen Bruder, der ihr gerade lachend durch den Dschungel nachjagt.

Es ist mein fröhlichster Traum seit Jahren.

* * *

»Yulia.«

Ich wache sofort auf und mein Herz rast, als ich aufschaue.

Lucas ist zurück und er ist nicht alleine. Neben meinem Entführer steht ein kleiner, glatzköpfiger Mann, dessen Augen mich mit unverhohlener Neugier betrachten. Seine Bekleidung ist normal, aber in seiner Hand hält er eine Arzttasche.

Mir wird schlecht. Ich lag falsch damit, dass Lucas warten würde, bevor er gröbere Methoden anwendet.

Bevor ich völlig in Panik verfalle, lächelt mich der kleine Mann an. »Hallo«, sagt er. »Ich bin Dr. Goldberg. Falls Sie nichts dagegen haben, würde ich sie gerne untersuchen.«

Mich untersuchen?

»Um sicher zu gehen, dass sie nicht verletzt sind«, erklärt mir der Arzt, der mir offensichtlich meine Verwirrung vom Gesicht ablesen kann. »Natürlich nur, falls Sie nichts dagegen haben.«

Okay. Ich atme tief durch und meine Angst verschwindet langsam. »Natürlich nicht. Fangen Sie an.« Ich bin an einen Stuhl gefesselt und trage nichts weiter als Lucas' T-Shirt, und dieser Mann fragt mich, ob ich etwas gegen eine ärztliche Untersuchung einzuwenden habe? Was würde er tun, wenn ich sagen würde, dass ich das nicht möchte? Sich für die Störung entschuldigen und gehen?

Der Arzt, der den Sarkasmus in meiner Stimme offensichtlich ignoriert, dreht sich zu Lucas um und sagt: »Wäre es möglich, die Fesseln der Patientin zu lösen?«

Lucas legt seine Stirn in Falten, kniet sich vor mir hin und beginnt, das Seil an meinen Knöcheln zu entfernen. Er blickt auf den Arzt und meint kurz angebunden: »Ich werde hierbleiben. Sie ist sehr kreativ mit Haushaltswaren.«

»Aber –«

Nach einem unnachgiebigen Blick von Lucas verstummt der Arzt. Lucas nimmt mir die Fesseln an den Fußgelenken ab, bevor er meine Hände befreit. Ich bewege verstohlen meine Füße, um die Blutzirkulation wiederherzustellen, und denke sehnsüchtig an das Badezimmer.

Ich weiß nicht, wie lange ich an den Stuhl gefesselt war, aber meine Blase ist überzeugt davon, dass es eine Ewigkeit gewesen sein muss.

»Ich muss aufs Klo«, erkläre ich Lucas und denke mir dabei, dass ich nichts zu verlieren habe, wenn ich ihm die Wahrheit sage. »Wäre es in Ordnung, wenn ich vor der Untersuchung kurz ins Bad gehe?«

Lucas' Stirnrunzeln verstärkt sich, aber er nickt kurz. »Komm«, meint er als er das Seil abgenommen hat. Er ergreift meinen Arm mit dem gleichen rauen Griff wie bei meiner Ankunft hier und zieht mich hoch. Ich stolpere fast, als er mich den Flur entlangschleift und von der Zärtlichkeit des heutigen Morgens nicht mehr zu spüren ist.

Meine Angst kehrt zurück. Habe ich mich in ihm getäuscht oder ist etwas passiert? Hat die Untersuchung etwas damit zu tun?

Bevor ich länger über das beunruhigende Verhalten meines Entführers nachdenken kann, stößt er mich ins Badezimmer und sagt grob: »Du hast eine Minute, keine Sekunde länger.«

Und damit schlägt er die Tür zu.

ACHTES KAPITEL

❖ LUCAS ❖

Nachdem ich Yulia ins Wohnzimmer zurückgebracht habe, muss sie so lange stehen bleiben, bis Goldberg ihren Puls gefühlt und sie mit einem Stethoskop abgehört hat. »Gut«, murmelt er leise und schreibt etwas in sein Notizbuch.

Er beugt sich hinunter, um sich einen großen Bluterguss auf ihrem Knie anzuschauen, und Yulia wirft mir einen verängstigten Blick zu. Ich kann sehen, dass sie Antworten möchte, aber ich kann ihr nichts erklären.

Ich möchte nicht, dass der Arzt mitbekommt, wie weich ich meiner Gefangenen gegenüber geworden bin.

Nach einer Minute beendet Goldberg die Untersuchung und lächelt Yulia an. »Nur ein paar Kratzer und blaue Flecken«, sagt er fröhlich. »Sie haben Untergewicht und sind ein wenig unterernährt, aber einige gute Mahlzeiten sollten das wieder beheben. Jetzt werde ich Ihnen Blut abnehmen, wenn es Ihnen nicht ausmacht. Bitte setzten Sie sich hin.«

Er zeigt auf das Sofa und Yulia schaut erneut kurz zu mir.

»Setz dich hin«, fahre ich sie an und strenge mich an, ihren besorgten Blick zu ignorieren.

Goldberg zieht ein Paar Latexhandschuhe und eine mit einer Viole verbundene Spritze hervor. »Das wird nicht schlimm werden«, verspricht er. Ich frage mich, ob er meine grobe Behandlung kompensieren möchte. Mit den Wächtern ist er normalerweise nicht so freundlich – auch wenn mit Sicherheit keiner davon Yulias zerbrechliche Schönheit aufweist.

Sie zuckt weder zusammen, noch gibt sie einen Laut von sich, als die Nadel in ihre Haut eindringt und ihr Gesichtsausdruck ist der stoischen Ertragens. Ich, auf der anderen Seite, muss gegen den Drang ankämpfen, Goldberg von ihr wegzuziehen.

Ich hasse es zu sehen, dass ihr jemand wehtut, selbst wenn es sich dabei um den Arzt handelt, den ich selbst hierhergebracht habe.

»Fertig«, sagt Goldberg, zieht die Nadel heraus und drückt eine kleine sterile Wundauflage auf den Einstich. »Ich werde es in meinem Labor analysieren. Jetzt noch ein letzter Punkt …« Er schaut mich auffordernd an und ich antworte mit einem kurzen Kopfschütteln.

Ich werde ihn nicht mit Yulia alleine lassen; er wird die Untersuchung in meiner Gegenwart durchführen müssen.

Goldberg seufzt und wendet seine Aufmerksamkeit wieder ihr zu. »Ich muss eine gynäkologische Untersuchung vornehmen«, sagt er entschuldigend. »Um sicherzugehen, dass sie in Ordnung sind.«

»Was?« Yulias bekommt große Augen. »Warum?«

»Mach es einfach.« Meine Stimme ist so hart wie es mir möglich ist. Ich werde jetzt nicht erklären, dass ich befürchte, ihr letzte Nacht wehgetan zu haben, weil ich so hart war. Sie war mehr als feucht, aber das bedeutet nicht, dass ich sie nicht überdehnt oder ihr innere Verletzungen zugefügt habe.

Sie hat ein rotes Gesicht, als sie sich auf das Sofa legt und Goldbergs Anweisungen folgt. Als der Arzt ihr T-Shirt hochzieht und ein Spekulum hervorzieht, zwinge ich mich dazu einfach still dazustehen, anstatt den Mann in Stücke zu reißen, der sie berührt. Goldberg ist schwul, aber zu sehen, wie er sie berührt, erweckt trotzdem etwas Unkontrollierbares in mir – etwas, das mich dazu bringt jeden zu ermorden, der mein Eigentum berührt.

Die Untersuchung dauert weniger als eine Minute. Ich beobachte Yulia ganz genau, um sicherzugehen, dass sie den Arzt nicht angreift, aber sie liegt still da, hat ihre Knie angezogen und starrt an die Decke. Nur ihre Hände verraten ihre Anspannung; sie sind an ihren Seiten so stark zu Fäusten geballt, dass ihre Knöchel weiß sind.

Als Goldberg fertig ist, zieht er Yulia vorsichtig das T-Shirt runter und tritt zurück. »Das war's«, sagt er zu uns beiden. »Alles scheint in Ordnung zu sein. Die Spirale sitzt perfekt, also müssen Sie sich über nichts Gedanken machen.«

Spirale? Ich schaue den Arzt fragend an, aber er hat schon mit seiner Erklärung begonnen: »Ein in die Gebärmutter eingesetztes Verhütungsmittel. Empfängnisverhütung.«

»Ich verstehe.« Ich schaue Yulia abschätzend an. Wenn sie geschützt ist und der Arzt festgestellt hat, dass sie sauber ist, könnte ich sie ohne Kondom ficken.

Mein Schwanz zuckt plötzlich erregt.

Sie setzt sich auf dem Sofa hin, blickt geradeaus und ich sehe, dass ihre Wangen immer noch stark gerötet sind. Ich möchte sie umarmen und ihr versichern, dass alles in Ordnung ist, dass ich das nicht getan habe, um sie zu erniedrigen, aber jetzt ist nicht der richtige Zeitpunkt dafür.

Der Arzt denkt, dass sie eine Gefangene ist, die ich verachte, und genauso muss ich sie auch behandeln.

* * *

Nachdem ich Goldberg gedankt habe, begleite ich ihn nach draußen und kehre danach ins Wohnzimmer zurück, wo Yulia immer noch auf dem Sofa sitzt. Ihr Gesicht hat wieder seinen normalen Porzellanteint, aber ihre Augen funkeln hell. Sie ist wütend – das kann ich trotz ihres äußerlich ruhigen Gesichtsausdrucks spüren.

»Yulia.« Als ich mich ihr nähere, schaut sie weg und ihre Haare fallen wie ein goldener Wasserfall über ihren Rücken. »Yulia, komm her.«

Sie antwortet nicht, nicht einmal als ich nach ihr greife und sie nach oben ziehe, damit sie steht und mich anschaut. Aber sie blickt mich nicht an, ihre Augen sind auf etwas genau hinter meinem rechten Ohr gerichtet.

Gereizt ergreife ich ihr Kinn und drehe ihr Gesicht, so dass sie keine andere Wahl hat, als mich anzuschauen. »Ich musste sicherstellen, dass du in Ordnung bist«, sage ich grob. Es stört mich immer noch, dass ich diese Gefühle für sie habe, dass ich sie heilen und beschützen möchte, anstatt ihr wehzutun. Das ist eine Schwäche, eine Besessenheit von mir und ich kann die Wut nicht aus meiner Stimme verbannen, als ich ihr sage: »Du hättest innerliche Verletzungen haben können.«

Ihre Augen verengen sich. »Bullshit. Du wolltest nur sichergehen, dass du kein Kondom benutzen musst.«

Ihre Anschuldigung ist meinem Gedanken von eben so nah, dass ich mich kurz frage, ob ich ihn laut ausgesprochen habe.

Meine Überlegung muss sich auf meinem Gesicht widergespiegelt haben, denn Yulia lacht kurz und bitter auf. »Ja, genau.«

»Das ist nicht der Grund –« Ich beende den Satz nicht. Ich schulde ihr kleine Erklärungen. Falls ich sie untersuchen lassen würde, damit ich sie ohne Gummi ficken kann, dann hätte ich das Recht dazu. Auch wenn ich nicht länger vorhabe sie zu foltern, heißt das nicht, dass ich vergessen habe, was sie getan hat. Sie hat sich selbst in diese Lage gebracht und jetzt gehört sie mir.

Ich besitze sie, was auch immer geschieht.

»Ich bin sauber«, meine ich stattdessen. Ein besserer Mann würde sie nach dem, was sie mir erzählt hat, in Ruhe lassen, aber ich bin keiner dieser Männer. Ich will sie zu sehr, um auf sie verzichten zu können. »Nach dem Flugzeugabsturz hatte ich alle möglichen Bluttests und ich bin völlig gesund.«

Ihr Kiefer spannt sich an. »Glückwunsch.«

Der Sarkasmus in ihrer Stimme lässt mich mit den Zähnen knirschen und erregt mich gleichzeitig. Alles an diesem Mädchen ist ein Widerspruch, der mich verrückt macht. Folgsam, aber trotzig, zerbrechlich, aber stark. In einer Minute will ich sie brechen, will, dass sie zugibt, dass sie mich braucht, und in der nächsten Minute will ich sie in Watte packen und sicherstellen, dass ihr nie wieder etwas Böses zustößt.

Das Einzige, was ich nicht möchte, ist, sie gehen zu lassen.

»Lucas.« Sie hört sich angespannt an, als ich sie zu mir ziehe. »Warte, ich –«

Ich unterbreche sie, indem ich ihr den Mund mit einem Kuss verschließe. Ich nehme ihren Hinterkopf in eine Hand und lege meinen anderen Arm um ihre Hüfte, um sie an mich zu drücken. Meine Eier ziehen sich zusammen, als mein steifer Schwanz gegen ihren flachen Bauch schlägt und meine allgegenwärtige Lust für sie unkontrolliert aufflackert. Ich streiche mit meiner Zunge über ihre Lippen, fühle ihre volle Weichheit, bevor ich in ihren Mund stoße und in seine köstlichen warmen Tiefen eindringe. Als Antwort stöhnt sie, während sie sich an meinen Seiten festkrallt und ich genieße dieses leise Geräusch, fühle, wie ihr schlanker Körper weich wird und an meinem schmilzt.

Zur Hölle, ich will sie. Jeden Millimeter von ihr, von Kopf bis Fuß. Es ist falsch, es ist scheiße, es ist kompliziert, aber ich kann nichts dagegen tun. Der Hunger, der in mir brennt, ist stärker als meine letzten Skrupel. Ich weiß, dass ich ein Bastard bin, wenn ich sie nach dem, was sie durchgemacht hat, zum Sex nötige, aber ich kann mich nicht von ihr fernhalten. Vielleicht wäre es etwas Anderes, wenn sie mich nicht wollen würde, aber sie will mich. Selbst durch zwei Lagen Bekleidung kann ich ihre harten Nippel an meiner Brust spüren, kann die Süße ihrer Antwort fühlen, als sie ihre Zunge begierig um meine schlingt. Sie drückt mich nicht weg – wenn überhaupt versucht sie, mich näher an sich zu ziehen – und meine gedankenlose Lust überkommt mich, so dass mein wilder Teil die Kontrolle übernimmt.

Ich weiß nicht, wie wir auf dem Sofa enden, aber ich finde mich auf meinen Ellenbogen gestützt über ihr wieder, ihr T-Shirt ist bis zur Taille hochgezogen und ich lasse meine freie Hand an ihrem Körper hinabgleiten, um ihr Geschlecht zu bedecken. Sie ist bereits feucht, ihre Falten sind nass und heiß, als ich zwei Finger in sie stoße und sie für meinen Schwanz ausdehne. Gleichzeitig fahre ich mit dem unteren Teil meiner Handfläche auf dem Ansatz ihrer Falten entlang, um Druck auf ihre Klitoris auszuüben. Ihre inneren Wände zucken um meine Finger während sie meinen Namen stöhnt, ihr Hals reckt sich nach oben, ihre Fingernägel kratzen über meinen Rücken und ich weiß, dass ich nicht länger warten kann.

Ich ziehe meine Finger aus ihr, öffne den Reißverschluss meiner Hose, um meine schmerzende Erektion zu befreien, und stoße in ihre nasse Hitze.

Es ist, wie in den Himmel zu kommen. Irgendwo in meinem Hinterkopf klingelt eine Alarmglocke und erinnert mich daran, ein Kondom zu benutzen, aber ich bin schon zu weit gegangen, um umzukehren. Ihr Körper umfasst mich perfekt, ist so seidig und eng, dass ich einfach so tief eindringen muss, wie ich nur kann. Sie schreit auf, biegt sich unter mir durch und ich beuge meinen Kopf nach unten, um sie zu küssen, dieses Geräusch einzufangen und gleichzeitig ihren Duft und ihre Berührung aufzunehmen. Ich lasse mich fallen, genieße dieses Gefühl und die Lust, sie zu besitzen, sie für mich zu beanspruchen.

Sie gehört mir. Die Befriedigung, die dieser Gedanke in mir hervorruft ist tief und ursprünglich, hat nichts mit Logik oder Verstand zu tun. Ich habe duzende von Frauen gefickt, ohne sie jemals beanspruchen zu wollen, aber genau das will ich bei ihr. Yulia zu ficken ist mehr als Sex zu haben.

Ich will sie an mich fesseln, sie so stark an mich binden, dass sie mich nie wieder verlassen kann.

Ich hebe meinen Kopf und blicke sie an, während mein Schwanz tief in ihrem Körper pocht. Ihre Augen sind geschlossen, ihre geöffneten Lippen sind von meinem Kuss geschwollen und ihre Haut glüht in einer warmen Farbe.

Sie ist verdammt noch mal das sexyste Ding, das ich jemals gesehen habe, und sie gehört mir.

»Yulia.«

Sie öffnet ihre Augen und mir wird klar, dass ich ihren Namen laut ausgesprochen habe. Ihr Blick ist abwesend und ihre Pupillen sind geweitet, als sie zu mir aufblickt. Sie sieht benebelt aus, von dem gleichen Begehren beherrscht, das mich innerlich verbrennt, und dieser Anblick mildert meine wilde Lust, erfüllt mich mit einer besonderen Zärtlichkeit.

Ich beuge meinen Kopf nach unten, nehme erneut ihren Mund in Besitz und schlucke ihr verlangendes Stöhnen, als ich damit beginne, hinauszugleiten und wieder in sie einzudringen, so langsam, dass ich jeden Millimeter ihrer engen Wärme spüren kann. Ich habe noch nie Sex ohne Kondom gehabt und das Gefühl ist unglaublich. Ihre Muschi ist so weich und seidig, eine feuchte, zarte Hülle, die wie für mich gemacht zu sein scheint. Ihre inneren Wände schließen mich ein, umarmen mich mit cremiger Feuchtigkeit, während ich in sie eindringe und mich aus ihr zurückziehe, und ich konzentriere mich auf ihre Atmung, um zu wissen, was sie empfindet.

Der primitive, besitzergreifende Hunger, der mich vorhin getrieben hat, ist immer noch da, aber jetzt wird er von dem Bedürfnis gelenkt, ihr Lust zu verschaffen, sie wenigstens einen Bruchteil der Ekstase spüren zu lassen, die sie mir verschafft. Ich stoße weiterhin in einem langsamen, gleichmäßigen Tempo zu, bewege meinen Mund von ihren Lippen zu ihrem Hals und knabbere an der zarten Haut. Gleichzeitig lasse ich meine Hand unter ihr T-Shirt gleiten und drücke zärtlich ihre Brust.

»Lucas. Oh Gott, Lucas …« Mein Name ist auf ihren Lippen wie ein atemloses Flehen, als ich mit meinen Zähnen über ihren Nacken fahre und ihren Nippel zwischen meine Finger nehme, um ihn leicht zu drehen. Jetzt krümmt sie sich vor Verlangen und ihre schlanken Beine sind um meine Hüften geschwungen, um mich tiefer in sich zu drücken, während sich ihre Hände in meine Seiten krallen. Ich kann spüren, wie sie erzittert, ihr Körper sich anspannt und meine Stöße werden schneller, da ich weiß, dass sie gleich kommt.

Ihr Orgasmus fühlt sich an wie ein Beben, das auch in meinen Körper nachhallt. Sie spannt sich an, biegt sich mir mit einem Aufschrei entgegen und ihre inneren Muskeln krampfen um meinen Schwanz. Dieses Gefühl, wie sie sich um mich zusammenzieht, ist so intensiv, dass ich mich nicht mehr zurückhalten kann. Meine Hoden ziehen sich zusammen und dann werde ich von einem Orgasmus überrollt, einer dunklen und intensiven Lust, die mich durch ihre rohe Gewalt erschüttert.

Stöhnend schiebe ich mich tiefer in sie und halte sie fest an mich gedrückt, als mein Samen in ihre heißen, krampfenden Tiefen spritzt.

NEUNTES KAPITEL

❖ YULIA ❖

Schwer atmend liege ich unter Lucas und mein Herz schlägt nach diesem umwerfenden Sex mit meinem Entführer zum Zerspringen.

Warum ist es mit ihm jedes Mal so, mit diesem schwierigen, gefährlichen Mann, der mich hasst? Ich bin nicht gerade unerfahren. Ich habe die schlimmste Art von Sex überlebt, aber ich habe auch seine schöneren Seiten kennengelernt. Mein zweiter Auftrag – Vladimir Vashkov, ein ansehnlicher Mittvierziger der russischen Sicherheitsbehörde – hat sich damit gebrüstet, ein guter Liebhaber zu sein und mir zu meinen ersten echten Orgasmen verholfen, mir viele Dinge über Erregung und Lust beigebracht. Ich dachte, ich könnte mit allem fertig werden, was mir mit einem Mann im Bett passiert, aber ich habe mich definitiv geirrt.

Mit Lucas Kent komme ich nicht zurecht.

Vielleicht wäre es besser, wenn er mich wieder rauer genommen hätte. Lust – hämmernde, bestrafende Lust – war das, was ich erwartet hatte, als er mich an sich gezogen hat. Und genau das hat er mir zuerst gegeben, als er einen Kuss erzwungen hat, die Reaktionen meines Körpers dazu benutzt hat, meine Gegenwehr außer Kraft zu setzen. Nach dem letzten Mal war ich auf so etwas vorbereitet gewesen, aber seine Zärtlichkeit hat mich kalt erwischt.

Ich hatte nicht erwartet, dass er mich so behandeln würde, als bedeute ich ihm etwas.

»Yulia.« Er hebt seinen Kopf, um mich anzuschauen, und Hitze steigt in meinen Wangen auf, als sich unsere Blicke treffen. Da die Lustwelle langsam nachlässt, bemerke ich, dass er immer noch tief in mir ist – und dass ich ihn dort festhalte, da ich meine Beine so fest um ihn geschlungen habe, dass er sich nicht bewegen kann.

Mein Gesicht wird noch röter und ich löse meine Füße, um meine Beine hinunterzunehmen. Ich ändere auch meinen Griff an seinen Seiten und drücke ihn weg, anstatt mich an ihm festzuhalten. Ich kann in diesem Moment Lucas' Spiel nicht mitspielen. Es fühlt sich zu echt an.

Er beugt sich nach unten, um mir einen Kuss auf meine Lippen zu geben, und löst sich dann vorsichtig von mir. Als er sich zurückzieht, fühle ich zwischen meinen Beinen eine klebrige Nässe.

Sein Samen.

Also hat er mich doch ohne Kondom gefickt.

Irrationale Bitterkeit überkommt mich, verjagt die letzten Reste meines postkoitalen Glühens.

»Du hättest die Ergebnisse des Bluttests abwarten sollen«, sage ich und ziehe mein T-Shirt nach unten während, Lucas von mir abrückt, aufsteht und das Sofa verlässt. Ich presse meine Beine zusammen und schaue ihn hart an. »Ich habe Aids und Syphilis, weißt du?«

»Weißt du es?« Er hört sich eher amüsiert als besorgt an, als er seinen Schwanz wieder in die Hose steckt und den Reißverschluss hochzieht. Seine Augen leuchten, als er mich anschaut. »Noch etwas? Vielleicht Tripper?«

»Nein, nur Herpes und Chlamydien.« Ich lächele ihn süß an und stütze mich auf einen Ellenbogen. »Aber das wirst du alles selber erfahren, sobald die Testergebnisse kommen. Könnte ich jetzt bitte ein Handtuch oder ein Taschentuch bekommen? Ich möchte deinen hübschen Teppich nicht beschmutzen.«

Zu meiner Enttäuschung schluckt er meinen Köder nicht. Stattdessen lacht er, bevor er in der Küche verschwindet, um eine Sekunde später mit einem Stück Küchenrolle zurückzukommen. »Bitte«, meint er, als er mir das Papier reicht. Dann beobachtet er mit unverhohlenem Interesse, wie ich mich hinsetzte und die Feuchtigkeit zwischen meinen Schenkeln wegwische, während ich das T-Shirt so weit wie möglich unten lasse.

»Gut gemacht«, sagt er als ich fertig bin. »Hast du Hunger? Ich glaube es ist Zeit für ein zweites Frühstück.«

Ich runzele meine Stirn, weil ich mehr als frustriert darüber bin, dass er so ruhig ist. Ich weiß nicht, warum ich an dem Schwanz eines Tigers ziehen möchte, aber genau das möchte ich. Ich hasse das, was er mir angetan hat; diese unpersönliche Untersuchung durch den Arzt war erniedrigend und unmenschlich. Und dann kam er auch noch mit dieser beschissenen Entschuldigung über potentielle innere Verletzungen an, so als könne ich ihn nicht durchschauen.

So als wisse ich nicht, dass ich so lange seine Sexpuppe sein werde, wie er mit mir spielen möchte.

»Ich habe keinen Hunger«, antworte ich, aber mir fällt sofort auf, dass das eine Lüge ist. Mein Körper will Kalorien, nachdem er so lange hungern musste. »Warte, also eigentlich –«

Bevor ich meinen Satz aussprechen kann, höre ich ein leises Brummen und sehe, wie Lucas in seine Tasche greift. Er zieht sein Telefon hervor, wirft einen Blick auf das Display und flucht leise.

»Was ist los?«, frage ich, aber da hat er schon meinen Arm ergriffen und zieht mich vom Sofa hoch.

»Esguerra braucht mich«, erklärt er mir und führt mich den Flur hinunter. »Geh aufs Klo, falls du musst, und danach muss ich dich wieder fesseln. Wir werden essen, sobald ich zurückkomme.«

Und schon ist er wieder mein gefühlloser Entführer.

ZEHNTES KAPITEL

❖ LUCAS ❖

Julian Esguerra ist bereits in seinem Büro, als ich eintrete und auf die Monitore blicke, die die Nachrichten aus aller Welt wiedergeben. Ich behalte eine von Bloomberg im Hinterkopf, in der ein geschätzter Wirtschaftswissenschaftler einen weiteren Börsenkrach voraussagt.

Es könnte an der Zeit sein, mit dem Investment Manager zu reden.

Ich gehe an einem großen, ovalen Konferenztische vorbei, um zu Esguerras breitem Schreibtisch zu gelangen, auf dem mehrere Bildschirme stehen. Er ist gerade am Telefon, also gibt er mir ein Zeichen, mich in einen der Ledersessel mit den hohen Lehnen zu setzen. Ich nehme Platz und warte darauf, dass er sein Gespräch beendet. Da über die Sicherheit der israelischen Grenze gesprochen wird, gehe ich davon aus, dass er mit seinem Kontakt bei der israelischen Geheimpolizei, der Mossad, spricht.

Nach einer Minute legt Esguerra auf und wendet seine Aufmerksamkeit mir zu. »Wie kommst du mit der Befragung voran?«, will er wissen. »Hast du Fortschritte gemacht?«

»Nur ein wenig«, antworte ich schulterzuckend. »Es ist aber noch nichts Erwähnenswertes dabei.« Normalerweise habe ich vor meinem Chef keine Geheimnisse, aber ich möchte nicht mit ihm über Yulia reden, bis ich mir sicher bin, wie ich das Thema am besten anspreche.

Von allen auf diesem Anwesen ist er der Einzige, der die Macht besitzt, sie mir wegzunehmen – was bedeutet, dass ich vorsichtig vorgehen muss.

Esguerras harter Ruf ist völlig gerechtfertigt.

»Gut.« Ihm scheint meine Antwort zu reichen. »Aber jetzt zu dem Grund, warum ich dich hierher gerufen habe …«

»Eine wichtige Sicherheitsangelegenheit, haben Sie gesagt.«

»Ja.« Er lehnt sich zurück und verschränkt seine Arme hinter seinem Kopf. »Nora und ich, wir werden eine Reise in die USA unternehmen, um ihre Familie zu besuchen. Ich werde dich brauchen, um sicherzugehen, dass wir – und sie – für die Dauer unseres Aufenthalts völlig sicher sind.«

»Sie werden die Eltern ihrer Frau besuchen? In Oak Lawn?« Ich bin überzeugt davon, ihn missverstanden zu haben, aber er nickt zustimmend.

»Wir werden zwei Wochen lang dort bleiben«, erklärt er mir. »Und ich möchte allerhöchste Sicherheitsvorkehrungen.«

»In Ordnung«, erwidere ich. Ich bin mir ziemlich sicher, dass Esguerra den Verstand verloren hat, aber es ist nicht meine Aufgabe, ihm das zu sagen. Wenn er in ein Land reisen möchte, in dem er theoretisch vom FBI gesucht wird, um zwei Wochen mit den Eltern des Mädchens zu verbringen, das er entführt, geheiratet und geschwängert hat, dann ist das seine Angelegenheit.

Mein Job ist es sicherzustellen, dass er das in Sicherheit tun kann.

»Meine neuen Rekruten sind in ihrem Training schon recht weit, also könnten wir einige der erfahreneren Männer mit uns nehmen«, denke ich laut. »Zwei Dutzend sollten wohl ausreichen.«

»Das hört sich gut an. Ich möchte außerdem gepanzerte Fahrzeuge für alle von uns und einen guten Vorrat an Munition.«

Ich nicke und denke bereits über die Logistik des ganzen Vorhabens nach. Einige würden sagen, dass Esguerra paranoid ist – gepanzerte Fahrzeuge sind in einem Vorort Chicagos nicht unbedingt nötig – aber ich mache ihm keinen Vorwurf daraus, so vorsichtig zu sein. Al-Quadar mag zwar gerade ausgerottet sein, aber es gibt viele andere, die ihn und seine hübsche junge Frau gerne in die Finger bekommen würden.

»Ich werde die nötigen Vorbereitungen treffen«, sage ich, auch wenn sich mir der Brustkorb zusammenzieht, als ich daran denke, was diese Reise für mich bedeutet.

Ich werde zwei volle Wochen lang von meiner Gefangenen getrennt sein.

»Wie lange denkst du, wirst du brauchen, um alles vorzubereiten?«, fragt Esguerra. »Nora sollte in etwa eineinhalb Wochen alle ihre Examen geschrieben haben.«

»Ich nehme an, etwa zwei Wochen.« Zwei Wochen, in denen ich Yulia noch habe. »Ich werde ein wenig Zeit benötigen, die Autos und die Waffen zu besorgen, besonders wenn wir nicht möchten, dass beim FBI oder CIA die Alarmglocken losgehen.«

»Guter Gedanke. Das wollen wir definitiv nicht.« Esguerra nimmt seine Hände hinunter und beugt sich nach vorne. »In Ordnung. Zwei Wochen sollten reichen. Danke.«

Ich nicke leicht und stehe auf, damit ich gehen und einige Telefonate erledigen kann, aber bevor ich mich umdrehen kann, sagt Esguerra: »Lucas, eine Sache noch.«

Ich halte inne, da der eigenartige Ton seiner Stimme meine ganze Aufmerksamkeit auf sich zieht. »Ja?«

»Ich weiß nicht, ob du es weißt, aber meine Frau und ihre Freundin haben gestern Morgen Yulia Tzakova in deinem Haus gesehen. Nora hat es mir gegenüber heute erwähnt.«

»Was?« Das hatte ich nicht erwartet. »Warum waren Nora und ihre Freundin – Moment, welche Freundin?«

»Rosa, unser Dienstmädchen«, erwidert Esguerra. »Sie haben sich in den letzten Monaten eng angefreundet. Ich habe keine Ahnung, was sie dort gemacht haben, aber du musst dafür sorgen, dass dein Haus sicher ist.« Er macht eine kurze Pause und schaut mich grimmig an. »Ich möchte nicht, dass Nora in ihrem Zustand verstörenden Einflüssen ausgesetzt wird. Verstehst du mich?«

»Perfekt.« Ich halte meine Stimme ruhig. »Ich werde nach Besuchern Ausschau halten, das verspreche ich.«

Und das nächste Mal, wenn ich Esguerras Dienstmädchen sehe, werde ich eine kleine Unterhaltung mit ihr führen.

ELFTES KAPITEL

❖ YULIA ❖

»Hey.«

Ein leises Klopfen gegen das Fenster zieht meine Aufmerksamkeit auf sich. Erschrocken sehe ich auf und erblicke die dunkelhaarige Frau vom letzten Mal – diejenige, von der ich dachte, dass sie Lucas' Freundin sei.

»Hey«, wiederholt sie und drückt ihre Nase gegen das Fenster. »Wie heißt du?«

»Yulia«, antworte ich, da ich denke, dass ich nichts zu verlieren habe, wenn ich mit dem Mädchen rede. Wenigstens bin ich dieses Mal nicht nackt. »Wer bist du?«

»Yulia«, wiederholt sie, so als wolle sie sich meinen Namen einprägen. »Du bist die Spionin, die Schuld an dem Flugzeugabsturz ist«, sagt sie und es ist eine Feststellung, keine Frage.

Ich schaue sie schweigend und ohne mein Gesicht zu verziehen an, damit sie meine Gedanken nicht erahnen kann. Ich habe keine Ahnung, wer sie ist oder was sie von mir will, und ich habe nicht vor, irgendetwas zu sagen, was mir Schwierigkeiten einhandeln könnte.

Sie nickt, als sei meine fehlende Antwort zufriedenstellend gewesen. »Warum hat Lucas dich hierhergebracht?«

Anstatt ihr zu antworten, frage ich sie: »Wer bist du? Was willst du?«

Ich erwarte, darauf keine Antworten zu bekommen, aber sie sagt: »Ich bin Rosa. Ich arbeite im Haupthaus.«

Der Name kommt mir bekannt vor. Ich runzele meine Stirn und da fällt es mir auch schon ein. Lucas hat Rosa heute Morgen erwähnt. Sie muss diejenige sein, die Lucas die Suppe gegeben hat.

»Was willst du?«, frage ich und betrachte das Mädchen.

»Ich weiß es nicht«, ist ihre überraschende Antwort. »Ich glaube, ich wollte dich einfach nur sehen.«

Ich blinzele. »Warum?«

»Weil du so viele Wächter umgebracht hast und fast Lucas und Julian getötet hättest.« Ihr Gesichtsausdruck verändert sich nicht, aber ihre Stimme ist angespannt. »Und weil Lucas dich aus irgendeinem Grund in seinem Haus hat, anstatt dich in dem Schuppen aufzuhängen, wie sie es eigentlich mit solchen Verrätern wie dir machen.«

Also habe ich recht damit, vorsichtig zu sein. Das Mädchen hasst mich für das, was passiert ist – und wahrscheinlich hat sie eine Schwäche für Lucas. »Magst du ihn?«, frage ich sie ganz direkt. »Bist du deshalb hier?«

Sie errötet tief. »Das geht sie nichts an.«

»Du bist hier, um mich zu sehen, also geht es mich etwas an«, erwidere ich amüsiert. Das Mädchen sieht so aus, als sei sie nur ein wenig jünger als ich, aber sie scheint so naiv zu sein, als würden uns Jahrzehnte und nicht Jahre trennen.

Rosa starrt mich mit zusammengezogenen Augenbrauen an. »Ja, du hast recht«, sagt sie nach einem Moment. »Ich sollte nicht hier sein.« Sie dreht sich schnell um und duckt sich, so dass ich sie nicht mehr sehen kann.

»Rosa, warte«, rufe ich, aber sie ist schon verschwunden.

* * *

Es vergehen mindestens noch weitere zwei Stunden, bevor Lucas zurückkommt und mein Magen schmerzt bereits, weil er so leer ist. Nach der Küchenuhr an der Wand ist es ein Uhr mittags, als sich die Eingangstür öffnet – was bedeutet, dass das zeitige Frühstück mit Rosas Suppe fast sieben Stunden her ist.

Trotz meines Hungers läuft mir ein Schauer der Erregung über die Haut, als ich sehe, wie Lucas mit seinem athletischen, gelenkigen Gang eines Kriegers auf mich zukommt. Wie gestern, trägt er eine Jeans und ein ärmelloses Shirt und sein Körper sieht unglaublich stark aus, seine wohlgeformten Muskeln spannen sich mit jeder Bewegung an. Er erinnert mich erneut an einen alten slawischen Helden – auch wenn der Vergleich mit einem der plündernden Wikinger wohl angebrachter wäre.

»Lass mich raten«, sagt er, als er sich vor mich kniet. Seine blauen Augen funkeln mich an. »Du bist am Verhungern.«

»Ich könnte etwas essen«, erwidere ich, während er meine Knöchel losbindet. Ich würde auch ein wenig Unterhaltung gebrauchen können, die nichts mit dem Betrachten von Eidechsen zu tun hat, und einen bequemeren Stuhl, aber ich werde mich jetzt nicht über solche nebensächlicheren Dinge beschweren. Nach meiner Zeit in einem russischen Gefängnis ist meine derzeitige Unterkunft der reine Luxus.

Lucas lacht, steht auf und geht um mich herum, um meine Armfesseln abzunehmen. »Ja, ich wette, dass du das könntest.« Seine großen Hände fühlen sich auf meiner Haut warm an, als er die Knoten löst. »Ich kann deinen Magen von hier knurren hören.«

»Das macht er immer, wenn ich nichts esse«, erwidere ich und unerklärlicherweise habe ich dabei ein Lächeln auf den Lippen. Ich versuche, es zurückzuhalten, aber meine Mundwinkel sind entschlossen, sich nach oben zu richten.

Das ist bizarr. Ich kann doch nicht ernsthaft glücklich sein, ihn zu sehen?

Ich sage mir, dass der Grund dafür sein muss, dass er mir gleich Essen geben wird und es gelingt mir, das Lächeln aus meinem Gesicht zu verbannen, bis Lucas die Fesseln gelöst hat und mich hinstellt. Ich muss lächeln, weil ich seine Ankunft unbewusst mit guten Dingen in Verbindung bringe: Essen, Toilette, nicht gefesselt sein. Und Orgasmen, auch wenn diese beunruhigend sind.

Ich bin erst den zweiten Tag hier, aber mein Körper ist bereits darauf trainiert, meinen Entführer als Lustquelle zu betrachten, so wie der Pawlowsche Hund gelernt hat, bei dem Geräusch einer Glocke Speichel zu produzieren. Ich weiß, dass Lucas mich eines nicht allzu weit entfernten Tages verletzen wird, aber die Tatsache, dass er es bis jetzt noch nicht getan hat, hat meine Angst vor ihm gemildert.

Es hat keinen Sinn, Angst vor Folter und Tod zu haben, wenn die Bedrohung nicht akut ist.

»Komm«, meint Lucas und legt seine Finger fest um mein Handgelenk, während er mich zur Küche führt. »Wir haben noch einen Rest der Suppe und ich kann uns ein Sandwich machen.«

»In Ordnung«, sage ich. Mein Hunger ist so groß, dass ich sogar Tapete essen würde, also ist es kein Problem, dass die Mahlzeiten so eintönig sind. Als wir am Tisch ankommen, biete ich ihm trotzdem an: »Soll ich uns vielleicht etwas zum Abendessen zuzubereiten? Ich kann wirklich gut kochen.«

Er lässt meine Handgelenke los und schaut mich mit einem leichten Grinsen an. »Natürlich. Du und Messer. Ich kann mir vorstellen, wie das endet.« Er zieht einen Stuhl für mich heran. »Setzt dich, Baby. Ich werde uns Sandwiches machen.«

Baby? Süße? Ich muss mich zusammenreißen, nichts dazu zu sagen, während er die Zutaten für die Sandwiches herausnimmt und Suppe in Schüsseln füllt. Es ist eine kleine Sache, diese Kosenamen, aber die erinnert mich an das, was vorhin zwischen uns vorgefallen ist.

An die Art und Weise, wie er meine Schwachstelle gefunden und versucht hat, mich zu brechen.

Lucas dreht sich weg, um die Suppe in die Mikrowelle zu stellen und ich atme beruhigend ein. Es ist es nicht wert, sich darüber aufzuregen. Die invasive Untersuchung des Arztes, ja, aber das hier nicht. Ich muss sein Spiel mitspielen und so tun, als würde ich beginnen, ihm zu trauen. Wenn ich mich ihm gegenüber langsam öffne, wird es glaubwürdig sein.

Unsere emotionale Verbindung wird sich echt anfühlen.

»Also«, sagt Lucas als er eine Suppenschüssel vor mich stellt: »Warum sprichst du so gut Englisch? Du hast keinen Akzent.« Er setzt sich mir gegenüber hin und seine blassen Augen betrachten mich mit unverhohlener Neugier.

Und damit beginnt die freundliche Befragung.

Ich puste auf meine Suppe, um sie abzukühlen, und nutze diese Zeit, um meine Gedanken zu sammeln. »Meine Eltern wollten, dass ich Englisch lerne«, antworte ich, nachdem ich einen Löffel Suppe gegessen habe. »Ich habe neben dem Unterricht in der Schule zusätzliche Stunden bekommen. Wenn man eine Fremdsprache als Kind lernt, ist es leicht, keinen Akzent zu haben.«

»Deine Eltern?« Luca zieht seine Augenbrauen in die Höhe. »Haben sie dich darauf vorbereitet, eine Spionin zu werden?«

»Eine Spionin? Nein, natürlich nicht.« Ich nehme einen weiteren Löffel der Suppe und ignoriere, wie sehr diese alten Erinnerungen schmerzen. »Sie wollten einfach, dass ich erfolgreich werde – einen Job in einem internationalen Unternehmen bekomme oder so etwas in der Art.«

»Aber waren sie damit einverstanden, als du rekrutiert wurdest?« Er runzelt seine Stirn.

»Sie waren tot.« Ich sage die Worte harscher als beabsichtigt, also füge ich ruhiger hinzu: »Sie starben bei einem Verkehrsunfall, als ich zehn Jahre alt war.«

Er holt tief Luft. »Scheiße, Yulia. Das tut mir leid. Das muss schwer für dich gewesen sein.«

Es tut ihm leid? Ich will lachen und ihm sagen, dass er keine Ahnung hat, aber ich schlucke nur und blicke nach unten, so als ob das Thema zu schmerzhaft für mich sei. Und das ist es auch – diesmal spiele ich ihm nichts vor. Über den Tod meiner Eltern zu reden ist, wie auf kaum verheiltem Schorf herumzustochern. Ich hätte lügen, eine Geschichte erfinden können, aber das wäre nicht ansatzweise so effektiv gewesen. Ich möchte, dass Lucas mich so sieht, echt und verletzt. Er muss glauben, dass ich jemand bin, den er knacken kann, ohne auf brutale Mittel zurückzugreifen oder zu foltern.

Er muss denken, dass ich schwach bin.

»Und bist du –« Er greift über den Tisch um meine Hand zu berühren und seine Finger sind warm auf meiner Haut. »Yulia, bist du ein Einzelkind?«

Ich nicke, während mein Blick immer noch auf den Tisch gerichtet ist und meine Haare mein Gesicht verbergen. Mein Bruder ist das einzige Stück meiner Vergangenheit, das Lucas nicht haben kann. Misha ist zu eng mit Obenko und der Organisation verbunden.

Lucas zieht seine Hand zurück und ich weiß, dass er mir glaubt. Warum sollte er das auch nicht tun? Bis jetzt bin ich ihm gegenüber immer ehrlich gewesen.

»Haben dich irgendwelche Verwandte aufgenommen?«, will er als nächstes wissen. »Großeltern? Tanten? Onkel?«

»Nein.« Ich hebe meinen Kopf und schaue ihm in die Augen. »Meine Eltern hatten keine Geschwister und sie waren Mitte dreißig, als sie mich bekommen haben – das war sehr spät für ihre Generation in der Ukraine. Als der Unfall passierte hatte ich nur noch einen Großvater und der starb gerade an Krebs.« Das ist wieder die Wahrheit.

Lucas betrachtet mich und ich kann sehen, dass er die Antwort auf seine nächste Frage bereits weiß. »Du bist ins Waisenhaus gekommen, stimmt's?«, fragt er ruhig.

»Ja. Ich bin ins Waisenhaus gekommen.« Ich blicke wieder nach unten und zwinge mich dazu, weiterzuessen. Ich habe einen Knoten im Magen, aber ich weiß, dass ich essen muss, um wieder zu Kräften zu kommen.

Er fragt mich nicht weiter, während wir die Suppe aufessen, und ich bin ihm dankbar dafür. Ich hatte nicht erwartet, dass dieser Teil so schwierig sein würde. Ich hatte gedacht, dass ich nach all den Jahren darüber hinweg sei, aber die kurze Erwähnung des Waisenhauses ist ausreichend, um die Erinnerungen lebendig zu machen und mit ihnen die alten Gefühle der Trauer und Verzweiflung.

Als wir die Suppe aufgegessen haben, steht Lucas auf und wäscht unsere Schüsseln ab. Er schenkt uns zwei Gläser Wasser ein, macht die Sandwiches und stellt meine Portion vor mir ab.

»Haben sie dich dort rekrutiert? Im Waisenhaus?«, fragt er ruhig während er sich hinsetzt, und ich nicke, ohne ihn anzuschauen. Wir sind zu nahe an dem Thema, das ich nicht mit ihm besprechen kann und wir beide wissen es.

Ich höre, wie er seufzt. »Yulia.« Ich schaue auf, um seinen Blick zu erwidern. »Was wäre, wenn ich dir sagen würde, dass ich möchte, dass die Vergangenheit, Vergangenheit ist?«, fragt er mit ungewöhnlich sanfter Stimme. »Dass ich nicht länger vorhabe, dich dafür zahlen zu lassen, dass du Anweisungen befolgt hast und einfach nur diejenigen finden möchte, die dafür verantwortlich sind – diejenigen, die dir diese Befehle erteilt haben?«

Ich schaue ihn ausdruckslos an, während ich versuche, seine Worte zu verarbeiten. Das hatte ich natürlich erwartet. Das ist der logische nächste Schritt. Zuerst Mitgefühl und Besorgnis – vielleicht sogar teilweise echt – und dann das Angebot der Straffreiheit wenn ich meine Auftraggeber nenne. Mich in sein Haus zu bringen, mich zu waschen, mir zu Essen zu geben – das alles lief darauf hinaus. Nur der Sex war nicht Teil dieser Rechnung; diese Intimität zwischen uns ist zu echt, zu stark, um gespielt zu sein.

Er hat mich gefickt, weil er mich wollte, aber alles andere ist Teil des Spiels.

»Du wirst mich gehen lassen?«, frage ich und höre mich angemessen ungläubig an. Nur ein kompletter Idiot würde auf sein Nicht-Versprechen hineinfallen und Lucas denkt hoffentlich nicht, dass ich so blöd bin. Er wird daran arbeiten müssen, mich davon zu überzeugen, dass ich ihm trauen kann – und während dieser Zeit werde ich daran arbeiten, dass er seine Vorsichtsmaßnahmen herunterfährt.

Zu meiner Überraschung schüttelt Lucas seinen Kopf. »Das kann ich nicht tun«, antwortet er. »Aber ich kann dir versprechen, dir nicht wehzutun.«

Ich fahre mit meiner Zunge über meine plötzlich trockenen Lippen. Das hatte ich nicht erwartet; Freiheit ist immer das Lockmittel für Gefangene. »Was genau möchtest du mir dann sagen?«

Er erwidert meinen Blick und mein Herz beginnt schneller zu schlagen, als ich die dunkle Hitze in seinen Augen sehe. »Ich will damit sagen, dass ich dich will, und dass ich dich vor deiner Organisation beschützen werde, wenn du mir sagst, wer dahinter steckt – genauso wie ich dich vor allen anderen beschützen möchte, die dir etwas antun wollen.«

Meine Gedärme ziehen sich durch die beunruhigende Mischung aus Angst und Sehnsucht, die ich verspüre, zusammen. »Ich verstehe dich nicht. Wenn du mich nicht gehen lassen wirst …«

Er schaut mich schweigend an und lässt mich meine eigenen Schlüsse ziehen.

Mein Herzschlag pulsiert in meinen Ohren während ich mein Wasserglas anhebe und aus meinem Augenwinkel sehe, dass meine Hand leicht zittert. Ich trinke das Glas aus, nicht weil ich so großen Durst habe, sondern weil ich Zeit gewinnen möchte. Danach zwinge ich mich dazu, das Glas wieder abzustellen und ihn anzuschauen.

»Du bietest mir Schutz gegen Sex an«, sage ich mit leicht zittriger Stimme.

Lucas nickt leicht. »So könnte man das sehen.«

»Was ist mit deinem Chef?« Ich kann gar nicht glauben, welche Wendung dieses Gespräch genommen hat. »Erwartet er nicht von dir, dass du mich in kleine Stücke hackst oder was ihr sonst tut, um Menschen zum Reden zu bringen? Wollte er mich nicht aus diesem Grund hier haben?«

»*Ich* wollte dich hier haben, nicht Esguerra.«

Ich starre ihn völlig überrascht an. »Was?«

»Ich wollte dich.« Lucas beugt sich nach vorne und legt seine Unterarme auf den Tisch. »Wir hatten diese eine Nacht und sie hat mir nicht gereicht. Es stimmt, dass ich dich für das, was passiert ist, bestrafen wollte, aber das, was ich viel mehr wollte, warst *du*.« Seine Stimme wird rau. »Ich wollte dich in meinem Bett, auf dem Boden, gegen eine Wand gelehnt, auf jede erdenkliche Art, auf die ich dich bekommen konnte.«

»Du hast mich hierher gebracht, um Sex mit mir zu haben?« Das ist definitiv nichts, was ich mir jemals hätte vorstellen können. »Du hast mich aus dem Gefängnis geholt, damit du *mich ficken kannst?*«

Sein Blick verdunkelt sich. »Ja. Ich habe mir eingeredet, dass ich Rache nehmen wollte, aber ich tat es, um dich zu bekommen.«

»Ich –« Ich kann nicht länger stillsitzen, also stehe ich auf, da ich auch keinen Hunger mehr habe. Meine Stimme ist erstickt als ich ihm sage: »Ich brauche eine Minute.«

Auf wackeligen Beinen gehe ich zum Küchenfenster und bleibe dort stehen. Die Sonne draußen scheint strahlend über der exotischen, tropischen Vegetation, aber ich kann mich gerade nicht auf diese Schönheit vor meinen Augen konzentrieren. Ich bin zu schockiert von dem, was Lucas mir gerade gesagt hat.

Ist das die Wahrheit oder ist es nur ein weiterer Versuch, mich aus der Fassung zu bringen und Antworten zu bekommen? Eine völlig andere Befragungstechnik, die auf unserer gegenseitigen sexuellen Anziehung basiert? Ich bin daran gewöhnt, dass Männer mich begehren, aber das hier ist etwas Anderes.

Was Lucas mir gesagt hat, beschreibt eine Besessenheit, die so stark ist, dass sie mir Angst machen würde, wenn sie echt wäre.

Während ich einfach nur dastehe und versuche, mit seinen Enthüllungen zurechtzukommen, höre ich Schritte. Einen Moment später legen sich seine großen Hände auf meine Schultern. Er ist bereits erregt; ich spüre wie seine Erektion gegen meinen Po drückt, als er mich an seinen harten Körper zieht.

»Das muss nicht schlimm für dich werden, meine Schöne.« Ich spüre seinen warmen Atem auf meiner Wange als er seinen Kopf nach unten beugt und mit seinen Lippen an meinen Schläfen entlangfährt. »Du könntest hier bei mir sicher sein.«

Ich erzittere vor Erregung und meine Nippel stellen sich unter dem Shirt auf. »Wie?«, flüstere ich und schließe meine Augen. Seine Brust ist hart, fühlt sich wie gemeißelter Muskel an meinem Rücken an und seine Stärke ist beängstigend verführerisch. Es ist, als sei er meinen verborgensten Wünschen entsprungen – meiner Sehnsucht nach Sicherheit in seiner Umarmung. »Wie kannst du mir das versprechen, wenn dein Chef mich jeden Moment umbringen lassen könnte?«

»Er wird dir nichts tun.« Lucas starke Arme legen sich um mich, einengend und gleichzeitig beruhigend. »Ich werde ihn nicht lassen. Esguerra ist mir etwas schuldig und du bist der Gefallen, den ich einlösen werde.«

»Lucas, das –« Mein Kopf fällt nach hinten gegen seine Schulter, als er an meinem Ohr knabbert und die Ausbeulung in seiner Jeans stärker gegen mich drückt. »Das ist verrückt.«

»Ich weiß.« Seine Stimme ist ein raues Knurren. »Denkst du, das weiß ich verdammt noch mal nicht?« Er lässt mich los, dreht mich um und ergreift meine Hüften, um mich wieder an sich zu ziehen. Überrascht öffne ich meine Augen und sehe, wie sich wildes Begehren in seinen Gesichtszügen widerspiegelt. Er schiebt mich nach rechts und drückt mich gegen die Wand neben dem Fenster, wo er mich mit seinem Unterleib festhält. »Denkst du, das habe ich mir nicht selbst schon tausendmal gesagt?« Sein Schwanz drückt sich in meinen Bauch und sein

Blick brennt sich in mich ein. Seine Pupillen sind geweitet und eine Vene auf seiner Stirn pocht.

Das ist nicht gespielt.

Ganz im Gegenteil.

Meine Atmung wird stockend und meine Erregung vermischt sich mit einer primitiven weiblichen Angst. Dieser Mann vor mir wird nicht zur Vernunft kommen – und mein Körper will das wahrscheinlich auch nicht.

»Lucas.« Um gegen die berauschende Wirkung seiner Nähe anzukämpfen, schiebe ich meine Hände zwischen uns und drücke mit meinen Handflächen gegen seine Brust. »Lucas, ich denke, wir sollten redden –«

»Du möchtest darüber reden?« Er bewegt seine Hüften auf eine eindeutige Art und sein Schwanz stößt durch zwei Lagen Stoff gegen meinen Unterleib. Seine Hand umfasst mein Kinn, so dass ich mein Gesicht nicht bewegen kann, als er sich nach vorne beugt und seine Lippen bis auf einige Zentimeter den meinen nähert. Ich versteinere voller Erwartung, mein Herz hämmert und in diesem Moment werde ich durch eine kaum wahrnehmbare Bewegung abgelenkt.

Erschrocken schaue ich zum Fenster und erhasche einen kurzen Blick auf schwarzes Haar, das gerade verschwindet.

»Was ist los?« Lucas' Stimme ist schneidend, als er bemerkt, dass ich abgelenkt bin. Er folgt meinem Blick, schaut aus dem Fenster und flucht leise, bevor er mich loslässt und näher an das Fenster heran geht.

Er lehnt sich gegen das Glas und ich nutze diese Situation, um, um ihn herumzugehen und mich auf die andere Seite des Tisches zu stellen und auf diese Weise Abstand zwischen uns zu schaffen. Mein Körper zittert vor Erregung, aber ich bin froh über diese Atempause. Ich muss das verdauen, was Lucas mir gesagt hat und das kann ich nicht tun, wenn er mich fickt bis ich den Verstand verliere.

Das unberührte Sandwich auf dem Tisch zieht meine Aufmerksamkeit auf sich. Ich habe zwar keinen Hunger mehr, aber ich nehme es hoch und beiße genau in dem Moment hinein, als Lucas sich umdreht und mich mit dünnen, harten Lippen anschaut.

»Wer war das?«, frage ich undeutlich, da ich gerade den Mund voll habe. Ich brauche Zeit und das ist die einzige Art und Weise die mir einfällt, um meine Atempause zu verlängern. Ich kaue bedächtig und winke mit meinem Sandwich Richtung Fenster. »Wollte dich jemand besuchen kommen?«

Sein Kiefer spannt sich an. »Nein, nicht wirklich.« Lucas geht um den Tisch herum, setzt sich mir gegenüber hin und durchbohrt mich mit seinem Blick. »Du hast jemanden dort draußen gesehen. Wer war es?«

Ich schlucke und das Sandwich ist auf einmal trocken und fade in meinem Mund. »Ich weiß es nicht. Ich habe nur das Haar desjenigen von hinten gesehen«, antworte ich wahrheitsgemäß. Was ich ihm allerdings nicht sage, ist, dass ich mir aus gutem Grund denken kann, zu wem das Haar gehörte.

»Männlich? Weiblich?«, fragt Lucas weiter. »Lange Haare? Kurze Haare?«

Ich nehme lieber noch einen Bissen von meinem Brot und kaue ihn, während ich über seine Frage nachdenke. »Eine Frau«, sage ich, als ich wieder sprechen kann. Er hätte mir nicht geglaubt, wenn mir etwas so Offensichtliches nicht aufgefallen wäre. »Haare zu einem Knoten gesteckt und in einem dunklen Kleid.«

Lucas nickt, so als hätte ich seine Vermutung bestätigt. »In Ordnung«, erwidert er und sein Gesicht entspannt sich.

Dann nimmt er sein Sandwich in die Hand und beginnt es zu essen, ohne den Blick auch nur eine Sekunde lang von mir abzuwenden.

ZWÖLFTES KAPITEL

❖ LUCAS ❖

Wir beenden die Mahlzeit schweigend in einer sexuell angespannten Atmosphäre. Während ich Yulia dabei zusehe, wie sie die letzten Krümel ihres Essens verzehrt, schmerzt mein harter pochender Schwarz, der durch meine Jeans eingeengt wird.

Wenn Rosa nicht ausgerechnet in diesem Moment beschlossen hätte, mir hinterherzuspionieren, wäre ich bereits in Yulia und würde sie gegen die Wand nageln.

Ich habe meine Gefangene schockiert. Ich kann das an ihren erröteten Wangen erkennen und daran, dass sie meinem Blick ausweicht. Hat sie mir geglaubt? Hat sie erkannt, dass ich ihr die Wahrheit gesagt habe? Auf meinem Weg nach Hause ist mir vorhin aufgefallen, dass es keinen anderen Ausweg gibt, dass das die einzige Lösung für mein Problem mit ihr ist.

Ich werde genau das tun, was meine Instinkte wollen und Yulia behalten.

Es gab Zeiten, da wäre so etwas unmöglich gewesen. Als ich auf der Highschool war, hätte ich gelacht, wenn mir jemand gesagt hätte, dass ich eines Tages darüber nachdenken würde, eine Frau gegen ihren Willen festzuhalten. Selbst während meiner Zeit in der Navi, als ich schon lange wusste, dass ich ohne Gewissensbisse in der Lage war das zu tun, was mein Job erforderte, hing ich immer noch an den Moralvorstellungen meiner Kindheit und versuchte, gegen die Dunkelheit in mir anzukämpfen. Erst als ich ein gesuchter Mann wurde, verstand ich ganz und gar meine Natur und erkannte meinen starken Willen, Grenzen zu überschreiten, die ich einst als heilig angesehen hatte.

Yulia für mich zu behalten ist nichts Großes im Vergleich zu allen anderen Dingen in meinem Leben und es ist mit Sicherheit besser als das Schicksal, was ich ursprünglich für sie geplant hatte.

»Und wie genau würde das funktionieren?«, fragt sie und bricht damit endlich das Schweigen. Ihre Augen sind auf mein Gesicht gerichtet. »Du wirst mich den ganzen Tag lang an den Stuhl fesseln und nachts an dich?«

Ich lächele sie an und die Vorfreude rauscht durch meine Adern. »Nur, wenn dich das scharf macht, meine Schöne. Falls nicht, können wir ein besseres Arrangement finden.« Ich denke bereits an die Tracker, die Esguerra seiner Frau implantieren lassen hat. Ich könnte etwas Ähnliches bei Yulia tun und sicherstellen, dass wenigstens einer der Tracker an einer Stelle eingepflanzt wird, wo er unmöglich entfernt werden kann.

Zuerst muss ich allerdings sicherstellen, dass die Organisation für die sie arbeitet, ausgelöscht wird; ansonsten könnte Yulia deren Ressourcen nutzen, um zu verschwinden, mit oder ohne Tracker.

»Du wirst mich losbinden?« Sie schaut mich mit weit aufgerissenen Augen an. »Und mich hinausgehen lassen?«

»Das werde ich.« Natürlich nur, sobald ihre Organisation zerstört ist und sie die Tracker hat. »Aber du wirst mir zuerst von deinen Auftraggebern berichten müssen. Wer leitet das ganze Programm?«

Sie antwortet mir nicht. Stattdessen steht sie auf und trägt unsere leeren Pappteller zum Mülleimer in der Ecke. Ich beobachte sie dabei, um sicherzustellen, dass sie nichts Unüberlegtes tut, aber sie wirft einfach nur die Teller weg und kommt zurück zum Tisch.

Sie bleibt neben dem Stuhl stehen und schaut mich an. »Woher weiß ich, dass ich dir vertrauen kann? Wenn ich dir erst einmal alles erzählt habe, was du wissen möchtest, könntest du mich einfach umbringen.«

»Das könnte ich, aber das werde ich nicht.« Ich stehe auf und gehe zu ihrer Seite des Tisches. Ich bleibe vor ihr stehen und lasse meinen

Handrücken über die weiche Haut ihrer Wange gleiten. »Ich will dich viel zu sehr, um das zu tun.«

Yulias Gesicht wird noch röter. »Also was? Du willst mich verschonen, weil du mich ficken willst?« In ihrer Stimme höre ich Unglauben und Spott. »Lässt du immer deinen Schwanz über Leben und Tod entscheiden?«

Ich muss lachen und bin kein bisschen beleidigt. »Nein, meine Schöne. Nur, wenn er derart darauf besteht.«

Ich kann mich wirklich nicht daran erinnern, dass mich jemals eine Frau von meinem Plan abgebracht hat. Ich habe Sex und weibliche Gesellschaft immer genossen, aber mein Bedürfnis danach hat niemals eine ausschlagende Rolle in meinem Leben gespielt. Meine letzte längere Beziehung – eine dreimonatige Affäre in Venezuela – hatte ich, bevor ich angefangen habe für Esguerra zu arbeiten und ich habe seit Jahren nicht mehr an das Mädchen gedacht. Meine letzten Abenteuer waren eher One Night Stands oder dauerten bestenfalls einige Tage.

Yulia schaut mich mit hochgezogenen Augenbrauen zweifelnd an und ich kann nicht mehr länger warten. Sie gehört mir und ich werde das tun, wonach mein Körper seit einer Stunde schreit.

»Komm«, sage ich und meine Finger schließen sich um ihren schlanken Arm. »Ich denke, dass es an der Zeit ist, dass wir unser Arrangement beginnen.«

* * *

Sie sagt nichts, als ich sie ins Schlafzimmer führe und meine Augen während des gesamten Weges nicht von ihren langen schlanken Beinen abwenden kann. Ich nehme an, dass ich ihr bald eigene Kleidung besorgen sollte, aber im Moment mag ich es, sie in meinen Shirts zu sehen, auch wenn sie zu weit für ihren schlanken Körper sind.

Nach den Moralvorstellungen meiner Kindheit weiß ich, dass das, was ich gerade tue, falsch ist. Sie ist meine Gefangene und sie hat keine andere Wahl. Ich zwinge sie zu einer Beziehung, die sie vielleicht nicht führen möchte, auch wenn ihr Körper offensichtlich auf mich reagiert und sie gewillt zu sein scheint, meine Berührungen zu akzeptieren. Es ist verlockend, meine Handlungen dadurch zu rechtfertigen, dass ihr Job sie zu einem leichten Opfer für eine derartige Behandlung macht, aber ich weiß es besser.

Sie wurde durch Umstände, die sich ihrer Kontrolle entzogen, zu diesem Leben gezwungen und ich bin ein grausamer Bastard, der das auszunutzt.

Während ich Yulias das T-Shirt über ihren Kopf ziehe, warte ich darauf, dass mein Gewissen aufschreit, aber alles was ich spüre, ist mein starkes Verlangen nach ihr. Die Dinge, die ich in den vergangenen acht Jahren getan habe – die Dinge die ich tun musste, um zu überleben – haben mich von jeglichen Moralvorstellungen die meine Familie in mir verwurzelt hatte befreit, haben die hauchdünne Hülle der Zivilisation, sollte ich diese jemals besessen haben, weggerissen. Der Mann, der gerade vor Yulia steht, hat keinerlei Ähnlichkeiten mehr mit dem Jungen, der sein Zuhause der oberen Mittelklasse vor sechzehn Jahren verlassen hat und mein Gewissen rührt sich nicht, als ich ihr Shirt auf den Boden fallen und meinen Blick über ihren nackten Körper gleiten lasse.

»Leg dich hin«, weise ich sie mit vor Lust rauer Stimme an. »Ich will dich auf dem Rücken.«

Sie zögert und ich frage mich, ob sie doch noch gegen mich ankämpfen wird. Das wäre sinnlos – selbst wenn sie ihre volle Kraft hätte, wäre sie kein angemessener Gegner für mich – aber ich traue ihr trotzdem zu, es zu versuchen.

Zu meiner Erleichterung tut sie nichts dergleichen. Stattdessen steigt sie auf das Bett, legt sich hin und schaut mich an.

Ich gehe zu ihr und mein Schwanz schwillt noch weiter an. Obwohl Yulia noch viel zu dünn ist, ist ihr Körper umwerfend proportioniert, mit einer schlanken Taille, femininen Hüften und festen, runden Brüsten. Ihr glänzendes, goldfarbenes Haar sieht auf dem Kissen wie ein Heiligenschein aus, der ein Gesicht umrahmt, das aussieht wie aus einem Modemagazin. Mit ihren feinen Gesichtszügen, den vollen Wimpern und der perfekten Haut ist sie fast zu schön, um sie zu ficken.

In diesem Fall ist „fast" das Schlüsselwort.

Trotzdem zügele ich meine wilde Lust. Ich möchte ihr nicht wehtun. Sie hat schon zu viel dergleichen ertragen müssen, von mir und anderen. Allein der Gedanke daran – dass andere Männer sie berührt haben – lässt mörderischen Zorn in mir aufsteigen.

Wenn jemals wieder ein Mann Hand an Yulia legt, wird er dafür mit seinem Leben bezahlen.

Ich steige auf das Bett, knie mich über ihre Oberschenkel und lege meine Arme neben ihrem Kopf ab. Ich bin entschlossen, mich diesmal zu kontrollieren, also bleibe ich auf allen vieren stehen, ohne sie zu berühren. Sie schaut mich an und ihre Brust hebt und senkt sich durch ihre flache Atmung nur ganz leicht, und ich weiß, dass sie nervös ist.

Nervös und erregt, wenn ich ihren steifen Brustwarzen und ihrer erröteten Haut trauen kann.

»Du siehst umwerfend aus«, murmele ich und beuge mich über einen dieser zarten Nippel. Sie bewegt sich nicht, aber ich spüre, wie sich ihr Körper anspannt, als ich meinen Mund auf einen der pinkfarbenen Höfe drücke. Bei meiner Berührung zieht sich ihr Nippel noch stärker zusammen und ich schließe meine Lippen um die harte Spitze und sauge vorsichtig daran. Sie schnappt nach Luft, ihre Hände ballen sich an ihren Seiten zu Fäusten und ihre Augen schließen sich, während sie ihren Kopf nach hinten ins Kopfkissen drückt.

»Ja, unglaublich umwerfend«, flüstere ich und wende meine Aufmerksamkeit ihrem anderen Nippel zu. Er schmeckt wie sie, nach warmer weiblicher Haut und Pfirsichen. Nachdem ich an ihm gesaugt habe, blase ich kühle Luft auf die in die Länge gezogene Knospe und werde mit einem leisen Stöhnen belohnt.

Danach widme ich mich dem Rest ihrer Brüste, knabbere und sauge an dem vollen, zarten Fleisch, berühre sie einzig und allein mit meinem Mund. Ihr Körper ist ein Rausch der Sinne, jede Kurve, jede Senke und jedes Tal ist seidenweich und ihr Duft ist berauschend. Selbst mit der Lust die in mir wütet, muss ich einfach bei den Unterseiten ihrer Brüste, ihrem Brustkorb und ihrem Nabel verweilen … Ich bewege mich weiter nach unten und koste das zarte Fleisch über ihrer Öffnung, bevor ich meine Zunge zwischen die Falten ihrer Muschi schiebe.

Sie schreit auf, spannt sich an und ich spüre ihre Hände auf meinem Kopf, spüre, wie ihre Nägel sich in meine Kopfhaut bohren, als ich meine Zunge gegen ihre Klitoris drücke. Sie ist feucht – ich kann ihre Erregung schmecken – und dieser einzigartig weibliche Geschmack sendet einen Blutschwall direkt in meinen Schwanz. Meine Hoden ziehen sich zusammen, drücken sich gegen meinen Körper und meine Arme zittern durch den Drang, sie mir zu greifen und in sie zu stoßen, sie zu nehmen, genauso wie ich es unbedingt will, seit wir in der Küche unterbrochen wurden.

»Lucas.« Das Wort ist ein atemloses Stöhnen, als sie sich unter mir windet und mir ihre Hüften mit einem wortlosen Flehen entgegenstreckt, während ihre Nägel durch mein Haar fahren. »Oh Gott, Lucas …«

Gnadenlos unterdrücke ich mein eigenes Bedürfnis und konzentriere mich auf sie, benutze meinen Mund, um sie kurz vor dem Orgasmus zu halten, ohne sie kommen zu lassen. Ich fahre jeden Millimeter ihrer Muschi mit meiner Zunge ab, nehme ihre Lippen in meinen Mund und sauge an ihren zarten Falten, da ich weiß, dass diese Bewegung ihre Klitoris zusammendrückt. Ihre Schreie werden lauter, ihre Fingernägel dringen tiefer in meine Kopfhaut ein und ich kralle mich mit meinen Händen am Bettlaken fest, um nicht nach ihr zu greifen. Ich will ihr zuerst diese Lust verschaffen, sie einen Teil des Hungers spüren lassen, der mich in ihrer Nähe auffrisst.

»Lucas!« Jetzt zuckt ihr ganzer Körper, ihre Fersen drücken sich auf beiden Seiten von mir in die Matratze und ich weiß, dass sie es kaum noch aushalten kann. Ich lasse meine Hand zwischen ihre Schenkel gleiten, schiebe zwei Finger in sie und sauge gleichzeitig an ihrer Klitoris.

Ihr Rücken biegt sich durch, sie schreit auf und ich spüre, wie sie meine Finger zusammendrückt als sie sich durch den Orgasmus zusammenzieht. Ich warte so lange, bis ihre Kontraktionen nachlassen und dann begebe ich mich über sie. Ich stütze mich auf meinen Ellenbogen ab, drücke ihre Beine mit meinen Knien auseinander und lege meinen Schwanz an ihren Eingang.

»Yulia.« Ich warte, bis sie ihre Augen öffnet. Ihr Blick ist immer noch benebelt und leer, als ich meinem eigenen verzweifelten Verlangen nachgebe und mit einem einzigen, tiefen Stoß in sie gleite. Sie stöhnt auf, ihre Hände krallen sich in meine Seiten und ich verliere mich. Die Lust beherrscht meine Gedanken und ich beginne, sie zu bearbeiten, sie hart und schnell zu nehmen.

Ich bekomme kaum mit, dass sich ihre Beine um meine Hüften legen und sie beginnt, sich im Rhythmus meiner Stöße zu bewegen – aber ich könnte auch gerade nicht langsamer für sie werden. Sie fühlt sich feucht, weich und eng um mich an, ihre inneren Muskeln drücken meinen

Schwanz zusammen und die Spannung die sich in mir aufbaut ist unkontrollierbar, vulkanisch. Sie wächst und wird intensiver, mein Herzschlag dröhnt in meinen Ohren und dann erreichen meine Empfindungen ihren Höhepunkt, als der Orgasmus mich mit brutaler Intensität überrollt. Ich umarme sie fest und stöhne, als ich meinen Samen in mehreren langen, entleerenden Schüben in sie spritze.

Ich bin mehr als überrascht, als sie erneut aufschreit und ich spüre, wie sie sich um mich anspannt, als ein zweiter Orgasmus ihren Körper zum Erschaudern bringt und meinen Schwanz durch ihre Kontraktionen zucken lässt. Als unsere Orgasmen abgeklungen sind, lasse ich mich auf die Seite fallen und ziehe sie auf mich.

In meinem Kopf habe ich nur einen Gedanken.

Ich werde sie nie wieder gehen lassen.

DREIZEHNTES KAPITEL

❖ YULIA ❖

»Du hast mich schon wieder ohne Kondom gefickt«, sage ich als ich wieder genügend zu Atem gekommen bin, um sprechen zu können. Ich liege neben Lucas, mit meinem Kopf auf seiner Schulter, während ich darauf warte, dass sich mein rasender Herzschlag beruhigt.

Mein Entführer lacht tief und grollend. »Ach ja. Ich hatte nicht an deine Millionen Krankheiten gedacht. Ich denke es wird dich freuen zu hören, dass ich die Ergebnisse von Goldberg bekommen habe und du nur Filzläuse hast.«

»Was?« Entsetzt setze ich mich auf, aber da ist er bereits in schallendes Gelächter ausgebrochen und hat sich ebenfalls hingesetzt.

»Du Arschloch!« Wütend schnappe ich mir ein Kissen, schlage ihn damit und bedauere, dass sich in ihm kein Ziegelstein befindet. »Das ist nicht lustig!«

Lucas lacht noch lauter, während er mich ergreift, mich wieder auf die Matratze zieht und sich auf mich rollt, um mich festzuhalten. Mit beunruhigender Leichtigkeit ergreift er meine Handgelenke und legt sie über meinen Kopf während er meine zappelnden Beine mit seinen kräftigen Oberschenkeln unter Kontrolle bringt. »Eigentlich«, meint er grinsend, »fand ich es urkomisch.«

»Ach wirklich?« Da ich Lucas nicht von mir hinunterschieben kann, benutze ich die einzige Waffe, die mir noch geblieben ist. Ich hebe meinen Kopf an und beiße kräftig in die Muskeln zwischen seiner Schulter und dem Hals.

»Autsch! Du kleines wildes Tier.« Er nimmt meine Handgelenke in seine linke Hand, vergräbt seine rechte Faust in meinem Haar und drückt meinen Kopf zurück auf die Matratze. Zu meinem Ärger grinst er immer noch und stört sich nicht das kleinste bisschen an dem roten Abdruck, den meine Zähne auf seiner Haut hinterlassen haben. »Das hättest du besser nicht getan.«

»Ach wirklich nicht?« Trotz meiner hilflosen Lage steigen meine alten Erinnerungen nicht in mir hoch, weshalb ich mich in Ruhe auf meine Wut konzentrieren kann. »Und warum nicht?«

»Weil« – er beugt seinen Kopf hinunter, um seine Lippen nahe an mein Ohr zu bringen – »es dazu führt, dass ich dich will.« Danach hebt er seinen Kopf an, um mir in die Augen zu schauen, und reibt seinen sich verhärtenden Schwanz gegen meinen Oberschenkel, so dass ich keine Zweifel an der Bedeutung seiner Worte habe.

Ich starre ihn ungläubig an und sehe die vertraute Hitze in seinen frostigen Augen glühen. »Machst du Witze? Schon wieder?«

»Ja, meine Schöne.« Sein Mund verzieht sich zu einem dunklen, sinnlichen Lächeln als er seine Knie zwischen meine Oberschenkel zwängt und sie öffnet. »Immer wieder.«

* * *

Es vergeht mehr als eine Stunde bis ich endlich ins Badezimmer flüchten kann um meine Gedanken zu ordnen. Mein Körper ist wund und schmerzt, ist durch die endlosen Orgasmen erschöpft und die Reste seines Spermas kleben verkrustet auf meinen Oberschenkeln. Nachdem ich mein dringendstes Bedürfnis erledigt habe, gehe ich zur Dusche, um mich schnell abzuwaschen.

Bevor ich die Duschkabine betreten kann, öffnet sich die Tür und Lucas tritt ein, immer noch völlig nackt. »Gute Idee«, sagt er, als er auf das fließende Wasser blickt. »Gehen wir hinein.«

Entsetzt schaue ich meinen unersättlichen Entführer an. »Du kannst unmöglich schon wieder können.«

Er grinst und seine weißen Zähne blitzen auf. »Ich könnte, aber ich werde nicht. Ich weiß, dass du eine Pause brauchst. Komm her, Baby.« Er ergreift meinen Arm und zieht mich in die Kabine. »Nur duschen, versprochen.«

Er hält sein Wort und seine großen Hände seifen mich ein, ohne länger als nötig auf meinen Brüsten und meinem Geschlecht zu verweilen. Trotzdem bemerke ich den langsamen, erhitzten Pulsschlag zwischen meinen Beinen, als er mich gründlich wäscht und seine Finger zwischen meinen Falten bis zu dem Schlitz zwischen meinen Pobacken gleiten. Überrascht presse ich meine Pobacken zusammen, als sich seine Fingerspitze in mein Poloch bohrt und er lacht leise auf, während er mich loslässt, weil ich ihn wegdrücke.

»In Ordnung, ich kann warten«, sagt er und ich drehe mich weg, weil das Wissen, dass es nur eine Frage der Zeit ist bis er mich ungefragt auch auf diese Weise in Besitz nehmen wird, mir den Magen umdreht.

Zum Glück wäscht Lucas sich schnell und verlässt die Kabine. »Lass dir Zeit«, sagt er, als er sich abtrocknet, und dann bin ich alleine, weil er aus dem Badezimmer verschwindet.

Erschöpft lehne ich mich gegen die Wand und lasse das Wasser über meine Brust laufen. Meine Nippel sind so empfindlich, dass sie schmerzen, genauso wie mein geschwollenes Geschlecht. Bevor ich Lucas getroffen habe, hatte ich keine Ahnung davon, dass Lust so anstrengend sein kann, dass es mir körperlich und geistig alles abverlangen könnte. Ich kann ihm nicht widerstehen und das hat nichts mit der Tatsache zu tun, dass er mein Entführer ist.

Selbst wenn ich frei wäre, könnte ich ihn niemals zurückweisen.

Schutz gegen Sex. Diese Worte gehen mir durch den Kopf, erfüllen mich mit einer Mischung aus Wut und Sehnsucht. Meint er das ernst? Hat er mich wirklich vom anderen Ende der Welt hierherbringen lassen, damit ich sein Sexspielzeug sein kann?

Das wäre lächerlich – wenn ich nicht spüren würde, wie sehr er mich begehrt. Mein Körper schmerzt immer noch von seiner unerbittlichen Leidenschaft. Würde Lucas wirklich so etwas tun? Die Vergangenheit, Vergangenheit sein lassen und mich einfach bei sich behalten, wenn ich ihm von meiner Organisation erzähle? Als ich vorhin darüber nachgedacht habe, eine Verbindung zu ihm aufzubauen, hatte ich gehofft, ein wenig schmerzfreie Zeit zu gewinnen und eine Flucht planen zu können, bevor ich umgebracht werde. Aber wenn das, was er sagt, die Wahrheit ist, könnte meine nicht wirklich schlimme Gefangenschaft für immer andauern – zumindest so lange, bis Esguerra meinen Kopf auf einem silbernen Tablett serviert bekommen möchte.

Was auch immer Lucas über offene Gefallen sagt, ich glaube nicht, dass sein Chef mich für immer verschonen wird. Früher oder später wird Esguerra seine Rache nehmen wollen und dann bin ich tot. Und selbst wenn Lucas mich wie durch ein Wunder wirklich beschützen kann, wird er es nicht für lange tun.

Er wird mich den Wölfen zum Fraß vorwerfen sobald ihm klar wird, dass ich ihm nicht die Antworten geben werde, die er haben möchte.

Ich stelle mich wieder hin, drehe das Wasser ab und verlasse die Duschkabine. Während ich mich abtrockne, denke ich darüber nach, ob diese neue Entwicklung irgendetwas ändert oder nicht.

Alles, was sie bedeutet ist, dass ich unglaublich viel Glück habe.

Ich werde Zeit haben, um meine Flucht zu planen.

VIERZEHNTES KAPITEL

❖ LUCAS ❖

Als Yulia aus dem Badezimmer kommt, gebe ich ihr ein frisches T-Shirt und führe sie ins Wohnzimmer zurück. Mein Körper strahlt eine wohlige Zufriedenheit aus, wie sie nur Sex mit ihr hervorrufen kann.

»Würdest du gerne fernsehen?«, frage ich sie, während ich ihre Knöchel an den Stuhl fessele. Ich kann mich nicht an das letzte Mal erinnern, an dem ich mich so entspannt und glücklich gefühlt habe. Bald werde ich die Antworten bekommen, die ich benötige und kann ihr mehr Freiheiten zugestehen.

Im Moment kann ich wenigstens etwas gegen die Langeweile machen, die sie wahrscheinlich hat.

»Fernsehen?« Yulia schaut mich überrascht an. »Natürlich. Warum nicht?«

»Was hättest du gerne? Shows? Filme? Nachrichten?«

»Das ist mir eigentlich egal.«

»Okay.« Als ich das Seil festgebunden habe, drehe ich ihren Stuhl um, so dass sie in Richtung des Fernsehers blickt, der an der gegenüberliegenden Wand hängt. »Wie wäre es mit *Modern Family*? Das ist leicht und lustig. Hast du es schon einmal gesehen?«

»Nein.« Sie starrt mich an, als ob mir Hörner wachsen würden.

»Alles klar.« Ich unterdrücke ein Lächeln, schalte den Fernseher an und wähle die erste Staffel der Serie aus, die ich in Ordnern gespeichert habe. »Ich muss vor dem Abendessen noch ein wenig arbeiten, aber das sollte dich unterhalten.«

»Okay«, antwortet sie und sieht dabei so umwerfend verwirrt aus, dass ich mich nicht beherrschen kann. Ich beuge mich nach unten, küsse sie auf ihre leicht geöffneten Lippen und verschlucke dabei ihr überraschtes Einatmen. Die köstliche Wärme ihres Mundes führt dazu, dass mein Schwanz zuckt und ich muss mich dazu zwingen, mich wieder aufzurichten und einen Schritt zurückzugehen, bevor ich mich nicht mehr beherrschen kann.

So unglaublich das auch ist, ich möchte Yulia schon wieder.

Ich atme tief ein und wende mich ab, da ich entschlossen bin, mich zu kontrollieren. »Bis nachher«, rufe ich ihr über die Schulter zu und gehe aus dem Haus.

So gerne ich auch den ganzen Tag damit verbringen würde, meine Gefangene zu ficken, ich habe Arbeit zu erledigen.

* * *

Die ersten Stunden verbringe ich in Esguerras Büro um die logistischen Details der Schutzmaßnahmen in Chicago mit ihm und den Wächtern, die ich mitnehmen möchte, auszuarbeiten. Es gibt eine Menge zu koordinieren, da Noras Eltern während und nach unserem Besuch zusätzlichen Schutz benötigen werden, falls Esguerras Geschäftspartner beschließen sollten, dass es eine gute Idee ist, ihn mit seinen Schwiegereltern zu erpressen. Das ist unwahrscheinlich – alle wissen, was mit der Al-Quadar geschehen ist, als sie das gleiche mit seiner Frau versucht hat – aber Vorsicht ist immer besser als Nachsicht.

Manche Menschen sind so dumm, dass man sie für suizidgefährdet halten könnte.

Als wir fast fertig sind, kommt Esguerras Frau herein. Ihre dunklen Augen werden groß, als sie uns hier alle sitzen sieht. »Oh, das tut mir leid. Ich wollte nicht stören –«

»Was ist denn, Baby?« Esguerra steht auf und geht mit sorgenvoll zusammengezogenen Augenbrauen auf sie zu. »Ist alles in Ordnung? Wie fühlst du dich?«

Nora wirft mir und den Wächtern einen peinlich berührten Blick zu, bevor sie ihre Aufmerksamkeit ihrem Ehemann zuwendet. »Mir geht es gut. Es ist alles in Ordnung«, sagt sie schnell. »Ich wollte dich etwas fragen, aber das hat Zeit.«

»Bist du sicher?« Esguerras Stimme ist sanft, was häufig der Fall ist, wenn er mit seiner zierlichen Frau spricht. »Wir können kurz rausgehen –«

»Nein, bitte nicht. Wirklich, das ist nicht nötig.« Sie stellt sich auf ihre Zehenspitzen und gibt ihm einen schnellen Kuss auf seine Wange. »Ich gehe zum Pool. Komm doch einfach dorthin, sobald du fertig bist.«

»In Ordnung.« Nora verlässt den Raum und Esguerra blickt ihr stirnrunzelnd nach. Ich kann sehen, dass er ihr folgen möchte, aber gleichzeitig nicht will, dass wir ihn für noch besessener von ihr halten, als wir es sowieso schon tun. Wenn es sich um jemand anderen handeln würde, würden ihn die Wächter noch wochenlang damit aufziehen. In diesem Fall behalten wir allerdings unsere ausdruckslosen Gesichter bei, als unser Chef zum Tisch zurückkehrt.

Wir brauchen nicht lange, um die letzten Einzelheiten zu den Sicherheitsvorkehrungen zu besprechen. Sobald wir fertig sind, widmen sich die Wächter wieder ihren eigentlichen Aufgaben und Esguerra geht seine Frau suchen, während ich alleine im Büro zurückbleibe, um einige E-Mails zu beantworten. Ich beschließe außerdem, die Zeit für einen Videoanruf mit unserem Lieferanten in Hong Kong zu nutzen und die Tracker für Julia zu bestellen. Zu meiner Enttäuschung lässt mich der alte Mann wissen, dass ich sie erst in zwei Wochen bekommen kann, also dann, wenn wir alle in Chicago sein werden.

»Gibt es keine andere Möglichkeit, sie mir schneller zu schicken?«, frage ich, da ich den Gedanken nicht mag, Yulia so lange ungesichert zu lassen, aber der alte Mann schüttelt nur den Kopf.

»Nein, das ist leider nicht möglich. Diejenigen, die Esguerra damals bekommen hat, waren ein Prototyp und wir müssen die Tracker für Sie erst komplett neu anfertigen. Die Beschichtung ist sehr speziell, also wird sie erst hergestellt werden müssen –«

»Kein Problem. Das verstehe ich.« Ich werde einfach ein paar vertrauenswürdige Männer abstellen müssen, die während meiner Abwesenheit meine Gefangene bewachen. »Vielen Dank, dass Sie sich die Zeit für mich genommen haben, Mr. Chen.«

Ich beende das Videogespräch, stehe auf und verlasse Esguerras Büro.

Es gibt eine weitere Sache, um die ich mich heute noch kümmern muss.

* * *

Ana, die Haushälterin Esguerras, eine Frau mittleren Alters, öffnet mir die Tür.

»Hallo, Señor Kent«, sagt sie auf Englisch mit Akzent. »Suchen Sie Herrn Esguerra? Er ist gerade nach oben gegangen, um zu duschen.«

»Nein, ich suche nicht Herrn Esguerra.« Ich lächele die ältere Dame an. »Darf ich hineinkommen?«

»Natürlich.« Sie tritt zurück und lässt mich in das große, luxuriöse Foyer ein. »Nora ist am Pool. Möchten Sie mit ihr sprechen?«

»Eigentlich nicht.« Ich halte inne und schaue mich um, bevor ich meinen Blick wieder der Haushälterin zuwende. »Ist Rosa hier? Ich würde sie gerne etwas fragen.«

»Oh.« Ana sieht überrascht aus, erholt sich aber schnell wieder und antwortet: »Ja, sie ist in der Küche und hilft mir mit dem Abendessen. Kommen Sie bitte hier entlang.« Sie führt mich durch eine Doppeltür und an einer breiten, gewundenen Treppe entlang.

Als wir die Küche betreten, werde ich von dem köstlichen Geruch nach gebratenem Knoblauch begrüßt. Rosa steht mit dem Rücken zu uns gedreht neben einem glänzenden Spülbecken und schneidet Gemüse.

»Rosa«, ruft Ana dem Mädchen zu. »Du hast Besuch.«

Das Dienstmädchen dreht sich zu uns um und ihre Augen werden groß, während sie gleichzeitig über das ganze Gesicht errötet. »Lucas.«

»Hallo Rosa«, sage ich mit neutraler Stimme. »Hast du eine Minute für mich?«

Sie nickt und trocknet sich schnell ihre Hände an einem Handtuch ab. »Ja, natürlich.« Sie lächelt strahlend. »Was kann ich für dich tun?«

Ich drehe mich um, um die Haushälterin anzuschauen, aber Ana ist bereits am Hinausgehen, da sie offensichtlich verstanden hat, dass ich gerne unter vier Augen mit Rosa reden möchte.

»Danke für die hervorragende Suppe«, sage ich für einen netten Einstieg. »Sie war köstlich.«

»Oh, schön.« Sie lächelt noch strahlender. »Ich freue mich, dass sie dir geschmeckt hat. Es ist ein Rezept meiner Mutter.«

»Moment.« Ich runzele meine Stirn. »Du hast sie gekocht, nicht Ana?«

 Rosa wird knallrot. »Das habe ich – es tut mir leid, dass ich dich angelogen habe. Es war nur, dass –«

»Rosa«, unterbreche ich sie und halte meine Hand nach oben. Ich möchte dem Mädchen unnötige Peinlichkeiten ersparen. »Danke. Die Suppe war hervorragend, aber es wäre mir lieber, wenn du sie nicht noch einmal für mich kochen würdest. Oder etwas Anderes, in Ordnung?«

Sie sieht mich an, als hätte ich ihr gerade eine Ohrfeige verpasst. »N-Natürlich«, stottert sie. »Es tut mir leid, ich –«

»Und du musst dich von meinem Haus fernhalten«, fahre ich fort und ignoriere die Tränen, die sich in den Augen des Mädchens sammeln. Ich hätte es lieber mit einem Dutzend Terroristen als mit dem hier zu tun, aber ich muss meinen Punkt unmissverständlich klar machen. »Es ist kein sicherer Ort. Meine Gefangene ist gefährlich.«

»Ich habe nur –«

»Schau mal«, sage ich, da ich mich fühle, als sei ich gerade unfreundlich zu einem Kind gewesen, »du bist ein wunderschönes Mädchen und sehr süß, aber du bist viel zu jung für mich. Wie alt bist du? Achtzehn, neunzehn?«

Rosa hebt ihr Kinn an. »Einundzwanzig.«

»In Ordnung.« Mir fällt überrascht auf, dass sie nur ein Jahr jünger als Yulia ist, ich aber nie gedacht habe, dass die ukrainische Spionin zu jung für mich sein könnte. Ich fahre trotzdem fort, ohne mir etwas anmerken zu lassen. »Ich bin vierunddreißig Jahre alt. Du solltest dir jemanden suchen, der in deinem Alter ist. Einen netten jungen Mann, der dich zu schätzen weiß.«

»Natürlich.« Zu meiner Überraschung hat sich das Dienstmädchen bereits wieder im Griff und ihre Fassung erstaunlich schnell wiedererlangt. Ihre Tränen trocknen und sie lächelt mich an, auch wenn ihre Wangen immer noch gerötet sind. »Du musst dir keine Gedanken machen, Lucas. Ich werde dich nicht mehr belästigen.«

Ich lege meine Stirn in Falten, da ich mir nicht sicher bin, ob ich ihrem Gesichtsausdruck trauen kann, aber sie dreht sich bereits um und widmet ihre Aufmerksamkeit dem Gemüse.

247

TEIL II: DER DURCHBRUCH

FÜNFZEHNTES KAPITEL

❖ YULIA ❖

In der nächsten Woche wird Lucas' und mein Zusammenleben beunruhigend routiniert. Er hat Sex mit mir bei jeder Gelegenheit die er finden kann – was mindestens einige Male nachts und einmal tagsüber bedeutet – und wir essen zusammen in der Küche. Den Rest der Zeit verbringe ich an den Stuhl gefesselt mit fernsehen oder schlafe an Lucas gefesselt.

»Denkst du, dass du mir etwas zu lesen besorgen könntest?«, frage ich, nachdem ich mich zwei Tage lang von Fernsehshows berieseln lassen habe. »Ich liebe Bücher und ich vermisse es, zu lesen.«

»Was für Bücher?« Lucas scheint ungewöhnlich interessiert zu sein.

»Alles Mögliche«, antworte ich ehrlich. »Liebesromane, Thriller, Science-Fiction, Sachbücher. Ich bin nicht besonders wählerisch – ich liebe es einfach, ein Buch in meinen Händen zu halten.«

»In Ordnung«, stimmt er zu und am nächsten Tag führt er mich zu einem kleinen Raum neben dem Schlafzimmer. Wie der Rest seines Hauses ist auch dieser Raum spartanisch möbliert. Trotzdem ist er mit seinem Schreibtisch, drei hohen, vollen Bücherregalen und einem Sessel neben einem Erkerfenster mit Blick auf den Regenwald viel gemütlicher als die anderen.

»Ist das deine Bibliothek?«, frage ich überrascht. Ich habe meinen Entführer immer als Soldaten gesehen, jemanden, der mehr an Waffen als an Büchern interessiert ist. Es ist leichter, sich Lucas dabei vorzustellen, wie er eine Machete schwingt, als friedlich lesend in diesem Raum.

»Natürlich ist sie meine.« Er lehnt am Türrahmen und schaut mich belustigt an. »Wessen sollte sie sonst sein?«

»Und du hast diese Bücher alle gelesen?« Ich gehe zu den Regalen und betrachte die Titel. Es gibt hunderte von Büchern, viele von ihnen Krimis und Thriller. Ich entdecke außerdem Biografien und Sachbücher von Populärwissenschaft bis Finanzen.

»Die meisten«, erwidert Lucas. »Ich bestelle normalerweise einen ganzen Haufen, damit ich immer etwas Neues zu lesen habe, wenn ich die Zeit dazu finde.«

»Ich verstehe.« Ich weiß nicht, warum ich dermaßen überrascht bin, diese Seite von ihm zu entdecken. Ich habe immer vermutet, dass Lucas sehr intelligent ist, aber irgendwie habe ich mich von dem Stereotyp eines harten Söldners blenden lassen, dessen Leben sich um Waffen und Kämpfe dreht. Die Tatsache, dass er direkt von der Highschool zur Navy gegangen ist, hat diesen Eindruck verstärkt.

Ich habe meinen Gegner unterschätzt und muss aufpassen, dass mir das in Zukunft nicht mehr passiert.

Ich bleibe neben dem Erkerfenster stehen und drehe mich um, um ihn anzublicken. »Wann hast du dir diese ganzen Bücher angeschafft?«, frage ich. »Ich dachte, dass du ein paar Jahre auf der Flucht warst, nachdem du die Navy verlassen hast.«

Lucas Gesicht wird einen Moment lang hart, aber dann nickt er. »Ja, das habe ich. Ich vergesse immer, wie viel du über mich weißt.« Er durchquert den Raum und bleibt vor mir stehen. »Ich habe mir die meisten dieser Bücher in den letzten Jahren angeschafft, nachdem Esguerra beschlossen hatte, dass wir uns auf diesem Anwesen niederlassen. Davor sind wir durch die ganze Welt gereist, also hatte ich einige Dutzend meiner Lieblingsbücher eingelagert. Und davor habe ich generell nicht viel besessen – das machte das Herumreisen einfacher.«

»Aber das möchtest du nicht mehr«, rate ich und betrachte ihn. »Du möchtest Dinge besitzen und ein Zuhause haben.«

Er schaut mich eindringlich an und lacht auf. »Ich denke, das stimmt. Ich habe nie darüber nachgedacht, aber ja, ich glaube dass ich es mittlerweile ein wenig leid bin, nie zweimal im gleichen Bett zu schlafen. Und Dinge zu besitzen?« Seine Stimme wird tiefer während er seinen Blick über mich schweifen lässt. »Ja, das hat auch seinen Reiz. Ich mag es, wenn ich sagen kann, dass *Dinge* mir gehören.«

Meine Wangen werden heiß und ich schaue weg und tue so, als würde ich mich für den Blick aus dem Erkerfenster interessieren. Mir ist nicht entgangen, dass Lucas extrem besitzergreifend ist. Ich weiß, dass mein Entführer glaubt, dass ich ihm gehöre, und praktisch tue ich das auch. Er kontrolliert jeden Aspekt meines Lebens: was ich esse, wann ich schlafe, was ich anziehe, sogar wann ich ins Bad gehe. Wenn ich nicht gefesselt bin, bin ich bei ihm und die meiste Zeit davon verbringen wir im Bett, wo er mit mir macht, was er möchte.

Wenn ich ihn nicht so sehr wollen würde, wie ich es tue, wäre das hier die Hölle.

»Yulia …« In Lucas' Stimme höre ich die vertraute Hitze, als er hinter mich tritt. Seine große Hand umfasst mein Haar, um es zur Seite zu streichen und meinen Nacken freizulegen. Er beugt sich nach unten, küsst die Unterseite meines Ohres und seine freie Hand gleitet unter das Herren-T-Shirt, das ich als Kleid benutze. Sie fährt zwischen meine Beine, findet mein Geschlecht und ich kann mein Stöhnen nicht unterdrücken, als zwei Finger in mich eindringen und mich auf seine Inbesitznahme vorbereiten.

Für die nächste Stunde, in der Lucas mich über den Arm des Sessels gebeugt fickt, sind die Bücher aus unseren Köpfen verschwunden.

* * *

Nach diesem Ereignis in der Bibliothek verbessern sich die Qualität und die Abwechslung meiner Unterhaltung. Anstatt den ganzen Tag lang fernzusehen, verbringe ich einen Teil meiner Zeit alleine damit, Bücher am Fenster zu lesen. Außerdem bekomme ich einen bequemeren Stuhl und meine Hände werden vor meinem Körper in Handschellen gelegt, damit ich ein Buch halten und lesen kann. Jeden Morgen nach dem Frühstück bindet Lucas mich mit Seilen am Sessel fest, aber lässt mir genügend Spielraum mit den Händen, um die Seiten umdrehen zu können. Bis zum Mittagessen lese ich, dann kommt er, gibt mir etwas zu essen und lässt mich meine Beine vertreten.

»Weißt du eigentlich, dass ich kein Hund bin, der das Badezimmer zu bestimmten Zeiten aufsucht?«, wage ich es eines Tages mich zu beschweren. »Was ist, wenn ich mal dringend muss, aber du nicht zu Hause bist?«

Zu meiner Erleichterung weist er mich nicht darauf hin, wie verwöhnt ich mittlerweile bin. Stattdessen gibt er mir noch am selben Tag einen kleinen Apparat, der mich an einen alten Pager erinnert.

»Wenn du diesen Knopf drückst, werde ich eine Nachricht bekommen«, erklärt er mir. »Und wenn ich kann, komme ich zu dir. Wenn nicht, werde ich jemanden zu dir schicken, um dir zu helfen.«

»Danke«, sage ich und bin wirklich dankbar und voller Hoffnung.

Vielleicht wird er mich eines Tages doch gehen lassen, oder mir zumindest genug Freiraum geben, um mir meine Flucht zu ermöglichen.

Natürlich weiß ich, dass ich mich nicht darauf verlassen kann. Jeden Tag verbringt Lucas einen Teil der Mahlzeiten damit, mich zu verhören, und auch wenn ich ihn bis jetzt erfolgreich abgewimmelt habe, befürchte ich, dass er irgendwann seine Geduld verlieren und härtere Befragungsmethoden anwenden wird.

Es ist noch nicht allzu viel Zeit vergangen, aber ich kann spüren, dass er bereits frustriert ist.

»Du bist ihnen überhaupt nichts schuldig«, sagt er wütend, als ich mich zum fünften Mal weigere, über die Organisation zu reden. »Sie haben dich rekrutiert, als du noch ein verdammtes Kind warst. Welche Bastarde schicken eine Sechzehnjährige in eine so korrupte Stadt wie Moskau und weisen sie an, sich zu Regierungsgeheimnissen hochzuschlafen? Verdammt nochmal, Yulia« – er schlägt mit seinen Handflächen auf den Tisch – »Wie kannst du diesen Arschlöchern gegenüber nur loyal sein?«

Ja, wie nur? Ich will ihn anschreien, ihm sagen, dass er nichts versteht, aber ich schweige weiterhin und schaue auf meinen Teller. Ich kann nichts sagen, ohne Misha einer Gefahr auszusetzen und sein Leben zu ruinieren. Meine Loyalität gilt weder Obenko, noch der Organisation, noch der Ukraine.

Sie gilt meinem Bruder, der einzigen Familie, die mir noch geblieben ist.

Zu meiner Erleichterung lässt Lucas mein Schweigen durchgehen und wechselt das Thema zu der Handlung eines postapokalyptischen Thrillers, den ich heute gelesen habe. Wir besprechen ihn eingehend, so wie wir das häufig bei Büchern und Filmen tun, und wir sind uns einig, dass es dem Autor wirklich gelungen ist zu erklären, warum die Wissenschaftler nicht verhindern konnten, dass das Goo die Welt übernimmt. Der Rest der Mahlzeit verläuft zwar freundschaftlich, aber ich bin mehr denn je entschlossen, zu entkommen.

Irgendwann wird Lucas genug von meinem Schweigen haben und ich möchte nicht in seiner Nähe sein, wenn es soweit ist.

SECHZEHNTES KAPITEL

❖ YULIA ❖

Als ich meine Flucht plane, wird mir klar, dass ich drei Hauptprobleme habe: Die Tatsache, dass ich gefesselt bin, wenn Lucas nicht in meiner Nähe ist, das militärische Sicherheitsniveau dieses Anwesens und Lucas selbst. Jeder einzelne dieser drei Punkte für sich genommen wäre ausreichend, mich hier festzuhalten, aber alle drei zusammen machen eine Flucht unmöglich.

Oberflächlich betrachtet, sollte sie nicht zu schwierig sein. Wenn Lucas zu Hause ist, bin ich nicht gefesselt, kann am Tisch essen und mich sogar bewegen und ein wenig Hanteltraining machen, um in Form zu bleiben. Allerdings behält er mich während dieser Zeit wachsam im Auge und ich weiß, dass ich körperlich nicht gegen ihn ankomme. Selbst wenn ich es schaffen sollte, ein Messer in meine Finger zu bekommen, hätte er es mir schon weggenommen bevor ich ihn ernsthaft verletzen könnte. Eine Pistole wäre etwas Anderes, aber ich habe im Haus keine tödlichere Waffe gesehen als ein Küchenmesser. Ich weiß, dass Lucas normalerweise Waffen trägt – ich habe ihn am ersten Tag mit einem Schnellfeuergewehr gesehen – aber er muss sie im Auto oder irgendwo anders außerhalb des Hauses aufbewahren.

Meine Chancen zu entkommen sind also höher, wenn er sich nicht in meiner Nähe aufhält.

Aus diesem Grund teste ich jedes Mal, wenn Lucas mich fesselt, das Seil, um zu sehen, ob er vielleicht zu viel Spielraum gelassen hat – und jedes Mal wird mir klar, dass er es nicht getan hat. Die Fesseln sind immer so fest, dass sie mich festhalten, ohne dabei meine Blutzufuhr abzuschnüren. Ich will keine verräterischen Spuren auf meiner Haut zurücklassen, also ziehe ich nicht zu fest am Seil. Selbst wenn ich es schaffen sollte, mich zu befreien, müsste ich immer noch an den Wachtürmen vorbeikommen und einen Dschungel durchqueren, der von Esguerras Männern und Hightech Drohnen überwacht wird – falls Lucas mich nicht schon vorher einfangen würde.

Um überhaupt eine Chance zu haben, müsste mein Entführer weit weg sein und ich müsste den Zeitplan der Patrouillen kennen.

Ich versuche letzteres von Lucas zu erfahren, als wir nach längerem Sex entspannt und zufrieden im Bett liegen.

»Wie hast du diesen bekommen?«, frage ich, während ich meinen Finger über einen Bluterguss auf seinen Rippen gleiten lasse. »Das Anwesen ist nicht angegriffen worden, oder doch?«

Meine Besorgnis ist nur teilweise gespielt; der Gedanke, dass Lucas verletzt werden könnte, beunruhigt mich. Er scheint unverletzlich zu sein, jeder Millimeter seines Körpers ist voller harter Muskeln, aber ich weiß, dass ihn das nicht vor einer Bombe oder einem Schuss schützt. In seinem Job ist die Lebenserwartung viel kürzer als im Durchschnitt – eine Tatsache, die mich vor Sorge krank macht, wenn ich zu viel darüber nachdenke.

»Nein, niemand würde das Anwesen angreifen«, antwortet Lucas und ein Lächeln erscheint auf seinen Lippen. »Ich habe mir den Bluterguss beim Training zugezogen, das ist alles.«

»Ich verstehe.« Aus einem irrationalen Impuls heraus drücke ich ihm einen sanften Kuss auf die Verletzung, bevor ich meinen Kopf hebe, um ihn anzuschauen. »Warum würde niemand das Anwesen angreifen? Hat dein Chef nicht eine Menge Feinde?«

»Ja, die hat er.« Lucas' Augen verdunkeln sich, als er eine Hand in mein Haar gleiten lässt und meinen Kopf nach unten, in Richtung seines Unterleibs führt. »Aber es wäre selbstmörderisch, hierherzukommen. Die

Sicherheitsvorkehrungen sind zu hoch, um einfach hier eindringen zu können. Und jetzt« – er drückt meinen Kopf auf seine wachsende Erektion – »möchte ich in etwas anderes eindringen.«

Ich verstecke meine Enttäuschung, schließe meinen Lippen um seinen Schwanz und sauge stark, genauso wie er es mag.

Lucas ist zu clever, um mir die Informationen über die Sicherheitsvorkehrungen zu geben, die ich brauche – was bedeutet, dass ich einen anderen Weg finden muss.

* * *

Als die Tage vergehen, ohne dass ich einem brauchbaren Fluchtplan näherkomme, tröste ich mich mit dem Wissen, dass ich die Zeit nutze, um mich von meinem Aufenthalt in dem russischen Gefängnis zu erholen und wieder zu Kräften zu kommen. Da ich den Großteil des Tages im Sitzen verbringe und jeden Krümel Essen verspeise, den Lucas mir vorsetzt – wie langweilig er auch sein mag – nehme ich ständig zu und mein Körper wird langsam wieder genauso kurvig wie er vor den Wochen war, in denen ich fast nichts zu essen bekommen habe. Nach neun Tagen in Lucas' Haus bin ich kein Skelett mehr – und ich will unbedingt etwas anderes Essen als Sandwiches und Cornflakes mit Milch.

»Du solltest mich wirklich kochen lassen«, sage ich, nachdem es mittags wieder ein Sandwich gegeben hatte. »Ich kann Omelette, Suppe, Hühnchen, Lamm, Püree, Salat, Reis, Nachtisch zubereiten – eigentlich alles, wirklich! Wenn du mir kein Messer geben möchtest, kannst du mir ja helfen, indem du das Schneiden übernimmst. Ich werde nur würzen und andere ungefährliche Dinge tun. Du wirst in Sicherheit sein – außer du lagerst Rattengift in deiner Küche.«

Da er nur lacht, nehme ich an, dass er mein Angebot ignorieren wird, aber am selben Nachmittag bringt er einige Kisten mit Lebensmitteln, unter anderem alle möglichen Früchte und Gemüsesorten, zwei verschiedene frische Fische, einige ganze Hühnchen, ein Dutzend Lammkoteletts und eine komplette Gewürzauswahl.

»Wo hast du das denn alles her?«, frage ich, als ich voller Staunen die ganzen Dinge betrachte. In diesen Kisten ist genug Essen, um fünf

Personen zu ernähren – vorausgesetzt man weiß, wie man alles zubereitet.

»Esguerra bekommt wöchentliche Lieferungen und ich habe etwas für uns genommen«, antwortet Lucas. »Ich habe mir gedacht, dass es an der Zeit ist, deine Kochkünste auf die Probe zu stellen.«

Ich kann meine freudige Überraschung nicht verbergen. »Du lässt mich kochen?«

»Ich lasse mir von dir Anweisungen geben.« Er grinst. »Du wirst hier sitzen« – er zeigt auf den Küchentisch – »und mir sagen, was genau ich zu tun habe. Ich werde deinen Anweisungen folgen und dann schauen wir mal. Vielleicht werde ich etwas dabei lernen.«

»In Ordnung«, stimme ich zu und bin mehr als erfreut darüber, Lucas herumkommandieren zu können. »Das kann ich machen. Lass uns erst einmal alles wegräumen und heute Abend werden wir Lammkoteletts mit Knoblauch-Dill-Kartoffeln und grünem Salat zubereiten.«

SIEBZEHNTES KAPITEL

❖ LUCAS ❖

Während ich unter Yulias Anleitung Kartoffeln schäle und Knoblauch hacke, sitzt sie entspannt auf dem Küchenstuhl und ihre blauen Augen strahlen amüsiert.

»Weißt du eigentlich, dass du nicht die halbe Kartoffel wegschneiden musst, nur um die Schale zu entfernen?« Grinsend wirft sie einen Blick auf die kleinen Kartoffeln auf dem Tresen. »Hast du das noch nie gemacht?«

»Nein«, sage ich und bemühe mich, nicht zu tief in mein derzeitiges Wurzelgemüse zu schneiden, was schwerer ist, als ich gedacht habe. »Und jetzt weiß ich auch warum.«

»Du musstest in der Navy keine Kartoffeln schälen?«

»Nein, das gehört der Vergangenheit an. Wir hatten private Unternehmen, die sich um die Verpflegung gekümmert haben.«

»Ich verstehe. Also, dann brauchst du einen Kartoffelschäler«, sagt sie und schlägt ihre Beine übereinander. »Wie bei allem anderen, hilft auch in diesem Fall ein passendes Werkzeug.«

»Ein Kartoffelschäler. In Ordnung.« Ich behalte im Hinterkopf, einen zu bestellen. Außerdem versuche ich angestrengt, meine Augen von ihren nackten Beinen fernzuhalten, damit sie mich nicht ablenken. Vor vier Tagen habe ich Yulia endlich eigene Kleidung gegeben, aber es handelt sich dabei um kurze Sommersachen, was sich jetzt als Fehler herausstellt.

In dem weißen, taillenfreien Oberteil und den winzigen Jeans ist Yulias Körper, der nicht länger abgemagert ist, unmöglich zu übersehen.

»Das sind genügend Kartoffeln, denke ich«, sagt sie und steht auf. Ihre Flipflops – die einzigen Schuhe, die ich ihr besorgt habe – machen ein klatschendes Geräusch auf den Fliesen, als sie zu mir kommt. »Jetzt müssen wir den Knoblauch nehmen, ihn mit Dill, Salz und Pfeffer vermischen, und das Ganze in eine Pfanne geben. Du hast doch Öl?«

»Öl. Ja.« Ich nehme eine Flasche Olivenöl aus dem Schrank links von mir. »Soll ich es über die Kartoffeln gießen?«

Sie lehnt ihre Hüfte gegen die Kante der Arbeitsfläche. »Das meinst du nicht ernst, oder?«

Ich runzele meine Stirn, da mir nicht gefällt, dass sie mich aufzieht.

Sie explodiert vor Lachen. »Lucas, jetzt mal ehrlich. Hast du in deinem ganzen Leben noch nie etwas gebraten?«

»Nichts, was man hinterher hätte essen können«, gebe ich widerwillig zu. »Ich habe es ein- oder zweimal versucht und dann aufgegeben.«

»In Ordnung.« Yulia schafft es, lange genug nicht zu lachen, um mir zu erklären: »Du musst das Öl in die *Pfanne* gießen. Nein, nicht so viel –« Sie nimmt mir die Flasche aus der Hand noch bevor ich mehr als ein Viertel ihres Inhalts ausgegossen habe. Sie lacht hysterisch, nimmt sich die Küchenrolle und taucht sie in das Öl, um das, was zu viel ist, aus der Pfanne zu entfernen. »Wir wollen die Kartoffeln nicht frittieren«, erklärt sie mir, sobald sie wieder sprechen kann.

»In Ordnung«, sage ich und schaue ihr dabei zu, wie sie die Kartoffeln und den Knoblauch nimmt und beides in die Pfanne gibt. Ihre Bewegungen sind schnell und sicher, ihre schlanken Hände bewegen sich mit anmutiger Wirtschaftlichkeit.

Sie hat mich nicht angelogen, als sie mir gesagt hat, dass sie weiß, was sie macht.

»Es wäre schön, wenn wir frischen Dill hätten«, sagt sie und nimmt eines der Gläschen aus dem Gewürzregal. »Aber der getrocknete geht auch. Falls du das Gericht magst, könntest du uns dann das nächste Mal frische Kräuter besorgen?«

»Natürlich.« *Frische Kräuter.* Das behalte ich auch in einem Hinterkopf. »Ich kann uns alles besorgen.«

»Hervorragend. Und jetzt würde ich das gerne selber würzen, wenn du nichts dagegen hast. Die Kartoffeln werden nicht mehr lecker sein, wenn du den ganzen Salzstreuer hineinkippst.« Sie sieht aus, als würde sie gleich wieder anfangen zu lachen.

»Bitte sehr«, sage ich und lege das Messer, mit dem ich die Kartoffeln geschält habe, hinter mich. »Fühl dich wie zu Hause.«

Die nächste halbe Stunde sehe ich Yulia dabei zu, wie sie in der Küche wirbelt und dabei leise vor sich hin summt. Sie würzt und brät die Kartoffeln, legt die Lammkoteletts in einer Marinade ein und wäscht die Zutaten für den Salat. Sie strahlt förmlich und zum ersten Mal wird mir klar, wie wenig ich von dieser Seite von ihr bis jetzt gesehen habe – wie verhalten sie sich in meiner Gegenwart normalerweise benimmt.

Das ist natürlich keine Überraschung. Auch wenn ich ihr nicht wehgetan habe, ist sie trotzdem meine Gefangene und ich weiß, dass sie mir immer noch nicht vertraut. Egal wie sehr ich auf Antworten beharre, entweder wechselt sie das Thema oder sie weigert sich, mir zu antworten. Ich finde das frustrierend, aber zwinge mich dazu, geduldig zu bleiben.

Wenn Yulia erst einmal versteht, dass ich nicht vorhabe, ihr etwas anzutun, wird sie hoffentlich einsichtig werden und die Menschen aufgeben, die ihr Leben versaut haben. Momentan kann ich nur dafür sorgen, dass sie es halbwegs bequem hat – und gefesselt ist – bis die Tracker ankommen.

»Fertig«, sagt sie, als der Ofen klingelt. Sie lächelt strahlend, als sie sich nach vorne beugt, um die Lammkoteletts herauszunehmen und mein Schwanz versteift sich bei dem Anblick ihres Pos in den winzigen Shorts.

Wenn das Lamm nicht so köstlich riechen würde, hätte ich Yulia gleich hier und jetzt genommen.

Ich atme einige Male tief durch, um mich unter Kontrolle zu halten, während sie das Essen zum Tisch trägt. Das ist lächerlich. Ich habe schon immer einen starken Sexualtrieb gehabt, aber wenn Yulia in meiner Nähe ist, bin ich wie ein geiler Teenager, der seinen ersten Porno sieht. Ich will sie die ganze Zeit ficken, und egal wie oft ich sie nehme, mein Begehren wird nicht weniger.

Wenn überhaupt, dann stärker.

Ich muss noch einige weitere Male durchatmen, bevor meine Erektion so weit zurückgegangen ist, dass ich ihr dabei helfen kann, den Tisch zu decken. Yulia hat den Salat mittlerweile hübsch in einer Schüssel angerichtet und die Pfanne mit den Kartoffeln steht auf einem ordentlich gefalteten Handtuch in der Mitte des Tisches. Ich nehme an, dass letzteres dazu dient, dass die Pfanne die Oberfläche des Tisches nicht beschädigt – eine clevere Lösung, die die Haushälterin meiner Eltern ebenfalls angewandt hat.

Schließlich setzten wir uns hin, um zu essen.

»Yulia, das ist unglaublich«, sage ich, nachdem ich die Hälfte meines Tellers in weniger als einer Minute aufgegessen habe. »Das ist das Beste, das ich seit einer Ewigkeit gegessen habe.«

Sie lächelt mich glücklich an und nimmt ihr Lammkotelett in die Hand. »Ich freue mich, dass du es magst.«

»Dass ich es mag? Ich liebe es.« Ich kann mich nicht an das letzte Mal erinnern, dass ich eine so befriedigende Mahlzeit hatte. Die würzigen Kartoffeln passen perfekt zu dem aromatischen Lamm und dem knackigen Salat mit dem Zitronenaroma. »Wenn ich das dreimal täglich essen könnte, würde ich es tun.«

Yulias Lächeln wird noch breiter. »Gut. Ich hatte eigentlich auch vorgehabt, einen Nachtisch zuzubereiten, aber dann dachte ich mir, dass wir nach dem hier zu voll sein würden. Ich glaube, ein paar Weintrauben reichen aus.«

»Wie du möchtest«, nuschele ich, da ich den Mund voller Kartoffeln habe. »Mir passt alles.«

Sie lacht und isst weiter. Wir essen in angenehmem, freundschaftlichem Schweigen, und als der Großteil des Essens verspeist ist und wir satt sind, räume ich die Reste weg und wasche die Teller ab. Das mache ich alles automatisch, und erst als ich mich hinsetze, um die Weintrauben zu essen, fällt mir auf, wie zufrieden ich bin.

Nein, mehr als zufrieden.

Ich bin verdammt glücklich.

Mit Yulias strahlendem Gesicht und meiner Vorfreude darauf, mit ihr ins Bett zu gehen, genieße ich diesen Abend unglaublich. Und nicht nur diesen Abend, bemerke ich, als ich mir eine Handvoll Trauben nehme.

Diese letzte Woche, seit ich mich entschieden habe, Yulia für mich zu behalten, war die glücklichste Woche seit langem.

»Also, Lucas«, sagt Yulia, bevor ich diese Entdeckung verdaut habe, »ich würde gerne etwas wissen …« Ihre weichen Lippen zucken, weil sie krampfhaft versucht, ein Lächeln zu unterdrücken. »Wie hast du es im Leben so weit gebracht, ohne jemals eine Kartoffel geschält zu haben?«

Ich schiebe mir eine Traube in meinen Mund und denke über ihre Frage nach. »Ich nehme an, dass das an meinem Elternhaus liegt«, sage ich, nachdem ich heruntergeschluckt habe. »Wir hatten eine Haushälterin, keiner meiner Eltern hat jemals Hausarbeit verrichtet und sie haben es auch von mir nicht verlangt. Als ich später in der Navy war, habe ich gegessen, was uns vorgesetzt wurde und danach …«, ich zucke mit den Schultern, als ich mich an mein armseliges Leben im Dschungel erinnerte. Ich lebte damals mit einer kleinen Gruppe von Männern, die genauso gesetzlos und verzweifelt waren wie ich zu diesem Zeitpunkt. »Ich nehme an, ich habe Essen lediglich als Nahrungsaufnahme betrachtet. So lange ich keinen Hunger hatte, habe ich nicht viel darüber nachgedacht.«

»Ich verstehe.« Sie betrachtet mich nachdenklich. »Warum hast du beschlossen, dein Zuhause zu verlassen? Es ist ein großer Schritt, eine Familie mit einer Haushälterin zu verlassen, um sich in der Navy einzuschreiben.«

»Ich denke das war es.« Meine Eltern haben mit Sicherheit gedacht, ich sei verrückt geworden. »Zu diesem Zeitpunkt in meinem Leben schien es das Richtige zu sein.«

»Warum?« Yulia sieht wirklich verwundert aus. »In den USA besteht keine Wehrpflicht. Hast du dich dazu berufen gefühlt, dein Land zu verteidigen?«

Ich lache. »So etwas in der Art.« Ich werde ihr jetzt nicht von dem Kriminellen erzählen, den ich damals in der Brooklyner U-Bahn-Station getötet habe oder von meinem kranken Rausch, als ich sein Blut über meine Hände laufen sah. Sie hat sowieso schon Angst vor mir; sie muss nicht wissen, dass ich mit siebzehn Jahren zum Mörder geworden bin.

»Das ist sehr bewundernswert«, meint Yulia und ich kann die Skepsis aus ihrer Stimme heraushören. »Sehr selbstlos.«

»Naja, jemand muss es ja schließlich tun.« Ich beiße auf eine weitere Traube und lasse den kalten, süßen Saft meinen Hals hinunterlaufen. Ich möchte, dass sie dieses Thema fallenlässt, also füge ich hinzu: »Genau wie irgendjemand auch Spion sein muss.«

Wie vorauszusehen war, spannt sie sich an und ihr Gesicht nimmt den verschlossenen Ausdruck an, den es immer bekommt, wenn wir auf dieses Thema zu sprechen kommen. »Möchtest du Tee?«, fragt sie und steht auf. »Ich habe in einer der Kisten Earl Grey gesehen.«

Ich lehne mich in meinem Stuhl zurück und betrachte sie. »Natürlich.« Ich kann die Anzahl der Male, an denen ich jemals Tee getrunken habe, an einer Hand abzählen, aber ich habe ihn besorgt, weil ich mich daran erinnert habe, dass Yulia bei unserem ersten Treffen in dem Moskauer Restaurant Tee getrunken hat. »Ich hätte gerne eine Tasse.«

Sie setzt Wasser auf, stellt zwei Tassen für uns zurecht, und ihre Bewegungen sind genauso anmutig wie immer. Alles an ihr ist anmutig und erinnert mich an eine Tänzerin.

»Hast du Ballettunterricht gehabt?«, frage ich sie, als mir dieser Gedanke durch den Kopf schießt. »Oder ist das nur ein Vorurteil über osteuropäische Mädchen?«

Yulia dreht sich mit den beiden Tassen in den Händen zu mir um. »Es ist ein Vorurteil«, antwortet sie und ihr angespannter Gesichtsausdruck verschwindet. »In meinem Fall stimmt es allerdings. Meine Eltern haben mich ab vier Jahren zum Ballett geschickt. Sie hatten gehofft, es würde mir dabei helfen, meine Schüchternheit zu überwinden.«

»Du warst als Kind schüchtern?«

»Sehr.« Sie kommt zum Tisch zurück. »Ich war kein niedliches Kind – ganz im Gegenteil. Die anderen Kinder haben mich oft gehänselt.«

»Wirklich? Ich kann mir nicht vorstellen, dass du jemals nicht hübsch warst.« Ich nehme Yulia die Tasse aus der Hand, die sie mir reicht. »Wie kann man es schaffen, vom nicht hübschen Kind zu der heißesten Frau zu werden, die ich jemals getroffen habe?«

Ihre Wangen erröten leicht. »Ich bin nicht wirklich die schöne Helena.« Sie setzt sich hin und umfasst ihre Tasse mit beiden Händen. » Meine Mutter war hübsch, also denke ich, dass ich etwas von ihr geerbt habe. Allerdings setzte sich ihr Teil erst durch, als ich bereits in der

Pubertät war. Und natürlich hat eine Zahnspange auch Wunder bewirkt.« Sie lächelt mich breit an, so dass ich ihre geraden, weißen Zähne sehen kann.

»Ja, ich bin mir sicher, dass es genauso war«, sage ich trocken. »Von unglaublich hässlich zu unglaublich umwerfend im Handumdrehen.«

Sie zuckt mit den Schultern, errötet erneut und plötzlich habe ich das Bild von dem kleinen Mädchen vor Augen.

»Ich wette, dass du niedlich warst«, meine ich, während ich sie betrachte. »Die blonden Haare und die blauen Augen. Du hast es einfach nicht bemerkt. Deshalb haben sie dich auch aus dem Waisenhaus mitgenommen, stimmt's? Weil sie dein Potential erkannt haben.«

Yulia versteift und ich weiß, dass ich mich wieder zu nahe an das Tabuthema herangewagt habe. Meine Stimmung verdunkelt sich, als ich über die Tatsache nachdenke, dass ich in den letzten Tagen keinerlei Fortschritte erzielt habe. Sie lächelt mich zwar an, kocht für mich und lässt mich willig in ihren Körper, aber sie traut mir immer noch nicht das kleinste bisschen.

»Yulia.« Ich stelle meinen Tee zur Seite. »Du weißt, dass das nicht für immer so weitergehen kann, stimmt's? Eines Tages wirst du mit mir reden müssen.«

Sie schaut auf ihre Tasse und ihre Körperhaltung signalisiert mir mehr als deutlich, damit aufzuhören.

»Yulia.« Ich reiße mich zusammen, ich stehe auf und gehe zu ihr, um sie hochzuziehen. Ich halte sie an ihren Armen fest und schaue auf ihren rebellischen Gesichtsausdruck. »Wer sind sie?«

Sie schweigt und senkt ihren Blick, damit ich nicht sehen kann, was sie denkt.

»Warum erzählst du mir nichts über sie?«

Sie antwortet nicht, sondern starrt weiterhin auf meinen Hals.

Mein Griff um ihre Arme verstärkt sich und sie zuckt zusammen, bevor sie sich versteift. Als mir auffällt, dass ich ihr ungewollt wehtue, zwinge ich mich dazu, meine Finger zu öffnen und meine Hände fallen zu lassen. Ich werde wütend und das ist nicht gut. Die Tatsache, dass ich sie nicht foltern möchte bedeutet, dass ich ihr Vertrauen gewinnen muss, und das ist wohl kaum der richtige Weg.

Ich atme tief durch, um mich unter Kontrolle zu bringen, und streiche ihr Haar zärtlich und behutsam hinter ihr Ohr. »Yulia.« Ich streichele ihre Wange mit der Rückseite meiner Finger. »Süße, sie haben deine Loyalität nicht verdient. Sie haben dein Leben ruiniert. Was sie getan haben, war falsch, kannst du das nicht erkennen? Ich habe dir versprochen, dich zu beschützen – vor ihnen und allen anderen, die dir etwas antun wollen. Du musst keine Angst davor haben, mit mir zu reden. Ich werde dir nicht in den Rücken fallen, wenn ich diese Informationen bekomme – ich gebe dir mein Wort.«

Sie schlägt ihre Wimpern nach oben, um mich anzuschauen. »Was wirst du tun, wenn ich dir von ihnen erzähle? Was wird mit ihrer Organisation passieren?«

Ich unterdrücke ein zufriedenes Lächeln. So weit war ich bis jetzt noch nie bei ihr gekommen. »Wir werden uns um sie kümmern.«

»Genauso, wie ihr euch um die Al-Quadar gekümmert habt?« Sie bekommt große Augen, wie es scheint aus einer Mischung aus Neugier und Hoffnung. »Ihr werdet sie alle auslöschen?«

»Ja, du wirst sicher vor ihnen sein. Wenn wir erst einmal mit ihnen fertig sind, wird niemand, der mit der Organisation zu tun hatte, noch am Leben sein und dir wehtun.« Meine Worte sollen sie beruhigen, ein Versprechen für eine bessere Zukunft sein, aber während ich spreche, sehe ich, wie Yulia erblasst.

Sie zieht sich aus meiner Reichweite zurück, senkt den Blick erneut und plötzlich habe ich eine Vermutung.

»Yulia.« Ich ergreife ihren Arm, als sie sich wegdrehen will. Ich zwinge sie dazu, sich mir zuzuwenden und betrachte ihr blasses Gesicht. »Beschützt du sie? Beschützt du jemanden von ihnen?«

Sie antwortet nicht, aber ich kann die Anspannung auf ihrem Gesicht sehen, die Angst, die sie so angestrengt versucht nicht zu zeigen. Das ist mehr als Loyalität gegenüber einem Arbeitgeber, mehr als Sorge um Kollegen.

Sie hat Angst um sie – wie das bei einer geliebten Person der Fall sein würde.

Überrascht lasse ich ihren Arm los und trete zurück. Ich weiß nicht, warum ich diese Möglichkeit niemals in Betracht gezogen habe. Ich war so besessen von dem Gedanken, dass sie ihr Leben versaut haben, dass ich mich niemals gefragt habe, ob es in der Ukraine vielleicht jemanden gibt, der Yulia etwas bedeutet.

Ob sie mit jemandem zusammen sein könnte, der kein Auftrag ist.

* * *

Den restlichen Morgen funktioniere ich wie auf Autopilot. Esguerra und ich haben ein weiteres nächtliches Gespräch mit Asien, also binde ich Yulia in meinem Büro fest und lasse sie lesen, während ich mich um Geschäfte kümmere. Heute ist sie in meiner Nähe ungewöhnlich vorsichtig und beobachtet mich, so als könne ich sie jeden Moment angreifen. Ihr Verhalten verstärkt die tief in mir kochende Wut. Ich muss mich zusammenreißen, ihr einfach nur ein Buch zu geben und dann den Raum zu verlassen, ohne sie mir zu schnappen und Antworten von ihr zu verlangen.

Antworten zu verlangen, ohne Gewalt bei ihr anzuwenden.

Während ich den malaysischen Zulieferern dabei zuhöre, wie sie sich über die Qualität der letzten Plastiksprengstofflieferung streiten, versuche ich meine Gedanken davon abzuhalten, zu meiner Gefangenen abzuschweifen – aber das ist unmöglich. Da ich den Gedanken jetzt in meinem Kopf habe, kann ich ihn nicht ignorieren.

Einen geliebten Menschen. Einen Mann, der Yulia etwas bedeutet und den sie beschützen möchte.

Allein der Gedanke daran erfüllt mich mit rasender Wut. Wer ist er? Ein anderer Agent ihrer Organisation? Vielleicht jemand, den sie während ihres Trainings getroffen hat? Das kann ich nicht ausschließen. In diesem Fall wäre sie noch sehr jung gewesen, als sie ihn getroffen hat, aber Mädchen in diesem Alter verlieben sich leicht. Vielleicht war er einer ihrer Mitauszubildenden, jemand, mit dem sie sich durch die gleichen Erfahrungen verbunden fühlte. Oder aber er war älter – einer der Lehrer oder ein Agent, der seine Ausbildung bereits beendet hatte. Kirill war kaum der einzige, der bemerkt hat, wie aus dem hässlichen Entlein ein schöner Schwan wurde.

Je länger ich darüber nachdenke, desto wahrscheinlicher wird es. Sie hätten sich während des Trainings kennenlernen und ihre Beziehung später fortgesetzt haben können. Nur weil Yulias Job beinhaltet, dass sie sich Männern annähert, um Informationen zu bekommen, heißt das nicht, dass sie nebenbei nicht eine ernsthafte Beziehung geführt haben könnte. Und falls sie eine gehabt haben sollte, wäre ein anderer Agent der wahrscheinlichste Partner. Jemand aus ihrer Organisation würde Verständnis für ihren Job haben und ihr das verzeihen, was sie tun muss.

Akzeptieren, dass sie sich von mir ficken lässt, während sie ihn liebt.

Der Bleistift, mit dem ich während des Telefonats herumgespielt habe, zerbricht in meinen Händen und das laute Knacken ist in einer Gesprächspause zu hören. Esguerra zieht seine Augenbrauen in die Höhe, wirft mir einen kühlen Blick zu und ich zwinge meine Hände, den zerbrochenen Stift loszulassen.

Ich kann dieser Wut nicht nachgeben. Ich darf mir nicht erlauben, die Kontrolle zu verlieren. Ich muss eine neue Strategie ausarbeiten, etwas das nicht darauf beruht, dass Yulia mir blind vertraut.

Wenn ich mit meiner Vermutung, dass sie einen Freund hat, recht habe, wird sie mir niemals die Antworten geben, die ich suche.

Sie wird ihre Organisation schützen, weil er ein Teil von ihr ist.

* * *

Yulia liest immer noch, als ich mein Büro betrete und ihren blonden, über einen Michael Crichton Techno-Thriller gebeugten Kopf erblicke. Sie hat das Buch auf ihrem Schoß liegen – die einzige Position, die die Seile, mit denen sie an die Armlehnen gefesselt ist, zulassen.

Als sie mich eintreten hört, schaut sie auf und blickt mich misstrauisch an. Sie erwartet, dass ich Informationen von ihr erzwinge, und ihre Angst ist wie Benzin auf meinem flammenden Zorn.

Ich habe nicht vor, meine Gefangene zu enttäuschen.

»Warum schützt du sie?« Ich durchquere den Raum und bleibe vor ihr stehen. Meine Stimme ist kalt, auch wenn die Wut in meinen Adern brennend heiß ist. »Was haben sie vor?«

Yulias Blick senkt sich und sie schaut auf meinen Bauch. »Ich weiß nicht, wovon du redest.«

»Lüg mich nicht an.« Ich begebe mich leicht in die Knie, damit wir auf Augenhöhe sind. Ich strecke meine Hand aus, ergreife ihr Kinn und zwinge sie, mich anzuschauen. »Du möchtest nicht, dass wir deine Organisation verfolgen. Warum nicht?«

Sie schweigt und erwidert meinen Blick.

»Gibt es jemanden, der Teil der Organisation ist, den du beschützt?«

Ihre Augen weiten sich leicht und ich sehe kurz Panik in ihren blauen Tiefen aufblitzen. »Nein, natürlich nicht«, antwortet sie schnell.

Sie lügt. Ich weiß, dass sie es tut, aber ich spiele mit. »Also warum willst du dann nicht mit mir reden?«

»Weil sie deine Rache nicht verdient haben.« Ihre Worte schießen heraus, schnell und verzweifelt. »Sie haben nur ihren Job gemacht und unser Land beschützt.«

»Also machst du das alles aus Patriotismus? Willst du mir das erzählen?«

»Natürlich.« An ihrem Hals kann ich eine Ader pulsieren sehen. »Warum sollte ich es sonst tun?«

»Vielleicht weil sie dich rekrutiert haben, als du noch ein verdammtes Kind warst?« Mein Griff an ihrem Kinn verstärkt sich. »Weil die einzige Wahl, die sie dir gelassen haben die war, eine Nutte für sie zu werden oder im Waisenhaus zu verrotten?«

Yulia zuckt bei meinen harten Worten zusammen, ihre Augen füllen sich mit Tränen und ich halte inne, um gegen einen Wutanfall anzukämpfen. Als mir auffällt, dass sich meine Finger in ihre Haut bohren, löse ich meine Hand von ihr und lasse sie in meinen Schoß sinken. Meine Hand formt sich sofort zu einer Faust und sie weicht in ihren Stuhl zurück, so als habe sie Angst, ich könne sie schlagen.

Unter Anstrengungen entspanne ich meine Hand. »Yulia.« Es gelingt mir, meinen Ton zu mildern. »Sie sind Monster, verdammt nochmal. Ich verstehe nicht, wieso du das nicht erkennen kannst.«

Sie schließt ihre Augen und ich sehe, dass ihr eine Träne die Wange hinunterläuft. »Es ist nicht so einfach«, flüstert sie und öffnet ihre Augen, um mich wieder anzusehen. »Das verstehst du nicht, Lucas.«

»Nein?« Ich kann dem Drang nicht widerstehen, meine Hand zu heben und ihr die Feuchtigkeit aus dem Gesicht zu wischen. Meine Berührung ist fast zärtlich, da meine schlimmste Wut verschwindet, als ich sie weinen sehe. »Dann erkläre es mir, meine Schöne. Hilf mir, es zu verstehen.«

»Das kann ich nicht.« Eine weite Träne läuft ihre Wange hinunter und macht meine Arbeit zunichte. »Es tut mir leid, aber das kann ich nicht.«

»Das kannst du nicht, oder das wirst du nicht?« Es gibt nur einen Grund, der mir für ihr anhaltendes Schweigen einfällt. Meine Vermutung stimmt. Yulia hat jemanden in der Organisation, den sie beschützt – jemanden, von dem sie mir nicht erzählen kann, weil sie weiß, was mit ihm passieren wird, wenn ich von seiner Existenz erfahre.

Weil sie weiß, dass ich ihn persönlich umbringen werde.

Sie beantwortet meine Frage nicht. Stattdessen fragt sie ruhig: »Kann ich bitte das Badezimmer benutzen? Ich muss wirklich dringend.«

Ich starre sie an und meine Wut verstärkt sich. In weniger als fünf Tagen fliege ich nach Chicago und ich bin wirklichen Antworten immer noch kein Stück näher gekommen.

Und das werde ich auch nie, solange sie ihn liebt.

Als ich auf ihr Tränen überströmtes Gesicht schaue, habe ich eine Idee, die ich zuvor als zu grausam abgetan hätte. Jetzt allerdings, mit diesem neuen Wissen, das meine Wut nährt, sehe ich keinen anderen Ausweg. Ich kann Yulia nicht für immer in meinem Haus einschließen; irgendwann werde ich ihr mehr Freiraum geben müssen und wenn ich das tue, muss ich mir sicher sein, dass sie weder wegrennen, noch sich irgendwo verstecken kann.

Ich muss sicherstellen, dass sie nicht zu ihm zurückgehen kann.

Ich greife in meine Tasche, hole mein Klappmesser hervor und schneide ihre Fesseln durch, während sie mir blass und verängstigt zuschaut.

Ich setze einen harten, maskenhaften Gesichtsausdruck auf, ergreife ihren schlanken Arm und stelle sie hin. »Gehen wir«, sage ich mit eisiger Stimme.

Während ich sie den Flur hinunterführe, werde ich mir immer sicherer, dass ich genau das tun muss.

Es ist an der Zeit, die Samthandschuhe auszuziehen.

Yulia wird heute Nacht mit mir reden – auf die eine oder die andere Art.

ACHTZEHNTES KAPITEL

❖ YULIA ❖

Mein Puls jagt vor Angst, als wir schweigend zum Badezimmer gehen. Ich kann spüren, wie wütend Lucas ist. Trotzdem ist er anders, als ich es vorher bei ihm erlebt habe – kühler und kontrollierter. Er ist gleichzeitig wütend und entschlossen, und das macht mir mehr Angst, als wenn er einfach explodiert wäre.

Er lässt mich wie immer alleine ins Badezimmer gehen. Ich schließe die Tür hinter mir und lehne mich dagegen, um meine Gedanken zu sammeln und meinen rasenden Herzschlag zu beruhigen. Das Abendessen liegt mir wie ein Stein im Magen. Seit über einer Woche habe ich keine Panik verspürt und ich hatte ganz vergessen, wie stark dieses Gefühl sein kann.

Er hat gelogen. Er hat gelogen, als er mir versprochen hat, mir nicht wehzutun. Ich konnte den dunklen Vorsatz in seinem Gesicht erkennen und die kaum gezügelte Gewalt spüren, als er mich berührt hat.

Er wird heute Nacht etwas mit mir tun – irgendetwas Schreckliches.

Mir ist schlecht, als ich aufs Klo gehe und meine Hände wasche, ganz routiniert, trotz meiner Panik. Zu wissen, dass Lucas mich betrogen hat, fühlt sich an, als habe mir jemand ein Messer in die Brust gerammt. Am Anfang hatte ich vermutet, dass er nur mit mir spielen könnte, aber im

Laufe der Zeit habe ich mein natürliches Misstrauen ihm gegenüber langsam abgeworfen und angefangen zu glauben, dass dieses eigenartige häusliche Arrangement von uns eine Weile andauern würde.

Langsam ernsthafte Hoffnungen zu haben, dass er mir nicht wehtun würde.

Dura. Dura, dura, dura. Das russische Wort für Dummkopf dröhnt wie ein Presslufthammer in meinem Kopf. Wie hatte ich nur so ein Idiot sein können? Ich weiß, was Lucas ist. Ich kann die Dämonen sehen, die ihn antreiben. Mein Entführer ist ein Mann, der ein gutes, sicheres Zuhause verlassen hat, um sich für ein Leben voller Gefahren und Gewalt einzuschreiben, und das nicht aus Liebe zu seinem Land.

Er hat es getan, weil das seine Natur ist – weil er die Dunkelheit in sich ausleben musste.

Ich habe andere wie ihn kennengelernt. Meine Ausbilder. Obenko selbst. Sie alle teilen diesen Charakterzug, diese Unfähigkeit, Teil einer friedlichen Gesellschaft zu sein und nach ihren Gesetzen zu leben. Das macht sie so gut in ihrem Job – und so gefährlich.

Wenn man kein Gewissen hat, ist es leicht, das zu tun, was getan werden muss.

»Yulia.« Ein Klopfen an der Tür erschreckt mich und ich bemerke, dass ich einfach nur in meine Gedanken versunken dagestanden habe. »Bist du fertig?« Lucas' tiefe Stimme reißt mich aus meiner Lähmung und ich setze mich in Bewegung, da meine Angst durch einen Adrenalinschub verdrängt wird.

»Gleich«, rufe ich mit lauter Stimme, damit ich das laufende Wasser übertöne. »Ich muss nur noch mein Gesicht waschen.«

Ich lasse den Wasserhahn an, um die Geräusche meiner Bewegungen zu übertönen, als ich mich hinknie und den Schrank unter dem Waschbecken öffne. Dort, zwischen dem Toilettenpapier und den Zahnpastatuben ist das Objekt, das ich genau für eine solche Gelegenheit dort versteckt hatte.

Eine kleine Metallgabel, die ich vor zwei Tagen aus der Küche entwendet habe, indem ich sie in die Tasche meiner Shorts gleiten ließ, während Lucas abgewaschen hat. Er hatte sie wahrscheinlich ohne es zu merken in einer Schublade liegen gelassen, in der sich Servietten und andere kleine Gegenstände befinden. Ich habe sie herausgenommen, als ich frische Servietten für den Tisch geholt habe und sie hier in der Hoffnung versteckt, sie niemals benutzen zu müssen.

Aber jetzt brauche ich sie. Die kleine Gabel ist keine besonders gute Waffe, aber robuster als eine Plastikzahnbürste.

Ich ignoriere den Teil in mir, der sich dagegen auflehnt, Lucas zu verletzen, nehme die Gabel und lasse sie in die hintere Tasche meiner Shorts gleiten, bevor ich den Schrank wieder schließe.

Ich kann es nicht zulassen, dass er mich bricht.

Das Leben meines Bruders hängt davon ab.

* * *

Lucas führt mich weiterhin schweigend zum Schlafzimmer. Ich mache nicht den Fehler, ihn anzugreifen sobald ich rauskomme – ich werde ihn nicht ein zweites Mal überraschen können. Stattdessen gehe ich so ruhig ich kann und versuche, nicht an die kleine Gabel zu denken, die ein Loch in meine Hose brennt. Ich weiß, dass Lucas immer meine Hände kontrolliert, also lasse ich sie locker und entspannt an meinen Seiten baumeln und kämpfe gegen meinen Instinkt an, mich zu schützen und ihn *sofort* anzugreifen.

»Ausziehen«, sagt Lucas und bleibt vor dem Bett stehen. Die Lider seiner blassen Augen sind schwer, als er meinen Arm loslässt und zurücktritt. Ich kann seinen Hunger spüren. Er ist dunkel und stark, trotz der kalten Wut, die ich eindeutig in den harten Linien seines Gesichts erkennen kann.

Das wird kein zärtliches Liebemachen werden. Er wird mir wehtun.

Ich muss mich zwingen, den Rand meines kurzen Tanktops zu ergreifen, es über meinen Kopf zu ziehen und damit meine Brüste freizulegen. Mein Hals ist so eng, dass ich kaum atmen kann, aber ich lasse das Tanktop fallen und schaue ihn ausdruckslos an. Das schlimmste, was ich tun kann, ist ihm zu zeigen, wie viel Angst ich habe – und wie verzweifelt ich bin.

»Den Rest«, meint Lucas, als ich innehalte. Sein Gesichtsausdruck verändert sich nicht, aber ich kann die wachsende Ausbeulung in seiner Jeans sehen. »Zieh alles aus – oder ich werde es tun.« Seine Armmuskeln spannen sich an und verraten, wie ungeduldig er ist.

Ich zwinge meine Lippen zu einem spielerischen Lächeln. »Ach ja?« Langsam, sehr langsam, ergreife ich meinen Reißverschluss und bete dabei, dass meine Hände nicht zittern. »Und wie genau wirst du das tun?«

Bei meiner Herausforderung blähen sich Lucas' Nasenlöcher und er tut genau das, was ich erwartet habe.

Er streckt sich nach mir aus, seine Finger schieben sich unter das Bündchen meiner Shorts und ziehen mich gegen seinen harten Körper. Ich ziehe hörbar Luft ein, so als würde mich seine Rauheit erregen, und während er abgelenkt ist, lasse ich meine rechte Hand in meine Hosentasche gleiten, ergreife die Gabel und steche zu.

Blitzschnell schießt meine Hand auf sein Gesicht zu und die Gabel zielt auf sein Auge, während sich mein Knie gleichzeitig anhebt, um in seine Eier zu treten. Schon eine der beiden Verletzungen könnte ihn für einige kritische Momente aus der Fassung bringen, und beide zusammen sollten mir genug Zeit verschaffen, um wegzurennen.

Es hätte funktioniert – bei jedem anderen Mann hätte es funktioniert – aber Lucas ist nicht jeder andere Mann. So schnell ich auch bin, er ist noch schneller. In einem Bruchteil einer Sekunde weicht er aus. Die Gabel berührt leicht seinen Wangenknochen, mein Knie trifft auf seine Oberschenkelinnenseite und dann ist er auch schon auf mir, dreht meinen Arm mit einer schnellen, gnadenlosen Bewegung auf meinen Rücken. Seine Finger drücken meine Handgelenke so stark zusammen, dass meine Hand taub wird. Die Gabel rutscht mir aus den Fingern und im nächsten Moment liege ich auf meinem Bauch auf dem Bett und sein großer Körper drückt mich nach unten. Ich fühle seine Erektion an meinem Po pochen, spüre die Wut und die Lust, die er ausstrahlt und meine alte Angst steigt auf – und mit ihr die alten Erinnerungen, die mich wie eine übelkeitserregende Welle überrollen.

Nein, bitte nicht. Ich kann mich nicht bewegen, kann nicht atmen. Ich werde festgehalten, bin hilflos, während männliche Hände meine Kleidung wegreißen. Der Mann auf mir will mir wehtun, mich bestrafen. Ich kämpfe dagegen an, aber ich kann nichts tun, und die dunkle Panik erfasst mich, lässt mich die Kontrolle verlieren.

»Nein, bitte nicht!« Ich bekomme nicht mit, dass ich schreie, brülle und ihn anflehe. Alles, was ich fühle, sind seine Hände, die meine Shorts nach unten ziehen und seine Knie, die auf meinen Oberschenkeln liegen, um mich unten zu halten. Sein Griff ist nicht zärtlich, sondern voller rauer, rachsüchtiger Lust und das Grauen wird unerträglich, als seine Finger in meinen Körper eindringen, so gewalttätig zustoßen, dass ich vor Schmerzen schreie und schluchze.

»Hör auf, bitte, hör auf!« Es ist nicht mehr länger Lucas, der auf mir liegt, nicht mehr der Mann, der mir Lust verschafft hat. Es ist das brutale Monster meiner Albträume, das meinen Körper und meine Seele zerfetzt hat. Die Grenzen meines Bewusstseins verschwinden und ich befinde mich in der Vergangenheit. »Nein! Bitte, hör auf!«

Das Monster hört nicht auf, hört nicht auf mich. »Wer bin ich?«, knurrt es und seine Finger sind gnadenlos. »Wie heiße ich?«

»Nein, hör auf!« Ich winde mich unter ihm und bin vor Angst wahnsinnig. Ich verstehe nicht, was er sagt, was er von mir will. Ich muss weg von hier. Ich muss ihn dazu bekommen, mich loszulassen. »Lass mich gehen!«

»Sag mir meinen Namen und ich werde aufhören.« Irgendetwas an dieser Aussage ist falsch, irgendetwas, das mich innehalten lassen sollte, aber ich kann nicht denken, kann mich auf nichts, außer das dunkle, wirbelnde Grauen konzentrieren.

»Lass mich gehen!«

Seine Finger stoßen tiefer hinein und seine Stimme ist hart und grausam. »Sag mir meinen Namen.«

»Kirill!« Ich schreie und klammer mich verzweifelt an jeden Hoffnungsschimmer, auch wenn er noch so klein sein sollte. Ich würde alles tun, alles sagen, was ihn aufhören lässt.

Er hört nicht auf. »Mein voller, richtiger Name.«

»Kirill Ivanovich Luchenko!«

»Wer bin ich?«

»Mein Ausbilder!« Die Dunkelheit frisst mich auf, zerstört mich. »Bitte, hör auf!«

»Dein Ausbilder wo?«

»An der UUR!«

»Was ist die UUR?« Sein Körper drückt mich nach unten und nimmt mir mit seinem Gewicht die Luft. »Wofür steht diese Abkürzung, Yulia?«

»Ukrainskoye –« Die Absurdität des Ganzen dringt endlich durch meine Panik und ich erstarre, als meine Gedanken schmerzhaft zwischen der Vergangenheit und der Gegenwart hin- und herspringen. Das ergibt keinen Sinn. Alles ist anders, alles ist falsch. Die Finger in mir sind rau, aber sie zerreißen mich nicht und ich rieche auch kein Parfum.

Es gibt kein Parfum.

»Wofür steht die Abkürzung?«, wiederholt der Mann und zum ersten Mal höre ich die Anspannung in seiner vertrauten, tiefen Stimme.

Einer Stimme, die Englisch spricht.

Nein, um Himmels willen, nein. Diese Erkenntnis ist wie ein Pfeil, der sich durch meine Lungen bohrt.

Auf mir liegt nicht Kirill.

Es ist Lucas.

Es war die ganze Zeit über Lucas.

Er hat meinen Alptraum aufleben lassen und ich bin zerbrochen.

Ich habe ihm alles erzählt.

NEUNZEHNTES KAPITEL

❖ LUCAS ❖

Yulia hört auf, sich unter mir zu bewegen; ihr schlanker Körper erzittert einige Male und ich weiß, dass sie sich nicht länger dort befindet, an diesem alten Ort ihres Grauens.

Sie ist wieder bei mir.

Ich sollte mich nach diesem Sieg gut fühlen. Der Name ihres ehemaligen Ausbilders und die Abkürzung ihrer Organisation sind konkrete Hinweise. Unsere Hacker werden das Netz durchforsten und es ist nur eine Frage der Zeit, bevor sie Yulias Vorgesetzte und ihren Liebhaber finden.

Ich habe die Aufgabe, die ich zu erledigen hatte, ausgeführt.

Aber aus irgendeinem Grund fühlt es sich nicht wie ein Sieg an. Meine Brust schmerzt dumpf, als ich meine Finger aus Yulia ziehe und in mir ist eine Leere, ein Hohlraum, wo vorher Wut und Eifersucht lebten.

Ich habe ihr wehgetan. Nicht sehr – vielleicht auch gar nicht, körperlich. Sie war nicht völlig trocken gewesen und ich war vorsichtig eingedrungen, um sie nicht zu verletzen. Aber ich habe ihr trotzdem wehgetan.

Ich habe das Grauen ihrer Vergangenheit dazu benutzt, sie zu brechen. Ich kannte ihre Angst vor sexueller Gewalt und habe ihr Angst eingejagt, bis sie mich angegriffen hat und ich mich auf die Art gerächt habe, die sie am meisten fürchtet.

Ich habe ihren Albtraum aufleben lassen und sie wieder in das verängstigte fünfzehnjährige Mädchen verwandelt.

»Yulia.« Ich gehe von ihr runter, setze mich hin und die Schmerzen in meiner Brust werden stärker, als ich sie einfach nur zitternd daliegen sehe. Ich strecke meine Hand aus und streichele ihr sanft über den Rücken, da ich nicht weiß, was ich sagen soll. Ihre Haut fühlt sich unter meinen Fingerspitzen kalt und feucht an und sie atmet unregelmäßig. »Süße …«

Sie dreht sich weg und ihr Körper rollt sich zu einem kleinen Ball nackter Gliedmaßen zusammen. Ihre Shorts hängen immer noch auf Kniehöhe, aber das scheint sie nicht zu bemerken. Sie rollt sich einfach noch fester zusammen, so als würde sie verschwinden wollen.

»Komm her, Baby.« Ich muss einfach nach ihr greifen. Sie versteift sich, als ich sie auf meinen Schoss ziehe und jeder Muskel in ihrem Körper ist angespannt. Ich weiß, dass meine Berührung das letzte ist, was sie gerade möchte, aber ich kann sie damit nicht alleine lassen.

Auch wenn ich weiß, dass Yulia einen anderen Mann liebt, kann ich sie nicht alleine lassen.

Ihr nasses Gesicht lehnt an meiner Schulter, während ich sie umarme und ihren Rücken, ihre Haare und die schlanken Muskeln ihrer Waden streichele. Der Geruch ihrer Haut nach Pfirsich umschmeichelt meine Nase, aber meine Lust ist im Moment unterdrückt, damit ich mich auf ihr Wohlbefinden konzentrieren kann. Yulia, die ihre Knie an ihre Brust gezogen hat, scheint nicht größer als ein Kind zu sein und ihr ganzer Körper hat auf meinem Schoß Platz. Ihre Zerbrechlichkeit wiegt schwer auf mir und verstärkt den Druck, der auf meinem Herzen lastet. Ich weiß nicht, was ich tun soll, also halte ich sie einfach nur in meinen Armen und wärme ihre kalte Haut mit meinem Körper. Sie zieht sich nicht zurück, kämpft nicht gegen mich an, und das reicht mir im Moment.

Es muss reichen.

»Es tut mir leid«, murmele ich, als ihr Zittern langsam nachlässt. Die Worte klingen für sie wahrscheinlich genauso hohl wie für mich, aber ich rede weiter, weil sie mich verstehen muss. »Ich wollte dir nicht wehtun, aber wir mussten aus dieser Sackgasse herauskommen. Du hättest mir niemals genug vertraut, um mir von der UUR zu erzählen. Und jetzt ist es vorbei. Es ist geschafft. Ich habe dir versprochen, dass ich dir nichts tun würde, wenn du redest, und das werde ich auch nicht. Alles wird gut werden. Das verspreche ich dir.«

Sobald ihr Freund tot ist, wird sie ganz und gar mir gehören.

Yulia sagt nichts, aber nach einigen Minuten normalisiert sich ihre Atmung und sie hört auf zu zittern. Selbst ihre Haut fühlt sich wärmer an, auch wenn ihr Körper immer noch steif in meinen Armen liegt.

»Bist du müde, Baby?«, flüstere ich und bewege meine Hand in kleinen, kreisförmigen Bewegungen über sie. »Möchtest du schlafen gehen?«

Sie antwortet nicht, aber ich kann spüren, wie sie noch steifer wird.

»Keine Angst, ich werde dich nicht anfassen«, sage ich, da ich mir denken kann, warum sie so angespannt ist. »Wir werden einfach schlafen gehen, in Ordnung?«

Sie antwortet mir immer noch nicht, aber das erwarte ich gerade auch nicht. Ich drücke sie gegen meine Brust, stehe auf und trage sie zu ihrer Bettseite, um sie sanft auf das Laken zu legen. Yulia dreht sich sofort weg von mir, wickelt sich in die Decke und ich lasse sie in Ruhe, während ich mich ausziehe und die Handschellen hervorhole.

Ich lege mich neben sie, ziehe die Decke weg und greife nach ihrem linken Handgelenk. »Komm her, Süße. Du kennst den Ablauf doch.«

Sie widersetzt sich nicht, als ich die Handschellen um unsere Handgelenke lege. Es sollte unbequem sein, so zusammengekettet zu schlafen, aber ich habe mich so sehr daran gewöhnt, dass es sich völlig natürlich anfühlt.

Sobald ich Yulia gesichert habe, ziehe ich sie an meine Brust und umfasse sie von hinten. Als mein Lendenbereich gegen ihren Po drückt, spüre ich den rauen Stoff an meinem nackten Schwanz und mir fällt auf, dass sie sich die Shorts hochgezogen haben muss, während ich mich ausgezogen habe. Ich überlege, sie so schlafen zu lassen, aber nachdem ich mich einige Male zurechtgerückt habe, um eine bessere Position zu finden, greife ich nach dem Reißverschluss ihrer Shorts.

»Ich werde dich nur im Arm halten«, verspreche ich ihr und ziehe die Hose an ihren Beinen herunter, während sie steif und ohne sich zu bewegen daliegt. »Das wird auch für dich bequemer sein.«

Ich lasse die Shorts aus dem Bett fallen, ziehe Yulia zurück in die Löffelchen Stellung und genieße es, wie perfekt ihr nackter Körper in meine Arme passt. Bevor ich Yulia getroffen habe, habe ich nie das Bedürfnis verspürt, mit einer Frau zu kuscheln, aber jetzt kann ich mir nicht mehr vorstellen, einzuschlafen ohne sie zu umarmen.

Natürlich hätten wir normalerweise Sex, fällt mir auf, als mein Schwanz sich an ihrem Po aufrichtet. Es ist viel einfacher zu schlafen, nachdem ich sie einige Male gefickt habe.

Naja. Ich atme tief durch und stelle mir vor, wie ich durch den Schlamm in den afghanischen Bergen krieche und eisiger Graupelregen meine Kleidung durchweicht. Als das nicht funktioniert, denke ich an meine Eltern und daran, dass sie sich niemals berührt oder angelächelt haben, und Zuneigung durch Freundlichkeit und familiäre Bindung durch gemeinsame Ziele ersetzt wurden.

Diese Erinnerung hat den gewünschten Effekt und meine Erektion schwächt so weit ab, dass ich mich entspannen kann. Als ich in die beruhigende Dunkelheit des Schlafes sinke, träume ich von Pfirsichkuchen, Engeln mit langen blonden Haaren und einem Lächeln.

Yulias strahlendem, echtem Lächeln.

ZWANZIGSTES KAPITEL

❖ YULIA ❖

»Es ist deine Schuld, Schlampe. Es ist alles deine Schuld.«

Mir fällt am Rande auf, dass die Worte eigenartig entfernt klingen, aber das Entsetzen hat mich immer noch fest im Griff und nimmt mir die Luft wie ein erdrückendes Tuch. Ich kann ihn auf mir spüren und ich schreie und kämpfe, um der Vergewaltigung zu entgehen, dem unerträglichen Schmerz.

»Nein, bitte nicht.«

»Ruhig, Baby, es ist alles in Ordnung. Du hast gerade einen Albtraum.«

Starke Arme halten mich fest und drücken mich gegen einen harten, warmen Körper. Meine erstickende Panik lässt nach und die grausamen Stimmen verschwinden. Ich schluchze vor Erleichterung und versuche, mich umzudrehen, die Person anzuschauen, die mich hält, aber etwas Hartes zieht an meinem linken Handgelenk.

Die Handschellen.

»Lucas?«

»Ja, ich bin es.« Warme Lippen streifen an meinen Schläfen entlang und eine große Hand streicht mir über mein Haar. »Ich habe dich. Du bist in Sicherheit. Es geht dir gut.«

Er hat mich. Etwas an dieser Aussage sollte mich beunruhigen, aber in diesem Moment nehme ich nur die berauschend beruhigende Wirkung war. Lucas starke Arme sind um mich, halten mich fest, schützen mich in der Dunkelheit und das Grauen der Träume entfernt sich, zieht sich in den Sumpf der Vergangenheit zurück.

Es gibt keinen Kirill hier. Es gibt nur Lucas und niemand kann mich ihm jemals wieder wegnehmen.

»Baby, hör auf, dich so zu bewegen.« Seine Stimme ist rau und ich bemerke, dass ich mich an ihm reibe, um mich noch tiefer in seiner Umarmung zu vergraben. Während ich das tue, berührt mein Po immer wieder seinen Lendenbereich, und das Ergebnis ist keine Überraschung.

Das Entsetzen flackert auf, die Panik kommt für einen Moment zurück und ich versuche erneut, mich umzudrehen, mein Gesicht an seiner breiten Brust zu vergraben, aber die Handschellen sind im Weg.

»Ruhig, es ist alles in Ordnung. Du bist in Sicherheit.« Ich spüre ein Ziehen und höre ein leises Klicken, als er die Schlüssel umdreht und die Handschellen aufschließt. »Du musst keine Angst haben. Es ist alles in Ordnung.«

Es ist alles in Ordnung. Die Panik zieht sich zurück, besonders als ich meine Arme um Lucas' muskulösen Oberkörper legen und seinen vertrauten Geruch einatmen kann. Er riecht nach seinem Duschgel und warmer männlicher Haut, nach Sicherheit, Stärke und Geborgenheit. Ich vergrabe mein Gesicht an seiner Brust und lege ein Bein über seine Hüfte, da ich mich am liebsten wie Wein um ihn winden möchte. Ich höre, wie er aufstöhnt, als sein harter Schwanz sich gegen meinen Bauch drückt.

Etwas an dieser Reaktion sollte mich ebenfalls beunruhigen, aber da mein Kopf noch mit meinem Traum zu kämpfen hat, komme ich nicht darauf. Ich möchte ihn einfach noch näher bei mir haben - so nahe, wie es zwei Menschen möglich ist.

»Fick mich«, flüstere ich und lasse eine Hand zwischen unsere Körper gleiten, um seine angespannten Hoden zu umfassen. »Bitte, Lucas, fick mich.«

»Du …« Seine Stimme hört sich belegt an. »Du willst mich?«

»Ja, Lucas, bitte.« Ich weiß, dass es pathetisch ist, ihn anzubetteln, aber ich brauche ihn. Ich brauche ihn, damit er die Angst verjagt. »Bitte«

– ich ergreife seinen Schwanz um ihn zu meinem Geschlecht zu führen –
»bitte, fick mich. Bitte.«

»Ja. Verdammt nochmal, ja.« Er hört sich ungläubig an, als er sich auf
mich rollt und seine Hüften zwischen meinen geöffneten Oberschenkeln
platziert. »Was immer du möchtest, meine Schöne. Was immer du« – er
stößt tief in mich – »möchtest.«

Wir beide stöhnen auf, als er vollständig in mich eingedrungen ist
und mich seine Dicke bis an meine Grenzen ausdehnt. Ich bin nicht so
feucht wie sonst, aber das ist egal. Das fast schmerzhafte Dehnen, die
überwältigende Kraft seines plötzlichen Eindringens – genau das brauche
ich. Hier geht es nicht um Sex oder Lust.

Hier geht es darum, dass ich ihm gehöre.

»Yulia …« Seine Stimme ist ein gequältes Stöhnen, als er beginnt, sich
in mir zu bewegen. »Verdammt, Baby, du fühlst dich so unglaublich …«

»Ja.« Ich schlinge meine Beine um seine muskulösen Oberschenkel
und nehme ihn noch tiefer in mir auf. »Ja, genau so. Oh Gott, genau so.«

Er gehorcht, sein Rhythmus ist fest und gleichmäßig und ich vergesse
das unangenehme Gefühl von vorher. Während er mich nimmt, baut
sich eine unkontrollierte Hitze in mir auf, ein rein animalisches
Verlangen. Ich will, dass er mich so hart fickt, dass es wehtut, dass er
mich so stark kommen lässt, dass ich meinen eigenen Namen vergesse.

Ich will, dass seine Wildheit meine Dämonen zerstört.

»Härter«, flüstere ich und kralle meine Nägel in seinen Rücken.
»Nimm mich härter.«

Er spannt sich an, ein Schauer läuft durch seinen großen Körper und
ich spüre, wie sein Schwanz noch stärker anschwillt. In seiner Brust
vibriert ein leises Knurren und er wird schneller, seine Pomuskeln
spannen sich unter meinen Waden an, als er mich wie ein
Presslufthammer bearbeitet und jeder Stoß so tief ist, dass er mich fast
zerreißt. Es sollte zu viel sein, zu hart, aber mein Körper umarmt ihn und
die Hitze in mir verstärkt sich mit jedem Stoß. Ich kann meine eigenen
Schreie hören, den explosiven Druck spüren, der sich in mir aufbaut und
alle meine Ängste lösen sich in Luft auf, bis nur noch die brennende Lust
zurückbleibt.

»Lucas!« Ich weiß nicht, ob ich seinen Namen wirklich rufe oder ob
sich das nur in meinem Kopf abspielt, aber in diesem Moment schreit er

heiser auf und ich spüre, wie er sich in mich ergießt, während heiße Ekstase durch meine Nervenenden fließt. Der Orgasmus ist so intensiv, dass sich mein ganzer Körper nach oben biegt und weiße Flecken vor meinen Augen erscheinen. Er scheint endlos zu sein, wie ein pulsierender Krampf nach dem anderen, aber irgendwann lassen die Wellen der Lust nach und mein Bewusstsein kehrt langsam zurück.

Lucas liegt auf mir und sein großer Körper ist schweißbedeckt. In dem Moment, in dem ich sein schweres Gewicht wahrnehme, rollt er bereits von mir runter und zieht mich an sich, so dass mein Kopf auf seinen Schultern liegt. Wir liegen einfach nur da, schwer atmend und zu kaputt, um uns zu bewegen. Als sich mein Herzschlag langsam wieder normalisiert, überkommt mich die Schwere der Befriedigung.

»Schlaf schön, Baby«, höre ich ihn noch flüstern, bevor mich der Schlaf übermannt, ich meine Augen schließe und weiß, dass ich sicher bin.

Ich gehöre zu Lucas und er wird meine bösen Träume fernhalten.

* * *

»Guten Morgen, meine Schöne.« Ein zärtlicher Kuss auf meine Schulter weckt mich auf. »Möchtest du Tee?«

»Wie bitte?« Ich versuche angestrengt, meine Augenlider zu öffnen und blinzele, um den schläfrigen Nebel aus meinem Kopf zu vertreiben. Ich liege auf meiner Seite und rolle mich auf den Rücken, um zu Lucas hochzublicken, der bereits angezogen neben dem Bett steht und etwas in der Hand hält, das wie eine Tasse mit einer dampfenden Flüssigkeit aussieht.

»Tee«, erklärt er mir. Sein harter Mund lächelt. »Ich habe dir eine Tasse gekocht. Ich hoffe, dass ich es nicht versaut habe.«

»Äh ...« Mein Kopf arbeitet immer noch nicht richtig, also setze ich mich hin und versuche zu verstehen, was gerade passiert. »Du hast mir Tee gekocht?«

»Ja.« Lucas setzt sich auf die Bettkante und reicht mir vorsichtig die Tasse. »Bitteschön. Ich war mir nicht sicher, wie lange er ziehen muss, aber auf der Packung war eine Anleitung, also habe ich es hoffentlich richtig gemacht.«

»Okay.« Ich nehme ihm die Tasse ab und trinke einige Schlucke. Der Tee ist heiß genug, um meine Zunge zu verbrennen, aber der vertraute Geschmack des Earl Grey belebt mich und setzt mein Gehirn in Gang. Langsam kommt alles Stück für Stück zurück.

Lucas als Kirill. Meine Enthüllung über die UUR.

Die Tasse zittert in meiner Hand und heiße Flüssigkeit schwappt auf meine nackten Brüste.

Von dem plötzlichen Schmerz überrascht, blicke ich nach unten und höre wie Lucas flucht, während er mir die Tasse abnimmt. Er stellt sie auf den Nachttisch, bevor er meine Brust mit einer Ecke der Decke abtrocknet. »Scheiße. Yulia, alles in Ordnung?«

Ich blicke ihn an und meine Haut fühlt sich trotz der Verbrennung mit dem heißen Tee kalt an. »Du möchtest wissen, ob ich in Ordnung bin?« Jetzt erinnere ich mich wieder an alles. Die Art und Weise, wie er mich gebrochen hat. Die Art und Weise, wie er mich danach getröstet hat. Den Albtraum. Wie ich mich in der Dunkelheit an ihn geklammert habe.

Wie ich ihn gebeten – nein, *angefleht habe* – mich zu ficken.

Lucas' Gesicht spannt sich an. »Hast du dich schlimm verbrannt?«

»Nein.« Mein inneres Frösteln verstärkt sich und betäubt die kranke Panik, die durch meine Adern fließt. »Ich habe mich nicht verbrannt.«

Zumindest nicht an dem Tee.

Ich drehe mich weg, hebe die Bettdecke an und suche nach den Shorts, die er mir letzte Nacht ausgezogen hat, als wir uns schlafen legten. Es ist etwas, worauf ich mich konzentrieren kann, etwas, das ich tun kann. Außerdem brauche ich Kleidung. Sie ist ein Schutz, und genau den brauche ich.

Ich muss mich an etwas festklammern, um nicht durchzudrehen.

Wie konnte ich mich nach diesem furchtbaren Traum nur an Lucas wenden, wenn er ihn doch einige Stunden davor wahr werden ließ? Wie konnte ich nur diesen Mann begehren, der mich auf eine solche Art und Weise gebrochen hat? Es ist, als habe ich das verdrängt, was er getan hat, alles unterdrückt, weil ich so verzweifelt das Gefühl von Geborgenheit brauchte.

Wegen meines schwachen, selbstsüchtigen Bedürfnisses habe ich den Mann umarmt, der meinen Bruder zerstören wird.

»Yulia.« Lucas streckt sich nach mir aus, aber ich zucke zurück. Meine Finger bekommen endlich die Shorts zu fassen, die vor dem Bett lagen, und ich ergreife sie. Danach stehe ich auf, allerdings verlasse ich das Bett auf der Seite, die am weitesten von Lucas entfernt ist. Ich weiß, dass ich keinen Rückzugsort habe, aber ich kann es noch nicht zulassen, dass er mich berührt.

Ich würde erneut zerbrechen.

»Was tust du?«, fragt er als ich die Shorts anziehe und dann auf allen vieren nach dem Top suche, das ich letzte Nacht getragen habe. »Yulia, was zum Henker tust du?«

Ah, dort. Ich ignoriere seine Fragen und schnappe mir das Tanktop – falls man einen Sport BH mit Spitzenumrandung so nennen kann. Alle Sachen, die ich von Lukas bekommen habe, sind so: leger aber unglaublich sexy. Sie sind allerdings besser als nichts, also ziehe ich mir das Tanktop über und stelle mich hin, ohne ihn anzuschauen.

Das scheint ihn zu irritieren. Innerhalb einer Sekunde hat er den Raum durchquert, steht vor mir und seine Finger umschließen meinen Arm.

»Was ist los, Yulia?« Lucas ergreift mein Kinn mit seiner freien Hand und zwingt mich dazu, ihn anzuschauen. »Was ist das für ein Spiel, das du spielst?«

»Ich?« Als ich ihn anblicke, flackert trotz meiner Verzweiflung ein kleiner Funke Ärger auf. »Du bist der Spielführer, Kent. Ich bin doch nur eine Spielfigur.«

Er zieht seine Augenbrauen zusammen. »Und was war letzte Nacht? Warst du da auch nur eine Figur?«

»Letzte Nacht war ein kurzer Anflug von Wahnsinn.« Das ist zumindest die einzige Erklärung, die ich für mich finden kann. Meine Stimme ist hart und bitter als ich hinzufüge: »Außerdem, was interessiert es dich? Du hast doch bekommen, was du wolltest.«

»Ja, das habe ich.« Sein Gesichtsausdruck ist unleserlich. »Ich habe genug Informationen, um die UUR zu zerstören.«

Eine Übelkeitswelle überrollt mich und ich möchte mich übergeben. Ich weiß nicht, ob Lucas das spürt, aber er lässt mein Kinn los und tritt zurück.

»Dir wird nichts passieren«, sagt er mit eigenartig angespannter Stimme. »Ich habe dir schon gesagt, dass ich dich weder umbringen, noch dir etwas anderes antun werde, sobald ich die Informationen habe, und das werde ich auch nicht. Du hast keinen Grund mehr, angespannt zu sein. Es ist vorbei.«

Ich starre ihn an, weil mir auffällt, dass ich weder gestern Nacht, noch heute Morgen auf den Gedanken gekommen bin, dass Lucas mich umbringen könnte. Ich habe überhaupt nicht darüber nachgedacht, was mit mir geschehen könnte. Irgendwann habe ich offensichtlich angefangen zu glauben, dass mein Entführer nicht möchte, dass ich sterbe.

Ich habe angefangen, darauf zu vertrauen, dass seine sexuelle Besessenheit von mir echt ist.

»Die Dinge werden sich jetzt bessern«, sagt Lucas, als ich weiterhin schweige. »Sobald die UUR ausgelöscht ist, werde ich dir mehr Freiheiten gewähren. Du wirst dich frei auf dem Anwesen bewegen können, überall hingehen können wo du möchtest.«

»Wirklich?« Trotz meiner Verzweiflung muss ich fast laut auflachen. »Und warum denkst du, dass ich nicht wegrennen werde?«

Auf seinem Mund erscheint ein dunkles Lächeln. »Weil du nicht weit kommen würdest, solltest du es versuchen. Ich werde dich mit Trackern ausstatten.«

Mein Herz setzt einen Schlag aus. »Tracker?«

Lucas nickt und lässt meinen Arm los. »Esguerras Leute haben einen neuen Prototyp entwickelt. Aber warum gebe ich dir jetzt nicht schon einmal einen Vorgeschmack auf deine Zukunft? Wir können nach dem Frühstück draußen spazieren gehen.«

Ein Spaziergang. Zu einem anderen Zeitpunkt wäre ich überglücklich gewesen, aber jetzt schaffe ich es kaum, halbwegs normal mit Lucas umzugehen.

So zu tun, als würde meine Welt nicht bald zusammenbrechen.

»Zuerst frühstücken wir aber«, meint Lucas, als ich nicht reagiere. »Komm. Ich bringe dich zum Badezimmer, damit du dich fertigmachen kannst.«

Badezimmer. Frühstück. Ich will ihn anschreien und ihm sagen, dass er verrückt ist, dass ich unmöglich etwas essen kann, aber ich schweige und tue, was er sagt. Ich muss einen Weg finden, das Chaos, das ich angerichtet habe, wieder in Ordnung zu bringen.

»Über welche Tracker sprichst du?«, zwinge ich mich, ihn zu fragen, als wir zum Badezimmer gehen. »Implantate oder solche zum äußerlichen Tragen?«

»Implantate.« Lucas bleibt vor der Badezimmertür stehen und schaut mich an. »Nur einige wenige, um dich in Sicherheit zu wissen.«

Und sicher zu gehen, dass er jederzeit weiß, wo ich bin.

»Wann wirst du sie mir einpflanzen?«, frage ich und versuche, meine Stimme ruhig zu behalten. Sollten die Tracker so schwer zu entfernen sein wie ich vermute, wird eine Flucht unmöglich sein.

»Sobald ich aus Chicago zurückkomme«, antwortet Lucas. »In fünf Tagen werde ich für zwei Wochen dorthin fliegen. Leider werden die Tracker nicht vorher hier eintreffen, also musst du die ganze Zeit über gefesselt bleiben.«

»Du verreist?« Mein Herz schlägt plötzlich hoffnungsvoll schneller. Wenn er weg sein wird …

»Ja, aber mach dir keine Sorgen. Ich habe einigen Wächter, denen ich vertraue, Anweisungen gegeben, sich um dich zu kümmern.« Er lächelt, so als könne er meine Gedanken lesen. »Sie werden dafür sorgen, dass du in Sicherheit bist und es dir gut geht.«

Und immer noch hier, wenn ich zurückkomme.

Diese unausgesprochenen Worte liegen in der Luft, als ich das Badezimmer betrete und leise die Tür hinter mir schließe. Lucas' Plan, mich an sich zu ketten, sollte mich entsetzen, aber die übelkeitserregende Angst, die ich verspüre, hat nichts mit meinem eigenen Schicksal zu tun.

Wenn Esguerras Männer die UUR genauso verfolgen wie sie es mit ihren anderen Feinden getan haben, wird niemand, der mit der Organisation in Verbindung steht, ihrer Rache entkommen.

Obenkos ganze Familie wird ausgelöscht werden – und mit ihr mein Bruder.

EINUNDZWANZIGSTES KAPITEL

❖ LUCAS ❖

Yulia ist still und in sich gekehrt, als sie uns Frühstück macht und ich zweifele nicht daran, dass sie gerade an ihn denkt – den Mann, dem ihr Herz gehört. Sie fragt sich wahrscheinlich, was aus ihm werden wird und macht sich Vorwürfe, dass sie ihn ungewollt verraten hat. Ich will sie mir schnappen und ihr befehlen, ihn zu vergessen, aber das würde die Sache nur noch schlimmer machen. Wenn sie versteht, dass ich über ihn Bescheid weiß, könnte sie um sein Leben betteln, und das möchte ich nicht.

Ich werde dieses Arschloch auf jeden Fall umbringen und ich möchte nicht, dass das für sie schmerzhafter als nötig wird.

Heute verrichtet sie die Küchenarbeit ohne zu lächeln, oder ab und an fröhlich zu lachen. Da ich den Zwischenfall mit der Gabel noch frisch im Kopf habe, beobachte ich sie besonders aufmerksam um sicherzugehen, dass sie nicht noch etwas versteckt. Ich nehme an, dass ich arrogant bin, meine Gefangene einfach so herumlaufen zu lassen, frei und mit Zugang zu Dingen, die sie als Waffe benutzen könnte. Ich bin mir ziemlich sicher, dass ich sie aufhalten kann, solange ich den Angriff vorhersehe, aber es besteht immer die Möglichkeit, dass sie mich eines Tages unvorbereitet trifft.

Sie ist gefährlich, aber genau wie bei einem schwierigen Auftrag macht das die Sache nur aufregender.

Das Frühstück, das Yulia uns zubereitet, ist einfach: ein Omelette mit Käse und eine Schüssel Erdbeeren als Nachtisch. Theoretisch hätte ich das auch machen können, aber meine Eier wären entweder wie Gummi oder zu flüssig geworden und der Käse wäre an den Rändern der Pfanne verbrannt. Bei Yulia passiert nichts dergleichen. Das Omelett ist leicht, fluffig und voller Käse, und selbst die Erdbeeren schmecken besser als ich sie in Erinnerung hatte.

»Das ist unglaublich gut«, sage ich zu ihr, während ich meine Portion esse und Yulia nickt, um mir zu zeigen, dass sie mich gehört hat. Abgesehen davon schaut sie mich weder an, noch spricht sie mit mir.

Es ist so, als würde ich nicht existieren.

Ihr Verhalten macht mich wütend, aber ich reiße mich zusammen. Ich weiß, dass ich ihr Schweigen verdient habe. Ich habe ihr zwar nicht körperlich wehgetan, aber das mindert die Schwere dessen, was ich getan habe, nicht.

Ich habe sie gequält, habe ihre größte Angst dazu benutzt, sie zu brechen.

Meine starken Schuldgefühle stören mich und so stehe ich auf und wasche ab, in der Hoffnung, dass mich diese Routineaufgabe von meinen lästigen Gedanken ablenkt. Meiner Meinung nach tue ich Yulia einen Gefallen, wenn ich ihren Freund aus ihrem Leben entferne. Es ist eindeutig, dass er sie nicht verdient hat. Er hat sie nach Moskau gehen lassen, um mit anderen Männern zu schlafen und hat sie zwei Monate lang in einem russischen Gefängnis verrotten lassen. Agent oder nicht, dieser Mann ist ein Schwächling und sie ist ohne ihn besser dran. Als Yulia letzte Nacht zu mir kam, dachte ich, dass sie mir wie durch ein Wunder vergeben hat. Ich wollte sogar schon ihren Freund vergessen, aber jetzt erkenne ich, dass ich Unrecht hatte.

Sie war zu traumatisiert gewesen um zu wissen, was sie tat.

»Bist du bereit für einen Spaziergang?«, frage ich, als ich zum Tisch zurückkehre. Yulia trinkt ihren Tee und schaut mich immer noch nicht an. »Ich habe in weniger als zwei Stunden ein Telefonat zu erledigen, also falls du rausgehen möchtest, sollten wir das jetzt tun.«

Sie steht, immer noch schweigend, auf und ich sehe, dass ihr Gesicht aschgrau ist. Sie ist erschüttert. Nein, mehr als erschüttert – sie ist völlig verstört.

Mein schlechtes Gewissen meldet sich wieder zu Wort und ich kann es nur unter größten Anstrengungen wegdrücken. »Komm her«, sage ich und nehme ihre Hand. Ihre schlanken Finger fühlen sich kalt an, als ich sie aus der Küche führe. »Wir werden hinten hinausgehen.«

Das Schlafzimmer hat eine Tür, die zum Garten führt und ich benutze sie, um uns vor neugierigen Blicken zu schützen. Ich möchte nicht, dass irgendjemand meine Gefangene draußen sieht und Gerüchte in die Welt setzt. Bis ich Esguerra etwas Handfestes über die UUR liefern kann, möchte ich unser Verhältnis geheim halten. Mein Chef schuldet mir einen Gefallen, aber es ist besser, wenn es sich um einen wechselseitigen Deal handelt – die Köpfe unserer Feinde gegen Yulia.

»Es tut mir leid, dass es so heiß ist«, sage ich, als wir hinaustreten. Es ist erst acht Uhr dreißig morgens, aber es fühlt sich bereits an wie in einer Dampfsauna. Wahrscheinlich wird es innerhalb der nächsten Stunde regnen, aber momentan ist der Himmel klar und es sind nur einige wenige weiße Wolken zu sehen. »Das nächste Mal werden wir eher gehen.«

»Nein, das ist kein Problem«, antwortet Yulia und bleibt auf einer Lichtung zwischen den Bäumen stehen. Überrascht schaue ich sie an und sehe, dass ihr Gesicht jetzt einen Hauch von Farbe hat. Während ich sie betrachte, schließt sie ihre Augen und legt ihren Kopf in den Nacken. Sie erinnert mich an eine Pflanze, die das Sonnenlicht aufsaugt, und ich verstehe, dass sie genau das tut: sie badet in der Sonne, nimmt ihre Wärme auf.

»Dir gefällt es hier.« Ich weiß nicht, warum mich das überrascht. Ich nehme an, ich habe mir einfach vorgestellt, dass jemand aus ihrem Teil der Welt an die Kälte gewöhnt sei und die heiße Hitze des Regenwalds hassen würde. »Du magst dieses Wetter.«

Sie hebt ihren Kopf wieder an und öffnet ihre Augen um mich anzuschauen. »Ja«, sagt sie ruhig. »Das tue ich.«

»Das freut mich.« Ich drücke Yulias Hand und lächele sie an. »Ich habe eine Weile gebraucht, bis ich mich daran gewöhnt hatte, aber jetzt kann ich mir nicht mehr vorstellen, an einem kalten Ort zu leben.«

Sie erwidert mein Lächeln nicht, aber ihre Hand wird wärmer, während wir weitergehen, tiefer in den Wald hinein, der an das Anwesen grenzt. Esguerras Besitz ist riesig und erstreckt sich kilometerweit in den Regenwald. In den achtziger Jahren stellte Juan Esguerra, Julians Vater, hier riesige Mengen an Kokain her, aber davon ist kaum noch etwas zu sehen. Der Dschungel hat die alten, hüttenartigen Laboratorien verschluckt, als sich die Natur das ihr entwendete Land zurückerobert hat und das Gras in einer unglaublichen Geschwindigkeit nachgewachsen ist.

»Es ist wunderschön hier«, sagt Yulia, als wir eine weitere Lichtung betreten und ich sehe, dass sie auf die tropischen Blumen schaut, die einen kleinen Teich einige Meter weit weg umranden. Sie hört sich eigenartig wehmütig an.

Ich lasse ihre Hand los und drehe mich um, um sie anzusehen. »Das ist dein neues Zuhause.« Ich greife nach oben, um ihre eine Haarsträhne hinter das Ohr zu streichen. »Sobald alles zur Ruhe gekommen ist, wirst du hierher kommen können, wann immer du möchtest.«

Ich will sie mit meinen Worten beruhigen, ihr versprechen, dass die Dinge besser werden, aber ihr Gesicht spannt sich bei meinen Worten an und ich weiß, dass sie sich wieder Sorgen um ihren Freund macht.

Arschloch. Ich wünschte mir, der Mann läge bereits unter der Erde, damit sie ihn endlich hinter sich lassen kann.

Ich erinnere mich daran, geduldig zu sein, nehme meine Hand herunter und sage: »Das ist einer von vielen hübschen Plätzen auf diesem Anwesen. Nicht weit von hier befindet sich auch ein hübscher See.«

Yulia antwortet nicht. Sie dreht sich weg und geht zum Teich. Ihre Flipflops sind kaum zu sehen, als sie in dem hohen Gras steht. Als ich die grünen Halme an ihren Knöcheln erblicke, fällt mir auf, dass ich ihr für diese Spaziergänge ein Paar Turnschuhe besorgen sollte. Es gibt hier Schlangen und alles mögliche Ungeziefer. Auch wilde Tiere – einige Wächter haben letzte Woche berichtet, Jaguare auf dem Grundstück gesehen zu haben.

Da ich mir plötzlich Sorgen mache, gehe ich zu Yulia und untersuche das Gras in ihrer Nähe. Ich kann nichts besonders Gefährliches sehen, also beschließe ich, sie nicht zu stören. Sie scheint in ihre Gedanken versunken zu sein, während sie mit in Falten gezogener Stirn auf das

Wasser schaut. Ihr Haar glüht im Sonnenlicht und zum ersten Mal bemerke ich, dass einige der Strähnen einen fast weißen Goldton haben, während andere eher die Farbe dunklen Honigs besitzen. Da ich keine Ansätze erkennen kann, nehme ich an, dass ihre Haarfarbe natürlich sein muss.

»Waren deine Eltern auch so blond?«, frage ich sie, als ich hinter sie trete. Ich kann meinem Drang nicht widerstehen, ihre Haare in meine Hände zu nehmen und genieße seine Fülle. »Diesen Farbton sieht man bei Erwachsenen nicht häufig.«

»Meine Mutter, ja.« Yulia scheint es nicht auszumachen, dass ich mit ihrem Haar spiele, also mache ich weiter und lasse meine Finger durch die seidige Masse gleiten, bevor ich sie zur Seite lege, um ihren langen, schlanken Hals freizulegen. »Mein Vater hatte eher ein sandiges braun, ein wenig dunkler als dein Haar. Aber als Kind war er richtig hell gewesen.«

»Ich verstehe.« Ich beuge mich nach unten, um ihren Pfirsichduft einzuatmen, aber kann der Versuchung nicht widerstehen, an dem empfindlichen Punkt unter ihrem rechten Ohr zu knabbern. Ihre Haut fühlt sich unter meinen Lippen warm und zart an und als ich mit meinen Zähnen über ihr Ohrläppchen fahre, höre ich, wie sich ihre Atmung beschleunigt. Sofort schießt Lust durch mich hindurch und mein Körper verhärtet sich vor Verlangen.

»Yulia …« Ich gebe ihr Haar frei, um ihre weichen, runden Brüste zu umfassen. »Ich begehre dich so unglaublich.«

Sie erschaudert und ihre Lippen öffnen sich zu einem lautlosen Stöhnen, während ihr Kopf nach hinten gegen meine Schultern fällt und sie ihre Augen schließt. Sie mag zwar wegen ihres Freundes erschüttert sein, aber sie will mich immer noch – das ist nicht abzustreiten. Ihre Nippel sind hart, als sie sich durch ihr Tanktop in meinen Handflächen drücken und ihre blasse Haut ist errötet.

Also war letzte Nacht doch kein Fehltritt. Yulia mag mir nicht verziehen haben, wohl aber ihr Körper.

Während ich immer noch ihren Hals küsse, gehe ich in die Knie und ziehe sie mit mir ins Gras. Ich lege mich auf meinen Rücken, drehe sie mit dem Gesicht zu mir und setze sie mit gespreizten Beinen und ihren Händen auf meinen Schultern auf mich. Yulias Augen sind jetzt geöffnet und sie betrachtet mich, während ich ihre Hüften umfasse und mein Becken anhebe, um meine Erektion an ihr Geschlecht zu drücken. Selbst durch unsere Kleidung hindurch fühlt es sich gut an, sich an ihr zu reiben, besonders weil ich sehe, wie sich ihre Augen verdunkeln.

»Komm her«, murmele ich und bewege eine meiner Hände ihren Rücken hinauf. Ich lege meine Finger um ihren Nacken, ziehe ihren Kopf zu mir und küsse sie, wobei ich ihr überraschtes Ausatmen aufsauge. Sie schmeckt nach Erdbeeren und sich selbst und ihre Zunge schlingt sich vorsichtig um meine, als ich den Kuss vertiefe. Ich drücke sie fester an mich, da ich näher bei ihr sein muss, aber unsere Bekleidung ist im Weg.

Da ich langsam ungeduldig werde, höre ich einen Moment lang auf, sie zu küssen und bewege meine Hand zum Saum ihres Oberteils. Mit einer flüssigen Bewegung ziehe ich es aus und lege ihre umwerfenden Brüste frei – Brüste, die sie sofort mit ihren Händen bedeckt.

»Lucas, warte.« Yulia wirft einen ängstlichen Blick hinter uns. »Was ist, wenn –«

»Niemand wird uns hier stören.« Ich greife nach ihren Shorts. »Wir sind zu weit von dem befestigten Pfad entfernt.«

»Aber die Wachen –«

»Die nächsten Türme sind zu weit weg, als dass sie uns hier sehen könnten.« Ich mache den Reißverschluss ihrer Shorts auf und lege sie aufs Gras. Ich ziehe ihre Hosen hinunter und füge mit einem dunklen Lächeln hinzu: »Wir sind ganz alleine, meine Schöne.«

Als nächstes ziehe ich mich aus und Yulia beobachtet mich dabei mit einem hin- und hergerissenen, fast gequälten Ausdruck. Ich weiß nicht, ob sie sich fühlt als würde sie ihn betrügen weil sie mich will, aber ich werde mich jetzt nicht darum kümmern. Sobald ich nackt bin, bedecke ich sie mit meinem Körper und schiebe meine Knie zwischen ihre Beine, um sie zu spreizen.

»Schau mich an«, befehle ich ihr, als sie ihre Augen schließen und ihr Gesicht wegdrehen will. Ich stütze mich auf meinen Ellenbogen ab, nehme ihr Gesicht in meine Hände und wiederhole: »Schau mich an, Yulia.« Ihr Geschlecht ist weniger als zwei Zentimeter von meiner Eichel entfernt und die Lust beginnt, meinen Verstand zu vernebeln. Bevor ich sie nehme, brauche ich allerdings noch etwas von ihr.

Ich muss wissen, dass sie mir gehört.

Yulia öffnet ihre Augen und ich sehe, dass sie nass sind. Sie blinzelt schnell, so als versuche sie, ihre Tränen zurückzuhalten, aber sie schießen heraus und laufen an ihren Schläfen hinunter. Bei ihrem Anblick zieht sich etwas in mir zusammen und ein eigenartiger Schmerz erwacht tief in meiner Brust.

»Nein«, flüstere ich und beuge mich nach unten, um die Feuchtigkeit wegzuküssen. »Mach das nicht, meine Süße. Es ist alles in Ordnung. Alles wird gut werden.« Der salzige Geschmack auf meinen Lippen verstärkt meinen Schmerz. »Weine nicht. Dir geht es gut. Ich werde auf dich aufpassen.«

Ihre Tränen versiegen nicht – es werden immer mehr – und ich kann mich nicht länger zurückhalten. Der Hunger in mir ist wie ein Dämon, der sich seinen Weg nach draußen bahnt. Ich küsse sie tief auf den Mund während ich in sie stoße und fühle, wie ihr feuchtes Fleisch mich umhüllt, mich so stark zusammendrückt, dass ich vor leidenschaftlicher Lust erzittere.

Sie versteift sich unter mir und ein rohes, schmerzerfülltes Geräusch entweicht ihrem Mund – doch ich höre nicht auf. Ich kann nicht. Mein Bedürfnis, sie zu besitzen, ist stark und ursprünglich, ein Instinkt, der in grauer Vorzeit geboren wurde. Sie wurde für mich geschaffen, diese wunderschöne, gebrochene Frau. Es ist ihr Schicksal, mir zu gehören. Ich höre nicht auf sie zu küssen, während ich immer wieder so tief ich kann in sie gleite und irgendwann spüre ich ihre Hände auf meinem Rücken, als sie mich umarmt und mich an sich zieht.

Mich genauso eng an sich bindet, wie ich sie an mich gebunden habe.

TEIL III: DER BRUCH

ZWEIUNDZWANZIGSTES KAPITEL

❖ YULIA ❖

Während der nächsten vier Tage verändert sich unser täglicher Ablauf. Wenn ich nicht angebunden bin, koche ich, wir essen zusammen und wir gehen früh am Morgen spazieren. Und wir ficken. Wir ficken oft. Es scheint so, als sei Lucas noch hungriger als sonst, weil er weiß, dass wir uns bald trennen. Er fickt mich überall – im Schlafzimmer, in der Küche, gegen einen Baum im Wald gestellt – und so häufig, dass mein Körper am Ende des Tages wund ist und schmerzt, und meine Seele zerrissen ist, weil ich weiß, dass ich mit dem Feind schlafe.

Nein, nicht, weil ich mit dem Feind schlafe – sondern weil ich es genieße. Egal, was ich mir sage, egal, wie sehr ich versuche ihm zu widerstehen, ich zerfließe in dem Moment in dem Lucas mich berührt. Vielleicht wäre das anders, wenn er mir erneut wehtun würde, aber das tut er nicht. Seine Leidenschaft für mich ist stark und manchmal sogar brutal, aber sie ist weder wütend, noch will sie mir schaden. Und oft – viel zu oft, um nicht verrückt zu werden – ist sie zärtlich.

Es ist, als beginne er, etwas für mich zu empfinden, mich für mehr zu wollen, als nur für Sex.

Ich versuche, nicht darüber nachzudenken – über seine Pläne mit mir und die Tracker, die er mir einpflanzen wird, um mich an sich zu ketten, während er alles zerstört, was ich liebe. Lucas hat nicht viel über die UUR gesprochen, aber von dem, was ihm herausgerutscht ist, weiß ich, dass er schon einige Hacker auf sie angesetzt hat. Es besteht die Möglichkeit, dass seine Recherche die Alarmglocken in der Organisation läuten lassen wird und sie Zeit haben, sich zu verstecken – aber dafür gibt es keine Garantie. Obenko hat es noch nie mit einem so mächtigen und rücksichtslosen Feind wie Esguerra zu tun gehabt, und die Wahrscheinlichkeit ist sehr groß, dass er nicht gegen ihn ankommt.

Wenn Lucas und sein Chef die Al-Quadar auslöschen konnten, ist es nur eine Frage der Zeit bevor sie das gleiche mit meiner Organisation tun. Ich muss flüchten oder ihnen zumindest eine Nachricht zukommen lassen, um sie zu warnen, was auf sie wartet. Aber Lucas ist genauso vorsichtig mit seinem Telefon und seinem Laptop wie mit seinen Waffen. Vielleicht werde ich eines Tages in der Lage sein, mich in sein Büro zu schleichen und das Passwort an seinem Computer zu hacken, aber darauf kann ich mich nicht verlassen.

Es gibt nur einen Weg, wie ich Misha vielleicht retten kann.

Ich muss Lucas von ihm erzählen.

Das ist ein beängstigender Schritt für mich. Ich vertraue meinem Entführer nicht – er hat mir bereits bewiesen, dass er meine Schwächen ausnutzt – aber ich sehe keine andere Möglichkeit. Wenn ich weiterhin schweige, ist Misha so gut wie tot. Ich weiß, dass ich Lucas nicht ausreden kann, an der UUR Rache zu nehmen, aber vielleicht würde er seinen Einfluss auf Esguerra dafür nutzen, meinen Bruder zu verschonen.

Misha wird nie ein normales Leben führen, aber vielleicht kann ich ihn davor bewahren, getötet zu werden.

Bevor ich mich mit meiner Bitte an Lucas wende, beschließe ich, zuerst den Bruch zwischen uns zu reparieren, wieder dorthin zu gelangen wo wir waren, bevor er mich gebrochen hat. Ich muss vorsichtig sein, um zu verhindern, dass er misstrauisch wird, aber die Zeit wird knapp. Am Abend nach unserem ersten Spaziergang antworte ich ihm deshalb schon wieder in ganzen Sätzen und am nächsten Tag verhalte ich mich fast so, als sei nichts passiert. Ich massiere ihn in der Dusche, frage ihn, was er gerne zum Abendessen haben würde und rede wieder mit ihm über die Bücher, die ich gerade lese. Ich erzähle ihm sogar von meiner ersten schrecklichen Erfahrung beim Ballett, als ein Lehrer vor der ganzen

Klasse gesagt hat, dass ich den Hals eines Straußes hätte – weshalb die anderen Kinder mich natürlich jahrelang „Strauß" genannt haben.

Lucas lacht über die Geschichte, seine hellen Augen ziehen sich vor Belustigung zusammen und ich lächele ihn an, da ich einen Moment lang vergesse, dass er mein Feind ist, dass ich das nicht ernst meine. Es ist erschreckend einfach für mich, meine Rolle zu spielen. Solange ich nicht an Misha und das Schicksal denke, das ihm bevorsteht, genieße ich Lucas Gesellschaft wirklich. Für so einen kantigen Mann ist mein Gefängniswärter ein leichter Gesprächspartner – und aufmerksam und clever, ohne arrogant zu sein. Auch wenn Lucas niemals eine Universität besucht hat, kennt er sich in vielen Themen hervorragend aus und kann intelligent über alles reden, von Politik über Aktienmarkt bis hin zu einschneidenden Entwicklungen in Wissenschaft und Technologie.

»Wo hast du so viel über Investitionen gelernt?«, frage ich ihn während eines Spaziergangs als sich unsere Unterhaltung um ein Buch über Finanzen dreht, das ich gerade gelesen habe. Nassim Talebs *Der schwarze Schwan* ist eine scharf formulierte Kritik an dem Risikomanagement der Finanzindustrie und es überrascht mich, dass es eines der Lieblingssachbücher von Lucas ist.

»Meine Eltern sind beide Wirtschaftstjuristen an der Wallstreet«, erklärt er mir. »Als ich aufgewachsen bin, lief im Hintergrund ständig CNBC und an meinem zwölften Geburtstag hat mein Vater ein Anlagekonto für mich eröffnet. Man könnte also sagen, dass mir das Thema im Blut liegt.«

»Oh.« Fasziniert bleibe ich stehen und blicke ihn an. »Investierst du immer noch?«

Lucas nickt. »Ich habe ein ansehnliches Portfolio. Ich kümmere mich zwar nichts selbst darum, weil ich keine Zeit dazu habe, aber derjenige, der es tut, ist gut. Er ist auch Esguerras Portfoliomanager. Wenn wir in Chicago sind, werde ich mich wahrscheinlich mit ihm treffen.«

»Ich verstehe.« Ich weiß nicht, warum mich das überrascht. Es ergibt Sinn. Ich kenne Lucas' Herkunft aus seiner Akte. Ich nehme an, dass ich immer gedacht habe, dass seine Erziehung nicht auf ihn abgefärbt hat, aber ich hätte es besser wissen sollen, besonders, nachdem ich die ganzen Bücher in seinem Büro entdeckt habe.

»Hast du noch Kontakt zu ihnen?«, frage ich. »Zu deinen Eltern, meine ich.«

»Nein.« Lucas bekommt einen verschlossenen Gesichtsausdruck. »Das habe ich nicht.«

Das stand auch in seiner Akte, aber ich hatte mich gefragt, ob er nur seine Familie schützen wollte. Offensichtlich nicht. Ich würde ihn gern mehr fragen, aber ich will nicht aufdringlich sein – es ist wichtig für mich, dass er gute Laune behält und sich nicht über mich ärgert. Den Rest des Wegs lasse ich Lucas die Unterhaltung führen und als wir wieder am Teich ankommen, gehe ich auf die Knie und blase ihm einen nach allen Regeln meiner Kunst.

Seine Zufriedenheit hat gerade höchste Priorität.

* * *

Am Tag vor Lucas' Abreise beschließe ich, dass es an der Zeit ist, ihm von Misha zu erzählen. Zum Mittagessen bereite ich Lucas Lieblingsessen zu: Brathähnchen mit Kartoffelpüree und zum Nachtisch Apfelkuchen. Meine Haare kämme ich auch extralange, bis sie seidig glatt sind und ich trage ein kurzes weißes Sommerkleid – das hübscheste Kleidungsstück, das ich von ihm bekommen habe. Als wir uns an den Tisch setzen, sehe ich, wie Lucas mich mit den Augen verschlingt und ich weiß, dass ich ihm eine Freude gemacht habe.

Jetzt muss ich nur noch herausfinden, wie sehr er sich freut.

Während des Essens denke ich darüber nach, wann der beste Moment wäre, dieses Thema anzusprechen. Wird er vor oder nach dem Dessert bessere Laune haben? Sollte ich warten, bis er sein Hühnchen gegessen hat, oder sollte ich jetzt auf meinen Bruder zu sprechen kommen? Während ich diese Optionen in Gedanken abwäge, sagt Lucas im Plauderton: »Ich habe kürzlich einige Nachforschungen über deine Heimatstadt Donetsk angestellt. Stimmt es, dass die Muttersprache der meisten Menschen, die dort leben, Russisch ist, und nicht Ukrainisch?«

Ich atme erleichtert aus. Das ist ein guter Einstieg ins Thema. »Ja, das stimmt«, antworte ich lächelnd. »Meine Familie hat zu Hause Russisch gesprochen. Ich habe Ukrainisch in der Schule gelernt, aber eigentlich spreche ich mittlerweile besser Englisch als Ukrainisch.«

Lucas nickt, so als hätte ich eine Vermutung bestätigt. »Deshalb sind sie im Waisenhaus auf euch zugekommen, stimmt's? Weil die Kinder dort schon eine der Sprachen fließend sprachen, die sie brauchten.«

Ich kann nur unter größter Anstrengung mein Lächeln beibehalten. Die Erinnerungen an das Waisenhaus und die UUR lassen meinen Appetit verschwinden, auch wenn wir uns dem Thema annähern, das ich besprechen möchte. Ich schiebe meinen halb vollen Teller zur Seite und sage so ruhig ich kann: »Ja, genau deshalb. Ich war eine besonders gute Kandidatin, weil ich außerdem Englisch sprach.«

»Und weil du wunderschön bist.« Lucas' Gesichtsausdruck kühlt sich unerwartet ab. »Vergiss den Teil nicht.«

Ich nehme meinen Mut zusammen. »Vielleicht«, erwidere ich vorsichtig. »Aber sie sind keine schlechten Menschen. Eigentlich –«

Lucas hebt seine Handflächen nach oben. »Yulia, halt. Ich weiß, was du mir jetzt sagen möchtest.«

Überrascht blicke ich ihn an. »Du weißt es?«

»Du möchtest einen von ihnen retten, stimmt's?« Lucas' Augen erinnern mich wieder einmal an winterliches Eis. »Darum ging es doch, bei dem allen hier.« Er lässt seine Hand über dem Tisch durch die Luft schweifen. »Das Kleid, das Essen, das hübsche Lächeln. Denkst du wirklich, ich durchschaue dich nicht?«

Ich schlucke und mein Herz beginnt zu rasen. »Lucas, ich wollte einfach –«

»Nein.« Seine Stimme ist genauso hart wie der Ausdruck auf seinem Gesicht. »Erniedrige dich nicht noch mehr. Es wird nichts bringen. Ich kann nichts mehr tun.«

Mein Magen schnürt sich zu. »Wie meinst du das?«

»Esguerra wird sich niemals darauf einlassen und ich werde meinen Einfluss nicht darauf verschwenden.«

Ich stehe taumelnd auf. »Aber –«

»Es gibt nichts mehr zu besprechen.« Lucas steht ebenfalls auf und schaut mich gebieterisch an. »Die einzige Person der UUR, die verschont werden wird, bist du.«

Ich gehe um den Tisch herum und mein Entsetzen verwandelt sich in kaltes Grauen. Das kann er mit Sicherheit nicht so meinen. »Lucas, bitte. Das verstehst du nicht. Er ist unschuldig. Er hat mit der ganzen Sache nichts zu tun.« Ich ergreife seine Hand und drücke sie verzweifelt. »Bitte, ich werde alles tun, was du möchtest, wenn du ihn verschonst. Er ist nur eine einzige Person. Alles was ich möchte, ist, dass er am Leben bleibt.«

Lucas windet seine Hand aus meinem Griff und unterbricht mein Flehen. »Ich habe es dir bereits gesagt. Es gibt nichts, was ich für ihn tun kann.« Auf dem Gesicht meines Entführers ist kein Mitleid zu sehen, kein Hauch von Gnade. »Esguerra entscheidet solche Dinge, nicht ich. Du hast einfach Pech, meine Schöne.«

Mein Blick verschwimmt und Blut dröhnt in meinen Ohren. »Bitte, Lucas –« Ich versuche erneut, ihn anzufassen, aber er ergreift mein Handgelenk und dreht meinen Arm nach oben, damit ich ihn nicht erreichen kann.

»Hör verdammt nochmal auf für ihn zu betteln.« Lucas drückt mein Handgelenk schmerzhaft zusammen, zieht mich an sich und ich sehe die heiße Wut in seinen eisigen Augen. »Du hast Glück, selbst noch am Leben zu sein. Begreifst du das nicht? Wenn du nicht so ein heißer Fick wärst –« Er verstummt, aber es ist zu spät.

Ich habe ihn laut und deutlich gehört und die wackeligen Überreste meiner Fantasie zerfallen zu Staub.

DREIUNDZWANZIGSTES KAPITEL

❖ LUCAS ❖

Yulia starrt mich mit riesigen Augen an, während ich ihr Handgelenk immer noch festhalte. Sie sieht aus, als hätte ich ihr gerade das Herz herausgerissen und etwas, das sich wie Reue anfühlt, kühlt den brennenden Nebel der Wut ab, der mich umgibt.

Ich lasse sie los und sage in einem ruhigeren Ton: »Yulia, das ist nicht das, was ich –«

»Warum tust du es nicht gleich jetzt und hier?«, unterbricht sie mich und ihr Blick bleibt auf mich gerichtet, als sie zurücktritt. »Mach schon, töte mich. Das wirst du doch sowieso tun. Dann, wenn ich nicht mehr so ein heißer Fick bin, stimmt's?«

»Nein, natürlich nicht.« Meine Wut kehrt zurück, nur dass sie sich dieses Mal gegen mich selbst richtet. »Ich habe dir doch gesagt, dass du bei mir in Sicherheit bist.«

»Nicht, wenn dein Chef möchte, dass ich sterbe.« Ihre Oberlippe verzieht sich spöttisch. »Hast du mir das nicht gerade erzählt?«

»Das habe ich damit nicht gemeint.« Ich verfluche mich selbst. Esguerra schien eine gute Entschuldigung zu sein, damit sie aufhört, für ihren Liebhaber zu betteln, aber ich hätte daran denken sollen, wie Yulia meine Worte interpretieren würde. »Ich habe dir versprochen, dich zu beschützen, und ich werde dieses Versprechen halten.«

»Und warum kannst du ihn dann nicht beschützen?« Ihr Gesicht ist voller verzweifelter Hoffnung, als sie wieder auf mich zukommt. »Bitte, Lucas. Er ist unschuldig –«

»Nein.« Ich will mir nicht anhören, wie sie mich für ihn anfleht. »Es ist mir scheißegal, ob er schuldig oder unschuldig ist. Ich habe es dir bereits gesagt – nur eine Person. Das ist der Deal.«

Ich erwarte, dass Yulia ablässt, dass sie akzeptiert, dass sie verloren hat, aber stattdessen hebt sie ihr Kinn und ihre Augen glühen wie blaue Kohlen in ihrem leichenblassen Gesicht. »Dann er. Ich möchte, dass Misha gerettet wird, nicht ich.«

Misha. Ich speichere diesen Namen ab, auch wenn sich mein Brustkorb durch die frische Wut zusammenzieht.

Sie ist bereit, für ihn zu sterben – für ihren schwächlichen Freund.

»Was du möchtest, ist nicht entscheidend.« Meine Worte sind genauso ätzend wie die Eifersucht, die in mir brennt. »Ich entscheide, wer lebt, nicht du.«

Sie reagiert, als hätte ich sie gerade geschlagen. Ihre Lippen zittern, sie zieht sich zurück und verschränkt die Arme vor ihrer Brust.

»Yulia.« Ich gehe ihr hinterher, da ihr Schmerz wie eine Klinge in mich schneidet, aber sie dreht sich weg und schaut aus dem Fenster, als ich mich ihr nähere. Ich hebe meine Hand, um sie ihr auf die Schulter zu legen, aber im letzten Moment ändere ich meine Meinung. Es gibt nichts, was ich tun kann, damit sie sich besser fühlt, außer der einen Sache, bei der ich allerdings keinen Kompromiss eingehen werde.

Ich will Mishas Tod und ich werde es nicht zulassen, dass sie mich solange manipuliert, bis ich ihn davonkommen lasse.

Ich lasse meine Hand sinken, trete zurück und betrachte Yulias angespannte Gestalt. Meine Gefangene sieht heute noch umwerfender aus als gewöhnlich, da sie in diesem weißen Kleid so unschuldig sexy wirkt. Ihre Haare fallen wie ein schmaler Wasserfall ihren Rücken hinunter, so dass sie die personifizierte Versuchung ist – und ich weiß, dass es Absicht ist.

Wie alles andere, was Yulia in den letzten Tagen getan hat, ist auch ihre hübsche Aufmachung heute ein Versuch, ihren Freund zu retten.

Dieser Gedanke erfüllt mich mit bitterer Wut. Ich drehe mich um, räume die Reste des Essens weg und wasche die Teller, um mich abzukühlen. Yulia bewegt sich nicht von der Stelle und als ich zu ihr gehe, sehe ich, dass sie immer noch totenbleich und ihr Blick abwesend ist.

Ich wappne mich gegen meinen irrationalen Drang, sie zu trösten und strecke meine Hand aus, um ihren Arm zu ergreifen. »Komm.« Meine Stimme ist ruhig. »Ich muss dich festbinden.«

Ich umfasse Yulias Arm fester als nötig, als ich sie in die Bibliothek bringe.

* * *

Sie schweigt, als ich sie an den Sessel fessele und sicherstelle, dass das Seil nicht in ihre Haut schneidet. Als ich fertig bin, trete ich zurück und schaue sie an. »Welches Buch möchtest du haben?«

Sie antwortet nicht, sondern starrt einfach nur auf ihren Schoß.

»Yulia. Ich habe dich verdammt noch mal etwas gefragt.«

Sie schaut kurz hoch und ihre Augen sind schmerzerfüllt.

»Was möchtest du lesen?«, wiederhole ich und versuche, mich von ihrem offensichtlichen Leiden nicht berühren zu lassen. »Welches Buch?«

Sie blickt weg, allerdings nicht, bevor ich einen Blick auf die Feuchtigkeit erhasche, die in ihren Augen schimmert.

Scheiße.

»In Ordnung, wie du möchtest.« Ich nehme irgendeinen Thriller aus dem Regal und lege ihn auf ihren Schoß. »Ich werde vor dem Abendessen zurück sein.«

Yulia reagiert nicht auf meine Worte und ich verlasse den Raum, bevor ich vor Wut überkoche.

VIERUNDZWANZIGSTES KAPITEL

❖ YULIA ❖

Es ist mir scheißegal, ob er schuldig oder unschuldig ist. Es gibt nichts, was ich für ihn tun kann. Wenn du nicht so eine heißer Fick wärst …

Lucas' Worte hallen in meinem Kopf wider, wiederholen sich in einer übelkeitserregenden Schleife immer wieder. Er war so kalt gewesen, so grausam. Es war, als wären die letzten zwei Wochen niemals passiert, als hätte ihm unsere gemeinsame Zeit nie etwas bedeutet.

Mein Herz fühlt sich an, als sei es in Scheiben geschnitten worden und der Schmerz ist so groß, dass ich ihn kaum ertragen kann. Ich atme flach, um besser mit den Qualen fertig zu werden, aber sie scheinen sich zu verstärken, sich auszubreiten und tiefer in meine Brust einzudringen.

Ich habe versagt. Ich habe bei meinem Bruder versagt. Alles, was ich von dem Moment an getan habe, in dem Obenko im Waisenhaus zu mir gekommen ist, habe ich für Misha getan, und jetzt war alles umsonst.

Der Mann, der meine letzte Hoffnung war, ist ein gnadenloses Monster und ich fühle mich wie ein Trottel.

Erniedrige dich nicht noch mehr. Es wird nichts bringen.

Irgendwoher hatte Lucas von meinem Bruder gewusst. Er wusste, dass ich ihn bitten würde, Mishas Leben zu retten. Er wusste, dass ich die ganzen letzten Tage versucht habe, ihn weichzukochen.

Er hat alles genommen, was ich zu geben habe und danach hat er ein Messer direkt in mein Herz gestoßen.

Ein bitteres Lachen entweicht mir, als ich darüber nachdenke, wie genial sein sadistischer Plan war. Ich muss zugeben, dass Lucas Kents Vorstellung von Rache brillant ist. Keine körperliche Folter würde so wehtun wie seine unverblümte Weigerung, meinem Bruder zu helfen.

Aus meinem Lachen wird Schluchzen und ich schlucke es hinunter, würge das Geräusch ab. Selbst in meinen Ohren höre ich mich verrückt und hysterisch an. Der Therapeut der Organisation hatte Recht. Ich bin nicht für diesen Job gemacht. Ich bin nicht wie Lucas oder Obenko.

Ich habe nicht die Fähigkeit, mich ausreichend von allem zu lösen.

»Deine Loyalität zu deinem Bruder ist bewundernswert, aber sie ist gleichzeitig deine größte Schwäche«, hatte mir Obenko nach einigen Monaten meines Trainings gesagt. »Du hängst an Misha, weil er Teil deiner Vergangenheit ist, aber du kannst nicht mehr in der Vergangenheit leben. Du kannst keine Familie haben. Du musst damit klarkommen, oder du wirst nicht in der Lage sein, dieses Leben zu führen. Es wird Zeiten geben, wenn du nahe an Menschen herankommen musst, ohne diese Menschen nahe an dich zu lassen. Du musst deine Gefühle kontrollieren können. Denkst du, dass du dazu in der Lage bist?«

»Natürlich bin ich das«, habe ich schnell geantwortet, da ich Angst hatte, von ihm aus dem Programm geschmissen zu werden und mit meinem Bruder ins Waisenhaus zurückkehren zu müssen. »Nur weil ich Misha liebe, heißt das nicht, dass ich jemand anderem so nahe komme.«

Und ich habe hart gearbeitet, um das zu beweisen. Ich war freundlich zu den anderen Auszubildenden, aber habe mich mit niemandem angefreundet. Das gleiche galt für die Lehrer. Ich habe zu allen einen emotionalen Abstand gehabt. Selbst nach dem Zwischenfall mit Kirill habe ich versucht, alleine mit meinem Trauma zurechtzukommen.

Ich war so eine gute, gewissenhafte Auszubildende, dass ich den Auftrag in Moskau weniger als ein Jahr nach Kirills Überfall erhalten habe.

Ein weiteres schluchzendes Lachen steigt in meinem Hals auf. Ich schlucke das hysterische Geräusch herunter, aber ich kann die Tränen nicht zurückhalten, die meine Wangen hinunterlaufen. Ich dachte, ich sei gut in dem, was ich tat. Ich lächelte und flirtete mit den mir zugeteilten

Liebhabern, aber habe niemals Gefühle für sie entwickelt. Selbst bei Vladimir, der mich sexuelle Lust lehrte, blieb ich kühl und distanziert. Außer meinem Bruder hat mir niemals jemand etwas bedeutet.

Bis ich Lucas traf.

Um nahe an meinen Entführer zu kommen, habe ich mich zu sehr geöffnet. Ich habe die Kontrolle über meine Gefühle verloren. Ich habe es zugelassen, dass ein rücksichtsloser, verräterischer Mann mir nahekommt und er hat diese Nähe ausgenutzt, um die grausamste aller Bestrafungen zu finden.

Er hat die beste Art gefunden, mich zu zerstören.

FÜNFUNDZWANZIGSTES KAPITEL

❖ LUCAS ❖

Ich habe noch eine Unmenge an Arbeit zu erledigen, bevor wir morgen früh abreisen, aber ich gehe trotzdem in den Fitnessraum, weil ich mich auf nichts konzentrieren kann, weil meine Gedanken von Yulia und ihrem gequälten Gesichtsausdruck beherrscht werden.

Als ich den Sandsack bearbeite, versuche ich, die Bilder davon zu ignorieren, wie sie so entfernt und verwundet dasaß. Sie hat mich angeschaut, als habe ich sie betrogen – so als hätte ich ihr unglaublich wehgetan.

Der Sack schwingt von einer Seite zur anderen, als ich meine Faust in ihn ramme und einen harten Schlag nach dem anderen ausführe. Der Gedanke, dass sie sich von mir betrogen fühlt, bringt mich dazu, jemanden zu Brei schlagen zu wollen. Was zum Teufel hat sie erwartet? Dass sie mir ein paar Mal einen bläst und dann rette ich gerne ihren Freund? Dass ich ihren Wunsch, Mishas Leben zu verschonen, nicht in Frage stellen würde?

Sie hat gesagt, er sei unschuldig, so als würde mich das interessieren. Was mich betrifft, verdient der Mann es schon alleine deshalb zu sterben, weil er sie berührt hat. Da er außerdem noch Teil der UUR ist, hat er Glück, wenn ich ihn schnell töte.

»Lucas. Hey. Bist du bald fertig?«

Diegos Frage unterbricht mein gedankenloses Einschlagen auf den Sack. Ich wische mir den Schweiß von der Stirn und drehe mich zu dem jungen Mexikaner um, der hinter mir steht und sich schon seine Handschuhe angezogen hat. Hinter ihm warten einige weitere Wächter darauf, dass sie an der Reihe sind.

Dem Ausdruck auf ihren Gesichtern und dem wunden Gefühl auf meinen Knöcheln nach zu urteilen muss ich eine ganze Weile damit beschäftigt gewesen sein, meine Wut wegzutrainieren.

»Ich bin fertig«, antworte ich und zwinge mich dazu, von dem Sandsack zurückzutreten. »Du kannst.«

Als ich den Trainingsraum verlasse, überlege ich, ob ich zurück ins Haus gehen kann, um zu duschen, aber ich bin noch nicht ruhig genug, um Yulia gegenübertreten zu können. Also gehe ich stattdessen in Esguerras Herrenhaus und benutze die Dusche am Pool. Er hat dort auch einen Stapel T-Shirts liegen, falls er unerwartet blutige Geschäfte zu erledigen hatte, und ich nehme mir eines von ihnen, um es mir anzuziehen, sobald ich sauber bin.

Ich dusche mich schnell ab und als ich meine Shorts und das frische T-Shirt überziehe, erhasche ich einen Blick auf eine dunkelhaarige Gestalt, die gerade ins Haus eilt.

Rosa.

Ich hatte das Hausmädchen völlig vergessen. Sie muss sich meine Worte zu Herzen genommen haben, da ich sie seit unserem Gespräch in Esguerras Küche nicht mehr gesehen habe. Hoffentlich habe ich dem Mädchen nicht allzu wehgetan, aber es ging nicht anders. Ich wollte nicht, dass sie in Yulias Nähe herumschleicht.

Nach meinem harten Workout fühle ich mich ein wenig besser und gehe zu Esguerras Büro, um das Telefonat mit dem israelischen Geheimdienst zu führen.

* * *

Die nächsten zwei Stunden sprechen wir mit der Mossad über die neuesten Entwicklungen in Syrien und dem restlichen Mittleren Osten. Gegen Ende des Telefonats überlege ich, Esguerra davon zu erzählen, was ich bis jetzt über die UUR herausgefunden habe, aber entscheide dann, dass dies nicht der richtige Zeitpunkt ist. Ich werde mit ihm über Yulia und ihre Organisation sprechen, wenn wir aus Chicago zurück sind. Bis dahin sollte ich konkretere Informationen haben, da die Hacker endlich recht erfolgreich darin sind, sich durch die verschlüsselten Daten der ukrainischen Regierungsakten zu wühlen.

Als das Telefonat beendet ist, gehen Esguerra und ich einige Last-Minute Planungen für die morgige Reise durch.

»Nach der Landung fahren wir direkt zum Haus von Noras Eltern«, erklärt mir Esguerra. »Sie möchten sie sofort sehen, selbst wenn das ein spätes Abendessen bedeutet.«

Ich wundere mich schon lange nicht mehr über diese verrückte Reise, also sage ich einfach nur: »In Ordnung. Ich werde bis morgen Nacht alle Einzelheiten der Bewachung ausarbeiten und sie mit den Betreffenden besprechen, damit jeder weiß, was er zu tun hat.«

»Gut.« Esguerra hält kurz inne. »Du weißt, dass Rosa mitkommt?«

Das wusste ich ehrlich gesagt nicht. »Ach ja? Warum?«

»Nora hätte gerne ihre Gesellschaft.«

»Okay.« Ich kann nicht sehen, dass das irgendetwas ändert. Außer natürlich … »Soll ich zusätzliche Männer mitnehmen, die nach ihr sehen, oder wird sie die meiste Zeit bei Ihnen und Nora verbringen?«

»Sie wird bei uns sein.« Esguerra sieht leicht amüsiert aus. »In Ordnung, dann hätten wir ja alles geklärt. Ich sehe dich morgen im Flugzeug.«

»Bis morgen«, erwidere ich und gehe zu den Unterkünften der Wächter, um mich mit Diego und Eduardo zu treffen – den beiden Wächtern, die ich für die Zeit meiner Abwesenheit zu Yulias Gefängniswächtern bestimmt habe.

* * *

»Gehen wir noch einmal alles durch«, meine ich zu Eduardo, nachdem ich ihm und Diego die ganze Auflistung meiner Anweisungen gegeben habe, die meine Gefangene betreffen. »Wie oft werdet ihr zu meinem Haus gehen, um sie zum Badezimmer zu führen und sich die Beine vertreten zu lassen?«

Der Kolumbianer rollt mit den Augen. »Dreimal pro Tag und sie darf sich auch zu den Mahlzeiten frei bewegen. Wir haben es verstanden, Kent, ich verspreche es.«

»Und was werdet ihr tun, wenn sie versucht, zu entkommen?«

»Wir werden sie davon abhalten, aber ihr nichts tun«, antwortet Diego und seine Lippen zucken vor Belustigung. »Entspann dich, Mann. Wir haben es verstanden. Wir werden sie nicht berühren, außer wir müssen sicherstellen, dass sie nicht flieht. Sie wird ihre Bücher und Fernsehsendungen haben und ja, ich werde einmal pro Tag mit ihr rausgehen.«

»Und wir werden unseren Mund halten und niemandem von dieser Sache erzählen«, fügt Eduardo mit meinen exakten Worten hinzu. »Niemand wird auch nur einen Ton von uns über deine Prinzessin hören.«

»Gut.« Ich schaue sie streng an. »Und Essen?«

»Wir werden ihr Lebensmittel aus dem Haupthaus bringen und sie selber kochen lassen«, antwortet Diego und versucht gar nicht mehr, sein Grinsen zu unterdrücken. »Sie wird die bestgenährteste, bestunterhaltendste Gefangene der Geschichte sein.«

Ich ignoriere sein Sticheln. »Und nachts?«

»Werde ich ihr Handgelenk mit Handschellen an den Metallpfosten ketten, den du neben dem Bett montiert hast«, sagt Eduardo. »Und ich werde keine Hand an sie legen. Es wird so sein, als sei sie ein Sack Kartoffeln – aber ein wirklich wichtiger«, fügt er schnell hinzu, als sich meine Hand zu einer Faust ballt. »Ernsthaft, Kent, ich habe nur einen Witz gemacht. Wir werden uns gut um dein Mädchen kümmern, das verspreche ich dir. Du weißt, dass du dich auf uns verlassen kannst.«

Das weiß ich. Deshalb habe ich sie für diese Aufgabe ausgewählt. Beide Wächter arbeiten seit zwei Jahren hier und haben ihre Loyalität unter Beweis gestellt. Sie mögen meine Anweisungen amüsant finden, aber sie werden sie befolgen.

Yulia wird bei ihnen sicher aufgehoben sein.

»Okay«, sage ich und nicke ihnen zu. In diesem Fall sehe ich euch beide morgen früh. Seid Punkt neun bei mir zu Hause.

Damit verlasse ich die Unterkünfte der Wachen und gehe zum Trainingsbereich zurück, um nach unseren neuen Rekruten zu sehen.

SECHSUNDZWANZIGSTES KAPITEL

❖ YULIA ❖

Ich weiß nicht, wie viel Zeit vergeht, bevor ich meine Tränen unter Kontrolle bekomme, aber als ich endlich das Buch öffne, das Lucas mir dagelassen hat, geht die Sonne bereits unter. Ich starre auf die Worte der aufgeschlagenen Seite, aber der Text verschwimmt immer wieder und die Buchstaben gehen vor meinen geschwollenen Augen ineinander über.

Ich habe bei meinem Bruder versagt. Meinetwegen wird er getötet werden.

Ich versuche, mich auf das Buch zu konzentrieren und dieses zerstörerische Wissen zu verdrängen, aber ich kann an nichts Anderes denken. Alte Erinnerungen kommen hoch und ich schließe meine Augen, da ich zu müde bin, um mich gegen sie zu wehren.

»Bitte pass auf deinen Bruder auf«, beharrt meine Mutter und ihre blauen Augen blicken sorgenvoll. »Schau nach ihm, bevor du schlafen gehst, okay? Er schien vorhin ein wenig Fieber zu haben, also falls sich seine Stirn ungewöhnlich warm anfühlt, rufe uns an, in Ordnung? Und mach Fremden nicht die Tür auf.«

»Das werde ich nicht, Mama. Ich weiß, was ich tun muss.« Ich bin zwar erst zehn, aber es ist nicht das erste Mal, dass ich alleine mit Misha zu

Hause bleibe, während meine Eltern zum Krankenbett meines Großvaters eilen. »Ich werde gut auf ihn aufpassen, das verspreche ich dir.«

Meine Mutter gibt mir einen Kuss auf die Stirn und ihr blumiges Parfum steigt mir in die Nase. »Das weiß ich«, murmelt sie und tritt zurück. »Du bist mein tolles, erwachsenes Mädchen.« Ihr Gesicht ist angespannt, aber das Lächeln, das sie mir schenkt, ist voller Wärme. »Wir werden zurück sein, sobald sich dein Großvater ein wenig stabilisiert hat.«

»Ich weiß, Mama.« Ich erwidere ihr Lächeln ohne zu ahnen, dass sich mein Leben bald für immer verändern wird. »Fahrt zu Großvater. Ich werde auf Misha aufpassen, ich verspreche es.«

Und genau das habe ich versucht. Als die Polizisten am nächsten Morgen zu unserer Wohnung kamen, habe ich sie nicht hineingelassen, bis sie mir die Bilder meiner vom Autounfall verletzten und blutigen Eltern aus der Leichenhalle gezeigt haben. Ich habe darauf bestanden, dass mein Bruder bei mir bleibt, als die Jugendfürsorge versucht hat uns zu trennen, da sie der Meinung war, dass ein zweijähriger nicht an der Beerdigung seiner Eltern teilnehmen sollte. Und als ein Jahr später Obenko im Waisenhaus auf mich zukam, um mir anzubieten, dass seine Schwester und ihr Ehemann Misha adoptierten, wenn ich seiner Organisation beitrete, habe ich nicht gezögert.

Ich habe dem Vorsitzenden der UUR geantwortet, dass ich alles dafür tun würde, dass mein Bruder ein normales und glückliches Leben führen kann.

Ich öffne meine Augen und versuche erneut, mich auf das Buch zu konzentrieren, aber in diesem Moment nehme ich aus meinem Augenwinkel eine Bewegung wahr. Überrascht schaue ich auf und sehe, dass eine dunkelhaarige Frau mitten in Lucas' Bibliothek steht.

Es ist Rosa, erkenne ich, und mein Puls rast.

»Was machst du hier? Wie bist du hereingekommen?« Ich kann den panischen Unterton in meiner Stimme nicht verstecken. Meine Hände sind mit Handschellen gefesselt und ich bin mit einem Seil mehr als sorgfältig an einen Stuhl gebunden. Wenn sie mir etwas antun möchte, kann ich nichts dagegen tun.

Rosa hält einen Schlüsselring in ihren Händen. »Im Haupthaus haben wir Ersatzschlüssel für alle Gebäude auf diesem Anwesen, einschließlich der Privathäuser.«

Ich kann keine Waffen an ihr entdecken, was mich ein wenig beruhigt. »Okay, aber was tust du hier?«, frage ich in einem ruhigeren Ton.

»Ich wollte dich sehen«, antwortet sie. »Morgen fliegen wir für zwei Wochen weg. Wir werden Noras Familie in Chicago besuchen.«

»Noras Familie?«

»Señor Esguerras Frau«, erklärt mir Rosa.

Ich runzele verständnislos meine Stirn. Ich erinnere mich dunkel daran, dass das amerikanische Mädchen, das Esguerra entführt und geheiratet hat, Nora heißt. Lucas hatte mir keinen Grund für seine Reise genannt und ich war davon ausgegangen, dass es um Geschäfte ging. Ich hatte keine Ahnung gehabt, dass Lucas' sadistischer Chef ein freundschaftliches Verhältnis zu seinen Schwiegereltern pflegt.

»Wie dem auch sei«, fährt Rosa fort, »ich wollte persönlich mit dir reden, bevor ich fliege.«

Das verwirrt mich noch mehr. »Warum?«

Rosa tritt näher an mich heran. »Weil ich denke, dass du nicht hierher gehörst.« Sie hat ihre Hände vor ihrem schwarzen Kleid verschränkt. »Weil das hier nicht richtig ist.«

»Was ist nicht richtig?« Will sie, dass ich in einer Folterkammer aufgehängt werde, so wie sie es das letzte Mal angedeutet hat?

»Du. Diese ganze Sache.« Ihre braunen Augen betrachten mich fest. »Es ist falsch, dass Lucas dich hier hat. Dass er dich in Diegos und Eduardos Obhut lässt. Sie sind gute Menschen, beide. Sie pokern gerne.«

»Pokern?« Jetzt verstehe ich gar nichts mehr.

Rosa nickt. »Sie spielen mit den Jungs vom North Tower Two. Jeden Donnerstagnachmittag von zwei bis sechs.«

»Tun sie das?« Mein Herzschlag beschleunigt sich erneut. Will Rosa mich wirklich gerade das wissen lassen, was ich denke?

»Ja«, antwortet sie ruhig. »Das ist kein Problem, da die Drohnen um das Anwesen kreisen und es überall Wärme- und Bewegungssensoren gibt. Alles, was sich den Grenzen des Grundstücks nähert, egal wie groß oder klein es ist, wird von unserer Sicherheitssoftware gescannt und untersucht, und die Wachen werden alarmiert, wenn der Computer meint, dass es ein Problem gibt.«

Jetzt rast mein Puls. »Ich verstehe.« *Alles, was sich nähert*, hat sie gesagt. Das bedeutet, dass der Computer alles ignoriert, was sich in die andere Richtung bewegt. »Wie weit ist es von hier bis zur nördlichen Grenze des Anwesens?«

Rosa zögert und ich trete mir in Gedanken in den Hintern, weil ich so direkt gewesen bin. Sie will offensichtlich vorgeben, dass sie sich nur mit mir unterhalten hat und dass alle Informationen, die ich gewinne, rein zufällig herausgekommen sind.

»Vier Kilometer«, erklärt sie mir schließlich und ich atme erleichtert aus. Ich habe sie doch nicht vergrault. »Es gibt dort einen Fluss, der die Grenze markiert«, fährt sie fort und lässt die Maske fallen. »Weiter im Westen führt eine kleine Straße über den Fluss. Sie führt in den Norden, bis Miraflores. Manchmal bekommen wir auf diesem Weg Lieferungen.« Sie macht eine kurze Pause, bevor sie hinzufügt: »Die nächste planmäßige Lieferung kommt diesen Donnerstag um drei Uhr nachmittags.«

»Donnerstag um drei«, wiederhole ich und kann mein Glück kaum fassen. »Diesen Donnerstagnachmittag. Übermorgen.«

Sie nickt. »Wir bekommen eine Lebensmittellieferung.«

»Okay.« Meine Gedanken rasen, suchen nach potentiellen Hindernissen. »Was ist mit –«

»Ich muss jetzt gehen«, sagt Rosa und tritt noch näher an mich heran. »Lucas wird bald nach Hause kommen.« Sie lässt ihre Finger über mein Buch gleiten und ihre Hand berührt eine Sekunde lang meine. »Tschüss, Yulia«, sagt sie leise, bevor sie sich herumdreht und aus dem Raum geht.

Überrascht blicke ich nach unten und entdecke zwei kleine Gegenstände auf dem Buch.

Eine Rasierklinge und eine Haarnadel.

SIEBENUNDZWANZIGSTES KAPITEL

❖ LUCAS ❖

Es ist bereits nach acht Uhr, als ich nach Hause komme. Zu meiner Erleichterung liest Yulia ruhig in ihrem Sessel, als ich die Bibliothek betrete.

»Entschuldige bitte, dass ich so lange gebraucht habe«, sage ich, als ich zu ihr gehe, um sie vom Sessel loszubinden. »Du musst am Verhungern sein – ganz zu schweigen davon, dass du wahrscheinlich auf die Toilette musst.«

Sie schaut zu mir hoch und ich sehe, dass ihre Augen leicht gerötet sind, so als habe sie geweint. Sie sagt nichts, aber das habe ich auch nicht erwartet. Ich habe die Vermutung, dass das heutige Abendessen nicht besonders gesprächig verlaufen wird.

Ich beuge mich hinunter, mache sie los und helfe ihr aus dem Sessel, ohne darauf einzugehen, dass sie sich bei meiner Berührung versteift.

»Komm. Es ist schon spät.« Ich bin entschlossen, mein Temperament zu zügeln, als ich sie zum Badezimmer führe.

Ich warte, während Yulia die Toilette benutzt und bringe sie danach in die Küche. Ich hatte gehofft, dass sie trotz ihrer Stimmung das Abendessen zubereiten würde, aber sie setzt sich einfach nur an den Tisch und blickt geradeaus.

»In Ordnung«, sage ich nur, um nicht zu zeigen, dass ich mich ärgere. »Du kannst sitzenbleiben, wenn du das möchtest. Ich werde einige Reste aufwärmen.«

Sie antwortet nicht, bewegt sich nicht einmal, als ich den Tisch decke und alles vorbereite. Zum Glück schmecken das Hühnchen und das Püree, die sie zum Mittagessen gekocht hat, immer noch großartig, nachdem ich sie in der Mikrowelle aufgewärmt habe.

Ich erwarte halbwegs, dass sie in ihrem zurückgezogenen Zustand nichts essen wird, aber sie nimmt ihre Gabel in die Hand, sobald ich den Teller vor sie stelle.

Ich nehme an, dass ihr Hunger größer ist als ihre Wut auf mich.

Wir verzehren das Hühnchen schweigend und danach schneide ich jedem von uns ein Stück Apfelkuchen zum Nachtisch ab. Als ich gerade das Stück für Yulia auf ihren Teller legen will, erschreckt sie mich, indem sie sagt: »Für mich nicht, danke. Ich bin satt.«

»In Ordnung.« Ich lasse mir meine Freude darüber, dass sie wieder mit mir spricht, nicht anmerken. »Möchtest du Tee?«

Sie nickt und steht auf. »Ich gehe.«

Mit diesen anmutigen und effizienten Bewegungen, die so typisch für sie sind, bereitet sie den Tee zu und bringt die beiden Tassen zum Tisch. Sie stellt eine Tasse vor mich, setzt sich mir gegenüber an den Tisch und pustet in ihren Tee, um ihn abzukühlen. Ich tue das gleiche, bevor ich einen Schluck nehme. Die Flüssigkeit ist heiß und leicht bitter, aber nicht unangenehm. Ich kann ein wenig verstehen, warum Yulia Tee so gerne mag.

Wir sprechen nicht, während wir unseren Tee trinken, aber die Stille ist nicht mehr so angespannt wie vorher. Ich bekomme die Hoffnung, dass dieser Abend kein komplettes Desaster werden wird.

Als wir den Tee ausgetrunken haben, räume ich auf, während Yulia mit einem unleserlichen Gesichtsausdruck am Tisch sitzenbleibt. Hasst sie mich? Wünscht sie sich, mich mit der nächstbesten Gabel zu erstechen? Hofft sie, dass ich nie wieder von der Reise zurückkehre?

Dieser Gedanke ist mehr als nur ein wenig hässlich.

Ich unterdrücke ihn, wische die Arbeitsflächen ab und kehre zu Yulia zurück. »Ich habe zwei meiner Wächter damit beauftragt, dich während meiner Abwesenheit zu bewachen«, teile ich ihr mit. »Diego und

Eduardo. Du kennst Diego bereits – er ist derjenige, der dich aus dem Flugzeug getragen hat.«

»Ja, ich erinnere mich an ihn.« Yulias Stimme ist ruhig, als sie sich erhebt. »Er scheint in Ordnung zu sein.«

»Das ist er – und Eduardo auch.« Ich bleibe vor ihr stehen. »Sie werden gut für dich sorgen.«

»Mich bewachen, meinst du«, sagt sie und schaut mich an.

»Wie auch immer du es nennen möchtest.« Ich hebe meine Hand an, um eine Locke ihres Haares zu ergreifen. »Sie werden sicherstellen, dass du alles hast, was du brauchst.«

Sie nickt und tritt einen kleinen Schritt zurück, so dass ihre seidige Strähne aus meinen Fingern gleitet. »In Ordnung.«

»Komm.« Ich umfasse ihr Handgelenk, bevor sie sich meiner Reichweite entziehen kann. »Gehen wir ins Bett. Ich muss früh aufstehen.«

Sie versteift sich, aber lässt sich von mir ohne zu widersprechen ins Badezimmer führen. Ich bringe sie dorthin, damit sie sich schnell duschen kann – ich habe ja bereits geduscht – bevor wir ins Schlafzimmer gehen. Als wir den Raum betreten, versteift sich mein Schwanz voller Vorfreude und erotische Bilder steigen in meinem Kopf auf.

Ich kämpfe gegen diese plötzliche Lustwelle an, bleibe neben dem Bett stehen und drehe mich zu Yulia um. Ich lasse ihr Handgelenk los, nehme ihr Gesicht zwischen meine Hände und streiche ihr einige Haarsträhnen mit meinen Daumen hinters Ohr. Sie bewegt sich nicht, schaut mich einfach nur schweigend mit ihren großen, traurigen blauen Augen an.

»Yulia …« Ich weiß nicht, was ich sagen soll, wie ich die Situation retten kann, aber ich muss es versuchen. Der Gedanke daran, sie für zwei Wochen zu verlassen, während die Lage zwischen uns so angespannt ist, ist für mich unerträglich. »Es muss nicht so sein«, sage ich sanft. »Es kann … besser sein.«

Sie blinzelt, so als würden sie meine Worte überraschen, und ich sehe erneut Tränen in ihren Augen aufsteigen. »Wovon redest du?«, flüstert sie und ihre Hände legen sich um meine Handgelenke. »Ist es nicht genau das, was du wolltest? Mir wehtun? Mich bestrafen?«

»Nein.« Ich lasse sie meine Hände von ihrem Gesicht entfernen. »Nein, Yulia. Ich möchte dir nicht wehtun, das musst du mir glauben.«

Ihre Augenbrauen ziehen sich zusammen, als sie meine Handgelenke loslässt. »Aber wie kannst du dann –«

»Ich möchte nicht mehr darüber reden. Es ist vorbei. Wir werden es hinter uns lassen. Verstehst du mich?« Meine Worte klingen unbeabsichtigt grob und ich sehe, wie sie zusammenzuckt, während sie zurücktritt.

Ich atme tief durch. Die Eifersucht glüht immer noch in mir, aber ich bin entschlossen, nicht ihretwegen unsere letzte gemeinsame Nacht zu ruinieren. Ich zwinge mich dazu, mich langsam und bedächtig zu bewegen, als ich zuerst mein T-Shirt ausziehe, es auf den Boden fallen lasse, und danach das gleiche mit meinen Schuhen, Shorts und meiner Unterwäsche tue. Yulia betrachtet mich und ihre Wangen erröten leicht, als ihr Blick auf meine wachsende Erektion fällt. Zu meiner Erleichterung sehe ich, dass ihre steifen Brustwarzen durch den weißen Stoff ihres Kleides schimmern.

Sie hasst mich vielleicht, aber sie will mich immer noch.

»Komm her.« Ich kann mich nicht länger zurückhalten und greife nach ihr, umfasse ihre schmalen Schultern. Sie versteift sich, als ich sie zu mir ziehe, aber ich sehe, dass ihre Pulsader am Halsansatz pulsiert. Sie ist kein bisschen immun gegen mich und ich habe vor, das auszunutzen.

Heute Nacht wird Yulia auf gar keinen Fall an ihren Freund denken.

Ich beuge meinen Kopf nach unten, da ich ihre weichen Lippen kosten möchte, aber im letzten Moment dreht sie ihren Kopf weg und mein Mund landet stattdessen auf ihrem Kiefer. Ich spüre, wie sie erschaudert, bevor sie sich aus meinem Griff windet und zurückweicht. Ihre Brust hebt und senkt sich, ihr Gesicht ist errötet und ihre Augen glitzern, als sie mich anblickt.

»Ich kann nicht –«, Yulias Stimme bricht. »Ich kann das nicht tun, Lucas. Nicht nachdem –«

»Hör auf.« Die unerwünschte Eifersucht kehrt zurück und mein Magen brennt voller Wut, als ich ihr folge. »Ich habe dir bereits gesagt, dass ich nicht mehr darüber sprechen möchte.«

Sie weicht weiterhin zurück. »Aber –«

»Kein weiteres Wort.« Ihr Rücken trifft auf den Kleiderschrank und ich schließe den verbleibenden Abstand zwischen uns, um sie dort festzuhalten. Ich lege meine Handflächen auf beiden Seiten neben ihrem Kopf auf den Schrank, beuge mich nach vorne und atme ihren zarten Duft ein. Jede dunkle Fantasie, die ich jemals hatte, geht mir durch den Kopf und meine Stimme wird rauer, als ich in ihr Ohr flüstere: »Ich habe genug davon. Jetzt gehörst du mir und es ist an der Zeit, dass du verstehst, was das bedeutet.«

ACHTUNDZWANZIGSTES KAPITEL

❖ YULIA ❖

Die feuchte Hitze von Lucas' Atem auf meinem Ohr lässt mich erzittern und meine Oberschenkel ziehen sich krampfartig zusammen um die wachsende Lust zwischen ihnen zurückzuhalten. Die Tatsache, von meinem eigenen Körper betrogen zu werden, verschlimmert das Durcheinander in meinem Kopf. Ich hatte gedacht, dass ich mich dazu zwingen müsste, seine Berührungen ertragen zu können, aber ich fühle mich alles andere als abgestoßen.

Obwohl ich weiß, dass er ein herzloses Monster ist, kann ich nicht aufhören, ihn zu begehren.

Sein Mund wandert über meinen Kiefer, während er mich gegen den Schrank drückt und meine Herzfrequenz erhöht sich, als ich seinen harten Schwanz an meinem Bauch spüre. »Tu das nicht«, flüstere ich und meine Hände formen sich an meinen Seiten zu Fäusten. Ich spüre die Wärme seines kräftigen Körpers, der mich umgibt, mich bedeckt, und mein Magen zieht sich mit einer Mischung aus Angst, Scham und Sehnsucht zusammen. »Bitte … lass mich los.«

Lucas ignoriert meine Worte und bewegt seine rechte Hand zu meiner Schulter. Er schiebt seine Finger unter das Riemchen meines Kleides und zieht es herunter. Sein Mund befindet sich jetzt auf meinem

Hals, leckt und beißt ihn sanft, und meine Erregung verstärkt sich, als seine Hand unter das Oberteil meines Kleides gleitet und seine Hand sich auf meine Brust legt, die raue Kante seines Daumens über meine Brustwarze fährt.

Die Hitze tief in meinem Unterleib dehnt sich aus und meine Erregung verstärkt sich, obwohl ich mich selbst dafür verachte. Ich will diese Gefühle nicht für meinen grausamen Entführer empfinden. Ich wehre mich nicht gegen ihn, weil ich meine bevorstehende Flucht nicht riskieren möchte, aber ich sollte es nicht genießen.

Ich sollte den Mann, der meinen Bruder umbringen wird, nicht begehren.

Als könne Lucas meine Gedanken lesen, hebt er seinen Kopf und schaut mich an. In seinen blassen Augen kann ich Lust und etwas Anderes erkennen – etwas Dunkles und unheimlich Besitzergreifendes.

»Nein, meine Schöne«, murmelt er, ohne seine Hand von meiner Brust zu nehmen. »Ich werde dich nicht gehen lassen.«

Ich will antworten, aber er senkt seinen Kopf und verschließt meinen Mund mit seinem. Seine linke Hand umfasst meinen Nacken und hält mich fest, während seine rechte Hand sich nach unten bewegt, um meinen Rock anzuheben. Mit einer Bewegung reißt er meinen Tanga weg. Ich bekomme das kaum mit, da sein Kuss zu hungrig und verzehrend ist. Seine Lippen und seine Zunge nehmen mir den Atem und ich kann mich kaum daran erinnern, warum ich ihn nicht begehren sollte. Verzweifelt drücke ich meine Handflächen gegen den Schrank hinter mir, um mich davon abzuhalten, ihn zu berühren. Es ist nur ein sehr kleiner Sieg, und er hält auch nicht lange an. Lucas, der immer noch meinen Mund verschlingt, dreht uns um und schiebt mich vor sich her, bis ich das Bett berühre.

Die Hinterseiten meiner Oberschenkel stoßen gegen den Rahmen und dann liege ich auch schon mit meinem bis zur Taille hochgezogenen Kleid auf meinem Rücken. Lucas beugt sich mit vor Hunger verzerrtem Gesicht und funkelnden Augen über mich. Bevor ich mich von seinem Kuss erholen kann, ergreift er meine Knie und hockt sich vor das Bett, um sein Gesicht zwischen meine geöffneten Beine zu schieben.

»Nein, das bitte nicht.« Ich versuche, nach hinten zu rutschen, aber Lucas hat mich fest im Griff und zieht mich näher zur Bettkante. Seine

Lippen verziehen sich zu einem ironischen Halblächeln – er weiß, warum ich diese Lust nicht verspüren möchte – und dann vergräbt er seinen Kopf zwischen meinen Oberschenkeln und lässt seine warme, feuchte Zunge über meinen Schlitz gleiten.

Die Lust schlägt nahezu brutal zu. Mein ganzer Körper bäumt sich auf, als er sich meiner Klitoris zuwendet und in einem sanften Rhythmus an ihr saugt. Stöhnend versuche ich meine Beine zu schließen, mich dieser erotischen Folter zu entziehen, aber Lucas Griff ist unentrinnbar und sein Rhythmus verändert sich nicht. Ich kann spüren, wie die Nässe meiner Erregung aus mir herausläuft und meine Nippel sich fest zusammenziehen, während sich in mir eine unerträgliche Anspannung aufbaut, die mit jedem Moment stärker wird.

Der Rhythmus seines Saugens wird schneller, seine Lippen pressen meine Klitoris mit jedem Ziehen zusammen und ein unterdrückter Schrei entweicht mir, als ich den Orgasmus kommen spüre. *Der Mörder meines Bruders…* Diese Worte gehen mir durch den Kopf, als mein Körper damit beginnt, sich zusammenzuziehen.

»Nein, halt!« Ohne nachzudenken schieße ich nach oben und drehe mich mit aller Kraft auf die Seite, um seine Hände von meinen Hüften zu lösen. Meine überraschende Gegenwehr trifft Lucas unvorbereitet und es gelingt mir, auf meinen Knien fast bis zur anderen Seite des Bettes zu kriechen, bevor er bei mir ist und seine Finger sich in letzter Sekunde um meinen Knöchel schließen.

Instinktiv drehe ich mich um und trete in sein Gesicht, aber er weicht zur Seite aus, weshalb ich ins Leere treffe. Bevor ich ein weiteres Mal zutreten kann, hat er auch schon meinen anderen Knöchel umfasst und zieht mich zu sich.

»Was soll der Scheiß, Yulia?« Lucas kontrolliert meine rudernden Beine mit seinen Knien, drückt mich mit seinem Körper nach unten und umfasst meine Handgelenke, um meine Arme an meinen Seiten auszustrecken. Sein Gesicht ist vor Wut angespannt und seine Augen sind zusammengekniffen. »Bist du so verrückt nach ihm?«

Ich starre ihn schwer atmend an. Mein Körper pocht in frustrierter Erregung und eine giftige Mischung aus Angst, Adrenalin und Wut kocht in meiner Brust. Gegen Lucas anzukämpfen war dumm von mir, aber in seinen Armen zu kommen, wäre ein schlimmer Verrat an meinem Bruder gewesen. »Natürlich bin ich das«, erwidere ich wütend, da ich mich nicht beherrschen kann. »Was hast du denn erwartet?«

Lucas Griff um meine Handgelenke verstärkt sich. »Er ist jetzt ein niemand für dich.« Seine Augen funkeln zornig. »Niemand. Du gehörst mir, verstanden?«

Ich starre meinen Entführer verständnislos an. Wie kann er von mir erwarten, meinen Bruder zu vergessen? Ich weiß, dass Lucas besitzergreifend ist, aber das, was er gerade verlangt, ist nahezu verrückt.

Bevor ich meine Gedanken ordnen kann, verhärtet sich Lucas' Gesicht. Mit einer schnellen Bewegung zieht er meinen rechten Arm über meinen Körper und umfasst meine beiden Handgelenke mit seiner linken Hand. Ich finde mich auf meiner Seite wieder und während er meine Handgelenke mit einer Hand festhält, greift er mit der anderen über mich hinweg zu seinem Nachttisch, so dass ich von seinem schweren Gewicht in die Matratze gedrückt werde. Die Luft entweicht meinen zusammengedrückten Lungen, aber einen Moment später erhebt er sich und der Druck auf meinen Brustkorb lässt nach. Lucas beugt sich über mich, hält mich mit seinem Körper fest – und in seiner rechten Hand sehe ich, was er von seinem Nachttisch geholt hat.

Das Seil.

Ein kalter Schauer läuft mir über die Haut und meine Erregung wird durch eine Angstwelle gemindert. »Was tust du?« Diese Worte sind ein panisches, flehendes Flüstern. »Lucas, das musst du nicht tun. Ich werde mich nicht mehr wehren.«

Aber es ist zu spät. Er schlingt das Seil bereits um meine Handgelenke und meine alte Angst steigt in mir auf, nimmt mir durch die Erinnerungen an Kirill die Luft. Die lähmende Angst der Vergangenheit rauscht gerade auf mich zu, als Lucas sich nach unten beugt und in mein Ohr flüstert: »Ich werde dir nicht wehtun – aber du wirst ihn vergessen.«

Ich atme zitternd ein, da seine Worte mir dieses Fünkchen Sicherheit geben, das ich brauche, um nicht in der Vergangenheit zu versinken. Meine Angst wird allerdings nicht weniger; was er tut und sagt, ist mehr als verrückt. Ich beginne, mich erneut zu wehren, da ich ihm unbedingt entkommen möchte, aber er ist zu stark. Lucas ignoriert meine Versuche, ihn von mir zu stoßen und bindet das Seil fest um meine Handgelenke, bevor er sich meinen Knöcheln widmet. Während er das tut, verlagert er einen Moment lang sein Gewicht und es gelingt mir, ihn in die Seite zu treten, bevor er meine Knöchel ergreifen kann.

»Oh nein, das wirst du nicht.« Seine Stimme ist ein tiefes Knurren, als er meine Knöchel ergreift und meinen Körper zusammenklappt. Ich schlage mit meinen zusammengebundenen Händen nach ihm, aber ich habe kaum Spielraum, so dass ich nur seine Schulter treffe, während er meine Unterschenkel mit seiner muskulösen Armbeuge zusammendrückt. Mit seinen freien Händen schlingt er das andere Ende des Seils um meine Knöchel. Seine Bewegungen sind schnell, sicher und gnadenlos. Innerhalb weniger Sekunden hat er mich wie einen Truthahn zusammengebunden – mit meinen Handgelenken und Knöcheln vor meinem Bauch. Dadurch, dass mein Kleid nach oben geschoben ist und ich keine Unterwäsche mehr anhabe, liegt mein Unterleib völlig frei da.

Meine Verletzlichkeit in dieser Position bringt mein Herz so sehr zum Rasen, dass mir schwindelig wird. Blut dröhnt in meinen Ohren als Lucas meine zusammengebundenen Handgelenke und Knöchel über meinen Kopf streckt und meine Sehnen damit bis an ihre Grenzen dehnt. Er befestigt das Seil an dem Metallpfosten, den er neben dem Bett montiert hat und bewegt sich danach meinen zusammengefalteten Körper hinunter. Seine Hände umfassen meine zitternden Oberschenkel und ich sehe, dass der mich betrachtet – meine weit geöffnete Muschi und den ebenso freiliegenden Arsch.

»Was tust du?« Ich kann wegen der wachsenden Panik in meiner Brust kaum atmen. »Lucas, was hast du vor?«

Er blickt auf, schaut mich an und ich sehe die wilde Lust in seinen Augen brennen. »Was immer ich möchte, Baby. Was immer ich möchte.«

Damit senkt er seinen Kopf zwischen meine Beine und widmet sich meiner Klitoris.

NEUNUNDZWANZIGSTES KAPITEL

❖ LUCAS ❖

Sie schmeckt berauschend, unerträglich erotisch. Ihre Muschi ist tropfnass und ihr erregter weiblicher Duft lässt Lusttropfen in meinem Schwanz aufsteigen. Ich will in sie stoßen, spüren, wie ihre feuchte Enge mich umarmt, aber ich will noch etwas Anderes – etwas, dass Yulia mir bisher nicht gegeben hat.

Zuerst muss ich allerdings das zu Ende bringen, was ich bereits begonnen habe. Ich ignoriere die Lust, die in mir brennt und sauge in dem gleichen Rhythmus an ihrer Klitoris, der sie eben schon bis an den Rand eines Orgasmus gebracht hat. Ich habe gespürt, dass sie anfing, sich zusammenzuziehen, bevor sie angefangen hat, sich zu wehren und ich weiß, dass sie nach einer weiteren Sekunde gekommen wäre. Sie hat Panik bekommen – wahrscheinlich weil sie ihn nicht verraten möchte – aber das kann ich nicht akzeptieren.

Sie wird heute Nacht kommen, immer wieder, so lange, bis ihr Freund nichts weiter ist als eine flüchtige Erinnerung.

In weniger als einer Minute ist Yulia wieder kurz vor dem Orgasmus: sie war bereits mehr als erregt und ihr rosafarbenes Fleisch ist geschwollen und empfindlich von vorhin. Sie bettelt, fleht mich an, sie gehen zu lassen, aber ich mache so lange weiter, bis ich unter meiner

Zunge die Kontraktionen ihrer Muschi spüre und ihren erleichterten Aufschrei höre.

Dann beginne ich wieder von vorne, lasse meinen Finger in ihren zuckenden Kanal gleiten und stimuliere sie dort, während ich gleichzeitig ihre Klitoris lecke. Sie kommt stark und schnell, ihre Flüssigkeit bedeckt meine Hand und ich beginne mit dem dritten Mal, auch wenn mein Schwanz kurz vorm Platzen steht.

»Aufhören«, stöhnt sie als ich zwei Finger in ihre feuchte Hitze schiebe und den Punkt finde, der sie verrückt macht. »Bitte Lucas, nicht noch mehr …«

Aber ich bin noch nicht fertig mit ihr. Nicht einmal ansatzweise. Ich ficke sie mit zwei Fingern und lege meinen Lippen erneut um ihre Klitoris. Meine Finger bearbeiten sie hart und schnell und ihre Schreie werden sekündlich lauter. Ich spüre, wie ihre inneren Wände sich durch einen erneuten Orgasmus zusammenziehen, aber ich höre nicht auf. Ich mache weiter, bis sie noch einmal kommt – und dann nehme ich mir etwas von der reichlichen Feuchtigkeit ihrer Muschi und schmiere sie auf die kleine Öffnung ihres Pos.

Zuerst reagiert sie nicht, sondern liegt einfach nur mit gerötetem Gesicht und geschlossenen Augen da, um zu Atem zu kommen. Mit ihren an die Handgelenke gebundenen Knöcheln und der nassen, geschwollenen Muschi ist sie der Inbegriff der hilflosen Sinnlichkeit. Bondage ist normalerweise nichts, was mich anmacht, aber Yulia zu fesseln ist anders. Dabei geht es nicht um den Kick, sondern um Besitz.

Nach der heutigen Nacht wird sie keine Zweifel daran haben, dass sie mir gehört.

Als ihr Poloch ausreichend befeuchtet ist, drücke ich meinen Finger auf die enge Öffnung und beobachte, wie sie reagiert. Als ich einmal unter der Dusche ihren Po berührt habe, hat sie sich angespannt und ich habe verstanden, dass sie entweder ein Problem mit Analsex hat, oder das Thema neu für sie ist. Ich hoffe, dass es sich um letzteres handelt, aber ich vermute, dass es das andere ist.

Und ich habe recht. Als mein Finger einen halben Zentimeter in sie eingedrungen ist, presst Yulia ihren Po zusammen und reißt ihre Augen auf. »Nein.« Ihre Stimme ist angespannt. »Nein, bitte nicht.«

»Dein Ausbilder?« Ich bewege meinen Finger nicht von der Stelle, schiebe ihn weder weiter hinein, noch ziehe ich ihn hinaus. »Hat er dir dort auch wehgetan?«

Sie starrt mich mit bebender Brust an und ich sehe, dass ihr Mund zittert, bevor sie ihre Lippen fest aufeinander presst. Sie antwortet nicht, aber ich brauche auch keine weitere Bestätigung.

Dieses Arschloch hat ihr auch dort wehgetan – uns sie hat Angst, dass ich das Gleiche tun werde.

Etwas in mir zieht sich schmerzhaft zusammen. Ich verdiene ihr Vertrauen nicht, aber ein Teil von mir möchte es. Es ist ein Wunsch, der im Gegensatz zu meinem primitiven Bedürfnis steht, sie zu unterdrücken, sie um jeden Preis zu behalten.

Ich möchte, dass sie selbst gefesselt und hilflos keine Angst vor mir hat – zumindest nicht auf diese Art.

»Ich werde dir nicht wehtun«, sage ich ruhig und schaue Yulia dabei in die Augen. Der wilde Hunger, der in mir pocht, verwandelt sich in ein stummes Gebrüll, als ich meine Fingerspitze aus ihr zurückziehe. »Das verspreche ich dir.«

Sie erschaudert vor Erleichterung und ich beuge meinen Kopf wieder nach unten, um ihre Muschi mit langen und zärtlichen Bewegungen zu lecken. Ihr Fleisch ist zart, immer noch weich und nass. Ich weiß, dass sie jetzt gerade nicht in der Stimmung ist, einen Orgasmus zu bekommen, und ich versuche auch nicht, sie dorthin zu führen. Stattdessen beruhige ich sie mit meinen Lippen und meiner Zunge, verschaffe ihr ein harmloses Vergnügen. Ich tue das für gefühlte Stunden und irgendwann spüre ich, wie die letzten Reste ihrer verängstigten Anspannung ihren Körper verlassen.

Ich lecke weiter, aber bewege meinen Mund weiter nach unten zu ihrer cremigen Öffnung und lasse meine Zunge hineingleiten, um sie dort zu schmecken. Sie spannt sich erneut an, allerdings nicht aus Angst, und ich verstärke ihre wachsende Erregung, indem ich ihre geschwollene Klitoris sanft mit meinen Fingern reibe. Jetzt stöhnt sie lauter und ich bewege meine Zunge noch weiter nach unten bis zu dem engen Muskelring zwischen ihren Pobacken.

Yulia versteift einen Moment lang, aber ich lecke sie nur, umkreise ihre hintere Öffnung mit meiner Zunge und reibe ihre Klitoris bis sie keucht und stöhnt und ihre Hüften sich in einem instinktiven Rhythmus bewegen. Ich spüre, dass sie kurz davor ist zu kommen und ich lasse sie, indem ich fest und gleichmäßig auf ihre Klitoris drücke.

Ihr Körper spannt sich an und ich fühle, wie ihr Muskelring pulsiert und unter meiner Zunge zuckt, als sie erleichtert aufschreit. Ich lecke sie ein letztes Mal, hinterlasse so viel Speichel wie ich kann und nutze dann ihre Ablenkung durch den Orgasmus dazu, meinen Finger wieder hineinzuschieben. Er gleitet leicht hinein, bevor sich ihr Körper um ihn schließt und ich lasse ihn dort, damit sich ihr Körper an dieses Gefühl gewöhnen kann, während ich mich hinsetze und meinen Lendenbereich gegen ihren Unterleib drücke.

Sie schaut mich mit großen, glasigen Augen und leicht geöffneten Lippen an, und ihre Brust bebt, da sie keuchend atmet.

»Ich werde dir nicht wehtun«, sage ich ihr noch einmal, während ich meinen Schwanz mit meiner freien Hand zu ihrer Muschi führe, ohne meinen Finger aus ihr zu ziehen. »Weiter werden wir heute nicht gehen.«

Yulia antwortet mir nicht, aber ihre Augen schließen sich und ihre Zähne beißen in ihre Unterlippe, als die Spitze meines Schwanzes in ihre feuchte Hitze eindringt. Da ich meinen Finger in ihrem Po habe, kann ich spüren, wie mein Schwanz in sie stößt, ihre inneren Wände ausdehnt, als ich tiefer hineingleite, und ich stöhne wegen dieser unglaublichen Lust, während sich meine Eier durch explosives Verlangen anspannen.

»Ja, Baby, genauso. Lass mich tiefer ...« Mir ist kaum bewusst, was ich sage, meine Stimme ist ein wildes Grollen in meiner Brust, als ihre Muschi mich hineinsaugt, meine ganze Länge in sich aufnimmt. »Ja, das ist es ...«

Sie schreit auf, als ich mich auf dem Bett abstütze und kräftiger zustoße, da ich mich nicht mehr beherrschen kann. In ihr ist es wie in einem Paradies, das ich nie wieder verlassen möchte. Wenn es nach mir ginge, würde ich Yulia ewig ficken. Aber viel zu schnell wird die Lust zu groß, verwandelt sich in unerträgliche Ekstase und ich kann den unausweichlichen Orgasmus bereits in meinen Eiern spüren. Ich werde schneller – ich stoße wie ein Presslufthammer zu – und ich höre, dass ihre Schreie lauter werden und sich mit meinem eigenen grunzenden Stöhnen vermischen. Meine Sicht verschwimmt, mein ganzer Körper wird von einer unerträglichen Anspannung ergriffen und ich höre, wie

Yulia aufschreit und sich ihre inneren Muskeln um meinen Schwanz und Finger krampfen.

Ich nehme dunkel wahr, dass sie kommt, als mein eigener Orgasmus mich überrollt und mein Sperma in sie spritzt, während mein Schwanz unkontrollierbar zuckt.

DREIßIGSTES KAPITEL

❖ YULIA ❖

Ich bin benebelt und zittere, meine Herzfrequenz ist astronomisch hoch, als Lucas langsam seinen Finger aus meinem Po entfernt und sich aus mir zurückzieht. Ich bin so geschafft, dass ich kaum bemerke, dass Lucas meine Fesseln löst, mich hochhebt und mich aus dem Zimmer trägt.

Erst als der Wasserstrahl mich trifft, verstehe ich, dass wir uns unter der Dusche befinden und er seine Arme von hinten um mich gelegt hat, damit ich nicht zusammenbreche. Meine Beinmuskeln zittern, weil sie so lange gestreckt wurden und mein Körper pocht als Nachspiel dieser doppelten Invasion. Lucas küsst meinen Hals während er mich vor sich hält und ich lasse es zu, während ich meinen Kopf auf seine Schulter lege und das warme Wasser über unsere Körper läuft.

»Entspanne dich, meine Schöne.« Seine Stimme ist ein leises Grollen in meinem Ohr, als ich versuche, mich wegzudrehen. Seine Arme spannen sich um mich an, halten mich an Ort und Stelle fest. »Wir werden nur zusammen duschen, das ist alles.«

Ich weiß, dass ich protestieren, ihn wegdrücken sollte, aber ich habe nicht mehr die Kraft, gegen ihn anzukämpfen. Vielleicht hatte ich sie nie – weil gegen Lucas anzukämpfen bedeutet, gegen mich selbst anzukämpfen. Etwas Perverses in mir hat sich von Anfang an von diesem grausamen, gefährlichen Mann angezogen gefühlt.

Als Lucas bemerkt, dass ich nicht mehr versuche, mich zurückzuziehen, geht er sicher, dass ich auf eigenen Füßen stehen kann und löst vorsichtig seine Umarmung.

»Lass dich von mir waschen«, murmelt er und greift nach der Flasche mit dem Duschgel, während ich wie ein folgsames Kind dastehe und mich von ihm von Kopf bis Fuß einseifen und waschen lasse. Seine schaumigen Hände berühren mich überall, auch da, wo seine Finger vorher in mich eingedrungen sind und ich schließe meine Augen und gebe mich seiner zärtlichen Fürsorge hin.

Ich werde mich morgen dafür verachten, aber heute Nacht brauche ich seine Zuneigung. Ich sehne mich danach.

Er hat sein Versprechen gehalten, mich nicht zu verletzen. Das überrascht mich immer noch ein wenig. Als Lucas mich gefesselt hat, dachte ich, dass er etwas Schlimmes mit mir vorhat – und als er begonnen hat, meinen Po zu berühren, war ich mir dessen sicher. Aber abgesehen von dem leichten Brennen am Anfang, hat mir sein Finger nicht wehgetan und seine Zunge hatte sich dort … interessant angefühlt. Das Gefühl war fremd und unbekannt, aber hatte nichts mit den schrecklichen Schmerzen zu tun, die Kirill mir an jenem Tag zugefügt hat.

Die Wasserstrahlen versiegen und als ich meine Augen öffne, bemerke ich, dass Lucas die Dusche abgestellt hat.

»Komm, Baby.« Er führt mich aus der Duschkabine und wickelt mich in ein kuscheliges Handtuch, bevor er sich selbst schnell abtrocknet. »Komm, wir gehen ins Bett«, sagt er und kommt zu mir. »Du schläfst gleich im Stehen ein.«

Er nimmt mich wieder hoch und ich protestiere nicht dagegen, dass er mich zurück ins Schlafzimmer trägt. Trotz der Dusche fühle ich mich immer noch, als würde ich gleich umkippen. Die Orgasmen, die Lucas mir aufgezwungen hat, haben mich emotional und körperlich ausgelaugt und ich will nichts weiter als einfach zu schlafen.

Schlaf wird meine Zuflucht für den Rest der Nacht sein und morgen, morgen wird mein Peiniger abreisen.

Er wird fort sein und, falls Rosa mir die richtigen Informationen gegeben hat, ich auch.

Dieser Gedanke sollte mich glücklich machen, aber als Lucas mich auf dem Bett ablegt und uns mit Handschellen aneinanderkettet, fühle ich mich alles andere als glücklich. Ein Teil von mir trauert selbst jetzt noch um die Fantasie, die ich hatte, bevor der Mann, in den ich begonnen hatte mich zu verlieben mein Herz gebrochen hat.

* * *

Lucas weckt mich mitten in der Nacht dadurch auf, dass er in mich stößt, sein dicker Schwanz von hinten in mich eindringt. Ich schnappe nach Luft und reiße die Augen durch diese plötzliche Störung auf. Ich bin nicht so feucht wie zuvor, aber das macht nichts. Mein Körper reagiert augenblicklich auf ihn und mein Unterleib füllt sich mit flüssiger Hitze, als er beginnt, mich zu nehmen. Seine Art mich zu ficken ist nicht sanft, sie verschleiert nicht, um was es geht.

Eine harte Inbesitznahme.

Unsere linken Handgelenke sind immer noch zusammengekettet und im Zimmer ist es rabenschwarz. Ich kann nichts sehen, ich kann nur spüren, dass er mich an sich drückt und sein Arm wie ein Stahlband um meinen Brustkorb liegt. Seine Hüften hämmern in mich und ich nehme ihn auf, da ich nichts Anderes tun kann. Ich atme schneller, Hitzewellen fahren über meine Haut und meine inneren Muskeln beginnen, sich anzuspannen.

»Sag mir, dass du mir gehörst.« Ich spüre Lucas' heißen Atem auf meinen Nacken. »Sag mir, dass du zu mir gehörst.«

»Ich –« Die Gefühle sind so intensiv, dass sie zu viel für mein durch den Schlaf benebeltes Gehirn sind. »Ich gehöre dir.«

»Noch einmal.«

»Ich gehöre dir.« Ich stöhne auf, als sein Schwanz einen Punkt in mir berührt, der meine Hitze auf vulkanische Temperaturen ansteigen lässt. »Ich gehöre dir.«

»Ja, das tust du.« Er bewegt seine linke Hand zu meinem Geschlecht und zieht dabei mein Handgelenk mit sich. »Du gehörst mir und niemand anderem.«

»Ja, niemand anderem …« Ich weiß nicht, was ich da gerade sage, aber da seine Finger meine Klitoris berühren, ist mir das auch egal. Alles daran fühlt sich surreal an, so als hätte ich einen erotischen Traum. Ich kann spüren, wie mich Lucas' Körper umgibt während sein Schwanz in mich stößt und meine vulkanische Hitze wächst weiter und verbrennt meine Gedanken und meine Vernunft. Benebelt schreie ich auf, als die Gefühle ihren Höhepunkt erreichen und ich komme, sich meine inneren Muskeln um seinen harten Schwanz krampfen.

Lucas stöhnt ebenfalls und ich spüre, wie sein großer Körper sich hinter mir anspannt und erzittert. Die Wärme seines Samens überschwemmt mich und mein Geschlecht zuckt in den Nachwehen, als die Lust in meinen Nervenenden funkenartig aufflammt.

Ich atme schwer, schließe meine Augen und fühle, wie sich seine Brust an meinem Rücken hebt und senkt, während sein Schwanz in mir langsam erschlafft. Ich weiß, dass ich aufstehen und mich sauber machen, oder zumindest ein Taschentuch benutzen sollte, aber ich bin zu entspannt und erschöpft. Ich möchte einfach nur in Lucas' Armen liegen. Er scheint sich ebenfalls nicht bewegen zu wollen und meine Augenlider werden schwer, als meine Gedanken beginnen abzuschweifen. Alle meine Ängste und Sorgen fühlen sich irreal an, scheinen weit weg von diesem Moment und uns zu sein. In einer weit entfernten Welt sind wir Feinde und er hat mich gefangen, aber ich bin nicht länger an diesem brutalen Ort.

Ich bin hier, warm und sicher in der Umarmung meines geliebten Lucas.

Die Dunkelheit hüllt mich ein und ich versinke gerade noch tiefer im Nebel der Träume, als ich ihn sagen höre: »Es tut mir leid, Yulia. Hasst du mich?«

»Nein«, flüstere ich dem Lucas in meinem Traum zu. »Ich liebe dich. Ich gehöre dir.«

Und dann, als mich der Schlaf übermannt, spüre ich, wie er mich auf die Schläfe küsst und mich noch enger an sich zieht, so als habe er Angst mich gehen zu lassen.

EINUNDDREIßIGSTES KAPITEL

❖ LUCAS ❖

Yulias Atmung bekommt den gleichmäßigen Rhythmus des Schlafes, aber ich bin hellwach und mein Herz klopft in meiner Brust. Hat sie es wirklich gemeint? Hat sie gewusst, was sie sagt?

Hat sie gewusst, dass sie es zu mir sagt?

Ich will sie wachrütteln und sie fragen, aber ich widerstehe meinem Drang. Ich weiß nicht, was ich tun würde, wenn Yulia mir erklären würde, dass sie von Misha geträumt hat. Allein der Gedanke daran brennt wie Säure. Wenn ich herausfände, dass die Worte ihm galten …

Nein, das kann ich nicht tun. Ich möchte nicht, dass Yulia mich wieder so anschaut, als sei ich ein Monster.

Ich lege meinen Arm noch fester um ihren Brustkorb, fahre mit meinen Lippen über ihre Schläfe und schließe meine Augen, um mich zu entspannen. Höchstwahrscheinlich ist ihr das einfach nur herausgerutscht, aber selbst wenn an ihren Worten etwas dran wäre, warum sollten sie mir etwas bedeuten? Ich will Sex von ihr, Sex und eine gewisse, unkomplizierte Gesellschaft.

Dass ich Yulia begehre, bedeutet nicht, dass ich ihre Liebe brauche.

Ich zwinge meine Atmung dazu, sich zu verlangsamen und die Müdigkeit, die mich zu übermannen droht, aber der Gedanke, dass sie mich lieben könnte, lässt mich nicht los. Egal wie sehr ich es versuche, ich kann ihn nicht verdrängen – oder das warme Gefühl unterdrücken, das er in mir auslöst.

Das ist eine unlogische Reaktion meinerseits. Ich weiß besser als alle anderen, wie bedeutungslos diese Worte sind. Meine Eltern haben auf gesellschaftlichen Veranstaltungen auch immer „ich liebe dich" gesagt, zu sich selbst und mir. Das war Teil der glänzenden Fassade, die sie der Öffentlichkeit präsentierten, und ich habe schon immer gewusst, dass ich es nicht ernst nehmen kann. Das gleiche galt für die Frauen, mit denen ich geschlafen habe: mehr als eine von ihnen hat die Worte einfach benutzt, sie genauso beiläufig gesagt wie andere „Hallo" und „Tschüss" sagen. Es gibt überhaupt keinen Grund, mich an diesem gemurmelten Satz von Yulia aufzuhängen – einem Satz, der nicht einmal für mich gemeint gewesen sein könnte.

Außer natürlich, er war für mich gemeint. Ist das möglich? Er wäre bei Yulia nicht bedeutungslos, dessen bin ich mir sicher. Unter den gegebenen Umständen würde sie versuchen, es mich so lange wie möglich nicht wissen zu lassen, wenn sie sich in mich verliebt hätte – was bedeutet, dass sie wahrscheinlich nicht mitbekommen hat, was sie gesagt hat.

Scheiße. Ich kann diese Sache auf keinen Fall auf sich beruhen lassen. Falls Yulia mich liebt, muss ich es wissen, damit ich aufhören kann, darüber nachzudenken.

Ich setzte mich hin, beuge mich über sie und schalte die Nachttischlampe ein.

Sie zuckt nicht einmal, als ich mich bewege. Ihre Lippen sind leicht geöffnet und ihre Wimpern formen einen dunklen Halbmond auf ihren blassen Wangen. Ihr durch den Schlaf entspanntes Gesicht sieht unglaublich jung aus – und unschuldig, erschöpft von meinen gnadenlosen Forderungen.

Ich betrachte sie einige Augenblicke lang, bevor ich mich wieder nach der Lampe ausstrecke, um sie auszuschalten. Ich lege mich hin, drücke meinen Körper von hinten gegen ihre schlanke Gestalt und atme den süßen, leicht nach Pfirsich duftenden Geruch ihres Haares ein.

Bald, verspreche ich mir, als ich meine Augen schließe. Sobald ich aus Chicago zurückkehre, werde ich sie fragen und die Wahrheit herausfinden.

Meine Gefangene wird nirgendwo hingehen und zwei Wochen kann ich warten.

* * *

Der Wecker meines Telefons reißt mich aus einem tiefen Schlaf. Ich unterdrücke meinen Drang, dieses nervende Objekt zu zerstören, greife auf den Nachttisch rechts neben mir und schalte den Wecker aus. Gähnend hole ich den Schlüssel aus der Schublade des Nachttisches und drehe mich zu Yulia um – die durch meine Bewegungen aufgewacht ist und mich mit schläfrigen, halb geschlossenen Augen anschaut.

»Hallo, meine Schöne.« Ich kann nicht widerstehen, ihr die Handschellen abzunehmen und sie auf meinen Schoß zu ziehen. Sie ist weich und anschmiegsam und ihre Haut köstlich warm, so dass ich gegen meinen Drang ankämpfen muss, sie für ein letztes Mal Sex auf die Matratze zu legen. »Ich muss los«, murmele ich stattdessen und gebe ihr einen Kuss auf die Haare. Es gibt so viele Dinge, die ich ihr sagen möchte, so viele Fragen über letzte Nacht, die ich ihr stellen möchte, aber ich sage einfach nur: »Sei brav bei Diego und Eduardo, okay?«

Sie spannt sich leicht an aber ich spüre, wie sie an meiner Brust nickt.

»Yulia, wegen letzte Nacht …« Ich lasse meine Finger in ihre Haare gleiten und ziehe leicht daran, da ich ihr Gesicht sehen muss, aber sie weigert sich, mich anzuschauen, hält ihre Augen auf meiner Kinnhöhe.

Ich seufze und beschließe, nicht darauf zu bestehen. Jetzt ist nicht die Zeit, zu besprechen, was Yulia eventuell gesagt oder nicht gesagt haben könnte, als sie halb geschlafen hat. »Ich werde dich vermissen«, sage ich stattdessen sanft.

Ihre Lippen spannen sich an, ihr Blick richtet sich noch weiter nach unten und ich erinnere mich daran, geduldig zu sein. Ich kann zwei Wochen lang warten. Ich gebe ihr einen weiteren Kuss auf ihre Haare und schiebe sie dann unwillig von meinem Schoß um aufzustehen, während ich versuche nicht auf ihre nackten Kurven zu schauen.

Diego und Eduardo werden in zehn Minuten hier sein und ich muss noch duschen und mich anziehen.

ZWEIUNDDREIßIGSTES KAPITEL

❖ YULIA ❖

»Yulia, Diego kennst du ja schon, und das hier ist Eduardo«, sagt Lucas und zeigt auf die beiden jungen Wächter. »Sie werden dich während meiner Abwesenheit im Auge behalten.«

Ich lehne meine Hüfte gegen den Küchentisch und nicke den beiden dunkelhaarigen Männern mit einem sorgsam neutralen Gesichtsausdruck zu. Diego ist größer als Eduardo, aber sie sind beide muskulös und gut in Form. Hübsch auf ihre eigene Art und Weise, aber ich bevorzuge Lucas wildes, wikingerhaftes Aussehen.

»Hallo«, sage ich, da ich mir denke, dass ich nichts zu verlieren habe, wenn ich nett zu ihnen bin.

»Hallo Yulia.« Diego grinst mich an und zeigt seine gleichmäßigen, weißen Zähne. »Ich muss sagen, dass du heute viel … sauberer aussiehst.«

Sein Grinsen ist ansteckend und ich erwische mich dabei, dass ich zurücklächele. »Duschen ist dafür bekannt, diesen Effekt zu haben«, antworte ich trocken und er lacht laut auf und legt dabei seinen Kopf in den Nacken. Eduardo lacht ebenfalls, aber als ich einen Blick auf Lucas werfe, sehe ich seinen düsteren Gesichtsausdruck und seine zusammengezogenen Augenbrauen.

Ist er eifersüchtig auf die Wächter, die er selbst ausgesucht hat?

»Ihr erinnert euch an meine Anweisungen, stimmt's?«, fährt Lucas die beiden Männer mit einem bösen Blick an und ich bemerke, dass er wirklich verärgert ist. »An alle?«

»Ja, natürlich«, erwidert Eduardo schnell. Diegos Grinsen verschwindet und beide Wächter stellen sich gerader hin. »Du musst dir um nichts Sorgen machen«, fügt der kleinere Mann hinzu.

»Gut.« Lucas blickt sie streng an, bevor er sich zu mir umdreht. »Wir sehen uns in zwei Wochen, okay?«, sagt er mit sanfterer Stimme zu mir und ich nicke, während ich versuche seinem Blick auszuweichen.

Ich habe den furchtbaren Verdacht, dass ich mir meinen Traum von letzter Nacht nicht wirklich eingebildet habe.

Lucas hält kurz inne, so als wolle er etwas sagen, aber dann dreht er sich einfach um und verlässt die Küche. Einige Sekunden später höre ich, wie die Eingangstür ins Schloss fällt.

Mein Entführer ist weg.

»So«, sagt Diego fröhlich und zieht meine Aufmerksamkeit damit auf sich. Sein Grinsen ist zurück und er hat seine Arme vor seiner breiten Brust verschränkt. »Was gibt es zum Frühstück?«

* * *

Ich bereite mir und den beiden Wächtern ein Omelett zu und achte darauf, nichts Verdächtiges zu tun. Sie mögen freundlich sein, aber ich darf ihr Lächeln nicht für etwas Anderes halten als eine freundliche Maske.

Nette Männer arbeiten nicht für illegale Waffenhändler, und diese beiden haben einen guten Grund, mich zu hassen – natürlich nur, wenn sie über meine Rolle bei dem Flugzeugabsturz Bescheid wissen.

»Also, Yulia«, sagt Eduardo, der sein Omelett genussvoll verschlingt, »wo hast du so gut kochen gelernt? Ist das so ein russisches Ding?«

»Ich bin Ukrainerin, keine Russin«, erwidere ich. Auch wenn der Unterschied in der Region aus der ich komme nicht gravierend ist, gehöre ich lieber dem Land meiner Arbeitgeber an. »Und ja, es scheint so eine Art osteuropäisches Ding zu sein. Viele Menschen dort sehen Kochen immer noch als etwas an, das eine Frau können muss.«

»Ich verstehe.« Diego schiebt sich mit der Gabel das letzte Stück seines Omeletts in den Mund und schaut sehnsüchtig auf die leere Pfanne. »Meiner Meinung nach sollte das für alle Frauen Pflicht sein.«

»Natürlich. Genauso wie Putzen, Wäsche waschen und auf die Kinder aufpassen, stimmt's?« Ich lächele die beiden Männer zuckersüß an.

»Wenn die Frau aussehen würde wie du, würde ich die Wäsche waschen«, erklärt mir Eduardo offensichtlich ernsthaft. »Aber saubermachen … da würde ich mich über Hilfe freuen.«

Ich kann mein Lachen nicht zurückhalten. Dieser Kerl versucht nicht einmal, seine chauvinistischen Ansichten zu verbergen.

»Ich denke, was Eduardo sagen möchte, ist, dass Lucas sich glücklich schätzen kann«, sagt Diego diplomatisch und tritt den anderen Wächter dabei unter dem Tisch. »Das ist alles.«

»Genau.« Ich unterdrücke den Drang, mit meinen Augen zu rollen. »Ich bin mir sicher, dass es das ist.«

»Auf jeden Fall.« Diego zwinkert mir zu und steht auf, um seinen Pappteller wegzuwerfen. »Eduardo ist einfach verwöhnt«, erklärt er mir, als er zum Tisch zurückkommt. »Zuerst hat ihn seine Mamacita bemuttert, und dann seine Ex-Freundin.«

»Halt den Mund«, murmelt Eduardo und blickt Diego böse an. »Rosa hat mich nicht bemuttert. Sie war einfach gut in häuslichen Angelegenheiten.«

»Rosa?« Ich horche auf.

»Ja, sie ist Esguerras Hausmädchen«, erklärt mir Diego. »Süßes Mädchen. Viel zu gut für diesen Kerl hier« – er zeigt mit seinem Daumen Richtung Eduardo – »also hat sie ihn vor einigen Monaten sitzengelassen.«

»Ich verstehe«, sage ich und versuche, nicht zu interessiert auszusehen. Wenn Rosa mit Eduardo zusammen war, erklärt das, wieso sie über das Pokern Bescheid weiß. »Hat Esguerra viele Angestellte?«

»Nicht wirklich«, antwortet Eduardo und steht auf, um seinen leeren Teller wegzuschmeißen. Seine Stirn ist gerunzelt; ich nehme an, dass die Erinnerung daran, dass Rosa ihn sitzengelassen hat, ihm seine gute Laune verdorben hat. »Wir sollten gehen«, sagt er auf einmal und schaut mich an. »Bist du fast fertig mit deinem Essen, Yulia?«

Ich nicke und schiebe mir die Reste meines Omeletts in den Mund. »Ja.« Ich trage meinen Teller zum Müll, wasche die Pfanne ab und stelle sie zum Trocknen auf ein Küchentuch. »Fertig.«

»Gut.« Diego lächelt mich an und seine dunklen Augen leuchten. »Dann gehe jetzt ins Bad und danach begleiten wir dich auf deinem morgendlichen Spaziergang.«

* * *

Als die beiden Männer einen schnellen Spaziergang durch den Wald mit mir machen, komme ich zu dem Entschluss, dass sie wahrscheinlich nichts von meiner Rolle bei dem Flugzeugabsturz wissen, bei dem ihre Kollegen umgekommen sind. Oder dass sie, falls sie davon wissen, hervorragende Schauspieler sind. Sie ziehen mich genauso auf, wie sie das unter sich tun, sie sind freundlich und entspannt. Sie machen nicht den Eindruck, Mörder zu sein – wenn man von den Pistolen absieht, die im Bund ihrer Jeans stecken.

Falls sie die Anweisung bekommen würden, mir eine Kugel in den Kopf zu jagen, bin ich mir sicher, dass keiner von beiden zögern würde, den Befehl auszuführen.

Unser Spaziergang dauert etwa zwanzig Minuten und danach bringen sie mich in Lucas' Haus zurück.

»Okay, chica«, sagt Diego, als er mich zu Lucas' Bibliothek führt. »Dein Freund sagt, dass das dein Stammplatz ist. Nimm dir ein Buch und dann müssen wir arbeiten gehen.«

»Freund?« Erstaunt schaue ich den Wächter an. »Du meinst Lucas?«

Diego grinst. »Genau der. Außer natürlich, du hast hier mehr als einen.«

Ich schlucke einen Protest hinunter und nehme mir irgendein Buch. Lucas ist definitiv *nicht* mein Freund, aber wenn sie das denken, könnte ich das zu meinem Vorteil nutzen.

Das würde auch erklären, warum die beiden Wächter so nett zu mir sind, fällt mir auf, als ich zum Sessel hinübergehe. Es ist generell clever, der Freundin des Chefs Respekt entgegenzubringen – selbst dann, wenn die Freundin die meiste Zeit gefesselt ist.

Ich setzte mich hin, lege das Buch auf meinen Schoß, atme tief durch und strecke meine Handgelenke in Diegos Richtung aus. »Los geht's. Ich bin soweit.«

DREIUNDDREIßIGSTES KAPITEL

❖ LUCAS ❖

Unser Flug nach Chicago verläuft ohne Zwischenfälle. Esguerra kommt alle paar Stunden ins Cockpit, um zu sehen ob alles in Ordnung ist, aber die meiste Zeit bleibt er bei seiner Frau und Rosa in der Hauptkabine.

»Nora schläft immer noch«, sagt er, als er eine Stunde vor der Landung zu mir kommt. Seine dunklen Augenbrauen sind voller Sorge zusammengezogen. »Denkst du, dass es normal ist, so viel zu schlafen?«

»Schwangere Frauen brauchen viel Schlaf, das habe ich zumindest gehört«, antworte ich und unterdrücke ein Lächeln. Esguerra benimmt sich, als sei noch nie zuvor eine Frau schwanger gewesen. »Ich bin mir sicher, dass alles in Ordnung ist.«

Er nickt und geht in die Kabine zurück. Wahrscheinlich um auf Nora aufzupassen, denke ich amüsiert, bevor ich mich wieder der Steuerung zuwende.

Nach dem Absturz überlasse ich nichts dem Zufall.

Wir landen auf einem kleinen Flughafen am Rande Chicagos, wo eine gepanzerte Limousine bereits auf der Landebahn auf uns wartet. Ich habe die meisten unserer Wächter vorgeschickt, damit sie diesen Flughafen von oben bis unten durchsuchen und ich weiß, dass er sicher ist. Trotzdem scanne ich unsere Umgebung automatisch nach Gefahren ab, bevor ich zur Limousine gehe und auf dem Fahrersitz Platz nehme.

In unserem Job kann man niemals vorsichtig genug sein.

Als ich die Limousine zum Haus von Noras Eltern fahre, kehren meine Gedanken zu Yulia zurück. Esguerra sitzt mit Nora und Rosa hinten und alles ist ruhig auf der Straße, also beschließe ich, die Zeit zu nutzen, um Diego anzurufen.

»Wie läuft's?«, frage ich, sobald der Wächter abnimmt.

»Naja …« Er hört sich an, als würde er gleich loslachen. »Zum Frühstück hat sie uns ein fantastisches Omelett gemacht. Zum Mittag gab es das beste Hühnchen, das ich jemals gegessen habe, und zum Abendessen wird sie uns Schweinekoteletts braten und einen Schokoladenkuchen backen. Also ich würde sagen, es läuft ziemlich gut. Und wir sind heute Morgen mit ihr spazieren gegangen.«

»Sie benimmt sich gut? Keine Fluchtversuche?«

»Machst du Witze? Dieses Mädchen ist die perfekte Gefangene. Sie hat uns beim Mittagessen sogar einige Schimpfwörter auf Russisch beigebracht. Solche Sachen wie *yob tvoyu mat* –«

»Hervorragend.« Ich knirsche mit den Zähnen, als ich gegen eine Welle irrationaler Eifersucht ankämpfen muss. Ich weiß, dass ich diesen beiden Wächtern vertrauen kann, aber es stört mich trotzdem, dass sie sich so sehr mit meiner Gefangenen anfreunden. Loyal oder nicht, sie sind immer noch Männer und ich weiß wie einfach es ist, verrückt nach Yulia zu sein. »Vergesst nicht, sie nachts an den Pfosten neben dem Bett zu ketten.«

»Natürlich nicht.«

»Gut.« Ich atme tief ein. »Und Diego, solltest du oder Eduardo sie berühren –«

»Das würden wir niemals tun.« Der junge Mexikaner hört sich beleidigt an. »Sie gehört dir und das wissen wir auch.«

»In Ordnung.« Ich zwinge mich dazu, meine Hände, die das Lenkrad umkrallen, etwas zu entspannen. »Falls etwas sein sollte, ruft mich an.«

Ich lege auf und wende meine Aufmerksamkeit wieder der Straße zu.

* * *

Esguerras Abendessen mit seinen Schwiegereltern verläuft ohne Zwischenfälle, bis Frank, Esguerras Kontaktmann bei der CIA, uns einen

Besuch abstattet. Er besteht darauf, mit Esguerra zu reden, also bitte ich meinen Chef, nach draußen zu kommen, nachdem ich sichergestellt habe, dass unsere Scharfschützen bereit sind.

Sollte der US Geheimdienst heute Nacht entscheiden, doppeltes Spiel mit uns zu spielen, wird es zu einem Kampf kommen.

Zum Glück scheint Frank nicht selbstmordgefährdet zu sein. Er schickt seinen Wagen weg und macht einen Spaziergang mit Esguerra. Ich folge ihnen mit einem kleinen Abstand und lasse dabei meine Hand an der Pistole in der Innentasche meiner Jacke. Sie gehen nicht weit, nur bis zum nächsten Park und zurück.

»Was wollten sie?«, frage ich Esguerra, als der Lincoln wegfährt.

»Dass wir ihr Land nicht betreten«, erklärt mir Esguerra. »Offensichtlich schnappt der FBI jetzt völlig über – Franks Worte, nicht meine. Sie machen sich Sorgen, warum wir hier sind. Außerdem ist da noch die Sache mit Noras Entführung.«

»Stimmt. Was haben Sie ihnen geantwortet?«

»Dass wir nicht geschäftlich hier sind und dass wir das Land verlassen, sobald wir hier fertig sind. Wenn du mich jetzt bitte entschuldigen würdest, ich muss zum Familienessen zurück.« Er verschwindet im Haus und ich gehe ungläubig mit dem Kopf schüttelnd zur Limousine.

Mein Chef hat Eier, das muss ich ihm lassen.

* * *

Es ist schon spät, als das Abendessen vorbei ist. Zum Glück ist die Fahrt zum Palos Park, einer reichen Wohnsiedlung in der Esguerra auf meine Empfehlung hin ein Anwesen gekauft hat, nicht weit.

»Das wäre sicherer als ein Hotel«, habe ich ihm erklärt, als wir die Reise vor zwei Wochen zu planen begannen. »Dieses spezielle Haus ist besonders gut geeignet, weil es eingezäunt ist, ein automatisches Tor und eine lange Einfahrt hat – perfekt für Privatsphäre.«

Als wir am Haus ankommen, gehen Esguerra, Nora und Rosa hinein, während ich nach den Wachen sehe, um sicherzugehen, dass sie richtig positioniert sind und wissen, was sie im Notfall zu tun haben. Ich brauche über eine Stunde und als ich das Haus endlich betrete, bin ich todmüde. Zuerst muss ich jedoch etwas essen; die beiden Energieriegel, die ich im Auto zu mir genommen habe, waren ein beschissener Ersatz für ein Abendessen.

Ich bin durch Yulias Kochen offensichtlich verwöhnt geworden.

»Hallo Lucas«, sagt Rosa, als ich die Küche betrete. Ihre Wangen röten sich, als sie mich anschaut. Ich muss sie auf dem Weg in ihr Bett erwischt haben, da sie einen langen Schlafanzug trägt und einen Becher heiße Milch in den Händen hält. »Ich wusste nicht, dass du noch wach bist.«

»Ich musste noch einige Last-Minute Sicherheitskontrollen durchführen«, erkläre ich ihr und unterdrücke ein Gähnen. »Wieso bist du noch wach?«

»Ich konnte nicht schlafen. Zu viele neue Eindrücke, nehme ich an.« Ihre vollen Lippen verziehen sich zu einem schiefen Lächeln. »Ich bin vorher noch nie geflogen - oder in Amerika gewesen.«

»Ich verstehe.« Ich kämpfe erneut gegen ein Gähnen an während ich zum Kühlschrank gehe und ihn öffne. Er ist bereits gefüllt – ich selbst habe die Lebensmittellieferung organisiert – also nehme ich ein Stück Käse heraus, um mir mit etwas Brot ein Sandwich zu machen.

»Soll ich dir etwas kochen?«, bietet mir Rosa unsicher an. »Ich kann in einer Minute etwas zubereiten.«

»Danke für das nette Angebot, aber du solltest schlafen gehen.« Ich lege eine Scheibe Käse auf ein Stück Brot und beiße in das trockene Sandwich. »Ich bin mir sicher, dass du morgen jede Menge kochen musst«, füge ich hinzu, nachdem ich meinen Bissen gekaut und heruntergeschluckt habe.

»Naja, das ist mein Job.« Sie zuckt mit den Schultern und fährt fort: »Auch wenn du wahrscheinlich recht hast – ich denke Señor Esguerra möchte Noras Eltern morgen Nacht beeindrucken.«

»Hm.« Ich esse den Rest des Sandwiches in drei Bissen auf und lege den Käse in den Kühlschrank zurück. »Gute Nacht, Rosa«, sage ich und drehe mich um, um zu gehen.

»Dir auch.« Sie beobachtet mich mit einem eigenartig angespannten Gesichtsausdruck, als ich den Raum verlasse, aber ich bin zu müde, um darüber nachzudenken, was gerade in ihr vorgeht.

Als ich in meinem Zimmer ankomme, dusche ich schnell, bevor ich ins Bett falle. Überraschenderweise schlafe ich nicht sofort ein. Stattdessen liege ich einige Minuten lang wach und wälze mich auf der Kingsize Matratze hin und her, die sich viel zu kalt und leer anfühlt.

Es ist weniger als ein Tag vergangen und schon vermisse ich Yulia.

Zwei Wochen, sage ich mir. Ich muss nur die nächsten zwei Wochen hinter mich bringen. Danach werde ich zu Hause sein und Yulia jede Nacht in meinen Armen halten.

VIERUNDDREIßIGSTES KAPITEL

❖ YULIA ❖

Ich starre an die dunkle Decke, da ich meine Augen nicht schließen kann, obwohl es schon so spät ist. Es ist eigenartig, ohne Lucas in seinem Bett zu sein … mit dem kalten Stahl der Handschellen an den Pfosten neben dem Bett gekettet zu sein, anstatt an sein Handgelenk. Ich habe mich daran gewöhnt, von seinem großen Körper umhüllt zu schlafen und selbst wenn ich die Decke bis zu meinem Kinn hochziehe, ist mir kalt und ich fühle mich schutzlos ohne ihn, während ich versuche mich so weit zu entspannen, dass ich schlafen kann.

Diego und Eduardo waren bis jetzt gute Gefängniswärter. Sie haben sich an die Routine gehalten, die Lucas ihnen erklärt haben muss. Ich durfte essen, mich bewegen, das Badezimmer benutzen und in dem bequemen Sessel lesen. Sie haben mir auch während der Mahlzeiten Gesellschaft geleistet, obwohl ich vermute, dass das Essen, das ich gekocht habe, viel damit zu tun hat. Als unser Abendessen vorüber war, war ich mir sicher, dass ich die beiden mag – soweit es möglich ist, Söldner zu mögen, deren Job es ist, dich gefangen zu halten. Rosa hatte recht damit, dass sie gute Menschen sind; unter anderen Umständen hätten wir Freunde werden können.

Ich hoffe, dass Lucas sie wegen meiner Flucht nicht zu streng bestrafen wird – vorausgesetzt, dass ich morgen erfolgreich sein werde.

Der Gedanke an den morgigen Tag verjagt das letzte bisschen Müdigkeit, das ich langsam verspürte. Um meine Aufregung zu mindern, gehe ich im Kopf noch einmal meinen Plan durch. Er ist einfach: Nach dem Mittagessen werde ich die Werkzeuge, die mir Rosa gegeben hat, dafür nutzen, mich zu befreien und zur nördlichen Grenze des Anwesens rennen, während die Wächter des North Tower Two wahrscheinlich durch ihr Pokerspiel abgelenkt sind. Diego und Eduardo werden an dem Spiel teilnehmen und bis achtzehn Uhr nicht nach mir schauen. Bis dahin werde ich mich schon in dem Lieferwagen befinden – der das Anwesen Esguerras zu diesem Zeitpunkt hoffentlich schon weit hinter sich gelassen hat.

Wenn morgen alles gut geht, werde ich nicht länger Lucas Kents Gefangene sein.

Ich sollte mich freuen, aber stattdessen verspüre ich einen dumpfen Schmerz in meiner Brust. Der Traum von letzter Nacht – falls es ein Traum war – ist immer noch schmerzhaft lebendig in meinem Kopf. Einen kurzen Moment lang hatte ich vergessen, wer wir sind und was zwischen uns passiert ist, und ich habe Lucas etwas gesagt, was ich bis dahin selbst nicht wusste.

»Hasst du mich?«, hat er mich gefragt und ich Idiot habe ihm geantwortet, dass ich ihn liebe.

Ich habe meine furchtbare, irrationale Schwäche einem Mann eingestanden, der mich bis jetzt mit jeder Waffe verletzt hat, die ich ihm gegeben habe.

Vielleicht habe ich meine Worte nicht laut gesagt. Vielleicht war es doch nur ein Traum – oder besser gesagt ein Albtraum. Aber wenn das der Fall sein sollte, warum hat Lucas die letzte Nacht angesprochen, als er sich von mir verabschiedet hat? Warum hat er gesagt, dass er mich vermissen wird?

Ich drehe mich stöhnend auf die Seite und schlage mit meiner freien Hand auf das Kissen. Meine Gefangenschaft muss mich krank gemacht, oder mich zumindest einer Gehirnwäsche unterzogen haben. Ich kann nicht in den Mann verliebt sein, der meinen Bruder zerstören will.

Ich kann nicht der Idiot sein, der sich in einen Mörder verliebt hat, der anstelle eines Herzens einen Eisblock in seiner Brust trägt.

Ich werde dich vermissen.

In meinem Kopf höre ich seine tiefe Stimme flüstern und ich drücke meine Augenlider fest zusammen, während ich versuche, sie auszublenden. Was auch immer ich fühle, ob es Liebe oder vorübergehender Wahnsinn ist, es wird vorbeigehen, sobald ich weit weg von hier bin.

Ich muss daran glauben, damit ich mich auf meine Flucht konzentrieren kann.

* * *

Frühstück und Mittagessen gehen quälend langsam vorüber. Als Diego und Eduardo mich an meinen Sessel fesseln und das Zimmer verlassen, könnte ich aus der Haut fahren. Ich hoffe, sie haben nicht bemerkt, wie angespannt ich bin; ich habe versucht mich normal zu verhalten, aber ich weiß nicht, ob es mir gelungen ist.

Nachdem ich gehört habe, dass die Eingangstür ins Schloss gefallen ist, sitze ich einige Minuten lang ruhig da, um sicherzugehen, dass sie nicht zurückkommen. Als ich denke, dass meine Gefängniswächter weg sind, beginne ich, mich in Bewegung zu setzen. Mein Herz schlägt in einem schnellen, verzweifelten Rhythmus und meine Handflächen schwitzen, als ich vorsichtig in das Polster des Sessels greife, um die Gegenstände hervorzuziehen, die Rosa mir gegeben hat.

Zuerst fische ich die Haarnadel hervor. Da meine Oberarme mit dem Seil an den Sessel gebunden sind, ist meine Bewegungsfreiheit eingeschränkt, aber ich schaffe es, die Nadel in das Schloss meiner Handschellen zu stecken. Ich bin kein Experte darin, Schlösser zu knacken, aber sie haben es uns während des Trainings beigebracht, so dass ich nach einigen Fehlversuchen die Handschellen öffnen kann.

Als nächstes ist die Rasierklinge an der Reihe. Da meine Hände nicht mehr zusammengebunden sind, kann ich die Klinge unter die Seile an meinen Unterarmen schieben und sie durchschneiden. Das ist keine leichte Aufgabe – als ich ein dickes Seil endlich durchtrennt habe, blute ich aus mehreren Schnittwunden – aber entschlossen mache ich weiter und zehn Minuten später habe ich genug Seile durchgeschnitten, um mich aus dem Stuhl winden zu können.

Der erste Schritt des Plans hat funktioniert.

Als nächstes gehe ich in die Küche, nehme mir zwei Flaschen Wasser und einige Energieriegel, die ich in einem der Schränke entdeckt habe. Ich glaube nicht, dass ich mich lange im Dschungel aufhalten werde, aber ich möchte vorbereitet sein. Zu dieser Tageszeit könnte die Hitze mich innerhalb weniger Stunden austrocknen lassen. Ich nehme mir außerdem das schärfste Küchenmesser, das ich finden kann und stecke die Haarnadel und die Rasierklinge für alle Fälle in meine Hosentasche. Das Essen und das Messer packe ich in einen Rucksack, den ich in Lucas Schrank gefunden habe und dann gehe ich zur Tür in Lucas' Schlafzimmer – der Tür, die zum Hinterhof und somit zum Dschungel führt.

Ich halte meinen Atem an, öffne die Tür und schaue mich um. Es ist kein Wächter zu sehen und die einzigen Geräusche die ich höre, sind die der Natur.

So weit, so gut.

Ich gehe raus und schließe die Tür hinter mir. Eine Welle feuchter Hitze wäscht über mich hinweg, so dass meine Kleidung an meiner Haut klebt. Ich hatte recht damit, die Wasserflaschen mitzunehmen. Ich werde vier Kilometer weit nach Norden gehen müssen, und danach am Fluss entlang Richtung Westen, um zu dem Waldweg zu kommen, den Rosa erwähnt hat, weshalb ich unterwegs etwas trinken muss.

Ich atme tief durch, um meine Nerven zu beruhigen, und gehe auf die Bäume hinter dem Haus zu. Meine Turnschuhe – die Schuhe die Lucas mir für unsere Spaziergänge besorgt hat – machen so gut wie kein Geräusch, als ich in den dichten Dschungel gehe, und ich atme erleichtert aus, als sich das Blätterdach über meinem Kopf schließt und mich vor potentiellen Augen am Himmel schützt.

Jetzt muss ich zur Grenze gelangen und die Straße finden, auf dem der Lieferwagen das Anwesen irgendwann nach fünfzehn Uhr verlässt.

Schweiß sammelt sich unter meinen Achseln und läuft mir den Rücken hinunter, als ich schnell gehe und dabei versuche, weder auf irgendwelche Insekten noch Schlangen zu treten. Ein dünner Baum, ein dicker Baum, eine Ansammlung von Büschen, ein umgefallener

Baumstamm – mit diesen Dingen verfolge ich meinen Fortschritt. Mich auf meine Umgebung zu konzentrieren hilf mir dabei, nicht an die Drohnen zu denken, die über meinem Kopf herumschwirren könnten oder an den Wachturm, an dem ich auf meinem Weg zur Grenze vorbeigehen muss. Rosa hat mir gesagt, dass das Pokern im North Tower Two stattfindet, aber ich habe keine Ahnung, wie ich einen Wachturm vom anderen unterscheiden soll.

Wenn es einen North Tower Two gibt, dann muss es auch einen North Tower One geben, und wenn ich an dem falschen Turm vorbeikomme, ist meine Flucht beendet.

Nach einer halben Stunde nehme ich die erste Flasche Wasser hervor und trinke sie fast aus, bevor ich mir den Schweiß mit meinem T-Shirt vom Gesicht wische. Obwohl ich nur die Shorts und ein knappes Tanktop trage, ist die Hitze kaum auszuhalten.

Nur noch ein wenig länger, sage ich mir. Es kann jetzt nicht mehr allzu weit bis zum Fluss sein. Ich muss ihn nur erreichen und ihm Richtung Westen folgen, und schon bin ich auf der Straße.

Das kann höchstens noch eine halbe Stunde dauern.

»Alto!«

Als ich den knappen auf Spanisch gerufenen Befehl höre, erstarre ich und hebe instinktiv meine Hände. Die Wasserflasche fällt aus meinen kraftlosen Fingern. Scheiße. Scheiße, Scheiße, Scheiße.

Die männliche Stimme ruft mir ein weiteres Kommando zu und ich drehe mich langsam in der Annahme um, dass ich genau das tun soll.

Ein dunkelhaariger, muskelbepackter Mann steht in einigen Metern Entfernung vor mir und hat eine M16 auf meine Brust gerichtet. Er trägt Tarnhosen und ein ärmelloses Shirt und ich sehe, dass er an seiner Hüfte ein Walkie-Talkie hängen hat.

Es ist einer der Wächter. Er muss im Wald patrouilliert sein, als er mich entdeckt hat.

Jetzt sitze ich mehr als in der Klemme.

Er starrt mich wütend an und sagt etwas auf Spanisch zu mir, woraufhin ich mit dem Kopf schüttele. »Es tut mir leid.« Ich befeuchte meine aufgesprungenen Lippen. »Ich spreche kaum Spanisch.«

Der Mann schaut mich noch finsterer an. »Wer bist du? Was machst du hier?«, fragt er mich auf Englisch mit einem starken Akzent.

»Ich bin –« Ich schlucke und spüre, wie mir der Schweiß an den Schläfen hinunterläuft. »Ich wohne bei Lucas.«

»Lucas Kent?« Der Wächter sieht einen Moment lang verwirrt aus, aber dann werden seine dunklen Augen groß. »Du bist die Gefangene.«

»Ja, so etwas in der Art. Ich bin jetzt eher sein Gast.« Ich versuche, leicht zu lächeln, während ich meine Hände langsam nach unten nehme. »Du weißt ja, wie so etwas funktioniert.«

Der Wächter sieht jetzt so aus, als würde er mich verstehen. »Du bist seine *puta*.«

Ich bin mir ziemlich sicher, dass er mich gerade eine Nutte genannt hat, aber ich nicke und lächele stärker, in der Hoffnung, dass ich eher verführerisch als verängstigt aussehe. »Er mag mich«, sage ich und nehme meine Schultern nach hinten, um meine Brüste, die nicht von einem BH gehalten werden, nach vorne zu schieben. »Du weißt, was ich meine?«

Der Blick des Mannes wandert von meinem Gesicht zu meinem schweißnassen Tanktop. »Si.« Seine Stimme ist leicht rau. »Ich weiß, was du meinst.«

Ich gehe einen Schritt auf ihn zu, ohne aufzuhören zu lächeln. »Er ist weg«, sage ich und stelle sicher, meine Hüften zu schwingen. »Er ist mit deinem Chef verreist.«

»Mit Esguerra, ja.« Der Mann scheint von meinen Brüsten, die jede meiner Bewegungen aufgreifen, wie hypnotisiert zu sein. »Verreist.«

»Genau.« Ich gehe einen weiteren Schritt nach vorne. »Mir ist zu Hause langweilig geworden.«

»Langweilig?« Endlich gelingt es dem Wächter, seinen Blick von meinen Brüsten zu lösen. Seine Augen sind leicht glasig, als er mir ins Gesicht schaut, aber seine Waffe ist immer noch auf mich gerichtet. »Du solltest nicht hier draußen sein.«

»Ich weiß.« Ich beiße mir vorsätzlich auf die Unterlippe. »Lucas lässt mich in den Garten gehen. Und dort habe ich einen schönen Vogel gesehen, dem ich gefolgt bin, und jetzt habe ich mich verlaufen.«

Das ist die dümmste Geschichte aller Zeiten, aber das scheint der Wächter nicht so zu sehen. Allerdings könnte auch die Tatsache, dass er auf meine Lippen schaut als wolle er sie essen, etwas damit zu tun haben.

»Also, vielleicht könntest du mir den Weg zurück zu seinem Haus zeigen?«, fahre ich fort, als er schweigt. Ich riskiere einen weiteren, kleinen Schritt auf ihn zu. »Es ist sehr heiß heute.«

»Ja.« Er nimmt seine Waffe herunter und ergreift meinen linken Arm. »Komm. Ich werde dich dorthin bringen.«

»Danke.« Ich lächele ihn so strahlend an wie ich kann und fahre blitzschnell mit meiner rechten Hand nach oben, um ihm die Unterkante meiner Handfläche so stark wie möglich unter die Nase zu rammen.

Ich höre ein knackendes Geräusch, dem ein Blutschwall folgt. Der Wächter stolpert nach hinten, umfasst instinktiv seine gebrochene Nase und ich greife nach dem Lauf seiner M16, während ich ihm gleichzeitig auf sein Knie trete und das Sturmgewehr in meine Richtung ziehe.

Mein Fuß trifft sein Knie, aber der Mann lässt die Waffe nicht los. Stattdessen, nimmt er die Finger von der Nase, um seine Waffe mit beiden Händen zu ergreifen und sie – und mich – zu sich zu ziehen.

Er mag nicht so gut ausgebildet sein wie Lucas, aber er ist immer noch viel stärker als ich.

Als mir klar wird, dass mir nur noch wenige Sekunden bleiben, bevor er mich auf dem Boden hat, höre ich auf an der Waffe zu ziehen und stoße sie stattdessen in seine Richtung, woraufhin er einen Moment lang sein Gleichgewicht verliert. Sofort trete ich so fest ich kann zwischen seine Beine.

Meine Turnschuhe treffen ihr Ziel: die Eier des Wächters. Ein ersticktes Keuchen entweicht dem Mund des Mannes, bevor ein hoher Schrei ertönt und er sich nach unten krümmt. Sein Gesicht wird kreidebleich und eine Sekunde lang erschlafft sein Griff um die Waffe – und mehr Zeit brauche ich nicht.

Ich entreiße dem Wächter das Sturmgewehr und schlage es auf seinen Kopf.

Ich höre einen dumpfen Aufschlag, als die Waffe gegen seinen Schädel prallt. Die Wucht des Schlages sendet eine Schmerzwelle durch meine Arme, aber mein Gegner fällt wie ein Stein zu Boden.

Ich habe keine Ahnung, ob er bewusstlos oder tot ist, aber ich kann auch keine Zeit damit verschwenden, nachzuschauen. Falls sich in der Nähe weitere Wächter befinden, könnten sie seinen Schrei gehört haben.

Ich umklammere die M16 und beginne zu rennen.

Baum. Busch. Eine knorrige Wurzel. Ein Ameisenhügel. Diese kleinen Anhaltspunkte verschwimmen vor meinen Augen während ich renne und mein Atem laut in meinen Ohren rasselt. Alle paar Minuten schaue ich hinter mich, um zu sehen, ob ich verfolgt werde, aber da mir nichts Verdächtiges auffällt, werde ich nach einiger Zeit langsamer.

Wo zum Teufel ist dieser Fluss? Es sollte nicht so lange dauern, vier Kilometer zu gehen.

Bevor ich mich fragen kann, ob Rosa mich vielleicht angelogen hat, fällt der Boden vor mir plötzlich steil ab. Obwohl ich abrupt anhalte, rutsche ich fast den Abhang hinunter. Ich schaue auf das dichte Gebüsch vor mir und sehe etwas Blaues hindurchschimmern.

Der Fluss.

Ich befinde mich an der nördlichen Grenze von Esguerras Anwesen.

Erleichtert atme ich auf. Ich gehe langsam weiter, um einen besseren Blick auf ihn zu werfen – und erstarre erneut.

Weniger als hundert Meter von mir entfernt befindet sich auf meiner linken Seite ein Wachturm, den ich wegen der Bäume nicht gesehen hatte.

Ich ziehe mich wieder zurück und ducke mich in der verzweifelten Hoffnung, dass die Wachen mich noch nicht gesehen haben, hinter den nächsten Baum. Als ich weder Stimmen noch Schüsse höre, beuge ich mich vorsichtig nach vorne, um einen erneuten Blick auf den Turm zu werfen.

Er ist ein hohes und bedrohliches Gebäude, das über den Wald hinausragt. An seiner Spitze befindet sich eine quadratische Einfriedung, die Schlitze an Stelle von Fenstern hat und die von einem offenen Gang umgeben wird. Ich kann keine Wächter auf dem Gang sehen, da sie sich wahrscheinlich alle in dem Gebäude befinden, um der unerträglichen Hitze zu entkommen. Das Gebäude ist nicht beschriftet. Es könnte sich um den North Tower Two oder aber genauso gut einen anderen handeln. Es gibt keine Möglichkeit, das herauszufinden.

Wenn ich nach Westen gehe, muss ich genau an ihm vorbeilaufen und wenn einer der Wächter einen Blick nach draußen wirft, bin ich erledigt.

Einen Moment lang spiele ich mit dem Gedanken, zurückzugehen und zu versuchen, die Straße weiter südlich zu suchen, außerhalb der

Sichtweite des Turms, aber letztendlich entscheide ich mich dagegen. Es könnte dort weitere Türme geben. Außerdem hat Rosa mir gesagt, dass sich die Sicherheitssoftware auf Dinge konzentriert, die sich dem Anwesen nähern. Das bedeutet, dass der Computer alles aufzeichnen könnte, was sich von diesem Punkt an in südliche Richtung bewegt.

Ich muss jetzt entweder den Fluss hier durchqueren, oder nach Westen gehen und die Straße finden, die irgendwo über diesen Fluss führt.

Ich schaue auf das Wasser. Da mir die Büsche die Sicht versperren, kann ich nicht einschätzen, wie breit oder tief der Fluss an dieser Stelle ist. Er könnte eine starke Strömung haben oder, da wir uns im Regenwald befinden, könnte es Krokodile geben. Wenn ich eine besonders gute Schwimmerin wäre, würde ich es riskieren, aber einen Fluss im Dschungel zu durchqueren war nicht gerade ein besonders wichtiger Teil meines Trainings.

Ich schaue wieder auf den Turm. Es sind immer noch keine Wächter auf dem Gang zu sehen. Könnte es sein, dass sie alle pokern?

Ich denke eine weitere Minute lang über meine beiden Optionen nach, wäge alle Pros und Kontras ab, aber letztendlich hilft mir der Sonnenstand, meine Entscheidung zu treffen. Die Sonne bewegt sich langsam nach unten, was bedeutet, dass der Nachmittag begonnen hat. Ich habe keine Uhr, also weiß ich nicht genau, wie spät es ist, aber wahrscheinlich ist es fast fünfzehn Uhr.

Wenn ich die Straße nicht bald finde, riskiere ich es, den Lieferwagen zu verpassen und dann ist es egal, ob die Wachen in dem Turm mich entdecken oder nicht. Sobald Diego und Eduardo bemerken, dass ich verschwunden bin, werde ich innerhalb weniger Stunden gefunden werden, sollte ich immer noch zu Fuß im Dschungel unterwegs sein.

Ich versuche meine zitternden Hände in den Griff zu bekommen und lege die M16 auf den Boden. Es ist um einiges wahrscheinlicher, dass auf mich geschossen wird, wenn ich sichtbar bewaffnet bin und ein Schnellfeuergewehr wird mir gegen die Wachen nichts nützen, da sie besser ausgestattet sind als ich und den Schutz der Einfriedung haben.

Mit einem letzten Blick auf den Fluss verlasse ich meinen Schutz und gehe Richtung Westen auf den Turm zu.

Dünner Baum. Dicker Baum. Wurzel. Busch. Eine Ansammlung von Wildblumen. Ich betrachte die Pflanzen während ich gleichmäßig weitergehe und sich die Angst wie eine eisige Hand um meine Brust legt. Der Turm kommt näher – ich kann ihn jetzt aus meinem Augenwinkel sehen – und ich konzentriere mich darauf, nicht zu ihm zu schauen, mich langsam und vorsichtig zu bewegen, einen Fuß vor den anderen zu setzen.

Dicker Baum. Noch ein dicker Baum. Ein kleiner Bach, über den ich springen muss. Mein Herz schlägt mir bis zum Hals aber ich gehe weiter, ohne auf den Turm zu blicken. Er ist jetzt auf gleicher Höhe mit mir, dann leicht hinter mir und ich schaue immer noch nach vorne und laufe in der gleichen gemäßigten Geschwindigkeit.

Meine Haut juckt und mein Nacken kribbelt, als ich eine kleine Lichtung überquere, aber ich kann immer noch keine Stimmen oder Schüsse hören.

Sie sehen mich nicht.

Das muss der North Tower Two sein.

Ich gehe das Risiko ein, schneller zu gehen und als ich einige Minuten später zurückblicke, kann ich den Turm nicht mehr sehen.

Ich bleibe stehen und lehne mich gegen einen Baumstamm, da meine Knie vor Erleichterung nachgeben.

Ich bin am Turm vorbeikommen, ohne erschossen zu werden.

Als mein rasendes Herz sich ein wenig beruhigt hat, zwinge ich mich dazu, mich wieder hinzustellen und weiterzugehen.

Ich weiß nicht, wie lange ich brauche um zur Straße zu gelangen, aber die Sonne steht noch niedriger, als ich sie endlich finde. Es ist nicht wirklich eine Straße – nur ein ungepflasterter Pfad, der sich durch den Dschungel windet – aber an der Stelle, an der sie auf den Fluss trifft, befindet sich eine robuste Holzbrücke.

Ich halte an und lausche. Ich höre weder das Geräusch eines sich nähernden Autos, noch Hinweise auf die Gegenwart von Wächtern.

Ich begebe mich auf die Brücke und gehe weiter. Sofort wird mir klar, dass ich recht damit hatte, den Fluss nicht schwimmend zu durchqueren. Er ist breit und die Ufer sind steil, fast klippenartig. Selbst wenn ich es bis zur anderen Seite geschafft hätte, hätte ich Schwierigkeiten gehabt, wieder herauszuklettern.

Ich gehe weiter und bald liegen die Brücke – und das Anwesen Esguerras – hinter mir. Ich versuche, mich möglichst nahe am Wald zu halten, ohne mich jedoch allzu weit von der Straße zu entfernen. Ich möchte nicht von den Drohnen entdeckt werden, die dieses Gebiet überwachen könnten, aber ich kann es auch nicht riskieren, den zurückkehrenden Lieferwagen zu verpassen.

Ich gehe gefühlte Stunden, bevor ich endlich das Geräusch eines Fahrzeugmotors höre.

Das ist er.

Ich nehme das Messer hervor, das ich aus Lucas' Küche entwendet habe, stecke es in meinen Hosenbund und lasse mein Tanktop über den Griff fallen, um ihn zu verbergen. Ich hoffe, dass ich das Messer nicht benutzen muss, aber ich will auf diese Möglichkeit vorbereitet sein.

Ich ignoriere meinen hektischen Puls, trete auf die Straße und warte darauf, dass das Fahrzeug bei mir ist.

Es ist ein Van und kein Lastwagen, wie ich vermutet hatte. Er kommt vor mir zum Stehen und der Fahrer – ein kleiner Mann mittleren Alters mit einer dunklen, bronzefarbenen Haut – springt heraus und blickt mich überrascht an. Er fragt mich etwas auf Spanisch und ich schüttele meinen Kopf und sage: »Tourist. Ich bin eine amerikanische Touristin und habe mich verlaufen. Bitte helfen Sie mir.«

Er sieht noch überraschter aus und sagt noch etwas auf schnellem Spanisch zu mir.

Ich schüttele erneut meinen Kopf. »Es tut mir leid, ich spreche kein Spanisch.«

Er zieht seine Stirn in Falten und blickt sich um, so als erwarte er, dass ein Übersetzer aus den Büschen springt. Als nichts passiert, zuckt er mit den Schultern und gibt mir ein Zeichen, in das Auto zu steigen.

Ich setze mich neben ihn auf den Beifahrersitz und behalte dabei meine Hand in der Nähe meines Messers. Der Lieferant könnte ein Angestellter Esguerras sein oder aber ein Zivilist, der zufällig Lebensmittel für das Anwesen eines Waffenhändlers liefert.

Wie dem auch sei, sollte er irgendetwas versuchen – oder jemanden anrufen wollen – bin ich vorbereitet.

Der Fahrer lässt den Motor an und der Wagen beginnt, sich auf dem Pfad nach Norden zu bewegen. Nach einigen Minuten macht der Mann

Musik an und summt leise mit. Ich lächele ihn an und nehme die Hand vom Griff meines Messers.

Ich habe es geschafft.

Ich bin entkommen.

Jetzt kann ich Obenko warnen und meinen Bruder retten.

»Auf Wiedersehen, Lucas«, flüstere ich lautlos, als das Fahrzeug über die ungepflasterte Straße rollt und mich von meinem Entführer fortträgt.

Von dem Mann fortträgt, den ich liebe.

Claim Me
Erobere Mich

Ergreife Mich: Buch 3

TEIL I: DIE FLUCHT

ERSTES KAPITEL

❖ LUCAS ❖

»Sag das nochmal!« Ich umfasse das Telefon fester und zerquetsche es fast, als sich meine Ungläubigkeit in brennende Wut verwandelt. »Was zum Henker meinst du damit, dass sie entkommen ist?«

»Ich weiß nicht, wie es passiert ist.« Eduardos Stimme ist angespannt. »Wir sind vor einer halben Stunde zurück zu deinem Haus gegangen, und sie war nicht mehr da. Ihre Handschellen lagen auf dem Boden in der Bibliothek, und das Seil, mit dem sie gefesselt gewesen war, ist mit etwas Kleinem und Scharfem durchgeschnitten worden. Unsere Wächter haben jeden Millimeter des Dschungels durchsucht und dabei Sanchez bewusstlos in der Nähe der Grenze im Norden gefunden. Er hat eine schwere Gehirnerschütterung, aber vor fünf Minuten haben wir es geschafft, ihn aufzuwecken. Er sagt, dass er sie im Wald getroffen hat, sie ihn aber überraschend angegriffen und bewusstlos geschlagen hat. Das war vor über drei Stunden. Wir bekommen gerade die Aufzeichnungen der Drohnen, aber es sieht nicht gut aus.«

Meine Wut verstärkt sich mit jedem Satz, den der Wächter sagt. »Wie konnte sie an etwas Kleines und Scharfes kommen? Oder ihre Handschellen öffnen? Du und Diego, ihr solltet sie die ganze Zeit im Auge behalten –«

»Das haben wir.« Eduardo hört sich fassungslos an. »Wir haben ihre Taschen nach jeder Mahlzeit durchsucht, genau so, wie du es uns aufgetragen hattest, und wir haben das Badezimmer durchsucht – den einzigen Ort, an dem sie allein und nicht gefesselt war – und das mehrmals. Es gab dort nichts, was sie hätte benutzen können. Sie muss diese Werkzeuge irgendwo versteckt haben, aber ich weiß nicht, wann oder wo. Vielleicht hatte sie sie schon seit einiger Zeit, oder vielleicht –«

»In Ordnung, nehmen wir einmal an, dass ihr nicht völlig versagt habt.« Ich atme tief ein, um die brodelnde Wut in meiner Brust unter Kontrolle zu halten. Was jetzt wichtig ist, ist, Antworten zu bekommen und herauszufinden, wo wir Sicherheitslöcher haben. In einem ruhigeren Ton sage ich: »Wie konnte sie das Gelände verlassen, ohne einen Alarm auszulösen und ohne dass die Wächter in den Wachtürmen sie gesehen haben? Jeder Meter dieser Grenze wird von uns überwacht.«

Es folgt eine längere Stille. Dann sagt Eduardo leise: »Ich weiß nicht, wieso keiner der Alarme ausgelöst wurde, aber es ist möglich, dass es einige Stunden gab, in denen wir nicht jeden Meter unserer Grenzen im Auge hatten.«

»Was?« Ich kann meinen Ärger diesmal nicht zurückhalten. »Was zum Henker meinst du damit?«

»Wir haben es versaut, Kent, aber ich schwöre dir, dass wir keine Ahnung hatten, dass unsere Sicherheitssoftware irgendetwas nicht bemerken könnte.« Der junge Wächter spricht jetzt schnell, so als habe er es eilig, etwas loszuwerden. »Wir hatten nur eine kleine Pokerrunde; wir wussten nicht, dass der Computer –«

»Eine Pokerrunde?« Meine Stimme wird tödlich ruhig. »Ihr habt während eurer Schicht Poker gespielt?«

»Ich weiß.« Eduardo hört sich wirklich so an, als würde er es bereuen. »Es war dumm und unverantwortlich, und ich bin mir sicher, Esguerra wird uns das Fell über die Ohren ziehen. Wir haben einfach gedacht, dass es mit der ganzen Technologie keine große Sache sei. Nur eine Möglichkeit, für einige Stunden der Nachmittagshitze zu entkommen, verstehst du?«

Wenn ich durch den Hörer greifen und Eduardo erwürgen könnte, würde ich es tun. »Nein, das verstehe ich nicht.« Mein Ton ist mehr als bissig. »Warum erklärst du es mir nicht ganz langsam und ruhig? Oder noch besser, gib mir Diego, damit er es tun kann.«

Es folgt eine weitere Stille. Dann höre ich, wie Diego sagt: »Lucas, Mann ... ich weiß gar nicht, was ich sagen soll.« Die normalerweise lebhafte Stimme des Wächters ist schuldbewusst. »Ich weiß nicht, warum sie sich dafür entschieden hat, genau an diesem Wachturm vorbeizugehen, aber ich schaue mir gerade die Bilder der Drohnen an, und es ist definitiv das, was sie getan hat. Sie ist genau an uns vorbeigegangen, und dann weiter zur Brücke. Es sieht so aus, als hätte sie gewusst, wann sie wohin zu gehen hat.« Ein Hauch von Ungläubigkeit schleicht sich in seine Stimme. »Es scheint, als habe sie gewusst, dass wir abgelenkt sein würden.«

Ich drücke meinen Nasenrücken zusammen. *Scheiße.* Wenn das, was er sagt, stimmt, ist Yulias Flucht kein glücklicher Zufall.

Jemand hat meiner Gefangenen wichtige Details über das Sicherheitssystem verraten – jemand, der den Dienstplan der Wächter sehr genau kennt.

»Hatte sie zu irgendwem Kontakt?« Die logischste Möglichkeit ist, dass es sich bei dem Verräter entweder um Diego oder Eduardo handelt, aber ich kenne die beiden jungen Wächter gut, und sie sind beide zu loyal und zu clever für diese Art doppelten Spiels. »Hat jemand außer euch beiden mit ihr gesprochen?«

»Nein. Zumindest haben wir niemanden gesehen.« Diegos Stimme klingt angespannt, als er meine Vermutung versteht. »Natürlich war sie einen großen Teil des Tages allein; jemand hätte zum Haus gehen können, als wir nicht dort waren.«

»Das stimmt.« Scheiße, der Verräter hätte Yulia sogar schon einen Besuch abstatten können, noch bevor ich nach Chicago gereist bin. »Ich will, dass du die Aufzeichnungen der Drohnen über alle Aktivitäten in der Nähe meines Hauses aus den letzten zwei Wochen durchsuchst. Falls jemand auch nur einen Fuß auf mein Grundstück gesetzt hat, will ich es wissen.«

»Das wirst du.«

»Gut. Jetzt macht euch an die Arbeit, und spürt Yulia auf. Sie sollte noch nicht sehr weit gekommen sein.«

Diego beendet das Gespräch, da er es ganz offensichtlich eilig hat, seinen und Eduardos Fehler wiedergutzumachen, und ich stecke das Telefon zurück in meine Hosentasche und zwinge meine Finger, sich von dem Apparat zu lösen.

Sie werden sie fangen und zurückbringen.

Ich muss das glauben, oder ich werde heute Abend nicht funktionieren.

* * *

Während ich auf ein Update von Diego warte, gehe ich mit den Wächtern die Runden und stelle sicher, dass sie sich alle auf ihren Plätzen in Esguerras neuem Chicagoer Ferienhaus befinden. Die Villa befindet sich in der reichen privaten Gemeinde Palos Park und ist von einem Sicherheitsstandpunkt aus sehr günstig gelegen, aber ich überprüfe trotzdem die neu installierten Sicherheitskameras auf tote Winkel und lasse mir noch einmal die jeweiligen Schichten von den betreffenden Wächtern bestätigen. Ich tue das, weil es mein Job ist, aber auch, weil ich etwas tun muss, was meine Gedanken von Yulia und der brennenden Wut in meiner Brust ablenkt.

Sie ist weggelaufen. Sobald ich weg war, ist sie zu ihrem Liebsten gerannt – zu diesem Misha, dessen Leben zu verschonen sie mich gebeten hatte.

Sie ist weggerannt, obwohl sie mir erst vor weniger als zwei Tagen gesagt hat, dass sie mich liebt.

Der Zorn, der mich bei diesem Gedanken überkommt, ist genauso stark wie irrational. Ich weiß nicht einmal, ob Yulias Worte für mich bestimmt waren; sie hat sie im Halbschlaf gemurmelt und ich hatte keine Gelegenheit, sie darauf anzusprechen. Trotzdem habe ich mich wegen der Möglichkeit, dass sie mich lieben könnte, die ganze Nacht vor meiner Abfahrt im Bett umhergewälzt.

Zum ersten Mal in meinem Leben hatte ich mich gefühlt, als hätte ich Nähe zu etwas ... Nähe zu jemandem.

Ich liebe dich. Ich gehöre dir.

Was für eine beschissene Lügnerin. Mein Brustkorb zieht sich zusammen, als ich mich an Yulias Versuch erinnere, mich zu manipulieren, mich zu umgarnen, damit ich zustimme, das Leben ihres Liebsten zu verschonen. Ich war von Anfang an nur ein Mittel zum Zweck für sie. Sie hat in Moskau mit mir geschlafen, um Informationen zu bekommen, und die Rolle einer gehorsamen Gefangenen gespielt, um ihre Flucht zu vereinfachen.

Die Zeit, die wir miteinander verbracht haben, hat Yulia nichts bedeutet – genauso wenig wie ich.

Das Vibrieren meines Telefons in meiner Tasche unterbricht meine bitteren Gedanken. Ich ziehe es heraus und sehe die verschlüsselte Nummer des Relais unseres Anwesens in Kolumbien.

»Ja?«

»Wir haben ein Problem.« Diego ist kurz angebunden. »Es sieht so aus, als habe dein Mädchen ihre Flucht in mehr als nur einem Punkt perfekt geplant. Heute Nachmittag wurden Lebensmittel für das Anwesen geliefert, und die Polizei in Miraflores hat gerade den Fahrer des Lieferwagens einige Kilometer außerhalb der Stadt gefunden – er war zu Fuß unterwegs. Offensichtlich hatte er eine wunderschöne, amerikanische Anhalterin nördlich von unserem Grundstück aufgelesen. Er hatte keine Ahnung, dass sie etwas anderes als eine Touristin war, die sich verlaufen hatte – zumindest so lange nicht, bis sie ein Messer hervorzog und ihn dazu zwang, aus dem Auto zu steigen. Das war vor einer Stunde.«

»Scheiße.« Wenn Yulia motorisiert ist, steigen ihre Chancen, uns zu entkommen, um ein Vielfaches. »Sucht ganz Miraflores ab und findet diesen Van. Lasst euch von der Polizei helfen.«

»Wir sind schon dabei. Ich halte dich auf dem Laufenden.«

Ich lege auf und gehe zurück ins Haus. Esguerras Schwiegereltern kommen bereits die Einfahrt hoch, da sie gleich mit meinem Chef und seiner Frau zu Abend essen werden, und Esguerra ist wahrscheinlich gerade nicht in der Stimmung, belästigt zu werden. Trotzdem muss ich ihn wissen lassen, was geschehen ist, also schicke ich ihm eine E-Mail mit nur einem Satz:

Yulia Tzakova ist geflüchtet.

ZWEITES KAPITEL

❖ YULIA ❖

Sobald ich mich in dem Stadtgebiet von Miraflores befinde, fahre ich auf eine Tankstelle und bitte den Angestellten, das Telefon des kleinen Ladens benutzen zu dürfen. Er versteht genügend Englisch, um es mir zu erlauben, und ich wähle die Notfallnummer, die alle UUR-Agenten aus dem Kopf wissen. Während ich darauf warte, dass die Verbindung aufgebaut wird, betrachte ich die Tür und habe schweißnasse Handflächen.

Diego und Eduardo müssen bereits wissen, dass ich verschwunden bin, was bedeutet, dass Esguerras Wächter schon nach mir suchen. Ich habe mich schlecht gefühlt, weil ich den Fahrer des Vans bedroht und ihn gezwungen habe, aus dem Auto zu steigen, aber ich brauchte das Fahrzeug. Wie es aussieht, habe ich nicht viel Zeit, bevor Esguerras Männer mich hier aufspüren – wenn sie es nicht bereits getan haben.

»Allo.« Die russische Begrüßung von einer weiblichen Stimme lenkt meine Aufmerksamkeit zurück zum Telefon.

»Hier ist Yulia Tzakova«, sage ich und benutze meine derzeitige Identität. Wie die Telefonistin spreche ich Russisch. »Ich bin in Miraflores, Kolumbien, und muss sofort mit Vasiliy Obenko sprechen.«

»Code?«

Ich rattere eine Reihe von Zahlen herunter und beantworte die Fragen der Frau, die dazu dienen, meine Identität zu bestätigen.

»Bitte warten Sie«, sagt sie, und einen Moment lang herrscht Stille, bevor ich ein Klicken höre, das eine neue Verbindung bedeutet.

»Yulia?« Obenkos Stimme ist ungläubig. »Du bist am Leben? Im Bericht der Russen stand, dass du im Gefängnis gestorben bist. Wie bist du –«

»Der Bericht war falsch. Esguerras Männer haben mich geholt.« Ich spreche mit leiser Stimme, da ich bemerke, dass der Angestellte der Tankstelle mich immer misstrauischer betrachtet. Ich habe ihm erzählt, ich sei eine amerikanische Touristin, und dass ich jetzt Russisch spreche, verwirrt ihn zweifellos. »Du bist in Gefahr. Jeder, der mit der UUR zu tun hat, ist in Gefahr. Du musst verschwinden und dafür sorgen, dass Misha verschwindet –«

»Esguerra hat dich geholt?« Er hört sich entsetzt an. »Aber wie bist du dann –«

»Ich habe keine Zeit für Erklärungen. Ich bin von seinem Anwesen geflüchtet, aber sie suchen nach mir. Du musst verschwinden – du und deine ganze Familie. Und Misha. Sie werden zu dir kommen.«

»Sie haben dich geknackt?«

»Ja.« Der Selbsthass sitzt wie ein dicker Knoten in meinem Hals, aber ich spreche mit ruhiger Stimme weiter. »Sie kennen deinen derzeitigen Aufenthaltsort nicht, aber sie haben die Initialen der Organisation und den echten Namen eines ehemaligen Agenten. Es ist nur eine Frage der Zeit, bevor sie dich aufspüren.«

»Scheiße.« Obenko schweigt einen Moment lang, bevor er sagt: »Wir müssen dich dort herausholen, bevor sie dich erneut ergreifen.« Bevor sie die Gelegenheit bekommen, noch mehr Informationen aus mir herauszubekommen, meint er.

»Ja.« Der Angestellte der Tankstelle tippt etwas in sein Handy, während er mir Blicke zuwirft, und ich weiß, dass ich mich beeilen muss. »Ich habe ein Auto, aber ich werde Hilfe brauchen, um das Land zu verlassen.«

»In Ordnung. Kannst du näher an Bogotá herankommen? Wir könnten einige Gefallen von der venezolanischen Regierung einfordern und dich über die Grenze schmuggeln.«

»Ich glaube schon.« Der Angestellte legt sein Telefon weg und kommt auf mich zu, also sage ich schnell: »Ich mache mich auf den Weg.« Und lege auf.

Der Angestellte ist fast neben mir, und seine Stirn ist gerunzelt, aber ich eile aus dem Laden, bevor er mich schnappen kann. Ich springe in den Van, schließe die Tür und lasse den Motor an. Der Angestellte rennt auf mich zu, aber ich verlasse den Parkplatz bereits mit quietschenden Reifen.

Sobald ich mich wieder auf der Straße befinde, analysiere ich meine Lage. Der Tank des Vans ist nur noch zu einem Viertel voll, und der Angestellte der Tankstelle hat mich wahrscheinlich der Polizei gemeldet – was bedeutet, dass das Auto schneller nicht mehr zu gebrauchen ist, als ich erwartet hatte.

Ich brauche ein neues Fahrzeug, falls ich es schaffen sollte, Miraflores zu verlassen.

Mein Herz hämmert, als ich auf das Gaspedal trete, um den alten Van an seine Grenzen zu bringen, und währenddessen die Straße sorgsam im Auge behalte. Ein Kilometer, eineinhalb Kilometer, zwei Kilometer ... Meine Angst verschlimmert sich mit jedem Augenblick, der vergeht. Wie lange wird es dauern, bis Esguerras Männer von der eigenartigen Blondine an der Tankstelle hören? Wie lange wird es dauern, bis sie den Van via Satelliten suchen? Ich kann nicht mehr als eine halbe Stunde Zeit haben.

Endlich, nach einem weiteren Kilometer, kann ich sie sehen: Eine kleine unbefestigte Straße, die zu einer Art Bauernhof zu führen scheint. Ich bete, dass meine Intuition richtig ist und verlasse die Hauptstraße, um der kleineren zu folgen.

Einige hundert Meter weiter entdecke ich einen Lagerschuppen. Er liegt etwa fünfzehn Meter vor mir auf der rechten Seite, und hinter ihm liegt ein dichter Wald. Ich halte darauf zu und parke den Van unter dem Schutz der Bäume hinter dem Schuppen. Wenn ich Glück habe, werde ich eine Zeit lang nicht entdeckt werden.

Jetzt muss ich ein neues Fahrzeug finden.

Ich verlasse den Schuppen und gehe weiter, bis ich an einen Stall komme, vor dem ein alter Traktor steht, der so aussieht, als würde er gleich auseinanderfallen. Ich kann keine Menschen sehen, also nähere ich mich dem Stall und schaue vorsichtig hinein.

Jackpot.

In dem Stall steht ein kleiner Pick-up. Er sieht alt und rostig aus, aber seine Fenster sind sauber. Er wird also regelmäßig benutzt.

Ich halte meinen Atem an, schleiche in den Stall und gehe zu dem Truck. Als Erstes suche ich auf den Regalen daneben nach den Schlüsseln; manche Menschen sind dumm genug, sie in der Nähe des Fahrzeugs zu lassen.

Leider scheint dieser betreffende Bauer nicht so dumm zu sein. Ich kann die Schlüssel nirgends finden. Na gut. Ich schaue mich um und sehe einen Stein, der ein Stück Plane beschwert. Ich nehme den Stein und benutze ihn, um das Fenster des Fahrzeugs einzuschlagen. Es ist die Lösung der stumpfen Gewalt, aber sie ist schneller, als das Schloss zu knacken.

Jetzt kommt der schwere Teil.

Ich öffne die Fahrertür, setze mich hin und entferne die Abdeckung der Zündung unter dem Lenkrad. Dann betrachte ich die Kabelstränge und hoffe, dass ich mich an genügend Dinge erinnere, um das Fahrzeug nicht lahmzulegen oder mich in die Luft zu jagen. Wir haben das Kurzschließen von Fahrzeugen in unserem Training durchgenommen, aber ich habe es noch nie anwenden müssen, weshalb ich keine Ahnung habe, ob es funktionieren wird. Jedes Auto ist etwas anders; es gibt keine universelle Kennzeichnung durch die Farben der Kabel, und ältere Autos, wie dieser Pick-up, sind besonders schwierig. Wenn ich eine andere Möglichkeit hätte, würde ich es nicht riskieren, aber jetzt gerade ist es meine beste Option.

Es wird schon schiefgehen. Ich atme ruhig und beginne, die verschiedenen Kabelkombinationen auszuprobieren. Bei meinem dritten Versuch erwacht der Motor des Trucks zum Leben.

Ich atme erleichtert auf, schließe die Tür und fahre aus dem Stall zurück Richtung Hauptstraße.

Mit ein wenig Glück wird der Besitzer des Trucks eine Zeit lang nicht bemerken, dass er verschwunden ist, und ich werde es schaffen, zur nächsten Stadt zu gelangen, bevor ich mir ein neues Fahrzeug zulegen muss.

* * *

Während der Fahrt drehen sich meine Gedanken um Lucas. Haben die Wächter ihm meine Flucht gemeldet? Ist er wütend? Fühlt er sich, als hätte ich ihn mit meiner Flucht hintergangen?

Ich liebe dich. Ich gehöre dir. Selbst jetzt röten sich meine Wangen noch, als ich mich an diese Worte erinnere, die ich in einem Traum gesagt habe, der vielleicht kein Traum war. Bis zu jener Nacht hatte ich nicht gewusst, was ich für ihn fühle, hatte nicht begriffen, dass ich mich in ihn verliebt hatte. Es gab so viele Dinge zwischen uns, die falsch waren, Angst und Wut und Misstrauen, so dass ich eine ganze Weile gebraucht habe, um diese eigenartige Sehnsucht zu verstehen.

Den Grund für etwas so Irrationales und Sinnloses zu erkennen.

Ich werde dich vermissen. Das hat mir Lucas gesagt, als er mich am nächsten Morgen auf seinen Schoß gesetzt und mich umarmt hat, und fast wäre ich in Tränen ausgebrochen. Wusste er, was er mit diesen verwirrend liebevollen Worten bei mir auslöste? War diese ungewohnte Zärtlichkeit Teil seiner teuflischen Rache? Ein noch sadistischerer Weg, mich zu zerstören und dabei nicht einmal einen blauen Fleck zu hinterlassen?

Die Straße verschwimmt vor meinen Augen, und ich bemerke, dass die Tränen, die ich an jenem Tag zurückgehalten hatte, jetzt mein Gesicht hinunterlaufen und das Adrenalin durch die Flucht den Schmerz dieser Erinnerung verstärkt. Ich will nicht darüber nachdenken, wie Lucas mich gebrochen hat, dass er mir Sicherheit versprochen hatte und mir stattdessen das Herz brach, aber ich kann nichts dagegen tun. Die Erinnerungen wiederholen sich immer wieder in meinem Kopf, und ich kann nichts dagegen tun. Etwas an Lucas' Verhalten in den letzten Tagen beschäftigt mich, irgendein unstimmiger Unterton, den ich wahrgenommen, aber nicht sofort vollständig verarbeitet habe.

»Hör verdammt nochmal auf, für ihn zu betteln«, hatte Lucas mich angefahren, als ich ihn bat, meinen Bruder zu verschonen. »Ich entscheide, wer lebt, nicht du.«

Es gab weitere Dinge, die er gesagt hat. Dinge, die mich verletzt haben. Trotzdem waren seine Berührungen, als er mich in jener Nacht nahm, nicht wütend gewesen. Lustvoll, ja. Krankhaft besitzergreifend, definitiv. Aber es gab keine Wut – zumindest nicht jenen Zorn, den ich von einem Mann erwartet hatte, der mich ausreichend hasst, um es zuzulassen, dass der Einzige, der mir von meiner Familie geblieben ist, umgebracht wird. Und dann das »Ich werde dich vermissen« am nächsten Morgen. Das hat einfach nicht zusammengepasst.

Nichts davon passt zusammen – außer natürlich, genau das war Lucas' Plan.

Vielleicht war er noch nicht damit fertig, mich völlig in den Wahnsinn zu treiben.

Von diesen ganzen Überlegungen bekomme ich Kopfschmerzen, und ich wische mir meine Tränen aus dem Gesicht, bevor ich das Steuer wieder fester umfasse. Was auch immer Lucas mit mir vorhatte, ist jetzt egal. Ich bin entkommen, und ich kann nicht weiterhin zurückblicken.

Ich muss nach vorn schauen.

DRITTES KAPITEL

❖ LUCAS ❖

Ich wache Freitagmorgen mit pochenden Kopfschmerzen auf, die meine Wut verstärken. Ich habe kaum geschlafen – Diego und Eduardo senden mir weiterhin stündliche Updates über ihre Suche nach Yulia – und ich brauche zwei Kaffees, bevor ich mich halbwegs menschlich fühle.

Als ich gerade die Küche verlassen will, kommt Rosa herein, die heute Jeans statt ihrer normalen konservativen Dienstmädchenuniform trägt.

»Oh, hallo Lucas«, sagt sie. »Ich habe dich gerade gesucht.«

»Ach?« Ich versuche, das Mädchen nicht grimmig anzuschauen. Ich fühle mich immer noch schlecht dafür, dass ich ihre kleine Schwärmerei für mich unterbinden musste. Es ist nicht Rosas Schuld, dass meine Gefangene entkommen ist, und ich will meine schlechte Laune nicht an dem Mädchen auslassen.

»Señor Esguerra hat mir erlaubt, heute die Stadt zu erkunden, wenn ich einen Wächter mitnehme«, meint Rosa und schaut mich vorsichtig an. Sie muss meine Wut trotz meiner Versuche, ruhig auszusehen, bemerkt haben. »Kannst du jemanden entbehren?«

Ich denke über ihre Frage nach. Um ehrlich zu sein, ist die Antwort »Nein«. Ich möchte keinen der Wächter vom Haus von Noras Eltern abziehen, und vor fünfzehn Minuten hat mir Esguerra eine Nachricht geschickt, dass er mit Nora in einen Park gehen möchte, was bedeutet, dass ich dort mindestens ein Dutzend unserer Männer platzieren muss.

»Ich fahre heute nach Chicago«, sage ich, nachdem ich einen Augenblick darüber nachgedacht habe. »Ich muss dort jemanden treffen. Du kannst mitkommen, wenn es dir nichts ausmacht, eine Weile zu warten. Danach kann ich mit dir überall hingehen, wo du möchtest, und gegen Mittag wird einer der anderen Männer mich ablösen können – natürlich nur, falls du länger als einige Stunden in der Stadt bleiben möchtest.«

»Oh, ich ...« Rosas bronzefarbene Haut errötet, auch wenn ihre Augen vor Begeisterung leuchten. »Bist du dir sicher, dass ich dich nicht stören würde? Ich muss nicht unbedingt heute gehen –«

»Das ist in Ordnung.« Ich erinnere mich daran, dass mir das Mädchen am Mittwoch erzählt hat, dass sie niemals zuvor in den USA gewesen ist. »Ich kann mir vorstellen, dass du darauf brennst, die Stadt zu sehen, und du störst mich nicht.«

Vielleicht wird ihre Gesellschaft mich von Yulia und der Tatsache ablenken, dass meine Gefangene immer noch auf der Flucht ist.

* * *

Rosa redet ohne Unterbrechung, als wir nach Chicago fahren, und erzählt mir von allem, was sie im Internet über Chicago erfahren hat.

»Und wusstest du, dass sie auch ›Windy City‹ genannt wird, weil die Politiker voller heißer Luft waren?«, fragt sie, als ich auf die West Adams Street im Zentrum Chicagos abbiege, um in die Tiefgarage eines Gebäudes aus Glas und Stahl zu fahren. »Der Name hat nichts mit den Winden zu tun, die wirklich vom See kommen. Ist das nicht verrückt?«

»Ja, unglaublich«, antworte ich abwesend und kontrolliere mein Telefon, während ich aus dem Auto steige. Zu meiner Enttäuschung habe ich kein neues Update von Diego. Ich stecke das Telefon weg und gehe um das Auto herum, um Rosa die Tür zu öffnen.

»Komm«, sage ich. »Ich bin bereits fünf Minuten zu spät.«

Rosa eilt mir hinterher, als ich zum Fahrstuhl gehe. Sie muss für jeden meiner Schritte zwei gehen, und ich kann es nicht verhindern, ihren holperigen Gang mit Yulias langbeinigen, anmutigen Bewegungen zu

373

vergleichen. Das Hausmädchen ist nicht so zierlich wie Esguerras Frau, aber sie ist für mich immer noch klein – besonders, seit ich mich an Yulias Modelgröße gewöhnt habe.

Hör verdammt nochmal auf, an sie zu denken! Meine Hände ballen sich in meinen Taschen zu Fäusten, während ich auf den Fahrstuhl warte, und ich höre Rosas Geplapper über die Magnificent Mile nur mit einem Ohr zu. Die Spionin ist wie ein eingezogener Splitter für mich. Egal, was ich tue, ich muss einfach an sie denken. Ich hole zwanghaft mein Telefon aus der Hosentasche und schaue erneut darauf.

Immer noch nichts.

»Also, worum geht es bei deinem Treffen?«, fragt Rosa, und ich bemerke, dass sie mich erwartungsvoll anschaut. »Ist es etwas für Señor Esguerra?«

»Nein.« Ich lasse das Handy wieder in meine Hosentasche gleiten. »Es ist für mich.«

»Oh.« Sie sieht wegen meiner kurzen Antwort ein wenig eingeschüchtert aus, und ich seufze, als mir auffällt, dass ich meine schlechte Laune nicht an dem Mädchen auslassen sollte. Sie hat nichts mit Yulia und dieser ganzen beschissenen Situation zu tun.

»Ich treffe mich mit meinem Portfoliomanager«, erkläre ich ihr, als sich die Türen des Fahrstuhls öffnen. »Ich muss mich auf den neuesten Stand meiner Investitionen bringen.«

»Ich verstehe.« Rosa grinst, als wir den Fahrstuhl betreten. »Du hast Geld investiert, so wie Señor Esguerra.«

»Ja.« Ich drücke den Knopf für die oberste Etage. »Dieser Typ ist auch sein Portfoliomanager.«

Der Fahrstuhl mit seinen glatten, glänzenden Stahloberflächen fährt schnell nach oben, und weniger als eine Minute später treten wir hinaus in eine genauso glänzende und moderne Empfangshalle.

Für einen Zweiundvierzigjährigen, der in den Slums geboren wurde, führt Jared Winters mit Sicherheit ein gutes Leben.

Seine Rezeptionistin, eine schlanke Japanerin undefinierbaren Alters, steht auf, als wir uns ihr nähern.

»Herr Kent«, sagt sie und lächelt mich freundlich an. »Bitte nehmen Sie Platz. Herr Winters wird in einer Minute bei Ihnen sein. Kann ich Ihnen und Ihrer Begleitung etwas zu trinken anbieten?«

»Für mich nichts, danke.« Ich blicke zu Rosa. »Möchtest du etwas?«

»Nein, danke.« Sie schaut sich die von der Decke bis zum Boden reichenden Panoramafenster und die Stadt, die sich darunter erstreckt, an. »Ich möchte nichts.«

Bevor ich in einem der Sessel am Fenster Platz nehmen kann, tritt ein großer, dunkelhaariger Mann aus dem Eckbüro und kommt auf mich zu.

»Es tut mir leid, dass Sie warten mussten«, sagt Winters und streckt seine Hand zur Begrüßung aus. Seine grünen Augen leuchten kalt hinter der randlosen Brille. »Ich musste noch ein Telefonat zu Ende führen.«

»Keine Sorge. Wir waren auch ein wenig zu spät dran.«

Er lächelt, und ich sehe, dass sein Blick kurz zu Rosa wandert, die immer noch an derselben Stelle steht und offensichtlich ganz fasziniert von dem Ausblick ist.

»Ihre Freundin, nehme ich an?«, fragt Winters ruhig, und ich blinzele, da mich diese persönliche Frage überrascht.

»Nein«, antworte ich, während ich ihm in sein Büro folge. »Eher mein Auftrag für die nächsten Stunden.«

»Ah.« Winters sagt nichts weiter dazu, aber als wir sein Büro betreten, sehe ich, dass er erneut zu Rosa schaut, so als könne er nicht anders.

VIERTES KAPITEL

❖ YULIA ❖

»Yulia Tzakova?«

Mein Herz setzt einen Schlag aus, während ich herumwirbele, und meine Hand automatisch das Messer umfasst, das in meiner Jeans steckt.

Ein dunkelhaariger Mann steht vor mir. Er sieht völlig durchschnittlich aus, bis hin zu seiner Sonnenbrille und dem Cap. Er hätte irgendjemand auf diesem vollen Markt in Villavicencio sein können, aber das ist er nicht.

Er ist Obenkos venezolanischer Kontaktmann.

»Ja«, antworte ich, ohne meine Hand von dem Messer zu lösen. »Sind Sie Contreras?«

Er nickt. »Bitte folgen Sie mir«, sagt er auf Russisch mit einem spanischen Akzent.

Ich lasse den Griff meines Messers los und folge dem Mann, der beginnt, sich durch die Menge zu schlängeln. Genau wie er trage ich ein Cap und eine Sonnenbrille – zwei Dinge, die ich in einer anderen Tankstelle auf dem Weg hierher gestohlen habe – aber ich fühle mich immer noch so, als würde gleich jemand auf mich zeigen und rufen: »Das ist sie. Das ist die Spionin, nach der Esguerras Männer suchen.«

Zu meiner Erleichterung achtet niemand auf mich. Neben dem Cap und der Sonnenbrille habe ich ein weites T-Shirt und ebenso weite Jeans an derselben Tankstelle erstanden. In dieser formlosen Kleidung und meinen ins Cap gesteckten Haaren sehe ich eher wie ein junger Mann als eine junge Frau aus.

Contreras führt mich zu einem unauffälligen blauen Van, der an einer Straßenecke parkt. »Wo ist das Fahrzeug, mit dem Sie hierhergekommen sind?«, fragt er, als ich auf der Rückbank Platz nehme.

»Ich habe es ein Dutzend Straßen von hier entfernt geparkt, genauso wie mich Obenko angewiesen hatte«, erkläre ich ihm. Seit meinem ersten Anruf in Miraflores habe ich zwei weitere Male mit meinem Chef gesprochen, und er hat mir diesen Treffpunkt und Anweisungen, wie es weitergehen soll, gegeben. »Ich denke nicht, dass ich verfolgt worden bin.«

»Vielleicht nicht, aber wir müssen Sie trotzdem innerhalb der nächsten Stunden aus dem Land schaffen«, sagt Contreras und lässt den Van an. »Esguerra spannt sein Netz immer weiter. Ihr Bild ist bereits an allen Grenzübergängen angekommen.«

»Wie werden Sie mich dann hier herausbekommen?«

»Im Kofferraum ist eine Lattenkiste«, erwidert Contreras, als wir aus der Parklücke auf die Straße fahren. »Und einer der Grenzwächter schuldet mir noch einen Gefallen. Mit ein bisschen Glück sollte das ausreichend sein.«

Ich nicke und spüre, wie die kalte Luft aus der Klimaanlage in mein schweißiges Gesicht bläst. Ich bin die ganze Nacht gefahren und habe nur einmal angehalten, um ein neues Auto zu stehlen und mir neue Kleidung zu besorgen. Jetzt bin ich erschöpft. Außerdem habe ich die ganze Zeit auf der Straße mit dem Geräusch von Hubschraubern und dem Heulen von Sirenen gerechnet. Die Tatsache, dass ich ohne Zwischenfälle so weit gekommen bin, grenzt geradezu an ein Wunder, und ich weiß, dass meine Glückssträhne jederzeit enden könnte.

Aber auch diese Befürchtung ist nicht stark genug, um meine Erschöpfung zu verdrängen. Als Contreras' Van auf die Autobahn in nordöstliche Richtung fährt, spüre ich, dass sich meine Augenlider schließen, und ich kämpfe nicht gegen den übermächtigen Drang, zu schlafen, an.

Ich muss nur einige Minuten schlafen, und dann werde ich bereit sein für das, was auch immer als Nächstes kommen mag.

*　*　*

»Yulia, wachen Sie auf.«

Die Dringlichkeit in Contreras' Stimme reißt mich aus einem Traum, in dem ich mit Lucas einen Film geschaut habe. Ich reiße meine Augen auf, während ich mich gerade hinsetze, und verschaffe mir einen schnellen Überblick über die Situation.

Die Sonne geht bereits unter, und wir scheinen in einer Art Verkehrsstau zu stehen.

»Wo sind wir? Was ist das?«

»Straßenblockade«, sagt Contreras angespannt. »Sie überprüfen alle Fahrzeuge. Sie müssen in die Kiste gehen, jetzt sofort.«

»Ihr Grenzwächter ist nicht –«

»Nein, wir sind immer noch etwa dreißig Kilometer von der Grenze zu Venezuela entfernt. Ich weiß nicht, weshalb sie die Straße gesperrt haben, aber es kann nichts Gutes bedeuten.«

Scheiße. Ich öffne meinen Gurt und krieche durch das kleine Fenster in den Kofferraum des Vans. Wie Contreras gesagt hat, befindet sich hier eine Lattenkiste, aber sie sieht zu klein aus, um eine Person aufzunehmen. Ein Kind vielleicht, aber keine Frau meiner Größe.

Andererseits passen bei Auftritten von Zauberern Menschen in alle möglichen Behälter, die viel zu klein aussehen. Genauso wird das bei dem Zaubertrick mit der zersägten Jungfrau häufig gemacht: Ein sehr gelenkiges Mädchen ist der »Oberkörper« und ein zweites die »Beine«.

Ich bin nicht so gelenkig wie die typische Assistentin eines Zauberers, aber ich bin um einiges motivierter.

Ich öffne die Kiste, lege mich auf den Rücken und versuche, meine Beine so nahe an mich zu ziehen, dass ich den Deckel über mir schließen kann. Nach einigen frustrierenden Minuten muss ich einsehen, dass das eine unmögliche Aufgabe ist; meine Knie ragen mindestens fünf Zentimeter über den Rand der Kiste heraus. Warum hat Contreras eine so kleine Kiste besorgt? Einige Zentimeter tiefer, und sie wäre in Ordnung gewesen.

Das Fahrzeug beginnt, sich in Bewegung zu setzen, und mir wird klar, dass wir uns dem Kontrollpunkt nähern. Die Türen des Vans werden sich jeden Moment öffnen, und sie werden mich entdecken.

Ich muss in diese verdammte Kiste passen.

Ich beiße meine Zähne zusammen, drehe mich auf die Seite und versuche, meine Knie in den kleinen Spalt, zwischen meine Brust und die Wand der Kiste, zu quetschen. Sie passen nicht hinein, also atme ich tief ein und versuche es erneut, wobei ich den Schmerzausbruch in meiner Kniescheibe ignoriere, als sie gegen die Metallkante stößt. Während ich das versuche, höre ich laute Stimmen, die Spanisch sprechen, und spüre, dass der Van wieder stehengeblieben ist.

Wir sind am Kontrollpunkt angekommen.

Hektisch drehe ich mich, um den Deckel der Kiste zu nehmen und ihn mit zitternden Händen über mich zu ziehen.

Schritte und Stimmen nähern sich dem Kofferraum des Vans.

Sie werden die Türen öffnen.

Mit klopfendem Herzen ziehe ich mich zu einem unglaublich kleinen Ball zusammen und quetsche dabei meine Brüste mit meinen Knien ein. Selbst mit der betäubenden Wirkung des Adrenalins schreit mein Körper vor Schmerzen durch diese unnatürliche Position auf.

Der Deckel trifft auf den Rand der Kiste, und die Türen des Vans öffnen sich.

FÜNFTES KAPITEL

❖ LUCAS ❖

Mein Treffen mit Winters dauert weniger als eine Stunde. Wir gehen den derzeitigen Stand meiner Investitionen durch und besprechen, wie wir wegen der Spekulationsblasen auf dem Markt vorgehen wollen. In der Zeit, in der Jared Winters mein Portfolio verwaltet, hat er es auf etwas über zwölf Millionen verdreifacht, so dass ich nicht besonders besorgt bin, wenn er sagt, dass er den Großteil meiner Beteiligungen liquidiert hat und sich darauf vorbereitet, einen Leerverkauf einer beliebten Technologieaktie vorzunehmen.

»Der CEO wird sich bald in ernsthaften juristischen Schwierigkeiten befinden«, erklärt mir Winters, und ich frage ihn gar nicht erst, woher er das weiß. Mit Insiderinformationen zu handeln mag ein Verbrechen sein, aber unsere Kontakte bei der Börsenaufsichtsbehörde stellen sicher, dass Winters Fonds niemals auf ihrem Radar sind.

»Wie viel werden Sie in den Handel stecken?«, frage ich.

»Sieben Millionen«, antwortet Winter. »Es wird hässlich werden.«

»In Ordnung«, sage ich. »Tun Sie es.«

Sieben Millionen sind eine beachtliche Summe, aber wenn der Kurs dieser Aktie so stark fallen wird, wie Winters denkt, könnte sie sich leicht verdreifachen, oder mehr.

Wir besprechen einige weitere bevorstehende Geschäfte, und dann begleitet Winters mich zum Empfangsbereich, in dem Rosa sitzt und eine Zeitschrift liest.

»Bist du fertig? Wollen wir los?«, frage ich, und sie nickt.

Sie steht auf, legt die Zeitschrift zurück auf den Beistelltisch und strahlt mich und Winters an. »Definitiv.«

»Noch einmal vielen Dank«, sage ich und drehe mich um, um Winters' Hand zu schütteln, aber er schaut nicht zu mir.

Er betrachtet Rosa, und seine grünen Augen sind eigenartig aufmerksam.

»Winters?«, wiederhole ich amüsiert.

Er löst seine Augen von ihr. »Ach ja. Es war mir ein Vergnügen«, murmelt er, während er meine Hand schüttelt, und bevor ich noch etwas sagen kann, geht er schnellen Schrittes in sein Büro zurück und schließt die Tür hinter sich.

* * *

Wie versprochen gehe ich mit Rosa nach dem Treffen auf der Magnificent Mile – auch bekannt als Michigan Avenue – shoppen. Als sie in einem Kaufhaus eine Auswahl an Kleidern anprobiert, setze ich mich neben die Umkleidekabine und checke meine E-Mails. Diesmal habe ich eine kurze Nachricht von Diego bekommen:

Haben gestohlenen Pick-up an einer Tankstelle in der Nähe von Granada gefunden. Bis jetzt keine weiteren Fahrzeuge als gestohlen gemeldet. Blockaden auf allen Hauptstraßen, wie von dir angeordnet.

Ich lege das Telefon beiseite und frustrierte Wut brennt in mir. Sie haben Yulia immer noch nicht gefunden, und jetzt könnte sie schon in einem anderen Land sein. Sie hat zweifellos Kontakt zu ihrer Organisation aufgenommen, und abhängig davon, wie gut diese ist, ist es durchaus möglich, dass die sie herausgeschmuggelt haben.

Ich könnte mir auch gut vorstellen, dass sie bereits im Flugzeug sitzt und zu ihrem Freund fliegt.

»Wie gefällt dir das?«, fragt Rosa, und als ich mich umdrehe, sehe ich, dass sie in einem kurzen, engen, gelben Kleid aus der Umkleidekabine gekommen ist.

»Es ist hübsch«, antworte ich automatisch. »Du solltest es nehmen.« Ich kann zwar erkennen, dass das dunkelhaarige Mädchen in dem Kleid gut aussieht, aber alles, an was ich gerade denken kann, ist die Tatsache, dass Yulia bereits auf ihrem Weg zu Misha sein könnte … zu dem Mann, den sie wirklich liebt.

»In Ordnung.« Rosa lächelt mich strahlend an. »Das werde ich.«

Sie eilt zurück in die Kabine, und ich ziehe mein Telefon hervor, um schnell eine E-Mail an die Hacker zu schicken, die sich mit der UUR beschäftigen.

Selbst wenn es Yulia geschafft haben sollte, zu fliehen, wird sie nicht lange in Freiheit bleiben.

Egal, was ich dafür tun muss, ich werde sie finden, und dann wird sie mir nie wieder entkommen.

SECHSTES KAPITEL

❖ YULIA ❖

»Das tut mir wirklich leid«, meint Contreras, als er den Deckel von meiner Kiste nimmt. »Ich hatte nicht damit gerechnet, dass Sie so groß sind. Ich bin froh, dass Sie es geschafft haben, sich dort hineinzuquetschen.«

Ich stöhne auf, als er mich herauszieht, da meine Muskeln dadurch krampfen, dass ich die letzte Stunde in dieser winzigen Kiste gekauert habe. Meine Knie fühlen sich wie zwei riesige blaue Flecke an, und meine Wirbelsäule pocht, weil sie so stark gegen die Seitenwand der Kiste gedrückt wurde. Allerdings bin ich am Leben und habe die Grenze nach Venezuela überquert – was bedeutet, dass es die Strapazen wert war.

»Kein Problem«, sage ich und drehe meinen Kopf in einem Halbkreis von einer Seite zur anderen. Mein Hals schmerzt, weil er so steif ist, aber das ist nichts, was man mit einer guten Massage nicht wieder hinbekommen könnte. »Es hat die Polizei und die Grenzwachen getäuscht. Sie haben nicht einmal versucht, in die Kiste zu schauen.«

Contreras nickt. »Deshalb hatte ich diese mitgebracht. Sie sieht zu klein aus, um eine Person zu verstecken, aber wenn man entschlossen ist ...« Er zuckt mit den Schultern.

»Stimmt.« Ich drehe meinen Kopf erneut und strecke mich, um meine Muskeln wieder benutzen zu können. »Wie geht der Plan weiter?«

»Jetzt bringe ich Sie zum Flugzeug. Obenko hat alles arrangiert. Morgen sollten Sie bereits wohlbehalten in Kiew eintreffen.«

* * *

Unsere Fahrt zu der kleinen Landebahn dauert weniger als eine Stunde, und dann halten wir vor einem uralt aussehenden Flugzeug.

»Wir sind da«, sagt Contreras. »Ihre Leute werden von hier an übernehmen.«

»Danke«, erwidere ich, und er nickt, als ich die Tür öffne.

»Viel Glück«, sagt er auf Russisch mit seinem spanischen Akzent, und ich lächele ihn an, bevor ich aus dem Auto steige und schnell zum Flugzeug gehe.

Als ich die Treppen hinaufsteige, tritt ein Mann mittleren Alters heraus und versperrt den Eingang. »Code?«, fragt er, und seine Hand liegt auf einer Waffe, die er an der Seite trägt.

Ich betrachte die Waffe misstrauisch und sage ihm meine Identifikationsnummer. Eigentlich wäre es das Gleiche, mich umzubringen, wie mich von Esguerra wegzuholen: Ich wäre nicht mehr in der Lage, weitere Geheimnisse der UUR preiszugeben. Genau genommen wäre es sogar die sauberere Lösung ...

Bevor ich mich zu sehr auf diesen Gedanken einlassen kann, lässt der Mann seine Hand sinken, tritt zur Seite und lässt mich in das Flugzeug steigen.

»Herzlich willkommen, Yulia Borisovna«, sagt er und benutzt dabei meinen richtigen Namen. »Wir freuen uns, dass Sie es geschafft haben.«

SIEBENTES KAPITEL

❖ LUCAS ❖

Samstagmorgen bin ich wirklich davon überzeugt, dass Yulia zurück in der Ukraine sein muss. Diego und Eduardo haben es geschafft, ihre Spur bis nach Venezuela zu verfolgen, aber dort scheint sie sich in Luft aufgelöst zu haben.

»Ich denke, sie hat das Land verlassen«, sagt Diego, als ich ihn nach einem Update frage. »Ein Privatjet, der auf eine Briefkastenfirma registriert ist, hatte einen Flug nach Mexiko angemeldet, aber es gibt keine Aufzeichnungen darüber, dass er irgendwo in dem Land gelandet ist. Das müssen ihre Leute gewesen sein, und wenn sie es wirklich waren, ist sie entkommen.«

»Das ist noch nicht sicher. Sucht weiter«, erwidere ich, auch wenn ich weiß, dass er wahrscheinlich recht hat.

Yulia hat es geschafft, zu verschwinden, und wenn ich überhaupt noch die Hoffnung haben sollte, sie zu erwischen, werde ich mein Netz weiter auswerfen und einige unserer internationalen Kontakte anrufen müssen.

Ich überlege, Esguerra auf den neuesten Stand der Entwicklungen zu bringen, beschließe dann aber, bis Sonntag damit zu warten. Heute ist der zwanzigste Geburtstag seiner Frau, und ich weiß, dass er nicht in der Stimmung ist, mit solchen Dingen belästigt zu werden. Das, was ihn interessiert, ist, Nora alle ihre Wünsche zu erfüllen – einschließlich des Besuchs eines beliebten Nachtclubs im Zentrum Chicagos.

»Es ist Ihnen aber klar, dass es ein Albtraum ist, diesen Ort zu bewachen?«, meine ich zu ihm, als er das Thema mittags anspricht. »Dort gibt es zu viele Menschen. Und Samstagnacht –«

»Ja, ich weiß«, antwortet Esguerra. »Aber es ist Noras Wunsch, also lass uns einen Weg finden, ihn in die Tat umzusetzen.«

Wir verbringen die nächsten zwei Stunden damit, die Baupläne des Clubs durchzugehen und zu entscheiden, wo wir die ganzen Wächter abstellen. Es ist unwahrscheinlich, dass einer von Esguerras Feinden Wind davon bekommen wird, da es eine sehr spontane Entscheidung ist, aber trotzdem beschließen wir, auf den benachbarten Gebäuden Scharfschützen zu positionieren, und weitere Wächter in einem Radius von einem Karree außerhalb des Clubs. Meine Rolle besteht darin, im Auto zu bleiben und ein Auge auf der Eingangstür des Clubs zu behalten, falls aus dieser Richtung Gefahr droht. Wir erarbeiten außerdem den Plan für die Absicherung des Restaurants, in dem Esguerra und seine Frau zu Abend essen werden, bevor sie in den Club gehen.

»Ach, was ich fast vergessen habe«, meint Esguerra, als wir uns dem Ende nähern. »Nora möchte, dass Rosa am Club zu uns stößt. Hast du einen Wächter, der sie dorthin fahren kann?«

»Ich denke schon«, sage ich, nachdem ich einen Augenblick darüber nachgedacht habe. »Thomas kann das Mädchen zum Club bringen, bevor er seine Stellung am Ende des Karrees einnimmt.«

»Das würde funktionieren.« Esguerra steht auf. »Bis heute Abend.«

Er verlässt den Raum, und ich gehe nach draußen, um den Wächtern ihre Aufgaben mitzuteilen.

* * *

Esguerras Abendessen verläuft ohne Zwischenfälle, und danach fahre ich ihn und Nora zum Club. Rosa wartet bereits auf sie und trägt das gelbe Kleid, das sie auf unserer Shoppingtour gekauft hat. Als Nora aus dem Auto steigt, rennt Rosa zu ihr, und ich höre die zwei jungen Frauen aufgeregt miteinander reden, während sie in den Club gehen. Esguerra folgt ihnen mit einem leicht amüsierten Gesichtsausdruck, und ich bleibe im Auto und bereite mich auf das vor, was verspricht, eine lange und langweilige Nacht zu werden.

Nach etwa einer Stunde esse ich ein Sandwich, das ich mir mitgebracht habe, und checke meine E-Mails. Zu meiner Erleichterung habe ich ein Update von den Hackern erhalten.

Haben es endlich geschafft, die Firewalls der ukrainischen Regierung zu durchbrechen, und haben einige Akten entschlüsselt, steht in der Mail. UUR steht für Ukrainskoye Upravleniye Razvedki, was grob übersetzt »Dienststelle des ukrainischen Geheimdienstes« heißt. Es handelt sich dabei um eine inoffizielle Gruppe von Spionen, die als Antwort auf die Korruption und die engen Verbindungen des offiziellen Geheimdienstes zu Russland ins Leben gerufen wurde. Jetzt arbeiten wir gerade daran, eine Nachricht zu entschlüsseln, die Hinweise auf zwei Außendienstmitarbeiter und einen Standort in Kiew beinhalten könnte.

Ich lächele grimmig, schreibe eine Antwort und lege das Telefon beiseite. Es ist nur eine Frage der Zeit, bevor wir Yulias Organisation aufspüren und auslöschen. Und sobald wir das tun, hat sie keinen Ort mehr, zu dem sie rennen kann, niemanden mehr, der ihr hilft.

Keinen Liebhaber, zu dem sie zurückkehren könnte.

Ich beiße meine Zähne zusammen, als mich ein heftiger Eifersuchtsschub durchfährt. Yulia könnte bereits bei ihm sein, bei ihrem Misha. Er könnte sie in diesem Augenblick umarmen.

Er könnte sie sogar gerade ficken.

Dieser Gedanke erfüllt mich mit brennendem Zorn. Wenn sich der Mann gerade vor mir befände, würde ich ihn mit meinen bloßen Händen erwürgen, und Yulia müsste dabei zusehen. Das wäre ihre Bestrafung dafür, dass sie mich hintergangen hat.

Das vibrierende Klingeln meines Telefons reißt mich aus meinen Rachefantasien. Ich ergreife es, lese Esguerras Nachricht, und mein Blut verwandelt sich in Eis.

Nora und Rosa angegriffen, steht dort. *Rosa mitgenommen. Ich folge ihr. Alarmiere die anderen.*

ACHTES KAPITEL

❖ YULIA ❖

Der vertraute Geruch nach Autoabgasen und Flieder strömt in meine Nase, als das Auto sich durch die Straßen von Kiew schiebt. Den Mann, den Obenko geschickt hat, um mich vom Flughafen abzuholen, habe ich niemals zuvor gesehen, und er redet auch nicht viel, weshalb ich in Ruhe den Anblick der Stadt aufnehmen kann, in der ich fünf Jahre lang gelebt und trainiert habe.

»Wir fahren nicht zum Institut?«, frage ich den Fahrer, als das Auto von dem mir bekannten Weg abbiegt.

»Nein«, antwortet der Mann. »Ich fahre Sie zu einem geheimen Unterschlupf.«

»Ist Obenko dort?«

Der Fahrer nickt. »Er wartet bereits auf Sie.«

»Hervorragend.« Ich atme beruhigend ein. Ich sollte erleichtert darüber sein, mich hier zu befinden, aber stattdessen bin ich angespannt und habe Angst. Und es ist nicht nur, weil ich es versaut und die ganze Organisation verraten habe. Obenko geht nicht nachsichtig mit einem Versagen um, aber die Tatsache, dass er mich aus Kolumbien gebracht hat, anstatt mich einfach zu töten, beruhigt mich ein wenig.

Nein, der Hauptgrund für meine Nervosität ist das leere Gefühl in mir, ein Verlangen, das mit jeder Stunde ohne Lucas schlimmer wird. Ich fühle mich, als sei ich auf Entzug – aber das würde bedeuten, dass Lucas meine Droge ist, und ich weigere mich, das zu akzeptieren.

Was auch immer ich begonnen hatte, für meinen Entführer zu fühlen, es wird vorbeigehen. Es muss, weil es keine Alternative gibt.

Das mit Lucas und mir ist endgültig vorbei.

»Wir sind da«, sagt der Fahrer und hält vor einem unauffälligen, viergeschossigen Haus. Es sieht aus wie jedes andere Gebäude in der Nachbarschaft: Alt und heruntergekommen und mit dem langweiligen gelben Putz aus Sowjetzeiten überzogen. Der Geruch nach Flieder ist hier stärker; er kommt von einem Park, der auf der anderen Straßenseite liegt. Unter anderen Umständen hätte ich den Duft genossen, den ich mit Frühling verbinde, aber heute erinnert er mich an den Dschungel, den ich hinter mir gelassen habe – und mit ihm an den Mann, der mich dort festhielt.

Der Fahrer steigt aus dem Auto und führt mich zu dem Gebäude. Es hat keinen Fahrstuhl, und das Treppenhaus ist genauso heruntergekommen wie das Äußere des Hauses. Als wir das Erdgeschoss durchqueren, höre ich laute Stimmen und rieche einen Hauch von Urin und Erbrochenem.

»Wer sind diese Menschen im Erdgeschoss?«, frage ich, als wir vor einem Apartment in der ersten Etage stehen bleiben. »Sind sie Zivilisten?«

»Ja.« Der Fahrer klopft gegen die Tür. »Sie sind zu beschäftigt damit, sich zu betrinken, um auf uns zu achten.«

Ich bekomme keine Gelegenheit, weitere Fragen zu stellen, da sich die Tür öffnet und ich einen dunkelhaarigen Mann im Türrahmen stehen sehe. Seine hohe Stirn ist gerunzelt, und angespannte Linien klammern seinen Mund ein.

»Komm rein, Yulia«, sagt Vasiliy Obenko und tritt einen Schritt zurück, um mich hereinzulassen. »Wir müssen eine Menge besprechen.«

* * *

Die nächsten zwei Stunden werde ich einer Befragung unterzogen, die genauso zermürbend ist wie in dem russischen Gefängnis. Neben Obenko sind auch zwei höherrangige Agenten der UUR, Sokov und Mateyenko, anwesend. Wie mein Chef sind sie in ihren Vierzigern und ihre Körper sind durch jahrzehntelanges Training zu tödliche Waffen geworden. Die drei sitzen mir gegenüber am Küchentisch und wechseln sich damit ab, mir Fragen zu stellen. Sie wollen alles wissen, angefangen von meiner Flucht bis hin zu den genauen Informationen, die ich Lucas über die UUR gegeben habe.

»Ich verstehe immer noch nicht, wie er dich gebrochen hat«, meint Obenko, als ich diese Geschichte erneut erzählt habe. »Wie konnte er über den Zwischenfall mit Kirill Bescheid wissen?«

Mein Gesicht brennt vor Scham. »Er hat sie erfahren, als ich einen Albtraum hatte.« Und weil ich mich danach Lucas anvertraut habe, aber das sage ich nicht. Ich will nicht, dass mein Chef weiß, dass er von Anfang an recht mit seiner Einschätzung über mich hatte – dass, wenn es darauf ankäme, ich meine Gefühle nicht kontrollieren könne.

»Und in diesem Albtraum hast du was getan ... über deinen Trainer gesprochen?« Das fragt mich Sokov, und sein ernster Gesichtsausdruck lässt keinen Zweifel daran, dass er Zweifel an meiner Geschichte hat. »Reden Sie normalerweise im Schlaf, Yulia Borisovna?«

»Nein, aber diese Umstände waren nicht wirklich normal.« Ich versuche, mich nicht so anzuhören, als würde ich mich rechtfertigen. »Ich war eine Gefangene und wurde Situationen ausgesetzt, die bei mir Dinge auslösen – die bei jeder Frau Dinge auslösen würden, die eine Vergewaltigung erlebt hat.«

»Wie genau sahen diese Situationen aus?«, mischt sich Mateyenko ein. »Sie sehen nicht besonders misshandelt aus.«

Ich verkneife mir eine wütende Antwort. »Ich wurde nicht körperlich gequält oder habe gehungert, das habe ich Ihnen bereits erzählt«, sage ich ruhig. »Kents Befragungsmethoden hatten eher einen psychologischen Hintergrund. Und ja, der Grund dafür war hauptsächlich, dass er mich attraktiv fand. Deshalb hat es etwas in mir ausgelöst.«

Die zwei Agenten tauschen Blicke aus, und Obenko schaut mich mit gerunzelter Stirn an. »Also hat er dich vergewaltigt, und das hat deine Albträume ausgelöst?«

»Er ...« Mein Hals schnürt sich zu, als ich mich daran erinnere, wie hilflos mein Körper auf Lucas reagiert hat. »Es war die ganze Situation. Ich konnte nicht gut mit ihr umgehen.«

Die Agenten schauen sich wieder an, und dann sagt Mateyenko: »Erzählen Sie uns mehr über die Frau, die Ihnen bei der Flucht geholfen hat. Wie hieß sie nochmal?«

Ich nehme meine restliche Geduld zusammen und berichte ihnen zum dritten Mal von meinen Treffen mit Rosa. Danach befragt mich Sokov noch einmal ausführlich zu meiner Flucht, geht sie Minute für Minute mit mir durch, und danach befragt mich Mateyenko zu den Sicherheitsvorkehrungen auf Esguerras Anwesen.

»Wirklich«, sage ich nach einer weiteren Stunde pausenloser Befragung, »Ich habe Ihnen alles gesagt, was ich weiß. Was auch immer Sie über mich denken, die Bedrohung für die Organisation ist echt. Esguerras Männer haben ein komplettes Terroristennetzwerk zerstört, und sie sind hinter uns her. Falls Sie einen Notfallplan haben, wäre jetzt der richtige Zeitpunkt, ihn umzusetzen. Bringen Sie sich und Ihre Familien in Sicherheit.«

Obenko betrachtet mich einen Augenblick lang eindringlich, bevor er nickt. »Für heute sind wir fertig«, sagt er und dreht sich zu den beiden anderen Agenten um. »Yulia ist nach ihrer langen Reise müde. Wir werden morgen weitermachen.«

Als die beiden Männer gehen, lehne ich mich in meinem Stuhl zurück und fühle mich noch leerer als zuvor.

NEUNTES KAPITEL

❖ LUCAS ❖

Sobald ich Esguerras Nachricht gelesen habe, gebe ich den Wächtern über Funk Bescheid und befehle der Hälfte von ihnen, sich zum Club zu begeben. Keinem von ihnen ist etwas Verdächtiges aufgefallen, was bedeutet, dass die Bedrohung, um was es sich auch immer dabei handeln mag, seinen Ausgangspunkt im Club hatte, nicht außerhalb, wie wir erwartet hatten. Ich will gerade in den Club laufen, als ich eine neue Nachricht von Esguerra bekomme:

Rosa zurückgeholt. Folgt dem weißen Geländewagen.

Ich gebe die Anweisung sofort an die Wächter weiter, und in diesem Moment erreicht mich eine weitere Nachricht.

Komm mit dem Auto zum Hinterausgang.

Ich lasse den Wagen an und fahre schnell ums Karree, wobei ich fast einige Fußgänger überfahre. Die Straße auf der Rückseite des Clubs ist dunkel und stinkt nach Abfall und Urin, aber ich nehme meine Umgebung kaum wahr. Ich steige aus dem Auto und warte mit meiner Hand an der Waffe an meiner Seite. Einige Sekunden später geben mir die Männer über Funk Bescheid, dass sie den weißen Geländewagen gefunden haben und ihm bereits folgen. Ich will ihnen gerade weitere Anweisungen geben, als sich die Tür des Clubs öffnet und Nora herauskommt, die ihre Arme um Rosa gelegt hat. Esguerra folgt ihnen, und sein Gesicht ist wutverzerrt. Als das Licht des Autos sie trifft, verstehe ich auch, warum.

Beide Frauen zittern, und ihre Gesichter sind blass und tränenüberströmt. Aber es ist Rosas Zustand, der meinen Blutdruck astronomische Höhen annehmen lässt. Ihr gelbes Kleid ist zerrissen und blutverschmiert, und eine Hälfte ihres Gesichts ist fratzenhaft angeschwollen.

Das Mädchen ist brutal vergewaltigt worden, genauso wie Yulia vor sieben Jahren.

Ich sehe rot. Ich weiß, dass meine Reaktion übertrieben ist – Rosa ist fast eine Fremde für mich – aber ich kann nichts dagegen tun. Die Bilder in meinem Kopf sind die einer zarten Fünfzehnjährigen, deren schlanker Körper stark verletzt und blutig ist. Ich kann die Scham und die Verstörung auf Rosas Gesicht sehen, und das Wissen, dass Yulia genau das Gleiche durchgemacht hat, lässt mich vor Wut kochen.

»Diese Arschlöcher.« Meine Stimme ist rau vor Erregung, als ich um das Auto herumgehe, um die Tür zu öffnen. »Diese verdammten Arschlöcher. Sie werden sterben.«

»Ja, das werden sie«, sagt Esguerra grimmig, aber ich höre ihm nicht zu. Ich greife nach Rosa und ziehe sie vorsichtig von Nora weg. Esguerras Frau scheint weniger schlimm verletzt zu sein, aber sieht ganz deutlich mitgenommen aus. Rosa schluchzt, als ich ihr ins Auto helfe, und ich gebe mein Bestes, möglichst sanft mit ihr umzugehen, um sie zu trösten, so wie ich es vor all diesen Jahren nicht bei Yulia tun konnte.

Als ich sie festschnalle, höre ich, wie Esguerra mit einer eigenartig angespannten Stimme Noras Namen ausspricht, und als ich mich umdrehe, sehe ich, dass Nora neben dem Auto in sich zusammensackt.

Das Baby, wird mir sofort klar, als ich mich an ihre Schwangerschaft erinnere, aber Esguerra setzt sie bereits ins Auto und schreit mir zu, sofort zum Krankenhaus zu fahren.

* * *

Wir gelangen in einer rekordverdächtigen Zeit zum Krankenhaus, aber schon lange bevor Esguerra das Wartezimmer betritt, weiß ich, dass das Baby nicht überlebt hat. Im Auto war zu viel Blut.

»Es tut mir leid«, sage ich, als ich den erschütterten Gesichtsausdruck meines Chefs sehe. »Wie geht es Nora?«

»Sie haben die Blutung gestoppt.« Esguerras Stimme ist rau. »Sie will nach Hause gehen, also werden wir das tun. Rosa werden wir auch mitnehmen.«

Ich nicke. Ich habe im Krankenhaus gesagt, ich sei Rosas Freund, damit sie mich über ihren Zustand auf dem Laufenden halten. Wie ich erwartet hatte, hat sich das Mädchen geweigert, mit der Polizei zu reden, und da keine seiner Verletzungen lebensbedrohlich ist, muss es nicht über Nacht hierbleiben.

»In Ordnung«, erwidere ich. »Sie kümmern sich um Ihre Frau, und ich gehe Rosa holen.«

Esguerra geht zu Nora zurück, und ich kontaktiere die Reinigungsmannschaft, um ihr Anweisungen zu geben, was sie mit dem Kerl zu tun hat, den sie im Club gefunden hat. Von dem, was ich aus Rosas hysterischen Erklärungen verstehen konnte, ist das Dienstmädchen in einem Hinterzimmer des Clubs von den beiden Männern vergewaltigt worden, mit denen sie zuvor getanzt hatte. Nora kam ihr zu Hilfe und hat dabei einen dritten Mann bewusstlos geschlagen, der den Raum bewacht hatte. Esguerra ist gerade noch rechtzeitig gekommen und hat einen der Täter getötet, aber der andere hatte Rosa bereits nach draußen geschleppt und hätte sich im Auto weiter an ihr vergangen, wenn Esguerra sie nicht gerettet hätte. Das war derjenige, der mit dem weißen Geländewagen geflüchtet ist – dem Geländewagen, dessen Nummernschild ich gerade überprüfen lasse.

Sobald wir die Identität des Fahrers herausfinden, wird er so gut wie tot sein.

Ich stecke das Telefon weg, um Rosa zu holen. Als ich ihr Zimmer betrete, finde ich sie in einem Schwesternkittel auf ihrem Bett; das Personal muss ihn ihr als Ersatz für ihr zerrissenes Kleid gegeben haben. Sie hat ihre Knie an die Brust gezogen, und ihr Gesicht ist blass und mit blauen Flecken übersät. Ein Bild von Yulia blitzt erneut in meinem Kopf auf, und ich muss tief einatmen, um einen Wutausbruch zu verhindern.

Mit langsamen und vorsichtigen Bewegungen nähere ich mich ihrem Bett. »Es tut mir leid«, sage ich leise und umfasse Rosas Ellenbogen, um ihr auf die Beine zu helfen. »Wirklich. Kannst du gehen, oder möchtest du, dass ich dich trage?«

»Ich kann gehen.« Ihre ängstliche Stimme ist dünn und hoch, und ich lasse meine Hand fallen, als ich verstehe, dass meine Berührung sie nervös macht. »Es geht mir gut.«

Das ist offensichtlich gelogen, aber ich sage nichts dazu. Ich gehe einfach langsamer, um mich ihrer Geschwindigkeit anzupassen, und führe sie nach draußen zum Auto.

* * *

Eine Stunde, nachdem wir wieder in Esguerras Villa angekommen sind, betritt mein Boss das Wohnzimmer, in dem ich auf ihn warte, um ihn auf den neuesten Stand zu bringen.

»Wo ist Rosa?«, will er wissen. Seine Stimme ist ruhig und verrät nichts über den dumpfen Schmerz, den ich in seinem Blick sehe. Er strukturiert seine Gedanken, um mit dem umgehen zu können, was geschehen ist, und entscheidet sich dafür, sich auf das zu konzentrieren, was getan werden muss, anstatt über das nachzugrübeln, was nicht geändert werden kann.

»Sie schläft«, antworte ich, während ich mich von dem Sofa erhebe. »Ich habe ihr ein Schlafmittel gegeben und mich vergewissert, dass sie geduscht hat.«

»Gut. Danke.« Esguerra durchquert den Raum und stellt sich vor mich. »Und jetzt erzähl mir alles.«

»Die Reinigungskolonne hat sich um die Leiche gekümmert und den jungen Mann festgenommen, den Nora auf dem Flur bewusstlos geschlagen hat«, beginne ich. »Sie halten ihn in einem Warenhaus in South Side fest.«

»Gut. Was ist mit dem weißen Auto?«

»Den Männern ist es gelungen, ihm zu einem der Hochhäuser in der Innenstadt zu folgen. Dann ist es in die Tiefgarage gefahren, und sie wollten ihm nicht hinein folgen. Ich habe das Kennzeichen bereits überprüfen lassen.«

»Und?«

»Und es sieht so aus, als haben wir ein Problem«, sage ich. »Sagt Ihnen der Name Patrick Sullivan etwas?«

Esguerra runzelt die Stirn. »Er hört sich bekannt an, aber ich komme nicht darauf.«

»Den Sullivans gehört die halbe Stadt«, beginne ich meine Erklärung darüber, was ich gerade über unseren neuesten Feind erfahren habe. »Prostitution, Drogen, Waffen – sie haben in allem ihre Hände drin. Patrick Sullivan ist der Kopf der Familie und hat so ziemlich jeden Lokalpolitiker und Polizeichef in seiner Tasche.«

»Aha.« Esguerra sieht so aus, als würde er sich dunkel erinnern. »Was hat Patrick Sullivan damit zu tun?«

»Er hat zwei Söhne«, erkläre ich ihm. »Oder, besser gesagt, hatte er zwei Söhne. Brian und Sean. Brian nimmt gerade ein Laugenbad in einem unserer gemieteten Lagerhäuser, und Sean ist der Eigentümer des weißen Geländewagens.«

»Ich verstehe«, meint Esguerra, und ich weiß, dass er das Gleiche denkt wie ich.

Die guten Beziehungen der Vergewaltiger komplizieren die ganze Angelegenheit, aber sie erklären auch, warum sie Rosa an einem so öffentlichen Ort vergewaltigt haben. Sie sind daran gewöhnt, dass ihr mafiöser Vater sie aus Schwierigkeiten herausholt, und sie sind noch nie auf den Gedanken gekommen, dass sie auf jemanden treffen könnten, der genauso gefährlich ist.

»Außerdem«, fügte ich hinzu, während Esguerra alles verarbeitet, »ist das halbe Kind, das wir in dem Lagerhaus festhalten, ihr siebzehn Jahre alter Cousin, Sullivans Neffe. Sein Name ist Jimmy. Offensichtlich stehen sich er und die zwei Brüder sehr nahe. Oder sie standen sich nahe, sollte ich wohl besser sagen.«

Esguerras blaue Augen ziehen sich zu Schlitzen zusammen. »Haben sie eine Ahnung, wer wir sind? Könnten sie sich Rosa ausgesucht haben, um an mich heranzukommen?«

»Nein, das denke ich nicht.« Ein erneutes Aufwallen meiner Wut bringt mich dazu, meinen Kiefer anzuspannen. »Die Sullivan-Brüder haben eine hässliche Vergangenheit, was Frauen anbelangt. Vergewaltigungsdrogen bei Verabredungen, Gangbangs mit

Studentinnen – die Liste ist endlos. Hätten sie einen anderen Vater, würden sie gerade im Gefängnis verrotten.«

»Ich verstehe.« Esguerras Mundwinkel verziehen sich kalt. »Wenn wir erst einmal mit ihnen fertig sind, werden sie sich wünschen, dass sie genau das täten.«

Ich nicke. In dem Moment, in dem ich von Patrick Sullivan erfahren habe, wusste ich, dass es Krieg geben würde. »Soll ich eine Einsatzmannschaft zusammenstellen?«, frage ich, und die vertraute Vorfreude macht sich bereits breit. Ich habe seit einer ganzen Weile keinen guten Kampf mehr geführt.

»Nein, noch nicht«, antwortet Esguerra. Er dreht sich weg von mir und geht zum Fenster. Ich weiß nicht, was er betrachtet, aber er schweigt eine gute Minute, bevor er sich wieder umdreht, um mich anzublicken.

»Ich möchte, dass Nora und ihre Eltern zum Anwesen gebracht werden, bevor wir etwas unternehmen«, sagt er, und ich sehe die grimmige Entschlossenheit auf seinem Gesicht. »Sean Sullivan muss warten. Jetzt werden wir uns erst einmal auf seinen Neffen konzentrieren.«

»In Ordnung.« Ich nicke. »Ich werde die nötigen Vorbereitungen treffen.«

ZEHNTES KAPITEL

❖ YULIA ❖

In dieser ersten Nacht in meinem geheimen Unterschlupf schlafe ich unruhig und wache regelmäßig alle paar Stunden aus Albträumen auf. Ich erinnere mich nicht an die genauen Einzelheiten dieser Träume, aber ich weiß, dass Lucas in ihnen vorkommt, genau wie mein Bruder. Die Szenen sind verschwommen in meinem Kopf, aber ich erinnere mich bruchstückhaft an Züge, Eidechsen, Schüsse und den unterschwelligen Geruch nach Flieder.

Gegen fünf Uhr morgens gebe ich es auf, weiterschlafen zu wollen. Ich stehe auf, ziehe mir einen Bademantel an und gehe in die Küche, um mir einen Tee zu kochen. Obenko ist dort und liest eine Zeitung. Als ich eintrete, blickt er auf, und seine braunen Augen sind trotz der frühen Uhrzeit scharf und klar.

»Jetlag?«, fragt er, und ich nicke. Diese Erklärung ist genauso gut wie jede andere.

»Möchten Sie einen Tee?«, frage ich ihn, als ich das Wasser in einen Kessel fülle und ihn auf den Herd stelle.

»Nein, danke.« Er beobachtet mich, und ich frage mich, was er sieht. Eine Verräterin? Eine Versagerin? Jemanden, der jetzt eher ein Risiko als ein Vorteil ist? Es hat mir immer viel bedeutet, was mein Chef über mich dachte, ich wollte seine Anerkennung genauso wie einst die meiner

Eltern, aber jetzt gerade kann ich kein Interesse für seine Meinung aufbringen.

Es gibt nur eine Sache, die mich heute Morgen interessiert.

»Mein Bruder«, sage ich, als ich mich hinsetze, nachdem ich mir einen Earl Grey zubereitet habe. »Wie geht es ihm? Wo befindet sich die Familie Ihrer Schwester jetzt?«

»Sie befindet sich in Sicherheit.« Obenko faltet seine Zeitung zusammen. »Wir haben sie zu einer neuen Adresse gebracht.«

»Haben Sie neue Bilder für mich?«, frage ich und versuche, mich nicht allzu sehnsüchtig anzuhören.

»Nein.« Obenko seufzt. »Wir haben gedacht, du seist tot, und als du uns kontaktiert hast, war unsere Priorität nicht, Fotos für dich zu machen.«

Ich trinke einen Schluck des kochend heißen Tees, um meine Enttäuschung zu überspielen. »Ich verstehe.«

Obenko seufzt erneut. »Yulia ... Das geht jetzt schon seit elf Jahren so. Du musst Misha gehen lassen. Dein Bruder führt ein Leben, in dem du nicht existierst.«

»Das weiß ich, aber ich denke nicht, dass es zu viel verlangt ist, ab und an ein paar Fotos sehen zu wollen.« Mein Ton ist schärfer als beabsichtigt. »Es ist ja nicht so, dass ich ihn sehen will ...« Bei diesem Gedanken halte ich inne. »Na ja, obwohl, da Sie keine Fotos haben, könnte ich ihn mir ja vielleicht aus der Entfernung ansehen«, meine ich, und mein Herz schlägt vor Aufregung schneller. »Ich könnte ein Fernglas oder ein Teleskop benutzen. Er würde das niemals bemerken.«

Obenkos Blick verhärtet sich. »Das haben wir bereits besprochen, Yulia. Du weißt, warum du ihn nicht sehen kannst.«

»Weil es meine irrationale Bindung zu ihm verstärken würde«, wiederhole ich seine Worte wie ein Papagei. »Ja, ich weiß, dass Sie das gesagt haben, aber ich bin anderer Meinung. Ich hätte in dem russischen Gefängnis sterben oder von Esguerra zu Tode gefoltert werden können. Die Tatsache, dass ich heute hier sitze –«

»Hat nichts mit Misha und der Abmachung zu tun, die wir vor elf Jahren getroffen haben«, unterbricht mich Obenko. »Du hast diesen Auftrag versaut. Deinetwegen wurde dein Bruder entwurzelt und gezwungen, seine Schule zu wechseln und seine Freunde aufzugeben. Im Moment solltest du keine Forderungen stellen.«

Meine Finger umfassen die Tasse fester. »Ich stelle keine Forderungen«, sage ich ruhig. »Ich habe eine Bitte geäußert. Ich weiß, dass mein Fehler zu dieser Situation geführt hat, und es tut mir leid. Aber ich verstehe nicht, was das mit der anderen Sache zu tun hat. Ich habe sechs Jahre in Moskau gelebt und genau das getan, was Sie von mir wollten. Ich habe Ihnen eine Menge nützlicher Informationen beschafft. Alles, was ich im Gegenzug möchte, ist, meinen Bruder aus der Entfernung zu sehen. Ich würde weder zu ihm gehen noch mit ihm reden – ich würde ihn mir einfach nur anschauen. Warum ist das ein Problem?«

Obenko steht auf. »Trink deinen Tee, Yulia«, sagt er und ignoriert meine Frage. »Um elf findet eine weitere Vernehmung statt.«

ELFTES KAPITEL

❖ LUCAS ❖

Ich verbringe die Nacht damit, die Reinigungsmannschaft zu koordinieren und unsere Abreise vorzubereiten. Falls dieses Desaster überhaupt etwas Gutes hat, dann unsere frühzeitige Heimreise und die Tatsache, dass ich mich bald ganz und gar darauf konzentrieren kann, Yulia zu verfolgen.

Als Erstes muss ich mich allerdings um die Situation hier kümmern.

Ich beginne damit, indem ich Frühstück für Rosa zubereite, die heute Morgen nicht aus ihrem Zimmer gekommen ist. Zuerst bin ich versucht, einfach ein Sandwich zu machen, aber dann beschließe ich, mich an einem dieser Omeletts zu versuchen, bei deren Zubereitung ich Yulia zugeschaut habe. Bei meinem zweiten Versuch produziere ich etwas, was Yulias köstlichen Kunstwerken ähnelt. Es schmeckt auch nicht schlecht, bemerke ich, als ich einen Bissen probiere, bevor ich die Hälfte des Omeletts auf den Teller für Rosa lege.

Ich halte den Teller in einer Hand und klopfe mit der anderen an Rosas Tür. Nach einigen Augenblicken höre ich Schritte, und sie öffnet die Tür. Sie trägt ein langes, schlabberiges T-Shirt, und zu meiner Erleichterung sind ihre Augen trocken, auch wenn die Blutergüsse in ihrem Gesicht schlimmer aussehen als gestern.

»Hallo«, sage ich und zwinge mich zu einem Lächeln. »Ich habe Omelett gemacht. Möchtest du etwas davon?«

Das Dienstmädchen blinzelt mich überrascht an. »Oh ... gerne, danke.« Sie nimmt mir den Teller ab und wirft einen Blick darauf. »Das sieht hervorragend aus, danke, Lucas.«

»Gerne.« Ich betrachte ihre Verletzungen, und mein Magen zieht sich bei dem Anblick zusammen. »Wie fühlst du dich?«

Sie errötet und schaut weg. »Mir geht es gut.«

»Okay.« Ich verstehe, dass sie keine Gesellschaft möchte, also sage ich: »Falls du etwas brauchst, sag mir einfach Bescheid«, und gehe in die Küche zurück.

Ich muss selbst noch frühstücken, bevor ich mich meiner nächsten Aufgabe zuwende.

* * *

Als Esguerra aus dem Haus tritt, ist alles für ihn vorbereitet.

»Ich habe den Cousin hierhergebracht«, sage ich, sobald mein Chef die Einfahrt betritt. »Ich habe mir gedacht, Sie möchten heute vielleicht nicht bis nach Chicago fahren.«

»Hervorragend.« Esguerras Augen leuchten dunkel auf. »Wo ist er?«

»In dem Lieferwagen dort drüben.« Ich zeige auf einen schwarzen Lieferwagen, der hinter Bäumen an der Stelle geparkt ist, der am weitesten von den Nachbarn entfernt ist.

Wir gehen zusammen zu ihm, und Esguerra fragt: »Hat er uns schon Informationen gegeben?«

»Er hat uns die Zugangscodes seines Cousins für die Tiefgarage und den Fahrstuhl gegeben«, antworte ich. »Es war nicht sehr schwierig, ihn zum Sprechen zu bewegen. Ich habe mir gedacht, den Rest der Befragung Ihnen zu überlassen, falls Sie gerne persönlich mit ihm reden wollen.«

»Eine gute Überlegung. Das möchte ich definitiv.« Esguerra geht zum Lieferwagen, öffnet die hinteren Türen und schaut in den dunklen Innenraum.

Ich weiß, was er gerade sieht: Einen dürren, jungen Mann, der geknebelt ist, und dessen Handgelenke hinter seinem Rücken an die Knöchel gefesselt sind. Er ist der dritte Typ, derjenige, den Nora letzte

Nacht im Club bewusstlos geschlagen hat. Ich habe ihn bereits von einigen Wächtern befragen lassen, und jetzt ist er bereit für Esguerra.

Mein Chef verliert keine Zeit. Während er in den Wagen steigt, dreht er sich zu mir um und fragt: »Sind die Wände schallisoliert?«

Ich nicke. »Zu etwa 90 Prozent.« Aus dem Lieferwagen kann ich Urin und Schweiß riechen, und ich weiß, dass diese Gerüche bald von dem metallischen Gestank von Blut überdeckt werden.

»Gut. Das sollte ausreichend sein.«

Er schließt die Türen des Lieferwagens hinter sich, und nur eine Minute, nachdem er sich mit dem Jungen eingesperrt hat, höre ich das Betteln und das Geschrei seines Opfers. Ich blende die Geräusche aus und lasse Esguerra seinen Spaß, während ich das neueste Update von Diego und Eduardo lese. Sie haben eine Aufzeichnung von einem Privatflugzeug gefunden, das in Kiew gelandet ist, also ist Yulia definitiv nicht mehr in Kolumbien.

Ich leite Diegos Ergebnisse an die Hacker weiter, und als Esguerra fertig ist, wickele ich den Körper des Teenagers in eine Plastikplane und schicke der Reinigungsmannschaft eine Nachricht, damit sie hierherkommt.

* * *

Als ich eine halbe Stunde später zum Haus zurückgehe, vibriert mein Telefon, weil ich eine Nachricht von Esguerra bekomme.

Neue Entwicklungen. Müssen Abreise beschleunigen.

Mein Adrenalinspiegel schießt in die Höhe. Ich betrete das Haus und treffe im Eingangsbereich auf Esguerra. »Was ist passiert?«

»Ich habe eine E-Mail von Frank, unserem Kontakt bei der CIA, bekommen«, antwortet Esguerra und streicht sich sein nasses Haar zurück. Er muss geduscht haben, um das Blut des jungen Sullivan loszuwerden. »Ein Phantombild von mir, Nora und Rosa ist im lokalen Büro des FBI in Umlauf. Es muss von dem Sullivan-Bruder sein, der mit dem Geländewagen entkommen ist. Ich nehme an, dass es nicht lange dauern wird, bis die Sullivans herausfinden, wer wir sind und was ich im Club mit dem anderen Bruder und jetzt gerade mit dem Cousin getan habe ...« Er beendet den Satz nicht, aber das muss er auch nicht.

Esguerra und ich wissen beide, dass Patrick Sullivan unser Blut sehen wollen wird.

»Ich werde Thomas zum Flugzeug schicken, damit er dort alles vorbereitet«, sage ich. »Denken Sie, Noras Eltern werden in einer Stunde reisefertig sein?«

»Das werden sie sein müssen«, erwidert Esguerra. »Ich will, dass sie und die Frauen verschwunden sind, bevor wir etwas unternehmen.«

»Wie viele Wächter sollten wir ihnen mit in das Flugzeug geben?«

»Vier, zur Sicherheit«, meint Esguerra, nachdem er einen Moment lang darüber nachgedacht hat. »Der Rest kann hierbleiben und kämpfen.«

»In Ordnung. Ich werde den anderen Bescheid sagen und mich versichern, dass Rosa bereit ist, abzureisen.«

* * *

Wir kommen mit unserer ganzen Streitmacht bei Esguerras Schwiegereltern an, weswegen unserer Limousine sieben gepanzerte Geländewagen folgen, in denen sich die dreiundzwanzig Wächter befinden. Die Nachbarn starren uns an, und der Gedanke daran, wie Noras Eltern versuchen, diesen Aufmarsch ihren Bekannten aus der Vorstadt zu erklären, amüsiert mich leicht. Ich bin mir sicher, dass die guten Menschen aus Oak Lawn Gerüchte über Noras mit Waffen handelnden Ehemann gehört haben, aber es gibt einen Unterschied zwischen etwas hören und etwas sehen.

Wie vorauszusehen war, sind die Eltern noch nicht fertig, also gehen Esguerra und seine Frau hinein, um ihnen zu helfen. Rosa bleibt im Auto, nachdem sie Nora erklärt hat, dass sie nicht im Weg stehen möchte.

Als wir allein sind, drehe ich mich um und schaue Rosa durch die offene Trennscheibe der Limousine an.

»Möchtest du Musik hören?«, frage ich sie, aber sie schüttelt den Kopf. Sie sagt nichts, sondern starrt einfach nur aus dem Fenster, und ich bin mir sicher, dass sie über das nachdenkt, was gestern passiert ist.

Da ich sie nicht stören möchte, fahre ich die Trennscheibe hoch und nutze die Zeit, um zu überprüfen, ob das Flugzeug startklar ist. Thomas versicherrt mir, dass alles vorbereitet ist, also kontrolliere ich meine Waffen ein zweites Mal – eine M16, die ich mir umgehängt habe, und eine Glock26, die an einem Holster an meinem Bein steckt. Ich wäre gerne besser bewaffnet, aber das würde beim Autofahren stören. Zum Glück hat Esguerra ein ganzes Arsenal unter einem der Rücksitze. Ich hoffe, dass wir es nicht brauchen werden, aber falls doch, sind wir vorbereitet.

Etwa vierzig Minuten später kommt Esguerra mit einem riesigen Koffer aus dem Haus. Ihm folgen Noras Vater mit einem weiteren Koffer und als Letzte Nora und ihre Mutter.

Obwohl der hintere Teil der Limousine sehr großzügig ausfällt, kommt Rosa zu mir nach vorne, nachdem sie erklärt hat, ihnen mehr Platz lassen zu wollen.

»Du hast doch nichts dagegen, oder?«, fragt sie, und ich lächele sie beruhigend an.

»Nein, bitte setz dich.« Ich lasse die Wand erneut hochfahren, um die Hauptkabine von uns abzutrennen, und lasse den Motor an. »Wie geht es dir?«

»Gut.« Ihre Stimme ist leise, aber ruhig. Ich hake nicht weiter nach, und einige Zeit lang fahren wir in angenehmem Schweigen. Erst als wir von der Autobahn auf eine zweispurige Landstraße abfahren, spricht Rosa erneut. »Lucas«, sagt sie leise. »Ich möchte dich um einen Gefallen bitten.«

Überrascht werfe ich einen kurzen Blick auf sie, bevor ich meine Aufmerksamkeit wieder der Straße zuwende. »Worum?«

»Falls sich jemals die Gelegenheit ergeben sollte –« Ihre Stimme bricht ab. »Solltest du sie jemals erwischen, möchte ich dabei sein. Okay? Ich möchte einfach nur dabei sein.«

Sie spricht es nicht aus, aber ich verstehe sie. »Das wirst du«, verspreche ich ihr. »Ich werde sicherstellen, dass du siehst, wie der Gerechtigkeit Genüge getan wird.«

»Danke –«, beginnt sie, aber in diesem Moment fällt mir eine Bewegung in meinem Seitenspiegel auf, und mein Puls fängt an zu rasen.

Auf der engen Straße hinter unseren Geländewagen fährt eine ganze Autokarawane, und sie holt schnell auf.

Mit einem frischen Adrenalinschub trete ich das Gaspedal durch. Die Limousine schießt abrupt nach vorne, da sich die Geschwindigkeit wahnsinnig schnell erhöht, und ich lasse die Trennscheibe herunterfahren, um Esguerra durch den Rückspiegel anzuschauen.

»Wir werden verfolgt«, sage ich angespannt. »Sie sind hinter uns und kommen mit allem, was sie haben.«

ZWÖLFTES KAPITEL

❖ YULIA ❖

»*Bayu-bayushki-bayu, ne lozhisya na krayu ...*«, singt mir meine Mutter ein russisches Schlaflied vor, und ihre Stimme ist weich und süß, während ich mich tiefer in meine Decke kuschele. »*Pridyot seren'kiy volchok, i ukusit za bochok ...*«

Ihr leiser Gesang ist schief, und der Text handelt von einem grauen Wolf, der mich in die Seite beißen wird, sollte ich zu nah an der Bettkante liegen, aber die Melodie ist warm und beruhigend, genauso wie das Lächeln meiner Mutter. Ich sonne mich darin, genieße es, solange ich kann, aber mit jedem Wort wird die Stimme meiner Mutter leiser und entfernter, bis Stille einkehrt.

Stille und Kälte, leere Dunkelheit.

»Geh nicht, Mama«, flüstere ich. »Bleib zu Hause. Geh heute Nacht nicht zu Großvater. Bitte bleib zu Hause.«

Aber ich bekomme keine Antwort. Ich bekomme nie eine Antwort. Nur Dunkelheit und das Weinen von Misha. Er hat Fieber und will unsere Eltern. Ich hebe ihn hoch und schaukele ihn, und das Gewicht seines Körpers verankert mich in diesem Meer aus Dunkelheit. »Es ist alles gut, Mishen'ka. Es ist alles gut. Uns wird nichts passieren. Ich werde auf dich aufpassen. Uns wird nichts passieren.«

Aber er hört nicht auf zu weinen. Er weint die ganze Nacht. Sein Geschrei wird hysterisch, als die Leiterin des Kinderheims ihn am Morgen abholt, und ich weiß, dass sie ihm etwas angetan hat. Ich habe die Blutergüsse gesehen, die er an seinen Beinen hatte, nachdem er letzte Nacht aus ihrem Büro gekommen war. Sie hat ihm wehgetan, ihn traumatisiert. Seitdem hat er nicht mehr aufgehört zu weinen.

»Nein, nehmen Sie ihn nicht mit!« Ich versuche, Misha festzuhalten, aber sie stößt mich weg und nimmt meinen Bruder mit. Ich folge ihr, aber zwei der älteren Jungen stellen sich mir in den Weg, formen eine menschliche Mauer.

»Tu das nicht«, sagt einer der Jungen. »Das hilft nicht.«

Seine Augen sind rabenschwarz, genauso wie die Dunkelheit, die mich umgibt, und ich fühle, dass ich durchdrehe. Ich bin verloren, so verloren in dieser Dunkelheit.

»Ich habe ein Angebot für dich, Yulia.« Ein Mann in einem Anzug lächelt mich mit kalten und berechnenden braunen Augen an. »Ein Geschäft, wenn du so möchtest. Du bist nicht zu jung, um ein Geschäft abzuschließen, oder?«

Ich hebe mein Kinn an und schaue ihm in die Augen. »Ich bin elf Jahre alt. Ich kann alles tun.«

»*Bayu-bayushki-bayu, ne lozhisya na krayu ...*«

»Das ist deine Schuld, Schlampe.« Grausame Hände ergreifen mich und ziehen mich in die Dunkelheit. »Das ist ganz allein deine Schuld.«

»*Pridyot seren'kiy volchok, i ukusit za bochok ...*«

Die Melodie verliert sich erneut, und ich weine, ich weine und kämpfe, während ich tiefer in die Dunkelheit falle.

»Erzähle mir von dem Programm.« Starke Arme umfassen mich und fesseln mich an einen muskulösen, männlichen Körper. Ich weiß, dass ich Angst haben sollte, aber als ich aufschaue und den blassen Blick des Mannes erwidere, werde ich von Hitze durchflutet. Sein Gesicht ist hart, jede Linie aus Stein gemeißelt, aber seine blau-grauen Augen haben die Art von Wärme, die ich seit Jahren nicht gespürt habe. Sie versprechen Sicherheit und etwas anderes.

Etwas, wonach ich mich mit jeder Faser meiner Seele sehne.

»Lucas ...«, ich bin voller Verzweiflung, als ich mich nach ihm ausstrecke. »Bitte fick mich. Bitte.«

Er dringt in mich ein, sein dicker Schwanz dehnt mich aus, spießt mich auf und seine Hitze verdrängt die unterschwellige Kälte. Ich brenne, und das ist nicht genug. Ich brauche mehr. »Ich liebe dich«, flüstere ich, und meine Nägel krallen sich in seinen muskulösen Rücken. »Ich liebe dich, Lucas.«

»Yulia.« Seine Stimme ist kalt und distanziert, als er meinen Namen sagt. »Yulia, es ist Zeit.«

»Bitte«, bettele ich und strecke mich nach Lucas aus, aber er verflüchtigt sich bereits. »Bitte geh nicht! Bleib bei mir!«

»Yulia.« Eine Hand legt sich auf meine Schulter. »Wach auf!«

Keuchend setzte ich mich in meinem Bett auf und blicke in Obenkos kalte braune Augen. Mein Herz schlägt mir bis zum Hals und ich bin von einer dünnen Schweißschicht bedeckt. Ich drehe meinen Kopf und sehe die sich ablösende Tapete und das graue Licht, das durch ein schmutziges Fenster eindringt. Hier ist kein Lucas, niemand, der mich in der Dunkelheit halten kann.

Ich befinde mich in meinem Bett in meiner geheimen Unterkunft, wo ich vor dem Verhör eingeschlafen sein muss.

»Habe ich ... habe ich etwas gesagt?«, frage ich, während ich versuche, meine abgehackte Atmung unter Kontrolle zu bringen. Der Traum verschwindet bereits aus meinem Kopf, aber die Bruchstücke, an die ich mich erinnere, sind ausreichend, um einen Knoten in meinem Magen hervorzurufen.

»Nein.« Obenkos Gesicht ist ausdruckslos. »Solltest du?«

»Nein, natürlich nicht.« Mein frenetischer Herzschlag beginnt, sich zu verlangsamen. »Geben Sie mir eine Minute, damit ich mich frisch machen kann, und dann bin ich sofort bei Ihnen.«

»In Ordnung.« Obenko verlässt mein Zimmer, und ich wickele mich fester in die Decke ein, da ich verzweifelt jedes bisschen Wärme brauche, das ich finden kann.

DREIZEHNTES KAPITEL

❖ LUCAS ❖

Als ich die Schüsse höre, schaue ich kurz in den Seitenspiegel und sehe, dass unsere Wächter in den Geländewagen auf unsere Verfolger schießen. Eine Kugel schlägt gegen die Seite unseres Wagens, und ich beginne, Schlangenlinien zu fahren, damit die Limousine schwieriger zu treffen ist. Im Passagierraum schreien Noras Eltern panisch, und Esguerra springt von seinem Sitz auf, um an sein Waffenlager zu gelangen.

Verdammte Scheiße. Meine Hände umklammern das Lenkrad fester. Genau das sollte gerade nicht passieren. Nicht, während wir Zivilisten bei uns haben. Esguerra und ich können damit umgehen, aber nicht Rosa und Nora – und mit Sicherheit nicht Noras Eltern. Wenn ihnen etwas zustößt ... Ich trete noch fester auf das Gaspedal, bis der Tacho mehr als 160 km/h anzeigt.

Weitere Schüsse. Im Seitenspiegel sehe ich, wie unsere Männer sich einen Schusswechsel mit den Verfolgern liefern. Ganz hinten schiebt sich eines von Sullivans Autos in eines von unseren, um es von der Straße zu drängen, und ich höre weitere Schüsse, bevor der Geländewagen der Verfolger von der Straße abkommt und sich überschlägt.

Ein anderes Auto holt bis zu einem unserer Geländewagen auf und fährt ihm mit voller Wucht in die Seite. Hinter ihm befinden sich mindestens ein Dutzend Fahrzeuge – eine Mischung aus Geländewagen, Lieferwagen und Hummern, auf deren Dach Granatwerfer angebracht sind.

Nein, nicht ein Dutzend.

Sie haben mehr als fünfzehn oder sechzehn Autos gegen unsere acht.

Verfickte Scheiße. Ich trete wieder fester auf das Gaspedal, und die Tachonadel steigt auf 180 km/h. Wir müssen schneller fahren, aber die gepanzerte Limousine ist zu schwer. Sie ist dazu gedacht, zu schützen, nicht, um mit ihr zu rasen.

Einer unserer Geländewagen am Ende fliegt in die Höhe und explodiert in der Luft. Das Geräusch ist ohrenbetäubend, aber ich ignoriere es und wende meine ganze Aufmerksamkeit der Straße vor mir zu. Ich kann jetzt nicht an die Männer denken, die wir gerade verloren haben, oder an ihre Familien.

Wenn wir überleben wollen, darf ich mich nicht ablenken lassen.

»Lucas.« Rosa hört sich panisch an. »Lucas, das ist –«

»Eine Polizeiblockade, ja.« Ich muss meine Stimme erheben, um den Lärm der Schüsse und Explosionen zu übertönen. Vier Polizeiwagen blockieren die Straße vor uns, und sie sind von Teams des Spezialeinsatzkommandos umgeben. Sie sind unseretwegen hier – was bedeutet, dass sie von Sullivan bezahlt werden.

Im hinteren Teil der Limousine ruft Julian Nora etwas zu, und als ich in den Rückspiegel blicke, sehe ich, dass er kugelsichere Westen und einen Granatwerfer hervorgeholt hat.

»Wir müssen durch sie hindurch«, brülle ich, ohne meinen Fuß vom Gaspedal zu nehmen. Wir sind nur noch wenige Sekunden von ihnen entfernt und schießen wie eine Rakete auf die Blockade zu. Ich lenke die Limousine auf einen schmalen Spalt zwischen zwei Polizeiautos. Für dieses Manöver ist das schwere Gewicht des gepanzerten Fahrzeugs von Vorteil.

»Halte dich fest!«, rufe ich Rosa zu, bevor wir in die Autos krachen und der Aufprall mich nach vorne wirft. Ich spüre, wie der Gurt in mich schneidet, höre, wie die Kugeln des Sondereinsatzkommandos die Seite und die Fenster unseres Wagens treffen, und dann haben wir die Sperre durchbrochen. Die Limousine schießt nach vorne, während hinter uns zwei weitere Autos kollidieren und explodieren.

Sullivans Autos, stelle ich einen Moment später erleichtert fest. Durch den Seitenspiegel sieht es so aus, als seien unsere Geländewagen noch in Ordnung. Rosa neben mir ist vor Angst kreidebleich, aber scheint unverletzt zu sein.

Bevor ich zu Atem kommen kann, höre ich einen ohrenbetäubenden Knall und sehe, dass der Streifenwagen hinter uns nach oben fliegt und in der Luft explodiert. Er landet brennend auf der Seite, und einer von Sullivans Hummern rast ungebremst hinein. Es folgt eine weitere Explosion, und ein Lieferwagen von Sullivan kommt von der Straße ab. Ich lächele grausam, als ich Esguerra erblicke, der in der Mitte der Limousine steht und seinen Kopf und seine Schultern aus der Öffnung im Dach hält.

Mein Chef muss den Granatwerfer aus unserem Waffenlager benutzen.

Ich höre einen weiteren explosiven Knall, als er den nächsten Schuss abfeuert, aber diesmal landet kein Fahrzeug der Feinde auf dem Dach. Stattdessen schwenkt einer der Hummer aus, um einen unserer Geländewagen zu rammen, und ich sehe, wie das Auto der Wächter sich überschlägt und von der Straße rollt.

Scheiße. Mein Hochgefühl verfliegt. Esguerra darf seine Ziele nicht verfehlen, oder wir sind gefickt.

Wie als Antwort auf meine Gedanken knallt es erneut, und ein Lieferwagen Sullivans explodiert hinter uns. Zwei von Sullivans Geländewagen rasen hinein, aber meine Freude ist nur kurz, da ich das Geräusch einer Kugel höre, die von der Seite unseres Wagens abprallt. Fluchend reiße ich das Steuer herum und beginne, Zickzacklinien zu fahren.

Im Gegensatz zur Limousine ist Esguerras Kopf nicht kugelsicher.

»Jetzt mach schon, Esguerra«, murmele ich und umklammere das Steuer. »Erschieße sie verdammt nochmal.«

Bumm! Ein weiterer Geländewagen Sullivans explodiert und reißt das hinter ihm fahrende Fahrzeug mit sich.

»Er tut es«, meint Rosa mit zittriger Stimme. »Sie haben jetzt nur noch sechs Autos.«

Ich werfe einen Blick in den Spiegel und stelle fest, dass sie recht hat. Sechs feindliche Fahrzeuge gegen fünf von unseren.

Wir könnten es noch schaffen.

Plötzlich sehe ich einen Feuerblitz im Spiegel. Zwei unserer Wagen fliegen in die Luft, und mir wird klar, dass die Hummer sie hochgenommen haben. *Scheiße. Scheiße, Scheiße, Scheiße.*

»Jetzt komm schon, Esguerra.« Meine Knöchel auf dem Lenkrad werden weiß. »Tu es verdammt nochmal.«

Bumm! Einer der Hummer wird von der Straße gefegt, und aus seiner Motorhaube steigt Rauch auf.

»Señor Esguerra hat getroffen!« Rosas Stimme ist voller hysterischer Freude. »Lucas, er hat getroffen!«

Ich habe keine Gelegenheit, zu antworten, da ein weiteres feindliches Auto ins Schleudern kommt und gegen ein anderes prallt. Unsere Männer müssen den Fahrer erschossen haben.

»Drei von ihnen sind noch übrig, Lucas. Nur noch drei!« Rosa springt geradezu auf ihrem Sitz, und mir wird klar, dass sie von dem ganzen Adrenalin in ihrem Körper high ist. Wenn man einen bestimmten Punkt überschritten hat, hört man auf, Angst zu spüren, und alles wird ein Spiel, ein Rausch wie kein anderer. Das ist der Grund dafür, dass Gefahr süchtig macht – zumindest mich.

Ich fühle mich am lebendigsten, wenn ich dem Tod nahe bin.

Aber das stimmt nicht mehr, wird mir plötzlich klar. Die Begeisterung ist heute schwächer, wird von meiner Sorge um die Zivilisten und meiner Wut über unsere toten Männer gedämpft. Anstatt Erregung spüre ich nur die grimmige Entschlossenheit, zu überleben.

Zu leben, damit ich Yulia einfangen und mich auf eine ganz andere Art und Weise lebendig fühlen kann.

»Lucas.« Rosa hört sich auf einmal angespannt an. »Lucas, siehst du das?«

»Was?«, frage ich, aber da höre ich es auch schon.

Das schwache, aber unverwechselbare Geräusch von rotierenden Hubschrauberrotorenblättern.

»Es ist ein Polizeihubschrauber«, sagt Rosa, und ihre Stimme zittert wieder. »Lucas, warum ist ein Hubschrauber hier?«

Anstatt ihr zu antworten, trete ich das Gaspedal bis zum Anschlag durch. Es gibt nur zwei Möglichkeiten: Entweder die Behörden haben mitbekommen, was hier gerade vor sich geht, oder das sind weitere korrupte Polizisten. Ich wette, es handelt sich um Letzteres, was bedeutet, dass wir mehr als gefickt sind. Nach meiner Rechnung hat Esguerra nur noch einen Schuss in seinem Granatwerfer, und er kann diesen Hubschrauber unmöglich abschießen.

»Was werden wir tun?« Rosas Panik ist mehr als deutlich. »Lucas, was werden wir –«

»Ruhe.« Ich trete das Gaspedal weiterhin durch und konzentriere mich auf das Gebäude, das vor uns liegt. Wir sind jetzt fast an dem privaten Flughafen angekommen, und falls wir es schaffen, hineinzufahren, haben wir eine Chance.

»Ich fahre in den Hangar!«, rufe ich Esguerra zu, biege scharf nach rechts in Richtung des Gebäudes ab und bringe die Limousine an ihre Grenzen. Wir schießen jetzt auf den Hangar zu, aber das Dröhnen des Helikopters wird unaufhaltsam lauter.

Bumm! Meine Ohren klingeln durch die Explosion, und ich weiche instinktiv mit dem Fahrzeug aus, bevor ich es wieder nach vorne lenke und das Gaspedal erneut durchtrete. Hinter uns rutscht einer unserer Geländewagen in den anderen, und sie kollidieren mit quietschenden Reifen, bevor sie von der Straße abkommen.

»Sie haben auf ihn geschossen.« Rosa hört sich benommen an. »Oh mein Gott, Lucas, der Hubschrauber hat auf den Wagen geschossen.«

Ich schüttele meinen Kopf, um das Klingen in meinen Ohren loszuwerden, aber bevor der Lärm verstummt, ertönt eine weitere ohrenbetäubende Explosion.

Der Hummer hinter uns geht in Flammen auf, und zurück bleiben zwei feindliche Geländewagen und der Hubschrauber.

Esguerra hat ihn mit seinem letzten Schuss erwischt.

Bevor ich Atem holen kann, wird die Limousine von einem Aufprall erschüttert. Mir wird schwarz vor Augen, mein Kopf dreht sich und das Klingeln in meinen Ohren verwandelt sich in ein hohes, schwindelerregendes Heulen. Nur dank meines jahrzehntelangen Trainings bin ich in der Lage, meine Hände am Steuer zu lassen, und als ich wieder etwas sehen kann, verstehe ich, was Rosa schreit.

»Wir sind getroffen worden, Lucas! Wir sind getroffen worden!«

Scheiße, sie hat recht. Am hinteren Ende des Wagens steigt Rauch auf, und die Rückscheibe ist zersplittert.

»Sind Esguerra und seine Familie ...?«, beginne ich mit rauer Stimme, aber dann sehe ich auf einmal Esguerra im Rückspiegel auftauchen. Er ist blutüberströmt, aber ganz eindeutig am Leben. Er zieht Nora vom Boden hoch und gibt ihr eine AK-47. Noras Eltern hinter ihnen sehen benommen und blutig aus, aber sind bei Bewusstsein.

Wir sind jetzt fast am Hangar, also nehme ich meinen Fuß vom Gas. Ich kann hören, dass Esguerra hinten Anweisungen gibt. Er will, dass Nora ihre Eltern nimmt und mit ihnen zum Flugzeug rennt, sobald wir anhalten.

»Du rennst mit ihnen mit, Rosa, hörst du mich?«, sage ich, ohne meine Augen von der Straße abzuwenden. »Du steigst aus und rennst.«

»O-okay.« Sie hört sich an, als sei sie kurz davor, zu hyperventilieren.

Wir rasen durch das offene Tor des Hangars, und ich trete kraftvoll auf die Bremse, um die Limousine mit einem Quietschen zum Halten zu bringen.

»Renn, Rosa!«, schreie ich, schnalle mich ab, und als sie aus dem Auto stolpert, springe ich auf meiner Seite hinaus, während ich mir meine M16 schnappe.

»Jetzt, Nora!«, ruft Esguerra hinter mir und drückt die Tür auf der Beifahrerseite auf. »Geh, jetzt!«

Aus dem Augenwinkel sehe ich, dass Rosa Nora und ihren Eltern hinterherrennt, aber bevor ich überprüfen kann, ob sie beim Flugzeug ankommen, fährt ein Geländewagen mit quietschenden Reifen in das Gebäude.

Ich eröffne das Feuer, und Esguerra tut das Gleiche.

Die Windschutzscheibe des Geländewagens zerspringt, als er mit einem Quietschen vor uns zum Stehen kommt und bewaffnete Männer herausspringen.

»Zurück! Hinter die Limo!«, rufe ich Esguerra zu, während ich seinen Rückzug decke. Danach gibt er mir Deckung, während ich selbst hinter die Limousine hechte.

»Bereit?«, frage ich, und er nickt. Wir synchronisieren unsere Bewegungen, und jeder von uns kommt auf einer Seite der Limousine zum Vorschein, um eine Ladung Kugeln abzufeuern und sich danach wieder zu ducken.

»Vier erledigt«, sagt Esguerra und lädt seine M16 nach. »Ich denke, es ist nur noch einer übrig.«

»Geben sie mir Deckung«, sage ich und krieche um die Limousine herum. Ich spüre, wie mir der Schweiß in die Augen fließt, während ich auf meinem Bauch entlangrutsche und Esguerra auf das Auto feuert, um den Kerl abzulenken. Es dauert fast eine Minute, bevor ich eine Öffnung sehe und auf den Schützen schießen kann.

Meine Kugeln erwischen ihn im Nacken und lösen einen Geysir aus Blut aus.

Schwer atmend stelle ich mich hin. Nach dem pausenlosen Getöse der Schlacht fühlt sich die Stille so an, als sei ich taub geworden.

»Gute Arbeit«, sagt Esguerra und kommt hinter der Limousine hervor. »Wenn unsere verbliebenen Männer jetzt auch den –«

»Julian!« Auf der anderen Seite des Hangars schwenkt Nora ihre AK-47 über ihrem Kopf. Sie sieht überglücklich aus. »Kommt her! Lasst uns fliegen!«

Ein breites Lächeln erhellt Esguerras Gesicht, als sie beginnt, auf ihn zuzulaufen – und dann werde ich von einer sengend heißen Druckwelle in die Luft geschleudert.

VIERZEHNTES KAPITEL

❖ YULIA ❖

Die zweite »Befragung« ist noch anstrengender als die erste. Obenko und seine Agenten wollen mit mir jede einzelne Unterhaltung durchgehen, die ich mit Lucas geführt habe, und jedes unserer Treffen detailliert beschrieben haben. Sie möchten wissen, wie er mich gefesselt hat, wann er mir Bekleidung gegeben hat, welche Mahlzeiten ich gekocht habe und welche seine sexuellen Vorlieben sind. Zuerst kooperiere ich, aber nach einer Weile beginne ich, sie abzublocken. Ich kann es nicht ertragen, meine Beziehung zu meinem ehemaligen Entführer von diesen Männern auseinandernehmen zu lassen. Ich will nicht, dass sie über meine Gefühle für ihn oder über meine Fantasien über ihn Bescheid wissen. Diese zärtlicheren Momente zwischen uns und die Dinge, die er mir versprochen hat – sie gehören nur mir.

Was während meiner Gefangenschaft geschehen ist, war falsch und pervers, aber es hat auch etwas bedeutet – zumindest mir.

»Yulia«, sagt Obenko, nachdem ich einer weiteren seiner Fragen ausgewichen bin. »Das ist wichtig. Der Mann, mit dem du zwei Wochen verbracht hast, ist Esguerras zweiter Mann. Von dem, was du uns erzählt hast, klingt es so, als sei er, nicht Esguerra, die treibende Kraft dafür, dass sie hinter uns her sind. Es ist wichtig, dass wir genau verstehen, was er möchte, und wissen, wie er denkt.«

»Ich habe Ihnen bereits alles erzählt, was ich weiß.« Ich versuche, mich nicht frustriert anzuhören. »Was möchten Sie noch von mir?«

»Wie wäre es mit der Wahrheit, Yulia Borisovna?« Mateyenko blickt mich eindringlich an. »Hat Kent Sie hierhergeschickt? Arbeiten Sie jetzt für ihn?«

»Was?« Meine Kinnlade klappt nach unten. »Meinen Sie das ernst? Ich bin diejenige, die Sie gewarnt hat. Denken Sie wirklich, ich würde die Adoptivfamilie meines Bruders verraten?«

»Das weiß ich nicht, Yulia Borisovna.« Mateyenkos Gesichtsausdruck verändert sich nicht. »Würden Sie?«

Ich stelle mich hin. »Wenn ich für ihn arbeiten würde, warum würde ich Ihnen dann erzählen, dass er die Informationen von mir bekommen hat? Eine Doppelagentin würde nicht warnen, dass sie gebrochen wurde – sie würde wie eine Heldin zu Ihnen kommen, nicht wie eine Versagerin.«

Sokov, der neben Mateyenko sitzt, verschränkt seine Arme. »Es käme darauf an, wie clever diese Doppelagentin ist, Yulia Borisovna. Die Besten haben immer eine Ausrede.«

Ich drehe mich zu Obenko um. »Glauben Sie das auch? Dass ich Sie verraten habe?«

»Nein, Yulia.« Mein Boss blinzelt nicht. »Wenn ich das täte, wärst du bereits tot. Aber ich denke, dass du uns etwas verschweigst. Oder etwa nicht?«

»Nein.« Ich schaue ihm in die Augen. »Ich habe Ihnen alles erzählt. Ich weiß nichts weiter, was uns helfen würde.«

Obenkos Mund wird hart, aber er nickt. »Also, in Ordnung. Für heute sind wir fertig.«

⁎ ⁎ ⁎

Als Mateyenko und Sokov die Wohnung verlassen, gehe ich in mein Zimmer zurück, da ich hinter meinen Schläfen durch die Anspannung Kopfschmerzen bekommen habe. Ich bezweifle nicht, dass Obenko das, was er gesagt hat, auch so gemeint hat: Wenn er denken würde, dass ich ein Doppelagent sei, hätte er mich bereits umgebracht.

Nachdem ich das russische Gefängnis und das Anwesen Esguerras überlebt habe, könnte ich jetzt von meinen eigenen Kollegen getötet werden.

Eigenartigerweise belastet mich dieser Gedanke nicht besonders stark. Die leere Kälte, die sich in meiner Brust breitgemacht hat, betäubt alles, sogar meine Angst. Jetzt, da ich hier bin – jetzt, da ich alles getan habe, was ich konnte, um die Sicherheit meines Bruders zu gewährleisten – kann ich kaum Interesse an meinem eigenen Schicksal aufbringen. Selbst die Erinnerung an Lucas' Grausamkeit fühlt sich weit entfernt und gedämpft an, so als sei sie Jahre und nicht Tage her.

Als ich wieder in meinem Zimmer bin, lege ich mich hin und wickele mich in die Decke ein, aber ich werde nicht warm.

Nur eine Sache würde diese Kälte vertreiben können – aber er ist tausende von Kilometern weit entfernt.

FÜNFZEHNTES KAPITEL

❖ LUCAS ❖

Rat-tat-tat!

Das scharfe Knallen von Schüssen hallt durch die Dunkelheit und lässt mich wieder zu Sinnen kommen. Mein Gehirn fühlt sich an, als schwimme es in einem dichten, dickflüssigen Nebel.

Stöhnend rolle ich mich auf den Bauch und muss mich wegen der quälenden Schmerzen in meinem Schädel fast übergeben. Wo ist Jackson? Was ist passiert? Wir waren auf einem Rundgang und dann ... *Scheiße!*

Ich ignoriere das Pochen in meinem Kopf und beginne, auf dem Sand entlangzukriechen, weg von den Schüssen. Mein ganzer Körper schmerzt, und Sandpartikel dringen in meine Augen ein und füllen meine Lunge. Ich fühle mich, als sei ich aus Sand und als sei meine Haut bereit, sich aufzulösen und mit dem rauen, brennenden Wind wegzufliegen.

Weitere Schüsse und ein schmerzvoller Aufschrei.

Angst schnürt mir die Brust zusammen. »Jackson?«

»Ich bin getroffen worden.« Jacksons Stimme klingt völlig entsetzt. »Scheiße, Kent, sie haben mich getroffen.«

»Halt durch!« Ich krieche wieder in Richtung der Schüsse und schleife mein nutzloses Gewehr mit mir mit. Fünf Minuten nachdem wir in den

Hinterhalt geraten waren, ging mir die Munition aus, aber ich will die Waffe nicht den Feinden überlassen. »Ich habe Bescheid gegeben. Sie kommen uns holen.«

Jackson hustet, aber das Geräusch, was ertönt, verwandelt sich in ein Gurgeln. »Zu spät, Kent. Es ist verdammt nochmal zu spät. Zieh dich zurück!«

»Halt den Mund.« Ich krieche schneller, und in dem schwachen Licht des Mondes sehe ich eine kleine Erhebung neben unserem auf dem Kopf stehenden Hummer. Jacksons Stimme kommt aus dieser Richtung, also muss es sich bei dem Haufen um ihn handeln. »Halt einfach durch!«

»Sie werden nicht ... Sie werden nicht kommen, Kent.« Jetzt pfeift Jackson. Eine Kugel muss seine Lunge getroffen haben. »Roberts ... Er wollte das hier. Er hat das angeordnet.«

»Wovon redest du?« Endlich bin ich bei ihm, aber als ich ihn berühre, fühle ich nur nasses Fleisch und gebrochene Knochen. Ich ziehe meine Hand schnell zurück. »Scheiße, Jackson, dein Bein –«

»Du musst« – Jackson atmet gurgelnd ein – »gehen. Sie werden diesen Ort in die Luft jagen, wenn sie kommen. Roberts, er ... ich habe ihn erwischt. Ich wollte ihn melden. Das ist nicht die Taliban. Roberts wusste,« – er hustet nass – »dass wir hier sein würden. Das ist sein Werk.«

»Halt. Wir werden das durchstehen.« Ich kann nicht über das nachdenken, was Jackson gerade sagt, kann die volle Bedeutung seiner Worte nicht verarbeiten. Unser befehlshabender Offizier kann uns nicht derart verraten haben. Das ist unmöglich. »Halt einfach durch, Kumpel.«

»Zu spät.« Jackson pfeift gurgelnd, als ich mich nach ihm ausstrecke. »Roberts ...« Er bekommt keine Luft mehr, und ich fühle, wie heiße Flüssigkeit meine Hände bedeckt, als ich sie auf seinen Bauch drücke.

»Jackson, bleib bei mir.« Mein Herz schlägt in einem kranken, unregelmäßigen Rhythmus. Nicht Jackson. Das kann nicht mit Jackson geschehen. Ich erhöhe den Druck auf seine Wunde und versuche, die Blutung zu stoppen. »Jetzt komm schon, Kumpel, bleib einfach bei mir. Bald wird Hilfe eintreffen.«

»Lauf«, murmelt Jackson unhörbar. »Er wird dich ...« Er erschaudert, und ich spüre den exakten Moment, in dem es passiert. Sein Körper wird schlaff, und der Gestank entleerter Gedärme füllt die Luft.

»Jackson!« Ohne die Hand von seinem Bauch zu nehmen, strecke ich mich nach seinem Hals aus, aber dort ist kein Puls mehr.

Es ist vorbei. Mein bester Freund ist tot.

Rat-tat-tat!

Die Schüsse sind zurück, genauso wie der zähe Nebel in meinem Kopf. Und außerdem ist es heiß – viel heißer, als es nachts in der Wüste sein sollte. Die Hitze frisst mich auf, isst mich Stück für Stück wie –

Verdammte Scheiße, ich brenne!

Ich werfe mich auf die Seite und rolle mich so lange ohne innezuhalten, bis die brennende Hitze sich zurückzieht. Meine Rippen schreien vor Schmerzen, und mein Kopf dreht sich, aber die Flammen, die an meiner Haut geleckt haben, sind verschwunden.

Keuchend öffne ich meine Augen und starre an die hohe Decke über mir.

Decke, nicht Nachthimmel.

Endlich verbinden sich die Synapsen in meinem Hirn und beginnen zu feuern.

Afghanistan war vor acht Jahren.

Ich bin in Chicago, nicht in Afghanistan, und was auch immer mich umgeworfen hat, hat nichts mit meinem alten Kommandanten zu tun.

Rat-tat-tat!

Ich drehe meinen Kopf und sehe eine kleine Gestalt auf der anderen Seite des Hangars entlangrennen. Vier Männer des Sondereinsatzkommandos verfolgen sie. Als ich ungläubig die Szene betrachte, dreht sich Esguerras Frau herum und feuert mit ihrer AK-47 auf die Verfolger, bevor sie schnell hinter einem der Flugzeuge verschwindet.

Scheiße. Ich muss Nora helfen. Stöhnend rolle ich mich auf meine Seite. Überall um mich herum liegt brennender Schutt, und die Limousine hat Feuer gefangen. In der Wand des Hangars hinter dem Fahrzeug ist ein klaffendes Loch, durch das ich den Polizeihubschrauber sehen kann. Er steht draußen auf dem Gras, und die Rotorenblätter haben aufgehört, sich zu drehen.

Sullivans Handlanger müssen die Wächter in unserem letzten Geländewagen hochgenommen haben, bevor sie sich uns zuwandten.

Als ich mich unter Schwierigkeiten hinstelle, sehe ich, wie Esguerra zur brennenden Limousine läuft. Er hat überlebt, wird mir voller Erleichterung klar. Ich kämpfe gegen den erneut aufkommenden Schwindel an, gehe einen Schritt auf das Fahrzeug zu und ignoriere den quälenden Schmerz in meinen Rippen.

Bevor ich bei dem Wagen ankomme, springt Esguerra bereits wieder mit zwei Maschinenpistolen in seinen Händen aus ihm heraus und jagt Noras Verfolgern hinterher. Ich will ihm gerade helfen, als ich eine Bewegung in der Nähe des Hubschraubers wahrnehme.

Zwei Männer steigen aus ihm und haben ganz offensichtlich vor, von hier zu verschwinden.

Ich reagiere schon, bevor mir klar wird, um wen es sich handelt. Ich hebe meine Waffe und durchlöchere sie mit Kugeln, wobei ich es absichtlich vermeide, in die Nähe lebenswichtiger Organe zu zielen. Als ich aufhöre, ist der Hangar wieder still, und als ich mich umdrehe, sehe ich, dass Esguerra Nora umarmt und sie beide nicht verletzt zu sein scheinen.

Ein boshaftes Lächeln umspielt meine Lippen, als ich mich umdrehe und mich auf den Weg zu den beiden verletzten Männern mache.

Es ist an der Zeit, dass die Sullivans das bekommen, was sie verdient haben.

* * *

»Sind das diejenigen, von denen ich denke, dass sie es sind?«, fragt Esguerra mit rauer Stimme, während er in Richtung des älteren Mannes nickt, und mein Lächeln wird breiter.

»Ja. Patrick Sullivan höchstpersönlich mit seinem Lieblingssohn – und gleichzeitig dem letzten, den er noch hat – Sean.«

Ich habe Patrick durch das Bein und seinem Sohn durch den Arm geschossen, und beide Männer wälzen sich auf dem Boden und heulen. Ihr Schmerz beruhigt meine kochende Wut ein bisschen. Für das, was sie Rosa und Nora angetan haben, und für die Wächter, die heute gestorben sind, werden diese Männer bezahlen.

»Ich denke, sie kamen mit dem Hubschrauber, um die ganze Sache zu beobachten und zum richtigen Zeitpunkt einzugreifen«, sage ich und halte meine schmerzenden Rippen. »Nur, dass dieser Zeitpunkt niemals gekommen ist. Sie müssen erfahren haben, wer wir sind, und Polizisten gerufen haben, die Ihnen Gefallen schuldeten.«

»Die Männer, die wir getötet haben, waren Polizisten?«, fragt Nora, und ich sehe, dass sie zittert. Sie scheint gerade von einem Adrenalinrausch herunterzukommen. »Die in den Hummern und den Geländewagen auch?«

»Ihrer Uniform nach zu urteilen waren viele von ihnen Polizisten« Esguerra legt seinen Arm beschützend um ihre Taille. »Einige waren wahrscheinlich korrupt, aber andere haben einfach den Anweisungen ihrer Vorgesetzten Folge geleistet. Ich bin mir sicher, dass ihnen gesagt wurde, wir seien höchst gefährliche Kriminelle. Vielleicht sogar Terroristen.«

»Oh.« Nora lehnt sich gegen ihren Ehemann, und ihr Gesicht wird plötzlich grau.

»Scheiße«, murmelt Esguerra und hebt sie in seine Arme. Er drückt sie gegen seine Brust und sagt: »Ich bringe sie zum Flugzeug«

Zu meiner Überraschung schüttelt Nora ihren Kopf. »Nein, es geht mir gut. Bitte lass mich runter« Sie drückt sich so entschlossen von ihm weg, dass Esguerra das tut, was sie von ihm verlangt, und sie vorsichtig hinstellt.

Er lässt seinen Arm auf ihrem Rücken liegen und sieht sie besorgt an. »Was ist los, Baby?«

Nora zeigt auf die beiden Gefangenen. »Was wirst du mit ihnen tun? Wirst du sie umbringen?«

»Ja«, antwortet Esguerra, ohne zu zögern. »Das werde ich.«

Nora sagt nichts, und ich erinnere mich an das Versprechen, das ich ihrer Freundin gegeben habe. »Ich denke, Rosa sollte dabei sein«, sage ich. »Sie möchte bestimmt sehen, dass der Gerechtigkeit Genüge getan wird.«

Esguerra schaut seine Frau an, und sie nickt.

»Bringe sie her«, meint Esguerra, und trotz der Ernsthaftigkeit der Lage spüre ich einen Hauch von Belustigung, als ich zurück zum Flugzeug gehe.

Esguerras zierliche, kleine Frau hat sich ziemlich gut in unserer Welt eingelebt.

Als ich beim Flugzeug ankomme, tritt Rosa bereits mit blassem Gesicht zu mir heraus. »Lucas, sind sie –«

»Ja, komm.« Ich fasse sie vorsichtig am Arm an und führe sie zum Hangar. Als wir nach draußen treten, sehe ich, dass Patrick Sullivan bewusstlos auf dem Boden liegt, aber sein Sohn noch bei Bewusstsein ist und um sein Leben bettelt.

Ich blicke kurz zu Rosa, und ich freue mich, als ich sehe, dass ihre Wangen wieder ein wenig Farbe bekommen haben. Sie tritt nahe an Sean Sullivan heran, blickt einige Sekunden auf ihn hinab und wendet sich danach mir und Esguerra zu.

»Darf ich?«, fragt sie, während sie ihre Hand ausstreckt, und ich lächele kalt, als ich ihr mein Gewehr reiche. Rosas Hände sind ruhig, als sie auf ihren Angreifer zielt.

»Tu es«, sagt Esguerra, und sie drückt ab. Sean Sullivans Kopf explodiert, und Blut und Stücke von Gehirnmasse fliegen durch die Luft, aber weder zuckt Rosa zusammen noch schaut sie weg.

Bevor das Geräusch ihres Schusses verstummt ist, tritt Esguerra zu dem bewusstlosen Patrick Sullivan und jagt eine Ladung Kugeln in die Brust des alten Mannes.

»Wir sind hier fertig«, sagt Esguerra, wendet sich von der Leiche ab, und wir vier gehen zurück zum Flugzeug.

TEIL II: DIE SPUR

SECHSZEHNTES KAPITEL

❖ LUCAS ❖

Die Woche nach unserer Rückkehr aus Chicago verbringe ich mit den Nachwirkungen der Reise und damit, mich von meinen Verletzungen zu erholen. Goldberg, der Arzt des Anwesens, meint, dass ich gebrochene Rippen und einige Verbrennungen ersten Grades auf meinem Rücken und meinen Armen habe – Verletzungen, die mehr als leicht sind, wenn man die Schlacht bedenkt, die wir überlebt haben.

»Da hast du aber verdammtes Glück gehabt«, meint Diego, als ich endlich mit ihm und Eduardo zusammensitze, um mich auf den neuesten Stand der Entwicklungen in Yulias Fall bringen zu lassen. »Diese ganzen Männer ...«

»Ja.« Meine Zähne schmerzen, weil ich sie den ganzen Tag zusammengebissen habe. Die Gesichter der toten Männer verfolgen mich, genau wie die derjenigen, die bei dem Flugzeugabsturz ums Leben gekommen sind. In den letzten Monaten haben wir mehr als siebzig unserer Männer verloren, und die Stimmung auf dem Anwesen ist bitter, um es milde auszudrücken.

Wegen der Organisation von Beerdigungen, der Suche nach neuen Rekruten und dem Beseitigen des Chaos in Chicago habe ich die ganze Zeit unter Strom gestanden.

»Ich hoffe, du hast die Arschlöcher dafür bezahlen lassen«, sagt Eduardo, und seine Stimme vibriert vor Wut. »Wenn ich dort gewesen wäre –«

»Wärst du genauso tot wie die anderen«, sage ich müde. Ich bin nicht in der Stimmung, Nachsicht mit dem Imponiergehabe des jungen Wächters zu zeigen; meine Verbrennungen sind jetzt zwar fast verheilt, aber meine Rippen schmerzen bei jeder Bewegung. »Erzählt mir, was ihr bis jetzt herausgefunden habt. Wisst ihr, ob irgendjemand vor ihrer Flucht Kontakt zu meiner Gefangenen hatte?«

Diego und Eduardo tauschen einen eigenartigen Blick aus. Dann sagt Diego: »Ja, aber ich denke nicht, dass sie etwas damit zu tun hat.«

Ich runzele meine Stirn. »Sie?«

»Rosa Martinez, das Dienstmädchen aus dem Haupthaus«, sagt Eduardo zögerlich. »Sie ... na ja, die Aufzeichnungen der Drohne zeigen, dass sie während dieser zwei Wochen einige Male zu deinem Haus gegangen ist.«

»Ach ja.« Ich lache humorlos auf. »Sie hatte eine eigenartige Neugier auf Yulia entwickelt.« Ich werde den Wächtern jetzt nicht erzählen, dass Rosa sich wahrscheinlich für mich interessierte. Das Mädchen scheint dieses Thema hinter sich gelassen zu haben, und ich denke nicht, dass es ihr gefallen würde, wenn andere über ihre Gefühle Bescheid wüssten.

Sie hat schon genug durchgemacht.

»Oh, gut. Ich bin froh, dass du darüber Bescheid weißt.« Diego atmet erleichtert aus. »Wir haben uns gedacht, dass es sehr unwahrscheinlich ist, dass sie es war, aber ich wollte trotzdem, dass du es weißt. Sie ist die Einzige, die am Dienstag bei deinem Haus war, also ...« Er zuckt mit den Schultern.

»Warte mal, Dienstag? Also einen Tag, bevor wir abgereist sind?« Ich hatte Rosa schon lange davor gewarnt, und ich dachte, sie hätte mich verstanden. »Sie war am Dienstag bei meinem Haus?«

»Das zeigt die Aufzeichnung«, antwortet Eduardo vorsichtig. »Aber sie kann es nicht sein. Ich kenne Rosa – wir waren eine Zeit lang zusammen. Sie ist nicht ... sie würde nicht –«

Ich halte meine Hand nach oben, um ihn zum Schweigen zu bringen. »Ich bin mir sicher, dass ihr nichts vorzuwerfen ist«, sage ich, auch wenn sich meine Brust gerade zusammenzieht. Wenn Rosa zu meinem Haus gekommen ist, nachdem ich sie bereits gewarnt hatte, ändert das die Dinge.

Meine Vermutungen sie betreffend waren offensichtlich falsch.

»Es war gut, dass ihr mir davon erzählt habt«, sage ich zu den beiden Wächtern. »Aber es wäre mir sehr lieb, wenn ihr das erst einmal für euch behaltet. Wir wollen ja nicht, dass jemand auf falsche Gedanken kommt – Rosa eingeschlossen.«

Falls hinter ihren Handlungen mehr steckt als unangebrachtes Interesse an mir, möchte ich nicht, dass sie durch jemanden gewarnt wird.

Diego und Eduardo nicken und sehen erleichtert aus, als ich sie entlasse. Als sie gegangen sind, nehme ich mein Telefon zur Hand und rufe die Männer an, die wir nach Chicago geschickt haben.

Esguerras Kontakte bei der CIA haben ihr Bestes gegeben, diese Hochgeschwindigkeitsschlacht zu vertuschen, aber es war unmöglich gewesen, alles geheim zu halten. Jetzt überschlagen sich sämtliche Pressekanäle in Chicago mit Spekulationen über den geheimen Einsatz, bei dem ein gefährlicher Waffenhändler festgenommen werden sollte. Diese Waffenhändler-Geschichte hatte sich ursprünglich der Polizeichef einfallen lassen, der von Sullivan bestochen wurde. Dieser Mann hatte die Informationen, die Sullivan über uns herausgefunden hatte, dazu genutzt, sich eine Geschichte über einen Waffenhändler auszudenken, der Sprengstoff nach Chicago schmuggeln wollte. Unter diesem Vorwand hatte er das Sondereinsatzkommando zusammengestellt, das Sullivan geholfen hat, und allen erzählt, Sullivans Männer seien Verstärkung aus anderen Bezirken. Der Einsatz war vor den anderen Behörden geheim gehalten worden – der Grund dafür, weshalb wir nicht vorab gewarnt werden konnten, und es dort jetzt einen riesigen Haufen Arbeit zu erledigen gibt. Wir müssen uns um den Polizeichef und die restlichen Spione Sullivans kümmern und die Überreste von Sullivans Organisation beseitigen, bevor Noras Eltern wieder nach Hause zurückkehren können.

So gerne ich mich auch mit Rosas Verrat beschäftigen würde, zuerst muss ich dringendere Dinge erledigen.

* * *

Erst als ich spät in dieser Nacht in meinem Bett liege, habe ich die Gelegenheit, erneut über Rosa nachzudenken. Könnte sie es getan haben? Könnte sie Yulia bei der Flucht geholfen haben? Und falls ja, warum? Aus Eifersucht, oder weil sich jemand an das Dienstmädchen gewandt hat?

Könnte Yulias Organisation Rosa bestochen oder bedroht haben?

Ich grübele einige Minuten über diese Möglichkeit nach, bevor ich entscheide, dass das eher unwahrscheinlich ist. Das Anwesen liegt isoliert, und alle E-Mails und Telefongespräche nach draußen werden überwacht. Esguerra ist der Einzige, dessen Kommunikation privat ist, was bedeutet, dass es keine Möglichkeit für die UUR gab, Rosa zu kontaktieren, ohne einen Alarm im System auszulösen.

Was auch immer Rosa getan hat, sie hatte ihre eigenen Gründe dafür.

Meine Brust zieht sich erneut zusammen, und die Bitterkeit über den Verrat vermischt sich mit dem allgegenwärtigen Ärger. Wut ist mein ständiger Begleiter, seit ich von Yulias Flucht erfahren habe, und jetzt habe ich ein neues Ventil für meinen Zorn gefunden. Wenn das Dienstmädchen nicht gerade solche Qualen durchgestanden hätte, würde ich sie gleich morgen zu einer Befragung schleifen. So wie die Dinge liegen, werde ich Rosa eine Woche Zeit geben, um gesund zu werden, und diese Zeit gleichzeitig dazu nutzen, sie nicht aus den Augen zu lassen, nur für den Fall, dass ich mit meiner Theorie über ihre Beweggründe falsch liege.

Wenn sie von jemandem bezahlt wird, werde ich das herausbekommen. In der Zwischenzeit muss ich die Reinigungsaktion in Chicago überwachen und herausfinden, wo Yulia sich aufhält, und das so schnell wie möglich. Yulia nicht bei mir zu haben macht mich wahnsinnig. Obwohl ich bis zur Erschöpfung arbeite, kann ich nachts nicht schlafen. Es gibt ein Dutzend wichtige geschäftliche Angelegenheiten, die meinen Kopf beschäftigen sollten, aber es ist nicht meine Sorge darüber, neue Wächter zu finden oder undichte Stellen in den Medien zu stopfen, die mich wach hält. Nein, das, worüber ich nachdenke, wenn ich im Bett liege, ist sie.

Yulia.

Meine wunderschöne, verräterische Besessenheit.

In dem Moment, in dem ich meine Augen schließe, sehe ich sie – ihre Augen, ihr Lächeln, ihren anmutigen Gang. Ich erinnere mich an ihr Lachen und ihre Tränen, und ich sehne mich auf eine Weise nach ihr, die über meinen Schwanz, der ihr seidiges Fleisch begehrt, hinausgeht. So gerne ich sie auch ficken möchte, ich will sie auch in meinen Armen halten, sie neben mir atmen hören und den warmen Pfirsichduft ihrer Haut riechen.

Ich vermisse sie verdammt nochmal, und ich hasse sie dafür.

Denkt sie überhaupt an mich, oder ist sie zu beschäftigt mit dem Mann, den sie liebt? Ich stelle mir vor, wie sie in seinen Armen liegt, schläfrig und gesättigt nach dem Sex, und mein Zorn wird fast quälend, meine Brust zieht sich zusammen, bis ich nicht mehr atmen kann. Ich würde gerne ein Dutzend gebrochene Rippen haben oder an hundert Verbrennungen leiden, wenn ich dieses Gefühl dadurch vermeiden könnte.

Ich würde alles dafür tun, sie wieder bei mir zu haben.

Ich liebe dich. Ich gehöre dir.

Arschloch.

Ich mache die Nachttischlampe an und setze mich hin, nicht ohne wegen meiner schmerzenden Rippen zusammenzuzucken. Ich stehe auf, gehe in meine Bibliothek und nehme mir wahllos ein Buch.

Erst als ich wieder in meinem Bett bin, bemerke ich, dass ich genau das Buch genommen habe, das ich Yulia als Letztes lesen sah.

Die Enge in meiner Brust kehrt zurück.

Ich muss sie zurückhaben.

Das muss ich einfach.

SIEBZEHNTES KAPITEL

❖ YULIA ❖

»Ich habe einen neuen Auftrag für dich«, sagt Obenko, während er die Küche des geheimen Unterschlupfs betritt.

Überrascht sehe ich von meinem Teller mit Buchweizengrütze hoch. »Einen Auftrag?«

In den letzten Wochen ist mein Chef damit beschäftigt gewesen, alle Spuren der Existenz der UUR aus dem Netz verschwinden zu lassen und hat wichtigen Agenten neue, unauffällige Aufträge zugewiesen, wann immer das möglich war. Er ist mir außerdem geflissentlich aus dem Weg gegangen – was der Grund dafür ist, dass ich überrascht bin, ihn heute Morgen zu sehen.

Obenko setzt sich mir gegenüber an den Tisch. »Er ist in Istanbul. Wie du weißt, wird die Situation zwischen der Türkei und Russland immer heißer, und wir benötigen jemanden vor Ort.«

Ich esse einen weiteren Löffel meiner Grütze, um mir etwas Zeit zum Nachdenken zu verschaffen. »Was soll ich in Istanbul tun?«, frage ich, nachdem ich heruntergeschluckt habe. Ich habe keinen Appetit – den hatte ich die ganze Woche nicht – aber ich zwinge mich dazu, zu essen, um nicht aufzufallen.

Ich will nicht, dass Obenko weiß, wie apathisch ich mich fühle, und beginnt, Vermutungen darüber anzustellen, was der Grund meines Unwohlseins sein könnte.

»Dein Job ist es, nah an einen wichtigen türkischen Politiker zu kommen. Um dir das zu ermöglichen, werde ich dich an der Universität in Istanbul als Teilnehmer an einem Austauschprogramm mit den USA einschreiben. Ich habe bereits deine Papiere vorbereitet.« Obenko schiebt mir einen dicken Ordner zu. »Dein Name ist Mary Becker, und du bist aus Washington D.C. Du arbeitest an deinem Master in Politikwissenschaften an der Universität von Maryland. Dein Hauptfach ist zwar Wirtschaft, aber dein Nebenfach ist Nahostwissenschaften – daher dein Interesse an einem Austauschprogramm mit der Türkei.«

Die Buchweizengrütze in meinem Magen verwandelt sich in einen Steinbrocken. »Also ist es ein neues Langzeitprojekt.«

»Ja.« Obenko sieht mich kalt an. »Ist das ein Problem?«

»Natürlich nicht.« Ich versuche, mich nicht angespannt anzuhören. »Aber was ist mit meinem Bruder? Sie haben gesagt, Sie würden mir Fotos besorgen.«

Obenkos Mund wird zu einer harten Linie. »Sie befinden sich ebenfalls in dem Ordner. Schau dir die Sachen an und sag mir Bescheid, wenn du Fragen hast.«

Er steht auf und geht aus der Küche, um einen Anruf zu tätigen, und ich schlage den Ordner mit zittrigen Händen auf. Ich versuche, nicht daran zu denken, was dieser Auftrag beinhaltet, aber ich kann es nicht verhindern. Mein Hals schnürt sich zusammen, und mir wird schlecht.

Nicht jetzt, Yulia. Konzentriere dich einfach auf Misha.

Ich ignoriere die Papiere in der Akte und finde die Fotos, die an den hinteren Einband des Ordners geheftet sind. Es ist mein Bruder – ich erkenne seine Haarfarbe und seine Kopfhaltung wieder. Die Fotos wurden ganz offensichtlich eilig aufgenommen; der Fotograf hat ihn hauptsächlich von der Seite und von hinten aufgenommen, und nur auf einem Foto ist er von vorne zu sehen. In jenem Bild runzelt Misha gerade seine Stirn, und sein jugendliches Gesicht sieht ungewöhnlich erwachsen aus. Ist er aufgebracht, weil seine Familie umziehen musste, oder hat dieser angespannte Gesichtsausdruck einen anderen Grund?

Ich betrachte die Bilder einige Minuten lang sehnsüchtig und zwinge mich danach, sie zur Seite zu legen, damit ich mir meinen Auftrag ansehen kann.

Ahmet Demir, ein Abgeordneter des türkischen Parlaments, ist siebenundvierzig Jahre alt und bekannt dafür, eine Schwäche für blonde, amerikanische Frauen zu haben. Objektiv gesehen ist er kein hässlicher Mann – das Haar ist ein wenig schütter, er ist ein wenig pummelig, aber seine Gesichtszüge sind symmetrisch und sein Lächeln ist charismatisch. Mir sein Foto anzuschauen sollte nicht dazu führen, dass ich mich übergeben möchte, aber genau so fühle ich mich bei dem Gedanken daran, ihm nahezukommen.

Ich kann mir nicht vorstellen, mit diesem Mann zu schlafen – oder irgendeinem Mann außer Lucas.

Mir wird immer schlechter, also schiebe ich die Unterlagen weg und atme einige Male tief ein. Das letzte Mal habe ich eine so starke Abneigung vor meinem ersten Auftrag verspürt, als ich nach der Vergewaltigung durch Kirill Angst hatte, von einem Mann berührt zu werden. Es war eine Phobie, durch die ich mich gekämpft habe, um meinen Job ausüben zu können, und ich bin entschlossen, auch das hinter mir zu lassen, was ich gerade fühle.

Für Misha, sage ich mir, während ich seine Bilder erneut in die Hand nehme. *Ich tue das für Misha.* Aber dieses Mal klingen meine Worte hohl in meinem Kopf. Mein Bruder ist kein Kind mehr, kein hilfloses Kleinkind, das im Waisenhaus misshandelt wird. Das Gesicht auf dem Foto ist das eines jungen Mannes, nicht das eines Jungen. Wegen meiner Fehler ist sein Leben bereits zerstört worden. Ich weiß nicht, welche Gründe ihm seine Adoptiveltern für die neuen Identitäten genannt haben, aber ich bezweifle nicht, dass er gestresst und aufgebracht ist. Das sorglose, stabile Leben, das ich für ihn wollte, ist nicht länger möglich, und trotz der dunklen Schuldgefühle, die in mir nagen, bemerke ich eine Art Erleichterung.

Das, vor dem ich Angst hatte, ist geschehen, und ich kann es nicht ungeschehen machen.

Zum ersten Mal denke ich darüber nach, was geschehen würde, wenn ich die UUR verließe – einfach wegginge. Würden sie mich gehen lassen oder mich töten? Wenn ich verschwinden würde, würden Obenkos

Schwester und ihr Ehemann meinen Bruder weiterhin gut behandeln? Ich kann mir nicht vorstellen, dass sie es nicht tun würden; er ist seit elf Jahren ihr Adoptivsohn. Nur Monster würden ihn jetzt herausschmeißen, und es scheint so, als seien Mishas Adoptiveltern anständige Menschen.

Sie lieben Misha, und sie würden ihm nicht schaden wollen.

Ich nehme die Papiere aus dem Ordner und betrachte sie. Sie sehen echt aus – ein Pass, ein Führerschein, eine Geburtsurkunde und ein Sozialversicherungsausweis. Wenn ich diesen Auftrag annehme, werde ich neu anfangen, als Mary Becker, eine amerikanische Studentin. Ich werde in Istanbul leben, zur Uni gehen und irgendwann Ahmet Demirs Freundin werden. Mein Intermezzo mit Lucas Kent wird in der Vergangenheit verschwinden, und ich werde nach vorne schauen.

Ich werde überleben, genau so, wie ich es immer getan habe.

»Hast du Fragen?«, will Obenko wissen, und als ich aufblicke, sehe ich, dass er gerade wieder in die Küche kommt. »Hattest du die Gelegenheit, dir die Unterlagen anzuschauen?«

»Ja.« Meine Stimme ist heiser, und ich muss mich räuspern, bevor ich fortfahre. »Ich werde eine Menge Dinge vorbereiten müssen, bevor ich nach Istanbul gehe.«

»Natürlich«, erwidert Obenko. »Du hast eine Woche Zeit, bevor das Semester beginnt. Ich schlage vor, dass du mit der Arbeit beginnst.«

Er verlässt die Küche, und ich nehme meinen Teller in meine zitterigen Hände. Ich trage ihn zum Müll, schmeiße die Reste meines Frühstücks weg, wasche den Teller ab und gehe in mein Zimmer, da sich so etwas wie ein Plan in meinem Kopf zu formen beginnt.

Zum ersten Mal in meinem Leben habe ich eine Wahl, was meine Zukunft betrifft, und ich habe vor, diese Gelegenheit mit beiden Händen beim Schopf zu packen.

* * *

In der darauffolgenden Woche eigne ich mir Grundkenntnisse der türkischen Sprache und Kultur an. Ich muss nicht viel wissen, nur genug, um als amerikanische Studentin durchzugehen, die sich für dieses Thema interessiert. Ich präge mir außerdem Mary Beckers Hintergrund ein und frische mein Wissen über amerikanisches Unileben auf. Ich bereite Geschichten über meine Zimmergenossen und Verbindungspartys vor, lese Lehrbücher über Wirtschaft und denke mir Marys Interessen und Hobbys aus. Obenko und Mateyenko befragen mich täglich, und als sie zufrieden damit sind, wie überzeugend ich als Mary Becker bin, kaufen sie mir ein Flugticket nach Berlin.

»Du wirst als Elena Depeshkova nach Berlin reisen«, erklärt mir Obenko. »Und als Claudia Schreider von Berlin nach New York. Sobald du in den USA bist, wirst du die Identität von Mary Becker annehmen und von dort aus nach Istanbul fliegen. Auf diese Weise wird niemand in der Lage sein, dich mit der Ukraine in Verbindung zu bringen. Yulia Tzakova wird für immer verschwinden.«

»Verstanden«, sage ich, während ich mir einen leuchtend roten Lippenstift vor dem Spiegel auftrage. Für Elenas Rolle werde ich eine dunkelhaarige Perücke tragen, also brauche ich stärkeres Make-up. »Elena, Claudia, dann Mary.«

Obenko nickt und lässt mich die Namen Marys kompletter Verwandtschaft wiederholen, angefangen von entfernten Cousins bis hin zu ihren Eltern. Ich mache keinen einzigen Fehler, und als er mich an diesem Tag verlässt, weiß ich, dass sich meine harte Arbeit ausgezahlt hat.

Mein Chef glaubt, dass ich eine hervorragende Mary Becker abgeben werde.

Am darauffolgenden Morgen fährt mich Obenko zum Flughafen und setzt mich beim Abflug ab. Jetzt bin ich Elena, also trage ich eine Perücke und hochhackige Stiefel, die gut zu meiner dunklen Jeans und der stylischen Jacke passen. Obenko hilft mir, meine Koffer auf einen Trolley zu laden, bevor er wegfährt, und ich winke ihm zum Abschied, während er im Verkehr des Flughafens verschwindet.

Sobald ich sein Auto nicht mehr sehen kann, setze ich mich in Bewegung. Ich lasse meine Koffer auf dem Trolley, renne zur Ankunft und nehme mir ein Taxi.

»In die Stadt«, sage ich dem Fahrer. »Ich muss die genaue Adresse erst nachschauen.«

Er beginnt zu fahren, und ich nehme mein Telefon heraus. Ich öffne die App, die ich vor einigen Tagen installiert habe, und sehe einen kleinen roten Punkt, der einen oder zwei Kilometer vor uns Richtung Stadt fährt. Das ist der kleine GPS-Chip, den ich in der geheimen Unterkunft unbemerkt in Obenkos Telefon platziert habe.

Ich habe zwar nicht vor, den Istanbul-Auftrag auszuführen, aber ich habe definitiv eine Verwendung für die Überwachungsausstattung gefunden, die mir die UUR gegeben hat.

»Hier nach links«, weise ich den Fahrer an, als ich sehe, dass der rote Punkt nach links von der Autobahn abfährt. »Dann geradeaus.«

Ich gebe ihm so lange Anweisungen, bis ich bemerke, dass Obenkos Punkt im Zentrum von Kiew aufhört, sich zu bewegen. Ich bitte den Fahrer, eine Straße entfernt anzuhalten, ziehe mein Portemonnaie hervor und bezahle ihn; dann springe ich aus dem Fahrzeug und gehe den Rest des Weges zu Fuß, ohne dabei meinen Blick von der App abzuwenden, um sicherzugehen, dass Obenko nirgendwo hingeht.

Ich finde Obenkos Auto vor einem hohen Gebäude. Es sieht aus wie ein Bürogebäude, auf dessen Dach das Logo einer internationalen Gesellschaft prangt und in dessen Erdgeschoss sich verschiedene Geschäfte von einem trendigen Coffeeshop bis hin zu einer Luxusboutique befinden.

Langsam nähere ich mich dem Gebäude, während ich meine Umgebung alle paar Sekunden mit dem Blick abfahre, um mir sicher zu sein, dass ich nicht beobachtet werde.

Was ich gerade mache, ist ein Schuss ins Blaue: Es gibt keine Garantien dafür, dass Obenko seine Schwester bald besuchen wird. Aber das ist der einzige Weg, der mir eingefallen ist, um Misha zu finden. Dadurch, dass sie erst kürzlich umgezogen sind, müssen sich die Adoptiveltern meines Bruders noch einleben, und es besteht die Möglichkeit, dass sie etwas von Obenko brauchen könnten, etwas, für das er sie persönlich aufsuchen muss.

Wenn ich meinem Chef lange genug folge, könnte er mich zu meinem Bruder führen.

Ich weiß, dass mein Plan nicht nur verzweifelt ist, sondern auch an Wahnsinn grenzt. Da ich die UUR verlasse, wäre es das Beste für mich, irgendwo in Berlin unterzutauchen, oder, noch besser, bis nach New York zu gehen. Und genau das habe ich auch vor – *nachdem* ich meinen Bruder mit eigenen Augen gesehen haben werde.

Ich kann die Ukraine nicht verlassen, bevor ich mich nicht vergewissert habe, dass es Misha gut geht.

Zwei Tage, sage ich mir. *Ich werde es höchsten zwei Tage lang versuchen.* Wenn ich bis dahin meinen Bruder immer noch nicht gefunden haben sollte, werde ich von hier verschwinden. In drei Tagen soll ich mich mit meinem neuen Vorgesetzten in Istanbul treffen, und bis dahin werden sie nicht bemerken, dass ich das Flugzeug nicht bestiegen habe – dadurch habe ich ein wenig mehr als achtundvierzig Stunden, um Obenko zu beschatten, bevor ich das Land verlassen muss.

Der Punkt auf meinem Handy zeigt an, dass sich Obenko im ersten Stock des Gebäudes aufhält. Ich frage mich neugierig, was er dort macht, aber ich will mich nicht dadurch verraten, dass ich ihm folge. Ich bezweifle, dass die Familie meines Bruders hier ist; Obenko wird sie aus der Stadt gebracht haben – vorausgesetzt, sie haben vorher in der Stadt gewohnt. Mein Chef hat mir ihren Aufenthaltsort aus Sicherheitsgründen nie verraten, aber wegen des Hintergrunds auf den Bildern meines Bruders hatte ich angenommen, dass sie in einer städtischen Umgebung leben, wie Kiew.

Ich betrete das Café, bestelle mir eine Pastete und eine Tasse Earl Grey und warte darauf, dass Obenkos Punkt sich wieder bewegt. Als er es tut, nehme ich mir ein neues Taxi und folge Obenko zu seinem nächsten Ziel: unserem geheimen Unterschlupf.

Er bleibt einige Stunden in dem Apartment, bevor der Punkt sich erneut bewegt. Zu diesem Zeitpunkt habe ich bereits in einem nahegelegenen Restaurant mittaggegessen und meine dunkle Perücke gegen eine rote gewechselt, die ich extra dafür eingepackt hatte. An Stelle meiner Jeans trage ich jetzt ein langärmeliges graues Kleid, und statt der Stiefel mit den hohen Absätzen flache Booties – das bequemste Paar Schuhe, das »Elena« in ihrem Handgepäck hatte.

Obenkos nächster Halt ist ein weiteres Bürogebäude in der Innenstadt. Dort bleibt er einige Stunden, bevor er zum geheimen Versteck zurückkehrt. Ich folge ihm weiterhin, aber verliere immer mehr den Mut.

Das ist ganz offensichtlich nicht die Art und Weise, auf die ich meinen Bruder finden werde.

Mein Telefon hat fast keinen Akku mehr, also gehe ich in ein neues Café, um es aufzuladen, solange Obenko sich in der geheimen Unterkunft aufhält. Außerdem kaufe ich im Internet für den nächsten Tag ein Flugticket nach Berlin, um das zu ersetzen, das ich heute verfallen lassen habe.

Es ist an der Zeit, dass ich mich geschlagen gebe und für immer verschwinde.

Seufzend bestelle ich einen weiteren Tee und trinke ihn, während ich auf meinem Handy die Nachrichten lese. Obenko scheint die Nacht im Apartment zu verbringen, da sein Punkt sich bewegungslos im Geheimversteck befindet, wann immer ich auf die App schaue. Ich trinke meinen Tee aus, stehe auf und beschließe, mir ein Hotel zu suchen, um mich vor der langen Reise morgen ein wenig auszuruhen. Als ich gerade nach draußen gehe, gibt mein Handy in der Tasche allerdings einen Piepton von sich, der bedeutet, dass es eine Bewegung auf der App gibt.

Mein Herz schlägt schneller. Ich fische das Telefon heraus, und als ich auf das Display schaue, sehe ich, dass sich Obenkos Punkt nach Norden bewegt – wahrscheinlich aus der Stadt hinaus.

Das könnte es sein.

Ich bin augenblicklich energiegeladen und springe in ein Taxi, um Obenko zu folgen. Ich weiß, dass es eine 99,9-prozentige Möglichkeit gibt, dass das nichts mit meinem Bruder zu tun hat, aber ich kann nichts gegen die irrationale Hoffnung tun, die mich ergreift, während ich dabei zuschaue, wie sich Obenkos Punkt immer weiter nach Norden bewegt.

»Sind Sie sich sicher, dass Sie wissen, wohin Sie möchten, junge Dame?«, fragt mich der Taxifahrer, als wir die Stadt hinter uns gelassen haben. »Sie haben gesagt, Sie würden die Wegbeschreibung von Ihrem Freund bekommen.«

»Ja, und er schickt mir auch gerade Nachrichten«, beruhige ich ihn. »Es ist nicht mehr weit.«

Ich lüge nach Strich und Faden – ich habe keine Ahnung, wie weit wir noch fahren –, aber ich hoffe, dass es nicht mehr weit ist. Durch die ganzen Taxifahrten habe ich nicht mehr viel Bargeld, und ich brauche alles, was übrig bleibt, um morgen früh zum Flughafen zu gelangen.

»Gut«, murmelt der Taxifahrer. »Aber Sie sollten mir die Adresse bald geben, oder ich setze sie an der nächsten Bushaltestelle ab.«

»Nur noch eine Viertelstunde«, sage ich, als ich sehe, dass der Punkt nach links abbiegt und einen halben Kilometer weiter anhält. »Biegen Sie an der nächsten Kreuzung links ab.«

Der Fahrer wirft mir einen bösen Blick durch den Rückspiegel zu, aber tut, um was ich ihn gebeten habe. Die Straße, auf der wir uns jetzt befinden, ist dunkel und voller Schlaglöcher, und ich höre ihn fluchen, als er einem Loch ausweicht, das groß genug ist, um das ganze Auto aufzunehmen.

»Halten Sie hier an«, sage ich ihm, als die App anzeigt, dass wir noch zweihundert Meter von Obenko entfernt sind. Ich steige aus dem Auto, gehe zum Fenster des Fahrers und gebe ihm ein Bündel Geldscheine, während ich ihm erkläre: »Das ist die Hälfte des Geldes, das ich Ihnen schulde. Bitte warten Sie auf mich, und ich gebe Ihnen den Rest, wenn sie mich in die Stadt zurückgebracht haben.«

»Was?« Er blickt mich wütend an. »Scheiße, nein. Gib mir den ganzen Betrag, Schlampe!«

Ich ignoriere ihn und drehe mich um, um wegzugehen, aber er springt aus dem Auto und ergreift meinen Arm. Instinktiv wirbele ich herum, und meine Faust trifft im gleichen Moment auf sein Kinn, in dem mein Knie auf seinen Eiern aufkommt. Er bricht keuchend zusammen und umfasst seinen Lendenbereich, während ich mit meinem Fuß gegen seine Schläfe trete und er das Bewusstsein verliert.

Ich fühle mich schlecht, weil ich diesen Zivilisten verletze, aber ich kann ihn nicht mit seinem Taxi wegfahren lassen. Wenn er fährt, habe ich keine Möglichkeit, zurück in die Stadt zu gelangen, und werde meinen morgigen Flug verpassen.

Ich schiebe meine Schuldgefühle beiseite, kontrolliere den Puls des Taxifahrers, um sicherzugehen, dass er lebt, nehme die Autoschlüssel an mich, falls der Fahrer aufwachen sollte, und gehe dann dorthin, wo der rote Punkt auf meiner App blinkt.

Einige Minuten später stoße ich auf etwas, was aussieht wie ein verlassenes Lagerhaus. Enttäuscht betrachte ich es und frage mich, ob ich mich ihm nähern sollte. Was auch immer Obenko hier tut, es ist unwahrscheinlich, dass es etwas mit den Adoptiveltern meines Bruders zu tun hat; mein Chef würde seine Schwester nicht bitten, ihn mitten in der Pampa zu treffen, nur, um ihr einige Papiere zu geben. Es ist viel wahrscheinlicher, dass er sich gerade mitten in einem Auftrag befindet, und ich will ihm auf gar keinen Fall dabei im Weg stehen.

Trotzdem gehe ich einen Schritt auf das Gebäude zu. Und noch einen und noch einen. Meine Beine scheinen mich von allein dorthin zu tragen. Da ich schon einmal hier bin, rechtfertige ich meinen Impuls. Was sind jetzt einige weitere Minuten, um zu bestätigen, dass ich meine Zeit verschwendet habe.

Auf einer Seite des Lagerhauses sehe ich einen schwachen Lichtstrahl, also gehe ich dorthin und kauere mich vor ein kleines, schmutziges Fenster. Von drinnen höre ich Stimmen und halte meinen Atem an, da ich versuche zu verstehen, was gesagt wird.

»– werden richtig gut«, sagt ein Mann auf Russisch. Seine Stimme hat etwas Vertrautes, aber ich kann es nicht einordnen. Die Wand dämpft die Geräusche. »Wirklich gut. Ich denke, in ein paar Jahren werden sie so weit sein.«

»Gut«, antwortet ein anderer Mann, und dieses Mal erkenne ich, dass es sich dabei um Obenkos Stimme handelt. »Wir werden jede Hilfe brauchen, die wir bekommen können.«

»Möchtest du es dir anschauen?«, fragt der erste Sprecher. »Sie würden dir gerne zeigen, was sie bis jetzt gelernt haben.«

»Natürlich«, antwortet Obenko, und ich höre ein Grunzen, dem ein Aufprall folgt, so als sei jemand gefallen. Die Geräusche wiederholen sich, und ich erkenne, dass ich einem Kampf zuhöre. Zwei oder mehr Menschen kämpfen gegeneinander, was, mit den Bruchstücken die ich gehört habe, nur eins bedeuten kann.

Ich bin über eine Trainingseinrichtung der UUR gestolpert.

Das ist es. Ich muss von hier verschwinden, bevor sie mich erwischen.

Ich drehe mich um und will gerade weggehen, als der erste Sprecher laut auflacht und ausruft: »Gute Arbeit!«

Ich versteinere auf der Stelle, und Übelkeit breitet sich in mir aus. *Diese Stimme.* Ich kenne diese Stimme. Ich habe sie in meinen Albträumen immer wieder gehört.

Kalter Schweiß bricht auf meiner Haut aus, als ich mich umdrehe, da ich wie ein Magnet gegen meinen Willen zum Fenster gezogen werde.

Das kann nicht sein.

Das kann einfach nicht sein.

Mein Puls hämmert und meine Hände zittern, als ich sie auf die Mauer neben das Fenster lege.

Ich bilde mir das nur ein.

Ich habe Halluzinationen.

Das muss es sein.

Ich beiße mir auf die Unterlippe, während ich mich so weit nach links schiebe, bis ich durch das Fenster sehen kann. Ich weiß, dass ich ein unglaubliches Risiko eingehe, aber ich muss die Wahrheit wissen.

Ich muss wissen, ob sie mich angelogen haben.

Die Szene, die sich vor meinen Augen entfaltet, könnte direkt aus meinen eigenen Trainingsstunden sein. Einige Teenager beider Geschlechter haben sich in einem Halbkreis aufgestellt. Sie haben mir ihre Rücken zugewandt, und vor ihnen ist eine breite Matte, auf der zwei Männer – oder besser gesagt ein Mann und ein Junge – gegeneinander kämpfen. Obenko steht am Rand und schaut ihnen mit einem zufriedenen Lächeln zu.

Das alles nehme ich nur einen kurzen Moment wahr, bevor ich meine Augen nicht mehr von dem kämpfenden Paar abwenden kann. Dadurch, dass die beiden sich auf der Matte hin und her rollen und winden, kann ich keinen von ihnen gut erkennen – zumindest nicht, bis sie innehalten, da der Mann seinen jüngeren Gegner unter sich auf die Matte drückt.

»Gute Arbeit«, meint der Mann und erhebt sich. Lachend streckt er seine Hand aus, um seinem Gegner hochzuhelfen. »Du warst heute hervorragend, Zhenya.«

Der Junge steht ebenfalls auf und wischt sich den Staub von seiner Kleidung, aber ich blicke nicht ihn an.

Alles, was ich sehen kann, ist der Mann, der neben ihm steht.

Er hat sich nicht sehr verändert. Sein braunes Haar ist dünner und grauer geworden, aber sein Körper ist genauso stark und breit, wie ich ihn in Erinnerung habe. Die Nähte seines verschwitzten T-Shirts spannen an seinen Schultern, und seine Arme sind so dick wie Abflussrohre.

Niemand konnte Kirill vor sieben Jahren im Nahkampf schlagen, und es scheint so, als sei er immer noch unbesiegt.

Am Leben und unbesiegt.

Obenko hat mich angelogen. Sie haben mich alle angelogen.

Mein Vergewaltiger ist für das, was er mir angetan hat, nicht getötet worden.

Er wurde nicht einmal als Trainer abgesetzt.

Ich habe einen metallischen Geschmack in meinem Mund und bemerke, dass ich meine Lippe aufgebissen habe.

»Das ist deine Schuld, Schlampe. Es ist alles deine Schuld.« Ein schwerer Körper presst mich zu Boden, grausame Hände ziehen an meiner Kleidung. »Du wirst für das bezahlen, was du getan hast.«

Magensäure steigt in meinem Hals auf und vermischt sich mit der Bitterkeit der Galle. Ich fühle mich, als würde ich an meinem Entsetzen und meinem Hass ersticken, aber bevor die Erinnerungen mir die Luft abschnüren, betritt eine weitere Person mein Blickfeld.

»Ich bin dran«, sagt ein blonder Junge und geht zur Matte. »Onkel Vasya, ich möchte, dass du das siehst.« Er nimmt gegenüber von Kirill eine Kampfhaltung ein, und die Neonlampen beleuchten sein Gesicht.

Es ist ein Gesicht, das ich genauso gut kenne wie mein eigenes – weil ich Stunden damit verbracht habe, es auf Fotos zu betrachten.

Weil jeder der Züge dieses Gesichts eine männliche Version derer ist, die ich im Spiegel sehe.

Mein Bruder steht vor mir und ist bereit, mit Kirill zu kämpfen.

ACHTZEHNTES KAPITEL

❖ LUCAS ❖

»Es ist alles erledigt«, sage ich, als ich Esguerras Büro betrete. »Ihre Schwiegereltern können morgen nach Hause zurückkehren, sollten Sie das wünschen.«

In den letzten Wochen habe ich die Überreste der kriminellen Sullivan-Familie ausgelöscht, und die CIA hat endlich zugestimmt, Noras Eltern nach Hause zurückkehren zu lassen. Nach dem Albtraum, den wir ausgelöst haben, musste ich Ihnen größere Gefallen versprechen, aber Esguerras Kontakte haben es hinbekommen.

»Hast du den Polizeichef ebenfalls erwischt?«, fragt Esguerra.

Ich nicke und gehe zum Schreibtisch. »Sein Körper löst sich gerade in einem Laugenbad auf. Er war der letzte der Spitzel – die Chicagoer Polizei ist jetzt sauber und frei von Ungeziefer. Außer einigen höheren CIA-Mitarbeitern weiß niemand, dass Ihre Schwiegereltern in das Chaos verwickelt waren.«

»Hervorragend.« Esguerra reibt sich seine Schläfen, und mir fällt auf, dass er ungewöhnlich müde aussieht. Genau wie ich hat er ohne Unterlass gearbeitet, seit wir aus Chicago zurückgekommen sind. Er müsste nicht so viele Stunden in seinem Büro verbringen – ich organisiere und kontrolliere den Großteil der Bereinigung – aber die Arbeit scheint seine Art und Weise zu sein, mit der Fehlgeburt zurechtzukommen. »Ich werde es Nora sagen. Währenddessen möchte ich, dass du ein weiteres Dutzend Männer damit beauftragst, die nächsten Monate Noras Eltern zu überwachen. Ich nehme nicht an, dass es Probleme geben wird, aber ich möchte auf Nummer sicher gehen.«

»Verstanden«, erwidere ich. »Vielleicht möchten Sie ihnen auch den Rat geben, sich vorsichtshalber eine Zeit lang von Menschenansammlungen fernzuhalten.«

»Das ist eine gute Idee.« Esguerra schaut mich anerkennend an. »Solange sie zu ihrem Arbeitsplatz zurückkehren und ihr normales Sozialleben wiederaufnehmen können, sollten ihnen diese Einschränkungen nicht allzu viel ausmachen.«

»Ich bin mir sicher, sie werden Ihnen fehlen«, sage ich trocken. Noras Eltern sind in den letzten zwei Wochen widerstrebend unsere Gäste gewesen, und ich kann mir vorstellen, dass Esguerra ihre missbilligende Anwesenheit ermüdend gefunden hat.

Zu meiner Überraschung lacht mein Chef auf. »Sie sind gar nicht so schlimm. Du weißt schon, eben Familie.«

»Stimmt.« Ich versuche, ihn nicht anzustarren, aber es gelingt mir nicht. Esguerra hat sich verändert; das ist jetzt ganz offensichtlich. Als ich ihn kennengelernt habe, wäre ihm das Wort »Familie« niemals über die Lippen gekommen. Und jetzt erträgt er seine Schwiegereltern, die ihn nicht ausstehen können und reißt sich ein Bein aus, um seine junge Frau glücklich zu machen.

Das ist genauso amüsant wie beunruhigend zu beobachten, so als würde man einen Jaguar sehen, der mit einem Hauskätzchen spielt.

»Eines Tages wirst du es verstehen«, meint Esguerra, und mir wird klar, dass mein Gesichtsausdruck mich verraten haben muss. »Das Leben hat mehr zu bieten als das hier.« Er macht eine Geste in Richtung der Flachbildschirme hinter ihm und des Stapels Papiere auf seinem Schreibtisch.

»Werden Sie das hier aufgeben? Auf den schmalen Pfad der Tugend zurückkehren?«, frage ich nur halb im Scherz. Esguerra ist mit Sicherheit reich genug, um genau das zu tun. Sein Reinvermögen beläuft sich auf Milliarden; selbst wenn er nie wieder eine Waffe verkaufen sollte, könnte er für den Rest seines Lebens wie ein König leben.

Trotzdem überrascht es mich nicht, als Esguerra seinen Kopf schüttelt und antwortet: »Du weißt, dass ich das nicht tun kann. Einmal dieses Leben, immer dieses Leben. Außerdem« – er legt seine Zähne frei, als er breit lächelt – »würde ich es vermissen. Du etwa nicht?«

»Definitiv«, erwidere ich, und wir teilen einen Moment düsteren Verständnisses.

Der Jaguar mag mit dem Kätzchen spielen und es sogar lieben, aber er wird immer ein Jaguar bleiben.

* * *

Als ich Esguerras Büro verlasse, vibriert mein Telefon, weil ich eine E-Mail erhalte. Ich öffne sie, und meine Lippen verziehen sich aus grausamer Vorfreude zu einem Lächeln.

Nachricht entschlüsselt, sagt die E-Mail der Hacker. *Black Site der UUR fünfundzwanzig Kilometer nördlich von Kiew bestätigt. Sie scheinen gerade dabei zu sein, ihre Spuren zu verwischen, aber sie sind nicht schnell genug. Wir kommen den beiden Außendienstlern näher. Hoffe, bald weitere Neuigkeiten zu haben.*

Die E-Mail hat einen Anhang. Es ist ein körniges Satellitenfoto mit einem X an der Stelle der Karte, an der sich, wie ich annehme, die geheime Einrichtung befindet.

Das ist ein Anfang.

»Hallo Lucas«, sagt eine weibliche Stimme mit einem leichten Akzent, und als ich mich umdrehe, sehe ich, dass Rosa aus Richtung des Haupthauses auf mich zukommt. Sie trägt ihre normale Dienstmädchenuniform und hat ihr Haar zu einem eleganten Knoten hochgesteckt. »Wie geht es dir?«

Wut durchfährt mich, aber es gelingt mir, ruhig zu sagen: »Mir geht es gut.« Ihre zwanglose Freundlichkeit kratzt an mir wie Kreide auf Glas. Ich bin versucht, sie in dem Schuppen aufzuhängen und sie jetzt sofort zu befragen, aber es wäre clever, noch ein wenig länger zu warten. Ich atme beruhigend ein und erwidere in dem gleichen freundlichen Ton: »Wie sieht es bei dir aus?«

Sie zuckt mit den Schultern, und ihre Augen schauen einen Augenblick lang nach unten. »Du weißt schon. Ein Tag nach dem anderen.«

»Natürlich.« Trotz allem spüre ich aufsteigendes Mitleid. Auch wenn die Blutergüsse auf Rosas Gesicht verblasst sind, erinnere ich mich daran, wie das Mädchen nach dem Club aussah, und meine Wut kühlt sich leicht ab.

Wenn ich an Schicksal glauben würde, würde ich jetzt denken, dass sie bereits bestraft worden ist.

»Was machen deine Rippen?«, fragt sie und blickt mich wieder an. Ihr Gesicht sieht wirklich besorgt aus. »Tun sie noch weh?«

»Nicht mehr so sehr«, antworte ich, und mein Zorn verfliegt weiter. »Es wird noch mindestens einen Monat dauern, bis ich wieder mit meinem normalen Training beginnen kann, aber wenigstens habe ich keine Schmerzen mehr beim Atmen.«

»Das ist gut.« Rosa lächelt und fragt dann wie beiläufig: »Gibt es Neuigkeiten von deiner geflüchteten Gefangenen?«

Meine Wut ist mit voller Kraft zurück; ich kann mich kaum zurückhalten, das Mädchen zu erwürgen. »Ja«, sage ich mit seidiger Stimme. »Ich habe sie gerade ausfindig gemacht.« Das ist eine Lüge – ich habe keine Ahnung, ob der Ort, den die Hacker ausfindig gemacht haben, mich zu Yulia führen wird – aber falls Rosa mit der UUR zusammenarbeitet, will ich, dass sie in Panik verfällt und sie kontaktiert. »Ich werde Yulia verfolgen, sobald ich Noras Eltern zurückgebracht habe«, füge ich hinzu, um dem Dienstmädchen noch größere Angst einzujagen.

»Oh.« Rosa blinzelt, und ich sehe, wie sich ihr Gesicht einen Moment lang verdunkelt. »Das ist gut.«

»Ja, das ist es.« Ich schenke ihr mein freundlichstes Lächeln. »Ich kann es gar nicht erwarten. Wenn du mich jetzt bitte entschuldigen würdest, ich muss nach unseren neuen Rekruten sehen.«

Und bevor sie mir antworten kann, drehe ich mich um und gehe zu unserem Übungsplatz.

Wenn ich nur noch eine Sekunde länger in Rosas Nähe bleibe, werde ich das Mädchen mit bloßen Händen erwürgen.

NEUNZEHNTES KAPITEL

❖ YULIA ❖

Mein Bruder.

Kirill trainiert meinen Bruder.

Ich fühle mich, als sei ich in einem meiner Albträume aufgetaucht. Ich muss mich zurückziehen, ich muss gehen, bevor sie mich entdecken, aber ich kann mich nicht bewegen. Meine Füße haben Wurzeln geschlagen, und meine Lungen schreien nach plötzlich dringend benötigter Luft.

Misha und Kirill.

Student und Lehrer.

Ich schmecke Erbrochenes, und mir wird langsam schwarz vor Augen, so dass mein Blickfeld schon eingeschränkt ist.

Lauf, Yulia. Geh, bevor es zu spät ist.

Ich will der Stimme in meinem Kopf gehorchen, aber ich bin gelähmt, bin an Ort und Stelle versteinert.

Obenko hat mich nicht nur angelogen, was Kirills Tod betrifft. Er hat mich in allem hintergangen.

Ich versuche, Sauerstoff einzuatmen, aber meine Kehle ist zu zugeschnürt. Das Fenster schwankt vor mir, so wie bei einer Kamera, deren Linse wackelt, und mir fällt auf, dass der Grund dafür mein starkes

Zittern ist. Die Finger meiner gegen die Wand gedrückten Hände sind eiskalt und taub.

Lauf, Yulia. Jetzt.

Die Stimme wird eindringlicher, und ich zwinge mich dazu, einen kleinen Schritt zurückzugehen. Aber ich kann meine Augen immer noch nicht von dem entsetzlichen Anblick vor mir abwenden.

Geh, Yulia! Lauf!

Bevor ich mich einen weiteren Schritt entfernen kann, schweift Mishas Blick zum Fenster, und mein Bruder versteinert, als er mich erblickt.

Ich sehe, dass seine blauen Augen groß werden, bevor er »Eindringling!« schreit und einen Satz in Richtung Fenster macht.

Meine Lähmung löst sich endlich, ich drehe mich um und renne.

Meine Beine sind wie hölzerne Stöcke, und ich kann nicht genug Luft bekommen. Es ist, als würde ich mich auf Treibsand bewegen und jeder Schritt eine ungeheure Kraftanstrengung bedeuten. Ich weiß, dass es der Schock ist, der mich belastet, aber dieses Wissen hilft mir auch nicht weiter. Meine Muskeln fühlen sich an, als gehörten sie jemand anderem, und meine Füße sind so taub, dass ich nicht spüre, dass sie auf dem Boden aufkommen.

Das Auto. Ich muss zurück zu dem Auto kommen.

Ich konzentriere mich auf dieses Ziel, setze einen Fuß vor den anderen und versuche, nicht nachzudenken. Während ich renne, spüre ich, dass sich meine Muskeln langsam lockern, und ich weiß, dass das Adrenalin endlich freigesetzt wurde und meinen Schock überlagert.

»Yulia! Halt an!«

Das ist Obenko. Ihn zu hören erfüllt mich mit so einer Wut, dass auch die letzten Überreste meiner Trägheit verschwinden. Ich beiße meine Zähne zusammen und werde schneller, da meine Beine durch meine steigende Verzweiflung wie Pumpen arbeiten. Wenn sie mich erwischen, bin ich tot, und dann wird niemand Obenko für diesen ungeheuren Verrat bezahlen lassen.

Ich werde in einem anonymen Grab verrotten, während Kirill meinen Bruder in eine gewissenlose Kampfmaschine verwandeln wird.

»Yulia!«

Diesmal ruft eine andere Stimme meinen Namen. Ich erkenne Kirills tiefere Stimmlage und krankhaftes Entsetzen explodiert in meinen Adern. Die Erinnerungen schlängeln sich wie giftige Weinranken um mich. Ich versuche, sie wegzudrücken, aber Bruchstücke schaffen es, durchzudringen, und blitzen wie ein unzusammenhängender Filmstreifen in meinem Kopf auf.

Jemand betritt mein Schlafzimmer. Eine große Hand legt sich über meinen Mund, während ich von hinten ergriffen werde.

Ich renne schneller, und der Boden verschwimmt vor meinen Augen. Mein Atem ist ein keuchendes Japsen, und meine Lungen explodieren gleich.

Ich wehre mich. Ich falle auf den Boden. Ein Mann ist auf mir. Ich kann mich nicht bewegen, bin hilflos.

Als ich nur noch ein Dutzend Meter von dem Auto entfernt bin, umfasse ich den Schlüssel in meiner Tasche, da ich mich darauf vorbereite, hineinzuspringen.

Pop! Pop! Das Fenster des Wagens zersplittert, und ich laufe im Zickzack-Kurs, um der nächsten Kugel auszuweichen.

»Keine tödlichen Schüsse!«, brüllt Kirill hinter mir. Seine Stimme hört sich nicht mehr so weit entfernt an; er holt auf. »Ich wiederhole, keine tödlichen Schüsse!«

Das Wissen, dass er mich lebendig will, macht mir mehr Angst als der Gedanke daran, zu sterben. Ich werde noch schneller und mache einen Satz auf das Auto zu. Der Taxifahrer liegt immer noch bewusstlos auf dem Boden, und ich hoffe verzweifelt, dass ihn keine der Kugeln trifft. Ich habe allerdings keine Zeit, mir darüber Gedanken zu machen, weil eine Hand meine Schulter ergreift, als ich gerade dabei bin, die Schlüssel in die Tür zu schieben.

Ich wirbele herum, während ich die Schlüssel wie eine Waffe halte, und schlage nach oben, um auf das Auge meines Angreifers zu zielen. Er springt zurück, und ich lasse mich auf den Boden fallen und rolle mich unter das Auto. Nur am Rand nehme ich die kleinere Gestalt und das helle Haar meines Gegners wahr.

Es war nicht Kirill, der mich eingeholt hat; es war Misha.

Auf der anderen Seite des Autos springe ich auf und beginne, weiterzurennen. Trotz meiner Angst bemerke ich ein unlogisches

Aufblitzen von Stolz. Mein Bruder ist ein schneller Läufer. Das hat Obenko niemals erwähnt.

Ich höre, dass er hinter mir läuft, und ich frage mich, ob er weiß, wer ich bin, ob ihm klar ist, dass er gerade dabei ist, seine eigene Schwester umzubringen. Weiß er über Obenkos Verrat Bescheid, oder haben sie ihn auch belogen?

»Ergreife sie!«, ruft Kirill, als ein harter Körper auf meinem Rücken aufkommt und mich zu Boden reißt. Es gelingt mir, mich in der Luft zu drehen, so dass ich auf Misha lande und ihm, bevor er die Gelegenheit hat, zu reagieren, in den Kiefer schlage. Danach springe ich auf, um weiterzulaufen.

Aber es ist zu spät. Als ich mich umdrehe, erwischt mich ein anderer Körper und wirft mich um, doch diesmal habe ich keine Möglichkeit, zuzuschlagen.

Blitzschnell sind meine Arme auf meinen Rücken gedreht, und mein Gesicht wird in den sandigen Boden gedrückt, während ein schweres Gewicht auf mir lastet.

»Hallo, Yulia«, flüstert mir mein ehemaliger Trainer ins Ohr. »Es ist schön, dich wiederzusehen.«

ZWANZIGSTES KAPITEL

❖ LUCAS ❖

Esguerra informiert mich darüber, dass Noras Eltern gleich am nächsten Morgen nach Hause zurückkehren möchten, und ich beschließe, genau das zu tun, was ich Rosa erzählt habe: In die Ukraine zu fliegen, sobald ich sie abgesetzt habe. Ich habe mich immer noch nicht vollständig erholt, aber das Arbeitsaufkommen durch das Desaster in Chicago hat merklich abgenommen, und meine Rippen können genauso gut in der Ukraine wie hier heilen.

Jetzt muss ich diese Nachrichten nur noch Esguerra übermitteln und ihn auf den neuesten Stand über das bringen, was ich über die UUR herausgefunden habe.

»Nur um sicherzugehen, dass ich das richtig verstanden habe«, sagt Esguerra, als ich in seinem Büro vorbeigehe und ihm von der Black Site erzähle. »Du willst ein Dutzend unserer besten Männer haben, um eine Operation in der Ukraine durchzuführen, obwohl wir immer noch versuchen, uns von unseren Verlusten zu erholen? Warum ist das so dringend?«

»Sie sind gerade dabei, ihre Spuren zu verwischen«, antworte ich ihm. »Wenn wir noch länger warten, wird es viel schwieriger sein, sie aufzuspüren.«

Ich verschweige die Tatsache, dass jeder Tag ohne Yulia eine verdammte Qual ist und dass ich ohne sie an meiner Seite nicht schlafen kann.

»Na und?«, entgegnet Esguerra und runzelt seine Stirn. »Wir werden sie irgendwann aufspüren – wenn wir stärker sind und unser Sicherheitsteam wieder aufgebaut haben. Wir können jetzt nicht auf ein Dutzend Wächter verzichten. UUR ist keine so direkte Bedrohung für uns, wie es die Al-Quadar war. Wir werden die Ukrainer für den Flugzeugabsturz bezahlen lassen, aber wir werden es zum richtigen Zeitpunkt tun.«

Ich hole tief Luft. Ich weiß, dass Esguerra recht hat, aber ich kann nicht auf dem Anwesen bleiben, während Yulia da draußen bei ihrem Misha ist.

»In Ordnung«, sage ich. »Was wäre, wenn ich selbst in die Ukraine flöge und nur wenige Wächter mitnähme? Zum Beispiel Diego und Eduardo – Sie können uns drei doch sicher entbehren.«

Esguerras Blick wird eindringlicher. »Warum? Ist es wegen des Mädchens, das geflüchtet ist?«

Ich zögere einen Moment und entscheide mich dafür, ihm die Wahrheit zu sagen. »Ja«, sage ich und beobachte Esguerras Reaktion. »Ich will sie zurück.«

»Ich dachte, du hattest einfach nur ein wenig Spaß mit ihr.«

»Den hatte ich – aber ich bin noch nicht fertig.«

Esguerra starrt mich an. »Ich verstehe.«

»Sie gehört mir«, sage ich, als ich mir denke, dass es an der Zeit ist, alles auf den Tisch zu packen. »Ich werde sie zurückholen, und ich werde sie behalten.«

»Sie behalten?« Esguerras Gesichtsausdruck verändert sich nicht, aber ich kann einen Muskel in seinem Kiefer zucken sehen, als er sich auf seinem Stuhl nach vorn beugt. »Was genau meinst du damit?«

Ich stelle meine Beine weiter auseinander und schaue ihn ruhig an. »Es bedeutet, dass ich ihr Tracker einsetzen lassen und sie so lange behalten werde, wie ich möchte. Ich bin mir sicher, dass Sie nichts dagegen haben.«

Das Zucken in Esguerras Kiefer verstärkt sich, während wir uns gegenseitig anstarren und keiner den Blick senkt. Die Luft wird dick vor

Anspannung und ich weiß, das ist er: Das ist der Moment, in dem ich herausfinden werde, ob mein Chef meine Loyalität wirklich zu schätzen weiß.

Esguerra bricht die Stille zuerst. »Das ist es also? Du bist bereit, den Flugzeugabsturz zu vergessen?«

»Sie hat ihre Anweisungen ausgeführt«, sage ich. »Und außerdem, wer hat denn behauptet, dass sie ungeschoren davonkommen wird?«

Für diesen neuen Verrat – dafür, dass sie zu ihrem Liebhaber gerannt ist – *wird* Yulia bezahlen.

Esguerra schaut mir einige Sekunden länger in die Augen, bevor er aufsteht und um seinen Schreibtisch geht. Er bleibt vor mir stehen und sagt leise zu mir: »Wir beide wissen, dass ich dir für Thailand einen Gefallen schulde, und wenn es das ist, was du möchtest – wenn *sie* es ist, was du möchtest – werde ich dir nicht im Weg stehen. Aber sie wird dir nur Schwierigkeiten machen, Lucas. Tu, was du tun musst, um sie dir aus dem Kopf schlagen zu können, aber vergiss niemals, wer sie ist und was sie getan hat.«

»Machen Sie sich keine Sorgen.« Ich lächele ihn humorlos an. »Das werde ich nicht.«

Ich habe noch nicht entschieden, wie ich Yulia bestrafen werde, wenn ich sie zurückhabe, aber eines weiß ich.

Die Tage ihres Geliebten sind gezählt.

* * *

Am selben Abend treffe ich Vorbereitungen, damit Thomas – ein weiterer Wächter, dem ich vertraue – Rosa im Auge behält. Ich sage ihm nicht, warum; ich bitte ihn nur, ihr unauffällig zu folgen und ihre E-Mails und Telefongespräche zu überwachen. Meine Priorität ist gerade, Yulia zu finden, aber ich habe die potentielle Gefahr nicht vergessen, die Rosa für uns darstellt.

Sobald ich aus der Ukraine zurückkehre, werde ich mich um sie kümmern. Als Erstes muss ich allerdings Noras Eltern nach Hause bringen und einen Weg finden, unbemerkt in die Ukraine zu gelangen.

Ich beginne damit, indem ich Buschekov kontaktiere, den russischen Regierungsbeamten, den wir in Moskau getroffen haben. Ich erwähne

Yulias Flucht nicht, aber ich gebe ihm die Informationen, die ich bis jetzt über die UUR herausbekommen habe. Je mehr Druck ich auf Yulias Organisation ausüben lassen kann, desto besser.

Leider behauptet Buschekov, dass er mir nicht dabei helfen kann, unauffällig in die Ukraine einzureisen, was er damit erklärt, dass die Spannungen zwischen den beiden Ländern gerade zu hoch sind. Ich vermute, dass er einfach nicht die Agenten aufs Spiel setzen möchte, die er dort platziert hat, aber ich dränge ihn nicht weiter. Wenn ich Yulias Aufenthaltsort genau wüsste, wäre das anders, aber diese Black Site ist nur eine Spur, und ich muss mit der Gunst der Russen so vorsichtig wie möglich umgehen, um sie nicht zu verlieren. Das bedeutet, dass es nur noch eine Sache gibt, die ich tun kann.

Ich kontaktiere Peter Sokolov, Esguerras ehemaligen Sicherheitsbeauftragten, und bitte ihn um Hilfe.

Peter hat Esguerra nach dem Absturz den Arsch gerettet, aber um das zu tun, hat er es zugelassen, dass die Terroristen Nora in die Finger bekamen, und mein Chef hat geschworen, ihn zu töten, sollte er ihn jemals in die Finger bekommen. Ich teile Esguerras Gefühle allerdings nicht. Ich bin sogar dankbar dafür, dass Esguerra am Leben ist und es ihm gut geht. Ich habe zwar keinen regelmäßigen Kontakt zu Peter, aber ich habe seine alte E-Mail-Adresse, also schicke ich ihm eine Nachricht, in der ich ihm das Problem erkläre. Die Kontakte des Russen in Osteuropa sind einmalig; er ist derjenige, der uns Buschekov vorgestellt hat.

Er antwortet nicht sofort, aber das hatte ich auch nicht erwartet. Ich weiß, dass er mit seinem Rachefeldzug gegen die Personen auf seiner Liste beschäftigt ist. Trotzdem hoffe ich, dass er einen Moment Zeit haben wird, seine E-Mails zu checken. Alles, was ich benötige, sind einige ukrainische Verantwortliche für die Flugverkehrskontrolle, die wegschauen, wenn ich in Kiew lande.

Als Letztes informiere ich Diego und Eduardo über unsere bevorstehende Mission.

»Nur wir drei werden gehen«, erkläre ich ihnen, »also müssen wir uns unauffällig verhalten. Wir möchten nicht, dass irgendjemand Wind von unserer Anwesenheit dort bekommt, bis wir nicht wieder verschwunden sind. Das Ziel ist es, so viel wie möglich herauszufinden, und dann das Land in einem Stück zu verlassen. Ist das klar?«

Sie nicken beide, und ganz früh am nächsten Morgen beladen wir das Flugzeug mit Waffen, Körperpanzern, gefälschten Ausweisen und allem, was wir sonst noch gebrauchen könnten, falls die Dinge nicht plangemäß verlaufen.

Jetzt brauchen wir nur noch eine Antwort von Peter.

* * *

Als wir in Chicago landen, habe ich immer noch keine E-Mail von Sokolov bekommen, also übergebe ich Esguerras Schwiegereltern unserer Sicherheitsmannschaft in Chicago und weise die Wächter an, sie sicher nach Hause zu bringen. Noras Eltern scheinen beide erleichtert zu sein, sich wieder auf amerikanischem Boden zu befinden, und ich vermute, dass wir sie nicht so schnell wieder in Kolumbien sehen werden.

»Also, wie sieht der Plan aus?«, fragt Diego, als ich zum Flugzeug zurückkehre. »Fliegen wir sofort nach Kiew?«

»Es könnte sein, dass wir in London ein oder zwei Tage einen Zwischenstopp einlegen. Ich warte auf eine E-Mail.« Während ich spreche, vibriert mein Telefon, weil ich eine Nachricht empfange. Ich öffne die E-Mail, lese Peters Antwort, und ein Lächeln macht sich auf meinem Gesicht breit.

»Vergesst, was ich gesagt habe«, meine ich und gehe bereits zum Cockpit. »Wir fliegen direkt in die Ukraine.«

EINUNDZWANZIGSTES KAPITEL

❖ YULIA ❖

»Also, Yulia, erkläre es uns«, sagt Obenko und stützt sich auf dem Tisch ab. »Warum bist du nicht in das Flugzeug gestiegen?«

Ich schweige und konzentriere mich darauf, kurz und gleichmäßig zu atmen. Einmal einatmen, einmal ausatmen. Dann noch einmal und noch einmal. Das ist alles, was ich in diesem Augenblick tun kann. Alles andere liegt nicht in meiner Macht. Irgendwo da draußen lauert der Schmerz des Verrats an der äußeren Hülle meines Bewusstseins, diese Art von ungeheurem Schmerz, der mich zerstören wird, wenn ich ihn hineinlasse, und deshalb konzentriere ich mich auf das Weltliche, wie meine Atmung und die flackernden Neonlichter über meinem Kopf.

Meine Hände sind auf meinem Rücken mit Handschellen gefesselt, und meine Knöchel sind durch eine lange Kette mit meinen Handgelenken verbunden. Ich trage immer noch das Kleid, in dem sie mich gefangen genommen haben, aber irgendwann haben sie mir meine Perücke abgenommen. Ich habe keine Ahnung, wann das passiert ist oder wo ich bin, da ich nur eine vage Erinnerung an die Stunden nach meiner Festnahme habe. Ich weiß, dass das eine Art Verhörzimmer mit einem wandgroßen Spiegel und Möbeln aus Metall ist, aber ich weiß nicht, ob wir uns immer noch in Kiew befinden. Ich glaube, sie haben mich vom Lagerhaus irgendwohin gefahren, also wahrscheinlich nicht, aber wie dem auch sei, es ist egal.

Ich werde nicht lebendig aus dieser Sache herauskommen.

»Antworte mir, Yulia«, sagt Obenko in einem schärferen Ton. »Warum bist du nicht geflogen, so wie du solltest, und wie hast du das Trainingszentrum gefunden? Arbeitest du jetzt für Esguerra?«

Ich antworte nicht, und Obenkos Augen verengen sich. »Ich verstehe. Na ja, wenn du nicht mit mir reden willst, vielleicht wirst du mit Kirill Ivanovich reden.« Er steht auf und nickt dem Spiegel leicht zu, bevor er aus dem Raum geht.

Eine Minute später tritt mein ehemaliger Trainer ein, dessen Lippen zu einem harten Lächeln verzogen sind. Obwohl ich mein Bestes gebe, ruhig zu bleiben, schnürt sich mein Hals zu, und kalter Scheiß sammelt sich unter meinen Achseln, als er sich dem Tisch nähert und sich mir gegenüber hinsetzt.

»Warum bist du so stur?« Sein Knie fährt unter dem Tisch über mein nacktes Bein, und ich muss schlucken, um mich nicht zu übergeben. »Bist du eine Doppelagentin, so wie sie es denken?«

Ich versuche, mein Bein wegzubewegen, seiner Berührung zu entkommen, aber die Kette hält mich an meinem Platz fest. Aus dieser Entfernung kann ich sein Rasierwasser riechen, und ich atme so schnell, dass ich fast hyperventiliere. Da ich verzweifelt versuche, mich unter Kontrolle zu behalten, konzentriere ich mich auf die öligen Schmierstreifen auf der Metalloberfläche. *Einatmen. Ausatmen. Einatmen. Ausatmen.*

»Yulia ...« Kirills Hand legt sich unter dem Tisch auf mein Knie, und seine Finger graben sich in meinen Oberschenkel. »Arbeitest du für Esguerra?«

Einatmen. Ausatmen. Einatmen. Ausatmen. Ich kann das überleben. Ich kann den Schmerz zurückhalten. *Einatmen. Ausatmen.*

Seine Hand fährt auf meinem Oberschenkel nach oben. »Antworte mir, Yulia.«

Einatmen. Ausatmen. Ich fühle die Dunkelheit auf mich zukommen, die Leere, die mich während meiner Gefangenschaft umhüllt hat, und endlich umarme ich sie, lasse meine Gedanken aus diesem Raum wandern, weg von dieser Qual, missbraucht zu werden. Nicht ich bin an diesen Stuhl gefesselt – es ist nur mein Körper. Es sind nur Knochen und Fleisch, die bald aufhören werden zu leben. Nichts kann mich verletzen, weil ich nicht hier bin.

Ich existiere an diesem Ort nicht.

* * *

»– katatonisch«, sagt ein Mann. Seine Stimme klingt, als würde sie durch eine dicke Wasserwand zu mir durchdringen. Ich habe Schwierigkeiten, die Worte zu verstehen, und ich versuche, die Dunkelheit wegzudrücken, als er sagt: »Auf diese Weise wirst du nie Antworten von ihr bekommen. Hör einfach auf damit. Sie hat sich uns ganz offensichtlich abgewandt.«

»Wir müssen herausfinden, was sie weiß«, erwidert ein anderer Mann, und ich erkenne, dass es sich dabei um Obenko handelt. »Außerdem, wenn sie keine Doppelagentin sein sollte, könnten wir das vielleicht wieder hinbekommen.«

»Du machst dir falsche Hoffnungen«, sagt die erste Stimme, und diesmal erkenne ich, dass sie zu Mateyenko gehört, einem der ranghöheren Agenten, der mich nach meiner Rückkehr befragt hat. »Das wird sie dir niemals verzeihen.«

»Vielleicht nicht, aber ich habe eine Idee«, erwidert Obenko, und ich höre das Geräusch sich entfernender Schritte. Mein Kopf wird langsam wieder klar, und ich öffne meinen Augen einen Spalt breit, um durch meine Wimpern hindurchzuschauen.

Ich befinde mich immer noch in dem Befragungsraum, aber ich sitze nicht länger mit der Kette von meinen Knöcheln bis zu meinen Handgelenken am Tisch. Stattdessen liege ich auf meiner Seite auf dem kalten Zementboden neben meinem Stuhl, wobei meine Handgelenke weiterhin mit Handschellen auf meinem Rücken gefesselt sind.

Zwei Männer stehen an der Tür – Kirill und Mateyenko. Sie sprechen leise miteinander, während sie ab und an einen Blick in meine Richtung werfen, und meine Übelkeit verstärkt sich, als die Dunkelheit sich wieder ausbreitet. Hat Kirill mich berührt, als ich bewusstlos war? War er derjenige, der meine Kette gelöst und mich hier abgelegt hat?

»Sie ist wach«, ruft Mateyenko und kommt auf mich zu, weshalb ich aufhöre, gegen die Dunkelheit anzukämpfen.

Ich bin nicht hier.

Ich existiere nicht.

* * *

»Yulia.« Eine kalte Hand streicht mir über die Stirn. »Yulia, bist du wach?«

Die Wand aus Wasser ist zurück und behindert meinen Hörsinn, aber etwas an dieser Stimme zieht meine Aufmerksamkeit auf sich. Die Dunkelheit verschwindet, die Wasserwand wird dünner, und ich öffne meine Augen.

Ein blonder Junge mit stechend blauen Augen in seinem hübschen Gesicht hat sich über mich gebeugt.

Wir blicken einander eine Sekunde lang an, bevor sich mein Bruder wieder aufrichtet. »Onkel Vasya«, ruft er. »Sie ist aufgewacht.«

Ich höre Schritte, bevor mich starke Hände vom Boden hochzerren und mich wieder in den Stuhl setzen. Mein Puls rast, aber bevor ich die Panik nicht mehr unter Kontrolle habe, bemerke ich, dass ich Kirill nirgendwo entdecken kann.

Nur Obenko und ich sind hier.

»Wo ist Misha?«, frage ich mit rauer Stimme. Mein Hals fühlt sich an, als sei er mit Sand überzogen, und mein Mund ist geschwollen und trocken. Ich muss eine ganze Weile weg gewesen sein.

»Er ist hinausgegangen, damit wir reden können«, sagt Obenko. »Also, Yulia, reden wir.«

»In Ordnung.« Ich bemerke, dass ich zittere und meine Fingerspitzen taub und eiskalt sind. Trotzdem ist meine Stimme ruhig, als ich frage: »Worüber möchten Sie reden? Über die Tatsache, dass Sie mich elf Jahre lang angelogen haben?« Meine Stimme wird fester, als sich der restliche Nebel in meinem Kopf aufklärt. »Dass Sie meinen Bruder gestohlen haben und ihn von einem Monster trainieren lassen?«

Obenko seufzt müde. »Jetzt sei doch nicht so dramatisch. Ich habe dich nicht angelogen – zumindest nicht Misha betreffend. Ich habe dir einfach nicht alles erzählt.«

»Was ist denn alles?«

»Bis vor zwei Jahren hat Misha genau das Leben geführt, was wir dir in den Fotos gezeigt haben. Er war ein normaler, glücklicher, ausgeglichener Junge. Dann begannen sich die Dinge zu ändern. Er begann damit, die Schule zu schwänzen, sich in der Schule zu prügeln, Zigaretten zu klauen ...« Obenko verzieht sein Gesicht. »Meine Schwester wusste nicht, was sie tun sollte, also hat sie sich mit der Bitte an mich gewandt, mit ihm zu reden. Aber als ich das tat, konnte ich sehen, dass es nicht funktionieren würde. Misha war zu ruhelos, zu gelangweilt von seinem Leben.« Obenko schaut mich an. »Etwa so, wie ich mich in seinem Alter gefühlt habe.«

»Also haben Sie was getan?« Meine gefrorenen Hände ballen sich hinter meinem Rücken zu Fäusten. »Beschlossen, dass er ein Spion sein sollte?«

Obenko blinzelt nicht. »Er brauchte Führung. Er brauchte das Gefühl, ein Ziel zu haben, und das konnten wir ihm geben. Es gibt in unserem desillusionierten Land so viele Jugendliche wie ihn – Jungen, die vom Weg abkommen und nie wieder zurückfinden. Sie wissen nicht, was sie mit ihren Leben anstellen sollen und interessieren sich für nichts als den Nervenkitzel des Moments. Ich wollte nicht, dass dein Bruder so wird.«

»Okay.« Ich fühle mich, als würde ich gleich ersticken. »Sie wollten, dass er so wird wie Sie und Kirill?«

»Yulia, wegen Kirill ...« Auf Obenkos Gesicht erscheint kurz so etwas wie ein Schuldgefühl. »Du musst verstehen, dass wir eine kleine heimliche Organisation sind. Wir konnten es uns nicht leisten, jemand so Fähigen und Erfahrenen wie Kirill gehen zu lassen. Nicht wegen eines Fehlers.«

»Ein Fehler?« Meine Stimme überschlägt sich. »Werden brutale Vergewaltigungen heutzutage so genannt?«

Obenko seufzt erneut, so als sei ich uneinsichtig. »Was bei dir geschehen ist, war ein einmaliger Zwischenfall«, sagt er geduldig. »Es war das erste und letzte Mal, dass er derart die Kontrolle verloren hat. Ich verstehe, dass es für dich eine traumatische Erfahrung war, aber er ist eine Bereicherung für unsere Organisation und unser Land. Das Beste, was wir tun konnten, war, ihn aus deiner Nähe zu entfernen – und sicherzustellen, dass du mit der Vergangenheit abschließt und nach vorne schaust.«

»Indem Sie mir erzählt haben, er sei tot? Dass Sie ihn umgebracht hätten?«

Obenko nickt. »Das war das Beste für dich. Auf diese Weise konntest du ihn vergessen und nach vorne schauen.«

»Sie meinen, der UUR nützlich sein.«

Obenko antwortet nicht, und ich weiß, dass er genau das gemeint hat. In seinem Kopf bin ich keine Person. Ich bin ein Bauer auf einem Schachbrett – einer, der entweder einen Nutzen oder ein Risiko darstellen kann.

»Weiß Misha es?«, frage ich und blicke den Mann an, zu dem ich einst hochgeschaut habe. »Weiß er, dass ich seine Schwester bin?«

Obenko zögert, bevor er antwortet: »Ja, das weiß Misha. Er hat sich durch die Zeit im Waisenhaus an dich erinnert, also mussten wir ihm von dir erzählen. Er weiß auch, dass du dich gegen uns gewandt hast – dass das, was mit dir auf Esguerras Anwesen geschehen ist, dazu geführt hat, dass du dein eigenes Land verraten hast.«

Meine Nägel graben sich in meine Handflächen. »Das ist eine Lüge. Ich habe Sie nicht verraten.«

»Und warum bist du mir dann gefolgt? Warum hast du mir das untergeschoben?« Obenko legt seine Hand auf den Tisch und öffnet seine Faust, um mir den GPS-Chip zu zeigen, den ich in sein Telefon geschmuggelt hatte.

Nachdem ich einen Moment lang darüber nachgedacht habe, entscheide ich, dass ich nichts dadurch zu verlieren habe, wenn ich ihm die Wahrheit erzähle. In Obenkos Augen bin ich bereits ein Risiko. »Weil ich Misha ein letztes Mal sehen wollte«, sage ich ruhig. »Weil ich das hier nicht mehr tun kann.«

»Also wolltest du weggehen.« Obenko schaut mich abschätzend an. »Ich hatte mir schon gedacht, dass das der Fall sein könnte. Du warst nach deiner Rückkehr nicht mehr die Gleiche.«

Ich zucke mit den Schultern, da ich nicht vorhabe, ihm Erklärungen über meine komplexe Beziehung zu Lucas und meine Unfähigkeit, andere Aufträge anzunehmen, abzugeben. Welche Schuldgefühle ich auch immer gehabt haben mag, die UUR zu verlassen, sie sind durch den vernichtenden Schlag durch Obenkos Verrat und Mishas Bereitwilligkeit, das Leben, für das ich so hart gekämpft habe, einfach aufzugeben, verschwunden.

Ich habe elf Jahre damit verbracht, meinen Bruder zu beschützen, nur um herauszufinden, dass er genauso enden wird wie ich.

Ich nehme an, ich sollte am Boden zerstört sein, aber der Schmerz ist immer noch leicht, da er von einer kalten Taubheit zurückgehalten wird, die alles überlagert, sogar meinen Zorn.

»Ich möchte mit ihm reden«, sage ich zu Obenko. »Ich möchte mit Misha reden.«

Er betrachtet mich einen Moment lang eindringlich und schüttelt dann langsam seinen Kopf. »Nein, Yulia. Das würde den Jungen nur verwirren. Er befindet sich gerade dort, wo er sein sollte, mental und emotional, und was auch immer du ihm sagen möchtest, wird es nur schwerer für ihn machen. Ich glaube nicht, dass du das möchtest.«

Meine Oberlippe zuckt. »Also weiß er nicht, was Kirill getan hat oder wie du mich die ganzen Jahre lang manipuliert hast.«

Obenko blinzelt nicht. »Was Misha weiß, ist, dass Kirill Ivanovich sein Leben seinem Land widmet, so wie das bei allen in der UUR der Fall ist – und dass du Misha verlassen hast, als er noch ein Baby war. Alles andere unterliegt der individuellen Interpretation.«

»Natürlich.« Ich sollte wütend darüber sein, dass mein Bruder denkt, dass ich eine Verräterin bin, die ihn im Waisenhaus zurückgelassen hat, aber das sind einfach zu viele Informationen, um sie auf einmal verarbeiten zu können. Ich fühle mich, als würde das jemand anderem widerfahren, so als würde ich einen Film sehen, anstatt es selbst zu erleben. »Also, was wird seine Interpretation meines Verschwindens sein?«

Obenko seufzt. »Yulia ...«

»Sagen Sie es mir einfach.«

»Du wirst entkommen«, sagt Obenko. »Mit deinem Liebhaber in Südafrika verschwinden.«

»Ach ja. Meinem Liebhaber, natürlich.« Ich denke an Lucas und daran, wie wir uns getrennt haben, und ein scharfer Schmerz durchfährt mich. »Also wann genau werde ich meinen großen Ausbruch haben?«, gelingt es mir zu sagen. »Heute? Morgen?«

»Es muss nicht so enden, Yulia.« Obenkos Augen spiegeln echtes Bedauern wider. »Es ist noch nicht zu spät. Wir können neu anfangen und das alles vergessen. Wenn du beweisen kannst, dass du –«

»Ich etwas beweisen kann?« Ich kann mich nicht beherrschen, laut aufzulachen. »Indem ich was tue? Noch mehr Männer ficke?«

Obenkos Hand auf dem Tisch ballt sich zu einer Faust, aber seine Stimme bleibt unbewegt. »Indem du deinen Auftrag ausführst. Du weißt, wie wichtig das ist, was wir tun –«

»Ja, das weiß ich.« Mein Mund zuckt. »So wichtig, dass Sie einen Vergewaltiger minderjährige Mädchen trainieren lassen. So wichtig, dass Sie lügen, töten und jeden manipulieren ...«

Obenkos Blick verhärtet sich, und er steht auf. »Wie du möchtest«, sagt er. »Du hast bis morgen früh Zeit. Wenn du beschließt, das Richtige zu tun, sag mir Bescheid.«

Er verlässt das Zimmer, und ich bleibe am Tisch zurück und lausche seinen sich entfernenden Schritten.

* * *

Nach einer Stunde kommt Mateyenko, öffnet meine Handschellen und bringt mich zu einem Raum ohne Fenster, der wie eine Zelle aussieht. In ihm befindet sich ein schmales Bett, eine Toilette aus Metall ohne Deckel und ein kleines, verrostetes Waschbecken.

»Wo bin ich?«, frage ich, aber der höhere Agent antwortet nicht. Er verlässt die Zelle einfach, schließt hinter sich ab und lässt mich allein.

Ich warte einige Minuten, um sicherzugehen, dass er nicht zurückkommt, und dann benutze ich die Toilette und wasche meine Hände unter dem rostigen Wasser, das von dem Hahn in das Waschbecken tropft. Ich überlege sogar, von diesem Wasser zu trinken, um meinen Durst zu stillen, aber entscheide mich dafür, es besser nicht zu tun.

Ich würde meine letzte Nacht lieber nicht damit verbringen, mich zu übergeben.

Ich gehe zu der Liege, lege mich hin und starre an die Decke. Ich weiß, dass ich nicht einschlafen können werde, also versuche ich es nicht einmal. Meine Gedanken drehen sich und wirbeln zwischen bitterer Wut und tauber Verzweiflung umher. Drei Tatsachen wiederholen sich in meinem Kopf:

Kirill lebt und bildet meinen Bruder zu einem Spion aus.

Sie haben meinem Bruder einen Haufen Lügen über mich erzählt.

Morgen werde ich sterben, sollte ich nicht zustimmen, für die UUR zu arbeiten.

Was die ersten beiden Probleme betrifft, kann ich nichts tun, aber das dritte kann ich kontrollieren – zumindest, wenn man Obenko glauben kann. Theoretisch könnte ich zustimmen, meinen Auftrag auszuführen, und sollte ich Erfolg haben, werden sie mir vergeben.

Ich könnte auch versprechen, den Auftrag auszuführen, aber stattdessen verschwinden.

Diese Idee ist verlockend, aber die Umsetzung wird nicht einfach sein. Ich habe zugegeben, dass ich verschwinden wollte, also werden sie mich stärker überwachen, sollten sie beschließen, mich in einen Einsatz zu schicken. Sie könnten sogar eine Art Tracker in mich einsetzen, so wie Lucas das vorhatte.

Meine Verzweiflung weicht bitterer Belustigung. Es scheint so, als sei es mein Schicksal, auf jeden Fall eine Gefangene zu sein.

Ein Zittern durchfährt meinen Körper, und ich bemerke, dass mir wieder kalt ist, dass meine Füße halb erfroren und steif sind. Ich rolle mich zu einem kleinen Ball zusammen, ziehe mir die Decke über den Kopf und tue so, als sei ich in einem Kokon, in dem mich nichts Böses berühren kann, in dem ich schlafen und von einem anderen Leben träumen kann – einem Leben, in dem Lucas mich so wie den letzten Morgen vor seiner Reise anschaut, und ich nicht verschwinden muss.

Ein vertrauter Schmerz sticht in meiner Brust, und ich schließe meine Augen, um meine Erinnerungen zuzulassen. Unsere Beziehung war in vielen Punkten falsch gewesen, aber sie hatte trotzdem ihre richtigen Seiten gehabt. Und jetzt ... jetzt ist das Falsche daran egal.

Alles, was ich jetzt noch habe, sind die Erinnerungen und ein starkes, unmögliches Verlangen, ihn ein letztes Mal zu sehen, bevor ich sterbe.

* * *

Mir wird die Decke weggezogen, und starke Hände zerren an meiner Unterwäsche, zerreißen sie, während mein Kleid nach oben geschoben wird. Ein schwerer männlicher Körper drückt mich nach unten, und meine Handgelenke werden über meinem Kopf festgehalten. Zuerst denke ich, dass ich von Lucas träume, aber dann rieche ich es.

Rasierwasser.

Lucas trägt nie Rasierwasser.

Panisch reiße ich meine Augen auf und ein rauer Schrei entweicht meiner Kehle – ein Schrei, der sofort von einer großen Hand auf meinem Mund gedämpft wird.

»Ruhig«, flüstert Kirill, während ich mich hysterisch hin und her winde, da ich versuche, ihn abzuwerfen. »Wir wollen doch niemanden aufwecken.«

Seine Hand auf meinem Mund zerquetscht meinen Kiefer, während die andere meine Handgelenke so fest zusammendrückt, dass ich spüre, wie meine Knochen gegeneinanderreiben. Da mich seine Beine auf das Bett drücken, kann ich mich weder bewegen noch zutreten, und eine übelkeitserregende Panik durchfährt mich, als ich fühle, dass er seine Erektion an meinem Bein entlangstreicht.

»Wir werden ein wenig Spaß haben«, sagt er, und seine Augen glänzen mit grausamer Vorfreude. »Für die alten Zeiten.«

Und damit zwängt er sein Knie zwischen meine Beine und senkt seinen Kopf.

ZWEIUNDZWANZIGSTES KAPITEL

❖ LUCAS ❖

Ich hebe meine Faust, um Diego und Eduardo zu signalisieren, dass sie stehenbleiben sollen, während ich durch meine Nachtsichtbrille auf das Gebäude vor uns schaue. Für eine Black Site ist es erstaunlich klein – nur ein baufälliges, einstöckiges Haus in einer stark bewaldeten, ländlichen Gegend.

»Bist du sicher, dass es das ist?«, flüstert Diego und hockt sich neben mich. »Es sieht nicht nach viel aus.«

»Ich nehme an, dass sich der Großteil unterirdisch erstreckt«, antworte ich mit leiser Stimme. »Auf der Rückseite des Gebäudes sehe ich zwei Geländewagen, und ich denke nicht, dass ukrainische Dorfbewohner Geländewagen fahren.«

Wir haben unser Auto etwa einen Kilometer entfernt im Wald abgestellt, um diesen Ort auszukundschaften und einen Plan zu entwickeln. Was auch immer wir tun, wir müssen schnell und unauffällig sein, damit wir das Land verlassen haben werden, bevor die UUR bemerkt, dass wir hier gewesen sind. Dank Peter Sokolovs Kontakten sind wir unbemerkt auf einem privaten Flughafen gelandet, und wir müssen auf dem gleichen Weg wieder verschwinden.

»Gehe auf die Rückseite und behalte den Ort von dort aus im Auge«, sage ich zu Eduardo, der hinter Diego aufgetaucht ist. »Ich werde mich in ihre Computer hacken.«

Er nickt, bevor er im Gebüsch verschwindet, und ich nehme den Apparat hervor, den ich mitgebracht habe. Einer der Vorteile, mit Esguerra zu arbeiten, ist der Zugang zur neuesten technischen Ausstattung des militärischen Nachrichtendienstes – wie diesem Datenfernausleser.

Ich öffne mein Laptop, synchronisiere es mit dem Gerät und sage zu Diego: »Gute Nachrichten: Wir sind innerhalb der Reichweite. Jetzt müssen wir nur noch das Programm zum Hacken zaubern lassen.«

Es benötigt länger als eine Stunde, um die Firewalls zu durchbrechen, aber nach und nach füllt sich mein Display mit allen möglichen Daten, einschließlich des Grundrisses des Hauses und einer Videoaufzeichnung aus einem schlecht beleuchteten Gang.

»Ist das im Inneren ihres Gebäudes?«, fragt mich Diego, der mir über die Schulter schaut.

»Da kannst du Gift drauf nehmen«, antworte ich, während ich dabei zusehe, wie zwei Männer an der Kamera vorbeigehen. Einer von ihnen sieht ungewöhnlich jung aus, kaum im Teenageralter, was mich einen Moment lang irritiert – bis ich mich daran erinnere, dass die UUR die Angewohnheit hat, Kinder zu rekrutieren.

Ich klicke auf die nächste Videoübertragung und sehe einen Raum, der wie ein Verhörzimmer aussieht. Er ist, abgesehen von einem metallenen Tisch und zwei Stühlen, leer. Danach sehe ich Aufzeichnungen einer Kamera, die sich in einem Sicherheitsraum befinden muss. In ihm sitzt ein schwer bewaffneter Mann vor einer Reihe von Computern. Ich klicke auf den nächsten Mitschnitt, der wieder einen Gang zeigt, und einige weitere, die zellenartige Räume überwachen. Zu meiner Enttäuschung sind alle Räume leer.

Diese Einrichtung muss nicht häufig benutzt werden.

Ich klicke mich durch weitere Übertragungen, um die Räume, die ich sehe, mit dem Grundriss auf meinem Display zu vergleichen und Aufzeichnungen zu machen, wo alles liegt. Während ich das tue, laufen zwei weitere Männer durch das Bild – einer, der wie ein

Schwergewichtsmeister im Wrestling aussieht, und ein schlankerer, der in seinen Vierzigern zu sein scheint.

»Bis jetzt nur fünf Agenten, und einer von ihnen ist ein Kind«, meint Diego über meine Schulter. »Wenn das alle sind, könnten wir es schaffen, sie zu überwältigen.«

»Stimmt.« Ich gehe weitere Übertragungen durch, um mir Notizen über die Einrichtung eines jeden Raumes zu machen, und halte inne, als ich zu einer der leeren Zellen zurückkomme – besser gesagt einer Zelle, von der ich vorher dachte, sie sei leer. Jetzt wird mir klar, dass ich falsch lag: Auf einer Pritsche sehe ich eine flache Erhebung, die mit einer Decke überzogen ist.

»Ist das –«

»Ja, es scheint, als hätten sie hier einen Gefangenen«, sage ich und starre auf das körnige Bild. Es ist definitiv eine Erhebung in Menschengröße; ich hätte sie beim ersten Mal bemerkt haben sollen. »Warte, ich will sehen, ob ich ein schärferes Bild bekommen kann.«

Ich aktiviere die Fernbedienungsfunktion des Hackerprogramms und isoliere den Überwachungsmechanismus, der die Kamera des Raumes kontrolliert. Vorsichtig verstelle ich den Winkel, bis er genau auf die Liege zeigt. Die Person, wer auch immer sie ist, bewegt sich nicht, so als sei sie bewusstlos oder würde schlafen.

»Okay, also sechs Mann«, meint Diego, »wenn wir den Gefangenen als Gefahr mitzählen. Unsere Chancen sind gut, wenn wir sie überraschend angreifen können.«

»Ja, das denke ich auch«, erwidere ich und klicke zum nächsten Bild. Eigentlich hatte ich geplant, nur Daten zu sammeln, aber ich kann mir diese Gelegenheit nicht entgehen lassen. Es besteht die Möglichkeit, dass einer dieser Agenten weiß, wo sich Yulia aufhält. Meine Rippen wählen genau diesen Moment, um schmerzhaft zu stechen, aber ich ignoriere dieses dumpfe Gefühl.

Selbst wenn ich verletzt bin, sollten wir in der Lage sein, es mit fünf oder sechs Gegnern aufnehmen zu können.

Ich schalte meine Hörmuschel ein und sage: »Eduardo, deponiere einige Sprengkörper an der nordwestlichen und der südwestlichen Ecke des Hauses. Nimm genügend, um die Wände, aber nicht das ganze Haus zu zerstören. Wir wollen möglichst viele von ihnen lebend fangen.«

»Verstanden«, antwortet Eduardo, und ich drehe mich um, um Diego anzuschauen.

»Wir gehen gleich nach der ersten Explosion hinein«, erkläre ich ihm. »Mach dich bereit.«

Er nickt, nimmt seine M16 hervor, und ich wende meine Aufmerksamkeit wieder dem Computer zu. Innerhalb einer Minute kontrolliert das Hackerprogramm die Überwachungskameras außen und ersetzt das Bild Eduardos, der sich heimlich an das Haus anschleicht, mit dem unbedrohlichen Anblick der nächtlichen dunklen Bäume und Büsche.

Jetzt muss Eduardo nur noch den Sprengstoff deponieren.

Während wir warten, gehe ich erneut alle Videoaufzeichnungen aus dem Inneren des Gebäudes durch. Auf dem Mitschnitt des Gangs sehe ich einen der Männer auf die Zelle mit dem Gefangenen zugehen. Es ist der Agent, der den Körperbau eines Wrestlers hat, und diesmal ist er allein. Nicht sonderlich interessiert sehe ich dabei zu, wie er die Zelle betritt, seine Waffe auf dem Waschbecken am anderen Ende des Raumes ablegt und zu der bedeckten Gestalt auf der Liege geht. Er beugt sich über sie, und zu meiner Überraschung öffnet er seine Jeans.

Was soll denn der Scheiß? Meine Aufmerksamkeit nimmt zu, als er die Decke von der Gestalt zieht – die, wie ich jetzt sehen kann, weiblich ist – und ihr Kleid nach oben schiebt. So wie er steht, kann ich durch die Kamera nicht viel von der Gefangenen sehen, aber meine Brust schnürt sich trotzdem wegen einer beängstigenden Vorahnung zusammen.

»Kent?«, sagt Diego, aber ich höre ihm nicht zu. Meine ganze Aufmerksamkeit liegt auf dem Display des Computers, während ich hektisch versuche, den Winkel der Kamera zu verbessern.

Der Mann setzt sich auf die Gefangene und ergreift ihre ...Handgelenke – dünne, zarte Handgelenke, die in seinen bärenartigen Händen unglaublich zerbrechlich aussehen. Die Kamera schwenkt weiter nach links, und ich sehe verworrene blonde Haare und ein wunderschönes blasses Gesicht.

Mein Herz setzt kurz aus; dann überkommt mich ein tödlicher Zorn. Yulia.

Sie ist hier – und gleich wird sie vergewaltigt.

DREIUNDZWANZIGSTES KAPITEL

❖ YULIA ❖

Kirills Atem schlägt heiß und übelriechend in mein Gesicht, und sein gewaltiger Körper auf mir ist wie ein Berg, der mich in die Liege drückt. Mein Magen zieht sich vor Entsetzen und Ekel zusammen, und ich spüre, wie sich mein Kopf zu dem dunklen Ort zurückzieht, an dem ich nicht existiere, und das, was passiert, nicht fühlen kann.

Nein. Mir ist völlig klar, dass ich verloren bin, wenn ich dorthingehe. Ich würde nie wieder aus dieser Dunkelheit zurückkommen. Ich muss bei Bewusstsein bleiben. Ich muss kämpfen.

Ich kann es nicht zulassen, dass er mich noch einmal zerstört.

Ich unterdrücke meinen instinktiven Drang, mich zu wehren, erschlaffe, und meine Handgelenke entspannen sich in dem brutalen Griff Kirills. Ich reagiere nicht, als er mit seiner Zunge über meine Wange fährt, und ich spanne mich nicht an, als er meine Beine spreizt und sich schwer zwischen ihnen platziert. Er muss denken, dass ich benebelt und zahm bin.

Das ist meine einzige Chance.

Ich fühle seinen Schwanz hart an meinem nackten Oberschenkel, und Erbrochenes steigt in meinem Hals nach oben, als meine letzte Mahlzeit, die ich vor Ewigkeiten zu mir genommen habe, damit droht, wieder hochzukommen. *Nur noch eine Sekunde länger*, sage ich mir und entspanne weiterhin meine Muskeln. *Übereile es nicht. Warte auf den richtigen Moment.*

Der richtige Moment ist da, als er sich auf mir bewegt und sein Gesicht sich genau über meinem befindet. Ich blicke ihn durch einen kleinen Schlitz zwischen meinen Lidern an, und als er eine Hand nach unten führt, um meine Brust anzufassen, schlage ich zu.

Mit meiner ganzen Kraft reiße ich meinen Kopf nach oben und schlage meine Stirn genau auf seine Nase.

Blut spritzt umher, als Kirill sich mit einem überraschten Aufschrei zurückzieht. Jeder andere Mann würde sich jetzt seine gebrochene Nase halten, aber er richtet sich lediglich auf, knurrt »Schlampe!« und rammt mir seine Faust in den Kiefer.

Mein Kopf wird zu einer Seite geschleudert, und der plötzliche Schmerz betäubt mich für einen Augenblick. Ich sehe Sterne und schmecke metallisches Blut. Aber Kirill ist noch nicht fertig mit mir.

»Dreckige Schlampe!« Sein nächster Schlag zielt auf meinen Bauch, und seine Faust trifft meine Niere wie eine Abrissbirne. »Du hast immer gedacht, du seist zu gut für mich, stimmt's?«

Ich kann nicht antworten, ich kann durch die Schmerzen nur keuchen, während ich mich zusammenrolle, um mich zu schützen. Er hat meine Handgelenke losgelassen, um mich zu schlagen, wird mir klar, und als er seine Faust erneut anhebt, drehe ich meinen Oberkörper zur Seite. Seine Faust streift meinen Wangenknochen, anstatt ihn zu zerschmettern, wie er es wahrscheinlich vorhatte, aber meine Ohren klingen von diesem Schlag. Ich drehe mich erneut und versuche, ihn von mir zu werfen, aber sein Unterkörper sitzt wie ein Felsbrocken auf mir.

Kämpfe, Yulia, kämpfe. Diese Worte sind wie ein verzweifeltes Mantra in meinem Kopf. Ich schlage mit meiner Faust nach oben und treffe seinen Kiefer, aber seine Augen leuchten nur heller, als er sich meine Handgelenke wieder schnappt. Ich kann die Wut und den Wahnsinn in ihren dunklen Tiefen sehen, und ich weiß, dass ich nicht lebend aus dieser Sache herauskommen werde.

»Dafür wirst du bezahlen«, sagt er mit einem leisen, kehligen Zischen, und ich fühle seine haarigen Eier auf meinem Oberschenkel, als er meine Beine weiter öffnet, während seine Finger mir das Blut zu den Händen abdrücken. Sein Schwanz drückt gegen meinen Eingang, und ich schreie, bereite mich auf den unausweichlichen Horror einer Vergewaltigung vor.

Bumm!

Einen Moment lang bin ich mir sicher, dass er mich erneut geschlagen hat, dass der ohrenbetäubende Lärm von dem Brechen meiner Gesichtsknochen kommt, aber der Staub und der herunterregnende Putz zerstreuen diesen Eindruck. Kirill springt fluchend von mir herunter, sein Schwanz ragt aus seinen geöffneten Hosen und er stolpert einige Schritte zurück, bevor eine weitere Explosion den Raum erschüttert.

Ich nutze die Gelegenheit, um mich von der Liege zu rollen und auf meine Füße zu stolpern, ohne auf den pochenden Schmerz meines Gesichts und meiner Seite zu achten. Über uns ertönt das laute Knallen von Schüssen. Kirill versteinert augenblicklich, und sein Blick pendelt zwischen mir und der Tür hin und her. Ihm muss gerade klar werden, dass die Einrichtung angegriffen wird, und ich fühle, dass sein Hass auf mich mit seinem Pflichtbewusstsein ringt. Er sollte dort draußen sein, seine Kollegen verteidigen, aber was er wirklich möchte, ist, mich leiden zu sehen.

Dieser Drang scheint zu gewinnen.

»Du verdammte Verräterin«, knirscht er, die Adern auf seiner Stirn treten hervor, und er geht mit zum Schlag erhobener Faust auf mich zu.

Ich ducke mich reflexartig, und in diesem Moment erschüttert eine weitere Explosion den Raum. Kirill verliert sein Gleichgewicht, und noch mehr Putz regnet auf uns herab. Ein knackendes, stöhnendes Geräusch scheint aus den Tiefen des Gebäudes zu ertönen, bevor plötzlich eine Ecke des Raums einfällt und Steine und Mörtel wie eine Lawine etwa einen Meter von mir entfernt zu Boden fallen.

Ich schnappe nach Luft, springe zur Seite – und dann sehe ich ihn.

Einen Stein, in den eine rostige Metallstange eingelassen ist.

Ich springe zu ihm und rutsche auf meinem Bauch über den mit Schutt bedeckten Boden. Steinsplitter und Mörtel zerkratzen meine nackten Beine und meinen Bauch, aber meine Hände bekommen den Metallstab zu greifen, und ich springe gerade rechtzeitig auf, um den Stein auf Kirills Gesicht zu schmettern, als er zu mir rennt.

Er stolpert zurück, fängt sich am Waschbecken ab, und ich höre erneut das wütende Stakkato der Maschinengewehre über uns. Dieses Mal hört der ohrenbetäubende Lärm allerdings nicht wieder auf. Wer auch immer unsere Angreifer sind, sie sind ernsthaft bewaffnet. Ich bekomme keine Gelegenheit, mich weiter über ihre Identität zu wundern, weil ich sehe, wie Kirill in das Waschbecken greift und eine Pistole hervorzieht.

Ich reagiere augenblicklich, indem ich den schweren Stein fallen lasse und mich zur Seite werfe, um über den Boden zu meinem Angreifer zu rollen. Ich höre den Schuss, fühle das stechende Brennen, als die Kugel meinen Arm streift, und dann krache ich auch schon ungebremst in Kirills Knie.

Er muss sich von dem letzten Treffer, den ich bei ihm gelandet habe, noch nicht vollständig erholt haben, weil er wieder nach hinten stolpert und sein nächster Schuss ins Leere trifft. Ich stolpere auf meine Füße, meine Ohren klingeln durch den Schuss und die Maschinengewehre über uns, und ich ergreife sein rechtes Handgelenk, um es zur Seite zu biegen, damit er seine Finger von der Waffe löst.

Einen Augenblick später fliege ich durch den Raum. Er hat mich mit der Rückseite seiner anderen Hand geschlagen, verstehe ich benebelt, als ich gegen die Wand krache. Die Luft wird aus meiner Lunge gedrückt, und ich keuche durch die lähmenden Schmerzen, als Kirill, dessen Gesicht eine Fratze verrückter Wut ist, die Waffe auf mich richtet.

Er wird mich töten.

Dieses Wissen transportiert mein Adrenalin direkt in mein Gehirn. Ohne nachzudenken, werfe ich mich auf Kirill, und meine Arme sind für den verzweifelten Versuch ausgebreitet, mit meiner Hand das kalte Metall der Waffe zu umschließen. Ich fühle, wie sie unter meinen Fingern zuckt, höre das tödliche Pfeifen der Kugel, und dann falle ich.

Ich falle, aber ich bin nicht tot.

Ich lande betäubt auf Kirill und umklammere dabei immer noch krampfhaft die Waffe. Ich kann gar nicht glauben, dass ich lebe. Instinktiv ziehe ich an der Waffe und versuche, sie aus seinem Griff zu winden – was mir unfassbarerweise auch gelingt. Ich drücke die Waffe an mich, krieche von Kirills großem Körper weg, und erst als ich mich etwa einen Meter von ihm entfernt habe, verstehe ich, was passiert ist.

Ein Teil der Decke ist auf ihn gestürzt und hat ihn bewusstlos geschlagen. An seiner Schläfe läuft ein wenig Blut hinab, und er ist umgeben von Mörtel.

Kirill ist bewusstlos, vielleicht sogar tot.

Benommen stelle ich mich hin, richte die Waffe auf ihn und versuche, meine zitternden Hände zu beruhigen. Mein Blick ist verschwommen, und jeder Gedanke scheint eine übermenschliche Anstrengung zu erfordern. Alles, was ich wahrnehme, ist Hass. Schwarz und mächtig pulsiert er durch meine Adern und verdrängt jeden rationalen Gedanken. Meine Finger legen sich fast wie aus eigenem Willen um den Abzug, und ich sehe dabei zu, wie der erste Schuss ein blutiges Loch in meinen Vergewaltiger reißt.

Sein Körper zuckt, und ich schieße erneut, diesmal ziele ich allerdings zwischen seine Beine. Sein mittlerweile schlaffer Schwanz und seine Eier explodieren in einem Sprühregen aus blutigem Fleisch. Mein Schwindel verschlimmert sich, mein Kopf dreht sich durch den Schmerz, und ich beiße meine Zähne zusammen, da ich entschlossen bin, lange genug bei Bewusstsein zu bleiben, bis ich mit ihm fertig bin.

Erneute Schüsse über mir ziehen meine Aufmerksamkeit auf sich, und plötzlich fällt mir auf, dass ich immer noch nicht weiß, was dort passiert oder wer die Angreifer sind. Im gleichen Moment erinnere ich mich an noch etwas anderes.

Misha.

Mein Bruder war vorhin hier gewesen.

Eisiges Entsetzen bricht durch meinen Nebel. Könnte Misha noch hier sein? Könnte er oben sein, in dem Kriegsgebiet mit den unbekannten Feinden?

Bevor ich diesen Gedanken überhaupt zu Ende gedacht habe, bin ich schon aus der Tür und renne den Flur des Untergeschosses entlang.

Ich muss zu Misha gelangen.

Wenn er noch am Leben ist, muss ich ihn retten.

Als ich um die Ecke zu den Treppen biege, stoße ich mit einer Person zusammen, die auf mich zuläuft. Wir krachen ineinander, und als wir zu Boden fallen, erkenne ich entsetzt, dass es sich um Misha handelt – dass mein Bruder zu mir gerannt kam. Er landet auf mir, und bevor ich Luft holen kann, steht er schwer atmend auf.

»Misha!« Ich kämpfe gegen mein Schwindelgefühl an und stehe auf. Ich halte immer noch Kirills Waffe fest, aber ich schaffe es trotzdem, Mishas Arm zu ergreifen, bevor er sich weiter von mir entfernen kann. »Bist du in Ordnung? Bist du verletzt? Was geschieht da oben?« Meine Fragen sind eine hektische Mischung aus Russisch und Ukrainisch, aber Misha schüttelt mit weit aufgerissenen, verständnislosen Augen seinen Kopf. Er scheint unter Schock zu stehen; unter dem Schmutz und dem Blut, die sein Gesicht bedecken, sehen seine Wangen krankhaft blass aus.

Mein Herz hämmert, als ich mit meiner freien Hand über ihn streiche, um nach Schusswunden oder gebrochenen Knochen zu suchen, aber außer einigen Kratzern scheint er intakt zu sein. Erleichtert ergreife ich wieder seinen Arm und ziehe ihn in einen der Räume, die vom Gang abgehen. »Komm. Wir müssen von hier verschwinden.«

»Du ... sie ...« Er scheint Probleme mit dem Sprechen zu haben. »Sie haben einfach –«

»Ja, ich weiß, komm.« Ich ziehe ihn in eine kleine Zelle, die derjenigen ähnelt, in der ich gerade noch war, und suche nach einem Platz, an dem wir uns verstecken können. Es gibt keinen, und mein Mut sinkt, als die Schüsse oben kurz aufhören, bevor sie noch gewalttätiger zurückkehren.

»Misha.« Ich umfasse meine Waffe fest mit meiner rechten Hand, hebe meine linke hoch und berühre zärtlich seine Wange. Mein kleiner Bruder ist bereits ein Stück größer als ich, und seinem schlaksigen Körperbau nach zu urteilen, wird er noch ein ganzes Stück wachsen. Er zittert unkontrolliert, und seine Haut fühlt sich unter meinen Fingern eiskalt an. »Mishen'ka, weißt du einen Weg, um hier herauszukommen?«

Er schluckt. »Nein.«

»Okay.« Ich zittere ebenfalls, aber ich rede mit ruhiger Stimme, um seine Angst nicht zu verschlimmern. »Weißt du, was dort oben passiert? Wer greift an?«

»Ich weiß es nicht.« Sein Zittern verschlimmert sich. »Sie haben einfach ... Sie haben Onkel Vasya getötet und –«

»Obenko ist tot?« Trotz allem fühle ich ein leichtes Bedauern in meiner Brust. Ich drücke dieses unlogische Gefühl weg, lasse meine Hand hinabsinken und frage: »Wie viele sind es? Hat einer von ihnen gesprochen?«

Misha schüttelt erneut seinen Kopf, und in seinen Augen schwimmen Tränen. »Sie haben Onkel Vasya getötet«, flüstert er, so als könne er es gar nicht glauben. »Und Agent Mateyenko.« Er verzieht sein Gesicht genau so, wie er es als Kleinkind immer getan hat.

»Ach, Misha ...« Ich trete näher an ihn heran und schlucke meine eigenen Tränen hinunter. »Es tut mir leid.« Ich möchte ihn einfach nur umarmen und trösten, aber dafür ist jetzt keine Zeit, also sage ich: »Wir müssen einen Weg nach draußen finden. Es muss einen –«

Ich werde von dem Geräusch schwerer Schritte, die die Stufen hinabkommen, unterbrochen. Misha spannt sich an, und ich kann Angst in seinen Augen aufflackern sehen. »Sie kommen zu uns. Sie werden uns –«

»Schscht.« Ich halte meinen Finger auf meine Lippen, während ich zurücktrete und einen verzweifelten Blick durch den Raum werfe. Ich weiß nicht, ob Kirills Waffe frisch geladen war, als er in meine Zelle kam, aber selbst wenn sie es war, können nicht mehr als ein paar Kugeln übrig sein. Aber ich könnte diese Kugeln theoretisch als Ablenkung nutzen, damit Misha verschwinden kann.

»Komm«, flüstere ich und ergreife seinen Arm. »Sobald du eine Gelegenheit bekommst, läufst du. Verstanden?«

»Aber sie sind –«

»Sei still«, zische ich und ziehe ihn den Gang hinunter. Als wir beim nächsten Raum ankommen, schiebe ich meinen Bruder dort hinein und flüstere: »Gib kein Geräusch von dir.«

Dann umfasse ich die Waffe mit beiden Händen und gehe auf die Treppen zu, um mich meinem Schicksal zu stellen.

VIERUNDZWANZIGSTES KAPITEL

❖ LUCAS ❖

Yulia.

Ich muss zu Yulia gelangen.

Der Gedanke hämmert in meinem Kopf, als ich die Treppen hinabrenne und das Blut ignoriere, das meinen Arm hinunterläuft. Eine Kugel hat mich an der Schulter gestreift, und meine Rippen schmerzen von der vielen Bewegung, aber ich nehme den Schmerz kaum wahr. Der Kampf hat sich als lang und brutal herausgestellt; selbst überrascht und durch die Bomben, die wir gezündet haben, betäubt, waren die Agenten der UUR nicht leicht zu überwältigen. Ich bin beinahe verrückt geworden, einen Schusswechsel mit ihnen durchstehen zu müssen, während Yulia unten vergewaltigt wird. Sobald wir zwei der drei Agenten, die das Erdgeschoss des Hauses verteidigt haben, außer Gefecht gesetzt hatten, bin ich zu den Treppen nach unten gerannt und habe es Diego und Eduardo überlassen, mit dem letzten Schützen fertigzuwerden. Ich hoffe, dass sie ihn gefangen nehmen können, anstatt ihn zu töten wie die beiden anderen, aber das ist es nicht wert, mich noch länger bei ihnen aufzuhalten.

Yulia zu retten ist heute wichtiger als Informationen zu bekommen.

Als ich am Ende der Stufen ankomme, zwinge ich mich dazu, langsamer zu werden. Der junge Agent hat diesen Weg genommen, nachdem wir den zweiten Schützen getötet hatten, und Yulias Vergewaltiger könnte auch auf mich warten. Ihm können die Schüsse und die Explosionen über ihm nicht entgangen sein. Das hoffe ich zumindest. Ich habe genau deshalb die Anweisung gegeben, die Bomben detonieren zu lassen, bevor wir uns an einem optimalen Angriffspunkt befanden: Ich habe angenommen, dass der Mann wahrscheinlich von Yulia ablassen würde, sobald ihm klar werden würde, dass das Gebäude angegriffen wird.

Ich umklammere meine M16 und bleibe stehen, als ich an der Ecke ankomme. Der Gang mit den ganzen Räumen befindet sich rechts von mir. Wenn ich mich richtig erinnere, sollte Yulias Zelle die vierte auf der linken Seite sein.

Das wird schwierig werden. Ich kann nicht einfach ziellos um mich schießen, so wie ich es oben getan habe – nicht, ohne dabei Yulias Leben zu riskieren.

Ich ducke mich und riskiere einen Blick um die Ecke.

Der Flur ist leer.

Ich riskiere einen zweiten Blick, um diesmal den Abstand zur nächsten Zelle mit einer offenen Tür abzuschätzen.

Drei Meter. Das kann ich schaffen.

Ich umfasse meine Waffe fester, während ich mich auf die Zelle zubewege, indem ich über den Boden rolle. Ich erwarte halb, Kugeln in meinem Körper zu spüren, aber es passiert nichts, als ich mich durch die offene Tür werfe, auf meine Füße springe und mich in dem Raum nach möglichen Gefahren umsehe.

Leer. Kein Hinweis auf eine weitere Person.

Ich atme ein, um meinen rasenden Herzschlag zu beruhigen. Das Wissen, dass sich Yulia nur wenige Räume von mir entfernt aufhält, ist wie Feuer in meinem Blut, aber ich weiß, dass ich geduldig sein muss. Irgendwo hier unten befinden sich zwei potentiell gefährliche Gegner, und ich muss vorsichtig sein, wenn ich überleben und sie zurückbekommen möchte.

Als ich mich flach an die Wand neben der Tür drücke, um den Gang zu beobachten, sind alle meine Sinne in Alarmbereitschaft. Ich hege keinen Zweifel daran, dass sie wissen, dass ich hier bin, was bedeutet, dass es nur eine Frage der Zeit ist, bis jemand ungeduldig wird und versucht, mich zu überwältigen. Um meinen eigenen Drang zu handeln, zu bekämpfen, zähle ich im Kopf bis zehn und wiederhole das Ganze.

Als ich das dritte Mal zähle, höre ich ein leichtes Kratzen und sehe eine blitzschnelle Bewegung. Es ist fast nichts – nur ein Schatten, der seine Form in einem der anderen Gänge verändert – aber ich weiß es.

Das ist der Feind.

Das Sicherste wäre, diesen Gang mit Kugeln zu überschwemmen, aber ich kann es nicht riskieren, aus Versehen Yulia zu erschießen. Wie ich sehen kann, haben die Bomben, die wir gezündet haben, hier unten einigen Schaden angerichtet. Der Boden ist mit Mörtel übersät, und die Deckenlichter flackern wie verrückt. Die Vorstellung, dass Yulia verletzt sein könnte, ist unerträglich, also drücke ich den Gedanken beiseite, genauso wie die Angst und die Wut in meiner Brust. Ich kann mich auf nichts davon konzentrieren, bis ich Yulia sicher bei mir habe.

Ich atme noch einmal ein und überschlage den Abstand zu dem anderen Gang.

Zwei Meter fünfzig, mehr oder weniger.

Ich erlaube mir noch einen beruhigenden Atemzug, und dann springe ich dorthin, bringe die Entfernung in drei langen Schritten hinter mich. Ein Schuss ertönt, aber ich bin bereits da, schlage die Pistole aus der Hand des Schützen, während ich ihn zu Boden reiße und ihm meine Waffe über die Kehle lege, um ihn am Boden zu halten.

Nein, wird mir einen Bruchteil einer Sekunde später klar.

Über ihre Kehle.

Yulia liegt auf ihrem Rücken unter mir, und ihre blauen Augen sind vor Entsetzen weit aufgerissen. Ihr Gesicht ist schmutzig und weist Blutergüsse auf, außerdem ist es mit Blut und Stücken von Putz überzogen, aber ich bezweifele nicht, dass sie es ist.

»Lucas?«, keucht sie, und ich sehe, wie ihr Blick plötzlich nach rechts wandert.

Ich reagiere instinktiv. Ich umfasse Yulia mit einer Hand und meine M16 mit meiner anderen, während ich mich zur Seite werfe, rolle und sie dabei mit mir ziehe. Meine Rippen tun höllisch weh, aber der Stein, der gerade dabei war, gegen meinen Kopf zu knallen, kommt stattdessen auf dem Boden auf, und ich springe auf, um es mit meiner neuen Bedrohung aufzunehmen – dem jungen Agenten, den ich in der Videoaufzeichnung gesehen habe.

Der Junge ist ganz offensichtlich trainiert worden, und er ist schnell. Als ich meine Waffe in Richtung seines Kopfes schwinge, duckt er sich und tritt gleichzeitig mit seinem rechten Bein zu. Ich springe zurück, weshalb sein Fuß meine Seite verfehlt, und, bevor er sich neu positionieren kann, drücke ich die Waffe nach vorne und ramme sie in seinen Solarplexus.

Sein Gesicht wird kreidebleich, und seine Knie geben nach. Er fällt, nach Luft schnappend, zu Boden, und ich erhebe die Waffe, um ihn bewusstlos zu schlagen. Aber bevor ich den Griff auf seinen Kopf schlagen kann, sehe ich den Hauch einer Bewegung neben mir.

Es ist Yulia, die mich mit gefletschten Zähnen anspringt.

»Geh weg! Tu ihm nicht weh!« Ihre Schreie sind fast hysterisch, als ich sie mitten im Sprung abfange, sie umdrehe und gegen die Wand drücke. Ihre Faust landet in meiner Seite, weshalb meine Rippen schmerzerfüllt aufschreien, während ich versuche, sie festzuhalten, ohne meine Waffe fallen zu lassen. Sie greift nach meinem Gewehr, versucht, es von mir wegzuziehen, und ich keuche vor Schmerzen, als ihr Ellenbogen erneut meine Rippen erwischt.

»Verdammt nochmal, hör auf damit, Yulia!« Ich will ihr nicht wehtun, aber ich kann es nicht zulassen, dass sie die Waffe bekommt. Sie hat bereits einmal auf mich geschossen; wer weiß, was sie mit einer voll geladenen M16 tun wird. Während ich mit ihr kämpfe, sehe ich aus dem Augenwinkel einen Schatten, der sich über den Gang bewegt.

Wenn das ein weiterer Agent ist, der sich dem Kampf anschließt, habe ich verloren.

Ich bereite mich mental vor, drehe mich herum und stoße meinen Ellenbogen in Yulias Rippen. Es handelt sich dabei um einen vorsichtig kontrollierten Schlag – ich benutze genügend Kraft, um die Luft aus ihr zu pressen – bevor ich nach hinten springe und mich umdrehe, um mich dem Jungen zuzuwenden, der immer noch am Boden liegt, aber beginnt, sich zu erholen.

Seine Augen werden groß, als ich die Waffe anhebe und zum ersten Mal kann ich sein Gesicht gut sehen.

Ein Gesicht, das mir eigenartig bekannt vorkommt.

»Nein!«

Bevor ich die Gelegenheit bekomme, das zu verarbeiten, was ich sehe, prallt Yulia in mich und zieht mich so stark nach unten, dass ich zurückstolpere, bevor ich mein Gleichgewicht wiedererlange. Ihr Gesicht ist zu einem Ausdruck entsetzter Angst verzogen, während sie mit mir um die Waffe kämpft, und ich beginne langsam zu begreifen, was gerade geschieht.

»Misha!«, schreit sie, so laut sie kann. Danach folgt ein russisches Wort, und meine Vermutung verwandelt sich in Gewissheit, als ich sehe, wie der Junge sich aufrappelt, auf mich zustürmt, und dabei seine Zähne auf eine Art freilegt, die identisch mit der auf Yulias Gesicht ist.

Scheiße.

»Halt«, zische ich und reiße die Waffe mit einem festen Ruck aus Yulias Händen. »Ich werde ihm verdammt nochmal nicht wehtun!«

Der Junge rammt mich, bevor ich ausgesprochen habe, und ich schlage auf seine Kehle, allerdings nicht ohne die Wucht derart zu vermindern, dass ich seine Luftröhre nicht verletze. Selbst durch diese leichte Berührung bricht er zusammen, keucht und versucht verzweifelt zu atmen, während ich noch mit Yulias Angriff zu kämpfen habe.

Sie fliegt wie eine tödliche Kreatur auf mich zu, scheint nur noch aus Zähnen und Klauen zu bestehen, und ihre Augen sehen durch das Entsetzen wild aus. Sie glaubt meinem Versprechen, dem Jungen nichts anzutun, offensichtlich nicht, und was auch immer er für sie ist, sie kämpft wie eine Bärin, die ihr Junges verteidigt. Fluchend wehre ich ihren Versuch, mich mit den Knien in meine Eier zu treten, ab und ducke mich, um ihrer Faust auszuweichen. Bevor sie erneut ausholen kann, fange ich sie, drücke ihre Arme an ihre Seiten und halte sie fest. Meine M16 befindet sich immer noch in meiner Hand, aber ich benutze sie nicht. Ich halte Yulia einfach nur fest und warte darauf, dass sie wegen ihrer verzweifelten Gegenwehr von allein ermüdet.

Sie wird schneller schwächer, als ich erwartet hatte, aber wahrscheinlich ist das auf ihre Verletzungen zurückzuführen. Innerhalb weniger Minuten hängt sie schlaff in meinen Armen und ihre Atmung ist schnell und zitterig. Ich fühle, dass ihre Muskeln vor Erschöpfung zucken, während ich sie festhalte, und trotz des gewaltigen Schmerzes meiner Rippen durchfährt mich die vertraute Mischung aus Lust und Zärtlichkeit, die meine Brust erwärmt und meinen Schwanz versteift.

Yulia.

Endlich habe ich meine Yulia wieder.

Ihre Brust drückt sich sanft gegen meine, und ihr Körper fühlt sich in meiner Umarmung schlank und zart an. Sie riecht nach Angst, Schweiß und Blut, aber unterschwellig nehme ich den leichten Pfirsichduft wahr – etwas, was ich immer mit ihr verbinden werde. Ich atme ein, bade mich einen Moment darin, aber erinnere mich dann an den Schatten, dessen Bewegungen ich eben wahrgenommen hatte.

Der andere Agent – der, der Yulia angegriffen hat – läuft immer noch frei herum.

»Hat er dir wehgetan?« Meine Stimme ist durch die stechende Wut belegt. »Hat der Bastard dich angefasst?«

Yulias ganzer Körper versteift sich, und dann beginnt sie erneut, sich zu wehren. »Lass mich los.« Ihre Worte werden durch mein T-Shirt gedämpft. »Lass mich los, Lucas!«

Ich verstärke die Umarmung, in der ich sie halte, und ignoriere den Schmerz, den diese Bewegung hervorruft. »Antworte mir.«

Sie atmet immer noch schnell, und ich sehe, dass der Junge versucht, aufzustehen. Ich spanne meinen Kiefer an und drehe Yulia um, damit ich meine M16 auf ihn richten kann. Er versteinert augenblicklich, und ich versuche, einen Weg zu finden, wie ich als Nächstes vorgehen sollte. Alles in mir verlangt danach, in den Gang zu eilen und den Agenten zu ergreifen, der sie angefallen hat, aber wenn ich Yulia loslasse, wird sie mich erneut angreifen, und ich möchte mich nicht gezwungen sehen, ihr wehzutun.

Und dann ist da auch noch das verdammte Kind.

Während ich mit meinem Dilemma hadere, bemerke ich, dass ich keine Schüsse mehr höre – dass es sogar seit einigen Minuten schon ruhig ist. Genau in dem Moment, als mir das klar wird, höre ich rennende Schritte auf den Stufen, und eine Minute später schießt Eduardo in den Raum und ist bereit, die verbliebenen Gegner zu erwischen.

»Warte«, sage ich, als er die Waffe auf das Kind richtet. »Schieße nicht auf ihn.«

Yulia beginnt erneut, sich zu wehren, also drücke ich sie fester an mich und flüstere ihr ins Ohr: »Beruhige dich. Wir werden ihm nicht wehtun. Hätte ich gewollt, dass er stirbt, wäre er bereits tot.«

Das scheint bis zu ihr durchzudringen. Sie hört auf, gegen mich anzukämpfen, und ich gehe das Risiko ein, meinen Griff um sie zu lockern. Als ich sehe, dass sie immer noch nicht angreift, lasse ich sie los und trete zurück. Im letzten Moment ändere ich meine Meinung und umgreife ihr linkes Handgelenk, um sie an mich zu binden.

Auf gar keinen Fall werde ich ihr die Gelegenheit geben, mir jemals wieder zu entkommen.

»Es befindet sich noch einer irgendwo hier unten«, sage ich Eduardo mit harter Stimme. Der Gedanke daran, dass Yulias Angreifer immer noch auf freiem Fuß ist, ist unerträglich. »Finde ihn und bringe ihn zu mir.«

Eduardo nickt und verschwindet, während Yulia mich am ganzen Körper zitternd anstarrt. Sie sieht aus, als würde sie jeden Moment ohnmächtig werden oder zusammenbrechen. »Du wirst ihm nicht –« Ihre Stimme bricht. »Du wirst Misha nicht wehtun?«

Ich werfe einen Blick auf den Jungen, der clevererweise bewegungslos auf dem Boden liegenbleibt. »Wenn das dort Misha ist, dann nicht.« Ich atme beruhigend ein und versuche, nicht wegen meiner schmerzenden Rippen zusammenzuzucken. »Wer ist er?«

Yulia bekommt große Augen. »Das weißt du nicht? Aber du hast gesagt –«

»Ich denke, dass die Möglichkeit besteht, dass ich etwas falsch verstanden hatte«, erwidere ich ruhig. »Wer ist er? Dein Cousin?«

Sie blinzelt. »Mein Bruder.«

Jetzt bin ich an der Reihe, überrascht auszusehen. »Du hast gesagt, du seist ein Einzelkind.«

»Ich habe gelogen«, meint sie. Dann runzelt sie ihre Stirn. »Aber du hast gesagt, dass du Bescheid weißt. Als ich dich gebeten habe, ihn nicht zu töten, hast du gesagt, du wüsstest Bescheid. Was hast du damit gemeint? Warum hast du –«

»Ich dachte, er sei dein Liebhaber, okay?« Wut – diesmal auf mich selbst – lässt meine Worte knapp klingen. »Warum hast du damit gelogen, dass du ein Einzelkind seist?«

Yulia befeuchtet ihre Lippen. »Weil ich dir nicht vertraut habe.«

Natürlich nicht – und offensichtlich mit gutem Grund. Ich zwinge mich, erneut einzuatmen. In einem ruhigeren Ton frage ich: »Bist du verletzt? Hat dieser Ficker dir wehgetan?«

Sie versteift sich erneut. »Woher weißt du –«

»Ich habe mich in die Videoüberwachung dieser Einrichtung gehackt«, erkläre ich ihr. Ich lasse ihr Handgelenk los und erhebe meine Hand, um meine Fingerspitzen über die Schwellung auf ihrer linken Gesichtshälfte gleiten zu lassen. »Hat er das gemacht?«, frage ich und versuche, meine Wut zu unterdrücken. »Hat er dich geschlagen?«

»Er ...« Yulia schluckt. »Ich habe mich gewehrt, also hat er mich geschlagen. Dann hast du –« Sie hält inne. »Wie hast du diesen Ort gefunden?«

Ich verenge meine Augen und weigere mich, mich ablenken zu lassen. »Hat er dich vergewaltigt?«

»Er hat es versucht, aber ... nein.« Ihr Blick schweift nach unten. »Diesmal nicht.«

»Diesmal?« Ich explodiere fast auf der Stelle. »Hat er dir davor schon wehgetan?«

Sie blickt auf und sieht irritiert aus. »Ich habe dir davon erzählt. Erinnerst du dich nicht?«

»Das war –«

»Kirill, ja.« Ihre geschwollenen Lippen zittern. »Sie haben mich über ihn angelogen. Er war am Leben. Am Leben und hat Misha trainiert ...« Sie blickt zu dem Jungen hinunter, der unsere ganze Unterhaltung hindurch geschwiegen hat. Ich weiß nicht, wie viel Englisch er versteht, aber wegen seines entsetzten Gesichtsausdrucks muss er zumindest Teile verstanden haben.

Ich kann sehen, dass Yulia gerade mit ihm reden möchte, also ergreife ich fest ihr Kinn, damit sie sich wieder auf mich konzentriert. »Wir werden ihn fassen«, verspreche ich ihr bitter. »Er wird nicht damit davonkommen.«

Zu meiner Überraschung verzieht sich Yulias Mund zu einem Lächeln, als ich meine Hand sinken lasse. »Das ist in Ordnung. Ich habe mich um ihn gekümmert.«

»Was?«

»Er ist tot – oder er wird es bald sein, wenn er es noch nicht ist.«
Yulias Lächeln verstärkt sich. »Er ist in meiner Zelle. Oder zumindest
sollte sich seine Leiche dort befinden.«

Ich will sie gerade bitten, mich dorthin zu führen, als Eduardo den
Raum betritt. »Er ist verschwunden«, sagt der Wächter mit
offensichtlichem Abscheu. »Der Bastard hat es bis zu einem der
Geländewagen auf der Rückseite geschafft und hat sich dann abgesetzt.
Es muss einen weiteren Ausgang hier unten geben. Er hat den ganzen
Weg zum Auto geblutet, also muss er ziemlich schlimm verletzt sein.
Vielleicht wird er von alleine verbluten.«

Yulias Augenbrauen ziehen sich zusammen. »Von wem –«

»Er redet über Kirill.« Ich muss mich beherrschen, um meine Stimme
ruhig zu halten. »Ich habe vorhin einen Schatten gesehen, der sich im
Gang bewegt hat, als Misha und du euer Bestes gegeben habt, um mir
den Kopf einzuschlagen. Er scheint nicht so schlimm verletzt zu sein, wie
du dachtest, ansonsten –«

»Ich habe ihm seinen Schwanz und seine Eier weggeschossen.« Yulias
trockene Erklärung führt dazu, dass ich – und alle anderen männlichen
Personen in diesem Raum – instinktiv zusammenzucken. »Außerdem
habe ich ihm eine Kugel in die Seite gejagt«, sagt sie, und bevor
irgendjemand antworten kann, rennt sie aus dem Raum heraus und den
Gang hinunter bis zu ihrer Zelle.

»Behalte ihn im Auge«, sage ich zu Eduardo, während ich in Richtung
Yulias Bruder nicke und ihr dann folge, da ich entschlossen bin, sie nie
wieder aus den Augen zu lassen.

FÜNFUNDZWANZIGSTES KAPITEL

❖ YULIA ❖

Lucas ist hier. Er hat versprochen, meinem Bruder nicht wehzutun. Kirill könnte entkommen sein.

Ich kann nichts davon verarbeiten, also versuche ich es nicht einmal. Ich stürme in die Zelle, in der Kirill mich angegriffen hat, und sehe sofort, dass Eduardo recht hatte.

Kirill ist verschwunden.

Überall ist sein Blut. Ich drehe mich herum, um der Spur zu folgen, die aus dem Raum führt, aber Lucas ist bereits hier und steht im Türrahmen wie ein menschlicher Berg. Sein hartes Kinn ist mit blonden Stoppeln übersät, und seine Augen haben die Farbe eines vereisten Sees. Mit seiner sondereinsatzkomandoartigen Bekleidung und der Maschinenpistole sieht er wie der Prototyp eines gnadenlosen Soldaten aus.

Ich möchte vor ihm fliehen und ihm gleichzeitig in die Arme springen.

Ich tue nichts davon. Stattdessen sage ich leise: »Er ist weg.« Ich weiß, dass ich etwas Offensichtliches ausspreche, aber jede Form höheren Denkens scheint gerade zu viel für mich zu sein. Mein Kopf pocht vor Schmerzen, und meine Knie fühlen sich an, als würden sie jeden Augenblick nachgeben. Das Adrenalin, das mir während meines

Kampfes mit Lucas Kraft gegeben hatte, ist verschwunden und lässt mich zitternd zurück.

Kirill hat mich fast wieder vergewaltigt. Lucas hat mich gerettet. Lucas hatte gedacht, Misha sei mein Liebhaber.

Ich schüttele meinen Kopf, und ein hysterisches Lachen ertönt aus meiner Kehle.

»Yulia ...« Lucas streckt sich mit gerunzelter Stirn nach mir aus, und mein Lachen verstärkt sich. Ich kann nicht aufhören zu lachen, weder als er mich in eine Umarmung zieht und seine M16 sich in meinen Rücken drückt noch als er mich an sich gedrückt hin und her schaukelt und mir dabei beruhigende Worte ins Ohr flüstert. Er verspricht mir, dass er Kirill für mich finden und sicherstellen wird, dass dieser Ficker leidet, aber ich höre ihm nicht zu. Mein Kopf ist wie ein Tischtennisball, er springt von einer verrückten Tatsache zur nächsten.

Lucas ist in der Ukraine. Mein Bruder ist hier bei mir. Lucas hat nicht vor, ihn zu töten – auch wenn er genau das vorhatte, als er dachte, Misha sei mein Liebhaber.

Mein hysterisches Lachen verwandelt sich in ein ebenso hysterisches Schluchzen. Ich weiß, dass es lächerlich ist, aber ich kann nicht aufhören. Der ganze Herzschmerz und der Stress der vergangenen Stunden vereinigen sich zu einem immer größer werdenden Kloß in meinem Hals, bis ich das Gefühl habe, gleich zu ersticken.

Misha hätte getötet werden können. Das könnte er immer noch, sollte Lucas seine Meinung ändern. Ich möchte wieder um das Leben meines Bruders betteln, aber alles, was aus meinem Mund kommt, ist ein ersticktes Geräusch, das in einem weiteren Schluchzen endet.

»Ruhig, mein Schatz, es ist alles in Ordnung, alles wird gut werden ...« Lucas' Stimme ist ein leises Grollen in meinem Ohr. »Ich werde dich vor ihm beschützen, das verspreche ich dir.«

Er beugt sich nach unten, hebt mich hoch und drückt mich gegen seine Brust, und ich schlinge meine Arme um seinen Nacken, während ich mein Gesicht an seinen Hals drücke. Fast augenblicklich fühle ich mich ruhiger und mein Schluchzen lässt nach, als er mich den Gang hinunterträgt.

Als wir an dem Raum vorbeigehen, in dem ich meinen Bruder gelassen hatte, sehe ich allerdings, dass er leer ist, und das Gefühl, zu ersticken, kommt zurück. »Wo ist er?« Meine Stimme wird höher, als ich mich von Lucas' Schultern wegdrücke. »Wo ist Misha?«

»Ich nehme an, dass Eduardo ihn nach oben gebracht hat, und genau dahin bringe ich dich jetzt auch«, antwortet Lucas und drückt mich fester an sich. »Mach dir keine Sorgen, Süße. Ihm wird es gutgehen, und dir auch.«

Seine Worte beruhigen mich ein wenig. Ich vertraue Lucas immer noch nicht, aber ich wüsste nicht, was er davon hätte, mich in diesem Punkt anzulügen. Genau wie er gesagt hat, hätte er Misha bereits umgebracht, wenn er ihn tot sehen wollte.

»Was wirst du mit ihm tun?« Meine Stimme ist ein wenig ruhiger, als ich mich zurücklehne, um meinen Entführer anzusehen. »Mit uns, meine ich.«

»Du wirst mit mir kommen, und dein Bruder ebenfalls.« Lucas' Augen funkeln, während er zwei Stufen auf einmal nimmt. »Jetzt entspanne dich – wir werden das alles bald klären.«

Und bevor ich weitere Fragen stellen kann, betritt er die Ruine, die einmal das Erdgeschoss des Hauses war.

* * *

Die nächsten Stunden habe ich nur schwammig in Erinnerung. Ich weiß, dass ich Obenkos blutige Leiche gesehen habe, als Lucas mich aus den Trümmern getragen hat, aber kurz danach muss ich das Bewusstsein verloren haben, weil ich mich an die Fahrt zum Flughafen und den Abflug nicht erinnern kann. Mein letzter halbwegs klarer Moment ist, als ich neben meinem Bruder im Auto sitze, der rote und geschwollene Augen hat, und dessen Hände hinter seinem Rücken gefesselt sind.

Einige Male während des Flugs schüttelt Diego mich, damit ich aufwache, und ich muss ihm meinen Namen und die Anzahl der Finger nennen, die er in die Höhe hält. Das erste dieser Male frage ich nach meinem Bruder, und Diego zeigt auf ein Bündel auf dem Sofa auf der anderen Seite der Kabine, das mit einer Decke zugedeckt ist.

»Wir haben ihm ein Beruhigungsmittel gegeben, damit er aufhört, sich zu wehren«, erklärt mir der Wächter. »Dein Bruder hat die toten Agenten nicht gut aufgenommen.«

Ich versuche aufzustehen, um sicherzugehen, dass es Misha gut geht, aber mein ganzer Körper protestiert eindringlich, indem mein Kopf derart schmerzt, dass ich mich in meinen Sessel zurückfallen lasse, um gegen eine Welle übelkeitserregenden Schwindelgefühls anzukämpfen.

»Versuch nicht, dich zu bewegen«, meint Diego und schnallt mich mit dem Gurt an. »Lucas denkt, dass du eine Gehirnerschütterung haben könntest. Er hat mich beauftragt, auf dich zu achten, während er das Flugzeug steuert.«

»Aber Misha –«

»Ihm geht es gut.« Diego geht zu ihm und sticht ihm einen Finger in die Schulter. Mein Bruder gibt einen unzusammenhängenden Laut von sich, und der Wächter sagt: »Siehst du? Er schläft. Und jetzt entspann dich. Wir befinden uns bereits über dem Atlantik und sollten bald zu Hause sein.«

»Zu Hause?« Ich versuche trotz der pochenden Schmerzen hinter meinen Schläfen zu denken.

»Unser Anwesen.« Der junge Mexikaner grinst. »Wir haben Rückenwind, also werden wir in null Komma nichts landen.«

Ich will entgegnen, dass Esguerras Anwesen nicht mein Zuhause ist, aber meine Kopfschmerzen werden stärker, und ich verliere erneut das Bewusstsein.

* * *

»– eine Menge Blutergüsse auf ihrem Rücken, Gesicht und Bauch und, ja, eine leichte Gehirnerschütterung. Ich werde ihr Schmerzmittel geben, damit sie in Ruhe schlafen kann. Sie müssen sie nicht immer aufwecken; ihre Kopfverletzung ist nicht so schwer. Ihr Körper ist einfach verletzt und muss heilen. Je mehr Schlaf, desto besser. Ich empfehle Ihnen ebenfalls, ruhiger zu treten; Sie tun ihren Rippen keinen Gefallen mit diesen ganzen Anstrengungen.«

Die Stimme hört sich irgendwie bekannt an. Ich zwinge meine Augenlider, sich zu öffnen, und sehe Lucas, der neben einem kleinen, glatzköpfigen Mann steht – dem Arzt, der mich untersucht hat, als ich das erste Mal zum Anwesen gebracht wurde. Wie hieß er nochmal? Ich unterdrücke ein Stöhnen, als ich meinen Kopf drehe, um mich umzuschauen, und erkenne, dass ich mich in Lucas' Schlafzimmer befinde und auf seinem bequemen Bett liege.

Außerdem bin ich unter der Decke sauber und nackt. Lucas muss mich ausgezogen und gewaschen haben, als ich bewusstlos war.

»Wo ist Misha?« Meine Worte sind ein kaum hörbares Krächzen. Ich räuspere mich und versuche es noch einmal. »Wo ist mein Bruder?« Den zugezogenen Jalousien und dem eingeschalteten Licht nach zu urteilen ist es schon abends oder sogar nachts.

Lucas und der Arzt drehen sich gleichzeitig zu mir um und blicken mich an. Lucas' Mund ist zu einer dünnen Linie zusammengepresst, aber in dem Augenblick, in dem ich versuche, mich hinzusetzen, durchquert er den Raum mit wenigen Schritten und setzt sich auf meine Bettkante. »Du musst dich ausruhen.« Sein Ton ist harsch, aber seine Berührung, um mich hinunterzudrücken, ist sanft. »Bewege dich nicht.«

Er beginnt, sich zu erheben, und ich greife verzweifelt nach seiner Hand. »Ich muss Misha sehen.«

Lucas zögert einen Moment lang, bevor er schroff meint: »In Ordnung. Ich werde ihn hierherbringen lassen. Aber du bleibst liegen, verstanden?«

Ich verstärke meinen Griff um Lucas' Hand. »Wo hältst du ihn fest?« Jetzt, da wir der unmittelbaren Gefahr entkommen sind, überkommt mich eine neue Angst. Mein Bruder ist hier, auf Esguerras Anwesen, in den Händen von Männern, die ein Menschenleben genauso leicht auslöschen können, wie sie einen Käfer zerquetschen. Wenn ich Lucas in dem Keller nicht aufgehalten hätte, würde er Misha wahrscheinlich getötet haben – genauso wie er Obenko und die anderen Agenten umgebracht hat.

Mein Entführer ist gefährlich, und das kann ich nicht vergessen.

»Misha – oder Michael, wie er lieber von uns genannt werden möchte – lebt in den Baracken der Wächter«, antwortet Lucas, und seine Kiefermuskulatur zuckt dabei. Er scheint wegen irgendetwas wütend zu sein, aber ich habe keine Ahnung, weshalb. »Diego und Eduardo behalten ihn im Auge. Wenn du mich jetzt entschuldigen würdest; ich will Diego anrufen und ihn deinen Bruder bringen lassen.«

Ich lasse Lucas' Hand los, und er steht auf. »Geben Sie ihr ihre Schmerzmittel«, weist er den Doktor an. »Ich bin in einer Minute zurück.«

Der Mann nickt, und Lucas verlässt das Zimmer, nachdem er mir einen letzten strengen Blick zugeworfen hat. Trotz des Schmerzes, der meine Schläfen zusammenzieht, verstehe ich seine wortlose Warnung:

Benimm dich, oder ...

Hätte er es ausgesprochen, hätte ich ihm sagen können, dass seine Vorsichtsmaßnahmen überflüssig sind. Nicht nur, dass ich mich fühle, als hätte mich ein Laster überfahren, Lucas hat auch meinen Bruder. Selbst wenn ich weglaufen wollen würde, würde ich ohne Misha nirgendwohin gehen – was der Grund dafür sein muss, warum Lucas ihn hierhergebracht hat, wird mir klar, und ich erschaudere.

»Hier, bitte schön«, sagt der Arzt und streckt seine Hand aus, um mir meine zwei Tabletten zu geben, die ich automatisch annehme.

»Ich danke Ihnen, Dr. Goldberg«, erwidere ich, da ich mich endlich wieder an seinen Namen erinnere.

Der kleine Mann lächelt mich freundlich an, hilft mir dabei, mich hinzusetzen, und schiebt zwei Kissen hinter meinen Rücken, während ich die Decke an meine Brust drücke. Außerdem gibt er mir eine Flasche Wasser, die ich dafür benutze, die Tabletten hinunterzuspülen. Es hat keinen Sinn, sie abzulehnen; die Tabletten könnten mich zwar benebeln, aber das tun die Kopfschmerzen ja auch schon. Obwohl ich die ganze Reise über geschlafen habe, fühle ich mich träge und erschöpft, und es gibt keine Stelle an meinem Körper, die nicht schmerzt.

»Sie sollten schlafen«, meint Dr. Goldberg, bevor er sich herumdreht und in seiner Tasche wühlt, während ich die Decke enger um meine nackte Brust wickele und sie mit meinen Armen festhalte.

So als würden sie seiner Anweisung Folge leisten, werden meine Augenlider immer schwerer, und meine Gedanken beginnen abzuschweifen, während der Arzt dasteht und leise vor sich hin summt. Ich bin fast eingeschlafen, als ich mich an etwas erinnere, was er vorher gesagt hat.

»Ist Lucas verletzt?« Ich setze mich gerader hin, und meine Müdigkeit wird von plötzlicher Besorgnis verdrängt. »Sie haben seine Rippen erwähnt.«

Dr. Goldberg dreht sich herum, und seine Augenbrauen sind vor Überraschung in die Höhe gezogen. »Ach, das. Ja, gebrochene Rippen benötigen etwas Zeit, um zu heilen. Eigentlich sollte er körperliche Aktivitäten vermeiden und nicht wie Rambo durch die Gegend rennen.«

Ich runzele meine Stirn. »Wann hat er sich seine Rippen gebrochen?« So wie der Arzt darüber redet, scheint es sich um eine ältere Verletzung zu handeln.

Dr. Goldberg wirft mir einen überraschten Blick zu. »Das wissen Sie nicht?« Dann entspannt sich sein Gesicht, und er schüttelt seinen Kopf. »Natürlich wissen Sie das nicht. Warum habe ich nicht gleich daran gedacht?«

»Ist hier etwas passiert?«

Er zögert, bevor er erwidert: »Ich denke, es ist das Beste, wenn Kent es ihnen erzählt.«

»Ihr was erzählen?«, fragt Lucas, der gerade den Raum betritt, und ich sehe, dass mein Bruder ihm mit vor dem Körper gefesselten Händen folgt.

»Misha!« Ich springe fast von meinem Bett auf und pfeife auf die Verletzungen, aber im letzten Moment erinnere ich mich daran, dass ich unter der Decke nackt bin. Ich erröte, drücke meine Arme fester an meine Seiten und lächele meinen Bruder stattdessen an. »Wie geht es dir?«, frage ich ihn auf Russisch. »Geht es dir gut?«

Misha starrt mich an, und ich sehe, wie er vom Hals an errötet, während er von mir zu Lucas und dann zu Dr. Goldberg schaut.

Ich drehe mich zu meinem Entführer. »Lucas, wäre es möglich –«

»Ihr habt fünf Minuten«, knurrt er und verlässt mit großen Schritten das Zimmer. Der Arzt folgt ihm hinaus, schließt die Tür hinter sich, und zum ersten Mal seit elf Jahren bin ich mit meinem Bruder allein.

SECHSUNDZWANZIGSTES KAPITEL

❖ LUCAS ❖

In dem Moment, in dem sich die Tür zu meinem Schlafzimmer schließt, drehe ich mich zu Goldberg um und sage: »Bereiten Sie die Tracker vor. Ich möchte, dass sie implantiert sind, bevor Sie gehen.«

Der Arzt blinzelt. »Heute Nacht? Aber –«

»Sie nimmt bereits Schmerzmittel, und mit ihren derzeitigen Verletzungen wird sie diese Unannehmlichkeit kaum spüren.« Ich verschränke meine Arme vor meiner Brust. »Sie können eine lokale Betäubung benutzen, um sicherzugehen, dass sie keine Schmerzen hat, wenn sie eingesetzt werden.« Ich halte inne und blicke Goldberg stirnrunzelnd an. »Oder denken Sie, dass das ihren Heilungsprozess stört?«

»Nein, aber ...« Er schaut mich unsicher an. »Denken Sie nicht, dass sie schon genug durchgemacht hat?«

»Wie bitte?«

Goldberg seufzt und erwidert: »Nichts. Ich sehe, Sie sind fest entschlossen. Ich werde den Eingriff vorbereiten.«

Er geht zum Sofa, setzt sich hin und öffnet seine Arzttasche, um eine Spritze mit einer dicken Nadel, sowie die Implantate, die ich ihm bereits gegeben hatte, herauszuholen. Die Tracker sind winzig, sie haben etwa die Größe eines Reiskorns, aber sind in der Lage, ein Signal von jedem

Ort der Welt zu senden. Ich betrachte ihn einige Augenblicke lang, gehe dann zum Fenster und starre nach draußen, ohne etwas zu sehen, während ich versuche, den brodelnden Zorn in mir zu unterdrücken.

Kirill ist entkommen.

Er hat Yulia wehgetan und ist dann verdammt nochmal entkommen. Ich weiß nicht, wie er es geschafft hat – wenn Yulia mit den Verletzungen, die sie ihm zugefügt hat, recht hat, sollte er nahezu tot gewesen sein – aber das Arschloch ist mit dem Geländewagen weggefahren und wir konnten ihn nicht verfolgen und gleichzeitig unsere Anwesenheit in diesem Land vor den Autoritäten geheimhalten. Allerdings war es wegen der Explosionen und Schüsse nur eine Frage der Zeit, bis wir Schwierigkeiten bekommen würden. Das Sicherste war, so schnell wie möglich das Land zu verlassen, und genau das haben wir auch getan.

Natürlich haben wir das nur gemacht, weil Yulia verletzt war, und ich sie so schnell wie möglich nach Hause bringen wollte. Ansonsten hätte ich den Bastard aufgespürt und mir später darüber Gedanken gemacht, wie ich das Land verlassen kann.

Der Gedanke daran – dass Yulia geschlagen und fast vergewaltigt wurde – lässt die Wut in mir neu aufflammen. Ich weiß gar nicht, auf wen von uns ich wütender bin: Auf Yulia, dafür, dass sie darüber gelogen hat, ein Einzelkind zu sein und davongerannt ist, oder mich selbst, weil ich mich nicht ausreichend informiert habe, bevor ich voreilige Schlüsse gezogen habe.

Misha ist ihr Bruder, nicht ihr Geliebter.

Ihr verdammter Bruder im Teenageralter.

Während des Flugs hatte ich Zeit, über alles nachzudenken, und rückblickend ist es ziemlich offensichtlich, dass meine Eifersucht mich daran gehindert hat, die Wahrheit zu sehen. Der Gedanke, dass Yulia einen anderen Mann lieben könnte, war so unerträglich gewesen, dass ich mich geweigert hatte, ihren Bitten zuzuhören.

Meine Besessenheit mit ihr hat sie beinahe umgebracht.

»Lucas?« Goldbergs Stimme unterbricht meine Überlegungen. Als ich mich umdrehe, um ihn böse anzublicken, sagt der Arzt vorsichtig: »Ich denke, ihre fünf Minuten sind um. Wenn Sie möchten, dass ich den Eingriff vornehme, bin ich bereit.«

»In Ordnung.« Ich zwinge mich zu einer ruhigeren Stimme. »Gehen wir.«

Missverständnis hin oder her, Yulia wird mir nie wieder entkommen.

SIEBENUNDZWANZIGSTES KAPITEL

❖ YULIA ❖

In der Sekunde, in der sich die Tür hinter dem Arzt schließt, schiebe ich mich näher an die Bettkante, allerdings nicht, ohne mich zu vergewissern, dass die Decke meine Brust bedeckt. Mein Kopf pocht bei jeder Bewegung, aber ich sage: »Mishen'ka –«

»Ich heiße Mikhail – oder Michael, da dir die englische Sprache ja so gut gefällt«, sagt mein Bruder gereizt, und seine hellen Augenbrauen ziehen sich grimmig zusammen. »Ich bin kein Kind mehr.«

»Nein, das kann ich sehen.« Ich ignoriere das Pochen meiner Schläfen, betrachte sein Gesicht und bemerke die Veränderungen durch das Erwachsenwerden. Mit vierzehn hat er bereits die Verwandlung in einen Mann begonnen, sein Gesicht ist schmaler und härter, als ich es von den letzten Fotos von vor einigen Monaten in Erinnerung habe.

Ich unterdrücke einen irrationalen Drang, zu weinen, und beginne von vorn. »Michael« – die formelle amerikanische Version seines Namens fühlt sich aus meinem Mund kommend komisch an – »Ich möchte mit dir über ... na ja, alles reden.«

Er steht einfach nur da und sieht angespannt und wütend aus, also fahre ich fort. »Das mit Obenko – also deinem Onkel – tut mir leid. Ich weiß, dass er dir viel bedeutet hat. Und Mateyenko ... Sie waren gute Agenten. Ihr Land hat ihnen wirklich etwas bedeutet, und ich weiß, dass du Obenko etwas bedeutet hast ...« Mir fällt auf, dass ich um den heißen Brei herumrede, also atme ich tief ein und sage: »Ich weiß, dass die Männer, die uns festhalten, angsteinflößend zu sein scheinen, aber ich verspreche dir, dass ich alles in meiner Macht stehende tun werde, um dich zu beschützen. Lucas hat gesagt, dass er dir nicht wehtun wird, und ich –«

»Ist er dein Liebhaber?« Mishas Wangen erröten, als er mir diese Frage stellt, aber er schaut nicht weg, sondern sein vorwurfsvoller Blick ist auf mich gerichtet.

Ich spüre, dass mein Gesicht heiß wird. Das ist nicht die Unterhaltung, die ich mit meinem jungen Bruder führen möchte. »Er ist ... es ist kompliziert. Aber darüber musst du dir keine Gedanken machen. Ich werde sicherstellen, dass dir nichts passiert, okay?«

»Ja klar, genauso wie du sichergestellt hast, dass Onkel Vasya nichts passiert.« Mishas Stimme ist hart, aber ich spüre seine Angst und seine Trauer in ihr. Das Training, das er die letzten zwei Jahre erhalten hat, hat ihn nicht auf so etwas vorbereitet. Mein kleiner Bruder weiß vielleicht, wie man kämpft und wie man schießt, aber ich bezweifle, dass er dem Tod jemals so nah war wie gestern.

Dieser Teil kommt erst später im Trainingsprogramm.

»Michael ...« Ich beiße mir auf die Lippe, während ich mich frage, wie ich am besten Obenkos Lügen anspreche. »Ich weiß, dass dein Onkel dir Dinge über mich erzählt hat, und –«

»Beschuldigst du ihn auch noch, ein Lügner gewesen zu sein? Reicht es nicht, dass er deinetwegen tot ist?« Mishas Gesicht wird hart, und seine Augen leuchten ein wenig zu stark. »Diese Mörder waren hinter dir her. Das alles ist deinetwegen geschehen.«

»Nein, Misha – Michael – das stimmt nicht.« Mein Herz zieht sich wegen seines Schmerzes zusammen. »Ich bin geflohen, damit ich Obenko warnen –« Ich breche ab, da mir auffällt, dass ich meinem Bruder nur noch mehr Angst machen werde. In einem ruhigeren Ton füge ich hinzu: »Ich weiß, wie das auf dich wirken muss, aber ich schwöre dir, ich hatte keine bösen Absichten. Alles, was ich seit dem Waisenhaus getan habe, war –«

»Ach, bitte.« Misha kommt auf mich zu, und seine mit Handschellen gefesselten Hände versteifen sich vor seinem Körper. »Du hättest mich dort verrotten lassen. Einen Tag hast du mir noch versprochen, dass du immer für mich da seist, und am nächsten warst du verschwunden.«

Schockiert öffne ich meinen Mund, aber er gibt mir nicht die Möglichkeit, zu antworten. »Denkst du, ich erinnere mich nicht daran?« Er erhebt seine Stimme, während er einen weiteren Schritt auf mich zukommt. »Doch, das tue ich. Ich erinnere mich an alles. Du hast mich angelogen. Du hast gesagt, wir würden immer zusammenbleiben, und dann bist du verschwunden!«

»Das reicht.« Lucas' Stimme lässt uns beide versteinern, als sich die Tür öffnet und mein Entführer eintritt. Dr. Goldberg, der ihm folgt, hat Latexhandschuhe übergezogen und trägt ein chirurgisches Tablett mit Spritzen und Nadeln in verschiedenen Größen.

Mein Herz setzt einen Schlag aus, bevor es anfängt zu rasen. »Was ist das?« Ich kann meine Panik nicht verstecken, als ich zu Lucas blicke. »Du hast gesagt –«

»Das sind die Tracker, von denen ich dir erzählt habe«, sagt Lucas, während er den Raum durchquert. Er bleibt vor meinem Bett stehen und schaut kurz zu meinem Bruder, dessen entsetzter Blick an dem Tablett hängen geblieben ist. »Es wird ihr gutgehen«, sagt Lucas und ergreift Mishas Arm, um ihn vom Bett wegzuziehen.

»Nein, warte.« Kalter Schweiß bricht an meinem ganzen Körper aus, als Dr. Goldberg eine kleine Spritze zur Hand nimmt und zu mir kommt. Ich bin noch nicht bereit für diese Schlacht. »Lucas, bitte, die brauchst du nicht«, bettele ich, während er meinen Bruder durch den Raum schleift und dabei Mishas Versuche ignoriert, sich zu Boden fallen zu lassen und mit seinen Knien zu treten. »Ich werde nicht weglaufen, versprochen. Ich werde alles tun, was du möchtest ...«

Lucas bleibt auf dem Flur stehen und zieht Misha im Schwitzkasten an sich. Sein muskulöser Unterarm ist dicker als Mishas Hals. »Ich weiß«, sagt er, und sein arktischer Blick hält mich fest. »Das wirst du. Und jetzt möchte ich, dass du ein braves Mädchen bist und dich vom Arzt lokal betäuben lässt, um das Einsetzen zu erleichtern.«

»Aber –«

Mishas Gesicht wird langsam lila, als Lucas seinen Griff verstärkt, und ich nicke schnell, während in meinen Augen Tränen der Hilflosigkeit brennen. »Okay, ja. Ich werde es tun. Lass ihn einfach gehen.«

»Das werde ich – sobald die Implantate eingesetzt sind.« Lucas lässt Mishas Hals los, ergreift sein T-Shirt und zieht ihn aus dem Raum, bevor er die Tür von außen schließt.

»Es tut mir leid«, meint der Arzt und beugt sich über mich. Seine braunen Augen sind voller Mitleid. »Ich weiß, dass das nicht einfach für Sie ist. Wenn Sie sich bitte auf den Bauch legen könnten ...«

Meine Verletzungen schmerzen dumpf, während ich seiner Bitte nachkomme und mich ausgestreckt auf meinen Bauch drehe. Der Arzt zieht die Decke von mir herunter, und ich fühle einen kleinen Einstich zwischen meinen Schulterblättern, als die Nadel in meine Haut eindringt. Diesem ersten Einstich folgt ein zweiter im Nacken und einer in der Nähe meiner Achselhöhle. Meine Haut wird taub, und ich schließe meine Augen, während meine Tränen das Laken unter mir befeuchten.

Mein Entführer ist so grausam wie immer, und diesmal kann ich nicht flüchten.

ACHTUNDZWANZIGSTES KAPITEL

❖ LUCAS ❖

»Was wollen Sie von uns?«, fragt der Junge auf Englisch und reibt sich mit seinen gefesselten Händen über die Stirn. Sein Blick pendelt zwischen mir und der Schlafzimmertür hin und her. »Werden Sie uns umbringen?«

Sein Englisch ist gut, fast so gut wie Yulias, was auch Sinn ergibt. Die UUR muss es ihm von klein auf beigebracht haben.

»Nein, Michael«, sage ich. »Nicht, wenn deine Schwester das tut, was sie soll.« Ich würde ihn nicht umbringen – und ganz bestimmt würde ich Yulia nicht umbringen – aber es ist das Beste, wenn das Kind das noch nicht weiß. Er ist zwar jung, aber für sein Alter sehr stark und fähig.

Ich muss etwas gegen ihn in der Hand haben, um ihn im Zaum zu halten.

Und tatsächlich schiebt der Junge angriffslustig sein Kinn nach vorne. »Wenn Sie uns nicht töten wollen, wieso haben Sie uns dann hierhergebracht? Ich werde mein Land nicht verraten, falls Sie denken, dass ich reden werde –«

»Ich bezweifle, dass jemand in der Ausbildung etwas Wichtiges weiß, also kannst du dich entspannen. Heute steht nicht Folter auf dem Plan.«

Er blickt mich böse an, und ich sehe, dass er abwägt, ob er mich in einem Kampf besiegen könnte.

»Das würde ich nicht tun, wenn ich du wäre.« Ich gehe weiter nach rechts, bis ich zwischen ihm und der Tür zum Schlafzimmer stehe. »Ich habe Yulia versprochen, dass ich dir nicht wehtun werde, aber wenn du nicht damit aufhörst, mich anzugreifen ...« Ich spreche die Drohung nicht aus, aber der Junge erblasst und tritt einen Schritt zurück.

Zufrieden deute ich auf das Sofa. »Setz dich hin. Du kannst fernsehen, bis Diego zurückkommt.«

Das Kind bewegt sich nicht. »Warum tun Sie Yulia das an? Was wollen Sie von ihr?«

»Das geht dich nichts an.« Meine Stimme ist schärfer als beabsichtigt. Ich habe gehört, wie sich die Geschwister unterhalten haben, als ich in den Raum gekommen bin, und auch wenn ich kein Russisch verstehe, war es ganz eindeutig, dass Michael seiner Schwester Vorwürfe gemacht hat. Sie hat verletzt ausgesehen, zerstört wegen etwas, was der Junge zu ihr gesagt hat. Fast hätte ich deshalb meine Meinung darüber geändert, sie heute zum Einsetzen der Implantate zu zwingen.

Allerdings nur fast.

Das Verlangen, Yulia unter Verschluss zu halten, sie an mich zu ketten, ist ein Drang, gegen den ich nicht ankämpfen kann. Sie die letzten Wochen nicht bei mir gehabt zu haben war die schlimmste Form von Folter gewesen, und das werde ich nicht noch einmal durchmachen. Esguerra hatte definitiv die richtige Idee, als er die Implantate bei seiner Frau benutzte. Die Tracker werden mich jederzeit wissen lassen, wo sich Yulia aufhält. Dadurch, dass die Implantate sich in ihrem Hals und Rücken befinden, könnte sie nur ein sehr fähiger Chirurg entfernen.

»Sie ist meine Schwester«, faucht der Junge, und in seinen Augen – die Yulias erschreckend ähnlich sehen – brennt Wut. »Wenn Sie ihr wehtun –«

»Wirst du nichts dagegen machen können«, beende ich den Satz, da ich mir denke, dass es das Beste ist, das von vornherein klarzustellen. »Der einzige Grund, aus dem ihr noch am Leben seid, ist, dass ich das so will. Einen Menge Menschen dieses Anwesens sind wegen eurer Organisation gestorben, und auch mein Chef wurde fast getötet. Ist das klar?«

Das Kind starrt mich einige Augenblicke lang böse an, bevor es zum Sofa geht und sich mit vor Anspannung steifen Schultern hinsetzt.

Jetzt versteht er es langsam.

Wenn mir etwas zustoßen würde, wären Yulia und er verloren.

Ich nehme an, dass ich mich schlecht fühlen sollte, den Jungen zu verängstigen, aber er muss sich seiner Lage bewusst sein. Bis jetzt hat das Kind nichts als Ärger gemacht. Er hat Eduardo im Flugzeug angegriffen, indem er ihn in den Lendenbereich getreten hat, und als Diego ihn an meinem Haus abgesetzt hat, hat er mir erzählt, dass der Junge im Auto versucht hat, an seine Waffe zu gelangen.

Zu seiner eigenen Sicherheit muss Yulias Bruder diese neue Situation akzeptieren.

»Hör mir zu, Michael ...« Ich gehe zum Sofa und nehme die Fernbedienung in die Hand. »Ich habe nicht vor, Yulia etwas anzutun – oder dir, was das betrifft. Aber du musst kooperieren und aufhören, gegen uns anzukämpfen.«

Das Kind schaut mich trotzig an. »Fuck you.«

Ich sollte ihn für seine Sprache wahrscheinlich bestrafen, aber ich habe in seinem Alter schlimmere Dinge gesagt. »Was möchtest du sehen?«, frage ich und zeige mit der Fernbedienung auf den Fernseher.

Einen Moment lang antwortet er nicht, dann sagt er leise: »Sie haben meinen Onkel getötet.«

Ich drehe mich überrascht zu ihm um. »Deinen Onkel?«

»Ja.« Der Junge springt mit zu Fäusten geballten Händen auf. »Den Mann, dessen Kopf sie gestern in die Luft gejagt haben.«

Ich runzele meine Stirn. Diese Geschichte ist komplizierter, als ich gedacht hatte. »Er war einer der Agenten in der geheimen Anlage?«

»Fuck you.« Das Kind lässt sich auf das Sofa fallen und starrt geradeaus. »Leck mich am Arsch.«

»*Modern Family* also«, sage ich und schalte den Fernseher ein, um die beliebte Serie einzuschalten. »Diego sollte jeden Augenblick hier sein, aber bis dahin denke ich, dass das hier genau das Richtige ist.«

Als die Serie beginnt, gehe ich zur Tür des Schlafzimmers und lehne mich an die Wand, um den Jungen zu beobachten und gleichzeitig nach Geräuschen aus dem Schlafzimmer zu lauschen. Alles ist ruhig, und einige Minuten später taucht Diego auf.

»Lass ihn nicht aus den Augen«, sage ich dem Wächter und senke meine Stimme, bis ich fast flüstere. »Es sieht so aus, als hätten wir jemanden aus seiner Familie getötet. Ich muss mit Yulia reden, um das Ganze zu verstehen, aber bis dahin lass ihn nicht aus den Augen. Das Kind will Blut sehen.«

Diego nickt, sein Gesicht wird hart, und ich weiß, er hat es verstanden.

Es gibt keine bessere Motivation als Rache.

Ich begleite sie zur Tür, versichere mich, dass der Junge auf dem Weg dorthin nichts versucht, und gehe dann zurück ins Schlafzimmer, in dem Goldberg bereits seine Tasche packt.

Yulia liegt steif und schweigend auf ihrem Bauch, und viereckige Pflasterverbände markieren die Stellen der Implantate. Die Decke ist bis zu ihrer Taille hinuntergezogen, so dass ihr schlanker Rücken und die elegante Kurve ihres Rückgrats freiliegen. Ihr Gesicht ist von mir weggedreht, ihre zerzausten blonden Haare sind auf dem Bettlaken ausgebreitet und mein Brustkorb zieht sich zusammen, als ich die Kratzer und Blutergüsse sehe, die ihre zarte Haut verunstalten.

Vielleicht hätte ich mit den Trackern doch noch warten sollen.

Nein. Ich schüttele diese uncharakteristischen Selbstzweifel ab und schaue den Arzt an. »Ist alles gut gegangen?«, frage ich, und Goldberg nickt, während er seine Tasche in die Hand nimmt.

»Es ist alles gut gegangen«, antwortet er und geht bereits zur Tür. »Die Wunden sollten in etwa einer Stunde aufhören zu bluten, und dann können Sie die Pflasterverbände gegen normale Pflaster austauschen, wenn Sie möchten. Wenn Sie die Einstiche sauber halten, sollten sich auch keine Narben bilden.«

»Gut. Vielen Dank.« Ich gehe zum Bett, setze mich hin und warte darauf, dass der Arzt das Haus verlässt. Sobald ich höre, dass die Eingangstür ins Schloss fällt, strecke ich meine Hand aus und lasse meine Finger über Yulias nackten Rücken gleiten, wobei ich die verwundeten Stellen ausspare. Ihre Haut ist kalt und seidig, und ich spüre, wie sie unter meiner Berührung erschaudert. Sofort wird mein Körper zum Leben erweckt und mein Hunger auf sie erwacht mit ungebremster Heftigkeit.

Ich fluche in Gedanken, ziehe meine Hand zurück und balle sie zu einer Faust, um mich davon abzuhalten, sie erneut zu berühren. Ich kann sie noch nicht nehmen. Sie ist traumatisiert und verletzt, zu schwach für mein angestautes Verlangen.

Ich muss sie gesund werden lassen.

Zu meiner Überraschung rollt sich Yulia auf den Rücken und streckt ihre Arme nach hinten aus – eine Bewegung, die meinen Blick auf die weichen, runden Wölbungen ihrer Brust lenkt. »Wirst du mich nicht ficken?«, murmelt sie, und ich sehe, dass sich ihre Nippel verhärten, so als sei sie erregt.

Mein Schwanz in meiner Hose verwandelt sich in einen metallenen Dorn. Ich weiß, dass ihre Nippel höchstwahrscheinlich auf die kalte Luft der Klimaanlage reagieren, aber mir läuft immer noch das Wasser im Munde zusammen, weil ich den Drang verspüre, an ihnen zu saugen, das blasse Fleisch um die rosafarbenen Brustwarzen zu lecken und meine Zähne in die weichen Unterseiten ihrer Brüste sinken zu lassen. Einzig die schwarz-blauen Flecke auf ihrem Gesicht und Bauch halten mich davon ab, sie hier und jetzt zu nehmen.

Unter Anstrengungen wende ich meinen Blick von ihren Brüsten ab. »Nein«, sage ich rau. Ich weiß, ich sollte aufstehen, sollte der Versuchung aus dem Weg gehen, aber ich kann mich nicht bewegen. Ich will sie, und nicht nur wegen des verdammten Sex. Das Verlangen, das mich auffrisst, kommt aus meinem tiefsten Inneren. Wir waren nur zwei Wochen getrennt, aber es hat sich wie Jahre angefühlt. »Ich werde dich heute nicht anfassen.«

Yulias aufgeplatzte Lippen zucken, ihre Augen glänzen unnatürlich, und ich bemerke nasse Linien auf ihren Wangen. »Nein? Bin ich nicht mehr schön genug für dich?« Ich höre die dunkle Herausforderung in ihrer Stimme, und ich verstehe, dass sie mich für die Tracker bestraft, dass das ihr Weg ist, die Kontrolle zurückzubekommen.

Obwohl ich das weiß, schlucke ich ihren Köder. »Du bist umwerfend, und das weißt du verdammt noch mal genau«, sage ich schroff. Wenn sich Yulia dadurch, dass sie mich auf diese Weise quält, besser fühlt, werde ich es hinnehmen – auch wenn es nur deshalb ist, um die unangenehmen Schuldgefühle zu vermindern, die der Anblick ihrer Tränen in mir auslösen.

Ich hätte warten sollen.

»Dann tu es. Fick mich«, sagt Yulia und stößt mit ihren Füßen die restliche Decke von ihrem Körper. Sie ist nackt – ich habe sie ausgezogen und gebadet, als wir vor einer Stunde ankamen – und mein Körper spannt sich bei dem Anblick ihres flachen Bauchs und der schlanken, wohlgeformten Beine, die ewig lang zu sein scheinen, an. Und zwischen diesen Beinen ... Hitze steigt in mir auf, und ich atme schnell und schwer, während ich auf die feucht glänzenden, rosafarbenen Falten zwischen ihren Oberschenkeln schaue.

»Ich werde dich nicht anfassen«, wiederhole ich, aber selbst in meinen Ohren hören sich meine Worte nicht überzeugend an. Sie war bewusstlos, als ich sie gebadet habe, und selbst diese kleine Handlung hat mich schmerzhaft erregt.

Yulia wach und mich mit ihrem Körper provozierend ist wie eine wehrlose Maus, die vor einer ausgehungerten Katze umherspaziert.

»Warum nicht?« Sie biegt ihren Rücken durch, um ihre Brüste wie in der Pose eines Pornostars in die Höhe zu strecken, und ich unterdrücke ein gequältes Keuchen, als ihre Nippel erneut meine Aufmerksamkeit auf sich ziehen. »Hast du mich nicht deshalb verfolgt? Damit du mich wieder ficken kannst?«

Sie hat recht, nur dass das Ficken jetzt nur noch ein Teil des Ganzen ist. Ich will, was wir davor hatten, und mehr.

Ich will sie ganz.

Ich gebe dem lasterhaften Hunger, der mich beherrscht, nach, klettere auf das Bett und begebe mich auf allen vieren über sie, um sie mit meinem Körper zu umhüllen, ohne sie zu berühren. Ihre Augen werden groß, und ich erhasche einen Funken Angst in ihrem Blick.

Sie hatte nicht erwartet, dass ich auf ihr Angebot eingehen würde.

Ein dunkles Lächeln erscheint auf meinen Lippen. Ich beuge mich hinunter und flüstere ihr ins Ohr: »Ja, meine Schöne. Ich habe dich hierhergebracht, um dich zu ficken – und das werde ich auch. Bald. Jetzt werden wir etwas anderes tun.«

Ein Schauer durchfährt sie, als mein Atem ihren Hals erwärmt, und sie stöhnt leise auf, als ich den empfindlichen Punkt unter ihrem Ohr küsse, bevor ich an ihrem zarten Ohrläppchen knabbere. Ihr Haar kitzelt auf meinem Gesicht, ihr pfirsichartiger Duft dringt in meine Nase ein, und ich brenne vor Begehren, sie zu besitzen, meinen Reißverschluss aufzumachen und mich in ihrer weichen, nassen Hitze zu vergraben.

Dieser Drang ist beinahe unerträglich, aber ich zwinge mich dazu, von ihrem Körper hinunterzugleiten und das drängende Pochen meines Schwanzes zu ignorieren. Ich lecke ihren Hals, küsse ihr Schlüsselbein und sauge an beiden harten Nippeln, bevor ich ihren flachen, zitternden Bauch koste. Als mein Gesicht sich parallel zu dem V zwischen ihren Beinen befindet, beuge ich meinen Kopf nach unten und atme tief ein, um ihren warmen, weiblichen Duft aufzusaugen. Yulia spannt sich an, ihre Oberschenkel wollen mir den Weg zu ihrem Geschlecht verwehren, und ich ergreife sanft, aber bestimmt ihre inneren Oberschenkel, um ihre Beine weit zu spreizen.

»Entspanne dich, ich werde dir nicht wehtun«, flüstere ich und schaue zu ihr hoch. Ihre blauen Augen sind groß und unsicher, die Pornostarallüren spurlos verschwunden. Ich kann ihre wachsende Angst spüren und das Bild von Kirill, der sie angreift, blitzt in meinem Kopf auf und kühlt meine Lust ein kleines bisschen ab.

Trotz ihres gespielten Muts ist meine wunderschöne Spionin noch nicht ansatzweise bereit, diese Spiele zu spielen.

Ohne meinen Blick von ihrem Gesicht abzuwenden, drücke ich meinen Mund auf ihre Muschi und koste das feuchte, rosafarbene Fleisch. Yulia erzittert, ihre schlanken Hände verknoten sich an ihren Seiten zu Fäusten, und ich knabbere an den weichen Falten, die ihre Klitoris umgeben, spiele und lecke diese empfindliche Stelle, bevor ich meine Zunge über ihren Schlitz gleiten lasse. Sie stöhnt, schließt ihre Augen, und ich schmecke ihre Erregung, als ihre inneren Muskeln sich hilflos unter meiner Zunge zusammenziehen.

»Ja, meine Süße, genau so ...« Ich atme ihren berauschenden Geruch ein weiteres Mal ein, schließe dann meine Lippen um ihre Klitoris und streichele ihre Unterseite mit meiner Zunge, bevor ich mit starken, ziehenden Bewegungen an ihr sauge. Sie schreit auf, ihre Hüften heben sich vom Bett ab, und ich spüre, wie die Anspannung in ihr wächst. Mein eigener Körper sendet als Antwort darauf einen neuen Schwall Blut in meinen Schwanz, und meine Eier ziehen sich zusammen, als ich spüre, wie ihre Kontraktionen beginnen.

Ich lecke sie, bis sie nach dem Orgasmus erschlafft und versucht, ihre schnelle Atmung zu beruhigen, und dann gebe ich meinem eigenen Bedürfnis nach. Ich knie mich hin, öffne den Reißverschluss meiner Jeans und schließe die Hand um meinen geschwollenen Schwanz.

Nach einigen kräftigen Handbewegungen komme ich ebenfalls, und mein Samen spritzt auf ihren weißen Bauch und ihre Brüste. Das ist keine besonders befriedigende Entladung – ich wäre viel lieber in ihr – aber der Anblick meines Spermas auf ihrem Körper ist auf seine eigene Weise erotisch.

Auf einer sehr ursprünglichen Ebene markiert es sie als mein Eigentum.

Yulia bewegt sich nicht und schweigt, als ich aus dem Bett steige und ins Badezimmer gehe. Sie beobachtet mich einfach mit halbgeschlossenen Augen, und als ich eine Minute später mit einem warmen, feuchten Handtuch zurückkomme, sagt sie immer noch nichts, und ihr Gesichtsausdruck bleibt unleserlich, während ich sie saubermache.

Als ich fertig bin, ziehe ich mich aus und lege mich neben sie ins Bett. Vorsichtig ziehe ich sie an mich heran und versuche, keinen Druck auf ihre Verletzungen auszuüben, während ich meinen Körper von hinten um ihren lege. Meine Rippen tun weh, aber ich ignoriere diesen lästigen Schmerz. Es fühlt sich gut an, sie in meinen Armen zu halten, sie zu halten und zu wissen, dass sie mir gehört.

Zuerst versteift sich Yulia, aber nach einigen Augenblicken spüre ich, wie die Anspannung in ihren Muskeln langsam nachlässt. Nach einer weiteren Minute atmet sie völlig gleichmäßig, und ich weiß, dass der Heilschlaf sie wieder fest im Griff hat.

Meine Augenlider werden schwer, und ich streiche mit meinen Lippen über ihre Schläfen, bevor ich meine Augen schließe. »Gute Nacht, meine Schöne«, flüstere ich, und euphorische Zufriedenheit breitet sich in mir aus, als sie sich mit einem schläfrigen Gemurmel näher an mich kuschelt.

Ich habe meine Yulia zurück und werde sie nie wieder verlieren.

TEIL III: DER KRANKENPFLEGER

NEUNUNDZWANZIGSTES KAPITEL

❖ LUCAS ❖

Die Sonne scheint unglaublich strahlend vom Himmel, als ich zu Esguerras Büro gehe, und die feuchte Luft bringt mich trotz der frühen Stunde zum Schwitzen. Trotzdem fühle ich mich leichter als seit Wochen, da mich das Wissen, dass Yulia in meinem Bett schläft, mit einer überwältigenden Mischung aus Zufriedenheit und Erleichterung erfüllt.

Ich habe sie gefunden. Ich habe sie.

Selbst das Wissen, dass Kirill entkommen ist, kann mir meine Laune an diesem Morgen nicht vermiesen. Ich habe zwar Diego in mein Haus bestellt, damit er die schlafende Yulia bewacht, und ich beginnen kann, Kirill zu verfolgen, aber nach acht Stunden Schlaf fühle ich mich unendlich ruhiger.

So ruhig sogar, dass sich mein Puls kaum beschleunigt, als ich sehe, dass Rosa über den Rasen auf mich zu geht. Als sie sich mir nähert, kann ich sehen, dass sie nervös ist, da ihre Hände an ihren Seiten mit dem Rock spielen.

»Ich habe gehört, du warst in der Ukraine in eine weitere Schießerei verwickelt«, sagt sie und schaut mich mit besorgter Neugier an. »Und, dass du sie gefunden hast. Stimmt das? Geht es dir gut?«

Ich nicke, und meine gute Laune verschlechtert sich mit jedem Wort, das sie sagt. Bevor ich das Haus verlassen habe, bin ich Thomas' Bericht über Rosa durchgegangen und habe festgestellt, dass er keine neuen Informationen enthält. Das Hausmädchen hat weder zu jemandem außerhalb des Anwesens Kontakt aufgenommen noch hat jemand versucht, sie zu kontaktieren. Wenn das Mädchen mit der UUR oder einem unserer anderen Feinde zusammenarbeitet, ist sie entweder sehr gut darin, es zu verbergen, oder ich hatte recht mit meiner ersten Vermutung, dass sie es aus Eifersucht getan hat.

Es ist Zeit, mit diesem Problem ein für alle Mal fertigzuwerden.

»Rosa«, sage ich leise und trete näher an sie heran. »Warum hast du Yulia geholfen, zu fliehen?«

Das bronzefarbene Gesicht des Dienstmädchens erblasst. »W-was meinst du?«

»Hat dich jemand bezahlt?«

Sie geht einen Schritt zurück, und ihre Augen sind weit aufgerissen. »Nein, natürlich nicht! Ich –« Sie versucht ganz offensichtlich, sich zu beruhigen. »Ich weiß nicht, wovon du sprichst«, sagt sie mit fast ruhiger Stimme. »Was auch immer sie dir erzählt hat, ist gelogen. Ich hatte nichts mit ihrer Flucht zu tun.«

Ich lächele sie kalt an. »Yulia hat nichts gesagt, aber ich finde es interessant, dass du denkst, dass sie es getan haben könnte.«

Rosa wird noch blasser, und ich sehe, dass sich ihre Hände krampfhaft anspannen, während sie beginnt, sich zurückzuziehen. »Bitte Lucas, es ist nicht so, wie du denkst.«

»Nein?« Ich schließe den Abstand zwischen uns und ergreife ihren Oberarm, bevor sie sich umdrehen und wegrennen kann. »Wie ist es dann?«

»Es ist –« Sie kneift ihre Lippen zusammen und schüttelt ihren Kopf, während sie mich anblickt. »Ich hatte nichts mit ihrer Flucht zu tun«, wiederholt sie, hebt ihr Kinn an und ich sehe, dass sie nicht vorhat, mir noch mehr dazu zu sagen.

»In Ordnung«, meine ich und festige meinen Griff. »Da du Esguerras Hausmädchen bist, sollten wir sehen, was er dazu zu sagen hat.«

Ich ignoriere ihren entsetzten Gesichtsausdruck, setze meinen Weg zu Esguerras Büro fort und schleife Rosa mit mir mit.

* * *

Esguerras Gesicht ist starr vor Wut, als ich ihm die Aufzeichnungen der Drohne zeige. Die Videos haben eine niedrige Auflösung und die Sicht wird ab und an von Bäumen verdeckt, aber trotzdem kann man deutlich Rosas kurvenreiche Figur und ihre Dienstmädchenuniform erkennen, als sie zu meinem Haus geht. Rosa sitzt still da und zittert von Kopf bis Fuß, während Esguerra die Videos auf seinem Rechner ansieht. Erst als er sich ihr zuwendet, beginnt sie zu weinen.

»Warum?« Seine Stimme ist eiskalt, als er aufsteht. »Was hattest du dir davon erhofft? Du weißt, was wir mit Verrätern tun.«

Rosa schüttelt ihren Kopf und weint heftiger, als Esguerra zu ihr geht, und trotz meiner eigenen Wut fühle ich ein kleines bisschen Mitleid für das Mädchen. Eine Sekunde später erinnere ich mich allerdings daran, was wegen Rosa fast mit Yulia passiert wäre, und mein Mitleid verschwindet spurlos.

Was auch immer mein Chef mit dem Mädchen tun wird, es wird nichts sein, was sie nicht verdient hätte.

»Bitte, Señor Esguerra«, bettelt sie, als er ihren Ellenbogen ergreift und sie von dem Stuhl zieht, auf dem sie sich zusammengekauert hatte. »Bitte, so war das nicht ...«

»Wie war es dann?«, frage ich, fische mein Schweizer Messer aus meiner Tasche und klappe es auf. Ich gehe zu dem Dienstmädchen, vergrabe meine Hand in ihrem Haar, balle sie zu einer Faust und ziehe ihren Kopf zurück, während Esguerra sie an ihren Oberarmen an ihrem Platz festhält. »Warum hast du meiner Gefangenen geholfen, zu fliehen?«

Tränen laufen Rosas Wangen hinunter und ihr Mund zuckt, als ich die Klinge des Messers gegen ihre Kehle drücke, bis sie leicht in ihren Hals einschneidet und das Dienstmädchen den ersten Schmerz verspürt. »Bitte nicht ...« Ich spüre seine furchtbare Angst, aber dieses Mal lässt sie mich kalt. Ich befinde mich in meinem Befragungsmodus, genauso wie Esguerra. Ich kann das an dem harten Funkeln seiner Augen erkennen.

Wenn das Mädchen nicht innerhalb der nächsten Minuten redet, wird die kleine Wunde an ihrem Hals ihre kleinste Sorge sein.

»Julian, hast du die –« Nora, die gerade das Büro betritt, erstarrt und reißt ihre Augen auf, als sie die Situation wahrnimmt.

»Scheiße«, murmelt Esguerra und lässt Rosa ruckartig los. Ich kann sie gerade so auffangen, als sie nach hinten stolpert und auf mich prallt. Bevor es weggehen kann, halte ich das Dienstmädchen fest, indem ich meinen Unterarm über seinen Hals lege, und lasse dann mein Messer sinken. Gleichzeitig geht Esguerra zu seiner Frau und sagt: »Nora, Süße, geh nach Hause. Das hier ist eine Sicherheitsangelegenheit.«

»Eine Sicherheitsangelegenheit?« Noras Stimme ist leise, und sie blickt abwechselnd mich und ihren Ehemann an. »Wovon redest du?«

»Rosa hat Lucas' Gefangener dabei geholfen, zu fliehen«, erklärt Esguerra knapp, ergreift Nora am Arm und legt seine Hand auf ihren Rücken, um sie aus dem Raum zu begleiten. Sie versucht, sich in den Boden zu stemmen, aber ihre schmale Gestalt kommt nicht gegen seine Kraft an. Er schiebt sie sanft, aber bestimmt zur Tür. »Wir befragen sie gerade, um mehr herauszufinden. Du musst dir keine Gedanken machen, mein Kätzchen.«

»Bist du verrückt geworden?« Noras Stimme wird lauter, während sie gleichzeitig anfängt, sich zu wehren, und Esguerra bleibt stehen, um seine Arme von hinten um sie zu legen, da sie versucht, ihn zu treten und ihm Kopfnüsse zu verpassen. »Sie ist meine Freundin. Fasst sie nicht an!«

Esguerras einzige Antwort ist, seine kleine Frau an seine Brust zu heben und sie gut festzuhalten, damit sie nicht mehr mit den Armen rudern kann. Nora schreit, wirft sich in seinen Armen hin und her, und Rosas Schluchzen verstärkt sich, als Esguerra beginnt, Nora hinauszutragen. Er ist schon fast an der Tür, als Nora schreit: »Halt, Julian! Sie hat es nicht getan. Ich war es – das war alles ich!«

Rosas Schluchzen hört so abrupt auf, als hätte man sie auf lautlos gestellt, und Esguerra bleibt stehen und stellt Nora auf ihre Füße.

»Was?« Mit einem finsteren Gesichtsausdruck ergreift er die schmalen Schultern seiner Frau. »Über was zur Hölle sprichst du?«

Fast rutscht mir die gleiche Frage heraus, aber im letzten Moment gelingt es mir, meinen Mund zu halten. Dadurch, dass Nora in die Sache verwickelt ist, ist es das Beste, wenn Esguerra sich ab jetzt darum kümmert.

Er würde mich erwürgen, sollte ich seine Frau falsch anblicken.

»Ich habe es getan.« Nora schiebt ihr Kinn nach vorn und schaut ihrem Mann in seine zornig funkelnden Augen. »Ich habe Yulia dabei geholfen, zu entkommen. Also wenn du jemanden befragen willst, sollte ich derjenige sein. Sie hatte nichts damit zu tun.«

»Du lügst.« Esguerras Stimme ist bedrohlich sanft. »Ich habe die Aufzeichnungen der Drohne gesehen. Sie ist kurz vor unserer Reise zu Lucas' Haus gegangen.«

Nora zögert nicht einen Moment lang. »Das stimmt. Weil ich sie darum gebeten hatte.«

Rosa röchelt, ihre Hände krallen sich in meine Unterarme, und ich bemerke, dass ich meinen Arm ungewollt fester um ihren Hals gelegt habe. Ich fluche innerlich, lasse meinen Arm sinken und schiebe Rosa weg von mir, damit sie sich wieder auf den Stuhl fallen lassen kann, auf dem sie vorher saß. Esguerras Frau lügt – dessen bin ich mir ziemlich sicher – aber ich habe keine Ahnung, wie ich es beweisen soll. Nora hatte keinen Grund dafür, Yulia zu helfen; sie kennt die ukrainische Spionin nicht und hat mit Sicherheit keine Gefühle für mich.

»Warum solltest du das tun?«, will Esguerra wissen. Offensichtlich denkt er das Gleiche wie ich. »Du hasst dieses Mädchen. Du hasst es wegen des Flugzeugabsturzes, schon vergessen?« Seine Augen bohren sich in Nora, aber sie lässt sich davon nicht einschüchtern.

»Na und?« Sie dreht sich aus Esguerras Händen und tritt zurück, wobei ihr zarter Oberkörper bebt. »Du weißt, dass ich ein Problem damit hatte, dass Lucas eine Frau in seinem Haus foltert – selbst wenn es sich dabei um diese Frau handelt.«

Esguerras Gesicht sieht einen Moment lang aus, als würde er sich an etwas erinnern, dann spannt er seinen Kiefer an, und ich verstehe entsetzt, dass Nora es vielleicht doch getan haben könnte. Esguerra hatte erwähnt, dass sie und Rosa an dem Tag bei meinem Haus gewesen sind, an dem Yulia angekommen ist. Wenn das stimmt, könnte Nora Yulia nackt und an einen Stuhl gefesselt in meinem Wohnzimmer gesehen haben. Ich kann mir vorstellen, dass der Anblick das Mädchen verstört hat; trotz ihrer neugefundenen Härte ist Nora das Produkt ihrer Erziehung – ihrer Herkunft aus der verweichlichten, amerikanischen Mittelklasse.

Die meisten Menschen, denen diese Art des Lebens neu wäre, hätten etwas dagegen gehabt, dass ich Yulia foltere, und es ist möglich, dass genau das bei Nora der Fall ist.

Verdammte Scheiße. Wenn Nora nicht Esguerras Frau wäre ...

Esguerra sieht aus, als würde er Nora gleich umbringen. Er ergreift ihren Arm und zieht sie näher an sich heran. »Gehen wir das Ganze doch mal Schritt für Schritt durch.« Seine blauen Augen funkeln zornig. »Du hast Rosa was genau aufgetragen?«

Rosa beginnt erneut zu weinen, und ich werfe einen kurzen Blick auf sie, bevor ich meine Aufmerksamkeit wieder dem Drama zuwende, das sich vor meinen Augen abspielt. Ich habe Esguerra noch nie so wütend auf seine Frau gesehen. Wenn ich Nora wäre, würde ich genau jetzt zurückzucken; ich habe ihren Mann Dinge tun sehen, die Serienmörder erblassen lassen würden.

Nora blickt Esguerra mit kreidebleichem Gesicht an, aber ihre Stimme zittert kaum, als sie sagt: »Ich habe sie gebeten, Yulia zur Flucht zu verhelfen. Ich habe ihr nicht gesagt, wie sie es zu tun hat – sie kennt diesen Ort besser als ich, also habe ich ihr das Wie überlassen. Rosa wollte es nicht tun, aber ich habe ihr erklärt, wie wichtig es mir ist, und wegen des Babys und allem hat sie meiner Bitte nachgegeben.«

Manipulative kleine Hexe. Ich will Nora erwürgen und ihr gleichzeitig bewundernd applaudieren. Das Baby zu erwähnen, das sie gerade verloren haben, war ein Schlag unter die Gürtellinie, aber er hatte die gewünschte Wirkung. Esguerras Hand um Noras Arm lockert sich, und Schmerz flackert in seinem Gesicht auf, bevor er sich erneut im Griff hat. Als er wieder spricht, ist seine Stimme nicht mehr ganz zu tödlich wie zuvor.

»Warum hast du nicht mit mir darüber gesprochen? Wenn es dich so sehr gestört hat, warum hast du mir nichts gesagt?«

»Ich hatte angenommen, dass das nichts helfen würde«, antwortet Nora und ich sehe, dass sich ihre großen, dunklen Augen mit Tränen füllen. »Es tut mir leid, Julian. Ich wollte einfach, dass das Mädchen verschwunden ist, wenn wir zurückkommen, und habe Rosa gebeten, dafür zu sorgen, dass genau das geschieht. Ich war mir sicher, dass du nicht zustimmen würdest.« Ihr Kinn zittert, während Tränen ihre Wangen hinunterlaufen. »Bitte, wenn du jemanden bestrafen musst, dann mich, nicht Rosa. Sie hat das nur aus Freundschaft zu mir getan. Bitte, Julian.« Sie streckt ihren Arm aus, um sein Gesicht mit ihrer freien Hand zu streicheln, und ich wende meinen Blick ab, als Esguerra ihr Handgelenk umfasst und sie mit aufgeblähten Nasenlöchern eng an sich zieht. Die Spannung zwischen ihnen verwandelt sich schnell in eine extrem sexuelle, und plötzlich fühle ich mich wie ein Eindringling, ein Spanner, der einen intimen Augenblick beobachtet.

Ich räuspere mich, gehe zu Rosa und ergreife ihren Oberarm, um sie hochzuziehen. »Das machen Sie besser unter sich aus«, sage ich und ziehe das Dienstmädchen hinter mir her zur Tür. »In der Zwischenzeit werde ich Rosa von den Wächtern überwachen lassen.«

Weder Esguerra noch seine Frau würdigen das Gesagte einer Antwort, und als ich das Gebäude verlasse, höre ich das Geräusch eines Gegenstands, der zu Boden fällt, dem Noras unterdrücktes Weinen folgt. Rosa atmet hörbar ein – sie muss es auch gehört haben – und ihre Schultern zittern unter einem frischen Tränenausbruch.

»Mach dir keine Sorgen«, meine ich und blicke das Mädchen eisig an, während ich es vom Gebäude wegführe. »Esguerra mag ein Sadist sein, aber er würde ihr nicht wehtun – zumindest nicht sehr. Du auf der anderen Seite stellst immer noch ein Rätsel dar. Falls Nora gelogen haben sollte, um dich zu beschützen ...«

Ich beende meinen Satz nicht, aber das muss ich auch nicht.

Wir wissen beide, was Esguerra mit Rosa tun wird, wenn sie es zugelassen hat, dass sich Nora für sie opfert.

DREISSIGSTES KAPITEL

❖ YULIA ❖

Ich wache kaputt und verwirrt auf und mir tut alles weh. Stöhnend quäle ich mich aus dem Bett und gehe ins Bad. Immer noch im Halbschlaf, benutze ich die Toilette, und erst, als ich mein Gesicht wasche, wird mir langsam klar, dass ich allein bin – und nicht gefesselt.

Der leichte Schmerz in meinem Nacken erinnert mich an den Grund dafür: die eingepflanzten Tracker. Lucas muss sich sicher sein, dass ich nicht noch einmal entkommen kann.

Ich hebe meine Hand und berühre den Verband in meinem Nacken, bevor ich mich herumdrehe, um meinen Rücken im Spiegel anzuschauen. Neben dem Punkt, den ich gerade berühre – auf einer marmorierten Leinwand aus blauen Flecken –, gibt es zwei weitere Stellen, an denen die Tracker eingesetzt wurden. Die Verbände sind jetzt einfache Pflaster; Lucas muss sie gewechselt haben, während ich schlief. Ich erinnere mich dunkel daran, dass der Arzt Anweisungen dazu gegeben hat.

Ich erinnere mich ebenfalls an das, was danach geschah, und mein Gesicht wird krebsrot, während die letzten Reste meiner Schläfrigkeit verschwinden. Ich weiß nicht genau, warum ich Lucas derart reizen musste, aber zu jenem Zeitpunkt schien es Sinn zu ergeben. Offensichtlich bedeute ich ihm als Person nicht viel, und ich wollte, dass er das zugibt. Ich wollte, dass er mir ein für alle Mal beweist, dass ich nichts mehr als ein netter Körper zum Ficken für ihn bin, ein Sexobjekt, dem er nach Belieben Schmerzen zufügen kann und wird.

Aber er hat mir nicht wehgetan. Er hat erst mich befriedigt und danach sich selbst mit seiner eigenen Hand, bis mein Körper mit seinem Sperma bespritzt war.

»Yulia?« Das Klopfen an der Tür erschreckt mich, und ich drehe mich mit rasendem Herzen um. Das war nicht Lucas' Stimme, und ich bin völlig nackt.

»Ja?«, rufe ich und schnappe mir ein großes, weiches Handtuch aus dem Regal, um mich darin einzuwickeln.

»Lucas hat mich gebeten, heute Morgen auf dich aufzupassen«, sagt die männliche Stimme, und ich atme erleichtert aus, als ich erkenne, dass es sich um Diego handelt. »Ich hoffe, ich habe dir keine Angst eingejagt. Er meinte, dass du eine ganze Weile schlafen könntest, und ich war in der Küche, um mir eine Kleinigkeit zu essen zu nehmen, als ich das Wasserrauschen gehört habe. Bist du in Ordnung? Brauchst du irgendetwas?«

»Nein, es geht mir gut, danke«, antworte ich, und mein Herzschlag beruhigt sich ein wenig. »Es ist nur ... na ja ... ich komme gleich.«

»Kein Problem. Lass dir Zeit. Ich bin in der Küche.« Ich höre die sich entfernenden Schritte.

Wie ferngesteuert putze ich meine Zähne und fahre mir mit einem Kamm durch die Haare, um das blonde, wilde Chaos zu entwirren. Ehrlich gesagt weiß ich nicht einmal, warum ich überhaupt versuche, vorzeigbar auszusehen. Das Gesicht, welches mich aus dem Spiegel anblickt, sieht aus wie aus einem Albtraum. Meine Lippen haben bereits begonnen, zu heilen, aber die linke Seite meines Gesichts, auf die mich Kirill geschlagen hat, ist ein einziger, riesiger, hässlicher Bluterguss. Kleinere Kratzer und blaue Flecken übersäen den Rest meines Gesichts und meines Körpers – abgesehen von meinem Rücken, der sogar noch schlimmer aussieht als mein Gesicht.

Kein Wunder, dass ich immer noch Schmerzen habe.

Vorsichtig drehe ich meinen Hals von einer Seite zur anderen und versuche dadurch, die Verspannung meiner Muskeln zu lösen. Mein Kopf schmerzt bei jeder Bewegung, aber nicht mehr so stark wie gestern.

Der Arzt hatte recht damit, dass ich nur eine leichte Gehirnerschütterung davongetragen habe; im Flugzeug habe ich mein Bewusstsein gleichermaßen durch den Schock und die Erschöpfung verloren wie durch die Kopfverletzung.

Als ich mich ein kleines bisschen besser fühle, wickele ich das Handtuch straffer um mich und gehe in das Schlafzimmer, um mich umzuziehen. Diese ganzen knappen Outfits, die Lucas mir besorgt hat, sind immer noch hier, und ich wähle irgendeine kurze Hose und ein T-Shirt aus, die ich mit schmerzverzerrtem Gesicht anziehe.

Als ich endlich in der Küche ankomme, finde ich dort Diego vor, der gerade Frischkäse auf einen Bagel schmiert.

»Hi«, sagt er mit seinem typischen charmanten Grinsen. »Hast du Hunger?«

Mein Magen wählt genau diesen Moment aus, um zu knurren, und das Grinsen des jungen Wächters wird breiter. »Ich fasse das als ein Ja auf«, meint er und legt seinen Bagel auf seinem Teller ab, bevor er aufsteht. »Was möchtest du essen? Müsli, Toast, Obst? Hier, setz dich hin!« Er deutet auf den Tisch. »Ich habe die strikte Anweisung, sicherzustellen, dass du heute nichts Anstrengendes tust.«

»Hm, Müsli ist okay.« Ich gehe zum Tisch, setze mich hin und fühle mich etwas verloren. Es scheint erst einige Minuten her zu sein, dass ich mich in der Ukraine inmitten von Schüssen und Explosionen befunden habe, und jetzt bin ich in Lucas' Küche und rede mit einem Söldner, der meine Kollegen der UUR erschossen hat, über Müsli.

Meine *ehemaligen* Kollegen der UUR, verbessere ich mich in Gedanken. Ich habe aufgehört, Teil dieser Organisation zu sein, als ich die Wahl getroffen habe, zu verschwinden, anstatt meinen Auftrag auszuführen.

»Wo ist mein Bruder?«, frage ich, als ich mich daran erinnere, dass Lucas mir erzählt hat, dass ihn die Wächter überwachen.

Diego grinst mich erneut an. »Er ist bei Eduardo. Der arme Kerl hat den kurzen Halm gezogen.«

Ich blinzele. »Was?«

»Sagen wir einfach, dass dein Bruder nicht glücklich darüber ist, hier zu sein.« Diego geht zum Kühlschrank und nimmt eine Packung Milch heraus. Er schüttet Müsli in eine Schüssel, gießt Milch darüber, holt einen Löffel und bringt alles zu mir. Bevor ich ihn fragen kann, fügt er hinzu: »Aber er ist okay, also mach dir keine Sorgen. Niemand wird ihm etwas antun.«

Ich nehme meinen Löffel in die Hand, auch wenn ich nicht mehr hungrig bin. Mein Magen ist vor Angst wie zugeschnürt. Natürlich ist Misha nicht glücklich darüber, hier zu sein. Wie sollte er? Sein Onkel wurde vor seinen Augen getötet, und er muss wahnsinnige Angst haben. Und wenn Obenko nicht über Mishas Verhältnis zu seinen Adoptiveltern gelogen hat, müssen diese vor Sorgen um ihn fast verrückt werden. Außer er wohnt in den Unterkünften der UUR, wie die anderen Auszubildenden. Sollte das der Fall sein, haben sie vielleicht noch nicht mitbekommen, was passiert ist, auch wenn ich mir sicher bin, dass ihnen bald jemand Bescheid geben wird.

Was für ein Desaster – und das ist ganz allein meine Schuld. Wenn ich nicht so schwach gewesen wäre, hätte Lucas nichts über die UUR herausgefunden. Ich habe mich von meinem Entführer brechen lassen und ihn danach ungewollt zu meinem Bruder geführt – genau zu der Person, die ich beschützen wollte. Ich erinnere mich an meinen gestrigen Streit mit Misha, die Anschuldigungen, die er mir an den Kopf geworfen hat, und ich will mich zusammenrollen und weinen.

»Geht es dir gut?« Diego setzt sich mir gegenüber hin und nimmt seinen Bagel in die Hand. »Du siehst wirklich blass aus.«

»Mir geht es gut«, antworte ich automatisch, lasse meinen Löffel ins Müsli gleiten und führe ihn danach mit dem vollgesogenen Getreide zu meinem Mund. »Ich bin einfach nicht ganz bei mir.«

»Natürlich nicht.« Diego lächelt mich mitfühlend an. »Jetlag ist ein Arschloch, und außerdem hast du gestern ganz schön was abbekommen.«

Er konzentriert sich auf seinen Bagel, und ich würge mir ein wenig Müsli hinunter, bevor ich den Löffel wieder ablege. Ich habe nicht darüber gelogen, dass ich nicht ganz bei mir bin; meine Gedanken sind durcheinander, und mein Kopf springt von einer Frage zur nächsten. Die Zukunft – besonders die Zukunft meines Bruders – ist wie ein angsteinflößendes schwarzes Loch, das in einiger Entfernung lauert, also versuche ich, mich auf die Gegenwart und die jüngste Vergangenheit zu konzentrieren.

»Woher wusstet ihr, wo ihr mich finden konntet?«, frage ich Diego, als er seinen Bagel aufgegessen hat. »Wie habt ihr überhaupt diese Einrichtung der UUR gefunden?«

»Ach ja, das ...« Der Wächter steht auf und trägt seinen Teller zur Spüle. »Ich befürchte, dass deine Rettung eher ein glücklicher Zufall für uns war, aber das soll dir lieber Kent erklären.«

Toll. Noch eine Person, die mir ausweicht. Sehen alle auf diesem Anwesen mich derart als Lucas' Eigentum an, dass sie mir nicht einmal eigenständig meinen Fragen beantworten können?

Ich unterdrücke meine Enttäuschung und zwinge mich dazu, einen weiteren Löffel Müsli zu essen, bevor ich aufstehe, um den Rest in den Müll zu werfen.

»Was tust du da? Ich mache das.« Diego ist bei mir, bevor ich die Spüle erreiche, und nimmt mir die Schüssel aus den Händen. »Du musst dich heute ausruhen.«

»Mir geht es gut«, sage ich und lehne mich gegen den Tresen, da das Schwächegefühl in meinen Beinen meiner Aussage widerspricht. »Ich möchte Misha sehen – Michael, meine ich. Kannst du ihn herbringen oder mich zu ihm führen?«

»Nein«, erwidert Diego fröhlich. »Eduardo ist mit ihm vor einer Stunde in die Trainingshalle gegangen. Warum ruhst du dich jetzt nicht ein wenig aus, und später sehen wir, was Kent dazu meint?« Der Wächter lächelt, aber ich kann den Stahl unter der umgänglichen Fassade spüren. Er wird mich nichts anderes tun lassen als mich auszuruhen und darauf zu warten, dass Lucas nach Hause kommt.

Ich will protestieren, aber ich weiß, dass das sinnlos ist. Außerdem hört es sich auch gar nicht so unattraktiv an, wieder ins Bett zurückzukehren.

»In Ordnung«, meine ich. »Danke fürs Frühstück.«

Ich gehe ins Schlafzimmer zurück, lege mich hin und fühle mich so erschöpft, als sei ich gerade zehn Kilometer gerannt. Mein Kopf pocht wieder, und meine Verletzungen schmerzen. Sogar mein Hals ist rau, und meine Haut fühlt sich angespannt und gereizt an. Auf dem Nachttisch neben dem Bett sehe ich die Schmerztabletten von gestern, und nach einem Augenblick der Unentschlossenheit greife ich nach der Packung und hole zwei Tabletten heraus. Danach nehme ich mir die

Wasserflasche, die jemand fürsorglich auf dem Nachttisch abgestellt hat, und schlucke die Tabletten mit etwas Wasser hinunter, bevor ich mich hinlege und meine Augen schließe.

Es hat keinen Sinn, heute gegen Lucas' Anweisungen anzukämpfen. Ich muss mir meine Kraft für sinnvollere Dinge aufsparen.

EINUNDDREISSIGSTES KAPITEL

❖ LUCAS ❖

Nachdem ich einige Tage weg gewesen bin, habe ich einen riesigen Berg Arbeit aufzuholen, weshalb ich es nicht schaffe, vor dem Abendbrot nach Hause zurückzukehren. Als ich mein Haus endlich betrete, sehe ich, dass Diego auf meinem Sofa sitzt und fernsieht.

»Wie geht es ihr?«, frage ich und werfe einen Blick zum Schlafzimmer. »Schläft sie immer noch?«

Diego nickt, während er aufsteht. »Ja. Wie ich dir in meinen Nachrichten geschrieben habe, hat sie das Mittagessen verschlafen, ist dann für etwa eine Stunde aufgewacht, hat im Bett gelesen und ist dann wieder eingeschlafen. Ich habe ihr ein Sandwich gemacht, aber sie hat es kaum angerührt. Ach, und sie hat mehrmals darum gebeten, ihren Bruder sehen zu dürfen, aber ich habe ihr gesagt, dass du das entscheiden müsstest.«

»Ich verstehe. Danke, dass du auf sie aufgepasst hast. Ich sage dir noch Bescheid, ob ich dich morgen brauche.«

Diego grinst. »Kein Problem, Mann.«

Er geht und ich betrete das Schlafzimmer, um nach Yulia zu sehen. Extrem langes Schlafen nach einem körperlichen Trauma und emotionalem Stress ist nichts Ungewöhnliches – es ist die natürliche

Reaktion des Körpers, damit er heilen kann – aber ich mache mir über ihren fehlenden Appetit Sorgen.

Das Zimmer ist dunkel, also gehe ich zum Bett und mache die Nachttischlampe an. Yulia bewegt sich leicht, als das sanfte Licht angeht. Sie liegt auf ihrem Rücken, die Decke reicht ihr bis über die Brust und ihr Gesicht ist zu mir gedreht. Mein Brustkorb zieht sich zusammen, als ich ihren geschwollenen Kiefer und das blaue Auge sehe. So wie sie daliegt, mit ihrer schlanken Hand, die mit der Handfläche nach oben auf dem Kissen ruht, sieht sie schmerzhaft jung und wehrlos aus, wie ein verletztes Kind und nicht wie eine erwachsene Frau.

Sollte Kirill noch leben, wird er sich wünschen, er wäre tot, wenn ich mit ihm fertig bin.

Heute Morgen habe ich unsere Fühler zu allen Kontakten in Europa ausgestreckt und unseren Hackern einen neuen Auftrag gegeben: Kirill Luchenko aufzuspüren. Ich habe mich auch erneut an Peter Sokolov gewandt, um zu sehen, ob er jemanden in der Ukraine kennt, der mir helfen kann. Er hat mir sofort geantwortet und mir versprochen, sich darum zu kümmern, also ist es nur eine Frage der Zeit, bis wir diesen Ficker ausfindig machen.

Natürlich vorausgesetzt, dass er nicht an seinen Wunden krepiert ist. Da Yulia ihm den Schwanz weggeschossen hat, könnte sein Leben eine ganze Weile lang auf der Kippe stehen.

Ich setze mich auf die Bettkante, strecke mich nach Yulia aus und streichele ihre Handfläche mit meinen Fingerspitzen, um die warme Weichheit ihrer Haut zu spüren. Wie das ganze Mädchen ist auch die Hand täuschend zart, der Inbegriff eleganter Weiblichkeit. Aber ich weiß, wie gefährlich es sein kann – und das weiß Kirill jetzt auch.

Dieser dreckige Bastard wird als schwanzloser Eunuch sterben. Dieser Gedanke gefällt mir.

Yulias Finger krümmen sich als Reaktion auf meine Berührung, und ein leises Stöhnen entweicht ihrem Mund. Trotzdem wacht sie immer noch nicht auf, und instinktiv beuge ich mich nach vorn, um ihre Stirn mit meinem Handrücken zu berühren.

Scheiße.

Sie ist heiß – viel zu heiß. Ihre Stirn glüht.

Im nächsten Augenblick bin ich bereits aufgesprungen und ziehe mein Telefon hervor. Goldberg geht beim ersten Anruf nicht dran, also versuche ich es erneut. Und dann noch einmal.

Bei meinem dritten Versuch geht er ans Telefon. »Was ist los?«

»Yulia ist krank«, sage ich ohne Einleitung. »Irgendetwas stimmt ganz und gar nicht mit ihr. Sie müssen herkommen. Jetzt.«

»Ich bin schon unterwegs.«

Er legt auf, und ich setze mich auf das Bett, um Yulias Hand in meine zu nehmen, wobei ich die trockene Hitze spüre, die ihre Hand ausstrahlt. Mein Kopf dröhnt in einem dumpfen, schweren Rhythmus, als ich ihr Handgelenk zu meinem Gesicht führe und meine Lippen auf ihre Handfläche drücke.

»Dir geht es bald wieder gut«, flüstere ich und ignoriere die starke Angst, die meine Eingeweide umklammert. »Bald geht es dir wieder gut, Süße. Das muss es einfach.«

✶ ✶ ✶

»Das sieht nach einer Art Grippe aus«, meint Goldberg, nachdem er Yulia untersucht hat. »Wahrscheinlich hat es sie so schwer erwischt, weil ihr Immunsystem bereits durch die Verletzungen und alles andere geschwächt war. Ich werde ihr ein antivirales Medikament geben und Paracetamol, um das Fieber zu senken. Ansonsten können Sie nur dafür sorgen, dass sie bequem liegt und genügend Wasser zu sich nimmt.«

Während er redet, schlägt Yulia die Lider auf und starrt mich verwirrt an. »Lucas?« Ihre Stimme ist schwach und rau, während sie sich auf die Seite legt. »Was –«

»Es ist alles in Ordnung, meine Süße. Du hast nur ein wenig Fieber durch die Grippe«, sage ich und setze mich neben sie auf das Bett. Ich nehme die Wasserflasche vom Nachttisch, schiebe meinen Arm unter ihren oberen Rücken und helfe ihr, sich hinzusetzen, indem ich ihre Kissen hinter sie klemme. Ich reiche ihr die Flasche und die Tabletten, die mir Goldberg gibt, und murmele: »Hier, nimm die. Dann wirst du dich besser fühlen.«

Ich kann den belustigten Blick des Arztes in meinem Rücken spüren, aber es interessiert mich jetzt einen Scheißdreck, was er denkt oder wem er von meiner Schwäche für Yulia erzählt.

Sie gehört mir, und es ist an der Zeit, dass es alle wissen.

Yulia schluckt gehorsam die Tabletten und spült sie mit dem restlichen Wasser hinunter. »Wo ist Misha?«, fragt sie, als sie fertig ist, und ich seufze, da mir klar wird, dass das ein anhaltender Kampf werden wird.

»Dein Bruder hat einen sehr netten Tag mit Eduardo verbracht«, sage ich und stelle die leere Flasche zurück auf den Nachttisch, während Goldberg diskret den Raum verlässt. »Sie hatten ein ziemlich langes Workout, bei dem Michael einen guten Teil seiner Aggressionen gegenüber dem Wächter abgearbeitet hat, und jetzt essen sie Abendbrot, denke ich – zumindest sollten sie das tun. Hast du Hunger? Ich kann ein wenig Hühnersuppe mit Nudeln aufwärmen. Es ist eine Dosensuppe, aber –«

»Ich habe keinen Hunger«, sagt sie und schüttelt mit dem Kopf. »Ich möchte einfach nur Misha sehen.«

»Was hältst du davon: Du gehst duschen, isst ein wenig Suppe und trinkst etwas Tee, während ich schaue, wie ich Misha noch einmal hierherbringen lasse?« Ich möchte, dass sie isst, damit sie sich erholen kann, und das scheint der beste Weg zu sein, sie dazu zu bekommen.

»Okay.« Yulia zieht die Decke von ihren Beinen und beginnt aufzustehen, aber ich ergreife sie und ziehe sie an meine Brust, bevor sie mehr als einige wenige wackelige Schritte machen kann. Sie schaut mich überrascht an, aber schlingt dann ihre Arme um meinen Hals und hält sich an mir fest, während ich sie zum Badezimmer trage.

Als ich mein Ziel erreiche, stelle ich Yulia vorsichtig hin und beginne damit, sie zu entkleiden. Ich ziehe ihr T-Shirt und die Shorts aus, während sie einfach schweigend und mit fiebrig-glänzenden Augen dasteht. Aus irgendeinem Grund erinnert mich das an das erste Mal, als sie hierhergebracht wurde, schmutzig und unterernährt nach dem Aufenthalt in dem russischen Gefängnis. Ich kann gar nicht glauben, dass erst ein Monat seitdem vergangen ist – dass ich sie erst vor drei Monaten zum ersten Mal gesehen habe.

Es fühlt sich an, als sei ich schon ein ganzes Leben lang von meiner Gefangenen besessen.

»Möchtest du einen Moment allein sein?«, frage ich, und Yulia nickt, während die nicht blauen Stellen in ihrem Gesicht erröten.

»In Ordnung. Ich bin genau vor der Tür. Ruf mich, wenn dir schwindelig wird oder du mich brauchst.«

Ich verlasse das Badezimmer, damit sie auf die Toilette gehen kann, und als ich das Wasser in der Dusche fließen höre, gehe ich wieder hinein. Sie steht bereits in der gläsernen Kabine und greift mit zitternden Händen nach dem Shampoo.

»Lass mich dir helfen«, sage ich und streife mir schnell meine Kleidung ab, um zu ihr unter die Dusche zu steigen. »Ich möchte nicht, dass du dich überanstrengst.«

»Mir geht es gut«, protestiert sie, aber ich nehme ihr die Flasche aus der Hand, gebe ein wenig Shampoo auf meine Handfläche und trete unter den Wasserstrahl, damit ihr das Wasser nicht ins Gesicht spritzt. Als ich ihr Haar einschäume, lehnt sie sich gegen mich, schließt ihre Augen, und ich unterdrücke ein Stöhnen, als ihr fester, runder Po sich an meinen Lendenbereich drückt, wodurch aus meiner leichten Erektion eine stahlharte wird. Bis jetzt hatte ich es geschafft, meine Augen von ihrem nackten Körper abzuwenden, da meine Besorgnis über ihren Gesundheitszustand meine Libido in die Schranken gewiesen hat, aber das hier ist zu viel.

Selbst krank und verletzt erregt sie mich unglaublich.

Runter. Jetzt geh endlich runter, versuche ich meinen Schwanz zu zwingen. Mein Blut fühlt sich in meinen Adern wie geschmolzene Lava an, als ich Yulia zum Wasserstrahl drehe und das Shampoo aus ihrem Haar wasche, bevor ich eine Spülung auf die langen blonden Strähnen auftrage.

»Lucas ...« Ihre Stimme ist ein zitteriges Flüstern, als sie sich zu mir umdreht und ihre fieberglänzenden Augen mein Gesicht betrachten. Wassertropfen hängen an ihren braunen Wimpern, deren Länge dadurch betont wird, und meine Lunge fühlt sich an, als könne sie nicht genug Luft bekommen, als sie sich nach mir ausstreckt und ihre Hand über meinen Bauch fährt, bevor sie meinen harten, schmerzenden Schwanz umgreift.

Ich muss meine ganze Kraft aufwenden, um mich aus ihrer Reichweite zurückzuziehen. »Was tust du da?«, frage ich rau, und mein steifer Schwanz wippt in Richtung meines Bauchnabels, als der Wasserstrahl auf ihre Brüste trifft. »Du hast eine beschissene Grippe.«

Sie folgt mir und blinzelt, um die Wassertropfen aus ihren Augen zu entfernen. »Ich will mich um dich kümmern, wenigstens so.« Ihre Finger streichen erneut an meiner Erektion entlang, aber ich kann ihr Handgelenk umfassen, bevor sie ihre Hand darumlegen kann.

»Was soll der Scheiß, Yulia?« Ich starre sie ungläubig an, wobei mir die dunklen Augenringe und die unnatürliche Blässe ihrer Haut auffallen. Sie ist kurz davor, umzukippen, und sie will mir einen runterholen?

Als ich sie zurückweise, beginnen Yulias Lippen zu zittern, und sie senkt ihren Blick, während sie ihr Handgelenk, welches ich umfasse, hängen lässt. Sie sieht völlig niedergeschlagen aus, und als ich auf ihren gesenkten Kopf blicke, steigt eine dunkle Vermutung in meinem Kopf auf.

»Tust du das, weil du denkst, dass du es tun musst?«, frage ich mit noch rauerer Stimme. »Hast du Angst, dass ich deinem Bruder wehtun werde, wenn du keinen Sex mit mir hast?«

Sie blickt nach oben, in ihren Augen schwimmen Tränen, und ich verstehe, dass genau das ihre Angst ist, dass sie denkt, ich sei zu so etwas fähig. Sie liegt nicht völlig falsch – ich würde ihren Bruder dazu benutzen, sie zu kontrollieren, wenn ich müsste – aber nicht dafür.

Nicht, solange sie sich in diesem Zustand befindet.

»Yulia ...« Ich umfasse zärtlich ihr Kinn und achte dabei darauf, nur ihre unverletzte Gesichtshälfte zu berühren. »Ich werde dich nicht dafür bestrafen, dass du krank bist, okay? So ein Monster bin ich nun auch wieder nicht. Dein Bruder ist in Sicherheit. Du kannst dich ausruhen und erholen, ohne dir Sorgen um ihn zu machen.«

»Aber –«

»Schscht.« Ich lege meine Fingerspitzen auf ihre Lippen. »Ihm wird es unter einer Bedingung gutgehen: Du hörst auf, dich zu stressen, und erholst dich. Denkst du, dass du das tun kannst?«

Sie nickt langsam, und ich lasse meine Hand sinken. »Gut. Und jetzt lass mich den Rest von dir waschen und dich ins Bett bringen. Heute Nacht werde ich mich um dich kümmern, okay?«

Yulia nickt erneut, und ich wasche die Spülung aus ihrem Haar, bevor ich ihren restlichen Körper säubere und dabei meine hartnäckige Erektion ignoriere. Ich rede mir ein, ich sei ein Arzt, der sich um eine Patientin kümmert, dass es nicht anders ist, als ein Kind zu waschen, aber mein Schwanz nimmt es mir nicht ab. Trotzdem schaffe ich es, sie zu duschen, ohne sie anzufallen, und als ich sie abgetrocknet habe und sie zu ihrem Bett zurückbringe, habe ich mich fast wieder unter Kontrolle.

»Jetzt Suppe und Tee«, sage ich, schiebe ihr wieder die Kissen hinter den Rücken, und sie blickt mich teilnahmslos an, was sie noch blasser erscheinen lässt.

»Okay«, murmelt sie. »Und dann mein Bruder, richtig?«

»Ja«, erwidere ich, aber als ich mit der Suppe und dem Tee zu ihr zurückkomme, schläft sie bereits wieder, und ihre Haut glüht heißer als zuvor.

ZWEIUNDDREIßIGSTES KAPITEL

❖ YULIA ❖

Die nächsten Tage vergehen in einem Nebel aus Fieber und Schmerzen. Meine Knochen tun weh, und mein Hals fühlt sich an, als hätte ich einen Feuerball verschluckt. Selbst meine Haarwurzeln schmerzen, und die Hitze des Fiebers frisst mich von innen heraus auf. Die Krankheit beraubt mich meiner letzten Energiereserven und lässt mich schwach und zitternd zurück, so dass ich bei den einfachsten Dingen – wie ins Badezimmer zu gehen und zu duschen – auf Lucas' Hilfe angewiesen bin.

Ich schlafe gefühlte zwanzig Stunden pro Tag, und wenn Lucas mir nicht in regelmäßigen Abständen Wasser, Tee und Suppe einflößen würde, würde ich noch mehr schlafen. Aber er weckt mich immer wieder auf, um mir mit einem Teelöffel verschiedene Flüssigkeiten einzuflößen, und ich bin zu ausgelaugt, um mich seiner fürsorglichen, aber nachdrücklichen Pflege zu widersetzen. Er ist nachts bei mir, und sein großer Körper umschließt mich schützend, während wir schlafen, genauso wie er tagsüber bei mir ist – den ganzen Tag.

»Musst du nicht irgendwo sein?«, krächze ich, als ich meinen Entführer das erste Mal neben meinem Bett auf einem unbequem aussehenden Stuhl sitzen und auf seinem Laptop arbeiten sehe. »Normalerweise bist du um diese Uhrzeit schon weg.«

Lucas' harter Mund verzieht sich zu einem Lächeln. »Ich nehme einen Krankheitstag. Wie fühlst du dich? Hast du Hunger? Durst?«

»Mir geht es gut«, murmele ich und schließe meine Augen. »Ich bin einfach unglaublich müde.« Meine Erschöpfung scheint sich tief in meinen Knochen eingenistet zu haben und zieht mich wie ein Anker nach unten. Selbst dieser kurze Wortwechsel hat meine nicht vorhandenen Energiereserven aufgebraucht, und ich schlafe bereits fast wieder, als Lucas mich hinsetzt und mich Wasser in Raumtemperatur aus einem Becher mit einem Strohhalm trinken lässt.

Das Schlucken schmerzt mir im Hals, aber die Flüssigkeit belebt mich genug, um nach meinem Bruder zu fragen. Lucas versichert mir, dass es ihm gut geht, aber als ich weiterhin darauf bestehe, ihn zu sehen, bittet Lucas Eduardo, ein spontanes zweiminütiges Video meines Bruders aufzunehmen und es uns zu mailen. In dem Video isst mein Bruder einen Burger und diskutiert mit Diego über die Vorzüge von Krav Maga gegenüber Taekwondo. Er sieht weder verängstigt noch misshandelt aus, was mich ein wenig beruhigt.

»Ich werde ihn hierherbringen, sobald du ein wenig kräftiger bist«, verspricht mir Lucas. »Goldberg hat gesagt, du solltest das Schlimmste morgen hinter dir haben.«

Aber das habe ich nicht. Der nächste Tag ist noch schlimmer, und mein Fieber schießt unkontrollierbar in die Höhe. Gegen Mittag wache ich auf und höre, wie Lucas sich mit dem Arzt darüber streitet, ob ich ins Krankenhaus gebracht werden muss.

Verschlafen öffne ich meine Augen und sehe, wie mein Entführer im Zimmer auf und ab geht und dabei ein Thermometer mit seiner kräftigen Faust umklammert. »Sie hat fast vierzig Fieber. Was ist, wenn es eine Lungenentzündung oder etwas Derartiges ist?«

»Ich habe Ihnen doch schon gesagt, dass ihre Lungen in Ordnung sind«, sagt Dr. Goldberg leicht verzweifelt. »Solange Sie ihr weiterhin ausreichend Flüssigkeit geben, wird nichts passieren. Sie müssen der Krankheit einfach ihren natürlichen Lauf lassen. Der menschliche Körper kann nicht gut mit extremem Stress umgehen, und nach dem, was Sie mir erzählt haben, hat sie in den letzten drei Monaten mehr durchgemacht als die meisten Menschen in ihrem ganzen Leben. Sie ist körperlich und geistig traumatisiert und braucht Ruhe und Schlaf, um wieder gesund zu werden. Auf eine gewisse Art will ihr Körper mit dieser Grippe sagen, dass sie ruhiger werden und besser auf sich aufpassen muss.«

Lucas bleibt mit zu Fäusten geballten Händen vor dem Bett stehen. »Wenn ihr etwas zustößt ...«

»Ja, ich weiß, dann werden Sie mich ganz langsam in Stücke reißen«, meint der Arzt vorsichtig. »Das haben Sie mir schon gesagt. Wenn es Ihnen nichts ausmacht, würde ich mich jetzt gerne um einen Wächter kümmern, der eine Kugel in seinem Bein hat. Rufen Sie mich an, sollte ihr Fieber ansteigen, bis dahin geben Sie ihr abwechselnd Paracetamol und Ibuprofen.«

Er verlässt das Haus, und ich schließe meine Augen, um wieder einzuschlafen.

* * *

Das Fieber dauert weitere drei Tage an und steigt und sinkt dabei unvorhersehbar. Jedes Mal, wenn ich aufwache und mich fühle, als würde ich sterben, sitzt Lucas an meiner Seite und wartet darauf, mir Flüssigkeiten einzuflößen, mir ein nasses Handtuch auf die Stirn zu legen oder mich ins Badezimmer zu tragen.

»Bist du sicher, dass du keine Krankenpflegerausbildung hast?«, scherze ich schwach, als er mich in mein Bett zurücklegt, nachdem er die Laken gewechselt und meine Kissen aufgeschüttelt hat. »Du bist nämlich wirklich gut darin.«

Lucas lächelt und deckt mich zu. »Vielleicht versuche ich es damit, falls dieser Job mit Esguerra nicht funktioniert.«

Ich schaffe es, leicht zurückzulächeln, und dann bin ich schon wieder weg, da ich zu schwach bin, um mich länger wachzuhalten.

In dieser Nacht quält mich das Fieber ohne Unterlass und widersteht Lucas' Anstrengungen, es mit Paracetamol und kalten Handtüchern zu senken. Ich wälze mich hin und her und zittere und schwitze abwechselnd, während besorgniserregende Träume in meinem Kopf aufsteigen. Der Wolf aus dem Schlaflied kommt zu mir, nagt an meiner Seite, und ich schreie, als sich seine Schnauze in Kirills Gesicht verwandelt – ein Gesicht, das explodiert, als ich immer wieder darauf schieße. Lucas schüttelt mich wach, hält mich auf seinem Schoß, bis mein hysterisches Schluchzen nachlässt, aber bald schlafe ich erneut ein und sehe eine Variation des gleichen Traums, nur dass meine Kugel dieses Mal nicht Kirill, sondern meinen Bruder trifft, und Kirill lacht, während er seinen blutigen Schwanz festhält.

»Yulia, ganz ruhig, Süße. Es geht ihm gut. Misha geht es gut.« Diese Versicherung mit Lucas' tiefer Stimme beruhigt mich, bis ich in eine neue Mischung aus Traum und Erinnerung gezogen werde. Dieser bösartige Kreislauf wiederholt sich so lange, bis mein Fieber am Morgen endlich nachlässt.

»Es tut mir leid«, flüstere ich, als ich aufwache und sehe, dass Lucas mit dunklen Augenringen und unrasiertem Kinn neben mir sitzt, während er seine Stirn wegen etwas auf seinem Laptop in Falten legt. »Habe ich dich die ganze Nacht wachgehalten?«

Er schaut von seinem Computer auf. »Nein, natürlich nicht.« Trotz seiner äußerlichen Müdigkeit sind seine blassen Augen hochkonzentriert, als er sich zum Nachttisch ausstreckt, um mir den Becher mit dem Strohhalm zu reichen. »Wie fühlst du dich?«

»So, als ob ich nicht einmal eine Fliege zerquetschen könnte«, sage ich heiser, nachdem ich den ganzen Becher Wasser getrunken habe. »Aber ansonsten besser.« Zum ersten Mal seit einigen Tagen habe ich keine Kopfschmerzen, und meine Haut fühlt sich an, als würde sie an meinem Körper haften bleiben wollen. Selbst mein Hals ist fast wieder normal, und mein Magen scheint ein Loch zu haben, was sich verdächtig nach Hunger anfühlt.

Lucas angespannter Gesichtsausdruck lässt nach, als er sein Laptop auf dem Nachttisch abstellt und aufsteht. »Das freut mich. Noch einige Stunden mehr wie letzte Nacht und ich hätte dich zum Krankenhaus geflogen, egal, was Goldberg gesagt hat.« Er beugt sich über mich, hebt mich vorsichtig hoch und trägt mich ins Badezimmer, wo er mir Wasser in die Badewanne lässt, da ich zu schwach bin, um mich unter die Dusche zu stellen.

»Warum tust du das?«, frage ich ihn, nachdem er mich von Kopf bis Fuß gewaschen hat. Da ich mich jetzt etwas menschlicher fühle, dämmert es mir, wie außergewöhnlich sich Lucas in den letzten Tagen verhalten hat. Ich weiß nicht, wie viele Ehemänner ihre Frauen mit einer solchen Hingabe gepflegt hätten.

»Was meinst du?« Lucas zieht seine Stirn in Falten, während er mich in ein dickes Handtuch wickelt und mich hochhebt. »Du musstest baden.«

»Ich weiß, aber du hättest nicht derjenige sein müssen, der mich badet«, sage ich, als er mich zurück ins Schlafzimmer trägt. »Du hättest einen der Wächter herbestellen können, oder –« Ich halte inne, als sein Gesichtsausdruck sich verdüstert.

»Wenn du denkst, dass ich es zulasse, dass dich ein anderer Mann berührt ...« Seine Stimme ist tödlich eisig, und ich kann nicht verhindern, dass ich erzittere, als er mich aufs Bett zurücklegt und mir zwei Kissen hinter den Rücken schiebt, um mir zu einer halb sitzenden Position zu verhelfen. Er beugt sich näher an mich heran und knurrt: »Du gehörst mir ganz allein, verstanden?«

Ich nicke vorsichtig. Ich hatte einen Moment lang vergessen, wie gefährlich – und krankhaft besitzergreifend – mein Entführer sein kann.

Während er sich aufrichtet, hat Lucas offensichtlich damit zu kämpfen, sich wieder unter Kontrolle zu bringen. Seine Brust weitet sich, als er tief einatmet, und in einem ruhigeren Ton fragt: »Hast du Hunger? Möchtest du Hühnerbrühe?«

Ich lecke über meine aufgeplatzten Lippen. »Ja. Und vielleicht so etwas wie ein Sandwich?«

Er zieht seine Augenbrauen in die Höhe. »Ernsthaft? Ein Sandwich? Dir scheint es wirklich besser zu gehen. Wie wäre es mit Eiern? Ich habe kürzlich versucht, ein Omelett zuzubereiten, und es war gar nicht so schlecht.«

»Ehrlich?« Ich starre ihn an. »Okay, dann nehme ich natürlich gerne Eier.«

Lucas lächelt und verschwindet durch den Türrahmen. Zwanzig Minuten später kommt er zurück und trägt ein Tablett mit einem köstlich riechenden Omelett und einer dampfenden Tasse Earl Grey.

»Bitte schön«, meint er, stellt das Tablett auf den Nachttisch und nimmt den Teller mit der Gabel in die Hand. Er spießt ein Stück Omelett auf, hebt die Gabel an und befiehlt: »Mund auf.«

»Ich kann alleine essen«, beginne ich zu sagen und will ihm den Teller abnehmen, aber er zieht ihn aus meiner Reichweite.

»Zu schwach, um eine Fliege zu zerquetschen, schon vergessen?« Er blickt mich streng an. »Und jetzt lehne dich zurück und mach den Mund auf.«

Seufzend gehorche ich und fühle mich wie eine Zweijährige, während Lucas auf der Bettkante sitzt und mich mit der beiläufigen Effizienz einer Krankenschwester füttert. Allerdings passt das Glitzern in seinen Augen nicht zu einer Krankenschwester, und entsetzt wird mir klar, dass er das Ganze auf eine gewisse Art und Weise genießt.

Er mag es, dass ich hilflos und auf ihn angewiesen bin.

Um meine Theorie zu testen, betrachte ich ihn das nächste Mal, als er die Gabel zu meinem Mund führt, ganz genau. Und da sehe ich es: In dem Moment, in dem sich meine Lippen um die Gabel schließen, fällt sein Blick auf meinen Mund und verweilt dort, während sich seine Hand am Griff des Bestecks anspannt. Der Deckenwulst um meinen Schoß verdeckt mir die Sicht auf seine untere Körperhälfte, aber ich vermute, würde ich nachsehen, fände ich eine Erektion vor, einen dicken Schwanz, der seine Jeans zum Platzen anspannt.

Eine Hitzewelle schlängelt sich meine Wirbelsäule hinunter und meine Nippel versteifen sich unter der Decke. Diese Reaktion meines Körpers erwischt mich unvorbereitet. Ich bin kaum in der Verfassung, an Sex zu denken. Trotzdem bemerke ich die wachsende Feuchtigkeit zwischen meinen Oberschenkeln, als Lucas mich weiterhin füttert und sich dabei jedes Mal über mich beugt, wenn er das Essen an meine Lippen führt.

Das Omelett ist gut – Lucas hat wirklich gelernt, es zuzubereiten – aber ich bemerke den aromatischen, vollmundigen Geschmack kaum, da ich voll und ganz mit der verdrehten erotischen Anspannung der Situation beschäftigt bin. Auf eine gewisse Weise ist Lucas' Insistieren, mich zu pflegen, eine Erweiterung seines Wunsches, mich zu besitzen, mich vollständig zu kontrollieren. Schwach und krank bin ich ihm mehr als je zuvor ausgeliefert, und aus einem perversen Grund macht dieses Wissen uns beide an.

Das Omelett ist bald verschwunden, und ich lasse mich gegen die Kissen fallen, weil ich genauso voll wie kaputt von dieser einfachen

Tätigkeit, zu essen, bin. Erregung hin oder her, ich fühle mich immer noch nicht gut. Lucas stellt einen Strohhalm in meinen Tee und lässt mich die halbe Tasse trinken, bevor ich erneut wegnicke, weil mein Körper nach noch mehr Schlaf verlangt.

* * *

Als ich wieder aufwache, fühle ich mich ein wenig stärker und erinnere mich an einige der Albträume, die ich während der letzten Nacht hatte.

»Kann ich bitte meinen Bruder sehen?«, frage ich Lucas, als er mir ein Sandwich und eine Schüssel mit Suppe bringt. »Ich würde wirklich gerne mit ihm reden.«

Lucas schüttelt seinen Kopf. »Dafür geht es dir noch nicht gut genug.«

»Mir geht es gut. Bitte, ich muss wirklich mit ihm reden.« Ich lege meine Hand auf Lucas' Oberschenkel und kann die harten Muskeln durch den groben Stoff seiner Jeans spüren. »Ich möchte ihn einfach nur mit meinen eigenen Augen sehen.«

»Ich möchte nicht, dass du dich verausgabst«, erwidert Lucas, aber ich kann sehen, dass er mit sich ringt.

»Was hältst du davon?« Ich schiebe mich nach oben, um gerader zu sitzen. »Ich werde essen, und wenn ich danach nicht gleich wieder einschlafe, lässt du ihn hierherbringen. Nur kurz. Bitte, Lucas.«

Seine Augen verengen sich. »Du wirst etwas essen, und ich werde darüber nachdenken.«

Ich nicke eifrig, beiße kräftig in mein Sandwich und esse es mit wenigen großen Bissen auf. Lucas besteht darauf, mir die Suppe eigenhändig zu füttern, und die Lider seiner blassen Augen sind schwer, als er den Löffel zu meinem Mund führt. Ich beschwere mich nicht; ich freue mich zu sehr darauf, Misha zu sehen, und mich stört diese eigenartige Vorliebe, die mein Entführer entwickelt zu haben scheint, nicht. Außerdem möchte ich nicht, dass Lucas bemerkt, dass ich mich noch nicht so weit erholt habe, wie ich dachte. Wieder einmal hat das Essen mich müde gemacht, und ich beginne, mich unangenehm warm zu fühlen, so als käme das Fieber zurück.

Zum Glück fällt es Lucas nicht auf, weshalb er Diego eine Nachricht schickt, Misha zu mir zu bringen, als ich nicht gleich nach der Mahlzeit einschlafe.

»Ich gebe dir zehn Minuten mit ihm«, sagt Lucas, während er mir eines seiner T-Shirts überzieht. »Aber sobald du müde wirst –«

»Werde ich den Besuch beenden und mich ausruhen«, sage ich und verziehe meine Lippen zu etwas, was hoffentlich wie ein strahlendes, gesundes Lächeln aussieht. »Mach dir keine Gedanken. Es wird alles gutgehen.«

Lucas legt seine Stirn in Falten, als er seine Hand auf meine Stirn legt, aber in diesem Moment klopft es an der Tür.

Mein Bruder und Diego sind da.

»Zehn Minuten«, warnt Lucas, während er mich zudeckt. »Ich bin vor der Tür, okay?«

Ich nicke. »Kannst du bitte einen Stuhl etwas weiter von meinem Bett entfernt hinstellen? Ich möchte nicht, dass Misha sich ansteckt.«

Lucas erfüllt mir meine Bitte, bevor er den Raum verlässt, und einige Augenblicke später tritt mein Bruder ein.

»Wie fühlst du dich?«, fragt er auf Russisch, sobald er im Schlafzimmer ist, und ich halte meine Hand abwehrend nach oben, weil ich nicht möchte, dass er mir zu nahe kommt. Auch wenn ich vermute, dass ich nicht mehr ansteckend bin, fühle ich mich immer noch mehr wie ein bazillenverseuchtes Etwas als eine Person.

»Mir ging es schon mal besser«, sage ich und deute dabei auf den Stuhl, den Lucas für Misha vorbereitet hat. Meine Haut schmerzt erneut, aber das braucht mein Bruder nicht zu wissen. »Wie geht es dir? Wie behandeln sie dich?«

Misha überlegt einen Moment lang, dann zuckt er mit den Schultern. »Okay, nehme ich an.« Er setzt sich auf den Stuhl.

»Sie lassen dich ungefesselt umhergehen?«, frage ich überrascht, und mein Bruder nickt.

»Sie lassen mich nicht mit Waffen allein, und nachts legen sie mir Handschellen um, aber ja, ich habe einige Freiheiten.«

»Gut.« Ich zerbreche mir den Kopf, wo ich am besten anfange, bevor ich entscheide, es einfach auszuspucken. »Michael«, sage ich ruhig, »Wo sind deine Adoptiveltern? Wie bist du in der UUR gelandet?«

Er schaut mich hart an. »Onkel Vasya hat mir gesagt, dass er dir alles erzählt hat.«

»Er hat mir ... einige Dinge erzählt. Aber ich würde es gerne von dir hören.« Nach Obenkos Verrat habe ich keinerlei Vertrauen in die Version der Geschichte, die mir mein ehemaliger Chef erzählt hat. »Wussten deine Eltern, was du tatest? Haben sie dem Training zugestimmt?«

Misha schaut mich schweigend an.

»Mishen'ka ...« Meine Knochen schmerzen, als ich mich gerader hinsetze. »Alles, was ich möchte, ist, ein wenig mehr über dein Leben zu erfahren. Du hast keinen Grund, mir zu glauben, aber vor elf Jahren habe ich einen Deal mit Vasiliy Obenko abgeschlossen – deinem Onkel Vasya. Ich habe ihm versprochen, der UUR beizutreten, damit seine Schwester dich adoptiert und dir ein gutes Leben ermöglicht. Das ist der Grund dafür, dass ich dich verlassen habe: Weil ich wollte, dass du die Art von Leben hast, die wir hatten, bevor unsere Eltern starben, die Art von Leben, die ich dir in dem Waisenhaus nicht ermöglichen konnte ...«

Während ich rede, schüttelt Misha seinen Kopf. »Du lügst«, sagt er und springt auf seine Füße. »Du hast mich verlassen. Onkel Vasya hat mir gesagt, dass du dich dem Programm angeschlossen hast, weil du nicht die Verantwortung für deinen kleinen Bruder haben wolltest ... weil du genug davon hattest, im Waisenhaus zu sein. Er hat sich schlecht gefühlt, weil du mich zurückgelassen hattest, und hat meiner Mutter davon erzählt, und dann ...« Er hält inne, und seine Brust bebt. »Er hätte mich nicht darüber angelogen. Das hätte er nicht.« Er wiederholt das, so als wolle er sich selbst davon überzeugen, und ich verstehe, dass mein Bruder nicht so sicher ist, was Obenko anbelangt, wie er vorgibt. Hatte er bereits die Gelegenheit zu sehen, wie rücksichtslos dieser Mann war?

»Es tut mir leid«, sage ich und lehne mich gegen die Kissen, als mein kurzer Energieschub abflaut. »Ich wünschte, das wäre die Wahrheit, aber für deinen Onkel stand sein Land immer an erster Stelle. Das weißt du, oder etwa nicht?«

Misha presst seine Lippen zusammen und schüttelt erneut den Kopf. »Nein. Er hat mich gewarnt, dass du gut darin bist, die Dinge zu verdrehen.«

»Misha ...«

»Ich heiße Michael.« Er verschränkt seine Arme vor seiner Brust. »Und ich möchte nicht mehr darüber reden.«

»Okay.« Ich bin immer noch zu krank, um mich mit einem traumatisierten Teenager zu streiten. »Sage mir nur eine Sache ... Sind deine Adoptiveltern gute Menschen? Haben sie dich gut behandelt?«

Misha zögert einen Moment, dann nickt er und setzt sich auf den Stuhl. »Das haben sie – das sind sie.« Sein Blick wird ein wenig weicher. »Meine Mutter macht am Wochenende Kartoffelpuffer, und mein Vater spielt Tischtennis. Er ist wirklich gut. Als ich klein war, habe ich jeden Abend mit ihm gespielt.«

Wegen der echten Gefühle in seiner Stimme füllen sich meine Augen mit Tränen der Erleichterung. Aus welchem Grund auch immer Misha in der UUR gelandet ist, er liebt seine Adoptiveltern – liebt sie genauso wie ich unsere Mutter und unseren Vater.

»Siehst du sie häufig?« Da mein Bruder jetzt wirklich mit mir spricht, fällt mir auf, wie verzweifelt ich mehr über sein Leben erfahren möchte. »Seit du mit dem Training begonnen hast, meine ich. Schläfst du in den Unterkünften, oder lebst du noch zu Hause? Was denken deinen Eltern über die ganze Sache?«

Misha blinzelt über meine blitzschnellen Fragen. »Ich ... ich sehe sie jetzt einmal im Monat«, antwortet er langsam. »Und ja, ich bleibe in der Unterkunft. Mama wollte das nicht, aber Onkel Vasya hat gesagt, dass es das Beste wäre, dass es mir bei der Eingewöhnung und allem helfen würde.«

Ich nicke aufmunternd, und nach einer kurzen Pause fährt er fort. »Sie sind eigentlich damit einverstanden, dass ich der Organisation beigetreten bin. Ich meine, sie verstehen, dass wir unserem Land dienen.« Sein Blick wandert umher, während er auf dem Stuhl hin und her rutscht, und ich kann zwischen den Zeilen lesen.

Seine Eltern haben es vielleicht verstanden, aber sie waren nicht glücklich darüber, dass ihr jugendlicher Sohn rekrutiert wurde.

»Denkst du, sie machen sich Sorgen um dich?« Ich ignoriere meine wachsende Erschöpfung und schiebe mich wieder in eine geradere Sitzposition. »Denkst du, sie haben gehört, was passiert ist?«

»Sie –« Seine Stimme bricht, während er mich anschaut und schnell blinzelt. »Ja, ich denke, dass sie es jetzt wissen müssten. Jemand wird Mama von Onkel Vasya erzählt haben.«

»Es tut mir leid, Michael.« Ich beiße auf meine Lippe. »Es tut mir wirklich leid, dass es soweit gekommen ist. Glaube mir, wenn ich es ungeschehen machen könnte –«

»Tu das nicht.« Misha steht auf und hat seine Hände dabei zu Fäusten geballt. »Tu nicht so, als ob.«

»Ich tue nicht –«

»Das reicht.« Lucas' Stimme ist schneidend, als er den Raum betritt und mit wütenden Schritten auf meinen Bruder zugeht. »Ich hatte dir gesagt, dass du sie nicht aufregen darfst.« Er ergreift Misha an der Rückseite seines Shirts und zieht ihn zur Tür, während er knurrt: »Sie ist krank. Welchen Teil davon verstehst du nicht?«

»Lucas, halt.« Ich werfe meine Decke zur Seite, und mein Puls rast plötzlich vor Angst. »Bitte, er hat nichts getan.«

Lucas lässt Misha sofort los und durchquert den Raum, um zu mir zu gelangen, während ich meine Füße auf den Boden setze, da ich trotz meiner Übelkeitswelle aufstehen möchte.

»Was tust du da?« Er starrt mich wütend an, ergreift meine Beine und legt sie zurück aufs Bett. Er drückt mich wieder in meine halb sitzende Position auf die Kissen, bevor er mich mit seinen Armen festhält. Seine Augen funkeln wütend, als er sich nach vorn beugt, bis sein Gesicht sich nur wenige Zentimeter vor meinem befindet. »Du musst dich ausruhen, hast du das verstanden?«

»Ja.« Ich schlucke den Knoten in meinem Hals hinunter. »Es tut mir leid.«

Das stellt Lucas offensichtlich zufrieden, denn er stellt sich wieder auf und dreht sich zu meinem Bruder um. »Gehen wir«, sagt er, zeigt mit seinem Daumen Richtung Tür, und Misha wirft mir einen entschuldigenden Blick zu, bevor er vor Lucas den Raum verlässt.

Erschöpft lasse ich mich die Kissen hinuntergleiten und schließe meine Augen.

Meinem Bruder geht es bis jetzt gut, aber das hier ist kein Ort für ihn. Ich muss dafür sorgen, dass er zu seinen Eltern zurückkehren kann.

Er muss nach Hause gehen.

DREIUNDDREISSIGSTES KAPITEL

❖ LUCAS ❖

Nachdem ich Michael aus dem Haus begleitet und ihn Diego übergeben habe, kehre ich ins Schlafzimmer zurück und sehe, dass Yulia schon wieder schläft. Auch wenn die Blutergüsse von Kirills Angriff kaum noch zu sehen sind, hat sie dunkelblaue Augenringe, und ihr Gesicht ist blass und dünn. Sie hat während ihrer Krankheit an Gewicht verloren und sieht wieder einmal erschreckend zerbrechlich aus, wie eine Glasfigur, die bei der leichtesten Berührung zerspringen könnte.

Ich muss pervers sein, denn ich begehre sie trotzdem.

Ich atme tief ein, ziehe mich aus und steige neben sie auf das Bett. Die Kissen sind alle aufeinandergestapelt, also verteile ich sie, damit wir es bequemer haben, lege mich hin und ziehe sie an mich heran. Sie trägt immer noch mein T-Shirt, aber mich stört diese Barriere zwischen unseren Körpern nicht.

Sie hilft mir dabei, meine Lust für Yulia unter Kontrolle zu behalten und die Illusion aufrechtzuerhalten, dass ich ein leidenschaftsloser Krankenpfleger bin und nicht ein Mann, der sich die ganze letzte Woche zweimal pro Tag einen heruntergeholt hat.

Letzte Nacht habe ich nicht geschlafen, also sollte ich auf der Stelle einschlafen, aber als ich die Wärme spüre, die ihre Haut ausstrahlt, bin ich hellwach. Das Scheißfieber ist zurück. Ich weiß, dass ich nicht auf

Yulia hätte hören sollen, aber ich konnte dem flehenden Blick ihrer großen blauen Augen nicht widerstehen. Ich kenne die ganze Geschichte mit ihrem Bruder immer noch nicht – der Junge weigert sich, meine Fragen zu beantworten – aber ich weiß, dass sie ihn liebt.

Sie ist weggelaufen, um ihn vor mir zu retten.

Ich schließe meine Augen und hadere zum hundertsten Mal mit mir selbst, weil ich ihr damals nicht zugehört habe. In den letzten Tagen hatte ich die Gelegenheit, unsere Unterhaltungen vor ihrer Flucht noch einmal in meinem Kopf durchzugehen, und ich habe erkannt, dass ganz allein ich an dem Missverständnis Schuld bin. Wenn ich Yulia reden lassen hätte, hätte ich erfahren, wer Misha ist, und ich hätte ihr versprochen, ihm nichts anzutun.

Sogar *ich* habe meine Grenzen.

Yulia murmelt etwas im Schlaf, kuschelt sich enger an mich, und ich küsse ihre zarte Ohrmuschel, während sich mein Brustkorb zusammenzieht, weil ich ihre glühende Haut spüre. Sie ist nicht ansatzweise so krank wie letzte Nacht, aber sie ist bei weitem nicht wieder gesund.

Vorsichtig trenne ich mich von ihr, gehe zum Badezimmer und komme mit einem kalten, nassen Handtuch zurück. Als ich ihr T-Shirt ausziehe und mit dem Handtuch über ihren Körper fahre, wacht Yulia auf, blinzelt mich mit benebelten blauen Augen an, aber noch bevor ich damit fertig bin, ihren ganzen Körper zu befeuchten, schläft sie bereits wieder.

Ich mache das Licht aus und lege mich wieder neben sie, um sie in meine Arme zu ziehen. Die Wärme meines Körpers ist jetzt nicht gerade ideal, aber mir ist aufgefallen, dass sie besser schläft, wenn ich sie umarme. Auf diese Weise hat sie weniger Albträume.

Ich schließe meine Augen und versuche, nicht an den Grund für ihre Albträume zu denken, aber das ist unmöglich. Yulias Krankheit hat meine normale Arbeitsroutine verändert, aber ich habe sichergestellt, dass die Suche nach Kirill ununterbrochen weitergeht. Leider habe ich in den letzten Tagen außer vagen Gerüchten und falschen Spuren nichts gehört. Es ist, als sei der Bastard einfach verschwunden. Es ist möglich, dass er seine Verwundungen nicht überlebt hat, aber in diesem Fall sollten wir eine Leiche gefunden oder etwas von einer Beerdigung gehört haben.

Nein, mein Bauchgefühl sagt mir, dass Yulias ehemaliger Trainer lebt – wahrscheinlich mit unerträglichen Schmerzen, aber lebt. Ich werde meine Bemühungen, ihn zu finden, verstärken müssen, sobald es Yulia wieder gut geht.

Zuerst muss ich allerdings dafür sorgen, dass sie wieder gesund wird.

Ich küsse sie auf die Schläfe und ignoriere die Lust, die meinen Schwanz versteifen lässt. Mit ein bisschen Glück bedeutet Yulias wachsender Appetit, dass sie sich auf dem Weg der Besserung befindet und bald wieder bei Kräften und gesund ist.

Wenn nicht, wird Goldberg sich wünschen, nie geboren worden zu sein.

* * *

Zu meiner Erleichterung verbessert sich Yulias Gesundheitszustand in den nächsten zwei Tagen ohne weitere Rückschläge. Ihr Appetit kehrt schlagartig zurück, und ich durchforste das Internet nach einfachen, aber nahrhaften Rezepten. Ich bin immer noch ziemlich schlecht in der Küche, aber ich habe entdeckt, dass ich, wenn ich mich genügend konzentriere, einfache Gerichte zubereiten kann, indem ich Anleitungen folge und Videos online schaue – etwas, zu dem ich nie zuvor Lust hatte. Aber da Yulia völlig abhängig von mir ist, fühlt es sich falsch an, ihr nur Sandwiches und Müsli zu geben.

Ich möchte, dass sie gut isst, damit sie schnell wieder gesund wird.

»Was tust du da, Mann?«, fragt Diego, als er meine Küche betritt und sieht, dass ich gerade Gemüse für einen Eintopf schneide. »Ich habe dich noch nie kochen sehen.«

»Na ja, ich erweitere meinen Horizont«, erwidere ich und gebe das ganze Gemüse in einen Topf, bevor ich auf meinen aufgeklappten Laptop schaue, um den nächsten Schritt zu erfahren. »Es ist niemals zu spät, etwas zu lernen, stimmt's?«

»Ja, ja, sicher.« Diego sieht mich neugierig an. »Warum hast du nicht einfach Esguerras Haushälterin gebeten, dir ein wenig zusätzliches Essen zuzubereiten? Normalerweise macht es ihr nichts aus.«

»Ich bin gerade nicht Anas Lieblingsperson«, erwidere ich und messe sorgfältig einen Teelöffel Salz ab. »Wegen Rosa und der ganzen Geschichte, verstehst du?«

»Ach ja, stimmt.« Diego setzt sich an den Tisch und schaut mir mit unverhohlener Neugier zu. »Sie scheint ziemlich verärgert deshalb zu sein.«

»Das kannst du laut sagen.«

Auch wenn Noras Eingreifen Rosa vor unserer Befragung und einer späteren Bestrafung bewahrt hat, stand das Dienstmädchen die letzte Woche unter Hausarrest, da Esguerra noch nicht entschieden hat, was er sie betreffend tun wird. Wäre Nora nicht mit diesem Mädchen befreundet, wäre das einfach, aber Esguerra möchte seine Frau nicht dadurch verärgern, dass er ihre enge Freundin umbringt.

Außerdem sind wir uns beide nicht sicher, dass Nora die Wahrheit gesagt hat, was bedeutet, dass immer noch die Möglichkeit besteht, dass das Dienstmädchen für jemand anderen gearbeitet hat.

Da sich Yulia jetzt besser fühlt, werde ich sie dazu befragen – und zu allem anderen.

»Das ist es also? Du bist ein Chefkoch geworden?«, meint Diego, als ich die angegebene Menge Wasser in den Topf gieße und den Deckel darauflege, bevor ich den Herd anstelle. »Bedeutet das, dass Eduardo und ich zum Abendessen vorbeikommen können?«

»Zum Henker, nein. Kocht euch euren eigenen verdammten Eintopf.«

Diego bricht in Lachen aus, wird aber ganz schnell wieder ernst, als ich mich zu ihm herumdrehe.

»Genug gequatscht«, sage ich und trockne meine Hände mit Küchenrolle ab. »Erzähl mir von den neuen Trainees und davon, wie es mit den Rekrutierungen vorangeht.«

Der Wächter beginnt mit seinem täglichen Bericht, während ich mich an den Tisch setze und den Topf im Auge behalte, um sicherzugehen, dass nichts überkocht.

* * *

Als der Eintopf fertig ist, sehe ich nach Yulia und finde sie mit einem anderen meiner T-Shirts bekleidet schlafend im Sessel der Bibliothek vor.

Ich hatte sie nach dem Mittagessen hierhergebracht, als sie darauf bestand, aufzustehen, weil sie es angeblich satthatte, den ganzen Tag im Bett zu liegen. Dem Buch auf ihrem Schoß nach zu urteilen ist sie während des Lesens eingeschlafen.

Ich ziehe meine Stirn in Falten und lege ihr meine Hand auf die Stirn, um zu sehen, ob sie Fieber hat. Zu meiner Erleichterung fühlt sich die Stirn normal an. Sie hat sich noch nicht vollständig erholt, aber Goldberg hatte recht damit, dass ich nicht in Panik verfallen sollte.

Ich werfe einen Blick auf die Uhr.

Vier Uhr nachmittags. Noch jede Menge Zeit bis zum Abendessen.

Ich komme zu einem Entschluss, verlasse leise den Raum und gehe aus dem Haus. Ich muss meine Runden mit den Wächtern drehen und mit Esguerra reden. Wenn ich Glück habe, wird Yulia die nächsten Stunden schlafen, während ich ein wenig arbeite, und dann werden wir zusammen essen – unser erstes gemeinsames Essen seit ihrer Rückkehr.

Ich kann es kaum erwarten.

VIERUNDDREISSIGSTES KAPITEL

❖ YULIA ❖

Ein beunruhigendes Gefühl weckt mich auf. Es ist fast so, als würde mich jemand betrachten, oder –

Ich schnappe nach Luft, während ich mich in dem Sessel aufrichte und das zarte Mädchen mit der goldfarbenen Haut anstarre, das mitten in Lucas' Bibliothek steht. Sie trägt ein hellblaues Sommerkleid, und ihr glänzendes dunkles Haar fällt über ihre schlanken, nackten Schultern. Ich bin mir ziemlich sicher, dass ich sie niemals zuvor gesehen habe, auch wenn mir etwas an ihren zarten Gesichtszügen bekannt vorkommt.

»Wer bist du?« Ich versuche, meine Stimme ruhig zu halten – keine leichte Aufgabe, so stark wie mein Herz klopft. Ich bin durch meine Krankheit immer noch geschwächt, und auch wenn diese puppenhafte Gestalt vor mir nicht gerade bedrohlich aussieht, weiß ich, dass Aussehen täuschen kann. »Was tust du hier?«

»Ich bin Nora Esguerra«, sagt sie in akzentfreiem amerikanischen Englisch. Ihre dunklen Augen mit den vollen Wimpern sehen mich mit kaltem Spott an. »Du hast meinen Ehemann, Julian, kennengelernt.«

Ich blinzele. Das erklärt, wie sie in mein Haus gelangt ist – sie muss die gleichen Generalschlüssel wie Rosa haben – und warum sie mir bekannt vorkam. Ihr Bild war in den Unterlagen, die ich in Moskau von Obenko bekommen hatte.

Außerdem habe ich diese dunklen Augen schon einmal gesehen.

»Du hast an dem Tag, an dem ich hierhergebracht worden bin, durch das Fenster geschaut«, sage ich und ziehe Lucas' T-Shirt nach unten, um meine Oberschenkel mehr zu bedecken. Wenn ich gewusst hätte, dass ich Besuch bekomme, hätte ich mir etwas Ordentliches angezogen. »Mit Rosa, stimmt's?«

Das Mädchen nickt. »Ja, wir haben zu dir hineingeschaut.« Weder entschuldigt sie sich noch gibt sie mir eine Erklärung; sie betrachtet mich einfach mit leicht zusammengezogenen Augen.

»Okay, und heute bist du hier, weil ...« Ich führe den Satz nicht zu Ende.

»Weil ich auf eine Gelegenheit gewartet habe, mit dir zu reden, und das ist das erste Mal, dass Lucas seit einigen Tagen das Haus verlassen hat«, sagt sie und kommt näher zu meinem Sessel.

Ich stehe auf, weil ich ein ungutes Gefühl habe. Auch wenn meine Beine sich noch wie gekochte Nudeln anfühlen, kann ich mich besser im Stehen verteidigen – sollte ich es müssen.

»Worüber wolltest du reden?«, frage ich und lasse die Hände des Mädchens nicht aus meinen Augen. Sie sieht nicht so aus, als sei sie bewaffnet, aber etwas an ihrer Haltung sagt mir, dass sie vielleicht keine Waffe benötigt, um Schaden anzurichten.

Ich kann sehen, dass sie Kampftraining hatte.

»Rosa«, sagt das Mädchen. Ihr zartes Kinn hebt sich an, als sie mich fest anschaut. »Um genau zu sein, über das, was du Lucas und Julian über sie erzählen wirst.«

Ich ziehe verständnislos meine Stirn in Falten. »Was meinst du?«

»Sie werden wissen wollen, wie du fliehen konntest und wer dir geholfen hat«, sagt Nora ruhig. »Und du wirst ihnen erklären, dass es Rosa war, die in meinem Auftrag gehandelt hat. Verstehst du das?«

»Was?« Damit hatte ich überhaupt nicht gerechnet. »Du möchtest, dass ich dich dafür verantwortlich mache?«

»Ich möchte, dass du die Wahrheit sagst«, erwidert sie kalt. »Und ja, das bedeutet, allen zu erzählen, dass Rosa dir auf mein Bitten hin geholfen hat.«

»Sie hat nichts davon erwähnt, dass sie es deinetwegen tat«, sage ich, und meine Gedanken überschlagen sich. Es hört sich ganz so an, als befände sich das Dienstmädchen in Schwierigkeiten, und Esguerras Frau versuchte, es zu beschützen, indem sie behauptet, in die ganze Sache verwickelt zu sein. Aber –

»Es ist unwichtig, was Rosa gesagt oder nicht gesagt hat.« Noras Stimme spannt sich an. »Ich sage dir jetzt gerade, dass Rosa auf meine Anweisung hin gehandelt hat, und genau das wirst du erzählen, wenn Lucas und Julian dich fragen. Hast du mich verstanden?«

»Oder was?« Ich kann die Drohung im Ton des Mädchens hören, aber ich möchte wissen, wie weit sie gehen würde. »Oder was, Frau Esguerra?«

»Oder ich werde persönlich dafür sorgen, dass Julian dich häutet und das Fleisch von deinen Knochen abzieht.« Sie lächelt mich kalt an. »Genau genommen werde ich es sogar selbst tun.«

Ich starre sie an und versuche mich an das zu erinnern, was ich über das Mädchen weiß. Sie ist jung – einige Jahre jünger als ich, laut Esguerras Akte – und seit kurzer Zeit mit dem Waffenhändler verheiratet. Davor wurde sie angeblich von ihm entführt, zumindest gab es eine Untersuchung des FBIs, die länger als ein Jahr andauerte. Aber trotz ihres Hintergrunds ist mir klar, dass sie sich nicht mehr sehr stark von ihrem Ehemann unterscheidet.

Sie macht keine leeren Drohungen.

»In Ordnung«, sage ich langsam. »Angenommen, du hast Rosa angewiesen, mir zu helfen. Warum? Was wäre dein Motiv dafür gewesen? Lucas wird das wissen wollen.«

»Er wird mein Motiv verstehen. Alles, was du tun musst, ist die Wahrheit zu sagen – die ganze Wahrheit, einschließlich meiner Beteiligung.«

Meine Lippen verziehen sich. »Okay. Ich nehme an, die ganze Wahrheit beinhaltet deinen heutigen Besuch bei mir nicht.«

»Das stimmt.« Ihre dunklen Augen blinzeln nicht. »Es gibt keinen Grund, weshalb Rosa für meine Taten bezahlen sollte. Ich bin mir sicher, dass du in diesem Punkt mit mir übereinstimmst.«

»Das tue ich.« Wenn Esguerras Ehefrau möchte, dass ihr für seine Unbarmherzigkeit berüchtigter Ehemann denken soll, dass das ganze ihre Idee war, habe ich nicht vor, ihr im Wege zu stehen – besonders nicht nach unserer kleinen Unterhaltung. »Ist das alles, oder kann ich dir noch bei etwas anderem behilflich sein?«

»Das ist alles«, antwortet sie, dreht sich herum und beginnt, wegzugehen. Aber bevor ich erleichtert ausatmen kann, hält sie im Türrahmen inne und schaut sich zu mir um. »Nur noch eine Sache, Yulia ...«

Ich ziehe meine Augenbrauen in die Höhe und warte.

»Nach dem, was Julian mir erzählt hat, scheint Lucas ... außergewöhnlich stark gefesselt von dir zu sein.« Ihre Stimme ist eigenartig flach. »Das ist ein Glück für dich, nach dem, was passiert ist.«

Mir wird klar, dass sie über den Flugzeugabsturz redet. Natürlich würde seine Frau mich dafür verantwortlich machen. Wenigstens hatte ich keinen Erfolg damit, ihren Ehemann zu verführen; ich habe das Gefühl, dass wenn Nora wüsste, dass er mein eigentlicher Auftrag war, ich eines Tages mit einer durchgeschnittenen Kehle aufwachen könnte.

»Ich bin mir sicher, dass du nur deine Arbeit gemacht hast«, fährt sie in dem gleichen flachen Ton fort. »Dass du nur den Auftrag deiner Vorgesetzten ausgeführt hast.«

Ich nicke vorsichtig. Ich habe keine Ahnung, was sie von mir hören möchte. Ich hatte nicht gewusst, dass meine Informationen dazu genutzt werden würden, das Flugzeug ihres Mannes abzuschießen, aber selbst wenn ich es gewusst hätte, bin ich mir nicht sicher, dass es irgendetwas geändert hätte. Vielleicht hätte ich versucht, zu verhindern, dass Lucas das Flugzeug besteigt, auch wenn er damals noch ein Fremder für mich war, aber ich hätte keinen Finger krumm gemacht, um Esguerra zu retten. Das würde ich immer noch nicht.

Nach allem, was ich über diesen Mann weiß, wäre die Welt ohne ihn besser dran – genau wie seine Frau.

»Gut. Das hat Lucas auch Julian erklärt«, meint Nora. »Es war nichts Persönliches, sozusagen.«

Ich nicke erneut, in der Hoffnung, dass sie schnell auf den Punkt kommt. Die unterschwellige Übelkeit durch die Krankheit lässt meine Beine zittern, und ich schwitze durch die Anstrengung, so lange stehen zu müssen. Allerdings will ich vor Esguerras Frau auch nicht verletzlich aussehen. Das wäre wie einer kleinen, aber tödlichen Wölfin seine Kehle hinzuhalten.

»Okay, Yulia ...« Die Augen der Wölfin leuchten eigenartig. »Ich nehme an, was ich sagen möchte, ist, dass ich für dich hoffe, dass du Lucas' Gefühle erwiderst. Denn wenn er seinen Schutz jemals zurückzieht ...« Sie beendet ihren Satz nicht, aber ich verstehe sie problemlos.

Mein Bruder ist nicht der Einzige, der nicht auf dieses Anwesen gehört.

»Verstanden«, zwinge ich mich ruhig zu erwidern. »Noch etwas?«

Sie lächelt mich angespannt an. »Nein, das ist alles. Ich hoffe, dass es dir bald wieder besser geht.«

Sie dreht sich herum, verschwindet durch die Tür, und ich falle so kaputt in den Sessel zurück, als hätte ich gerade im Krieg gekämpft.

FÜNFUNDDREIßIGSTES KAPITEL

❖ LUCAS ❖

Ich brauche länger als erwartet, um mich in allen Dingen, die ich in den letzten Tagen vernachlässigt habe, auf den neuesten Stand zu bringen, und als ich endlich zu Hause ankomme, ist es schon fast halb acht.

Nachdem ich das Haus betreten habe, gehe ich als Erstes in die Bibliothek. Zu meiner Überraschung ist Yulia nicht in dem Zimmer.

»Lucas?«, ruft sie, und ich höre, dass ihre Stimme aus der Küche kommt. Mit gerunzelter Stirn verlasse ich die Bibliothek und gehe zu Yulia.

»Was tust du hier?«, frage ich, als ich sehe, dass sie zwei Löffel zum Küchentisch trägt. Mit zwei langen Schritten bin ich bei ihr, reiße ihr das Besteck aus der Hand und umfasse ihren Ellenbogen. »Du musst dich ausruhen.«

»Mir geht es gut«, protestiert sie, als ich sie zum Tisch führe. »Wirklich, Lucas, mir geht es viel besser. Ich habe es satt, den ganzen Tag herumzusitzen und wollte den Tisch fürs Abendessen decken.«

»Dumm gelaufen.« Ich ziehe ihren Stuhl hervor. »Setz dich hin. Ich werde mich darum kümmern. Deine einzige Aufgabe ist, gesund zu werden, verstanden?«

Yulia wirft mir einen verzweifelten Blick zu, aber gehorcht. Zum ersten Mal seit dem Beginn ihrer Krankheit trägt sie normale Kleidung –

eine Jeansshorts und ein Tanktop – aber das knappe Outfit macht ihren Gewichtsverlust nur umso deutlicher. Ihr Bauch ist nach innen gewölbt und ihre Arme sind dünn wie Streichhölzer. Ich weiß nicht, wieso sie sich selbst so antreibt, aber ich mag es nicht.

»Du wirst nicht einen Muskel bewegen«, sage ich, während ich meine Hände wasche und zwei Schüsseln herausnehme. Yulia muss bereits den Herd angemacht haben, um den Eintopf aufzuwärmen, weil er schon auf einer niedrigen Stufe köchelt, als ich nachschaue. Ich tue uns beiden eine großzügige Portion auf und bringe die Schüsseln zum Tisch. »Ich möchte nicht, dass du einen weiteren Rückschlag erleidest«, sage ich, während ich mich ihr gegenüber hinsetze.

Anstatt mir zu antworten, riecht sie an dem Eintopf. »Hast du den gekocht?«, fragt sie, während sie mich anschaut und ich nicke, da ich gespannt darauf bin, was sie dazu sagen wird. Ich habe ihn vorhin schon probiert und mochte ihn, auch wenn ich noch Einiges vor mir habe, wenn ich Yulia in der Küche Konkurrenz machen möchte.

Sie taucht ihren Löffel ein und probiert ein wenig von der Brühe, in der das Gemüse schwimmt. »Die ist gut, Lucas«, sagt sie, und ich kann mir ein Lächeln nicht verkneifen, als ich die Überraschung in ihrer Stimme höre.

»Ich freue mich wirklich, dass du sie magst«, sage ich und stürze mich auf meine eigene Portion. »Der Eintopf war nicht schwer zu kochen, also sollte ich ihn auch ein weiteres Mal zubereiten können.«

Yulia beginnt mit offensichtlicher Begeisterung zu essen, und ich beobachte sie, weil ich mich freue, dass sie meine Anstrengungen zu schätzen weiß. Es hat etwas eigenartig Befriedigendes, sie in der Bekleidung, die ich ihr besorgt habe, an meinem Küchentisch sitzen und das Essen verspeisen zu sehen, das ich ihr zubereitet habe. Ich habe niemals gedacht, der Ernährertyp zu sein, niemals in Betracht gezogen, dass ich mich gerne um jemand kümmern würde, aber genau das ist es, was ich bei ihr tun möchte. Das ist besonders eigenartig, weil Yulia, von der Krankheit abgesehen, eine der fähigsten Frauen ist, die ich jemals getroffen habe.

Sie schweigt, während wir schnell den Eintopf verschlingen, und ich lasse sie in Frieden essen, weil ich mir Sorgen mache, dass selbst diese gemeinsame Mahlzeit zu anstrengend für sie sein könnte. Als wir fertig sind, räume ich ab und bereite Yulia eine Tasse ihres geliebten Earl Grey zu.

»Wie fühlst du dich?«, frage ich sie, als ich die Tasse zum Tisch bringe. Sie lächelt und klopft sich auf den flachen Bauch.

»Extrem vollgefressen. Der Eintopf war hervorragend. Danke fürs Kochen.«

»Gern geschehen.« Ich grinse, als sie ein Gähnen unterdrückt, bevor sie ihren Tee in kleinen Schlucken trinkt. »Müde?«

»Essenskoma, denke ich«, sagt sie und muss dabei fast wieder gähnen. »Ich kann nicht schon wieder schlafen wollen. Ich habe genug für ein ganzes Leben geschlafen.«

»Dein Körper hat es gebraucht«, sage ich, und meine Belustigung verschwindet, als ich an ihren fast katatonischen Zustand nach Kirills Angriff denke. »Du hast eine Menge durchgemacht.«

Sie schaut auf ihre Tasse. »Ja, ich nehme an, das stimmt.«

»Yulia ...« Ich setze mich hin und fasse über den Tisch, um ihre Hand mit meiner zu bedecken. »Was ist passiert? Wie bist du bei Kirill gelandet?«

Ihre schlanken Finger zucken unter meiner Handfläche, aber sie schaut nicht auf.

»Yulia.« Ich drücke ihre schlanke Hand leicht. »Schau mich an.«

Widerstrebend hebt sie ihren Kopf, um mir in die Augen zu blicken.

»Hast du noch mehr Geschwister, die du vor mir versteckst?«

Sie schüttelt ihren Kopf.

»Jemand anderen, den du beschützen möchtest?«

Sie blinzelt. »Nein.«

»Dann erzähl mir, was passiert ist. Warum warst du in dieser Zelle? Haben sie gedacht, dass du ein Doppelagent bist?«

»Sie ... es ... es ist kompliziert, Lucas.« Ihre Lippen zittern einen Augenblick lang, bevor sie sie zusammenpresst.

»Ich verstehe.« Ich stehe auf und gehe um den Tisch herum. Yulia schaut mich überrascht an, als ich sie auf ihre Füße ziehe, aber ich hebe sie einfach nur hoch und trage sie gegen meine Brust gedrückt ins Wohnzimmer.

»Was tust du?«, fragt sie, als ich mich auf das Sofa setze und sie auf meinem Schoß platziere. Sie fühlt sich in meinen Armen beunruhigend leicht an, genauso zerbrechlich wie nach ihrem Aufenthalt in dem russischen Gefängnis.

»Ich mache es mir bequem, damit du mir deine komplizierte Geschichte erzählen kannst«, erkläre ich ihr und rücke sie zurecht, damit sie sicherer auf meinem Schoß sitzt. Trotz ihres Gewichtsverlusts ist ihr Po weich und rund, und ihr Haar riecht süß, wie eine Mischung aus Pfirsich und Vanille. Mein Körper reagiert augenblicklich, aber ich ignoriere diesen Anflug von Lust. Ich lasse einen Arm um ihren Rücken liegen, streiche ihr mit meiner freien Hand eine Haarsträhne hinters Ohr und sage sanft: »Rede mit mir, meine Süße. Ich werde deinem Bruder nichts tun, ich verspreche es.«

Yulia schaut mich einige Momente lang an, und ich weiß, dass sie abwägt, wie sehr sie mir vertraut. Ich warte geduldig, und schließlich murmelt sie: »Wo soll ich anfangen?«

»Wie wäre es mit dem Anfang? Erzähle mir von Michael. Wann wurdet ihr beide von der Organisation rekrutiert?«

Yulia atmet tief ein und beginnt mit ihrer Geschichte. Ich höre ihr zu, und meine Brust schnürt sich schmerzhaft zusammen, als sie mir von dem zehnjährigen Mädchen erzählt, dessen Eltern es in einer eisigen Winternacht zurückgelassen hatten, damit es auf den zweijährigen Bruder aufpasst, und dann nie zurückkamen. Davon berichtet, wie die Polizei am nächsten Morgen kam und welche entsetzlichen Dinge in dem Waisenhaus, welches folgte, geschahen.

»Niemand hat mir viel Aufmerksamkeit geschenkt – wie ich dir gesagt habe, war ich dürr und schlaksig in jenem Alter, ein richtiges hässliches Entlein. Aber Misha war wunderschön«, sagt sie mit kratziger Stimme. »Er hätte Fernsehwerbung für Babyprodukte machen können. Und ich war nicht die Einzige, die das gedacht hat. Die Direktorin ließ ihn immer wieder in ihr Büro bringen, und ich konnte sehen, wie Männer, jedes Mal ein anderer, ebenfalls hineingingen. Ich weiß nicht, was sie mit ihm machten, aber ab und an hatte er Blutergüsse oder blutete sogar. Die darauffolgenden Tage weinte er immer ohne Unterlass. Ich habe versucht, es zu melden, aber niemand wollte mir zuhören. Das Land war im Chaos – das ist es immer noch – und niemand hat sich für die Waisenkinder interessiert. Wir störten nicht, und das war alles, was zählte.« Ihre Augen funkeln kämpferisch, als sie sagt: »Ich hätte alles getan, um Misha dort herauszuholen. Alles.«

Zorn pulsiert wütend in meinem Schädel, aber ich bleibe stumm und höre Yulia weiterhin zu, als sie mir von dem Besuch eines gut gekleideten Mannes erzählt, dessen haselnussbraune Augen ihr Angst gemacht und ihr gleichzeitig Hoffnung gegeben haben.

»Vasiliy Obenko hat mir ein Angebot gemacht, und ich habe es angenommen«, sagt sie. »Das war die einzige Möglichkeit, Misha zu retten«, erklärt sie mir. »Wir hatten weniger als ein Jahr im Waisenhaus gelebt, und er war schon völlig fertig: Gewaltausbrüche, unkontrolliertes Weinen, ungehorsam den Lehrern gegenüber ... Selbst wenn eine gute Familie vorbeigekommen wäre, hätte sie kein Kind mit solchen Verhaltensstörungen adoptieren wollen, egal wie wunderschön er war. Ich war so verzweifelt, dass ich schon daran dachte, mir Misha zu schnappen und wegzurennen, aber wir wären auf der Straße verhungert oder Schlimmeres. Die Welt ist nicht nett zu einem obdachlosen Kind.« Sie holt zitternd Luft, und ich streichele ihren Rücken, versuche, meine eigenen vor Wut zitternden Hände ruhig zu halten.

Ich werde die Leiterin des Waisenhauses ausfindig machen und die Kinder vermittelnde Schlampe dafür bezahlen lassen.

»Also ja«, fährt Yulia nach einem Moment fort, »als Obenko kam, um mich im Austausch dafür zu rekrutieren, dass seine Schwester und sein Schwager Misha adoptieren und ihm ein gutes Zuhause bieten, habe ich die Gelegenheit beim Schopf ergriffen. Ich wusste, dass die Möglichkeit bestand, dass ich einen Pakt mit dem Teufel eingehe, aber das war mir egal. Ich wollte einfach nur, dass Misha eine Chance auf ein besseres Leben hatte.«

Natürlich. Das erklärt so verdammt viel: Ihre eigenartige Loyalität einer Organisation gegenüber, die sie ausgenutzt hat, ihre Bereitschaft, »Aufträge« auszuführen, nach dem, was mit Kirill passiert war. Das hatte nie etwas mit Patriotismus zu tun; sie hat es für ihren Bruder getan.

»Und hat Obenko seinen Teil der Abmachung eingehalten?« Mein Ton ist relativ ruhig.

»Irgendwie schon – na ja, also ich weiß es nicht.« Sie beißt sich auf ihre Lippe. »Ich versuche immer noch, die Wahrheit von den Lügen zu trennen. Misha sollte ein normales Leben haben, und es sieht so aus, als habe er das auch gehabt – zumindest bis vor einigen Jahren. Seine Adoptiveltern haben nichts mit der Organisation zu tun; Obenkos Schwester ist eine Krankenschwester, und ihr Ehemann ein Elektrotechniker. Teil der Abmachung war außerdem, dass ich mich von Misha und seiner neuen Familie fernhalte, also sah ich ihn nur auf Fotos. Ich wusste nicht, dass mein Bruder von der UUR rekrutiert worden war, bis ich Obenko zu einem Lagerhaus außerhalb Kiews gefolgt bin und Misha dort gesehen habe, als er gerade mit anderen Jugendlichen von Kirill trainiert wurde.«

»Der Kirill, von dem du dachtest, dass er tot sei?« Mein Zorn steigert sich, als ich mir ihre Reaktion auf diesen doppelten Verrat vorstelle – einen Verrat, der so grausam ist, dass ich ihn nicht begreifen kann.

Yulia nickt, und ihr Blick verhärtet sich, als sie mir von ihrer Gefangennahme und der darauffolgenden Befragung durch ihre eigene Organisation erzählt. »Sie haben gedacht, ich hätte die Seiten gewechselt, verstehst du?«, sagt sie. »Dass ich sie verraten hätte.«

»Es gibt eine Sache, die ich nicht verstehe.« Ich lasse meine Hand unter ihr Haar gleiten und lege sie in ihrem Nacken ab, während ich meine Wut gerade so unter Kontrolle behalten kann. »Wieso bist du Obenko zu dem Lagerhaus gefolgt? Hast du irgendetwas vermutet?«

»Nein, überhaupt nicht.« Schatten legen sich über ihre blauen Augen. »Ich habe begonnen, Obenko zu folgen, weil ich gehofft hatte, dass er mich eventuell zur Familie seiner Schwester führen würde – zu meinem Bruder. Ich wollte Misha nur dieses eine Mal sehen, bevor –« Sie hält inne, und ihre Zähne sinken in ihre Unterlippe.

»Bevor was?«

Yulia antwortet nicht.

»Bevor was, meine Schöne?«

»Bevor ich für einen anderen Auftrag Kiew verlassen hätte«, flüstert sie und blinzelt schnell.

Ihre Worte erfüllen mich mit einer so gewaltigen Eifersucht, dass ich es fast nicht mitbekomme, als sie sagt: »Und für immer verschwunden wäre.«

»Was?« Meine Hand in ihrem Nacken spannt sich an. »Was zum Henker meinst du damit?«

Sie zuckt zusammen, und ich lockere meinen Griff, um die Stelle zu massieren, der ich gerade Schmerzen zugefügt habe. Sie sagt allerdings immer noch nichts, und mit jeder Sekunde, die verstreicht, verschlimmert sich meine Wut.

»Yulia ...« Nur weil ich weiß, was das letzte Mal passiert ist, als ich meiner blinden Eifersucht freien Lauf gelassen habe, explodiere ich nicht auf der Stelle. »Was zum Teufel meinst du damit?«

»Nichts. Ich hatte einfach –« Sie schließt ihre Augen eine Sekunde lang, bevor sie sie wieder öffnet, um mich anzublicken. »Ich hatte einfach geplant, mich abzusetzen, okay?« Ihre Stimme zittert. »Ich konnte es nicht mehr tun, konnte nicht noch einen weiteren Auftrag für sie ausführen. Ich hatte geplant, mit den Flugtickets und Identitäten, die sie mir gegeben hatten, zu verschwinden und noch einmal ganz neu anzufangen.«

»Ernsthaft?« Ich lasse meine Hand auf ihren unteren Rücken gleiten, und ein Teil meines Ärgers kühlt sich ab. »Warum? Warum nach all den Jahren?«

Sie zuckt leicht mit den Schultern und schaut nach unten, um meinem Blick auszuweichen. »Ich habe mir gedacht, dass mein Bruder sich jetzt in Sicherheit befindet – seine Adoptiveltern würden ihn kaum nach elf Jahren zurück ins Waisenhaus bringen.«

»Ich bin mir sicher, dass sie ihn auch nach fünf Jahren nicht zurückgebracht hätten.« Ich ergreife ihr Kinn und zwinge sie dazu, mich anzuschauen. Ich kann spüren, dass sie sich bei diesem Thema unwohl fühlt, was mich umso entschlossener macht, dieses Geheimnis zu lüften. »Du wusstest noch nichts über Kirill und deinen Bruder. Warum hattest du beschlossen, wegzulaufen?«

Sie schweigt weiterhin.

»Yulia ...« Ich beuge mich nach vorne, bis sich unsere Nasen fast berühren. Aus dieser Nähe ist ihr Duft berauschend. Ich atme ihn ein und fühle mich, als sei ich kurz davor, die Kontrolle zu verlieren. Mein Herz schlägt zum Zerspringen in meiner Brust, und als ich spreche, kommen die Worte rau und angespannt heraus. »Warum hast du beschlossen, wegzulaufen, meine Schöne? Was hat sich verändert?«

Ihre Lippen öffnen sich, als sie mich anschaut, und die Versuchung, sie zu küssen, diese rosafarbene, volle Weichheit ihres Mundes zu schmecken, ist unerträglich. Ich nehme sie gerade unglaublich intensiv wahr – alles an ihr. Ihre flache, ungleichmäßige Atmung, die Wärme ihrer weichen, glatten Haut, die Art und Weise, wie ihre langen, braunen Wimpern an den äußeren Enden ihrer Augen ineinander verwickelt sind – das alles zieht mich an, verstärkt den Hunger, der in mir brennt. Allein meine Überzeugung, dass ich diese Antwort haben muss – dass es sich dabei um etwas wirklich Wichtiges handelt – hält mich davon ab, meinem Bedürfnis nachzugeben.

»Sag es mir, Süße«, flüstere ich und strecke meine Hand aus, um ihre Wange zu streicheln. »Warum konntest du es nicht mehr tun?«

Yulias Atmung ist stockend, und ihre Augen füllen sich mit Tränen, während sie gegen meine Schultern drückt, um sich aus meiner Umarmung zu winden. Ihre Verzweiflung ist so groß, dass ich sie fast gehen lasse, aber ich halte sie instinktiv weiterhin fest.

»Schscht«, beruhige ich sie und festige meinen Griff um ihren Rücken, damit sie stillhält. »Es ist alles in Ordnung. Du bist in Ordnung. Erzähle es mir einfach, mein Liebling. Sag mir, warum du verschwinden wolltest.«

»Lucas, bitte ...« Ihre Augen laufen über, und die Tränen fließen ihre Wangen hinunter, als sie aufhört, mich wegzudrücken. »Bitte nicht.«

»Was, nicht?« Ich fühle mich, als würde ich ein hilfloses Kätzchen quälen, aber ich kann nicht aufhören. Ich beuge mich nach vorn, küsse die salzige Flüssigkeit von ihren Wangen und flüstere: »Nicht fragen? Warum nicht? Was möchtest du mir nicht sagen? Was verschweigst du mir?«

Yulia schließt ihre Augen, und ich streiche mit meinen Lippen über ihre zitternden Lider. »Jetzt komm schon, meine Süße«, flüstere ich und lehne mich zurück. »Erzähle es mir einfach. Was hat sich für dich verändert? Warum wolltest du es nicht tun?«

»Weil ich nicht konnte.« Sie öffnet ihre Augen, in denen frische Tränen schwimmen, und blickt mich an. »Ich konnte es einfach nicht mehr tun, okay?«

»Warum nicht?«

Sie versucht, sich zurückzuziehen, aber ich festige meinen Griff erneut, um sie festzuhalten.

»Warum nicht, Yulia?«, dränge ich sie. »Sag es mir.«

»Weil ich mich in dich verliebt habe!« Mit schockierender Stärke drückt sie sich von meiner Brust weg, und ich bin so fassungslos, dass ich meinen Griff lockere und es zulasse, dass sie von meinem Schoß rutscht. Ihr Schwung wirft sie so stark nach hinten, dass sie beinahe fällt, aber bevor ich sie ergreifen kann, fängt sie sich, rennt ins Schlafzimmer und knallt die Tür hinter sich zu.

SECHSUNDDREIßIGSTES KAPITEL

❖ YULIA ❖

Dura! Idiotka! Imbecile! Debilka!

Schluchzend ziehe ich einen Stuhl an die Schlafzimmertür und verkeile die Klinke, indem ich die Stuhllehne unter sie schiebe. Meine Arme beginnen durch die Überanstrengung und das Adrenalin zu zittern, und meine Reue schlägt wie ein Presslufthammer gegen meinen Schädel. Wie hatte ich nur so dumm sein können? Wie hatte ich Lucas gegenüber meine Gefühle erneut zugeben können? Das letzte Mal dachte ich wenigstens, dass ich träume, aber dieses Mal habe ich keine solche Entschuldigung.

Völlig wach und bei Bewusstsein bin ich Lucas' unnachgiebiger Zärtlichkeit erlegen, bin unter dem erbarmungslosen Druck seiner sanften Forderungen zerbrochen.

»Yulia!« Die Klinke erzittert, als er gegen die Tür drückt. »Was tust du da, verdammt nochmal? Lass mich rein!«

Meine Brust bebt, und ich ziehe mich von der Tür zurück, während ich meine Faust gegen meinen Mund drücke, um das Schluchzen zu unterdrücken. Warum habe ich das erneut getan? Bin ich masochistisch veranlagt? Ich weiß, was ich für ihn bin: Ein Sexspielzeug, jemand, den er besitzen möchte. Wenn ich daran Zweifel hegen würde, würden die Tracker sie zerstreuen. Was er getan hat, ist wie eine Hundeleine um ein menschliches Wesen zu legen, und keine noch so lange Krankenpflege kann sein Vorhaben, mich so lange als Gefangene zu halten, wie er möchte, wiedergutmachen.

Liebe und Gefangenschaft passen nicht zusammen – zumindest für die meisten gesunden Menschen nicht.

»Yulia.« Lucas schlägt mit der Faust gegen die Tür. »Lass mich rein, verdammt nochmal!« Er tritt gegen die Tür, und der Stuhl knackt, während er sich einige Zentimeter über den Teppich bewegt und es dadurch zulässt, dass sich die Tür einen Spalt breit öffnet.

Ich werfe einen verzweifelten Blick durch den Raum. Ich weiß nicht, wonach ich suche, aber hier gibt es nichts, so dass ich mich weiterhin zurückziehe, während Lucas entschlossen gegen die Tür tritt. Der Spalt vergrößert sich mit jedem gewalttätigen Tritt, und genau als meine zitternden Beine das Bett berühren, zerbricht der Stuhl, und die Tür fliegt auf.

»Lucas, ich –« Ich bin mir nicht sicher, was ich vorhabe, ihm zu sagen, aber er gibt mir auch keine Gelegenheit dazu. Bevor ich meine ungeordneten Gedanken sammeln kann, ist er bereits auf mir, und meine Welt verschwimmt, während ich rückwärts auf das Bett falle. Er landet auf mir, und bevor ich auch nur blinzeln kann, hat er meine Handgelenke ergriffen und streckt meine Arme bis über meinen Kopf aus. Seine blassen Augen brennen sich in meine, während er mich in die Matratze drückt und sein heißer Körper schwer auf meinem liegt. Er ist bereits erregt – ich kann seine harte Erektion durch seine Jeans spüren – und ich weiß, dass es nur eine Möglichkeit gibt, wie dieser Abend enden wird.

Meine Schonzeit wegen der Grippe ist beendet.

Seine Hände verstärken ihren Griff um meine Handgelenke, und eine dunkle Angst überkommt mich, die sich mit perverser Erregung vermischt. Ich bin mir bis in mein tiefstes Inneres der Stärke, der Kraft des großen, männlichen Körpers meines Entführers bewusst. Als Kirill so auf mir lag, habe ich einzig Angst und Ekel gefühlt, aber bei Lucas ist das unendlich komplizierter. Unter der instinktiven Angst und dem Misstrauen gibt es eine animalische Anziehung, die sich mit einem tiefergehenden Verlangen, einem Wunsch nach einer Verbindung vermischt, die keinen Sinn in der Verbindung ergibt, wer und was wir sind.

Ich liebe einen Mann, der jeden Grund dafür hat, mich zu verachten – einen Mann, den meine Seele fürchtet.

»Yulia«, murmelt er und betrachtet mich, während ich zitternd einatme, da ich mich fühle, als könne ich nicht genügend Luft bekommen. Ich fühle mich zerrissen: Ein Teil von mir möchte weglaufen und sich verstecken, so tun, als passiere das gerade nicht, aber der andere Teil, der schwächere, will sich ihm wieder hingeben, will ihm sagen, wie viel er mir bedeutet, und ihn bitten, mich für immer zu behalten.

Ihn bitten, mich genauso zu lieben, wie ich ihn liebe – und das für immer.

»Yulia, Liebling ...« Sein Blick wird sanft, und mir wird klar, dass ich wieder weine, dass mein ganzer Körper wegen meiner unregelmäßigen Schluchzer zittert. »Ganz ruhig, Süße, das ist doch nicht so schlimm ... du bist in Ordnung. Alles wird gut werden.«

Aber ich kann nicht aufhören zu weinen – nicht einmal, als er mich küsst, seine Zunge über meine Lippen gleitet und auch nicht, als er meine Handgelenke freigibt und sich von mir rollt, um mich zu entkleiden. Ich kann nicht aufhören zu weinen, weil er Unrecht hat. Mir wird es nicht gutgehen. Es gibt für uns keine Zukunft, keine Hoffnung auf etwas, das einem normalen Leben ähnelt. Er ist der zweite Mann eines Waffenhändlers, ein Mann ohne Gewissen, und ich bin seine Gefangene.

Für Menschen wie uns gibt es kein glückliches Leben, bis dass der Tod uns scheidet.

Der Schmerz über diese Tatsache ist so groß, dass ich kaum spüre, wie Lucas meinen Tanga wegreißt und auf mich steigt, nachdem er seine eigene Kleidung ausgezogen hat. Mein Brustkorb ist quälend eng, und mein Blick durch meine Tränen verschleiert. Erst als er sich zwischen meinen Beinen befindet und seine kräftigen Oberschenkel meine zur Seite drücken, kommt dieses animalische Bewusstsein zurück, und mein Körper reagiert trotz meiner Verzweiflung auf ihn. Seine Eichel berührt meine feuchten Falten, aber anstatt hineinzustoßen, hält er still, stützt sich auf seine Ellenbogen und nimmt mein Gesicht in seine großen Handflächen.

»Yulia ...« In seinen Augen brennt dunkler Hunger, und seine sonnengebräunte Haut spannt über seinen kantigen Wangenknochen. »Du gehörst mir«, sagt er mit leiser und kehliger Stimme. »Nichts und niemand wird dich mir jemals wieder wegnehmen. Keine weiteren Lügen, kein weiteres Weglaufen, kein weiteres Verstecken. Ich werde für dich sorgen und dich beschützen. Dich und deinen Bruder, verstanden?«

Ich schaffe es, leicht zu nicken, und meine Hände bewegen sich nach oben, um sich in seine Seite zu krallen. Sein harter Körper vibriert wie eine Saite, seine Muskeln sind so angespannt wie für einen Kampf, und ich weiß, er kann sich kaum unter Kontrolle halten. In jeder anderen Nacht wäre er bereits in mir, aber er versucht, sich zurückzuhalten, es wegen meiner Krankheit langsam angehen zu lassen.

Irgendetwas daran löst den Knoten in meinem Hals, verjagt die Panik, die ich verspürt habe. Vielleicht bin ich doch nicht nur ein Spielzeug für ihn.

Er würde sich nicht zurückhalten, wenn ich ihm nichts bedeuten würde.

»Es ist in Ordnung, Lucas«, flüstere ich und blinzele, um die Tränen zu vertreiben. Bei dem, was er verspricht, kann ich ihm wenigstens meinen Körper geben. »Mir geht es gut.«

Seine Pupillen vergrößern sich, wodurch seine blau-grauen Augen sich verdunkeln, und er beugt seien Kopf nach unten, um meine Lippen vereinnahmend und wild zu küssen. Seine Zunge drängt sich in meinen Mund, um ihn zu erobern und gleichzeitig zu liebkosen, und mein Unterleib spannt sich an, als ich den harten, unnachgiebigen Druck seines Schwanzes spüre. Hitze strömt von zwischen meinen Schenkeln ausgehend durch meinen Körper, aber eine leichte Panik kommt ebenfalls zurück. Trotz seiner Versicherungen bin ich noch lange nicht bereit für das hier – zumindest emotional nicht.

Sex mit meinem Entführer ist niemals normal und leicht.

Aber es ist zu spät, um meine Bedenken zu äußern. Lucas' Lippen und Zunge verschlingen mich, nehmen mir den Atem, und eine seiner Hände bewegt sich meinen Körper hinunter, knetet meine Brüste, bevor sie sich noch weiter nach unten begibt, um mein Geschlecht zu berühren. Seine Finger finden meine Klitoris, spielen mit ihr, bis ich nass bin und mein Unterleib pocht. Dann ergreift er seinen Schwanz und führt ihn zu meinem Eingang, während er gleichzeitig seinen Kopf anhebt, um mich anzuschauen.

Seine Augen funkeln, als er in meine schaut, und wir beide ziehen scharf Luft ein, als die glatte, große Eichel in mich stößt, mein enges Fleisch ausdehnt. Ich hatte vergessen, wie dick er ist, überhaupt wie riesig. Trotz meiner Erregung müssen sich meine inneren Muskeln an das Gefühl gewöhnen, ihn in mir zu haben, und ich atme flacher, während er langsam und kontrolliert, aber unaufhaltsam tiefer eindringt. Als er sich komplett in mir befindet, macht er eine Pause, bewegt seinen Körper über mir nicht, und ich sehe, dass sich auf seiner Stirn Schweißperlen bilden. Er versucht immer noch, sich zu zügeln, so zärtlich zu sein, wie es jemand wie er nur sein kann.

»Ich liebe dich«, flüstere ich, da ich diese Worte einfach nicht zurückhalten kann. In diesem Moment ist es egal, ob er meine Gefühle erwidert, ob wir überhaupt irgendwie eine Chance hätten. »Ich liebe dich, Lucas, ich liebe dich so sehr.«

Sein Blick wird vulkanisch heiß, seine kräftigen Muskeln spannen sich noch stärker an, und ich kann sehen, dass der seidene Faden, an dem seine Selbstkontrolle hängt, sich auflöst. »Yulia«, stöhnt er, bevor er sich aus mir zurückzieht, um sofort wieder mit so einem harten Stoß in mich einzudringen, dass die Luft meiner Lunge entweicht. Das sollte zu viel sein, zu überwältigend, aber aus irgendeinem Grund ist es genau richtig, und ich schlinge meine Arme und Beine um ihn, halte ihn fest, als er beginnt, in mich zu hämmern, mich mit ungezähmter Intensität in Besitz zu nehmen.

»Lucas ...« Sein Name ist ein abgehacktes Stöhnen, da sich die Hitze in mir ausbreitet und sich verstärkt, bis sie sich in eine unerträgliche Anspannung verwandelt. »Oh Gott, Lucas ...« Jeder Muskel in meinem Körper vibriert durch die quälende Lust, und mein Herzschlag dröhnt in meinen Ohren. Dieser Moment scheint für immer anzuhalten, bis ich erschreckend gewaltig komme und meine Muskeln seinen Schaft zusammenpressen, als jedes einzelne Nervenende in meinem Körper explodiert.

Lucas senkt seinen Kopf, verschluckt meinen Schrei mit seinem Mund und fährt damit fort, in mich zu stoßen, reitet mich durch den Orgasmus. Er fickt mich wie ein Besessener, seine Hand gleitet in meine

Haare, um mich für einen unersättlichen Kuss festzuhalten, und ich spüre, wie sich ein weiterer Orgasmus aufbaut, wie mich jeder der gnadenlosen Stöße seines Schwanzes dorthin führt. Aber bevor ich kommen kann, hält er inne und hebt seinen Kopf an, um mich anzusehen.

»Sag es mir noch einmal«, befiehlt er mit kratziger Stimme, während sich seine Augen in meine bohren. Seine Haut glitzert schweißig, und seine Brust hebt sich unregelmäßig, da er abgehackt atmet, während sein Schwanz tief in mir pocht. »Sag mir, dass du mich liebst.«

»Ich liebe dich«, stöhne ich und hebe meine Hüften in dem verzweifelten Versuch, den Höhepunkt zu erreichen. »Bitte, Lucas, ich liebe dich!«

Er atmet hörbar ein, und ich fühle, wie er in mir anschwillt, noch dicker und härter wird, als er ein letztes Mal zustößt, bevor er seinen Kopf mit einem wilden Stöhnen in den Nacken wirft. Sein Schwanz zuckt in mir, als sein Samen in mehreren warmen Stößen herausgeschleudert wird, bevor er seine Hüfte kreisförmig bewegt und dabei sein Becken gegen mein Geschlecht reibt. Zu meiner Überraschung lassen mich diese Bewegungen kommen, und ich schreie auf, während meine Nägel in seinem Rücken versinken, als erneut eine erschütternde Lustwelle über mich hinwegrollt und mich schwach und zitternd zurücklässt.

»Fuck, Süße«, stöhnt Lucas, und ich spüre, wie sein Schwanz ein letztes Mal zuckt, bevor er sich aus mir zurückzieht und von mir herunterrollt. Genau wie ich ist er schweißbedeckt und atmet schwer, aber irgendwie findet er die Kraft, mich an ihn zu ziehen, mich von hinten zu umarmen.

Als mein Herzschlag sich beruhigt und die postorgastische Glückseligkeit nachzulassen beginnt, schließe ich meine Augen und versuche, nicht über das nachzudenken, was ich getan habe.

Die erschreckende Macht zu ignorieren, die Lucas über mich hat.

SIEBENUNDDREIßIGSTES KAPITEL

❖ LUCAS ❖

Als sich meine Atmung beruhigt und meine Muskeln beginnen, meinen Anweisungen zu folgen, stehe ich auf und trage Yulia für eine schnelle Dusche ins Badezimmer. Sie ist ruhig und zurückgezogen, schwankt, als ich sie zum Waschen auf ihre Füße stelle, und ich weiß, ich habe sie zu sehr gedrängt, habe sie zu früh zu stark genommen. Ich hätte ihr mindestens noch einige Tage mehr geben sollen, damit sie ihre Kraft wiedererlangen kann, aber stattdessen habe ich sie wie ein tollwütiger Höhlenmensch genommen, habe keine Rücksicht auf ihren zerbrechlichen Zustand genommen.

Reue nagt an mir und vermischt sich mit den Sorgen um ihre Gesundheit, aber unter den drückenden Schuldgefühlen glüht eine heiße, dunkle Zufriedenheit. Über die Nachwirkungen der unglaublichen Lust und die körperliche Entladung durch den Sex hinausgehend verspüre ich ein Gefühl, das mich von innen heraus erwärmt, das mich fühlen lässt, als schwebte ich auf einer Wolke.

Yulia liebt mich. Daran gibt es jetzt keine Zweifel mehr. Sie liebt *mich*, und nicht ein Phantom aus einem Traum oder einen Liebhaber, den ich mir einbilde.

Es ist lächerlich, aber ich fühle mich, als hätte ich einen scheiß Sechser im Lotto gewonnen.

Als wir beide sauber sind, helfe ich Yulia aus der Dusche und trockne sie ab, bevor ich sie wieder hochhebe. Mich auf diese Weise um sie zu kümmern scheint jetzt das Natürlichste der ganzen Welt zu sein, und dieses überwältigende Gefühl verstärkt sich, als sie ihre Arme um meinen Hals schlingt und vertrauensvoll ihren Kopf auf meiner Schulter ablegt, während ich sie ins Schlafzimmer trage.

»Wie fühlst du dich?«, frage ich, als ich neben dem Bett stehenbleibe. Ich beuge mich nach vorn, lege sie sanft auf das Laken und werde deutlicher: »Ich habe dir nicht wehgetan, oder doch?«

»Nein«, flüstert Yulia, während sie bereits ihre Augen schließt. Sie sieht erschöpft aus, und sofort mache ich mir wieder Sorgen. Was, wenn das dazu führt, dass sie einen erneuten Rückfall erleidet? Ich hätte mich zurückhalten, mich besser kontrollieren sollen. Zum Teufel, ich hätte so lange auf die Antworten warten sollen, bis sie wieder völlig gesund ist, anstatt meine Ungeduld gewinnen zu lassen.

Ich drücke meine Schuldgefühle weg, mache das Licht aus und lege mich neben sie, um sie in meine Arme zu ziehen. Das Gefühl ihrer warmen, schlanken Rundungen erregt mich erneut, aber diesmal bin ich in der Lage, die Reaktion meines Körpers zu ignorieren.

»Gute Nacht, meine Schöne«, flüstere ich und ziehe die Decke über uns. »Schlaf schön.«

Innerhalb einer Minute nimmt Yulias Atmung den gleichmäßigen Rhythmus des Schlafens an. Ich schließe meine Augen und die innere Wärme kehrt zurück, während ich sie eng an mich drücke.

Sie liebt mich, und sie gehört mir.

Das Leben könnte nicht besser sein.

* * *

Zu meiner Erleichterung wacht Yulia am nächsten Morgen ohne Anzeichen eines Rückfalls auf. Ich bin bereits in der Küche und bereite das Frühstück zu, als sie zu mir kommt. Sie hat sich Shorts und ein T-Shirt angezogen, ihre Haare sind gekämmt und ihre Augen sind leuchtend und wach.

»Hallo«, sagt sie leise und bleibt im Türrahmen stehen. Eine leichte Röte überzieht ihre Wangen, als sie mich anschaut. »Bleibst du heute wieder zu Hause?«

»Nur ein wenig«, antworte ich und lächele sie an. »Wie fühlst du dich?«

»Mir geht es gut.« Sie erwidert mein Lächeln zaghaft. »Ich bin nur ein wenig hungrig.«

»Gut. Das Omelett ist fast fertig.«

»Kann ich dir helfen?«, fragt sie und kommt zum Herd. »Ich kann –«

»Danke, aber ich habe alles im Griff.« Ich scheuche sie mit einer Handbewegung weg. »Wenn du möchtest, kannst du uns einen Tee machen. Das Essen ist auch gleich auf dem Tisch.«

Yulia folgt meinem Vorschlag, und fünf Minuten später setzen wir uns hin, um zu frühstücken.

»Ich möchte Misha heute sehen«, sagt sie, nachdem sie die Hälfte ihrer Portion in Rekordzeit verschlungen hat. »Schließlich geht es mir ja wieder gut.«

»Ich bin mir sicher, dass ich das arrangieren kann«, meine ich. »Ich werde Diego bitten, ihn heute Nachmittag hierherzubringen.« Ich bin immer noch wütend auf den kleinen Rebellen, weil er sie bei seinem letzten Besuch aufgeregt hat, aber ich weiß auch, dass ich ihn nicht von ihr fernhalten kann – nicht nach allem, was sie mir letzte Nacht erzählt hat.

Yulia legt mit einem unleserlichen Gesichtsausdruck ihre Gabel weg. »Lucas ...« Sie hebt ihren Arm an, um sich mit den Fingern über ihren Nacken zu fahren. »Bin ich immer noch im Haus gefangen, trotz der Tracker?«

Ich runzele meine Stirn. »Nein, das bist du nicht.« Ich hatte bereits beschlossen, ihr die Freiheit zu geben, sich auf dem Anwesen uneingeschränkt bewegen zu können, sobald die Tracker eingesetzt wären. »Das habe ich dir bereits gesagt.«

»Also warum muss Diego meinen Bruder dann hierherbringen? Kann ich dann nicht selbst zu ihm gehen?«

Ich zögere und betrachte sie. Auch wenn ich theoretisch den Gedanken mag, Yulia mehr Freiheiten einzuräumen, habe ich jetzt, da der Moment gekommen ist, ein ungutes Gefühl dabei, sie allein auf dem Anwesen umhergehen zu lassen.

»Das kannst du«, sage ich schließlich. »Aber nicht heute. Ich muss dich zuerst noch mehr Menschen vorstellen. Sie müssen wissen, wer du bist und was du mir bedeutest.«

»Wegen meiner Verbindung zu dem Flugzeugabsturz«, sagt sie, und ich nicke erleichtert darüber, dass sie es versteht. Auch wenn sich ein Teil meines schlechten Gefühls von meinem irrationalen Besitzanspruch herleitet, gibt es einen guten Grund dafür, vorsichtig zu sein.

Die Wächter, die bei dem Flugzeugabsturz ums Leben gekommen sind, hatten Freunde und Familie, die teilweise auf dem Anwesen leben. Und auch wenn Esguerra und ich versucht haben, die Einzelheiten des Absturzes nicht an die Außenwelt dringen zu lassen, weiß ich, dass es Gerüchte über Yulias Beteiligung gibt.

Solange ich sie nicht öffentlich als zu mir gehörig erklärt habe, ist sie allein nicht sicher.

»Was ist mit meinem Bruder?«, fragt sie, während sie ihre Teetasse in die Hand nimmt, und ich bemerke, dass sie aufgehört hat zu essen und ihre blauen Augen mich eindringlich anschauen. »Ist er in Gefahr?«

»Nein«, versichere ich ihr. »Diego oder Eduardo sind die ganze Zeit bei ihm.«

»Also ist er ein Gefangener?«

Ich seufze. »Yulia, dein Bruder ist ... na ja, es ist eine Übergangssituation. Sobald wir uns sicher sind, dass er niemanden erschießen oder versuchen wird, davonzulaufen, werden wir ihm ebenfalls mehr Freiheiten einräumen, okay? Es wird nur eine Weile dauern.«

Sie trinkt einige Schlucke ihres Tees und isst weiter, aber ich sehe, dass ihre Stirn leicht gerunzelt ist. Sie macht sich Sorgen um Michael – den Bruder, der die Opfer, die sie für ihn erbracht hat, nicht zu schätzen wissen scheint.

»Worüber habt ihr beiden euch gestritten?«, frage ich sie, als wir aufgegessen haben. »Dein Bruder schien aus irgendeinem Grund wütend auf dich zu sein.«

Yulia trinkt ihren Tee aus und antwortet dann leise: »Er ist verwirrt. Obenko hat ihm eine Menge Lügen über mich erzählt, als er ihn rekrutiert hat, und da er sein Onkel war ...« Sie zuckt mit den Schultern, so als sei das nicht schlimm, aber ich sehe, wie sich ein schmerzlicher Schatten über ihre Augen legt.

Der Verrat der UUR geht tiefer, als ich gedacht hatte.

»Also weiß Michael nicht, was du für ihn getan hast?« Meine Hände schließen sich fester um die Tasse, während ich mir vorstelle, was ich Yulias ehemaligen Kollegen antun werde.

»Ich glaube nicht, aber es ist auch egal.« Sie versucht zu lächeln. »Jetzt ist Misha hier, also muss ich nur mit ihm reden, um das alles aufzuklären.«

»In Ordnung«, sage ich, als ich einen Entschluss gefasst habe. Wut brodelt in meiner Brust, aber ich halte meine Stimme ruhig, als ich sage: »Gehen wir. Ich werde dich zu ihm bringen.«

Yulia bekommt große Augen. »Jetzt? Musst du nicht arbeiten?«

»Das wird warten müssen.« Ich stelle meine Tasse ab, stehe auf und gehe um den Tisch herum. »Hast du Lust auf einen Spaziergang?«

Sie springt augenblicklich auf. »Definitiv«, sagt sie strahlend. »Gehen wir.«

* * *

Wir verlassen das Haus durch die vordere Tür. Als wir hinaustreten, ergreife ich Yulias Hand, drücke ihre Finger leicht, und sie wirft mir einen schiefen Blick zu.

»Ich werde nicht wegrennen«, sagt sie, und ich muss lächeln, da ein Teil meines Ärgers verfliegt.

»Ich tue das nicht, um dich am Weglaufen zu hindern«, sage ich und fasse fester zu. Yulia gehört mir, und niemand wird ihr jemals wieder wehtun – zumindest nicht, ohne mir Rede und Antwort zu stehen.

»Aha.« Sie schaut auf die Wächter und die anderen Passanten, von denen die meisten uns heimlich anstarren. »Also hat es strategische Gründe?«

»Teilweise.« Ich halte Yulias Hand, weil ich es möchte, aber die anderen von unserer Beziehung wissen zu lassen ist definitiv ein Bonus, besonders deshalb, weil einige Wächter ihre langen, schlanken Beine mit offensichtlicher Bewunderung betrachten.

Ich starre sie wütend an, und sie drehen sich schnell weg.

Ficker.

Yulia schaut zu mir hoch und tritt so nahe an mich heran, dass sie sich während des Gehens an meine Seite drückt. Ich nicke ihr zufrieden zu. Sie ist clever, meinen Schutz in der Öffentlichkeit zu akzeptieren. Sobald alle auf dem Anwesen wissen, dass sie mir gehört, wird sie sich in Sicherheit befinden.

Wir kommen an den Baracken der Wächter vorbei, und Yulia schaut wieder zu mir hoch. »Wohin gehen wir?«, fragt sie. »Ich dachte, Michael wohnt hier.«

»Das tut er, aber Diego hat mir gesagt, dass er heute Morgen mit ihm auf dem Übungsplatz ist. Dorthin gehen wir jetzt.«

»Oh, ich verstehe.« Yulia verstummt, als wir an einer Gruppe Wächter vorbeigehen. Sobald wir uns außerhalb ihrer Hörweite befinden, wird sie langsamer und dreht ihren Kopf, um mich anzuschauen. »Lucas ...«, sagt sie ruhig. »Es gibt da etwas, was ich dich fragen wollte.«

»Was denn?«

»Als ich hierher zurückkkam, hat Dr. Goldberg erwähnt, dass du vor kurzer Zeit verletzt wurdest. Was ist passiert? Hattet ihr Schwierigkeiten auf der Reise?«

»Schwierigkeiten?« Mit meiner freien Hand berühre ich abwesend meine Rippen, die mit jedem Tag weniger wehtun. »Ja, das könnte man so sagen.« Und während wir weitergehen, erzähle ich Yulia von den Ereignissen in Chicago, von Rosas Vergewaltigung in dem Nachtclub und deren Folgen. Ich versuche, die grausameren Details zu beschönigen, aber als ich fertig bin, ist Yulia leichenblass, und ihre Hand fühlt sich eiskalt an.

»Du hättest getötet werden können«, flüstert sie entsetzt. »Und Rosa ... oh Gott, arme Rosa ...«

»Ja, und was das betrifft ...« Wir sind nicht mehr weit von dem Übungsplatz entfernt, also bleibe ich stehen, um Yulia anzublicken. »Warum erzählst du mir nicht von Rosa? Ich möchte wissen, wie sie dir dabei geholfen hat, zu fliehen.«

Yulias Hand versteift sich einen Moment in meinem Griff, bevor sie sich wieder entspannt. »Was meinst du?«, fragt sie und zieht ihre

Augenbrauen mit offensichtlichem Unverständnis zusammen. Ihr Gesichtsausdruck ist die perfekte Darstellung ehrlicher Unwissenheit; wenn ich das kurze Zucken ihrer Hand nicht gespürt hätte, hätte ich niemals geahnt, dass meine Frage sie aus dem Konzept gebracht hat. »Sie hat nichts –«

»Keine weiteren Lügen, schon vergessen?«, unterbreche ich sie. »Wir hatten eine Abmachung.«

Yulia leckt sich über ihre Lippen. »Lucas, ich ...«

»Du wirst sie nicht anschwärzen, falls dir das Sorgen machen sollte«, sage ich und lasse ihre Hand los. Ich trete näher an Yulia heran, nehme ihr Kinn in meine Hand und hebe ihren Kopf an, um ihr in die Augen schauen zu können. »Wir wissen, was Rosa getan hat, wir haben ein Beweisvideo.«

»Habt ihr?« Yulias schluckt, und ihr schlanker Hals bewegt sich. »Habt ihr ... Geht es ihr gut?«

»Im Augenblick ja.« Ich ziehe meine Hand weg, aber gebe ihr keine weiteren Erklärungen. »Und jetzt sage mir genau, was passiert ist. Wie konntest du entkommen?«

Sie betrachtet mich und ich weiß, dass sie gerade darüber nachdenkt, ob sie mir das Video betreffend glauben kann, oder nicht. Schließlich sagt sie ruhig: »Am Tag vor deiner Abreise kam Rosa vorbei und hat mir eine Rasierklinge und eine Haarnadel gegeben. Sie hat mir auch ein wenig über die Schichten der Wächter erzählt, einschließlich der Tatsache, dass diejenigen des North Tower Two donnerstagnachmittags pokern.«

»Ich verstehe.« Das erklärt, warum Yulia genau dann an dem Tower vorbeigegangen war. »Und warum hat sie dir geholfen? Hatte deine Organisation Kontakt zu ihr aufgenommen?«

»Nein, natürlich nicht.« Yulia sieht überrascht aus. »Wie hätte sie das tun sollen?«

»Ich weiß es nicht. Aber warum hätte Rosa es sonst getan?«

Yulia zögert erneut, bevor sie langsam antwortet: »Es war eigenartig. Sie hat sich so verhalten, als wenn sie mich nicht mögen würde, also habe ich es zuerst nicht verstanden, aber dann ...«

»Dann was?«, wiederhole ich, als sie nicht weiterspricht.

»Dann hat sie irgendetwas von Nora erwähnt«, sagt sie und blickt mich, ohne zu blinzeln, mit großen Augen an. »Es hat sich so angehört, als hätte sie Rosa gebeten, das zu tun. Allerdings wollte Rosa mir nicht sagen, warum.«

Schöne Scheiße. Ich möchte jemanden schlagen.

Esguerras Frau hat doch nicht gelogen.

»Weißt du, warum mir diese Nora geholfen hat?«, fragt Yulia, und ich bemerke, dass ich einfach nur schweigend dastehe und vor Wut koche. »Sie ist Esguerras Frau, stimmt's?«

»Das ist sie«, sage ich grimmig und drehe mich weg, um weiterzugehen. »Leider ist sie das.«

Wäre sie es nicht, wäre sie bereits tot. Aber so, wie die Dinge liegen, ist Nora unangreifbar, solange Esguerra nicht beschließt, sie zu bestrafen, und da das Hausmädchen auf ihre Bitte hin gehandelt hat, trifft auf sie wahrscheinlich das Gleiche zu.

ACHTUNDDREIßIGSTES KAPITEL

❖ YULIA ❖

Als wir weiter in Richtung Übungsplatz gehen, werfe ich einen neugierigen Blick auf Lucas, um zu sehen, ob er mir meine Geschichte abgekauft hat. Bis jetzt sieht es ganz danach aus. Sein Kinn ist verärgert angespannt, und sein Mund ist eine harte, dünne Linie. Er sieht aus, als würde er am liebsten jemanden umbringen, und zu meiner Überraschung habe ich ein wenig schlechtes Gewissen, weil ich ihn über Nora angelogen habe.

Es fühlt sich an, als habe ich sein Vertrauen missbraucht.

Nein. Ich schüttele dieses lächerliche Gefühl ab. Es gab noch niemals Vertrauen zwischen uns. Lust, ja, und auch ein wenig unangemessene Zärtlichkeit, aber kein Vertrauen. Ich bin zwar nicht länger mit Handschellen gefesselt, aber mit den Trackern, die sich in meinem Körper befinden, bin ich immer noch Lucas' Gefangene. Ich habe mich zwar in ihn verliebt, aber ich bin ihm gegenüber nicht blind geworden. Ich weiß, was für eine Art Mann er ist, und zu was er fähig ist. Wenn Lucas wüsste, dass Nora mich angewiesen hat, sie in die Beschreibung meiner Flucht einzubauen, wäre es ziemlich wahrscheinlich, dass das Dienstmädchen getötet werden würde – was, wie ich glaube, der Grund dafür ist, weshalb Esguerras Frau den Kopf für sie hinhält. *Falls* sie den Kopf hinhält. Es ist möglich, dass das zierliche Mädchen einfach die

Wahrheit sagt, und sollte das der Fall sein, hätte ich Lucas nicht angelogen. Ich hätte einfach Noras Besuch verschwiegen, was eine völlig andere Sache ist.

Außerdem wird mir schlecht, wenn ich daran denke, was Rosa zugestoßen ist. Ich weiß, wie furchtbar sie sich fühlen muss. Das Letzte, was ich möchte, ist, dass sie noch mehr verletzt wird.

Zum Glück scheint Lucas' Wut während des Gehens abzunehmen, und als wir uns der großen Rasenfläche nähern, scheint sie komplett verflogen zu sein.

»Das ist es?«, frage ich und schaue mich auf dem Feld um. Es ist in eine Schießanlage und einen Hindernisparcours unterteilt. Außerdem steht auf der einen Seite ein Gebäude mit einem flachen Dach – ein Fitnessstudio vielleicht? – und eines, in der Ecke, das aussieht wie ein Vorratsschuppen.

»Ja, das ist der Übungsplatz«, meint Lucas, als wir an einigen Wächtern vorbeigehen, die verschiedene Kampfsportarten praktizieren. »Und ich denke, dass dein Bruder dort drüben ist.« Er zeigt auf eine kleine Gruppe von Männern auf dem Hindernisparcours.

Natürlich sticht das hellblonde Haar meines Bruders wie ein Leuchtfeuer unter den Wächtern, die hauptsächlich Latinos sind, hervor. Er macht auf dem Rasen Liegestütze neben einem schlanken, braunhaarigen Wächter, der so aussieht, als sei er nur wenige Jahre älter als er.

Als wir näherkommen, verstehe ich, dass es sich um einen Wettstreit handelt. Die anderen Männer stehen in einem Halbkreis um sie herum, feuern sie an und platzieren Wetten in einer farbenfrohen Mischung aus Spanisch und Englisch. Misha und der andere Mann, gegen den er angetreten ist, tragen keine T-Shirts und sind schweißüberströmt, weshalb ich mich frage, wie lange sie das schon tun. Nicht, dass man sich viel bewegen müsste, um bei diesem Wetter zu schwitzen; mein eigenes Shirt klebt allein von dem Spaziergag hierher an meinem Rücken.

»Schau, Michael liegt vorn«, meint Lucas, und ich höre eine leichte, dunkle Belustigung in seiner Stimme. »Ich werde das Training der neuen Rekruten verstärken müssen. Das ist einfach nicht ausreichend.«

Ich bringe ihn zum Schweigen, da ich nicht möchte, dass die Konzentration meines Bruders gestört wird. Mishas Gesicht ist rot, und seine Arme zittern, als ob sie gleich nachgeben würden. Der Wächter neben ihm ist allerdings in einer schlechteren Verfassung, und während ich dem Kampf zusehe, bricht der andere Mann zusammen und bleibt auf seinem Bauch liegen, da er nicht noch einen Liegestütz machen kann.

»Los, Michael!«, ruft jemand, und als ich mich umdrehe, sehe ich, dass Diego klatscht. Er grinst von einem Ohr zum anderen. Er dreht sich zu den anderen Wächtern um, streckt seine Hand aus und sagt selbstgefällig: »Ich habe euch ja gesagt, dass das Kind es schaffen würde. Und jetzt müsst ihr zahlen.«

Während er spricht, bricht mein Bruder ebenfalls auf dem Rasen zusammen. Keuchend rollt er sich auf seinen Rücken, und ich sehe ein breites, strahlendes Lächeln auf seinem Gesicht. Er sieht genauso glücklich aus wie auf den Fotos.

Schnell gehe ich mit einem genauso strahlenden Lächeln zu ihm. »Hervorragende Arbeit, Michael«, rufe ich und fühle mich, als würde ich gleich vor Stolz platzen. »Das war unglaublich.«

Er setzt sich auf und bekommt große Augen, als er mich näherkommen sieht. »Yulia?«, sagt er auf Russisch. »Wie fühlst du dich?«

»Viel besser, danke«, antworte ich in derselben Sprache. Dann, als ich erkenne, dass einige der Wächter ihre Stirn in Falten gezogen haben, füge ich auf Englisch hinzu: »Ich freue mich, dass ihr Jungs Spaß habt.«

Misha stellt sich hin und wischt sich den Schmutz und das Gras von seinen Shorts. »Äh, ja«, sagt er auf Englisch, während er einen peinlich berührten Blick auf die anderen wirft. »Wir haben gerade, du weißt schon ...«

»Ja, sie weiß es«, sagt Lucas, der gerade hinter mir auftaucht. Er verschränkt die Arme vor der Brust, schaut auf die Wächter, und sie verschwinden schnell, während sie etwas darüber vor sich hin murmeln, dass sie Arbeit zu erledigen hätten.

Nur Diego bleibt stehen, und ein breites Grinsen lässt sein Gesicht erstrahlen. »Wir sollten ihn anheuern«, meint er. »Er ist bereits besser als einige dieser neuen Typen, und mit ein wenig mehr Training –«

Lucas hebt seine Hand, um Diego zu unterbrechen. »Michael wird uns ein Stück begleiten«, sagt er. »Ich rufe dich an, wenn ich dich brauche.«

»In Ordnung«, antwortet Diego entspannt. »Ich werde in der Nähe bleiben.«

Er geht weg, um sich den anderen anzuschließen, und Lucas dreht sich zu Misha um, der ihn argwöhnisch ansieht.

»Ich muss mit einigen Wächtern reden«, meint Lucas. »Kann ich mich darauf verlassen, dass du auf diesem Feld bleibst und dich nicht in Schwierigkeiten bringst, wenn ich dich mit deiner Schwester allein lasse?«

Mishas Gesicht ist hart, aber er nickt.

»Gut.« Lucas ergreift meinen Ellenbogen und zieht mich zu sich. Er beugt sich nach unten und gibt mir einen schnellen, harten Kuss, bevor er zurücktritt. »Ich sehe euch beide gleich wieder. Bleibt in Sichtweite. Verstanden?«

»Ja«, antworte ich und versuche, meine brennenden Wangen zu ignorieren. »Wir werden in der Nähe bleiben.«

Lucas geht weg, und ich drehe mich zu Misha um, wobei sich meine peinliche Berührung verstärkt, als ich sehe, dass sein Gesicht genauso gerötet ist wie meines. Ich weiß, warum Lucas mich geküsst hat – heute geht es darum, mich in der Öffentlichkeit als zu ihm gehörig zu präsentieren – aber das bedeutet nicht, dass ich wollte, dass mein vierzehnjähriger Bruder das sieht.

Misha hat sowieso schon eine schlechte Meinung von mir.

»Hast du Lust, ein wenig spazieren zu gehen?«, frage ich ihn und versuche, so zu tun, als habe der Kuss niemals stattgefunden. »Ich war noch nie hier. Vielleicht kannst du mich ein wenig herumführen?«

»Sicher.« Misha scheint froh zu sein, etwas zu tun zu haben. Er hebt sein T-Shirt vom Rasen auf, zieht es sich an und sagt: »Lass uns hier langgehen.«

Er führt mich zum Hindernisparcours, und ich folge ihm, während ich die feindseligen, aber neugierigen Blicke der Wächter in unsere Richtung ignoriere.

»Wie geht es dir?«, frage ich auf Englisch. Ich möchte mich daran gewöhnen, mit Misha in dieser Sprache zu reden, damit die anderen nicht denken, dass wir versuchen, etwas vor ihnen geheim zu halten. »Behandeln sie dich immer noch gut?«

Er nickt. »Sie beobachten mich die ganze Zeit«, antwortet er auf Englisch, »aber davon abgesehen ist es in Ordnung.«

»Gut.« Ich lächele ihn erleichtert an. »Wie ist deine Unterkunft?«

Er zuckt mit den Schultern, als wir um ein paar Wächter herumgehen, die gerade trainieren, wie man einen Stacheldrahtzaun überwindet. »Sie ist okay. Ein bisschen besser als die in der Ukraine, denke ich.«

»Das ist gut. Und was ist mit –«

»Wie lange werden sie uns hierbehalten?«, unterbricht er mich und schaut mich von der Seite an. »Die Wächter wollen mir nichts sagen.«

»Ja. Was das betrifft …« Ich atme tief ein. »Ich werde mit Lucas darüber reden, aber davor muss ich ein wenig mehr über deine Lage wissen.«

Misha legt seine Stirn in Falten. »Was meinst du?«

Das wird schwierig werden. »Wie bist du bei der UUR gelandet, Michael?«, frage ich vorsichtig und benutze dabei den Namen, den er vorzieht. »Hat dein Onkel dir angeboten, beizutreten?«

»Nein.« Misha blinzelt nicht. »Das war meine Idee.«

Ich bleibe stehen und starre ihn entsetzt an. »Deine Idee?«

Mein Bruder schaut mich ruhig an. »Ich hatte Schwierigkeiten in der Schule, und Onkel Vasya kam vorbei, um mit mir zu reden. Er hat mir gesagt, wie dumm ich mich verhalte, wie viele Kinder dafür töten würden, ein Leben wie ich führen zu können, und ich habe ihm geantwortet, dass es nicht das Leben ist, was ich will. Ich will weder Steuerberater noch Anwalt noch Krankenpfleger werden. Ich will ein Agent werden, genauso wie er.«

Verwundert ziehe ich meine Stirn in Falten. »Darüber wurde in deiner Familie offen gesprochen? Die UUR und das Ganze?«

»Nein, natürlich nicht. Meine Eltern haben nie etwas über Onkel Vasyas Arbeit gesagt, aber ich habe Dinge mitbekommen. Außerdem wusste ich, dass ich eine Schwester habe, die für unser Land arbeitet. Meine Eltern haben mir davon erzählt, weil ich nicht aufgehört habe, sie zu fragen, warum du mich verlassen hast.« Ich zucke zusammen, aber er redet bereits weiter. »Wie dem auch sei«, sagt er, »ich habe zwei und zwei zusammengezählt und Onkel Vasya bei seinem Besuch damit konfrontiert. Er hat zugegeben, dass du dem Programm beigetreten bist, und dann hat er mir erzählt, wie es dazu gekommen ist, dass ich von meinen Eltern adoptiert wurde.«

»Michael, das ist nicht –«

»Lüg nicht. Er hat mich gewarnt, dass du in dem Punkt lügen würdest.« Mishas Ton wird schärfer. »Er war ein guter Mann. Er ist für die Ukraine gestorben.«

»Das weiß ich, aber ...« Ich versuche, beruhigend einzuatmen. »Hör mir zu, Michael. Dein Onkel und ich, wir hatten eine Abmachung. Deine Adoption war Teil von ihr. Du solltest in Sicherheit sein und nicht in dieses Leben rekrutiert werden. Das sollte nur ich. Ich bin der Organisation beigetreten, weil ich dich beschützen wollte, und das im Waisenhaus nicht tun konnte. Obenko hat mir versprochen –«

»Hör auf. Ich möchte das nicht hören.« Misha tritt zurück und schüttelt dabei seinen Kopf. »Du lügst. Ich weiß, dass du es tust.«

»Nein, Mishen'ka.« Mein Herz zieht sich wegen seiner Wut und seiner Verwirrung zusammen. »Dein Onkel hat dir nicht alles erzählt. Ich bin nicht weggegangen, weil ich das Waisenhaus satt hatte. Ich bin weggegangen, weil es der einzige Weg war, dich in Sicherheit zu bringen.«

Misha schüttelt weiterhin seinen Kopf, aber er unterbricht mich nicht länger, also erzähle ich ihm von dem Besuch des Mannes im Anzug und dem Deal, den er mir angeboten hat, einschließlich der Bedingung, dass ich mich von Misha fernhalten musste, und den Fotos, die ich alle paar Monate bekam. Während ich spreche, sehe ich, dass die Unsicherheit in den Augen meines Bruders sich in Wut verwandelt.

Er weiß nicht, wem er glauben soll, und ich kann ihm keinen Vorwurf daraus machen.

»Ich habe diese ganzen Fotos immer noch«, füge ich hinzu, als er weiterhin schweigt. »Ich habe sie vor einigen Monaten in eine sichere Cloud hochgeladen. Ich kann sie dir gerne zeigen, wenn du möchtest.«

Misha starrt mich an. »Du hast sie aufbewahrt?«

»Natürlich.« Mein Brustkorb ist schmerzhaft eng, aber ich versuche zu lächeln. »Du bist meine einzige Familie, Michael. Ich habe jedes einzelne aufgehoben.«

Er schluckt und schaut weg, bevor er weitergeht. Ich hole ihn ein, und wir gehen einige Minuten lang, ohne zu reden. Es gibt eine Million

Dinge, die ich ihm sagen möchte, und eine Milliarde Fragen, die ich ihm stellen möchte, aber ich will keinen neuen Streit beginnen.

Es ist gerade schön, einfach in Gesellschaft meines Bruders zu sein.

Überraschenderweise bricht Misha das Schweigen als Erster. »Ich wusste an jenem Tag nicht, dass du es bist«, meint er ruhig, als wir stehen bleiben, um zwei Wächter zu beobachten, die Messer werfen.

»Was?« Ich drehe mich zu ihm, um ihn anzuschauen. »Wovon redest du?«

»Von jenem Tag am Lagerhaus, als ich ihnen geholfen habe, dich zu fangen. Ich wusste nicht, dass du es bist.« Mishas Stirn ist in angespannte Falten gelegt. »Das habe ich erst später herausgefunden.«

»Oh, natürlich.« Ich bin nicht einmal auf den Gedanken gekommen, dass er es gewusst haben könnte »Du hattest mich nicht mehr gesehen, seit du drei Jahre alt warst, und ich habe eine Perücke getragen. Und außerdem, warum solltest du vermuten, dass deine Schwester außerhalb deines Trainingszentrums lauert?«

»Stimmt.« Er verschränkt seine Arme vor seiner Brust. »Also, warum warst du da? Onkel Vasya hatte gesagt, dass du dich gegen uns gewandt hättest, dass du der UUR gegenüber nicht länger loyal wärst.«

»Ich habe die Organisation niemals verraten, aber ich wollte sie verlassen«, sage ich, da ich mich dazu entschlossen habe, völlig ehrlich zu sein. »Ich bin Obenko gefolgt, weil ich gehofft hatte, dass er mich zu dir führen würde, damit ich dich ein letztes Mal sehen konnte, bevor ich verschwand.«

Misha blinzelt. »Du bist ihm gefolgt, um mich zu sehen? Aber warum wolltest du verschwinden?«

»Das ist eine lange Geschichte, Michael.«

»Ist es seinetwegen?« Misha wirft einen Blick auf die andere Seite des Platzes, wo Lucas mit einer Gruppe von Wächtern spricht. »Weil« – seine Wangen röten sich – »ihr zusammen seid?«

»Es ist ...« Mein Gott, warum ist das so schwierig? Ich bin doch keine vierzehn mehr. »Die Sache mit uns ist kompliziert«, sage ich schließlich. »Sein Chef hat seit einiger Zeit ein Problem mit der Ukraine, und –«

»Zwingt dich Kent dazu?« Mishas Augen blitzen wie blaues Feuer auf. »Weil ich ihn töten werde, wenn er –«

»Nein, natürlich nicht«, unterbreche ich ihn, und mein Puls rast. Das Letzte, was ich brauche, ist ein Misha im Verteidigungsmodus. »Ich möchte mit Lucas zusammen sein«, sage ich entschieden. »Es ist einfach eine komplizierte Situation wegen der UUR und allem.«

Mein Bruder sieht nicht überzeugt aus, also füge ich schnell hinzu: »Und ja, die Tatsache, dass wir Liebhaber sind, war einer der Hauptgründe, weshalb ich verschwinden wollte.«

Misha errötet erneut und schaut weg. »Okay«, murmelt er. »Das habe ich mir schon gedacht.«

»Ja, und du hattest recht.« Ich schiebe mein unbehagliches Gefühl beiseite und lächele ihn reumütig an. »Du bist sehr clever und auch schon ziemlich erwachsen geworden. Ich werde mich erst noch daran gewöhnen müssen. Das letzte Mal, als ich dich gesehen habe, war dein größter Erfolg, aufs Töpfchen gehen zu können, also ist es eine kleine Umstellung für mich, dich jetzt so erwachsen zu sehen.«

Misha grinst, da er sich genauso wie jeder andere vierzehnjährige Junge über das Lob freut, und ich bemerke, wie reif mein Bruder sich die meiste Zeit über verhält. Ich habe nicht viel Erfahrung mit Teenagern, aber ich bezweifle, dass viele von ihnen mit dieser Situation so gut klargekommen wären wie er.

Eigentlich wären sogar nur wenige *Erwachsene* so ruhig geblieben, wären sie entführt, um die halbe Welt verschleppt und auf dem Anwesen eines Waffendealers festgehalten worden.

Als ich darüber nachdenke, fällt mir eine Bewegung am anderen Ende des Platzes auf.

»Wir sollten zurückgehen«, sage ich, als ich verstehe, dass Lucas mir zuwinkt. »Ich denke, Lucas ruft uns.«

Misha nickt, kommt neben mich, und während wir zurückgehen, versuche ich, den besten Weg zu finden, wie ich meinen Entführer darauf ansprechen kann, meinen Bruder nach Hause zu schicken.

NEUNUNDDREIßIGSTES KAPITEL

❖ LUCAS ❖

Nachdem ich auf dem Übungsplatz mit einigen neuen Rekruten gesprochen habe, fange ich Yulias Blick auf und winke ihr zu, damit sie zurückkommt. Sie schnappt sich ihren Bruder und beginnt, den Platz zu überqueren, während ich zu einer Klimmzugstange gehe, damit ich, solange ich warte, noch ein wenig trainieren kann.

Ich habe die Hälfte meine Klimmzüge mit weit geöffneten Armen hinter mich gebracht, als ich sehe, dass Esguerra auf mich zukommt.

»Was ist los?«, frage ich, lasse die Stange los und lande auf dem Rasen. Die Sonne ist unerträglich heiß, und ich benutze den unteren Rand meines T-Shirts, um mir den Schweiß von der Stirn zu wischen. »Haben Sie mich gesucht?«

»Wir müssen Licht in diese Sache mit Rosa bringen«, sagt er ohne eine Begrüßung. »Nora will, dass ich Rosas Hausarrest aufhebe, aber wir wissen immer noch nicht –«

»Ich befürchte, dass wir es jetzt wissen«, unterbreche ich ihn. »Ich wollte heute Nachmittag mit Ihnen reden. Ich habe gerade die Bestätigung von Yulia bekommen, dass Nora etwas mit der Sache zu tun hatte.«

Esguerras Gesichtsausdruck verdüstert sich. »Was genau hat deine Spionin gesagt?«

Ich wiederhole ihm meine Unterhaltung mit Yulia fast wortwörtlich. »Also ja«, fasse ich zusammen, »es sieht ganz so aus, als ob die Initiative nicht von Rosa ausging – auch wenn das nicht bedeutet, dass sie damit davonkommen sollte.« Genauso wenig wie Nora, wenn es nach mir ginge, aber ich weiß es besser, als das laut auszusprechen.

»Scheiße.« Esguerras versteift sich vor Wut, wirbelt herum, und ich kann den Augenblick erkennen, in dem er die sich nähernden Gestalten erblickt. Er dreht sich wieder zu mir um und fragt ungläubig: »Ist das –«

»Ja.« Ich erwidere seinen Blick kalt. »Das sind Yulia und ihr Bruder, Michael. Ich hatte Ihnen davon berichtet, dass wir ihn auf unserer Reise in die Ukraine festgenommen hatten.«

Der Winkel seines echten Auges beginnt zu zucken. »Festgenommen, ja. Freilauf auf dem Anwesen neben seiner verräterischen Schwester, nein. Was zum Henker tust du da, Lucas? Du hattest gesagt, sie würde nicht ungeschoren davonkommen.«

»Und ich hatte gesagt, dass ich sie behalten würde.« Meine Stimme ist genauso eiskalt wie sein Gesichtsausdruck. »Sie gehört mir, und ich bestimme, ob ich sie bestrafe oder nicht. Genauso, wie Nora Ihnen gehört.«

Einen Moment lang bin ich mir sicher, dass Esguerra mich schlagen wird, und ich spanne mich an, um bereit zu sein, mich zu verteidigen. Aber stattdessen atmet er tief ein und tritt zurück, ohne dass er die Arme, die locker an seinen Seiten hängen, anspannt. Er dreht sich herum, um zu Yulia und ihrem Bruder zu schauen, die jetzt nur noch etwa fünfzehn Meter von uns entfernt sind.

Yulia muss ihn ebenfalls gesehen haben, denn sie bewegt sich langsamer, und ihr Gesicht ist weiß vor Angst. Ihr Bruder geht neben ihr, aber als sie näher kommen, ergreift sie sein Handgelenk und tritt vor ihn, so als versuche sie, ihn vor Esguerra zu verstecken.

»Sie gehört mir«, wiederhole ich in einer leisen, harten Stimme, als Yulia etwa neun Meter von uns entfernt stehen bleibt, und ihr Blick von mir zu Esguerra und wieder zurück wandert. »Wenn Sie ihnen etwas antun ...«

Esguerra dreht seinen Kopf zu mir und schaut mich an. »Das werde ich nicht.« Seine Augen leuchten kalt. »Aber Lucas, tu uns beiden einen

Gefallen. Sorge dafür, dass sie sich so weit wie möglich von mir entfernt aufhält.«

Ich neige meinen Kopf, aber er geht bereits weg, wobei er die entgegengesetzte Richtung zu Yulia und ihrem Bruder eingeschlagen hat.

* * *

Auf unserem Nachhauseweg schweigt Yulia, und ich weiß, dass sie sich Sorgen um Esguerra macht. Diego kam, kurz nachdem ich Esguerra getroffen hatte, zurück, und Yulia hat gelächelt und ihren Bruder zum Abschied umarmt. Seitdem hat sie allerdings kaum ein Wort gesagt, ihr Blick ist abwesend, und ihre Schultern sind angespannt, während sie neben mir geht.

Ich möchte sie beruhigen, ihr sagen, dass sie sich über nichts Gedanken machen muss, aber die Worte bleiben mir im Hals stecken. So riesig die Fläche von Esguerras Anwesens auch ist, fühlt sich dieser Ort, die Einwohner betreffend, trotzdem wie ein Dorf an. Jeder trifft jeden regelmäßig, und Yulia von Esguerra fernzuhalten wird nicht leicht sein – zumindest dann nicht, wenn ich sie wie versprochen frei umherlaufen lasse.

Esguerra mag ihr in nächster Zeit nichts tun, aber er wird ihr auch nicht vergeben.

Als wir uns dem Haus nähern, wird Yulia langsamer, und ich bemerke, dass der lange Spaziergang sie ermüdet, die erst kürzlich gewonnenen Kraftreserven ihres Körpers aufgebraucht haben muss. Ohne auch nur einen Augenblick darüber nachzudenken, beuge ich mich nach unten und nehme sie in meine Arme, wobei ich ihren überraschten Aufschrei und die leichten Schmerzen meiner Rippen ignoriere.

»Was tust du da?«, ruft sie aus, als ich weitergehe. »Lucas, du musst mich nicht tragen –«

»Schscht.« Ich drücke sie enger an meine Brust und ignoriere ihre halbherzigen Versuche, sich von mir wegzudrücken. »Ich trage dich nach Hause.«

Sie hört auf, sich zu wehren, und einen Moment später schlingt sie ihre Arme um meinen Hals und legt ihren Kopf auf meiner Schulter ab.

»Lucas ...« Ihre Stimme klingt resignierter, als ich sie jemals zuvor gehört habe. »Es wird nicht funktionieren.«

»Wovon redest du?«

»Von mir und dir.« Sie hebt ihren Kopf, um mich anzuschauen, und ich sehe den dunklen Schatten der Verzweiflung in ihrem Blick. »Es wird nicht funktionieren.«

»Schwachsinn.« Ich werde schneller, da mich ein Wutausbruch überkommt. »Es wird funktionieren, wenn ich es will.«

Yulia schüttelt langsam ihren Kopf. »Nein. Vielleicht in einem anderen Leben –«

»In einem anderen Leben hätten sich unsere Wege niemals gekreuzt, meine Schöne. Das war die einzige Möglichkeit, wie du jemals mir gehören konntest.«

Wenn ihre Eltern nicht in dem Autounfall ums Leben gekommen wären, wenn ich nicht für Esguerra gearbeitet hätte, wenn die UUR ihr nicht diesen Auftrag gegeben hätte ... Die Anzahl der Wege, auf denen wir uns nicht getroffen hätten, ist endlos, aber ich habe sie getroffen, und ich werde sie auf gar keinen Fall jemals wieder hergeben.

Yulia seufzt, legt ihren Kopf zurück auf meine Schulter und lässt sich ohne weitere Proteste tragen. Ich weiß allerdings, dass sie nicht davon überzeugt ist.

Wie ich, hat sie schon zu viel von dieser Welt gesehen, um noch an Happy Ends zu glauben.

* * *

»Lucas, ich denke, Misha sollte nach Hause zurückkehren.«

Ich halte inne, als mein Löffel schon fast bei meinem Mund ist. »Nach Hause?«

»Zu seinen Eltern«, erklärt Yulia und legt ihr Besteck weg. Aus der fast leeren Suppenschüssel vor ihr steigt Dampf auf. »Seinen Adoptiveltern.«

»Ich dachte, er war in deiner Organisation.« Ich lege meinen Löffel ab und wische mir mit meiner Serviette über meinen Mund.

Ich habe seit dem Zwischenfall heute Morgen mit so etwas gerechnet, und ich freue mich nicht gerade auf diese Unterhaltung.

»Er war freiwillig in der UUR, ja, aber es scheint so, als stünde er seinen Eltern ebenfalls sehr nahe.« Yulias Blick ist unnachgiebig. »Sie haben ihn trotz ihrer Bedenken gehen lassen, und ich bin mir sicher, dass sie gerade vor Sorgen um ihn verrückt werden.«

Ich trommele mit meinen Fingern auf den Tisch. »Also möchtest du was genau von mir? Dass ich ihn zu ihnen zurückbringe? Was ist mit der Tatsache, dass du ihn seit elf Jahren nicht gesehen hast? Willst du nicht ein wenig mehr Zeit mit deinem Bruder verbringen?«

Yulias Gesicht spannt sich an. »Natürlich möchte ich das, aber ich kann nicht so egoistisch sein. Misha gehört nicht hierher, und er ist nicht in Sicherheit. Ich habe Esguerras Blick gesehen, als er ihn angeschaut hat ... uns beide. Er hasst uns, Lucas. Ich weiß, dass du gesagt hast, du wirst uns beschützen –«

»Er wird euch beiden kein Haar krümmen, keinem von euch«, sage ich und bin wirklich davon überzeugt. So sehr ich Esguerra auch respektiere, ich würde ihn töten, bevor ich zulasse, dass er Yulia etwas antut. »Du befindest dich in Sicherheit, und dein Bruder ebenfalls.«

»Aber für wie lange?« Sie beugt sich nach vorn. »Bist du meiner müde wirst? Und dann was? Sind wir dann Esguerras Gnade ausgesetzt?«

»Ich werde deiner nicht müde werden.« Ich kann mir nicht vorstellen, sie eines Tages nicht mehr zu wollen. Ich habe vorher schon Frauen begehrt, aber niemals so. Mein Bedürfnis nach Yulia fühlt sich jetzt wie ein Teil von mir an, so als sei es in meiner DNA verankert. »Darüber musst du dir keine Sorgen machen.«

»Du kannst nicht von mir erwarten, dass ich dir das glaube, aber in Ordnung, lass uns einen Moment lang annehmen, das sei wirklich so.« Sie schiebt ihre Schüssel zur Seite. »Es bleibt immer noch die Tatsache, dass dein Job gefährlich ist, Lucas. Dein *Leben* ist gefährlich. Schau doch, was passiert ist, als du nach Chicago geflogen bist. Wenn eine Kugel auf Esguerra zufliegt, ist es mehr als wahrscheinlich, dass sie zuerst dich trifft.«

Ich schaue sie schweigend an, weil ich weiß, dass sie recht hat. Das Gleiche hatte ich zu Michael gesagt. Wenn mir etwas zustoßen sollte, wären Yulia und ihr Bruder allein an einem Ort, an dem niemand einen Finger krumm machen wird, um ihnen zu helfen.

Nein, es ist noch schlimmer. Wenn ich nicht mehr da wäre, würden sie auf der Stelle umgebracht werden.

»Ich kann Michael nicht jetzt sofort zurückschicken«, sage ich nach einigen Momenten. Ich lehne mich zurück, verschränke meine Finger hinter meinem Kopf und schaue Yulia ruhig an. »Zumindest nicht, wenn du möchtest, dass er sich in Sicherheit befindet.«

Ihr Gesicht wird leichenblass. »Warum nicht?«

»Weil die Operation UUR in vollem Gange ist.« Das Hackerprogramm, das wir während unseres Überfalls auf die Anlage der UUR benutzt hatten, hat eine Menge vertraulicher Daten von den Computern der Organisation heruntergeladen und an uns übertragen. Jetzt haben wir die Namen und Decknamen so ziemlich aller Agenten der UUR und wir nehmen sie systematisch hoch. Das erkläre ich Yulia allerdings nicht. Alles, was ich sage, ist: »Es wäre zu gefährlich für deinen Bruder.«

Sie versteht, was ich meine, und ihr Gesicht wird noch blasser. »Was ist mit seinen Eltern? Sind sie –«

Ich lasse meine Arme sinken und beuge mich nach vorn. »Ich habe bereits die Anweisung gegeben, dass die Familie von Obenkos Schwester nicht angefasst wird.« Das habe ich getan, sobald mir Michaels Verbindung zu ihnen klargeworden war. »Allerdings tauchen ihre Namen in unseren Unterlagen auf«, fahre ich fort, bevor Yulia etwas sagen kann, »und da dein Bruder eine sehr direkte Verbindung zur Organisation gehabt hat, ist es das Beste, wenn er im Moment hierbleibt.«

»Oh Gott.« Yulia presst ihre Hand auf ihren Mund, schiebt ihren Stuhl nach hinten und steht auf. Sie zittert sichtbar. »Ihr bringt sie alle um, stimmt's?«

Ich ziehe meine Augenbrauen zusammen. »Du hattest mich darum gebeten, Michael zu verschonen, und genau das tue ich.« Ich stelle mich hin und gehe um den Tisch herum. Als ich bei Yulia ankomme, lege ich meine Finger um ihr Handgelenk und drücke die Hand nach unten, weg von ihren zitternden Lippen. »Das wolltest du doch, oder nicht?« Ich ziehe sie näher an mich heran. »Deinem Bruder sollte nichts geschehen, obwohl er in der Organisation war? Und ich habe meinen Gefallen sogar auf seine Adoptiveltern ausgedehnt. Siehst du, es läuft alles nach Plan.«

Tränen glitzern in Yulias Augen, als sie ihren Kopf schüttelt, aber sie bewegt sich nicht weg, als ich ihr Handgelenk loslasse und ihre Hüften ergreife, um ihren Unterleib an meinen zu ziehen. Meine wachsende Erektion drückt sich in ihren Bauch und meine Atmung wird schneller, als mein Blut wie flüssiges Feuer durch meine Adern fließt. Unsere unbeendete Mahlzeit, die UUR, ihr Bruder – nichts davon ist in diesem Moment wichtig.

Alles, auf das ich mich konzentrieren kann, ist das wunderschöne Mädchen in meinen Armen und der Schmerz in ihren großen blauen Augen.

»Yulia …« Ich atme ihren Duft ein, und mein Hunger verstärkt sich, als ihre Zunge ihren Mund verlässt, um ihre Lippen zu befeuchten. Ich beuge mich nach vorn, um die glänzende Weichheit dieser Lippen zu schmecken, aber sie legt ihre Handflächen auf meine Brust und drückt mit aller Kraft gegen sie, um mich auf Abstand zu halten.

»Lucas, bitte, hör mir zu …« Ihre Brust hebt und senkt sich kaum merklich. »Die meisten Agenten hatte nichts mit dem Absturz zu tun. Das war Obenkos Idee, und der ist jetzt tot. Ihr müsst nicht –«

»Vergiss sie«, knurre ich, und meine Hände umfassen Yulias Hüften fester, da sie versucht, sich wegzuziehen. Meine frustrierte Lust verstärkt meine Verärgerung und mein Ton wird schärfer, als ich ihr sage: »Die Organisation ist nicht mehr dein Problem. Du bist jetzt bei mir, verstanden?«

»Aber Lucas, sie sind –«

»Kurz davor zu sterben«, sage ich scharf. »Zumindest diejenigen, die noch am Leben sind. Deine Organisation hat Dutzende unserer Männer getötet, und sie wird dafür bezahlen. Die Einzigen, die verschont werden, sind du und dein Bruder.«

Die Tränen laufen jetzt ihre Wangen hinunter, aber dieser Anblick erweicht mich nicht. Es gibt nichts, was sie sagen könnte, was mich davon überzeugen würde, unseren Feinden zu vergeben. Sie hatten beschlossen, uns anzugreifen, und jetzt müssen sie mit den Konsequenzen ihrer Taten leben. So einfach ist das.

Aber trotzdem mag ich es nicht, Yulia so aufgelöst zu sehen.

Ich lasse ihre Hüften los und hebe meine Hand, um ihre Tränen wegzuwischen. »Weine nicht um sie«, sage ich in einem etwas sanfteren Ton. »Sie verdienen es nicht. Das weißt du auch.«

»Das ist nicht wahr.« Ihre Stimme ist angespannt. »Einige von Ihnen haben es vielleicht nicht verdient, aber viele andere wollten einfach nur ihrem Land dienen –«

»Und die fünfundvierzig Männer, die in dem Flugzeug starben, haben einfach nur für Esguerra gearbeitet.« Ich nehme meine Hand hinunter, als meine Wut mit voller Stärke zurückkehrt. »Niemand in diesem Geschäft ist unschuldig, meine Schöne – nicht einmal du.«

Yulia tritt einen Schritt zurück, aber ich kann ihren Arm ergreifen, bevor sie sich weiter von mir entfernen kann.

»Du hast mich nicht nach Kirill gefragt«, sage ich kalt. Mein Schwanz pocht in meiner Jeans, aber ich drücke die Lust zur Seite, da ich weiß, dass ich dieses Thema ein für alle Mal hinter mich bringen muss. »Möchtest du nicht wissen, welche Maßnahmen wir ergriffen haben, um ihn zu finden?«

Sie blinzelt. »Ich hatte angenommen, er sei tot. Seine Wunden –«

»Es gibt weder eine Leiche noch irgendwelche Aufzeichnungen einer Beerdigung. Keine Zeichen von ihm, Punkt. Tote Männer sind nicht so gut darin, ihre Spuren zu verwischen.«

Yulia holt zitternd Luft. »Was willst du mir damit sagen?«

»Ich will sagen, dass dieser Bastard höchstwahrscheinlich noch am Leben ist – und sich mit Hilfe anderer Mitglieder deiner Organisation versteckt.« Ich mache eine Pause, um meine Wut unter Kontrolle zu bekommen. Als ich weiterrede, ist meine Stimme ein kleines bisschen ruhiger. »Diese Menschen, deren Leben du zu retten versuchst, sind dieselben, die es zugelassen haben, dass dieses Monster seinen Job behält, und die dich in diesem Punkt auch noch angelogen haben. Bei unserer Operation in der Ukraine geht es nicht mehr nur um Vergeltung. Es geht auch darum, ihn ausfindig zu machen.«

Yulia starrt mich an, und ich kann den quälenden Konflikt in ihrem Blick erkennen. Sie möchte genauso sehr wie ich, dass Kirill stirbt, aber sie möchte nicht, dass dabei UUR-Agenten ums Leben kommen. Ich verstehe das auf einer gewissen Ebene; sie muss viele von ihnen während ihres Trainings kennengelernt haben, hat sich vielleicht sogar mit einigen angefreundet, und möchte deshalb nicht ihren Tod auf dem Gewissen haben.

Es ist ein Pech für diese Agenten, dass *mein* Gewissen sehr gut mit ihren Toden umgehen kann.

»Also, was sage ich Misha?«, will Yulia schließlich wissen. Ihre Stimme ist immer noch rau, aber die Tränen in ihrem Gesicht trocknen bereits. »Soll er still dasitzen und abwarten, während ihr alle Mitglieder der UUR ausradiert? Mit den Wächtern trainieren und darauf hoffen, dass seine Eltern die Säuberung überleben?«

»Was du ihm erzählst, ist deine Entscheidung«, erwidere ich und weigere mich, ihren Köder zu schlucken. »Ich würde an deiner Stelle ein wenig diplomatischer sein, aber er ist dein Bruder und du weißt es am besten. Und jetzt« – ich nutze die Tatsache, dass ich ihren Arm bereits festhalte, um sie näher an mich zu ziehen – »wo waren wir stehengeblieben?«

Yulia sieht so aus, als würde sie etwas anderes sagen wollen, aber ich habe keine Lust mehr, mich zu streiten.

Ich schlinge meine Arme um ihren schlanken Körper, beuge meinen Kopf nach unten und verschließe ihren Mund mit meinen Lippen.

VIERZIGSTES KAPITEL

❖ YULIA ❖

Lucas Kuss ist leicht verärgert, seine Lippen und seine Zunge fühlen sich an, als wollten sie mich bestrafen, als sie meinen Mund in Besitz nehmen, und eine leicht angsterfüllte Erregung erhitzt meinen Unterleib und verstärkt mein innerliches Durcheinander.

Der Mann, den ich liebe, tötet meine ehemaligen Kollegen, und das ist allein meine Schuld. Wenn ich es nicht zugelassen hätte, mich jenes Mal von Lucas brechen zu lassen, wenn er mich nicht verfolgt hätte, wäre nichts davon geschehen. Rational verstehe ich, dass andere Faktoren hineingespielt haben – Obenkos unkluger Angriff auf Esguerras Flugzeug, zum Beispiel – aber ich fühle mich trotzdem verantwortlich für das derzeitige Chaos.

Wenn die Adoptivfamilie meines Bruders stirbt, wird es meine Schuld sein.

Es hilft mir auch nicht, dass es mir trotz der erdrückenden Schuldgefühle nicht hundertprozentig leidtut. Während dieser ganzen Geschehnisse hat sich irgendwann Hass wie eine Wurzel in mich eingenistet, und ich habe nichts davon gewusst, bis Lucas Kirills Namen genannt hat. Ich hatte alle Gedanken an meinen ehemaligen Trainer unterdrückt und mir eingeredet, dass ich meine Rache bereits genommen hätte, aber sobald Lucas ihn erwähnt hatte, wurde mir klar, dass der Schaden, den ich ihm zugefügt habe, nicht ausreichend war.

Ich will, dass Kirill stirbt, von der Erdoberfläche verschwindet – zusammen mit allen, die ihm vielleicht gerade helfen.

Lucas vertieft seinen Kuss, seine Umarmung wird fester und mein Kopf wird durch die Kraft seines Mundes nach hinten gedrückt. Seine Zunge erforscht mich mit einem Hunger, der an Brutalität grenzt, seine Zähne ziehen an meiner Unterlippe, und ich stöhne hilflos, während ich meine Hände in seine muskulösen Schultern kralle, als er mich gegen die Küchenwand drückt und mich dort festhält. Er trägt eine Jeans und ein T-Shirt, und ich bin ebenfalls angezogen, aber selbst durch unsere Kleidung kann ich die Hitze seines großen Körpers spüren und den sauberen Moschusduft seiner Haut riechen. Seine Erektion presst sich steinhart gegen meinen Bauch, und meine Nippel versteifen, als mein Körper auf sein Begehren reagiert.

»Scheiße, Yulia, ich will dich«, murmelt er, hebt seinen Kopf an, und ich atme hörbar ein, als eine seiner großen Hände an meinem Körper hinabgleitet und sich auf meinen Shorts fest über mein Geschlecht legt. Sein Handballen drückt auf meine Klitoris, und Feuchtigkeit überschwemmt meinen Unterleib, als er seine Handfläche in einem erschreckend erotischen, rauen Rhythmus im Halbkreis bewegt.

»Ja.« Mein Herzschlag dröhnt in meinen Ohren und meine Muskeln spannen sich an, als die Lust stärker wird. »Oh Gott, ja ...« Ich weiß nicht, was ich sage; alles was ich weiß, ist, dass ich ihn will – diesen Mann, diesen unbarmherzigen Mörder, der aus so vielen Gründen nicht der Richtige für mich ist. Ich will ihn, und ich fürchte ihn. Ich hasse ihn, und ich liebe ihn. Meine widersprüchlichen Gefühle zerren an mir, reißen mich in Stücke, aber trotzdem fühlt es sich gleichzeitig richtig an, so als sei ich dazu bestimmt, hier zu sein, hier in seinen Armen.

So, als gehörte ich zu ihm.

Er senkt seinen Kopf, um mich erneut zu küssen, und ich stürze mich auf seinen Mund, antworte ihm mit dem gleichen dringenden Bedürfnis. Meine Zähne sinken in seine Unterlippe, bis ich Blut schmecke, was etwas Gewalttätiges in mir auslöst, eine Wildheit, von der ich niemals wusste, dass sie existiert. Ich bin in seiner Umarmung gefangen, aber in diesem Moment fühle ich mich frei – frei, zu wüten, frei, ihn zu verletzen, so wie ich verletzt worden bin. Es fühlt sich an, als würde eine Kette zerspringen, und ich genieße diese Sensation. Meine Hilflosigkeit verwandelt sich in dem Moment in Triumph, in dem er seinen Mund von meinem löst und ich einen Blutfleck auf seinen Lippen sehe. Seine breite Brust bebt durch sein schwerfälliges Atmen, während er auf mich hinabschaut, seine blassen Augen sind durch sein brennendes Verlangen zu Schlitzen verzogen, und die Wildheit in mir wächst, verdrängt meine Angst und meine Vernunft.

Ich will ihn, und ich werde ihn mir nicht versagen.

Ich greife nach oben, nehme Lucas' Gesicht in beide Hände und ziehe seinen Kopf nach unten, um seinen Mund in Besitz zu nehmen. Er bedeckt immer noch mein Geschlecht, und der feste Druck seiner Hand lässt mich fast kommen, aber das ist nicht genug. Ich beiße erneut in seine Lippe, da ich seinen Schmerz genauso verzweifelt möchte wie meine Entladung.

Als Antwort darauf erschaudert er und dreht mich erschreckend schnell um, so dass ich mit dem Rücken an der Tischkante stehe. Sein Arm wischt mit einer schwungvollen Bewegung über den Tisch, und mein Puls beginnt zu rasen, als ich höre, wie die Schüsseln zerbrechen und die Reste unseres Essens auf den Boden spritzen. Es reißt mich fast aus meinem tranceähnlichen Zustand, aber da legt er mich bereits auf den Tisch, und eine neue Hitzewelle durchfährt mich, die von dem pulsierenden Verlangen zwischen meinen Schenkeln ausgeht, als er mir die Shorts von den Beinen reißt und seinen Reißverschluss herunterzieht.

Wir küssen uns immer noch, und unsere Lippen und Zungen bekämpfen sich mit ungezügeltem Hunger, als er in mich eindringt und sein Schwanz mich aufreißt. Ich stöhne in seinen Mund und spanne mich wegen der Stoßwelle aus Empfindungen an. Mein Fleisch bebt um ihn, da es versucht, sich auszudehnen, aber er hört nicht auf, wird nicht langsamer. Er beginnt, in mich zu stoßen, und ich ziehe meinen Mund weg, da ich durch die schmerzhaften Bewegungen auf dem harten Tisch keuchend nach Luft schnappe. Seine Inbesitznahme ist gewalttätig, überwältigend, und trotzdem will ich mehr. Mehr dieser Rauheit, mehr dieser dunklen, wilden Hitze.

Ich will, dass er dem Tier in mir gerecht wird, mir die gleichen Schmerzen zufügt wie ich ihm.

Ich ziehe meine Beine an und wickele sie um seine Hüften, versenke meine Zähne in seinem harten Nackenmuskel und genieße den Geschmack nach Salz und Mann. Sein großer Körper erschaudert, und er flucht rau, während er schneller wird, bis seine Stöße zu einem Hämmern werden. Meine Hände ballen sich zu Fäusten, umfassen sein schweißgetränktes T-Shirt, und die Anspannung in mir wächst, die Hitze zwischen meinen Schenkeln breitet sich aus und wird intensiver. Sie scheint meine Sinne einzunehmen, verdrängt alles, außer dem Bedürfnis zu kommen.

»Lucas«, keuche ich und spüre, wie die Anspannung ins Unerträgliche wächst. »Verdammt, Lucas!«

Auch wenn es unmöglich zu sein scheint, werden seine Stöße noch schneller, und der Orgasmus überkommt mich mit einer überwältigenden Intensität. Die Lust, die in meinen Nervenenden explodiert, ist so scharf, dass sie schon beinahe schmerzhaft ist, und ich schreie auf, meine Muskeln krampfen sich zusammen und lösen sich in pulsierenden Wellen. Mein Herz hämmert unkontrolliert, als die Nachbeben meinen Körper erschüttern, aber Lucas ist noch nicht fertig. Bevor ich zu Atem kommen kann, zieht er sich aus mir zurück, dreht mich auf meinen Bauch und beugt mich über den Tisch.

»Ist es das, was du möchtest?«, stößt er hervor und dringt erneut in mich ein. Er umklammert mein Haar und zwingt meinen Oberkörper, sich nach oben zu biegen. »Dass ich dich ficke? Dich benutze und dir Schmerzen zufüge?«

»Ja.« Mein Gott, ja. Sein Schwanz ist dick und brennend heiß in mir, eine Bedrohung und gleichzeitig ein Versprechen. Ich wusste nicht, dass ich das wollte, aber genau das tue ich. Ich will, dass der Schmerz, den er mir zufügt, der einzige in meinem Kopf ist, dass seine Berührung die einzige in meinen Erinnerungen ist. Das ist krank und völlig unlogisch, aber ich will, dass Lucas mir wehtut, damit ich Kirill vergessen kann.

»In Ordnung.« Die Stimme meines Entführers ist dunkel und angespannt. »Vergiss nicht, dass du es so wolltest.«

Mein Puls schnellt in die Höhe, aber er zieht bereits stärker an meinem Haar, so dass sich mein Nacken in einem unmöglichen Winkel nach hinten biegt. Ich schreie auf, meine Hände versuchen, seine Handgelenke zu fassen, aber er ignoriert meine rudernden Arme und schiebt zwei Finger seiner freien Hand in meinen Mund. Da ich auf diesen Überfall nicht vorbereitet war, muss ich würgen. Seine Finger schmecken leicht salzig und fühlen sich in meinem Mund riesig und rau an, fast so riesig wie sein Schwanz. Er stößt sie so tief hinein, dass ich erneut würgen muss und mehr Speichel produziere – was er offensichtlich auch wollte.

Er zieht seine nassen Finger aus meinem Mund, nutzt seinen Griff in meinem Haar dazu, mich nach unten zu drücken, und presst mein Gesicht gegen den Tisch.

»Warte, Lucas ...« Panik explodiert in meinem Kopf, als er seine Hand von meinem Mund zu meinem Po bewegt und damit beginnt, einen Finger in den engen Muskelring zu schieben. »Ich möchte ... das ist nicht ...« Ich fasse blind nach hinten, meine Hände drücken gegen seine Hüften, aber ich kann in dieser Position nichts ausrichten. Ich bin über den Tisch gebeugt, und sein Schwanz ist tief in mir; selbst wenn er nicht nur aus Muskeln bestehen würde, könnte ich nichts machen.

»Schscht ... Es wird nichts Schlimmes geschehen.« Lucas begleitet seine Worte mit einem leichten Stoß seines Schwanzes, und ich atme hörbar ein, als sein Finger tiefer in mich eindringt, da die Feuchtigkeit meines Speichels, die ihn bedeckt, seinen Weg ebnet. »Dir wird es gutgehen, mein Liebling.« Seine Hand gibt mein Haar frei, und seine Handfläche legt sich oben auf meinen Rücken, um mich an meinem Platz festzuhalten. »Wir haben das schon einmal getan, erinnerst du dich?«

Das stimmt; er hat seinen Finger benutzt, und ich habe das auf eine gewisse Weise genossen, aber heute will er weiter gehen. Ich kann seinen Hunger spüren, und er macht mir Angst. Ich will die schlimmen Erinnerungen verdrängen, sie durch die Schmerzen meiner Wahl ersetzen, aber das ist zu viel, zu nahe an meinen Albträumen. Ich presse meine Pobacken zusammen und versuche, ihn nicht hineinzulassen, aber sein zweiter Finger schiebt sich bereits in mich, und mein Fleisch dehnt sich mit einem Brennen aus.

»Warte, so nicht ...« Neben dem Brennen spüre ich eine unangenehme Fülle, so als sei ich zu vollgestopft und eingenommen. Sein Schwanz bewegt sich in mir, was dieses Gefühl verstärkt, und meine Atmung wird flach, während Schweiß meinen Rücken hinabläuft. »Bitte, Lucas ...«

Er ignoriert mein Flehen, arbeitet sich mit seinen nassen Fingern tiefer in meinen Po, und mein Körper gibt seinem unerbittlichen Eindringen nach, indem sich meine Muskeln dehnen, weil sie müssen. Keuchend liege ich mit meinem Gesicht gegen die harte Oberfläche des Tisches gedrückt da und spüre, wie sein Schwanz in meiner Muschi pocht. Seine Finger sind jetzt vollständig in mir, und das ist zu viel. Mein Körper ist nicht dafür geschaffen. Alles an diesem Eindringen fühlt sich falsch und unnatürlich an, so wie damals, als –

Lucas beginnt zuzustoßen, lenkt mich damit von meinen Gedanken ab, und mir fällt auf, dass sich mein angespannter Muskel irgendwann leicht entspannt, das Brennen durch die Dehnung nachgelassen hat. Er bewegt seine Finger nicht – er lässt sie einfach nur in mir – und durch das langsame Rein und Raus seines Schwanzes in einem vorsichtigen Rhythmus ist das Gefühl nicht mehr so unangenehm, wie es war.

Ich schließe meine Augen und versuche, gleichmäßig zu atmen. Seine Finger fühlen sich immer noch zu groß an, aber ich habe keine Schmerzen – eine Erkenntnis, die meine Aufmerksamkeit wieder auf die ansteigende Anspannung in meinem Unterleib lenkt. Die stoßenden Bewegungen seines Schwanzes entzünden meine Erregung erneut, und die übermäßige Fülle in meinem Po scheint sie nicht zu vermindern. Auf eine perverse Art und Weise steigert sie sogar die Intensität.

Ich könnte das hier also doch überleben.

»Yulia.« Lucas' Stimme ist rau, als er sich fast vollständig aus mir zurückzieht. »Ich werde dich jetzt hart ficken.«

Mein Herz setzt einen Schlag aus, da die Illusion der Ruhe mit einem Mal verschwunden ist. »Warte –«

Aber es ist bereits zu spät. Bevor ich zu Ende sprechen kann, rammt er seinen Schwanz wieder in mich, stößt mich gegen die Tischkante. Ich schreie auf, und meine Hände schieben sich nach vorne, um mich abzufangen, aber er zieht sich bereits zurück, um erneut zuzustoßen. Die harte Wucht seiner Hüften bewegt mich auf seinen Fingern, und ich schreie erneut auf, während ich mich wegen der überwältigenden Empfindungen anspanne. Aber er hört nicht auf. Er stößt weiterhin in mich, fickt mich, und das unangenehme Gefühl verwandelt sich in etwas anderes: Eine dunkle, pochende Hitze, die sich in meinem ganzen Körper ausbreitet. Mein Herz rast in meiner Brust, und ich spüre, wie ich mich erneut einem Orgasmus nähere und die doppelte Inbesitznahme meines Körpers meine Sinne schärft. Der heiße Moschusgeruch von Sex in der Luft, das Beben meines Fleisches, der fesselnde Druck seiner großen Hand auf meinem Rücken – das alles verstärkt meine sensorische Überlastung und lädt mich immer stärker auf. Meine Schreie werden lauter, gellender, und dann zerspringe ich, explodiere mit einer Stärke, die mir den Atem nimmt und meinen Blick benebelt. Meine Muskeln krampfen, melken seinen Schwanz, und ich höre ein raues Stöhnen, als er ein letztes Mal zustößt, bevor er innehält und sich tief in mir pulsierend ergießt.

Benommen und zitternd liege ich da, kann nichts sagen oder tun, als Lucas langsam seine Finger aus mir zieht und seine Hand von meinem Rücken löst. Sein Schwanz ist immer noch in mir, aber nach einem weiteren Augenblick gleitet er auch hinaus. Kalte Luft strömt über mein erhitztes Fleisch, als Lucas zurücktritt, und ich spüre die Feuchtigkeit, die meine Falten bedeckt – meine eigene, vermischt mit Lucas' Samen.

»Warte kurz, Süße«, murmelt er, geht weg, und ich höre, wie der Wasserhahn läuft.

Eine Minute später kommt er mit einem nassen Papiertuch zurück. Zu diesem Zeitpunkt habe ich mich bereits genug erholt, um mich vom Tisch hochzudrücken und mich auf meine zitternden Beine zu stellen. Ich nehme ihm das Tuch aus der Hand und wische damit die Feuchtigkeit zwischen meinen Beinen weg. Lucas betrachtet mich mit einem schweren Blick. Er hat den Reißverschluss seiner Jeans bereits hochgezogen, und eine heiße Röte überzieht meinen Haaransatz, als ich meine Shorts auf dem Boden neben einem Chaos aus zerbrochenen Schüsseln und verspritztem Essen liegen sehe.

Ich schlucke, knülle das benutzte Papier in meiner Hand zusammen und drehe mich zu meinen Shorts um, als Lucas meinen Arm ergreift.

»Ich mache das«, sagt er, und seine blassen Augen leuchten. »Geh duschen. Ich bin gleich bei dir.«

Ich widerspreche ihm nicht, und eine Minute später stehe ich bereits unter dem heißen Wasser, und mein Kopf ist glücklicherweise leer. Genau wie Lucas es gesagt hatte, kommt er nach einem Augenblick zu mir, und ich schließe meine Augen, als ich mich an ihn lehne, während er mich von oben bis unten wäscht, sich wieder einmal um mich kümmert. Ich bin froh, dass er nichts sagt und auch keine Fragen stellt. Ich bin mir nicht sicher, dass ich ihm erklären könnte, warum ich etwas so Dunkles von ihm wollte ... warum ich ihm auch jetzt noch dankbar für diese Erfahrung bin, obwohl er viel weiter gegangen ist, als ich wollte.

Als wir beide sauber sind, führt mich Lucas aus der Dusche und wickelt ein Handtuch um mich, bevor er sich selbst eins nimmt. Er schweigt immer noch, sein Blick ist eigenartig aufmerksam, und schließlich habe ich das Bedürfnis zu sprechen.

»Du hast mich nicht in den Arsch gefickt«, meine ich, während ich meine Hände im Handtuch vergrabe. »Warum nicht?«

»Weil du noch nicht so weit warst.« Er trocknet sich zu Ende ab, bevor er sein Handtuch aufhängt und seinen Körper in seiner ganzen kräftigen Männlichkeit zur Schau stellt. »Davon abgesehen bräuchten wir richtiges Gleitgel dafür. Du bist sehr eng und ich, na ja ...« Er wirft einen Blick auf seinen Schwanz, der auch in diesem weichen Zustand eine beeindruckende Größe hat.

»Stimmt.« Ich schlucke den plötzlichen Angstkloß in meinem Hals herunter. »Du bist größer als deine zwei Finger.«

»Ja, ein bisschen«, erwidert er trocken, und ich sehe einen Hauch von Belustigung in seinen Augen aufblitzen.

Aus irgendeinem Grund lässt mich die Tatsache, dass er das lustig findet, erneut erröten. Ich drehe mich herum, um aus dem Badezimmer zu gehen, aber Lucas stellt sich vor mich, und sein Gesichtsausdruck wird ernst.

»Mach dir keine Sorgen, meine Schöne«, murmelt er und nimmt mein Kinn in seine Hand. Sein Daumen fährt leicht über meine Unterlippe, um sie zärtlich zu liebkosen. »Jeder Teil von dir wird irgendwann mir gehören. Du wirst ihn vergessen, das verspreche ich dir.«

Ich starre ihn an, da ich genauso überrascht wie verängstigt von seinem Wahrnehmungsvermögen bin, aber Lucas lässt seine Hand bereits sinken und dreht sich um.

»Komm«, meint er, während er die Tür öffnet. »Ziehen wir uns an. Danach machen wir uns etwas Neues zu essen.«

Er führt mich den Flur entlang, ich folge ihm, und meine Gedanken sind durcheinander.

Ich bin mir nicht sicher, was ich von meiner erneuten Gefangenschaft erwartet hatte, aber das hier – was auch immer es ist – war es nicht.

599

TEIL IV: DIE ERNEUTE GEFANGENSCHAFT

EINUNDVIERZIGSTES KAPITEL

❖ YULIA ❖

In den nächsten Wochen nehmen Lucas und ich wieder so etwas wie unsere alte Routine auf. Da ich schnell wieder zu Kräften komme, übernehme ich das Kochen und andere Aufgaben im Haushalt, während Lucas seiner normalen Arbeit nachgeht und nur abends und zum Essen nach Hause kommt. Während er weg ist, lese ich Bücher und mache Krafttraining, um in Form zu bleiben, und wenn wir zusammen sind, reden wir über die Bücher, die ich gelesen habe. Außerdem gehen wir morgens spazieren. Der größte Unterschied zwischen jetzt und vorher ist, dass mein Bruder dieses Mal auf dem Anwesen ist und dass ich theoretisch frei herumlaufen kann.

Ich sage »theoretisch«, weil mir Lucas einschärft, Esguerra so weit möglich aus dem Weg zu gehen, als ich das erste Mal von meiner neuen Freiheit Gebrauch machen möchte.

»Er wird dir nichts tun, aber es wäre das Beste, wenn du seine Aufmerksamkeit nicht unnötig auf dich ziehst«, sagt Lucas, und ich lese zwischen den Zeilen.

Wenn es Lucas nicht gäbe, würde Esguerra gerne die Drohungen seiner Frau in die Tat umsetzen und mich häuten und das Fleisch von meinen Knochen abziehen.

Aus diesem Grund überdenke ich meine Idee, einen Spaziergang zu den Baracken der Wächter zu machen, um mit meinem Bruder zu reden. Stattdessen bitte ich Diego, ihn zu Lucas' Haus zu bringen. Ich habe keine Angst um mich – ich habe in Todesgefahr gelebt, seit ich in Moskau gefasst wurde – aber ich kann den Gedanken nicht ertragen, dass Misha etwas zustoßen könnte. Diese Möglichkeit macht mir so große Sorgen, dass ich Diego, als er bei mir ist, heimlich zur Seite nehme und ihn bitte, meinen Bruder von seinem Chef fernzuhalten.

»Von Esguerra?« Der junge Wächter schaut mich überrascht an. »Warum? Er scheint sich nicht um Michael zu kümmern. Er hat den Jungen ein Dutzend Male gesehen, seit ihr hierhergekommen seid, und hat keinerlei Interesse an ihm gezeigt.«

Das beruhigt mich irgendwie. Auf dem Übungsplatz hat mich Esguerra mit unmissverständlichem Hass angeblickt. Wenn er meinem Bruder gegenüber anders fühlt – oder er ihm besser gesagt egal ist – ist das etwas Gutes. Trotzdem verschwindet meine Angst nicht. Selbst wenn die Feindseligkeit des Waffenhändlers exklusiv mir gilt, weiß ich, zu was er fähig ist. Wenn Esguerra beschließt, mir wehzutun, wird es ihm egal sein, dass Misha erst vierzehn ist oder dass er nichts mit dem Flugzeugabsturz zu tun hatte.

Letztendlich könnte mein Bruder für meine Sünden bezahlen müssen.

»Bist du sicher, dass Misha hier sicherer ist als in der Ukraine?«, frage ich Lucas an diesem Abend noch einmal. »Wenn seine Eltern vielleicht umziehen würden, in einen anderen Teil des Landes oder –«

»Die Ukraine ist gerade ein Schlachtfeld«, sagt Lucas unverblümt. »Wir haben drei Dutzend Männer vor Ort, und weitere werden gerade dorthingeschickt. Ich kann nicht dafür garantieren, dass dein Bruder nicht ins Kreuzfeuer geraten würde. Möchtest du das riskieren?«

»Nein, natürlich nicht.« Ich kaue auf den Innenseiten meiner Wange und versuche, die Bilder des Massakers, welches gerade stattfinden muss, aus meinem Kopf zu verbannen. »Aber was ist mit Mishas Adoptiveltern? Sie sind vor Sorgen wahrscheinlich schon ganz krank – wenn nicht sogar in Panik, falls sie eine Ahnung davon haben, was gerade vor sich geht.«

»Das Einzige, was ich tun kann, ist, ihnen eine Nachricht zukommen zu lassen, dass Misha lebt und es ihm gut geht«, meint Lucas. »Das, und unsere Männer daran zu erinnern, dass sie tabu sind. Aber wie ich schon gesagt habe, kann ich für nichts garantieren. Die Situation ist unberechenbar, und da ich nicht vor Ort bin, um die Operation persönlich zu überwachen, haben die Männer eine große Freiheit, die Mission so auszuführen, wie sie es für das Beste halten.«

Ich schlucke. »Ich verstehe ... und danke. Ich bin dir sehr dankbar für alles, was du tun kannst, um Mishas Eltern am Leben zu halten«, sage ich und meine es ernst. Ich bin zwar nicht in der Lage, zu verhindern, dass Lucas und Esguerra ihre Rache nehmen, aber wenn ich meinen Bruder und seine Familie beschützen kann, werde ich mich nicht ganz so zwiegespalten fühlen – hilflos und gleichzeitig schuldig.

Ich schlafe nicht nur mit einem Monster; ich liebe es.

Und das Monster weiß es. Es genießt es und lässt mich meine Gefühle fast jeden Tag zugeben. Ich weiß nicht, warum es Lucas so sehr gefällt – ich kann nicht die erste Frau sein, die sich jemals in ihn verliebt hat – aber er genießt es ganz offensichtlich, diese Worte von mir zu hören. Er zwingt mich, sie zu schreien, wenn er mich hart fickt, und sie zu flüstern, wenn er mich zärtlich umarmt. Dieser ständige Widerspruch von Besitzanspruch und zärtlicher Fürsorge verwirrt mich, bringt mich aus dem Gleichgewicht. Ich habe keine Ahnung, was mein Entführer fühlt. In einer Minute bin ich mir sicher, dass er mich als sein Sexspielzeug betrachtet, und in der nächsten bemerke ich, dass ich hoffe, dass es etwas mehr ist.

Ich erwische mich dabei, dass ich davon träume, dass er mich eines Tages vielleicht auch lieben wird.

Es hilft mir auch nicht, dass Lucas ständig Dinge tut, durch die ich mich fühle, als führten wir eine richtige Beziehung. Jedes Mal, wenn er erfährt, welches Essen oder welche Getränke ich mag, überrascht er mich damit, sie mir zu besorgen. In der letzten Woche haben wir mehrere Lieferungen erhalten: schwer aufzutreibende russische Süßigkeiten, eine Kiste reife Kakis aus Israel, fünf exotische Sorten Earl Grey und frisch gebackenes Roggenbrot aus Deutschland. Er hat mir auch eine größere Auswahl an Bekleidung bestellt – von der ich mir einen Teil selbst im Internet aussuchen durfte – und alle möglichen Kosmetika und Seifen, unter anderem mein Lieblingsshampoo, das nach Pfirsich duftet.

Ich werde so sehr verwöhnt, dass es mir Angst macht.

Und das bezieht sich nicht nur darauf, dass er mir diese ganzen Dinge kauft. Es ist alles, was er tut. Sobald ich auch nur einen Kratzer habe, verarztet er mich. Wenn ich nach dem Training Muskelkater habe, bekomme ich von ihm eine Ganzkörpermassage. Wir haben damit begonnen, abends gemeinsam fernzusehen, und er hat sich angewöhnt, mein Haar zu streicheln oder mit meiner Hand zu spielen, während ich mich an ihn kuschele. Es sind unbewusste Zärtlichkeiten, wie eine Katze zu streicheln, aber das vermindert ihre Wirkung auf mich nicht. Es ist das, wonach ich mich gesehnt habe, was ich schon seit langer Zeit möchte. Jedes Mal, wenn mir mein Entführer einen Gute-Nacht-Kuss gibt, jedes Mal, wenn er mich umarmt, heilen die leeren Risse um mein Herz ein wenig, lässt der Schmerz über meine Verluste nach.

Mit Lucas scheint die Einsamkeit der letzten elf Jahre nur eine entfernte Erinnerung zu sein.

Was mich allerdings am meisten berührt, ist, dass Lucas meine Hingabe zu meinem Bruder versteht und nicht versucht, den Wiederaufbau unserer Beziehung zu behindern. Trotz Mishas andauernder Abneigung gegen ihn lässt er mich meinen Bruder einladen sooft ich möchte, und wir drei beginnen, gemeinsame Mahlzeiten zu haben – Mahlzeiten, die häufig unangenehm angespannt verlaufen.

»Dein Bruder mag mich nicht besonders gerne, stimmt's?«, meint Lucas trocken nach unserem ersten gemeinsamen Mittagessen. »Es gab einige Momente, in denen ich dachte, dass er zur Yulia wird und versucht, mich mit einer Gabel zu erstechen.«

»Es tut mir leid«, entschuldige ich mich, da ich mir Gedanken mache, dass er wollen könnte, dass Misha nicht mehr kommt. »Ich werde mit ihm reden. Es ist einfach die Geschichte mit seinem Onkel und das alles, was in der Ukraine passiert ist –«

»Es ist in Ordnung, mein Liebling. Ich verstehe das.« Lucas' Gesicht wird unerwartet weich. »Er ist noch ein Kind und hat schon eine Menge durchgemacht. Er hat allen Grund dafür, mich zu hassen. Ich werde ihm das nicht zum Vorwurf machen.«

Ich blinzele. »Nicht?«

»Nein. Er wird darüber hinwegkommen. Und wenn nicht ... Na ja, er ist dein Bruder, also werde ich damit zurechtkommen.«

Mein Hals schnürt sich vor Gefühlen zu. »Danke«, bringe ich heraus. »Wirklich, Lucas, vielen Dank dafür ... und alles andere.«

Mir ist nicht entgangen, dass Lucas mir dadurch, dass er mich in der Ukraine aufgespürt hat, wahrscheinlich das Leben gerettet hat – und mit Sicherheit meine geistige Gesundheit. Ich weiß nicht, ob ich eine weitere Vergewaltigung von Kirill überlebt hätte, also war meine erneute Gefangennahme auch meine Rettung.

»Das ist doch selbstverständlich«, antwortet Lucas und kommt zu mir. Die Wärme in seinem Blick verwandelt sich in eine vertraute dunkle Hitze. »Ich mache das sehr gerne, glaub mir.«

Und als er mich in seine Arme zieht, vergesse ich alle meine Sorgen – zumindest für den Moment.

* * *

»Liebst du ihn?«, fragt mich Misha, nachdem wir seit mindestens sechs Wochen auf dem Anwesen sind. »Ist er wirklich dein Freund?«

»Was?« Ich blicke überrascht zu meinem Bruder. Wir gehen gerade im Wald spazieren, um die Chancen zu minimieren, in Esguerra zu rennen, und bis zu diesem Moment haben wir über völlig harmlose Dinge gesprochen: Mishas alte Schule, seinen besten Freund Andrey und darüber, welche Art von Filmen Jungen in seinem Alter mögen. Diese Fragen kommen aus heiterem Himmel. »Warum fragst du?«, frage ich vorsichtig.

Misha zuckt mit den Schultern. »Ich weiß es nicht. Am Anfang dachte ich, dass du vielleicht mit ihm spielst, damit es einfacher für uns sein würde, zu verschwinden, aber je mehr ich euch zusammen sehe, desto weniger scheint das der Fall zu sein.« Er wirft mir einen unleserlichen Blick zu. »Möchtest du überhaupt weggehen?«

»Michael, ich ...« Ich atme tief durch, weil ich weiß, dass ich vorsichtig vorgehen muss. Unsere Beziehung hat sich so gut entwickelt. Letzte Woche konnte ich Lucas endlich davon überzeugen, mich das Internet benutzen zu lassen, und ich habe Misha die Fotos gezeigt, die ich in die Cloud geladen hatte. Er hat sie schweigend angesehen, ohne mich des Lügens oder der Manipulation zu beschuldigen, und ich dachte, dass wir endlich Fortschritte gemacht hätten. Auf gar keinen Fall möchte ich uns wieder zu unseren feindseligen Anfängen bringen.

»Michael«, sage ich schließlich. »Ich arbeite daran, dich wieder zu deiner Familie zurückzubringen. Wie ich dir schon gesagt habe, sind deine Eltern davon unterrichtet worden, dass es dir gut geht, und sobald die Dinge in der Ukraine sich ein wenig beruhigt haben werden –«

»Das war nicht meine Frage.« Misha bleibt stehen und dreht sich zu mir herum. »Möchtest du weg von hier? Wenn du die Möglichkeit hättest, von ihm wegzugehen, würdest du sie nutzen?«

Ich bleibe ebenfalls stehen, da mich seine Frage überrumpelt. Im letzten Monat habe ich überhaupt nicht an Flucht gedacht. Die Tatsache, dass Lucas mich in der Ukraine gefunden hat, hat mir gezeigt, dass ich nirgendwohin fliehen könnte, selbst wenn ich keine Tracker unter meiner Haut hätte. Auch wenn es mir gelingen sollte, ein weiteres Mal zu flüchten, würde Lucas mich einfach aufspüren und zurückbringen.

Das ist allerdings nicht das, was Misha wissen möchte.

»Nein«, sage ich ruhig und blicke meinem Bruder in die Augen. »Ich würde nicht weggehen, selbst wenn ich könnte.«

Er nickt. »Das hatte ich vermutet.«

Er geht weiter, und ich beeile mich, um mit seinen großen Schritten mithalten zu können. Misha scheint seit unserer Ankunft hier einige Zentimeter gewachsen zu sein und seine Schultern sind breiter und kräftiger geworden. Ich vermute, dass er, wenn er erst einmal ausgewachsen ist, Lucas' Größe und Körperbau haben wird. Jetzt ist er allerdings noch ein Junge – und ich immer noch seine große Schwester.

»Michael, hör mir bitte zu.« Ich gehe neben ihm. »Nur weil ich nicht weggehen will, heißt das nicht, dass ich nicht daran arbeite, dass du es kannst. Bitte glaub mir das. Ich tue alles was ich kann, um dich nach Hause zu bringen.«

»Ich weiß.« Er schaut mich mit zusammengezogen Augenbrauen und gerunzelter Stirn an. »Ich wünschte mir einfach, du würdest mit mir kommen, wenn ich gehe. Viele Menschen hier hassen dich, weißt du das?«

»Ich weiß.« Ich lächele, um den angespannten Ausdruck auf seinem Gesicht zu vertreiben. »Aber mach dir meinetwegen keine Sorgen. Mir wird es hier gutgehen.«

»Weil du *ihn* hast.«

»Lucas? Ja.« Mir ist aufgefallen, dass mein Bruder Lucas nicht gerne beim Namen nennt, sondern lieber einfach »er« sagt. »Er wird für meine Sicherheit sorgen.«

Misha hat seine Stirn immer noch in Falten gelegt, also strecke ich mich nach ihm aus und verwuschele ihm spielerisch seine Haare. »Und dieser Mopp auf deinem Kopf ist richtig lang geworden. Soll ich dir vielleicht die Haare schneiden, oder möchtest du dir einen Pferdeschwanz wachsen lassen?«

»Igitt, bloß nicht.« Misha schneidet eine Grimasse und führt seine Hand zu seinem Kopf. Seine Finger verschwinden in den dicken blonden Strähnen. »Ja, ich nehme an, dass ich sie schneiden muss«, sagt er widerwillig. »Kannst du gut Haare schneiden?«

»Ich bin mir sicher, dass ich es hinbekommen werde.« Ich muss grinsen, als ich seinen misstrauischen Gesichtsausdruck sehe. »Wenn ich es versaue, können wir Lucas bitten, es in Ordnung zu bringen – er schneidet sich seine Haare alle paar Wochen selbst mit seinem Langhaarschneider.«

Als ich Lucas erwähne, spannt sich Misha erneut an, und sein Blick schweift ab. »Das ist schon in Ordnung«, murmelt er, plötzlich offensichtlich ganz fasziniert von einem Ameisenhügel links von uns. »Ich bin mir sicher, dass du es gut machst.«

Ich seufze, aber ich gehe nicht weiter darauf ein. Ich kann meinen Bruder nicht dazu zwingen, Lucas zu mögen. Der brutale Angriff auf die Anlage der UUR und Obenkos Tod haben einen unauslöschlichen Eindruck in dem jungen Kopf hinterlassen. Misha betrachtet Lucas als seinen Feind, und das zu Recht.

Wenn Lucas nicht erkannt hätte, wer Misha war, wäre mein Bruder eines der Todesopfer des Angriffs gewesen.

Wir gehen einige Minuten lang schweigend, aber als wir am Waldrand ankommen, berühre ich Mishas Arm, damit er stehen bleibt. »Das, was an jenem Tag passiert ist, tut mir leid«, sage ich, als er sich zu mir umdreht. »Das tut es wirklich. Wenn ich die Zeit zurückdrehen und Dinge ändern könnte, würde ich es tun. Ich wollte auf keinen Fall dich und die anderen in Gefahr bringen, glaube mir das bitte.«

Misha starrt mich an und sagt dann langsam: »Es war nicht deine Schuld ... nicht wirklich. Es tut mir leid, das behauptet zu haben. Außerdem, wenn sie nicht gekommen wären –« Er hält inne, und sein Adamsapfel bewegt sich.

»Was?«

»Dann hätten sie dich wahrscheinlich umgebracht.« Seine Worte sind kaum zu hören. Er dreht sich weg, um weiterzugehen, und ich renne ihm mit einem Knoten im Magen hinterher.

»Wer hat dir das gesagt, Michael?« Als ich ihn eingeholt habe, ergreife ich seinen Arm und bringe ihn dazu, wieder stehen zu bleiben. »Warum hast du das gesagt?«

»Weil es die Wahrheit ist.« Mishas Gesicht ist mit einem Schatten überzogen, und sein Unterarm unter meiner Hand ist angespannt. »Ich habe zufällig gehört, wie Onkel Vasya mit Kirill Ivanovich darüber gesprochen hat. Zuerst wollte ich es nicht glauben – ich dachte, dass ich vielleicht etwas missverstanden habe oder ihre Worte aus dem Zusammenhang gerissen waren – aber je mehr ich darüber nachgedacht habe, desto eindeutiger wurde es. Sie wollten dich umbringen und mir erzählen, du seist mit deinem Liebhaber weggelaufen.« Er atmet abgehackt ein. »Sie wollten mich anlügen, so wie sie die ganze Zeit über gelogen haben, was dich betrifft.«

»Michael ...« Ich lasse seinen Arm los, und mein Herz zieht sich wegen des Schmerzes in seinen Augen zusammen. Ich kann mir nicht einmal vorstellen, wie schlimm dieser Verrat für ihn sein muss. Obenko war mein Chef und Mentor gewesen, aber für meinen Bruder war er so viel mehr gewesen. Misha muss so hart gegen dieses Wissen angekämpft und versucht haben, die Wahrheit so lange zu verleugnen, wie er konnte. »Vielleicht hast du sie missverstanden«, sage ich, da ich seine Qualen nicht ertragen kann. »Vielleicht war es –«

»Nein, tu das nicht. Du hast es mir die ganze Zeit über gesagt, und ich war zu dumm, dir zu glauben. Und dann, als du mir letzte Woche die Fotos gezeigt hast ...« Misha tritt kopfschüttelnd einen Schritt zurück. »Ich hätte von Anfang an auf dich hören sollen. Ich wollte einfach nicht glauben, was du sagtest, verstehst du?« Sein Gesicht verzieht sich. »Er war tot und –«

»Und er war dein Onkel, ein Mann, zu dem du aufgesehen hast, und ich war die Schwester, die dich verlassen hat, als du drei warst.« Ich schaffe es, mit sanfter und ruhiger Stimme zu sprechen. »Du hattest keinen Grund, mir mehr zu glauben als ihm. Das verstehe ich ... und ich habe es auch damals verstanden.« Ich hole Luft, um meinen zugeschnürten Hals zu entspannen. »Und es tut mir leid, Michael. Es tut mir wirklich leid, wie sich die Dinge entwickelt haben.«

Mishas Gesichtsausdruck verändert sich nicht. »Es gibt nichts, was dir leidtun sollte«, sagt er mit angespannter Stimme. »Onkel Vasya – Obenko – ist ein Lügner, und ich bin ein Idiot, weil ich ihm geglaubt habe. Kent hat gesagt –« Er hält erneut inne, und aus irgendeinem Grund bekommt er ein rotes Gesicht.

»Lucas?« Ich starre Misha verständnislos an. »Du hast mit ihm geredet?«

»Gestern«, murmelt Misha und geht weiter. »Als er mich nach dem Abendessen zu den Baracken zurückgebracht hat.«

»Was hat er gesagt?«, frage ich und begebe mich an seine Seite. Misha antwortet nicht, also wiederhole ich bestimmter: »Was hat er gesagt, Michael?«

»Er hat gesagt, Kirill Ivanovich hat dich verletzt, als du in meinem Alter warst«, antwortet er zögerlich. »Und dass Obenko dir erzählt hat, sie hätten sich um ihn gekümmert, was sie gar nicht gemacht haben.« Er schaut zu mir, und sein Gesicht ist blass. »Stimmt das? Hat er« – er bleibt stehen und versperrt mir den Weg – »dir etwas angetan?«

Oh Gott. Durch das ganze Blut, das mir in den Kopf steigt, wird mir beinahe schwindelig. Meine Wangen werden erst heiß und dann kalt, als Wut sich in meinem Magen ausbreitet. Wie kann Lucas es wagen, das einem Vierzehnjährigen zu erzählen? Ich wollte nicht, dass Misha über Kirill Bescheid weiß. Nach dem, was ich aus ihm herausbekommen habe, glaube ich, dass mein Bruder das Meiste von dem, was mit ihm im Waisenhaus geschehen ist, verdrängt. Er erinnert sich daran, dass es schlimm war, aber er weiß nicht, wie schlimm. Etwas wie das könnte diese schrecklichen Erinnerungen zurückbringen, und selbst wenn nicht, möchte ich nicht, dass er mit solch hässlichen Dingen konfrontiert wird. Es ist schlimm genug, dass Mishas Onkel ihn hintergangen hat; jetzt wird mein Bruder denken, dass es nur abscheuliche Menschen auf dieser Welt gibt.

Einen Moment lang bin ich versucht, alles abzustreiten, aber das würde aus mir nur eine weitere Person machen, die Misha angelogen hat. »Ja«, sage ich mit angespannter Stimme. »Es ist wahr. Aber ich war ein wenig älter als du – fünfzehn –, und sie haben ihn von mir ferngehalten, nachdem sie erfahren hatten, was passiert war.«

Mishas Hände ballen sich zu Fäusten, während ich spreche. »Versuchst du, sie zu entschuldigen?« Er hebt seine Stimme ungläubig an. »Diese ... diese *Monster*? Nach allem, was sie dir angetan haben? Ich dachte, Kent hat sich das nur ausgedacht, damit ich ihn weniger hasse, aber das hat er nicht, stimmt's? Darum ging es, als ihr euch auf dem Gelände der UUR unterhalten habt. Ich habe euch gehört, aber es passierte gerade so viel, dass ich es nicht wirklich mitbekommen habe. Kirill hat dich verletzt, und ich ...« Sein Gesicht ist schmerzverzerrt. »Scheiße, ich habe mit diesem Kerl trainiert. Ich mochte ihn.«

»Mishen'ka ...« Ich unterdrücke meine Wut auf Lucas und strecke mich aus, um Mishas Schulter zu berühren, aber er tritt kopfschüttelnd weg.

»Ich bin so ein Idiot.« Er stolpert über eine Wurzel und muss sich an einem Baum abstützen, bevor er sich noch weiter zurückziehen kann, während er bitter vor sich hin murmelt: »Ich bin so ein beschissener Idiot ...«

»Michael.« Ich schiebe meine Sorgen um seine unterdrückten Erinnerungen beiseite und sage mit fester Stimme: »Ich möchte nicht, dass du so etwas sagst. Verstehst du mich? Du bist kein Idiot, und mit Sicherheit nicht beschissen. Du konntest das unmöglich wissen, genauso wie du nicht ahnen konntest, dass Obenko gelogen hat. Nichts an dieser Situation ist deine Schuld.«

Misha blinzelt. »Aber –«

»Kein Aber.« Ich lasse alle Gefühlsregungen aus meinem Gesicht verschwinden, trete näher zu ihm und bleibe vor ihm stehen. »Ich möchte kein Gejammer mehr hören. Was geschehen ist, ist geschehen. Das ist jetzt Vergangenheit. Das, hier und jetzt, ist die Gegenwart. Wir sind hier und wir werden nicht zurückschauen. Ja, wir haben einige schlimme Dinge erlebt und einige böse Menschen kennengelernt, aber wir haben überlebt und jetzt sind wir stärker.« Ich ergreife seine Hand, drücke sie und frage mit einer etwas weicheren Stimme: »Oder etwa nicht?«

»Doch«, flüstert Misha, und seine Finger umfassen meine fester. »Das sind wir.«

»Gut.« Ich lasse seine Hand los und trete zurück. »Und jetzt sollten wir gehen. Diego hat mir erzählt, dass er dich heute Nachmittag vielleicht mit zum Schießtraining nehmen wird, da du dich so gut benommen hast. Das möchtest du bestimmt nicht verpassen.«

Ich drehe mich um und beginne zu gehen, während der Gesichtsausdruck von Misha, der neben mir läuft, von Bitterkeit zu Verwunderung wechselt. Ich habe noch niemals so zu ihm gesprochen, und er weiß nicht, was er davon halten soll.

Trotz meiner unterschwelligen Wut auf Lucas lächele ich, als wir bei seinem Haus ankommen.

Ich bin Mishas große Schwester, und es fühlt sich gut an, sich genau so zu verhalten.

ZWEIUNDVIERZIGSTES KAPITEL

❖ LUCAS ❖

»Was hast du dir nur dabei gedacht?«

In dem Augenblick, in dem ich zur Tür hineingehe, kommt Yulia auf mich zugestürmt, so als bestünde sie nur aus langen Beinen und fliegendem blonden Haar. Ihre blauen Augen sind zu Schlitzen zusammengezogen, und ihre Nasenlöcher sehen so aus, als würde sie gleich Feuer spucken.

»Wobei?«, frage ich ahnungslos. Ich habe heute Morgen ein eher grausiges Update aus der Ukraine bekommen, aber ich wüsste nicht, wie Yulia davon erfahren haben könnte. »Wovon redest du?«

»Misha«, faucht sie und bleibt vor mir stehen. Ihre Hände sind an ihren Seiten zu Fäusten geballt. »Du hast ihm von Kirill erzählt.«

»Oh.« Fast lächele ich, aber dann tue ich es besser doch nicht. Yulia sieht aus, als sei sie entschlossen, mir eine zu verpassen, und da sie wieder gesund ist, könnte sie ein oder zwei Treffer landen, bevor ich sie überwältigen kann. Ich achte auf einen vorsichtig neutralen Gesichtsausdruck und frage sie ruhig: »Warum sollte ich es ihm nicht erzählen? Er verdient es, die Wahrheit zu wissen. Du weißt, dass er zum Teil deshalb so wütend ist, weil er sich hintergangen fühlt? Niemand mag es, manipuliert zu werden.«

Yulias Zähne schlagen aufeinander. »Er ist erst vierzehn. Er ist immer noch ein Kind. Man erzählt Kindern nichts von einer brutalen Vergewaltigung – besonders nicht Kindern mit seinem Hintergrund. Kirill war sein Trainer. Misha hat ihn bewundert –«

»Ja, genau.« Ich schnappe mir als präventive Vorsichtsmaßnahme ihre Handgelenke. »Dein Bruder hat nicht aufgehört, über diesen Bastard und die Dinge, die er ihm beigebracht hat, zu reden. Denkst du, dass das gut für ihn war? Gesund? Wie denkst du, hätte Michael sich gefühlt, wenn er herausgefunden hätte, dass du es zulässt, dass er deinen Vergewaltiger respektiert? Und das hätte er irgendwann herausgefunden, glaub es mir. Die Wahrheit kommt immer ans Licht.«

Yulias Arme in meinen Händen sind angespannt, aber sie versucht weder nach mir zu treten noch sich zurückzuziehen. Ich nehme das als ein Zeichen, dass ich zu ihr durchdringe, und sage: »Außerdem ist er kein Kind mehr. Nicht wirklich. Du weißt, dass dein kleiner Bruder schon mit einem Mädchen geschlafen hat, oder etwa nicht?«

»Was?« Yulias Kinnlade klappt nach unten.

»Ja, er hat Diego davon erzählt.« Ich nutze ihr Entsetzen, um sie näher an mich heranzuziehen und drücke ihren Unterleib gegen meinen sich versteifenden Schwanz. »Die Trainees sind vor einigen Monaten in einen Club gegangen, und er hat dort ein älteres Mädchen abgeschleppt. Er ist unglaublich stolz darauf, genauso wie jeder Junge im Teenageralter es wäre.«

Sie schluckt. »Aber –«

»Mach dir keine Sorgen. Er hat Kondome benutzt. Diego hat ihn gefragt.«

Und bevor sich Yulia von dieser Nachricht erholen kann, beuge ich meinen Kopf hinunter, um sie zu küssen, und ich genieße es, wie sie versucht, sich zu wehren, bevor sie an mir schmilzt.

Es dauert lange, bis wir an diesem Abend essen, aber ich bedaure keine einzige Minute dieser Verspätung.

* * *

Je länger unser gemeinsames Leben andauert, desto besessener werde ich mit Yulia. Alles an ihr fasziniert mich: Wie sie beim Kochen leise vor sich hin summt, wie sie sich morgens streckt, das schnurrende Stöhnen, das ihr entschlüpft, wenn ich ihren Nacken küsse. Ihr Körper ist wieder voller geworden, ihre kränkliche Blässe ist verschwunden und ein Blick auf ihre goldene Schönheit reicht aus, um meinen Schwanz hart werden zu lassen. Ich ficke sie, wann immer ich kann, und trotzdem reicht es mir nicht. Ich will sie pausenlos, mit einem Verlangen, das mich auffrisst. Jedes Mal, an dem ich sie nehme, fühlt sich wie das beste Mal an, und trotzdem bleibe ich hungrig zurück.

Manchmal denke ich, dass mich mein Verlangen nach ihr ins Grab bringen wird.

Wenn es nur einen sexuellen Hintergrund hätte, könnte ich vielleicht damit umgehen, aber mein Hunger geht tiefer. Ich will alles über sie wissen, jedes noch so kleine Detail aus ihrem Leben. Ich denke nicht gerne an meine Vergangenheit, also habe ich mich auch nie für die anderer Menschen interessiert, aber bei Yulia kennt meine Neugier keine Grenzen.

»Weißt du eigentlich, dass du mir immer noch nicht deinen richtigen Namen gesagt hast?«, bemerke ich eines Tages beim Mittagessen. »Deinen Nachnamen, meine ich.«

»Oh.« Sie blinzelt. »Warum interessiert er dich?«

»Weil er es tut.« Ich lege meine Gabel zur Seite und schaue sie eindringlich an. »Jetzt musst du niemanden mehr beschützen, also verrate ihn mir bitte, mein Liebling.«

Sie zögert einen Augenblick, bevor sie antwortet: »Molotova. Ich wurde als Yulia Borisovna Molotova geboren.«

Molotova. Den Namen speichere ich in meinem Kopf ab. Ich habe nicht vergessen, was sie mir über die Leiterin des Waisenhauses erzählt hat, und ich habe vor, diese Information dazu zu nutzen, diese Frau aufzuspüren. Ich denke darüber nach, Yulia in meine Pläne einzuweihen, aber da ich mir nicht sicher bin, wie sie darauf reagieren wird, entscheide ich mich dafür, erst einmal meinen Mund zu halten.

Ich wechsele das Thema und frage sie: »Hast du jemals jemanden getötet? Nicht in einem Kampf oder zur Selbstverteidigung, sondern gezielt?«

Zu meiner Überraschung nickt Yulia. »Ja, einmal«, murmelt sie und schaut auf ihren Teller.

»Wann?« Ich strecke meinen Arm über den Tisch aus, bis ich ihre schlanke Hand mit meiner Handfläche bedecken kann. »Wie ist das geschehen?«

»Es war während unseres Trainings, im letzten Teil des Programms«, sagt sie, und ihr Blick ist verschleiert, als sie zu mir hochschaut. »Keiner von uns sollte ein Mörder werden, aber sie wollten sicherstellen, dass wir abdrücken können, sollte es hart auf hart kommen.«

»Also, was haben sie getan? Musstet ihr jemanden umbringen?«

»Auf gewisse Weise ja.« Sie befeuchtet sich ihre Lippen. »Sie haben uns einen sterbenden Obdachlosen gebracht. Er hatte Leberkrebs im vierten Stadium. Er hatte höchstens noch vier Tage zu leben und litt unter furchtbaren Schmerzen. Sie haben ihn mit Drogen vollgepumpt und ihn dann an Stelle eines Papierziels aufgehängt. Unsere Aufgabe war es, einen tödlichen Schuss abzugeben.«

»Also habt ihr alle auf diesen einen Mann geschossen?«

»Ja.« Yulias Finger zucken unter meiner Hand. »Wir haben markierte Kugeln benutzt, und hinterher wurde eine Autopsie durchgeführt, um zu sehen, wessen Kugeln ihn getroffen hatten. Einige der Trainees haben es nicht über sich gebracht, zu schießen.«

»Aber du schon.«

»Ja.« Sie zieht ihre Hand unter meiner weg, aber wendet den Blick nicht ab. »Die Autopsie hat ergeben, dass drei Kugeln sein Herz getroffen hatten.«

»War eine davon deine?«, frage ich und lehne mich zurück.

»Nein.« Ihr Blick ist starr. »Meine wurde in seinem Gehirn gefunden.«

* * *

In jener Nacht hängt Yulia mit einer Leidenschaft an mir, die an Verzweiflung grenzt, und ich verstehe, dass meine Befragung einige schlechte Erinnerungen zurückgebracht hat. Ich weiß, ich hätte sie in Ruhe lassen sollen, sie in der Gegenwart leben lassen, so wie sie es offensichtlich möchte, aber die Fragen quälen mich weiterhin, und schließlich gebe ich ihnen nach.

»Hast du jemals aus eigener Initiative mit einem Mann geschlafen?«, frage ich, als wir nach langem Sex ineinander verschlungen daliegen. Eigentlich sollte ich sofort einschlafen, aber mein Körper vibriert vor Energie, und meine Gedanken kommen immer wieder auf dieses Thema zurück.

Yulia versteift in meinen Armen. Sie dreht sich um und rückt ein Stück von mir weg, um mich anzusehen. »Wie meinst du das? Ich wurde nur das eine Mal vergewaltigt –«

»Ich meine, bist du jemals mit jemandem zusammen gewesen, der kein Auftrag war?«, frage ich und lege meine Hand auf ihre Hüfte. »In Bars oder Clubs gegangen? Hast du einen Kerl aufgerissen, um ein wenig Spaß zu haben?« Ich hatte vorgehabt, die Frage ganz beiläufig zu stellen, aber als ich die Worte ausspreche, bemerke ich, dass Yulia und andere Männer niemals ein harmloses Gesprächsthema für mich sein wird.

Allein bei dem Gedanken daran, dass jemand außer mir sie berührt hat, möchte ich denjenigen umbringen.

Yulias Blick hellt sich auf, als sie mich versteht. »Nein«, antwortet sie leise. »Ich habe mich niemals mit jemandem getroffen. Das wäre dem Mann gegenüber nicht fair gewesen.«

»Also gab es einen Mann?« Meine Eifersucht verstärkt sich. »Jemanden, den du wolltest?«

»Was?« Zu meiner Erleichterung scheint sie dieser Gedanke zu überraschen. »Nein, es gab niemanden. Ich wollte einfach nur sagen, dass ich immer mit meinen Aufträgen beschäftigt war, also wäre ich eine furchtbare Freundin gewesen.«

»Also nicht einmal gelegentlicher Sex?«, frage ich weiter.

»Nein.« Sie beißt sich auf ihre Lippe. »Ich habe den Sinn darin nicht gesehen. Neben meinem Job hatte ich Unterricht und Hausaufgaben, also hatte ich nicht viel Freizeit.«

»Also willst du mir gerade sagen, dass du außer deinen zugeteilten Liebhabern und mir niemals mit jemand anderem geschlafen hast?«

Ihr Gesicht spannt sich an. »Du vergisst Kirill.«

»Ich vergesse ihn nicht.« Die Tatsache, dass wir ihn oder seine Leiche immer noch nicht gefunden haben, fühlt sich wie ein vereiterter Splitter unter meiner Haut an. Ich unterdrücke ein Aufwallen von Wut und sage ruhig: »Er war dein Vergewaltiger, nicht dein Liebhaber.«

»In diesem Fall, ja.« Yulias blaue Augen sind unschuldig, als sie mich anschaut. »Ich hatte vier Liebhaber, dich eingeschlossen.«

Ich starre sie an und kann meinen Ohren kaum glauben. Meine verführerische Spionin – das wunderschöne Mädchen, das ihren Körper benutzt hat, um Informationen zu bekommen – hat mit weniger Männern geschlafen als eine durchschnittliche Studentin.

»Was ist mit dir?«, fragt sie mich im Gegenzug und stützt sich auf einem Ellenbogen auf. »Mit wie vielen Frauen hast *du* geschlafen?« Ihr Blick ist wie ein Spiegelbild meiner Eifersucht zuvor.

»Wahrscheinlich nicht mit so vielen, wie du gerade denkst«, sage ich und freue mich über ihren Besitzanspruch. »Aber definitiv mehr als vier. Wie dein Bruder habe ich ziemlich früh angefangen und ... na ja, damals war ich nicht gerade der Beziehungstyp.«

Ihre Augen verengen sich. »Wirklich? Und jetzt bist du es?«

»Ich bin in einer Beziehung mit dir, oder etwa nicht?«, antworte ich, und mein Schwanz zuckt, als ich ihren Nippel sehe, der unter der Bettdecke hervorschaut. »Also, ja, das würde ich sagen.«

Yulia öffnet ihren Mund, um etwas zu sagen, aber ich schlage bereits die Bettdecke zurück. Ich rolle mich auf sie, drücke ihre Beine mit meinen Knien auseinander und ergreife meinen Schwanz, um ihn vor ihrem Eingang zu platzieren. Sie ist noch feucht von unserem letzten Mal, also stoße ich zu und dringe ohne Vorspiel in ihre seidige Enge ein. Es scheint ihr nichts auszumachen, da sie ihre Arme und Beine um mich schlingt, um mich dicht bei sich zu haben, und ich beginne, sie zu ficken, nehme sie hart und schnell. Nach nur wenigen Minuten nähere ich mich meinem Orgasmus, und ich zwinge mich dazu, langsamer zu werden und diesen Moment hinauszuzögern.

»Sag mir, dass du mich liebst«, verlange ich und stoße tief in ihren Körper. »Ich möchte es aus deinem Mund hören.«

»Ich liebe dich, Lucas«, haucht sie in mein Ohr, und ihre Beine drücken meine Hüften zusammen. Ihre Muschi liegt wie ein heißer, rutschiger Handschuh um meinem Schwanz, und meine Eier ziehen sich eng an meinen Körper, als ich spüre, dass sie beginnt zu krampfen. Wir explodieren gleichzeitig, und in diesem Moment fühle ich uns als Einheit, so als seien unsere kaputten Hälften verschmolzen und hätten ein ungebrochenes Ganzes gebildet. Unsere Lungen arbeiten simultan, unser

Atem vermischt sich, und als ich meinen Kopf hebe und sehe, dass Yulia mich ansieht, dehnt sich etwas Heißes und Kompaktes in meiner Brust aus.

»Ich werde dich immer lieben«, flüstert sie, legt ihre Hand um meinen Nacken, und ich spüre, wie das Gefühl stärker wird, sich diese kompakte Hitze ausbreitet, bis sie jede leere Ecke meiner Seele füllt.

Mit Yulia fühle ich mich vollständig, und ich liebe dieses Gefühl.

DREIUNDVIERZIGSTES KAPITEL

❖ YULIA ❖

Auf eine eigenartige Weise fühlt es sich so an, als seien Lucas und ich frisch verheiratet, und diese ungewöhnliche Zeit – dieser längere Waffenstillstand zwischen uns – sei unser Honeymoon.

Ein Teil dieses Eindrucks ist definitiv der Sex. Anstatt mit der Zeit nachzulassen, wird die Anziehungskraft zwischen uns immer stärker, die magnetische Sogwirkung intensiviert sich mit jedem Tag, der vergeht. Unsere Körper sind auf eine Art und Weise aufeinander abgestimmt, die ich mir niemals hätte vorstellen können. Ein Blick, ein Atemzug, eine Berührung, und die Flamme entzündet sich. Keiner von uns beiden kann genug bekommen. So viele Male Lucas mich auch nehmen will, ich reagiere, mein Körper sehnt sich nach seinem, egal wie wund ich werde. Seine Berührung reduziert mich auf jemanden, den ich nicht wiedererkenne, ein primitives Wesen voller Wünsche und Bedürfnisse. Es ist, als sei ich darauf programmiert, nur für sein Vergnügen zu existieren, ihn auf alle Arten zu begehren. Er überschreitet meine Grenzen, und ich will mehr. Rau oder sanft, mein Entführer verzehrt mich, und mein Bedürfnis nach ihm bindet mich fester an ihn als alle Seile.

Neben dem Sex gibt es aber auch eine wachsende emotionale Intimität zwischen uns. Jeden Tag verlangt Lucas nach einer

Liebeserklärung, und ich gebe sie ihm, da ich nichts anderes tun kann. Allerdings ist diese Liebesbezeugung einseitig; Lucas sagt die Worte nie zurück oder gibt mir einen anderen Hinweis auf seine Gefühle. Trotzdem hält er mich nach dem Sex fest in seinen Armen, so als habe er Angst, dass ich mich auf die andere Seite des Bettes zurückziehen könnte, und ich weiß, dass diese ruhigen, zärtlichen Momente für ihn genauso wichtig sind wie für mich. Sie geben mir Hoffnung, dass ich eines Tages mehr von ihm haben könnte – dass ich zu dem Mann unter der rauen Schale durchdringen kann.

»Weißt du eigentlich, dass du mir nie wirklich erzählt hast, wie du hierhergekommen bist? Wie du von einem Navy SEAL zu Esguerras zweitem Mann geworden bist?«, murmele ich eines Nachts, als wir derart ineinander verschlungen daliegen, dass es unmöglich ist, zu sagen, wo der eine endet und der andere beginnt. Ich fahre mit meinem Finger einen Kreis auf seiner kräftigen Brust und sage: »Alles, was ich weiß, ist das, was ich in deiner Akte gelesen habe, und dort wurde nicht erklärt, warum du es getan hast.«

»Meinen Vorgesetzten getötet?« Lucas Stimme ist emotionslos, aber seine Schultermuskulatur spannt sich unter meinem Kopf an. »Ist es das, was du wissen möchtest? Warum ich den Bastard getötet habe?«

»Ja.« Ich schiebe mich ein Stück von ihm weg, damit ich ihn ansehen kann. Im gedämpften Licht der Nachttischlampe sieht das Gesicht meines Entführers härter aus, als ich es jemals gesehen habe. Es schreckt mich aber nicht ab. »Warum hast du es getan?«, frage ich leise.

»Weil er meinen besten Freund umgebracht hat.« Kalte, sehr alte Wut schleicht sich in Lucas' Stimme. »Jackson – mein Freund – hat Roberts beim Verkauf von Waffen an die Taliban erwischt, und er wollte ihn melden. Aber bevor er das tun konnte, ließ Roberts ihn töten ... und hat es wie einen Hinterhalt der Feinde aussehen lassen. Ich war dort, als es passierte.«

»Lucas, das tut mir so leid ...« Ich strecke mich aus, um sein Gesicht zu berühren, aber er wehrt meine Hand ab, nimmt sie in einen schraubstockartigen Griff.

»Nein, tu das nicht.« Er schaut mich an, und seine Augen sind zu Schlitzen verengt. »Das ist vor langer Zeit in Afghanistan passiert.« Sein Blick schweift zur Decke, aber er lässt meine Hand nicht los. Er drückt meine Finger fest, als er sagt: »Wie dem auch sei, ich habe es jedenfalls überlebt. Ich benötigte mehrere Tage, um zur Basis zurückzukehren, aber ich habe es geschafft. Und als ich dort ankam, habe ich den Bastard umgebracht. Ich habe seine eigene Waffe genommen und ihn mit Kugeln durchlöchert.«

Natürlich hat er das. Ich betrachte meinen Entführer mit einer Mischung aus Trauer und bitterem Verständnis. Genau wie ich ist er von jemandem betrogen worden, dem er vertraut hat, jemandem, der ihm eigentlich den Rücken stärken sollte. Ich weiß nicht, was ich mit Obenko getan hätte, wenn er nicht gestorben wäre, aber weder schockiert mich diese brutale Art der Rache, die Lucas gewählt hat, noch widert sie mich an.

»Also, was ist dann passiert?«, helfe ich nach, als Lucas weiterhin schweigt und seinen Blick nicht von der Decke abwendet. »Bist du ins Gefängnis gekommen?«

»Ja.« Er schaut mich immer noch nicht an. »Ich wurde für ein Kriegsgericht nach Amerika zurückgebracht. Roberts hatte Freunde in hohen Positionen, und meine Anschuldigungen gegen ihn wurden schneller unter den Teppich gekehrt, als ich einen formellen Bericht erstatten konnte.«

»Wie konntest du entkommen?«

Schließlich dreht sich Lucas um, um mich anzusehen. »Meine Eltern«, sagt er mit einer flachen, harten Stimme. »Sie konnten die Blamage, einen Sohn zu haben, der wegen Mordes vor Gericht stand, nicht ertragen, also haben sie mein Verschwinden arrangiert. Mein Vater hat eine Abmachung mit mir getroffen: Er würde mir helfen, in Südamerika zu verschwinden, und ich würde niemals wieder Kontakt zu ihnen aufnehmen.«

»Sie wollten, dass du aus ihrem Leben verschwindest?« Ich starre ihn mit offenem Mund an, da ich nicht in der Lage bin, mir vorzustellen, dass es Eltern gibt, die so ein Abkommen treffen würden. »Warum? Wegen der Mordanklage?«

»Weil ich, nach Ansicht meines Vaters, ein schlechter Apfel bin – ›verdorben bis ins Kerngehäuse‹ hat er es genannt.«

»Lucas ...« Mein Herz zerbricht für ihn. »Dein Vater hatte Unrecht. Du bist kein –«

»Kein schlechter Mann?« Er zieht eine Augenbraue nach oben, und ein ironisches Lächeln flackert in seinem Gesicht auf. »Jetzt komm schon, meine Schöne, du weißt, was ich bin. Meine Eltern haben mich auf die besten Schulen geschickt, mir alle Vorteile geboten, die sie konnten, und was habe ich getan? Ich habe das alles weggeschmissen und bin zur Navy gegangen, um meinen Drang, zu kämpfen, zu befriedigen. Das ist schon ziemlich daneben, findest du nicht? Kannst du meinen Eltern wirklich einen Vorwurf daraus machen, dass sie nichts mehr mit mir zu tun haben wollten?«

»Ja, das kann ich.« Ich schlucke und schaue ihm in die Augen. »Du warst immerhin ihr Sohn. Sie hätten auf deiner Seite stehen sollen.«

»Das verstehst du nicht.« Lucas Augen funkeln eisig. »Sie wollten niemals einen Sohn. Ich sollte ihr Erbe sein. Die perfekte Erweiterung von ihnen ... eine Vollendung ihrer Ambitionen. und ich habe das alles ruiniert, als ich ein Soldat geworden bin. Die Mordanklage war nur der Tropfen, der das Fass zum Überlaufen gebracht hat. Mein Vater hatte recht damit, mir dieses Angebot zu machen. Ich habe nicht in ihre Leben gepasst – das hatte ich nie – und sie haben mit Sicherheit nicht in meines gepasst.«

Ich beiße mir auf die Innenseite meiner Wange und versuche, die Tränen zurückzuhalten, die in meinen Augen brennen. Ich kann mir Lucas als einen wechselhaften, rastlosen Jungen vorstellen, der ständig dazu gedrängt und angestoßen wurde, etwas zu sein, was er nicht sein wollte. Ich kann auch verstehen, dass seine Anwaltseltern überfordert waren, ein Kind zu erziehen, das in seinem tiefsten Inneren ein Krieger war – einen Jungen, der durch eine eigenartige Laune der Genetik völlig anders war als sie.

Trotzdem, ihrem Sohn zu sagen, dass sie ihn niemals wiedersehen möchten ...

»Also hast du seitdem nie wieder mit ihnen gesprochen?«, frage ich mit ruhiger Stimme. »Kein einziges Mal?«

»Nein.« Sein Blick ist hart wie Stahl. »Warum sollte ich?«

Warum sollte er auch? Für mich ist meine Familie heilig, aber meine Eltern waren völlig anders als Lucas' Familie. Ich kann mir nicht vorstellen, dass sich Mama und Papa jemals von Misha oder mir abgewendet hätten, egal, was für einen Lebensweg wir gewählt hätten. Sie hätten immer zu uns gehalten, genauso wie ich immer zu meinem Bruder halten würde.

Und zu Lucas, wird mir plötzlich entsetzt klar. Tatsächlich stehe ich an seiner Seite, obwohl er und Esguerra die Organisation dem Erdboden gleichmachen, für die ich gearbeitet habe. Sein Vater lag nicht völlig falsch – Lucas ist kein netter Kerl, überhaupt nicht – aber das ändert meine Gefühle für ihn nicht.

Vielleicht bin ich auch bis in mein Innerstes verdorben, aber irgendwann ist mein unbarmherziger Entführer zu so etwas wie meiner Familie geworden.

Ich drücke diese überraschende Erkenntnis zur Seite und konzentriere mich auf den Rest der Geschichte. »Und wie bist du dann zu Esguerra gekommen?«, frage ich und stütze mich auf einem Ellenbogen ab. »Hast du ihn einfach irgendwo in Südamerika getroffen und dann hat er dich angeheuert?«

»Es war ein wenig komplizierter als das.« Lucas' Mundwinkel zucken. »Eigentlich war ich von einem mexikanischen Kartell angeheuert worden, um eine Waffenlieferung zu überwachen, die sie von Esguerra erworben hatten. Aber als ich dort hinkam, um meinen Job zu beginnen, habe ich entdeckt, dass einer der Anführer des Kartells gierig geworden war und beschlossen hatte, die Ladung für sich selbst zu stehlen und deshalb ein doppeltes Spiel mit Esguerra und seinen eigenen Leuten zu spielen. Es gab eine üble Schießerei, und an ihrem Ende waren Esguerra und ich unter den wenigen Überlebenden, und wir steckten beide hinter unserer jeweiligen Deckung fest. Ihm ging langsam die Munition aus, und ich hatte nur wenige Kugeln übrig, also bot er mir an, mich langfristig anzuheuern, anstatt dass wir uns gegenseitig töteten. Ich muss jetzt wohl nicht extra erklären, dass ich zugestimmt habe.« Er lacht dunkel und fügt hinzu: »Ach, und dann habe ich einen Typen erschossen, der sich von hinten an Esguerra herangeschlichen hatte, um ihm die Kehle durchzuschneiden. Das hat den Vertrag sozusagen besiegelt.«

»Hat dir Esguerra deshalb einen Gefallen geschuldet?«, frage ich ihn, als ich mich an seine Worte von vor langer Zeit erinnere. »Weil du ihm damals das Leben gerettet hast?«

»Nein. Das habe ich einfach nur meiner neuen Arbeit wegen getan. Esguerra schuldet mir etwas für eine andere Sache.«

Ich schaue ihn erwartungsvoll an, und nach einem Moment seufzt Lucas und erklärt mir: »Esguerra wurde letztes Jahr bei der Explosion eines Lagerhauses in Thailand verletzt. Ich habe ihn herausgeholt und ins Krankenhaus gebracht, aber er lag fast drei Monate im Koma. Während dieser Zeit habe ich für ihn die Dinge zusammengehalten, sichergestellt, dass sein Geschäft nicht zerbricht, seine Frau in Sicherheit war, etc.«

»Ich verstehe.« Kein Wunder, dass sich Lucas sicher war, Esguerra würde es zulassen, dass er mich behält. Echte Loyalität muss in der Welt der Waffenhändler seltener sein als Einhörner. »Und du bist nicht einmal versucht gewesen, dir das alles anzueignen? Esguerras Geschäft muss Milliarden wert sein.«

»Das ist es, aber Esguerra bezahlt mich ziemlich gut, also was hätte ich davon?« Lucas wirft mir einen schiefen Blick zu. »Außerdem mag ich den Kerl irgendwie. Er hat seine Kontakte dazu genutzt, mich von den Fahndungslisten zu nehmen, nachdem ich angefangen hatte, für ihn zu arbeiten. Davon mal ganz abgesehen gibt er nicht vor, jemand anderes zu sein, als er ist, und damit komme ich gut klar.«

Natürlich. Ich kann verstehen, dass ihm das nach dem Verrat seines Vorgesetzten in Afghanistan entgegenkommt. Trotzdem wären viele Männer in Lucas' Situation blind vor Gier gewesen, und dass er es nicht war, spricht Bände über seinen Charakter.

Mein Entführer mag kein enges Verhältnis zu seiner Familie haben, aber auf seine Art ist er genauso loyal wie ich.

* * *

Als unser verlängerter Pseudo-Honeymoon andauert, bekomme ich ein eigenartiges Problem: Ich habe zu viel Freizeit. Ich habe keine Aufgaben oder Kurse, keinerlei wirkliche Verantwortung. Anfangs war das nett gewesen; die Krankheit und die traumatischen Ereignisse davor hatten mir eine Menge abverlangt und mich mental wie körperlich erschöpft. Einige Wochen lang war ich zufrieden gewesen zu lesen, fernzusehen, Zeit mit Misha zu verbringen und im Haus herumzuwerkeln, aber als aus den Wochen Monate wurden, bekam ich das Verlangen, mehr zu tun.

Ich bin immer beschäftigt gewesen – zuerst als Student, dann als Trainee und die letzten Jahre als eine aktivere Spionin in meinen Aufträgen. Freie Zeit war ein Luxus gewesen, den ich genossen hatte, aber jetzt werde ich damit überflutet und mag es nicht.

Um meine Stunden zu füllen, beginne ich, neue Rezepte auszuprobieren. Lucas lässt mich das Internet benutzen – auf einem überwachten Computer, da er mir immer noch nicht hundertprozentig vertraut – und ich durchforste verschiedenste Internetseiten auf der Suche nach neuen und interessanten Gerichten. Lucas ist begeistert von meinem neuen Hobby – er genießt die Ergebnisse bei jeder Mahlzeit – und ich entwickle nach und nach ein Repertoire an Gerichten, die von klassischen russischen Rezepten wie *Borscht* bis hin zur exotischen Fusion-Cuisine mit Elementen der asiatischen, französischen und lateinamerikanischen Küche reichen. Ich entwickle sogar meine eigenen Variationen wie Koriander-Curry-Sushi mit einer Haube aus eingelegter Roter Bete, Pekingente mit Apfelweißkohl und Arepas mit einem russischen Auberginenaufstrich.

»Yulia, das ist phänomenal«, sagt Lucas, als ich Blätterteigpasteten mit Shiitake-Pilzen und Camembert zubereite. »Ernsthaft, das ist besser als in einem Gourmetrestaurant. Du hättest Chefkoch werden sollen.«

»Das ist wirklich hervorragend«, stimmt mein Bruder ihm zu und verschlingt seine vierte Pastete. Er isst jetzt fast jeden Mittag bei uns, und ich vermute, dass meine Küche der Hauptgrund dafür ist. Dafür toleriert er sogar Lucas, auch wenn die beiden noch lange nicht beste Freunde sind.

»Gut. Ich freue mich, dass es euch schmeckt«, sage ich und stehe auf, um meinen Teller zur Spüle zu tragen. Ich platze fast nach zwei Pasteten, aber Misha und Lukas scheinen unbegrenzt viel Platz in ihren Mägen zu haben. Ich unterdrücke ein Grinsen, als Lucas sich die vorletzte Pastete nimmt, und mein Bruder sich sofort die letzte schnappt und sie sich in den Mund schiebt, als habe er Angst, sie könne weglaufen.

»Hast du noch welche übrig?«, fragt Misha, nachdem er gekaut und hinuntergeschluckt hat. »Diego und Eduardo haben gebettelt, dass ich ihnen einige Reste mitbringe.«

»Was soll der Scheiß?« Lucas hält mitten beim Abbeißen inne und blickt Misha böse an. »Sie können sich ihre eigenen Pasteten backen. Wir haben nichts übrig.«

»Doch. Ich habe ein zusätzliches Blech gebacken, nur um sicherzugehen«, sage ich und gehe zum Ofen. Es ist nicht das erste Mal, dass die beiden Wächter über meinen Bruder nach Essen gefragt haben, und ich vermute, es wird auch nicht das letzte Mal sein. Wenn Lucas es erlauben würde, kämen sie jeden Tag zum Essen, aber da das nicht der Fall ist, finden sie andere Wege, um von meinem neuen Hobby zu profitieren. »Aber richte ihnen aus, dass sie die Pasteten essen sollen, bevor diese sich abgekühlt haben. Sie sind nicht so gut, wenn man sie in der Mikrowelle aufwärmt.«

»Natürlich«, antwortet Misha, als ich die Aluminiumschale mit Klarsichtfolie bedecke und sie ihm gebe. »Ich werde sie ihnen sofort geben.«

Lucas beobachtet uns mit einem unglücklichen Stirnrunzeln. »Aber was ist mit –«

»Ich mache bald wieder welche«, verspreche ich grinsend. »Zum Abendbrot gibt es Enokipasta mit Cashewsauce und Schokoladenbrotpudding mit Yuzu-Himbeer-Sauce. Wenn du danach noch Hunger haben solltest, werde ich dir wieder diese Pasteten backen, okay?«

Misha hört mit offensichtlichem Neid zu, bevor er fragt: »Denkst du, dass noch etwas Brotpudding übrig ist, wenn ich nach dem Abendessen vorbeikomme? Die Wächter haben mich heute Abend zum Grillen eingeladen, aber wahrscheinlich werde ich noch ein wenig Platz für Nachtisch haben …«

»Ja, natürlich.« Ich strahle ihn an. »Ich bin mir sicher, dass ich noch etwas davon für dich haben werde.«

»Ja, für ihn und die Hälfte der Wächter«, murrt Lucas und steht auf, um seinen Teller abzuwaschen. »Und als Nächstes werden wir das ganze Anwesen versorgen.«

Ich lache, aber kurz darauf beginnen Diego und Eduardo damit, verschiedenste Entschuldigungen zu finden, um vorbeizukommen, häufig mit einigen von ihren Freunden. Mir macht es nichts aus, größere Portionen zu kochen – für mich ist es eine Herausforderung, die mir

Spaß macht – aber Lucas ist genervt, besonders dann, wenn unsere Mahlzeiten durch die häufigen Besucher unterbrochen werden.

»Das ist kein verdammtes Restaurant«, brüllt er Diego an, als der junge Wächter zufällig mit sechs seiner Freunde zur Mittagszeit vorbeischaut. »Yulia kocht für mich und ihren Bruder, hast du das verstanden? Und jetzt sieh zu, dass du Land gewinnst, oder ich drücke dir eine zusätzliche Schicht auf.«

Die Wächter gehen niedergeschlagen weg, aber am nächsten Tag kommt Eduardo vorbei, kurz bevor Lucas zum Mittagessen nach Hause kommt. »Du hast nicht zufällig etwas von dem Krabbensalat übrig?«, fragt er, ohne seinen wachsamen Blick von der Eingangstür abzuwenden. »Michael hat erwähnt, dass du letzte Nacht einen gemacht hast, und –«

»Natürlich.« Ich unterdrücke ein Grinsen. »Aber du beeilst dich besser. Ich denke, Lucas und Michael sind gleich hier.«

Ich gebe ihm einen Behälter mit dem restlichen Salat, und er bedankt sich bei mir, bevor er schnell aus der Tür eilt. Am nächsten Tag wiederholt Diego Eduardos Strategie, eine halbe Stunde vor dem Mittagessen vorbeizukommen, und ich gebe ihm ein ganzes mit Cranberries und Reis gefülltes Hühnchen, das ich genau dafür zubereitet hatte. Er dankt mir überschwänglich, und die ganze Woche ernähre ich die Wächter auf diese Weise. Am darauffolgenden Montag erwischt mich Lucas allerdings in flagranti und ist überhaupt nicht begeistert.

»Was zum Henker soll das?«, zischt er, als er die Küche betritt, während ich Diego gerade ein Blech frisch gebackener Fleischpasteten gebe. Er bleibt neben uns stehen und schaut den Wächter wütend an. »Ich hatte dich gewarnt –«

»Lucas, das ist in Ordnung. Ich habe genug für alle gemacht«, versichere ich ihm. »Es ist wirklich kein Problem. Es macht mir nichts aus, für sie zu kochen. Es macht mir unglaublich viel Spaß.«

»Siehst du? Sie hat kein Problem damit.« Diego grinst und reißt mir das Blech aus den Händen. »Danke, Prinzessin. Du bist die Beste.«

Er rennt aus der Küche, und Lucas dreht sich mit angespanntem Kiefer zu mir. »Was zum Teufel tust du da? Es ist nicht deine Aufgabe, die Wächter durchzufüttern. Wie du weißt, haben sie in den Baracken eine Cafeteria.«

»Ich weiß.« Ohne nachzudenken gehe ich zu ihm, lege meine Hand auf seinen harten Kiefer und spüre, wie sich die Muskeln unter der stoppelig-rauen Haut bewegen. »Das ist aber in Ordnung. Es macht mir Spaß. Ich mag es, dass die Wächter mein Essen lieben. Ich fühle mich dadurch ...« Ich halte inne, um nach dem richtigen Wort zu suchen.

»Nützlich?«, fragt Lucas mit einem weicheren Gesichtsausdruck, und ich nicke, überrascht darüber, dass er es so gut getroffen hat.

Er seufzt und legt seine Hand auf meine, bevor er meine Finger zu seinem Mund führt. Er fährt mit seinen Lippen über meine Knöchel, betrachtet mich und sieht dabei eher besorgt als verärgert aus. »Yulia, mein Liebling ... Du bist sehr nützlich für *mich*, okay? Du musst nicht für alle Bewohner dieses Anwesens kochen, um zu beweisen, dass du etwas wert bist.«

Ich starre ihn an, und mein Magen zieht sich unerklärlicherweise zusammen, als er meine Hand loslässt. »Was ist, wenn ich nicht nur für dich nützlich sein möchte?«, flüstere ich. »Was ist, wenn ich mehr brauche, als dein Bett zu wärmen und mich um dein Haus zu kümmern? Du weißt, dass ich wirklich einen Universitätsabschluss habe, stimmt's?« Ich kann sehen, dass sich sein Blick verdüstert, während ich spreche, aber ich kann nicht aufhören, und meine Stimme wird mit jedem Wort lauter. »Ich habe einen Abschluss in Englisch und internationalen Beziehungen, und ich war eine genauso gute Übersetzerin wie Spionin. Sechs Jahre lang habe ich in einer der kosmopolitischsten Städte der Welt gelebt und mit den höchsten russischen Regierungsbeamten zu tun gehabt. Ich war immer unterwegs, habe Dinge zu tun gehabt, und jetzt kann ich kaum dein Haus verlassen, weil ich Esguerra nicht daran erinnern möchte, dass ich existiere.« Ich halte inne, um Luft zu holen, und dabei fällt mir auf, dass Lucas' Kiefermuskel zuckt.

»Ist das so?«, fragt er mit tödlich ruhiger Stimme. »Du vermisst es, eine Spionin zu sein?«

Ich verfluche mich augenblicklich für meine lockere Zunge. Ich hätte wissen müssen, wie Lucas meine Worte interpretieren würde. »Nein, natürlich nicht –«

»Du vermisst es, Männer im Auftrag zu ficken?« Er tritt auf mich zu und drückt mich gegen den Küchentresen.

Mein Puls rast. »Nein, das ist nicht das, was ich –«

Seine Hand umfasst meine Kehle, und er drückt genau so stark zu, dass ich die Kraft dieser Finger spüren kann. Er beugt sich nach vorn und flüstert in mein Ohr: »Oder ist es etwa so, dass ich dir nicht genüge?« Sein Atem streift meine Haut, und ich bekomme Gänsehaut auf meinen Armen. »Brauchst du mehr Abwechslung, meine Schöne?«

»Nein«, keuche ich hervor, und meine Atmung wird flach. Ein eifersüchtiger Lucas ist etwas sehr Angsteinflößendes. »Das ist es überhaupt nicht. Ich wollte nur sagen, dass –«

»… du mir gehörst«, knurrt er und hebt seinen Kopf, um mich mit einem eiskalten Blick zu durchbohren. »Es interessiert mich einen Scheiß, was du vorher für ein Leben geführt hast. Ich habe dich gefangen, dich markiert, und du gehörst verdammt nochmal mir. Kein anderer Mann wird dich jemals wieder anfassen, und wenn ich dich für den Rest deines Lebens in einen verdammten Käfig sperren will, dann werde ich das tun. Verstanden?«

Seine Hand an meinem Hals lockert sich, aber meine Kehle ist trotzdem wie zugeschnürt, als der Schmerz wie eine Flutwelle durch mich hindurchrauscht. Wochenlang habe ich in einer Blase aus häuslichem Glück gelebt, habe mit einem Mann Zuhause gespielt, der mich als nichts anderes als seinen Besitz betrachtet, eine glorifizierte Sexsklavin, die er mit den Trackern »markiert« hat. Jede andere Frau hätte sich mit Händen und Füßen gewehrt und um ihre Freiheit gekämpft, aber ich habe meine Gefangenschaft umarmt, als sei ich dazu geboren worden, habe mir vorgestellt, dass aus unserer chaotischen Beziehung irgendwann etwas Echtes werden könnte.

Weil ich mich nach der Liebe meines Entführers sehne, habe ich wieder einmal Luftschlösser gebaut.

»Ich verstehe«, flüstere ich mit tauben Lippen. »Es tut mir leid.«

Lucas lässt mich los und tritt nach hinten, ohne dass sein Gesicht weniger wutverzerrt ist, während ich mich umdrehe und, ohne hinzuschauen, nach einigen Tellern greife, die abgewaschen werden müssen.

Unser »Honeymoon«, so wie er war, ist vorbei.

* * *

An diesem Abend kommt Lucas erst sehr spät nach Hause, und Misha und ich essen allein. Ich setze für meinen Bruder ein fröhliches Gesicht auf, aber ich weiß, dass er spürt, dass etwas nicht stimmt. Ich bin erleichtert, als ich ihn mit einem Paket voller Essensreste für die Wächter aus der Haustür schiebe, da ich allein sein möchte, um meine Wunden zu lecken.

Lucas kommt erst nach Hause, als ich schon fast fertig geduscht habe. Er betritt das Badezimmer genau in dem Moment, in dem ich aus der Duschkabine steige, und, ohne ein Wort zu sagen, hebt er mich in seine Arme und trägt mich ins Schlafzimmer. Er geht mit hartem Gesicht und verschlossenem Blick, und meine alte Furcht überkommt mich. Ich denke nicht, dass er mir ernsthaft wehtun wird – zumindest nicht körperlich – aber das vermindert meine Angst nicht. Lucas ist in dieser Stimmung unberechenbar, und ich kann mich gerade kaum selbst zusammenreißen. Für einen kurzen kranken Moment überlege ich, ob ich mich wehren sollte, aber ich lasse die Idee sofort wieder fallen. Es ist ja nicht so, als hätte ich wirklich eine Chance, zu gewinnen. Außerdem, was würde es nutzen, mich ihm zu widersetzen? Wie er schon gesagt hat, gehöre ich ihm, und er kann mit mir tun, was er möchte.

Mein Leben – und das meines Bruders – liegt in seiner Hand.

Wenn ich die Taubheit, die mich heute Nachmittag eingehüllt hat, immer noch spüren würde, wäre es einfacher, aber alles ist scharf und klar in meinem Kopf, jede Empfindung schmerzhaft lebendig. Ich spüre die Hitze seiner Haut durch unsere Kleidung und die Art, wie sich seine Muskeln anspannen, als er mich auf dem Bett ablegt; ich sehe das blasse Funkeln seiner Augen und rieche seinen warmen männlichen Duft. Er beugt sich über mich, und mein Körper erwacht zum Leben, eine vertraute Hitze breitet sich in meinem Unterleib aus. Meine Nippel stellen sich auf, da meine Brüste sich nach seiner Berührung sehnen, und mein Geschlecht wird feucht, als er mich küsst und seine Zunge mit rauen, verlangenden Stößen in meinen Mund eindringt. Seine großen Hände ergreifen meine Handgelenke, halten sie über meinem Kopf fest, und ich schließe meine Augen, um bereitwillig in dem heißen Vergessen der Lust zu versinken. Mein Schmerz und meine Angst verschwinden, und der animalische Instinkt gewinnt die Oberhand. Stöhnend biege ich mich Lucas entgegen, reibe meine harten Nippel an seinem T-Shirt, und mein Unterleib zieht sich zusammen, als ich die dicke Ausbeulung seiner Jeans spüre, die gegen meine nackte Hüfte drückt.

Ja, nimm mich, fick mich, lass mich vergessen ... Dieses erotische Mantra wird immer wieder in meinem Kopf abgespielt. In diesem Moment muss ich mir keine Gedanken um die Zukunft machen, um den Mann, der mich als sein exklusives Sexspielzeug betrachtet. Ich muss nicht über die Tatsache nachdenken, dass ich vielleicht nie mehr als ein Ventil für seine Lust sein werde. Ich kann mich auf seine berauschenden Küsse und das warme, schwere Gewicht seines Körpers auf meinem konzentrieren.

Erst als er meine beiden Handgelenke in eine seiner Hände nimmt und mit der anderen etwas in der Schublade des Nachttisches sucht, komme ich ausreichend zu mir, um einen Hauch von Unbehagen zu spüren. Ich öffne meine Augen und löse meine Lippen von seinen. »Lucas, was –«

Er schneidet mich mit einem weiteren tiefen, hungrigen Kuss ab, und einen Moment später bekomme ich meine Antwort. Kaltes Metall berührt mein linkes Handgelenk, und ich höre ein Klicken, als die Handschelle sich schließt. Ich schnappe hörbar nach Luft, drehe meinen Kopf zur Seite und versuche, mein anderes Handgelenk aus seinem Griff zu befreien, aber Lucas nutzt meine Bewegung, um mich auf die Seite zu drehen und den Arm mit den Handschellen zu dem Pfosten zu bewegen, den er am Anfang meiner Gefangenschaft neben dem Bett aufgestellt hat. Er zieht mich in die Länge und führt die Handschelle um den Pfosten herum, bevor er sich mein anderes Handgelenk schnappt, um die freie Schelle darumzulegen, noch bevor ich mich wirklich wehren kann.

Aus meiner Beunruhigung wird echte Angst. Ich liege nackt auf der Seite, und meine Handgelenke sind mit Handschellen an den Pfosten gebunden – genau wie in alten Zeiten.

»Warum tust du das?« Meine Stimme wird hoch und dünn, während ich meinen Kopf zu Lucas drehe, der gerade etwas anderes in der Nachttischschublade sucht. »Lucas, tu das nicht, bitte.« Mein Haar hängt über meinem Gesicht, behindert meine Sicht, und bevor ich es wegschütteln kann, fällt ein dunkles Tuch über meine Augen.

»Schscht«, flüstert Lucas, als er es um meinen Kopf bindet. »Dir wird nichts Schlimmes passieren, Süße.«

Nichts Schlimmes passieren? Er hat mir gerade Handschellen umgelegt und mir die Augen verbunden. Mein Puls hämmert in meinen Ohren, meine Erregung wird durch die Panik gedämpft. »Lucas, bitte ... Was hast du vor?«

Er sitzt immer noch auf mir, als er sich hinunterbeugt und ich seinen warmen Atem auf meiner Gesichtshälfte spüre. »Liebst du mich?«, murmelt er. Seine Lippen fahren die Kante meines Ohres entlang, seine Zunge fährt den äußeren Rand nach. »Liebst du mich, Yulia?«

Ich schlucke. »Ja. Du weißt, dass ich das tue.«

»Vertraust du mir?«

Nein. Fast rutscht mir die Wahrheit heraus, aber ich schließe meine Lippen rechtzeitig wieder. Ich vertraue Lucas nicht – das habe ich noch nie getan –, aber das werde ich in diesem Moment bestimmt nicht zugeben. Ich kenne die Regeln dieses neuen Spiels nicht, und solange das so ist, werde ich nicht mitspielen.

»Ich verstehe«, flüstert er, und mir wird klar, dass keine Antwort auch eine Antwort war. Mein Herzschlag wird noch schneller.

»Lucas, ich –«

»Das ist okay.« Er beißt zärtlich in mein Ohrläppchen. »Du musst nicht lügen.« Er bewegt sich von mir herunter und ich höre, wie Kleidung ausgezogen wird, bevor die Nachttischschublade aufgezogen wird. Ich lausche angespannt, aber ich höre nichts weiter, und einen Moment später dreht Lucas mich um, so dass ich auf dem Rücken liege und meine mit den Handschellen gefesselten Arme auf eine Seite gezogen werden.

Ich will ihn gerade erneut fragen, was er vorhat, aber da bewegt er sich bereits an meinem Körper hinunter und spreizt meine Beine, während seine kräftigen Hände meine Oberschenkel in die Matratze drücken.

Die erste Berührung meiner Falten mit seiner Zunge ist erstaunlich sanft, eher eine Liebkosung als ein Überfall. Das verwirrt und entwaffnet mich. Ich hatte mich auf etwas Angsteinflößendes und Brutales vorbereitet, aber das leichte Entlangfahren seiner Zunge auf meinen Schamlippen und dem Rand meiner Öffnung ist nichts dergleichen. Er leckt mich, als habe er alle Zeit der Welt, seine Lippen und seine Zunge spielen gefühlte Stunden mit meinem empfindlichen Fleisch, bevor er überhaupt in die Nähe meiner Klitoris kommt. Zu diesem Zeitpunkt bin ich schon klatschnass, stöhne seinen Namen, und meine Hüften bewegen sich unkontrolliert, da meine Erregung mit voller Kraft zurückgekehrt ist. Würden seine Hände nicht meine Oberschenkel festhalten, würde ich mein Geschlecht an seinem Mund reiben, um den Orgasmus zu erzwingen, der sich genau außerhalb meiner Reichweite befindet.

»Bitte, Lucas«, flehe ich, als seine Zunge so langsam um meine Klitoris kreist, dass ich fast verrückt werde. »Nur ein bisschen fester, bitte ...«

Zu meiner Überraschung folgt er meiner Bitte und saugt so stark an meiner Klitoris, dass ich es bis in meine Zehenspitzen spüre. Ein erstickter Aufschrei entweicht mir, als sich meine inneren Muskeln zusammenziehen, bevor der Orgasmus mich überrollt und alles außer der überwältigenden Lust fortspült. Ich komme so stark, dass ich weiße Flecken sehe und meine Hüften sich trotz des festen Drucks seiner Hände fast vom Bett lösen. Das Pulsieren dauert einige lange Momente an, und als es vorüber ist, bleibe ich schlaff und keuchend liegen, da ich durch diese intensiven Empfindungen völlig ausgelaugt bin.

Ich weiß, dass Lucas noch nicht mit mir fertig ist, aber trotzdem überrascht es mich, als er mich auf den Bauch dreht, wodurch meine Handschellen gegen den Metallpfosten schlagen. Meine Arme sind jetzt zur anderen Seite gestreckt, und zum ersten Mal fällt mir die angsteinflößende Vielseitigkeit dieser Art des Fesselns auf.

Lucas kann mit mir alles machen, was er möchte, in jeder Stellung, und ich kann nichts tun, um ihn aufzuhalten.

Er streckt meine Beine in die Länge, drückt sie auf das Bett, und Angst überkommt mich erneut, verjagt die postorgastischen Endorphine. Eine Sekunde später fühle ich etwas Kaltes und Nasses zwischen meinen Pobacken, und ich weiß, dass meine Angst gerechtfertigt ist.

Lucas hat Gleitgel auf mir verteilt.

»Tu das bitte nicht.« Ich ziehe an den Handschellen, die mich an die Stange ketten, und mein Herz schlägt mir bis zum Hals. »Bitte ... bitte nicht so.«

»Das ist nicht schlimm, meine Schöne.« Lucas ignoriert meine Versuche, mich wegzuwinden, stopft zwei dicke Kissen unter meine Hüften und hebt mich dadurch so sehr in die Höhe, dass ich fast auf allen vieren bin. »Ich habe dir gesagt, dass dir nichts Schlimmes passieren wird.«

Doch, das wird es. Ich weiß das aus eigener Erfahrung. Er wird mich zerreißen, sein Schwanz ist zu lang und dick, um auf diese Art von meinem Körper aufgenommen werden zu können. In den vergangenen Wochen hat er mehrere Male mit meinem Po gespielt und dazu seinen Finger und einige kleine Spielzeuge benutzt, aber er ist nie weiter gegangen als das. Idiotischerweise hatte ich begonnen zu hoffen, dass er es nicht tun würde, dass er meine Wünsche diesbezüglich respektieren würde. Ich hätte es natürlich besser wissen sollen.

Seine Lust kennt bei mir keine Grenzen.

Er beugt sich über mich, die Hitze seines Körpers wärmt meine kühle Haut, und ich bemerke, dass ich zittere und mein Rücken mit kaltem Schweiß überzogen ist. Seine Hand streichelt die Seite meiner Hüfte, und ich zucke zurück, bevor ich meine Reaktion kontrollieren kann, da sich meine Muskeln in Vorbereitung auf den bevorstehenden Schmerz fest anspannen.

»Yulia ...« Er streicht mein Haar zur Seite, bewegt es von meinem schweißnassen Rücken weg, und ich spüre, wie seine Lippen über meinen Nacken gleiten, während sein steifer Schwanz sich gegen mein Bein drückt. »Ich werde dir nicht wehtun, mein Liebling, versprochen.«

Mir nicht wehtun? Ich will herausschreien, dass das eine Lüge ist, dass er mich nicht fesseln und mir nicht die Augen verbinden würde, wenn er vorhätte, zärtlich Liebe mit mir zu machen, aber ich bekomme keine Gelegenheit dazu, da Lucas' Finger in diesem Moment zwischen meine Beine gleiten und meine Klitoris finden. Er drückt sanft auf sie, während er erneut meinen Hals küsst, und entsetzt bemerke ich einen Hauch von etwas, was keine Angst ist ... eine heiße, scharfe Lust, die irgendwie neben meiner Panik existiert.

»Ich werde dir nicht wehtun«, wiederholt er. Seine Worte sind ein leises Flüstern, während er mit seinen Lippen über meine Schulter gleitet, und ein Teil meiner Angst verschwindet, durch die Hitze schmilzt, die in mir zu pulsieren beginnt. Mittlerweile weiß Lucas alles über meinen Körper, und er benutzt dieses Wissen skrupellos. Seine Finger entlocken mir Gefühle, zu denen ich gar nicht fähig sein sollte.

Der zweite Orgasmus überrascht mich, und ich keuche in die Matratze, als Lustwellen durch mich hindurchströmen. Ich habe das, was mich erwartet, nicht vergessen, aber es ist schwer, Angst zu empfinden, wenn das Gehirn in Endorphinen schwimmt. Und Lucas ist noch nicht fertig damit, mir Lust zu verschaffen. Seine Hand findet den Eingang zu meiner Muschi, und ein Finger schiebt sich zielstrebig bis zu meinen G-Punkt hinein. Kurz darauf baut sich ein weiteres Mal eine Anspannung in meinem Unterleib auf, und ein erneuter Orgasmus, wenn auch ein schwächerer, erschüttert meinen Körper.

»Nicht noch mehr, bitte«, stöhne ich, als sein Finger sich aus meinem zuckenden Kanal zurückzieht und um meine geschwollene Klitoris kreist. »Ich kann das nicht noch einmal tun.«

»Doch, Süße, das kannst du.« Seine Zähne fahren meinen Nacken entlang, und dann flüstert er in mein Ohr: »Immer wieder, so oft, wie nötig ist.«

Zwei weitere Orgasmen sind nötig, wie sich herausstellt. Zumindest ist das die Anzahl, die mir Lucas aufzwingt, bevor meine Muskeln sich in Brei verwandeln und ich zu erschöpft bin, um noch einmal zu kommen. Zu diesem Zeitpunkt habe ich bereits aufgehört, mir Gedanken wegen der gefährlichen Feuchtigkeit zwischen meinen Pobacken zu machen – ich habe einfach aufgehört zu denken. Als seine Finger sich aus meiner tropfnassen Muschi zurückziehen und zwischen meinen Pobacken entlanggleiten, liege ich einfach nur da, benommen und schlaff, und reagiere kaum, als zwei lange Finger einer nach dem anderen in meinen Po stoßen und fast widerstandslos hineingleiten.

»Genau so, mein Liebling. Das ist ein braves Mädchen«, murmelt Lucas leise, als ich weiterhin entspannt bleibe und seine zwei Finger ohne zu zucken akzeptiere. Es ist immer noch nicht mein Lieblingsgefühl; die Fülle fühlt sich eigenartig und aufdringlich an, aber ich spüre keinen Schmerz und bin zu ausgelaugt, um mich zu wehren, als er beginnt, meinen Arsch mit seinen Fingern zu ficken, mit ihnen langsam hinein- und hinauszugleiten. »So ein braves Mädchen ...« Der sanfte, gleitende Rhythmus ist eigenartig hypnotisierend, und ich habe das Gefühl, dass sich mein Kopf von meinem Körper gelöst hat. Dunkel bin ich mir der Tatsache bewusst, dass ich Angst haben sollte, dass ich gegen diesen Übergriff ankämpfen sollte, aber das scheint die Anstrengungen nicht wert zu sein, besonders dann nicht mehr, als Lucas' andere Hand wieder sanft auf meine Klitoris drückt und meinem überreizten Fleisch einen Hauch von Lust entringt.

Ich habe so sehr abgeschaltet, dass es mir keine Angst macht, als sich seine Finger zurückziehen und etwas Glattes und Dickes sich stattdessen gegen meine hintere Öffnung drückt. Mein Körper bleibt schlaff und entspannt, selbst als ich einen großen, dehnenden Druck spüre und höre, wie Lucas flüstert: »Scheiße, Süße, du bist so eng …« Der Druck nimmt zu, aber erst als er an Schmerzen grenzt, kommt meine Angst teilweise zurück und mit ihr das Verlangen, meinen Eingang gegen das Eindringen zusammenzuziehen.

»Nein, mein Liebling, spann dich nicht an. Atme einfach hindurch.« Das Kommando ertönt in einer leisen, angespannten Stimme, und mir wird klar, wie viel diese Zurückhaltung Lucas kostet, wie sehr er sich beherrschen muss, um zu vermeiden, mir wehzutun. Eigenartigerweise beruhigt mich dieses Wissen ein wenig, und ich atme langsam und tief ein, um meine Muskeln zu entspannen

»Ja, genau so«, lobt er rau, und ich fühle, wie er beginnt einzudringen, wie seine große Eichel den engen Muskelring an meinem Eingang ausdehnt. Es brennt, das Verlangen, mich zusammenzuziehen wird fast unerträglich, aber ich atme weiterhin gleichmäßig, und er kommt voran, arbeitet seinen riesigen Schwanz Millimeter für Millimeter in mich hinein.

Als seine ganze Eichel sich in mir befindet, macht er eine Pause, streichelt meine Hüfte beruhigend, und nach einigen Augenblicken fühle ich, dass das stechende Brennen nachlässt. Ich schaffe es, mich ein wenig mehr zu entspannen, und Lucas dringt langsam weiter in mich ein. Als er weiter vorstößt, ist es mit meiner Ruhe allerdings vorbei. Er ist groß, viel zu groß. Mein Herz beginnt, schneller zu schlagen, und meine Atmung wird flach und hektisch. Die Feuchtigkeit des Gleitmittels reduziert zwar die Reibung, aber sie ändert nichts an seiner Größe, und in mir zieht sich alles zusammen, während Lucas sich tiefer in mich zwingt und mich bis über meine Grenzen ausdehnt. Überwältigt wimmere ich in die Matratze, und er küsst meinen Nacken, eine zärtliche Geste, die im starken Kontrast zu seinem gnadenlosen Eindringen in meinen Körper steht.

»Nur noch ein kleines Stück«, murmelt er, und ich bemerke, dass ich mich unbewusst zusammengezogen habe, um zu verhindern, dass er tiefer in mich stößt. »Du kannst ihn aufnehmen, Süße.«

Nein, das kann ich nicht, will ich protestieren, aber alles, was ich tun kann, ist, einen unverständlichen Laut von mir zu geben, etwas zwischen einem grunzenden Stöhnen und einem Winseln. Ich zittere und schwitze, meine Hände umklammern den Metallpfosten, an den ich mit den Handschellen gebunden bin. Das ist völlig anders als die entsetzlichen Schmerzen, die Kirill mir an jenem Tag zugefügt hat, aber es ist auf seine eigene Weise genauso quälend. Lucas' langsame, vorsichtige Bewegungen ermöglichen mir, seine Größe ganz genau zu spüren ... diesen enormen, überwältigenden Druck, der mich von innen auseinanderzwängt, aufzunehmen. Sein Schwanz scheint jeden Teil von mir auszufüllen, mich gleichzeitig zu vergewaltigen und in Besitz zu nehmen, mich zu einem Ort zu bringen, an dem Dunkelheit und Erotik kollidieren, sich miteinander zu einer perversen Symphonie vereinen.

»Scheiße, Yulia, du fühlst dich unglaublich an«, stöhnt Lucas, und mir wird klar, dass er vollständig in mir ist, seine Eier gegen mein Geschlecht drücken. Seine Hand liegt immer noch zwischen meinen Beinen, und seine Finger beginnen, Druck auf meine Klitoris auszuüben. Ich muss einen Aufschrei unterdrücken, als er sich kurz in mir bewegt und mein Magen sich durch dieses ungewohnte Gefühl zusammenzieht. »Du bist so eng ... so verdammt eng.« Er drückt fester auf meine Klitoris, indem zwei seiner Finger sie in einen scherenartigen Griff nehmen, und ein scharfes, unerwartetes Lustgefühl durchfährt meinen Unterleib und lässt mich aufstöhnen.

»Ja, genau so, meine Schöne ...« Lucas' Stimme fließt vor dunkler Befriedigung über. »Du kannst das tun. Komm noch ein einziges Mal für mich.« Seine Finger beginnen, sich wie eine Schere zu bewegen, und zu meinem Entsetzen spannt sich mein Körper durch eine Hitzewelle an. Diese extreme Fülle in mir dämpft und verstärkt die Empfindungen gleichermaßen, das pulsierende Verlangen meiner Klitoris kämpft mit den Qualen meines überdehnten Pos. Sein Schwanz fühlt sich in mir wie ein Stahlrohr an, aber die Art und Weise, wie mich seine Finger berühren, lässt mich innerlich auf eine andere, lustvolle Weise krampfen. Ich schreie auf, zittere wegen des bevorstehenden Orgasmus, und Lucas' Griff verstärkt sich, bis er meine Klitoris fast schmerzhaft zusammendrückt.

»Genau so, meine Süße ...« Er drückt meine Klitoris erneut zusammen und ich explodiere hilflos, als meine überreizten Nervenenden durch seine raue Berührung elektrisiert werden. Mein Körper zuckt immer wieder, krampft um seinen dicken Schwanz, und ich schluchze wegen der schmerzhaften Ekstase, wegen der brennenden Falschheit des Ganzen. Die Lust ist dunkel und brutal, und als er beginnt, sich ernsthaft in mir zu bewegen, verstärken sich meine Empfindungen immer mehr, wobei sich die fremden Gefühle durch die verbundenen Augen und den kalten Stahl um meine Handgelenke intensivieren. Ich weiß nicht, wie lange es dauert, bis Lucas kommt, sein heißer Samen mein wundes Innerstes überflutet, aber als er sich aus mir zurückzieht und die Handschellen öffnet, kann ich einfach nur noch daliegen, schwach und zitternd, während mein Po brennt und meine Klitoris durch die Nachbeben zuckt.

Schweigend zieht er mich in seine Arme, und ich weine an seiner Brust, während ich mich gleichzeitig gebrochen und befreit fühle.

Ich habe meine Vergangenheit mit Kirill offiziell hinter mir gelassen. Jeder Teil von mir gehört jetzt Lucas, egal was geschieht.

VIERUNDVIERZIGSTES KAPITEL

❖ YULIA ❖

Beim Frühstück ist Lucas ungewöhnlich still, sein nachdenklicher Blick weicht nicht von mir ab und ich erröte jedes Mal, wenn ich von meinem Teller aufschaue und diese blassen Augen erblicke, die mich betrachten. Ich möchte ihn fragen, was er denkt, aber eine eigenartige Schüchternheit lässt mich schweigen. Es hilft auch nicht, dass ich wund bin, jede Bewegung mich an das erinnert, was zwischen uns geschehen ist. Er hat mich nicht zerrissen, wie ich befürchtet hatte, aber ich merke immer noch deutlich, dass etwas Langes und Dickes in mir war, mich zu Orten gebracht hat, von denen ich nicht wusste, dass ich dorthin gelangen kann ... Gefühle in mir hervorgerufen hat, von denen ich nicht wusste, dass ich sie empfinden kann.

Um die Mahlzeit zu beschleunigen, schlinge ich meine Champignon-Spinat-Quiche schnell hinunter und stehe auf, um den Teller zur Spüle zu tragen. Als ich zum Tisch zurückkomme, um Lucas' Teller abzuräumen, überrascht er mich, indem er meinen Arm ergreift und seine langen Finger sich wie ein Schraubstock um mein Handgelenk legen.

»Yulia.« In seinen Augen funkelt etwas Undefinierbares. »Das war köstlich. Vielen Dank.«

»Oh.« Ich blinzele. »Gerne.« Ich erwarte, dass er mein Handgelenk jetzt wieder loslässt, aber er hält es weiterhin fest, ohne etwas zu sagen.

»Also, ich würde jetzt gerne deinen Teller abräumen ...« Ich verbiege mich, um mit meiner anderen Hand nach ihm zu greifen, aber er schiebt ihn zur Seite, so dass ich nicht mehr an ihn herankommen kann.

»Ich mache das schon, mach dir keine Gedanken. Yulia ...« Er holt tief Luft. »Bist du in Ordnung?«

»Ja.« Mein Gesicht brennt bis zu meinen Haarwurzeln, aber ich zwinge mich dazu, meinen Blick nicht wie eine errötende Jungfrau abzuwenden. »Alles in Ordnung.«

»Gut.« Seine Augen verdunkeln sich. »Ich wollte dir nicht wehtun.«

»Das hast du nicht.« Ich schlucke. »Zumindest nicht sehr.«

Lucas betrachtet mich einige Augenblicke lang, bevor er zufrieden nickt. Er gibt mein Handgelenk frei, steht auf und trägt seinen Teller zur Spüle. Er wäscht ihn zusammen mit meinem Teller ab, und ich stehe einfach nur da, weil ich nicht weiß, ob dieses eigenartige Gespräch schon beendet ist. Letztendlich beschließe ich, die Küche zu verlassen, aber bevor ich hinausgehen kann, trocknet sich Lucas die Hände mit Küchenrolle ab und dreht sich zu mir um.

Mit einigen wenigen großen Schritten schließt er den Abstand zwischen uns und bleibt weniger als dreißig Zentimeter vor mir stehen. »Damit du es weißt«, sagt er ruhig, »ich würde dir niemals ernsthaft wehtun. Du gehörst *mir,* aber das bedeutet nicht, dass ich dich jemals missbrauchen würde. Dein Glück bedeutet mir viel, Yulia. Das kannst du mir glauben oder auch nicht, aber es ist die Wahrheit.«

Ich öffne meinen Mund, schließe ihn dann aber wieder, da ich nicht in der Lage bin, einen zusammenhängenden Satz zu formulieren. Noch nie zuvor hat Lucas mich wissen lassen, was er fühlt - und zugegeben, dass er verletzende Dinge sagt, wenn er eifersüchtig ist. Trotzdem zeigt sein Gesicht keine Reue, und seine Worte sind auch nicht wirklich eine Entschuldigung. Was er letzte Nacht gesagt hat, ist die reine Wahrheit - in dieser Beziehung, habe ich die gleichen Rechte wie ein Sklave - und er hat auch nicht vor, das abzustreiten. Was er mir jedoch verspricht, ist, ein guter Besitzer zu sein, und eigenartigerweise finde ich das beruhigend. Letzte Nacht - eigentlich jede Nacht - hätte er mich schlimm verletzen können, aber das hat er nicht, und als ich den harten Mann vor mir anschaue, weiß ich auf einmal mit hundertprozentiger Sicherheit, dass er es niemals tun wird.

Das mag dumm von mir sein, aber ich vertraue meinem Entführer – zumindest in diesem Punkt.

Bevor ich die richtigen Worte finden kann, um ihm das mitzuteilen, beugt Lucas seinen Kopf nach vorn und küsst mich auf den Mund, bevor er aus der Küche geht und mich benommen zurücklässt ... und mit einer neuen, zerbrechlichen Hoffnung.

* * *

Wir sprechen nicht noch einmal darüber, dass ich gerne für die Wächter koche, aber eine Woche später wird mir eine Küchenausstattung in Restaurantgröße geliefert, angefangen bei einem riesigen Ofen bis hin zu Töpfen und Pfannen. Diego und Eduardo verbringen zwei Tage damit, die Küche umzubauen und die neuen Geräte zu installieren, und als sie fertig sind, habe ich alles, um für eine kleine Armee kochen zu können.

Eine Woche später fällt mir auf, dass ich genau das tue. Sobald Lucas das Haus verlassen hat, um zur Arbeit zu gehen, fange ich an, alles für den wahnsinnigen Ansturm aufs Mittagessen vorzubereiten. Diego und Eduardo müssen den anderen Wächtern erzählt haben, dass Lucas nachgegeben hat, und die Küche wimmelt von zehn Uhr morgens bis zum späten Nachmittag vor Besuchern. Und danach beginnt der Ansturm auf das Abendessen. An einem Tag kommen neunundsiebzig Wächter vorbei – ich habe sie gezählt, um sicherzugehen, dass ich nicht übertreibe – und mir fällt auf, dass ich etwas tun muss, um die Lage in den Griff zu bekommen. Lucas ist erstaunlich gelassen und findet sich sogar ohne zu klagen mit der Unterbrechung unserer Routine ab, aber ich bin mir nicht sicher, dass er das für immer so hinnehmen wird. Außerdem vermisse ich unsere Mahlzeiten zu zweit – oder zu dritt, wenn Misha vorbeikommt. Es besteht ein großer Unterschied dazwischen, den Wächtern einige Reste zu geben, oder das zu managen, was sich schnell zu einem ganztägig geöffneten Restaurant entwickelt hat. Wenn das Abendessen vorbei ist, bin ich so erschöpft, dass ich fast sofort einschlafe, und einige Male schlafe ich auch im Wohnzimmer beim Fernsehen ein – etwas, das in der Regel damit endet, dass Lucas mich ins Bett trägt und mich fickt, bis ich den Verstand verliere, bevor er mich weiterschlafen lässt.

Außerdem habe ich noch ein anderes, schwerwiegenderes Problem.

»Lucas, beteiligen sich die Wachen an den Kosten für die Lebensmittel?«, frage ich ihn eines Morgens, als ich einen Teig für *Blinis* – eine Art russische Crêpes – zubereite. »Oder zahlt Esguerra die Zutaten?«

»Weder noch«, antwortet Lucas und betrachtet mich vom Tisch mit schweren Augenlidern. Ich habe keine Ahnung, ob er die Crêpes will oder ob es ihm meine kurzen Shorts angetan haben, aber sein stark männliches Gesicht hat definitiv ein hungriges Aussehen.

Ich weigere mich, mich davon ablenken zu lassen, lege den Schneebesen auf einem Stück Haushaltsrolle ab und schaue Lucas mit gerunzelter Stirn an. »Nicht? Aber das ist eine Menge Essen – und einige der Zutaten sind wirklich teuer.«

»Na und?« Sein Blick wandert über meinen Körper und bleibt auf dem Streifen nackter Haut hängen, den mein Tanktop freigibt. »Du genießt es, und wir können es uns leisten.«

Ich ziehe mein Shirt nach unten und warte, bis er mir wieder in die Augen schaut. »Wir?«

»Natürlich«, sagt er, ohne mit der Wimper zu zucken. »Ich habe dir doch gesagt, dass Esguerra mich gut bezahlt, und ich habe im Laufe der Jahre eine hübsche Summe Geld angehäuft.«

»In Ordnung.« Ich entscheide mich dafür, dass er einfach das falsche Pronomen benutzt hat, und komme auf das eigentliche Thema zurück. »Das bedeutet aber trotzdem nicht, dass du das Essen für alle aus deiner Tasche bezahlen solltest«, sage ich. »Ich meine, wir reden über einige hundert Dollar pro Tag.«

Lucas zuckt mit den Schultern. »Okay. Wenn du dir darüber Gedanken machst, werde ich den Wächtern mitteilen, dass sie ab jetzt für ihre Mahlzeiten zahlen müssen. Dein Essen ist mit Sicherheit gut genug für ein Gourmetrestaurant, also finde ich, dass es eine gute Idee wäre, dementsprechende Preise zu verlangen.«

»Ernsthaft?« Ich starre ihn an. »Du willst, dass ich ein richtiges Restaurant betreibe?«

»Mein Liebling, ich weiß nicht, ob dir das klar ist, aber du betreibst bereits ein Restaurant.« Lucas steht auf und kommt zu mir. Seine Augen leuchten, als er vor mir stehen bleibt und sagt: »Ein sehr gutes Restaurant sogar, was die Tatsache beweist, dass ein Drittel der Wächter mindestens einmal pro Tag vorbeikommt. Und der Rest ... na ja, viele haben immer noch ein Problem mit dem Flugzeugabsturz, aber die meisten, die nicht kommen, haben einfach keine Zeit – sie haben Aufgaben, die es ihnen nicht ermöglichen, ihren Platz zu verlassen.«

»Oh.« Mir war nicht aufgefallen, dass mein Essen so beliebt ist, auch wenn neunundsiebzig Gäste an diesem einen Tag mir einen Hinweis darauf gegeben haben sollten.

»Ja, oh.« Lucas streckt seine Hand aus und streicht mir eine Haarsträhne aus der Stirn. »Dir hat das Ganze Spaß gemacht, also habe ich nichts gesagt, aber da wir gerade darüber sprechen, solltest du wissen, dass ich es für eine gute Idee halte, diese Ficker bezahlen zu lassen, und gut bezahlen zu lassen. Dadurch könnten wir die geizigen Bastarde aussondern und deinen Arbeitsaufwand vermindern.«

»In Ordnung«, stimme ich nach einer kurzen Überlegung zu. »Wenn du denkst, dass das klappen wird, werde ich es versuchen.«

* * *

Ein wenig besorgt setze ich Lucas' Vorschlag um und bin mir sicher, dass niemand mit gesundem Menschenverstand für mein Essen zahlen wird, wenn das Essen in der Cafeteria kostenlos ist. Hauptsächliche tue ich das, weil ich Lucas mit meinem Hobby nicht ruinieren möchte. Er ist mehr als großzügig zu mir gewesen, aber ich kann nicht von ihm verlangen, für immer die Mahlzeiten aller Wächter zu bezahlen. Außerdem habe ich nicht wirklich etwas gegen weniger Arbeit; so viel Spaß mir diese Herausforderung auch macht, sind mindestens zehn Stunden pro Tag in der Küche harte Arbeit. Ich bin so müde, dass ich einen Abdeckstift benutze, um meine Augenränder zu verbergen, da ich weiß, dass Lucas dieses ganze Unterfangen stoppen würde, wenn er sie sähe.

Meine Gesundheit steht für ihn immer noch an erster Stelle.

Als ich die Preise bekanntgebe – echte Gourmetrestaurantpreise, die ich mit einem schwarzen Filzstift auf ein an der Tür befestigtes Blatt

Papier schreibe – höre ich zu meiner Überraschung nicht einmal den kleinsten Protest. Als der Tag vorüber ist, habe ich sechs Millionen kolumbianische Pesos verdient – fast zweitausend US-Dollar.

Fassungslos zeige ich Lucas meinen Einnahmen. »Sie haben bezahlt. Kannst du das glauben? Sie haben wirklich bezahlt.«

»Das kann ich, leider.« Finster blickt er auf den Haufen Geld auf dem Tisch. »Sie sind nicht so geizig, wie ich gehofft hatte.«

Der Wahnsinn geht also weiter. Mein Geschäft – und ich muss es jetzt genau als solches betrachten – ist sehr lukrativ, aber es ist gleichzeitig kraftraubend. Ich mache alles selbst, angefangen vom Kochen, über das Servieren bis hin zum Putzen. Nach weiteren drei Wochen wird mir klar, dass ich für das Betreiben eines Restaurants entweder Hilfe brauche oder aber mein Angebot einschränken muss.

»Ich glaube, ich werde nur noch Mittagessen anbieten«, teile ich Lucas mit, während ich die Töpfe und Pfannen vom Abendessen schrubbe. »Und wenn es dir nichts ausmacht, werde ich ein paar Tische in den Hof stellen, um eine Art Café zum Hinsetzen daraus zu machen, anstatt allen das Essen mitzugeben. Auf diese Weise können nur so viele Menschen kommen, wie Stühle vorhanden sind, und diejenigen, die keinen Sitzplatz finden, müssen für einen anderen Tag einen Tisch reservieren.«

»Das ist eine hervorragende Idee«, meint Lucas und kommt zu mir, um mir dabei zu helfen, eine schwere Pfanne aus der Spüle zu heben. »Warum gehst du heute nicht einmal früh ins Bett? Ich bringe das hier zu Ende, und dann komme ich zu dir.«

»Nein, das ist schon in Ordnung. Ich kann das machen«, protestiere ich, aber er schiebt mich weg und beginnt, die verbliebenen Pfannen und Töpfe zu reinigen. Als ich sehe, dass er nicht vorhat, nachzugeben, seufze ich und danke ihm, bevor ich mich erschöpft zur Dusche schleppe.

Ich bin schon so weit, jede Hilfe anzunehmen, die ich bekommen kann.

* * *

Am nächsten Tag beginne ich damit, meine neuen Pläne umzusetzen. Zuerst murren die Wächter etwas darüber, dass ihnen das Mittagessen verwehrt wird, aber als Lucas auftaucht und sie eisig anstarrt, kehrt Ruhe ein. Als die Woche vorüber ist, habe ich aus einem unorganisierten, ganztägig geöffneten Take-away ein stark gefragtes Mittagscafé gemacht.

»Ich bin für die nächsten drei Wochen komplett ausgebucht«, erzähle ich Lucas ungläubig, aber strahlend während unseres Morgenspaziergangs – dem ersten seit ungefähr zwei Wochen. »Ernsthaft, ich muss jetzt bereits Reservierungen für den nächsten Monat aufnehmen.«

»Natürlich, was hattest du denn erwartet?« Er lächelt mich warm an. »Ich habe dir schon immer gesagt, dass du unglaublich gut kochst.«

Ich grinse, da mich sein Lob sehr glücklich macht. Ich vermute allerdings, dass Lucas sich mehr darüber freut, endlich wieder ruhige Abendessen zu haben, als über den Erfolg meines Cafés. Doch das ändert nichts an der Tatsache, dass er mich bei meiner Unternehmung unglaublich unterstützt hat. Ich bin mir sicher, dass der Gewinn, den das Café abwirft, ihn nicht stört, aber auch als mein Hobby ihn noch Geld gekostet hatte, stand er voll hinter mir.

»Was hast du mit dem Geld gemacht?«, möchte ich wissen, weil ich mich zum ersten Mal frage, was mit dem Haufen Bargeld passiert, den ich Lucas jeden Abend gebe. »Sparst du es? Investierst du es?«

»Ich zahle es natürlich auf dein Konto ein. Was denn sonst?«

»Mein Konto?« Ich ziehe meine Augenbrauen in die Höhe. »Was meinst du mit meinem Konto?«

»Das Konto, das ich dir auf den Kaimaninseln eröffnet habe«, sagt Lucas ganz beiläufig, so als sei das etwas, was jeden Tag passiert. »Na ja, praktisch läuft das Konto auf unser beider Namen, weil mir das mein Steuerberater geraten hat, aber du bist die Hauptkontoinhaberin.«

»Was?« Ich bleibe stehen und blicke ihn mit gerunzelter Stirn an, da ich mir sicher bin, dass ich etwas falsch verstehen muss. »Du hast dieses Geld für mich auf ein Konto eingezahlt? Warum?«

»Weil es dein Geld ist«, antwortet er, so als sei das offensichtlich. »Du hast es verdient, also was hätte ich sonst mit ihm tun sollen?«

»Na ja, es behalten sollen. Schließlich koche ich mit den Zutaten, die du kaufst, und benutze die Ausstattung, die du bezahlt hast.«

»Ja, aber ich koche ja nicht«, wirft Lucas zu Recht ein. »Außerdem ziehe ich die Kosten für die Lebensmittel ab, bevor ich das Geld einzahle.

Das Geld, das sich auf deinem Konto befindet, ist der Gewinn – *dein* Gewinn.«

Mein Kopf dreht sich, während ich ihn anstarre. »Aber was soll ich deiner Meinung nach mit dem Geld machen? Und wie viel Geld befindet sich überhaupt auf dem Konto?«

»Gestern waren es knapp über vierzigtausend Dollar.« Er geht weiter, und ich gehe ihm schnell hinterher, auch wenn ich mich fühle, als sei ich in einen Kaninchenbau gefallen. »Und du kannst damit machen, was du willst. Wenn du möchtest, kann ich meinen Portfoliomanager bitten, es für dich zu investieren. Falls du lieber an der Börse spekulieren möchtest, kannst du das ebenfalls tun. Oder du lässt es einfach dort, bis du eine bessere Idee hast, was du damit anfangen möchtest.«

Mein Alice-im-Wunderland-Gefühl wird stärker. »Ich kann an der Börse spekulieren?«

»Wenn du Lust dazu hast. Oder du kannst es jemand Professionellem überlassen – Winter, mein Portfoliomanager ist ziemlich gut.«

Stimmt. Jeder weiß ja schließlich, dass Gefangene Zugang zu Top-Portfoliomanagern haben. Meine Gedanken rasen, als ich versuche, das alles zu verarbeiten und über die Auswirkungen nachzudenken. »Lucas, wirst du ...« Ich blicke ihn vorsichtig an. »Wirst du mich freilassen?«

Er bleibt stehen, dreht sich zu mir um, und ich sehe, dass seine Entspanntheit spurlos verschwunden ist. »Was meinst du damit?« Seine blassen Augen funkeln gefährlich. »Willst du mir sagen, dass du gehen willst?«

»Nein, aber« – ich schlucke, da mein Puls beginnt zu rasen – »würdest du mich lassen, wenn ich wollte?« Könnte Lucas seine Meinung über unsere Beziehung geändert haben? Ist es möglich, dass er mich gerne genug hat, um mir diese Wahl zu lassen?

Er macht einen Schritt auf mich zu, und seine breiten Schultern blockieren die Sonnenstrahlen, die durch die Bäume fallen. »Niemals«, sagt er mit harscher Endgültigkeit. »Du wirst mich nicht verlassen. Du kannst tun, was immer du möchtest: Eintausend Restaurants betreiben, Millionen machen, wenn dir danach ist, aber du wirst es an meiner Seite tun. Ich werde dich nicht gehen lassen, Yulia – weder jetzt noch irgendwann.«

Ich blicke zu ihm hoch, und mein Herz klopft mit einer gegensätzlichen Mischung aus Bestürzung und Freude. »Niemals? Aber was ist, wenn du genug von mir hast?«

»Das wird niemals passieren.«

»Das kannst du nicht mit Sicherheit sagen –«

»Doch, das kann ich.« Er kommt noch näher und zwingt mich, zurückzuweichen, bis ich einen Baum im Rücken habe. Er legt seine Hände rechts und links neben mir ab, so dass mich seine Umarmung einschließt, und beugt sich mit funkelnden Augen nach vorne. »Ich habe noch nie eine Frau auf diese Weise begehrt, wie das bei dir der Fall ist. Du bist wie Feuer unter meiner Haut. Ich will dich jede Minute eines jeden Tages. Es ist egal, wie oft wir ficken; in dem Moment, in dem ich aus dir gleite, will ich wieder in dir sein, deine nasse, seidige Hitze spüren und dich riechen, dich schmecken.« Er atmet tief ein, seine muskulöse Brust weitet sich, und ich bemerke, dass ich selber schneller atme, als seine harten Brustmuskeln meine steifen Nippel berühren. Meine Handflächen drücken gegen den Baum hinter mir, und die raue Rinde gräbt sich in meine Haut. Er hält mich fest, umgibt mich, und das Feuer, von dem er gerade gesprochen hat, brennt auch unter meiner Haut.

Ungewollt befeuchte ich meine Lippen mit meiner Zungenspitze, und ich sehe, wie sich Lucas' Augen verdunkeln.

»Yulia ...« Er drückt seinen Unterleib gegen meinen, und ich fühle die harte Schwellung in seiner Jeans. »Ich kann nicht aufhören, dich zu wollen, egal, was ich mache«, sagt er mit einer leisen, belegten Stimme. »Jede Nacht, wenn ich dich umarme, denke ich, dass diese Besessenheit morgen vielleicht nachlässt, dass ich vielleicht einige wenige Stunden verbringen kann, ohne an dich zu denken, ohne mich nach dir zu sehnen wie nach einer verdammte Droge, aber das passiert nicht. Ich wache genauso abhängig auf, und weißt du was, Süße?«

»Was?«, kann ich gerade so flüstern, da mein Mund trocken ist und mein Puls rast. Was Lucas da sagt, die Art und Weise, wie er mich anblickt ...

»Irgendwie mag ich es sogar.« Er beugt seinen Kopf nach unten, und sein Mund bleibt einen Zentimeter vor meinen Lippen stehen. Ich kann die Bergamotte des Earl Grey in seinem Atem riechen, die Dunkelheit seiner Pupillen und den blaugrauen Ring seiner Iris, die sie umgibt sehen. »Du gibst mir etwas, von dem ich nicht wusste, dass ich es wollte, und ich werde das nicht wieder hergeben.«

»Was ...«, ich hole Luft, während Hitze meine Wirbelsäule kribbeln lässt. »Was gebe ich dir?«

»Das.« Seine Lippe streichen fast unmerklich über meine, und die Zärtlichkeit dieses Kusses ist das Gegenteil des ungezähmten Hungers, den ich in ihm spüre. »Dich. Wie immer ich möchte.« Sein Mund fährt über meinen Kiefer, fühlt sich warm und weich auf meiner Haut an, und ich schließe meine Augen, während ich aufstöhne und sich mein Kopf automatisch nach hinten biegt. Ich fühle mich heiß und benommen, in meinem Körper vibriert eine dunkle, pulsierende Hitze, die nichts mit der Vormittagssonne zu tun hat, die auf das Regenwalddach über uns scheint. Ich habe einen Lucasrausch, bin high von diesem chemischen Cocktail, den mein Gehirn in seiner Gegenwart zusammenbraut. Er sagt mir nichts, was ich nicht schon wusste – seine sexuelle Besessenheit mit mir war von Anfang an offensichtlich – und doch sucht der bedürftigere Teil in mir nach einer tieferen Bedeutung in seinen von Erotik durchtränkten Worten, versucht, sie wie Rätsel zu knacken. Könnte das seine Art sein, mir zu sagen, dass ich ihm etwas bedeute? Dass er mich sogar liebt?

Ich öffne meine Augen und kämpfe gegen meinen Rausch an, um den Mut zu finden, ihn genau das zu fragen, als ich es höre.

Das perlende Lachen einer Frau, dem das Geräusch von Zweigen, die knacken, als jemand auf sie tritt, folgt.

Lucas muss es auch gehört haben, weil er mich freigibt, sich herumdreht und beschützend vor mir stehen bleibt.

Einen Augenblick später kommt ein zierliches, dunkelhaariges Mädchen hinter den Bäumen hervorgerannt, dessen gebräuntes Gesicht durch ein Lächeln strahlt und dessen Sport-BH schweißdurchtränkt ist. Zwei Schritte hinter ihr befindet sich ein großer Mann von düsterer Schönheit. Er trägt lediglich ein Paar graue Laufshorts, sein gebräunter, muskulöser Körper glänzt schweißig und ein breites Grinsen legt seine weißen Zähne frei.

Seine blauen Augen treffen auf meine, die hinter Lucas' schützendem Körper hervorschauen, und die Hitze in mir verwandelt sich in Eis.

Es sind Julian und Nora Esguerra.

Sie müssen gerade laufen gewesen sein.

Als sie uns sehen, halten sie schwer atmend an. Ihr Lächeln verschwindet spurlos.

»Hallo«, sagt Lucas ruhig und scheint die Spannung, die in der Luft liegt, nicht zu bemerken. »Wie ist der Lauf?«

»Heiß. Feucht. Du weißt schon, wie immer«, antwortet Esguerra auf die gleiche Weise, aber ich sehe sein angespanntes Kinn, als er nach vorn tritt, um sich neben Nora zu stellen. Er überragt ihre zarte Gestalt, und seine Bizeps haben fast den gleichen Umfang wie ihre schlanke Taille. Ein Sonnenstrahl fällt auf sein Gesicht, und ich bemerke eine verblasste weiße Narbe auf seinem linken Wangenknochen. Sie zieht sich bis zur oberen Kante seiner Augenbraue, wobei sie über sein linkes Auge fährt.

Sein künstliches linkes Auge, erinnere ich mich mit einem kalten Schauer. Er hat das echte nach dem Flugzeugabsturz verloren, den ich verursacht habe.

»Entschuldige bitte, wir wollten nicht stören«, meint Nora, und ihre kalte Stimme straft ihre Entschuldigung Lügen. Ihre dunklen Augen wandern von mir zu Lucas und wieder zurück zu mir, während sie hinzufügt: »Es ist meine Schuld. Normalerweise laufen wir nicht hier lang, aber heute wollte ich einen neuen Weg ausprobieren.«

Lucas zuckt leicht mit seinen riesigen Schultern. »Es ist Ihr Anwesen. Sie können laufen, wo Sie möchten.« Seine Stimme ist immer noch unbeschwert, aber die Muskeln in seinen Armen spannen sich an, und als ich einen Blick auf Esguerra werfe, bemerke ich, dass er mich derart intensiv anstarrt, dass es bedrohlich wirkt.

Das Eis in mir breitet sich bis zu meinen Zehen aus. Ich habe keine Angst um mich selbst, aber ich kann den Gedanken nicht ertragen, Lucas in Gefahr zu bringen, der wie ein menschlicher Schild vor mir steht. Er ist bereit, für mich zu kämpfen, das kann ich spüren.

Um mich zu schützen, würde er sich Esguerra in den Weg stellen und sterben – wenn nicht im Kampf selber, dann danach durch die Hände von zweihundert, ihrem Boss wahrscheinlich treu ergebenen, Soldaten.

»Lucas«, sage ich ruhig und lege meine Finger um sein Handgelenk. »Komm. Wir sollten gehen.«

Er bewegt sich nicht, genauso wenig wie Esguerra. Die beiden Männer scheinen Wurzeln geschlagen zu haben, und ihre kräftigen Muskeln sind angespannt, während sie einander wütend anstarren. Lucas ist einige Zentimeter größer als Esguerra und hat eine ein wenig breitere Brust, aber ich habe das Gefühl, dass sie in einem Kampf gleichstark wären. Gewalt ist die Sprache, die sie sprechen; das ist an den Narben auf ihren Körpern und der Ungezähmtheit in ihren Augen deutlich zu erkennen.

Wenn das Vertrauen zwischen beiden zerbricht, wird nur einer von ihnen den Wald lebend verlassen.

Offensichtlich kommt Nora zu dem gleichen Schluss, denn sie sagt sanft: »Ja, Julian, wir sollten gehen.« Sie ahmt meine Geste nach und schlingt ihre schlanken Finger um das breite Handgelenk ihres Mannes, wodurch ihre zierliche Hand neben seiner aussieht wie die eines Kindes. Esguerra spannt sich noch mehr an, und einen Moment lang bin ich mir sicher, dass er sich aus ihrem Griff herauswinden wird, sie mit der Leichtigkeit abschütteln wird, wie ein Erwachsener ein an ihm hängendes Kleinkind, aber er tut es nicht.

»Ja«, sagt er, und muss sich offensichtlich anstrengen, sich zu entspannen. »Du hast recht. Gehen wir. Die Arbeit wartet.«

Nora nickt, lässt ihre Hand sinken und dreht sich herum. »Wer zuerst am Haus ist!«, ruft sie über ihre Schulter Esguerra zu, und mit einem letzten Blick in unsere Richtung rennt sie weg und verschwindet zwischen den Bäumen. Ihr Ehemann folgt ihr, und wenige Minuten später sind wir wieder allein.

Lucas dreht sich zu mir um. »Geht es dir gut?«, fragt er ruhig.

»Natürlich.« Ich zwinge mich zu einem Lächeln. »Warum auch nicht?« Ich trete nach links, umrunde ihn und gehe schnell zu seinem Haus, da ich nicht noch einen Moment länger im Wald bleiben möchte.

Ich habe keinerlei Zweifel mehr, was meine Zukunft hier betrifft.

Das nächste Mal, wenn Esguerra mich sieht, wird Blut fließen.

FÜNFUNDVIERZIGSTES KAPITEL

❖ LUCAS ❖

In dem Moment, in dem wir nach Hause kommen, entschuldigt sich Yulia und verschwindet im Badezimmer, um sich zu duschen, bevor sie mit den Vorbereitungen fürs Mittagessen beginnt. Ich überlege kurz, mit ihr zu duschen, aber entscheide mich letztendlich dagegen.

So sehr ich sie auch nach dem, was eben geschehen ist, beruhigen möchte, zuerst muss ich etwas anderes erledigen.

Eine halbe Stunde später betrete ich Esguerras Büro. Er muss sich gerade geduscht und umgezogen haben, denn seine Haare sind nass, als er aufsteht, um mit mir auf einer Augenhöhe zu sein. Sein Blick ist hart und sein Kinn vor Wut angespannt.

Ich gebe mir nicht die Mühe, lange um den heißen Brei zu reden. »Sie gehört mir«, sage ich scharf, während ich mich dem Schreibtisch nähere. »Welcher Teil davon ist unklar?«

Esguerras Blick wird noch härter. »Ich habe sie nicht angefasst.«

»Nein, aber das möchten Sie, oder etwa nicht?« Ich stütze mich mit meinen Fäusten auf dem Schreibtisch auf und beuge mich nach vorn. »Sie möchten sie für das bezahlen lassen, was passiert ist.«

»Ja – und das solltest du auch wollen.« Er spiegelt meine aggressive Haltung wider, und der breite Tisch zwischen uns ist das Einzige, das die Gewalt, die in der Luft liegt, im Zaum hält. »Fast vier Dutzend unserer

Männer sind gestorben, und sie spaziert hier herum, als sei nichts passiert ... betreibt ein Restaurant auf meinem verdammten Grundstück.« Seine Worte fließen vor unterdrückter Wut über. »Weißt du eigentlich, dass eine Reservierung in Yulias Café in diesen Tagen die heißeste Ware auf diesem Anwesen ist? Die Wächter behandeln diese Plätze, als seien sie verdammtes Gold.«

Ich stelle mich gerader hin und starre ihn wütend an. »Ja, natürlich weiß ich das.« Erst gestern musste ich bei einem Kampf zwischen zwei Wächtern einschreiten – einem Kampf wegen eines Kartenspiels, dessen Gewinn ein Platz im Café für Freitag um elf Uhr dreißig gewesen war.

»Und du lässt das zu?« Esguerra umrundet mit festen Schritten den Schreibtisch und bleibt mit zu Fäusten geballten Händen vor mir stehen. »Das ist *mein* Anwesen. Ich lasse sie hier leben, weil ich dir etwas geschuldet habe, aber ich will nicht jeden Tag an ihre Existenz erinnert werden, verstehst du mich?«

»Hervorragend.« Ich erwidere seinen wütenden Blick mit einem meiner eigenen. »Und deshalb werde ich gehen.«

Esguerra versteift, und seine Wut wird zu etwas Kälterem. »Wie bitte?«

»Ich bin hierhergekommen, um das zu besprechen«, erkläre ich und verschränke meine Arme vor meiner Brust. Ich drücke die Wut weg, die in mir brodelt, und sage ruhig: »Sie werden ihr niemals verzeihen, und ich werde sie niemals aufgeben, also haben wir meiner Meinung nach nur zwei Optionen. Wir können uns deshalb gegenseitig umbringen, oder sie verschwindet – mit mir – von der Bildfläche.«

»Du kündigst?«

»Wenn Sie das möchten.« Ich schaue ihn ruhig an. »Wir arbeiten gut zusammen, aber es könnte an der Zeit sein, getrennte Wege zu gehen. Ich werde natürlich meinen Nachfolger einarbeiten, bevor ich gehe. Thomas ist ein hervorragender Pilot, also werden Sie, was das betrifft, keine Probleme haben, und Diego ist clever und loyal; er wird ein guter zweiter Mann sein. Oder ...« Ich beende meinen Satz nicht.

Esguerras Augenbrauen ziehen sich zusammen. »Oder was?«

»Oder wir können einen Weg finden, zusammenzuarbeiten, ohne dass ich hier lebe.« Ich mache eine Pause, damit er das sacken lassen kann. »Bevor Sie beschlossen haben, sich langfristig auf diesem Anwesen niederzulassen, sind wir immer den Geschäften gefolgt. Es war nett, sich hier niederzulassen – und wegen des Problems mit Al-Quadar auf jeden Fall sicherer für Sie und Nora – aber Sie wissen genauso gut wie ich, dass wir einige lukrative Geschäfte sausen lassen mussten, weil Sie die Reisen begrenzen wollten.«

Seine Nasenlöcher beben. »Was genau schlägst du vor?«

»Als Sie sich im Koma befanden, habe ich die ganze Organisation geführt. Ich habe mich um alles, von den Lieferanten bis zu den Kunden, gekümmert und dabei alle Einzelheiten dieses Business kennengelernt. Wenn Sie möchten – falls Sie mir genügend vertrauen – könnte ich mehr sein als Ihr zweiter Mann und an Ihrer Seite arbeiten. Ich kann uns in Übersee repräsentieren, das tun, was nötig ist, um die Geschäfte dort aufzubauen.«

Esguerras Gesicht wird ausdruckslos. »Du willst mein Partner werden.«

»Das könnten Sie so sehen, auch wenn Executive Operations Manager die korrektere Bezeichnung sein könnte. Sie hätten die letztendliche Entscheidungsgewalt, was die wichtigen Entscheidungen betrifft, aber ich würde die neuen Unternehmungen führen und unsere existierenden Operationen persönlich überwachen. Ich könnte eine Basis an einem zentralen Ort wie Europa oder Dubai haben und so viel reisen, wie nötig ist, um alle Dinge reibungslos laufen zu lassen.«

»Du hast das durchdacht.«

»Ja. Ich weiß seit einer ganzen Weile, dass die derzeitige Lösung nicht lange funktionieren wird.«

»*Ihretwegen.*«

»Ja, wegen Yulia.« Ich erwidere seinen eisigen Blick. »Ich werde nicht zulassen, dass ihr etwas zustößt.«

»Und wenn ich nicht damit einverstanden bin?«

»Ihr Geschäft, ihre Entscheidung«, antworte ich. »Ich arbeite gerne für Sie, aber ich habe auch andere Möglichkeiten. Ich könnte zum Beispiel in die Legalität zurückkehren und irgendwo eine Sicherheitsfirma gründen. Wenn Sie die Zusammenarbeit nicht möchten, sagen Sie es mir, und ich gehe.«

Er blickt mich eindringlich an, und ich weiß, dass er gerade nachdenkt. Er kann mich nicht gehen lassen – ich weiß zu viel über die inneren Strukturen seiner Organisation – also hat er nur zwei Möglichkeiten: Mich zu töten oder meinem Vorschlag zuzustimmen. Ich sehe ihn ruhig an und bin auf beide Möglichkeiten vorbereitet. Ich weiß, dass ich ein Risiko eingehe, ihn dermaßen unter Druck zu setzen, aber ich sehe keine andere Möglichkeit, diese Situation zu lösen. Yulia kann nicht den Rest ihres Lebens damit verbringen, sich in meinem Haus zu verstecken und zu versuchen, nicht Esguerras Aufmerksamkeit auf sich zu ziehen. Irgendwann wird irgendetwas schiefgehen, und sobald das der Fall ist, werden die Dinge hässlich werden.

Ich muss sie von hier verschwinden lassen, bevor das geschieht.

Und gerade als ich mir sicher bin, dass sich Esguerra dafür entschieden hat, dass meine Loyalität nichts wert ist, seufzt er und tritt zurück, während sich seine Hände an den Seiten entspannen. »Bedeutet sie dir wirklich so viel?« In seiner Stimme schwingt eine leichte Resignation mit. »Kannst du keine andere hübsche Blonde zum Ficken finden?«

Ich hebe meine Augenbrauen an. »Könnten Sie eine andere zierliche Brünette finden?«

Ein humorloses Lächeln macht sich auf seinem Gesicht breit. »So ist es also?«

»Sie ist mein Ein und Alles«, sage ich, ohne mit der Wimper zu zucken. »Also ja, ich nehme an, es ist genau so.«

Esguerra schaut mich an, und sein Lächeln verschwindet. Dann sagt er plötzlich: »Zehn Prozent der Gewinne aus den neuen Geschäften zusätzlich zum gleichen Gehalt – das ist mein Angebot.«

»Siebzig Prozent«, antworte ich, ohne zu zögern. »Ich werde die ganze Arbeit machen, also ist das fair.«

»Zwanzig Prozent.«

»Sechzig.«

»Dreißig.«

»Fünfzig, und das ist mein letztes Angebot.«

»Fünfundvierzig.«

Ich schüttele mit dem Kopf, auch wenn mir diese fünf Prozent scheißegal sind. »Fünfzig Prozent«, wiederhole ich. Wenn Esguerra mich als Partner respektieren soll, darf ich jetzt nicht nachgeben. Das wird längerfristig für ein besseres Arbeitsverhältnis sorgen. »Das oder nichts.«

Er betrachtet mich kalt, bevor er den Kopf neigt. »In Ordnung. Fünfzig Prozent des Gewinns der neuen Geschäfte.«

»Abgemacht.« Ich strecke meinen Arm nach vorn und wir besiegeln die Abmachung mit einem Händedruck. »Ich werde den Stein ins Rollen bringen, damit wir so schnell wie möglich aus Ihrem Blickfeld verschwinden«, sage ich, lasse seine Hand los und trete zurück. »Nur noch eine Sache ...«

Esguerras Mund wird hart. »Um was geht es?«

»Sie wissen genauso gut wie ich, dass unsere Art der Arbeit gefährlich ist, besonders außerhalb dieses Anwesens«, sage ich. »Und deshalb brauche ich auch Ihr Versprechen, dass Sie *niemals* Yulia oder ihre Familie verfolgen werden. Unabhängig davon, was mir zustoßen könnte.«

Esguerra nickt kurz. »Ich gebe dir mein Wort.«

* * *

An diesem Abend ist Yulia still und zurückgezogen, und ihr Blick fast die ganze Mahlzeit über auf den Teller gerichtet, obwohl ihr Bruder mit uns am Tisch sitzt. Michael versucht mehrere Male, eine Unterhaltung mit ihr zu beginnen, aber nachdem er nur einsilbige Antworten bekommt, gibt er es auf und beendet seine Mahlzeit schnell.

»Was ist los mit ihr?«, fragt er mich leise, als ich ihn zu den Baracken der Wächter begleite, während Yulia zu Hause abräumt und abwäscht. »Ist sie wütend auf mich?«

»Das hat nichts mit dir zu tun«, sage ich. »Sie macht sich lediglich Sorgen um etwas.«

»Um was?« Der Junge wirft mir einen nervösen Blick zu. »Ist etwas passiert?«

»Nein.« Ich lächele ihn beruhigend an. In den letzten Wochen habe ich begonnen, Yulias Bruder zu mögen, und ich möchte nicht, dass er sich Sorgen macht. »Sie glaubt, dass etwas passiert sei, aber sie hat Unrecht.«

Der Junge zieht seine Stirn verwirrt in Falten. »Also ist alles in Ordnung?«

»Ja, Michael«, antworte ich, als wir uns bereits dem Gebäude nähern. »Alles ist in Ordnung, versprochen.«

Er wirft mir einen zweifelnden Blick zu, aber als wir vor dem Eingang stehen bleiben, meint er: »Richte Yulia aus, ich hätte gesagt ›Gute Nacht und hör auf, dir Sorgen zu machen.‹ Manchmal ist sie so eine Schwarzseherin.«

»Das ist sie wirklich.« Ich grinse das Kind an. »Und du richtest bitte Diego aus, dass ich gleich als Erstes morgen früh mit ihm reden möchte, okay?«

Er nickt, betritt das Gebäude und ich gehe zurück nach Hause. Als ich dort ankomme, sitzt Yulia in dem Sessel in der Bibliothek und hat ihre Nase in einem Buch vergraben.

»Hey, meine Schöne«, sage ich, während ich den Raum durchquere. »Was liest du da?«

Sie schaut auf. »*Gone Girl – Das perfekte Opfer.*« Sie legt das Buch weg und steht auf. »Ich sollte duschen gehen. Ich bin müde.«

»Yulia.« Ich ergreife ihr Handgelenk, als sie versucht, an mir vorbeizugehen. »Wir müssen reden.«

Sie zögert einen Augenblick, aber sagt dann: »In Ordnung, reden wir. Lucas ...« Sie atmet zittrig ein. »Du weißt, dass das nicht für immer so weitergehen kann. Früher oder später wirst du dich meinetwegen mit Esguerra prügeln, und das kann ich nicht ertragen. Falls dir irgendetwas zustößt –« Ihre Stimme bricht. »Du musst mich gehen lassen.«

»Nein.« Ich ziehe sie zu mir, und meine Eingeweide ziehen sich allein durch den Vorschlag zusammen. »Ich werde dich nicht gehen lassen.«

»Das musst du aber.« Ihr Blick wird eindringlich. »Das ist die einzige Lösung.«

»Nein, meine Süße.« Ich lasse meine Hände zu ihrem Oberarm hochgleiten und umgreife diesen. »Es gibt eine andere Möglichkeit. Wir werden zusammen gehen.«

»Was?« Yulia öffnet schockiert ihre Lippen. »Wie meinst du das?«

»Ich werde die Ausweitung von Esguerras Organisation nach Übersee überwachen«, erkläre ich ihr. »Das beinhaltet jede Menge Reisen, so dass wir nicht hier leben werden. Wir werden eine Basis irgendwo in Europa oder im Nahen Osten aufbauen – du kannst mir dabei helfen, herauszufinden, wo genau.«

Ihre Augen sind unglaublich groß, als sie zu mir hoch blickt. »Du willst hier weggehen? Aber es ist dein Zuhause. Was ist mit –«

»Ich lebe hier erst seit weniger als zwei Jahren«, entgegne ich amüsiert. »Ein anderer Ort kann genauso gut ein Zuhause werden. Das ist Esguerras Anwesen, nicht meines.«

»Aber ich dachte, dass du es hier magst.«

»Das tue ich – aber ich werde es auch woanders mögen.« Ich bewege eine Hand zu ihrem Kinn und hebe ihr Gesicht an. »Überall, wo du bist, wird mein Zuhause sein, meine Schöne.«

Sie atmet zitternd aus. »Aber –«

»Kein aber.« Ich drücke meinen Daumen auf ihre weichen Lippen. »Ich bringe kein Opfer, das kannst du mir glauben. Ich werde bei diesen Unternehmungen zu fünfzig Prozent Esguerras Partner sein, also werden wir unverschämt reich werden, wenn alles gut geht.«

»Wir?«, flüstert sie, als ich meinen Daumen von ihren Lippen nehme.

»Ja, du und ich.« Und bevor sie fragen kann, füge ich hinzu: »Wir werden deinen Bruder zurück zu seinen Eltern bringen. Die Dinge in der Ukraine beruhigen sich gerade, also sollte es für ihn sicher sein, zurückzukehren. Wir werden ihn natürlich so oft besuchen, wie du möchtest, und sollte er bei uns bleiben wollen, kann er das natürlich auch gerne tun.«

»Lucas ...« Sie zieht ihre Stirn in Falten. »Bist du dir sicher? Solltest du das für mich tun –«

»Ich tue das für uns.« Ich lasse meine Hände nach unten gleiten, um sie auf ihren Po zu legen, und ziehe sie an mich. Sobald ich spüre, wie sich ihre Beine gegen meine drücken, versteift sich mein Schwanz. Ich schaue ihr in die Augen und sage: »Ich will, dass du weißt, dass du dich in Sicherheit befindest, dass niemand dich jemals von mir wegholen kann. Du wirst die besten Bodyguards haben, die man für Geld bekommen kann, Männer, die nur mir gegenüber loyal sind. Wir werden unsere eigene Festung bauen, meine Schöne – einen Ort, an dem du dich vor nichts und niemandem fürchten musst.«

Yulias Handflächen drücken sich gegen meine Brust. »Eine Festung?« In ihren Augen erkenne ich Hoffnung und ein eigenartiges Unbehagen.

»Ja.« Ich verstärke den Griff meiner Hände auf ihrem Po, genieße das Gefühl ihres festen Fleisches sogar durch das dicke Material ihrer Shorts.

Ich zwinge meine Gedanken weg von der Lust, die durch meine Adern fließt, und verdeutliche: »Nicht so etwas Extremes wie Esguerras Anwesen, aber unseren eigenen sicheren Ort. Niemand wird in der Lage sein, dich dort zu berühren.«

»Außer dir«, murmelt sie, und ihre schlanken Hände krallen sich in mein T-Shirt.

»Ja.« Meine Lippen verziehen sich zu einem dunklen Lächeln. »Außer mir.« Sie wird niemals vor mir in Sicherheit sein, egal wohin sie geht oder was sie tut. Ich werde sie vor allen anderen schützen, aber ich werde sie niemals freigeben.

»Wann ...« Sie fährt sich mit ihre Zunge über ihre Lippen. »Wann gehen wir?«

»Bald«, sage ich, und meine Augen folgen der Bewegung ihrer Zunge. »Vielleicht in einem Monat oder früher.«

Und bevor meine Eier explodieren können, fasse ich zum Reißverschluss meiner Shorts und nehme ihre Lippen mit einem intensiven, hungrigen Kuss in Besitz.

SECHSUNDVIERZIGSTES KAPITEL

❖ YULIA ❖

Der nächste Monat vergeht durch die Arbeit und die Vorbereitungen zur Abreise wie im Flug. Ich betreibe weiterhin das Café, da ich mir denke, dass ein wenig zusätzliches Geld nicht schaden kann, auch wenn ich keine neuen Lebensmittel bestelle und das Menü wegen der ausgehenden Zutaten einschränke. Das Café beschäftigt mich, was gut ist, da Lucas ohne Unterbrechung arbeitet, und häufig achtzehn bis zwanzig Stunden am Tag. Innerhalb von vier Wochen bringt er Diego bei, die Wächter auf dem Anwesen zu beaufsichtigen, baut Produktionsanlagen in Kroatien auf, findet Kunden für die Waffen, die in diesen Fabriken hergestellt werden, und kauft ein Haus auf der zypriotischen Halbinsel Karpas – einem Ort, für den wir uns wegen des warmen Klimas, der strategischen Nähe zu Europa und dem Nahen Osten und der relativ großen Prozentzahl an Einwohnern, die entweder Englisch oder Russisch fließend sprechen, entschieden haben.

»Das Haus liegt auf einer Klippe mit Blick auf den Privatstrand«, erklärt mir Lucas, als er mir die Fotos zeigt. »Es hat nur fünf Schlafzimmer, aber es besitzt einen Überlaufpool, eine Terrasse in der ersten Etage und ein voll ausgestattetes Fitnessstudio im Untergeschoss. Ach, und ich lasse sie die Küche umbauen, also kannst du ganz genaue Anweisungen geben.«

»Das Haus ist wunderschön«, sage ich, während ich mir jedes Foto genau anschaue. Auch wenn es »nur« fünf Schlafzimmer besitzt, ist es groß und weiträumig, in einer offenen Bauweise und mit Fenstern von der Decke bis zum Boden auf der dem Meer zugewandten Seite. Das Wichtigste für Lucas sind natürlich die 40.500 m² Land, die es umgeben, und die er einzäunen und durch Bodyguards, Wachhunde und eine Auswahl an Drohnen überwachen lassen will.

Wir *werden* in einer Festung leben – allerdings in einer wunderschönen am Strand.

Das Alles scheint so surreal zu sein, dass ich oft den Drang verspüre, mich zu kneifen. Das Leben, das Lucas für uns plant, hat nichts mit dem zu tun, was ich mir vorgestellt hatte, als Esguerras Männer mich aus Moskau abgeholt haben. Ich bin immer noch Lucas' Gefangene – die leichten weißen Narben an den Stellen, an denen die Tracker implantiert wurden, erinnern mich täglich daran – aber der Mangel an Freiheit stört mich mittlerweile weniger. Vielleicht ist es das kleine, bedürftige Mädchen in mir, aber Lucas' grimmiger, kompromissloser Besitzanspruch beruhigt mich fast genauso stark, wie er mich verängstigt.

Ich gehöre ihm, und das gibt mir eine angenehme Stabilität.

Natürlich würde ich Lucas auch dann nicht verlassen, wenn ich könnte. Mit jedem Kuss, jeder großen oder kleinen zärtlichen Geste, bindet mich mein Entführer ein wenig enger an ihn, schafft es, dass ich ihn ein wenig mehr liebe. Und obwohl er mir diese Worte nie sagt, bin ich mir immer sicherer, dass er mich auch liebt, soweit ein Mann wie er in der Lage ist, jemanden zu lieben. Was wir zusammen haben, ist nicht normal, aber das sind wir auch nicht. Mein »normal« endete mit dem Unfall meiner Eltern, und Lucas' hat vielleicht von Anfang an nicht existiert. Aber, wie ich schnell entdecke, brauche ich auch kein Normal. Mein gnadenloser Söldner gibt mir alles, was ich mir jemals gewünscht habe, und jedes Mal, wenn ich darüber nachdenke, überkommen mich gleichermaßen Freude und Angst.

Die Dinge laufen so gut, dass ich Angst habe, etwas könnte passieren und das alles zerstören.

»Ist alles in Ordnung?«, fragt Misha eines Tages während des Abendessens. Lucas arbeitet wieder lange, also essen wir schon die dritte Nacht hintereinander allein. »Du siehst besorgt aus.«

»Ach ja?« Ich schiebe mein Pilzrisotto zur Seite und versuche aktiv, meine angespannte Stirnmuskulatur zu entspannen. »Es tut mir leid, Mishen'ka. Ich denke einfach nur nach, das ist alles.«

Misha runzelt die Stirn, während er schnell seinen Teller leert. »Worüber?«

»Dies und das ... den Umzug«, sage ich schulterzuckend. »Nichts Bestimmtes.« Ich möchte meinem Bruder im Teenageralter nicht erklären, dass die Zukunft, so strahlend und schön sie auch gerade zu sein scheint, mir so große Angst macht, dass ich jede Nacht Albträume habe, dass eine kalte, harte Faust sich permanent in meiner Brust eingenistet hat und mein Herz sich jedes Mal zusammenzieht, wenn ich daran denke, wie zerbrechlich und vergänglich Glück sein kann. Ich schiebe diesen düsteren Gedanken beiseite, lächele Misha an und frage: »Was ist mit dir? Freust du dich darauf, wieder nach Hause zurückzukehren?«

»Ja, natürlich.« Mishas Gesicht erhellt sich, während er sich einen Nachschlag von dem Risotto nimmt. »Lucas hat mich gestern mit meinen Eltern sprechen lassen. Mama hat geweint, aber es waren Glückstränen, verstehst du? Und Vater plant bereits die ganzen Dinge, die wir zusammen tun werden.«

»Das ist wundervoll.« Das Wissen, dass ich mich bald von meinem Bruder trennen muss, ist wie eine ätzende Verbrennung an meinem Herzen, aber die Freude in seinen Augen ist das alles wert. »Wie geht es ihnen?«

Lucas hat mir die Überwachungsfotos von Mishas Eltern gezeigt, und jetzt habe ich ein Bild von ihnen. Natalia Rudenko, Obenkos Schwester und Mishas Adoptivmutter, ist eine schlanke, modische Brünette, die ihrem Bruder ähnelt, während Mishas Vater, Victor, untersetzt ist und schütteres Haar hat – ein typischer Ingenieur mittleren Alters. Er ist fast zehn Jahre älter als seine Frau, die etwas über vierzig ist, und so sieht er auch aus. Aber er hat ein freundliches Gesicht, und auf vielen Fotos habe ich ihn seine Frau auf eine Art anlächeln sehen, die zeigt, wie sehr er sie schätzt.

»Es geht ihnen gut«, antwortet Misha. »So wie immer.« Ein Schatten legt sich über sein Gesicht, als er hinzufügt: »Meine Mutter hat um Onkel Vasya getrauert, aber Vater hat gesagt, dass es ihr schon wieder besser geht. Sie haben immer gewusst, dass er einen gefährlichen Job hat, also war das, was passiert ist, keine große Überraschung. Es hat geholfen, dass Lucas sie damals kontaktiert und wissen lassen hat, dass es mir gut geht.«

»Okay.« Lucas' Nachricht hatte ihnen erklärt, dass ich, Mishas für lange Zeit vermisste Schwester, einen dauerhaften Undercoverauftrag abgebrochen habe, um Misha für einige Zeit an einen sicheren Ort zu bringen. »Was haben sie dazu gesagt?«

»Na ja, sie hatten eine Million Fragen, wie du dir vorstellen kannst, aber mehr als alles andere waren sie erleichtert, dass ich wieder nach Hause komme, und« – er wirft mir einen leicht schüchternen Blick zu – »dass ich wieder zurück zur Schule gehe.«

Ich lächele, da ich selbst mehr als nur ein wenig erleichtert darüber bin. Es sieht so aus, als hätten die jüngsten Ereignisse den Enthusiasmus meines Bruders für die nicht traditionellen Karrieren ein wenig abkühlen lassen – zumindest für den Augenblick. »Wirst du Nachhilfestunden nehmen müssen, um den Lehrstoff nachzuholen?«, will ich wissen. Es ist bereits Oktober, also hat Misha zumindest einige Wochen der neunten Klasse verpasst.

»Nein, ich glaube nicht«, sagt er und schluckt sein Risotto hinunter. »Wir haben den Großteil des Schulstoffs während des Trainings der UUR durchgenommen.«

»Ach ja, stimmt.« Ich hatte fast vergessen, dass der Grund dafür, dass ich mit sechzehn anfangen konnte zu studieren, der war, dass die Ausbildung der Trainees Mathematik, Naturwissenschaften, Geschichte und Sprachen beinhaltet hatte, und das auf einem Niveau, welches weit über dem gleichaltriger Kinder lag. »Also hast du bereits mehr als alles nachgeholt.«

Misha nickt und greift nach dem Glas Wasser, das neben seinem Teller steht. »Ja, ich sollte keine Probleme mit dem Lernstoff haben.« Er stürzt das Wasser hinunter, und ich betrachte ihn, wobei mir erneut seine schlankeren, härteren Gesichtszüge auffallen. Mein kleiner Bruder wächst jeden Tag ein wenig mehr und wird vor meinen Augen reifer. Bald wird er kein Junge mehr sein, genauso wie er nicht mehr das Kleinkind aus meinen Erinnerungen ist.

Mein Hals wird erneut eng, als ich daran denke, dass er uns bald verlässt. »Ich werde dich vermissen«, sage ich und versuche, nicht so betrübt zu klingen, wie ich mich fühle. »Sehr sogar.«

Misha stellt sein Glas ab. »Ich werde dich auch vermissen, Yulia.« Sein Gesichtsausdruck ist jetzt noch düsterer als zuvor. »Du wirst mich aber besuchen kommen, oder nicht?«

»Natürlich.« Da ich nicht mehr stillsitzen kann, stehe ich auf und schlucke die Tränen hinunter, die aufsteigen wollen. »Wir werden nur drei Flugstunden entfernt sein. Quasi gleich nebenan.« Zumindest dann, wenn wir nicht gerade durch Europa, Asien und den Nahen Osten reisen müssen, wie mich Lucas vorgewarnt hat. Ich schiebe dieses Wissen zur Seite und sage gezwungen fröhlich: »Und du wirst uns auch besuchen kommen. Während des Sommers, Schulferien und solchen Gelegenheiten.«

»Ja, das wird genial werden.« Misha leert seinen Teller und steht auf. »Alle meine Freunde werden mich beneiden, wenn ich solche Ferien auf Zypern verbringe.«

»Das stimmt.« Ich lächele, auch wenn ich einfach nur weinen möchte. »Du wirst der beliebteste Junge in der Schule sein.«

»Ach, das war ich sowieso«, sagt er ohne falsche Bescheidenheit. »Das ist kein Problem.«

Ich lache und gehe um den Tisch herum, um ihn zu umarmen. Er lässt es zu und erwidert die Umarmung sogar mit seinen muskulösen und kräftigen Armen. Als ich mich löse und ihn anschaue, bemerke ich, dass mein kleiner Bruder allein im letzten Monat einige Zentimeter in die Höhe geschossen ist, und schon wieder verengt sich mein Hals.

»Ach, jetzt komm schon«, murmelt Misha, als die Tränen, die ich zurückgehalten hatte, zu fließen beginnen. Er zieht mich in eine erneute Umarmung und tätschelt ungeschickt meinen Rücken. »Nicht weinen. Es wird alles gut. Wir werden uns oft sehen, uns e-mailen und skypen ...«

»Ich weiß.« Ich ziehe mich zurück und lächele Misha an, während ich die Feuchtigkeit auf meinen Wangen mit meinem Handrücken wegwische. »Ich erinnere mich einfach nur daran, wie klein du warst, und jetzt wächst du so schnell, verwandelst dich in einen Mann ...« Ich schniefe. »Es tut mir leid. Das ist dumm.«

»Na ja, du bist ein Mädchen«, sagt er, während er sich im Nacken kratzt. »Du darfst das, denke ich.«

Ich lache wegen seiner chauvinistischen Äußerung laut auf, und den Rest der Mahlzeit reden wir nicht mehr über die bevorstehende Trennung.

* * *

Am Nachmittag vor unserer Abreise schmeiße ich eine große Party in Lucas' Hinterhof, zu der ich alle Besucher meines Cafés und alle anderen, die kommen möchten, einlade. Aus den restlichen Nahrungsmitteln bereite ich eine Auswahl an Vorspeisen zu, und mit Hilfe von Lucas und Diego stelle ich einige Grillstationen auf, an denen ich Steaks, Burger und Lammkoteletts brate. Die Grills zu bedienen ist heiße und schweißtreibende Arbeit, aber ich freue mich, als nach und nach alle Wächter zu mir kommen, um sich von mir zu verabschieden und sich für die Gourmetmahlzeiten bedanken.

»Wir werden dich vermissen«, sagt einer der Wächter schroff. »Ehrlich, dein Essen war das Beste, das ich jemals gegessen habe.«

»Dankeschön.« Ich strahle ihn an und wende mich dann lächelnd einem anderen Wächter zu, der mir etwas Ähnliches auf Spanisch sagt. Die meisten diese Männer sind ehemaligen Soldaten, vernarbte Mörder, die bis zu den Zähnen bewaffnet sind, und dass sie mir danken, bewegt mich unglaublich.

Natürlich sind die meisten Wächter, die heute hier sind, neue Rekruten oder diejenigen, die keine Freunde unter den Opfern des Flugzeugabsturzes hatten, aber das ändert für mich nichts. Ich weiß, dass ich auf Esguerras Anwesen nie völlig akzeptiert wurde – deshalb verlassen wir es ja schließlich auch – aber die Tatsache, dass mir so viele Menschen mitteilen, dass sie meine Abreise bedauern, ist ein Geschenk, das mehr ist als alles, was ich jemals erwartet hätte.

»Du bist ein glücklicher Dreckskerl«, meint ein rothaariger Wächter zu Lucas, als ich ein englisch gebratenes Steak auf seinen Teller lege. »Ehrlich, Mann. Dein Mädchen ist das beste.«

»Ich weiß«, antwortet Lucas und legt besitzergreifend einen Arm um meine Taille. »Und jetzt verzieh dich, O'Malley. Du hältst den Verkehr auf.«

Nachdem das Fleisch gegessen ist und die letzten Vorspeisen von den Tellern verschwunden sind, flaut die Party langsam ab. Lucas entschuldigt sich, um mal wieder mit seinen neuen Lieferanten zu telefonieren, und Diego, Eduardo und Misha tragen die leeren Platten ins Haus, bevor sie den Müll einsammeln. Erschöpft gehe ich hinein, um mir die Hände zu waschen, und als ich wieder herauskomme, sehe ich, dass alle Wächter verschwunden sind. Eine einzige Person steht in Lucas' Innenhof, und sie verhüllt ihre Kurven mit dem gewöhnlichen schwarzen Kleid.

Erstaunt starre ich das Dienstmädchen an, das mir dabei geholfen hatte, zu fliehen. »Rosa? Was machst du hier?«

Sie wirft einen nervösen Blick auf das Haus, in dem Misha und die beiden anderen Wächter immer noch aufräumen, und antwortet dann zögernd: »Hast du einen Augenblick Zeit? Ich hatte gehofft, mit dir unter vier Augen reden zu können.«

Meine Augen suchen sie automatisch nach Waffen ab. Als sie nichts Verdächtiges entdecken, meine ich: »In Ordnung, kein Problem. Wollen wir ein Stück gehen?«

Sie nickt und verschwindet zwischen den Bäumen. Ich folge ihr, gleichermaßen neugierig wie nervös. Ich bin mir ziemlich sicher, dass sie mich nicht körperlich angreifen wird, aber ich weiß nicht, was sie möchte, und das beunruhigt mich. Gleichzeitig erinnere ich mich daran, was mir Lucas über Chicago erzählt hat, und mein Mitgefühl mindert meine Besorgnis.

Ich kenne zwar Rosas Motiv nicht, aber ich verstehe definitiv, was sie durchgemacht hat.

Als ich sie einhole, bleibt sie stehen und dreht sich zu mir um. »Yulia, ich ...« Sie holt tief Luft. »Ich wollte dir für das danken, was du Lucas erzählt hast. Nora hat gesagt, dass sie mit dir gesprochen hat, aber ich war mir nicht sicher, ob du es tun würdest oder nicht.«

»Na ja, Nora hat mir nicht wirklich eine Wahl gelassen«, erwidere ich trocken und erinnere mich an die explizite Drohung des zierlichen

Mädchens. »Aber gern geschehen. Ich nehme an, dass Nora und du in Ordnung seid?«

Rosa nickt und errötet. »Ja. Ich hatte eine Zeit lang Hausarrest, und ich habe auch keinen Zugriff mehr auf jene Schlüssel, aber Señor Esguerra hat meine Stellung im Haupthaus vor einigen Wochen wiederhergestellt.«

Ich lächele, weil ich mich wirklich für sie freue. »Das freut mich. Und ich nehme an, dass ich dir dafür danken sollte, mir damals geholfen zu haben. Das war sehr nett von dir –«

Zu meiner Überraschung schüttelt Rosa den Kopf. »Das war nicht nett«, murmelt sie. »Das war dumm. Ich war dumm.«

Mein Lächeln verschwindet augenblicklich. »Was meinst du?«

Rosas Gesicht ist jetzt dunkelrot. »Ich war in Lucas verknallt und dachte, dass wenn du weg wärst ...« Ihre Hände krallen sich in ihren Rock. »Es tut mir leid. Ich weiß nicht, was ich mir dabei gedacht habe. Wahrscheinlich wollte ich einfach glauben, dass er anders ist. Aber dann hat er dich auf diese Weise gefangen gehalten und –« Sie verstummt und presst ihre Lippen aufeinander.

»Und das hat das Bild, das du von ihm hattest, zerstört«, sage ich, als ich endlich beginne, sie zu verstehen. »Du dachtest, dass du etwas Gutes tust, wenn du mich gehen lässt, während du gleichzeitig deine Chancen bei dem Mann erhöhst, den du möchtest.« Als ich ihren betroffenen Gesichtsausdruck sehe, halte ich inne, bevor ich sanft zu ihr sage: »Aber er ist nicht wirklich der Mann, den du willst, stimmt's?«

»Nein.« Ihre braunen Augen verdunkeln sich. »Das ist er nicht. Das war er nie. Ich habe den Mann, denn ich will, erfunden, ihn auf das erstbeste hübsche Gesicht projiziert.«

»Ach Rosa ...« Ich gebe einem plötzlichen Bedürfnis nach und trete nach vorn, um ihre Hand beruhigend zu drücken. »Hör mir zu«, sage ich leise. »Du wirst die richtige Person für dich finden, und sie mag nicht diejenige sein, die du dir vorgestellt hast, aber du wirst sie trotzdem wollen, mit all ihren Fehlern. Sie wird nicht perfekt sein, aber sie wird echt sein, und du wirst es wissen – du wirst es spüren. Ihr beide werdet es spüren.«

Sie schluckt belegt und entzieht mir ihre Hand. »Ist es bei Lucas und dir so?«

»Ja«, antworte ich, und erst jetzt sinkt diese Wahrheit in mich ein. »Es ist nicht zärtlich und schön wie ich es mir vorgestellt hatte. Wahrscheinlich würden einige Menschen sogar sagen, dass es hässlich ist. Aber das sind wir. Es ist unsere Wirklichkeit, unsere Vorstellung von perfekt. Und eines Tages wirst du sie auch haben – deine eigene Vorstellung von perfekt. Sie mag nicht das sein, was du erwartet hast, oder mit wem du sie erwartet hast, aber sie *wird* dich glücklich machen.«

Die Lippen des Mädchens zittern einen Augenblick lang; dann wird ihr Gesicht ausdruckslos, und sie tritt zurück. »Du solltest zurückkehren«, meint sie, und ihre Hände spielen wieder mit ihrem Rock. »Sie werden dich suchen, wenn du nicht bald wieder da bist.«

»Stimmt.«

Ich will mich gerade herumdrehen und gehen, als Rosa ruhig sagt: »Auf Wiedersehen, Yulia. Ich wünsche dir und Lucas viel Glück. Das tue ich wirklich.«

»Danke – das wünsche ich dir auch«, erwidere ich, aber Rosa geht bereits weg, und ihr in schwarz gekleideter Körper verschmilzt mit dem Grün des Regenwaldes, und ich kann sie nicht mehr sehen.

SIEBENUNDVIERZIGSTES KAPITEL

❖ LUCAS ❖

Ich hatte erwartet, dass Yulia und ihr Bruder unseren Flug in die Ukraine verschlafen würden, aber sie verbringen die komplette Zeit damit, sich zu unterhalten. Jedes Mal, wenn ich meinen Kopf aus dem Cockpit halte, um nach ihnen zu sehen, sind sie tief in eine Unterhaltung versunken, und ich ziehe mich zurück, da ich ihre Zeit unter Geschwistern nicht stören möchte.

Schon sehr bald werde ich Yulia ganz für mich allein haben.

Als wir uns dem ukrainischen Luftraum nähern, stelle ich Kontakt zu unseren Männern am Boden her. Letzte Woche haben sie endlich die letzten Verbindungsmänner zur UUR ausfindig gemacht und sie meinen Anweisungen folgend ausgelöscht. Zu meiner Enttäuschung hat niemand von ihnen Kirill Unterschlupf gewährt, was bedeutet, dass Yulias ehemaliger Trainer entweder völlig untergetaucht ist, oder, wie Yulia dachte, seinen Verletzungen erlegen ist, und wir ihn einfach nicht gefunden haben. Die letztere Möglichkeit macht mich nicht glücklich – ich wollte den Bastard mit meinen eigenen Händen töten – aber die ist besser als die Alternative. Die Männer haben außerdem die Leiterin von Yulias Waisenhaus gefunden. Die Frau befand sich bereits wegen Kindesmissbrauch im Gefängnis, also musste ich mich damit zufrieden geben, einen Mörder zu ihr zu schicken, der sie in einem Badezimmer in die Ecke gedrängt hat, um ihr zu demonstrieren, wie sehr ihre Opfer gelitten haben. Ihr Sterbevideo – die ganzen drei Stunden, die es dauert – war der Höhepunkt meines Mittwochs in der letzten Woche. Irgendwann zeige ich es vielleicht auch Yulia, aber im Moment habe ich mich dagegen entschieden, um zu vermeiden, schlechte Erinnerungen in ihr hochkommen zu lassen.

»Du hast die Landeerlaubnis«, berichtet mir Thomas, als ich ihn ans Telefon bekomme. Ich lächele, zufrieden damit, dass die Bestechungskampagne, die wir durchgeführt haben, so effektiv war. Trotz des blutigen Kriegs, den wir gegen die UUR geführt haben, sind die meisten ukrainischen Bürokraten mehr als bereit, in eine andere Richtung zu schauen – besonders deshalb, weil Yulias ehemalige Organisation offiziell nie existierte.

Niemand kümmert sich um einige solcher inoffiziellen Spione, wenn fette Checks im Spiel sind.

Als wir auf dem privaten Flughafen landen, wartet ein gepanzerter Geländewagen auf uns, und wir fahren direkt zu Michaels Eltern. Thomas und zwei andere Wächter sind bei uns im Auto, während ein Dutzend weiterer Männer in anderen Autos folgen. Ich erwarte keine Schwierigkeiten, aber es ist immer gut, vorsichtig zu sein, wenn man sich auf feindlichem Territorium befindet.

Bestechung hin oder her, die Ukraine hat kein großes Herz, was Personen betrifft, die mit Esguerras Organisation verbunden sind.

»Bist du sicher, dass mein Bruder in Sicherheit sein wird?«, hat mich Yulia letzte Nacht gefragt, und ich habe sie damit beruhigt, dass es durch unser Einhacken in das System der UUR und die darauffolgende Zerstörung dieser Aufzeichnungen unmöglich ist, den Adoptivsohn zweier Zivilisten mit ihr in Verbindung zu bringen und damit letztendlich mit mir und Esguerra. Trotzdem habe ich, um sicherzugehen, zwei Bodyguards angeheuert, die Michael und seine Familie die nächsten Monate lang bewachen sollen. Ich denke nicht, dass er sich in Gefahr befindet, aber ich weiß, wie viel Yulia dieses Kind bedeutet. Und ehrlich gesagt, mir mittlerweile auch. Yulia würde sich wahrscheinlich Sorgen machen, wenn sie das hören würde, aber etwas an Michael erinnert mich an mich selbst in diesem Alter.

Vasiliy Obenko hatte nicht völlig Unrecht damit gehabt, ihn zu rekrutieren; der Junge wäre ein hervorragender Agent geworden, wenn er sein Training beendet hätte.

Auf dem Weg vom Flughafen zur Wohnung schweigen Yulia und Michael beide, und ich weiß, dass sie über ihre bevorstehende Trennung nachdenken. Theoretisch hätte ich weitere Männer damit beauftragen können, für Michaels Sicherheit zu sorgen und ihn eher nach Hause gehen lassen können, aber ich wollte Yulia mehr Zeit mit ihrem Bruder geben – und ich bin froh, dass ich es getan habe. Der Junge ist schon lange nicht mehr der trotzige, aufsässige Teenager, dem Lügen über seine Schwester erzählt worden waren. Die Geschwister stehen sich jetzt genauso nahe wie andere Geschwisterpaare, die ich gesehen habe, und ich weiß, dass das Yulia glücklich macht – was wiederum mich glücklich macht.

Wenn ich die Zeit zurückdrehen und den ganzen Schmerz ihrer Vergangenheit wegwischen könnte, würde ich das, ohne zu zögern, tun. Aber da ich das nicht kann, begnüge ich mich damit, sicherzustellen, dass sie niemals wieder leiden muss.

Sie gehört mir, und ich werde für den Rest unserer Leben auf sie aufpassen.

* * *

Michaels Eltern leben in der fünften Etage eines Wohnhauses im Randgebiet von Kiew. Die zwei Bodyguards, die ich angeheuert habe, begrüßen uns am Eingang des Gebäudes und berichten, dass alles ruhig ist. Ich danke ihnen und gebe ihnen den Rest des Tages frei, bevor ich Thomas und die anderen anweise, unten zu warten. Da es keinen Fahrstuhl gibt, nehmen Yulia, Michael und ich die Treppen.

Yulia geht einige Schritte vor mir. Sie trägt flache Stiefel und schicke Skinny-Jeans – beides ihre neuesten Käufe im Internet – und ich kann meine Augen nicht von ihrem wohlgeformten Po abwenden, der sich mit jedem Schritt anspannt.

»Mann, beherrsche dich, wenigstens noch ein paar Minuten«, murmelt Michael, während er neben mir die Stufen hinaufsteigt, und ich grinse ihn an, ohne dass es mir auch nur das kleinste bisschen unangenehm ist, dass er mich dabei erwischt hat, wie ich seine Schwester mit einem lüsternen Blick betrachte.

»Warum?«, antworte ich mit leiser Stimme. »Deine Schwester ist heiß. Wusstest du das nicht?«

»Iiiih.« Er verzieht angeekelt sein Gesicht, und Yulia wirft uns einen argwöhnischen Blick über ihre Schulter zu.

»Worüber redet ihr?«, fragt sie, als wir den zweiten Stock hinter uns lassen.

»Nichts«, antwortet Misha schnell, während sein Gesicht knallrot wird. »Jungskram.«

»Aha.« Sie schaut uns zweifelnd an, fragt aber nicht weiter nach, und wir bringen die nächsten zwei Etagen hinter uns. Ich bin froh, dass wir nicht auf irgendwelche Nachbarn treffen, weil ich meine M16 bei mir habe.

Nach dem, was in Chicago passiert ist, gehe ich ohne Waffe nirgendwohin.

Als wir in der fünften Etage ankommen, bleibt Yulia vor dem Apartment 5A stehen und klingelt.

Als ich das weiße Gesicht der gepflegten, dunkelhaarigen Frau sehe, die die Tür öffnet, habe ich sofort das Gefühl, dass hier etwas nicht stimmt. Sie ist Natalia Rudenko, Michaels Adoptivmutter – ich erkenne ihre braunen Augen von den Überwachungsfotos wieder. Aber anstatt zu lächeln und nach vorn zu treten, um ihren Sohn zu umarmen, macht sie die Tür weit auf und tritt zurück, wobei ihr mit Lippenstift angemalter Mund zittert.

Augenblicklich sehe ich, warum.

Um ihren Bauch, teilweise durch die Schürze, die sie trägt, verdeckt, sind verschiedene Kabel und ein schwarzer Kasten mit einem blinkenden Licht gebunden.

»Mama?«, fragt Michael unsicher und tritt nach vorn, aber ich ergreife instinktiv seinen Arm und ziehe ihn nach hinten, während ich mich vor Yulia stelle, um sie vor der Bombe zu schützen. Mein Puls rast, als eine giftige Druckwelle aus Adrenalin, Entsetzen und Wut durch mich schießt.

Yulia, Misha, und eine Bombe.

Verfickte Scheiße.

»Das ist in Ordnung, lass den Jungen hineingehen«, sagt eine männliche Stimme mit Akzent schleppend auf Englisch. »Er ist da draußen auch nicht sicherer als hier drin. Es ist genug, um das ganze Gebäude in die Luft zu sprengen.«

Ich bewege mich nicht, auch wenn jeder Instinkt in mir danach schreit, hineinzustürmen und anzugreifen, um Yulia und ihren Bruder zu beschützen. Nur das Wissen, dass eine solche Vorgehensweise ihren sicheren Tod bedeutet, lässt mich stillstehen.

Ich rufe meine jahrelange Kampferfahrung ab und blockiere die hämmernde Angst, um die Lage zu analysieren.

Neben der Frau stehen auch zwei Männer im Flur. Einer von beiden, ein Mann mittleren Alters, ist genauso verkabelt wie Michaels Mutter. Ich erkenne auch sein verängstigtes Gesicht wieder. Es handelt sich bei ihm um Viktor Rudenko, Michaels Adoptivvater. Aber er ist nicht derjenige, der meine Aufmerksamkeit auf sich zieht.

Es ist der kräftige Mann, der hinter ihm steht und dessen dünne Lippen zu einem zähnefletschenden Lächeln verzogen sind.

Kirill Ivanovich Luchenko, der Mann, den wir gesucht haben.

Aber stattdessen hat er uns gefunden.

ACHTUNDVIERZIGSTES KAPITEL

❖ YULIA ❖

Ich habe noch nie ein derartiges Entsetzen gespürt, eines, das bis ins tiefste Mark dringt und alles aufsaugt. Lucas steht wie eine menschliche Wand vor mir, aber ich kann um seinen riesigen Körper herumblicken, und durch die surreale Szenerie zieht sich mein Magen auf die Größe eines Kirschkerns zusammen.

Kirill steht in dem hell beleuchteten Flur hinter Mishas Eltern, die mit einer Unzahl von Kabeln umwickelt sind. In seiner rechten Hand hält er eine Waffe, während seine linke etwas Kleines und Schwarzes umkrallt.

Ein Sprengzünder, wird mir mit übelkeitserregender Panik klar.

Er hat seinen Daumen auf dem Sprengzünder.

»Kommt herein«, sagt er auf Englisch und schaut Lucas und Misha an, bevor er sich auf mich konzentriert. Sein Mund verzieht sich zu einem grotesken Lächeln, als sein Blick meinem begegnet. »Fühlt euch wie zu Hause. Wir sind doch eine große, glückliche Familie, oder etwa nicht?«

Lucas bewegt nicht einen Muskel, nicht einmal, als Misha, dessen Gesichtsausdruck das gleiche Entsetzen widerspiegelt, das mich lähmt, versucht, ihn zur Seite zu schieben. Ich weiß, was in meinem Bruder vor sich geht; wie ich hat auch er diese Art von Sprengzünder wahrscheinlich im Sprengstofftraining gesehen.

Es ist die UUR-Version einer Sprengstoffweste, die dafür entwickelt wurde, sie nur in den verzweifeltsten Situationen zu benutzen. Kirill muss keinen Knopf drücken, um die Explosion auszulösen; er muss seinen Daumen einfach nur vom Knopf lösen.

Wenn sein Daumen abrutscht – zum Beispiel weil er angeschossen wird – wird die Bombe hochgehen.

Lucas muss das ebenfalls erkannt haben, da er nicht nach der M16 greift, die auf seinem Rücken hängt.

»Lass mich durch«, zischt mein Bruder, als sich Lucas immer noch nicht bewegt. »Das sind meine Eltern. Lass mich verdammt nochmal durch.«

Dieses Mal bin ich diejenige, die Mishas Arm ergreift. »Nein«, sage ich ruhig, und er versteinert auf der Stelle. Ich weiß nicht, ob mein Bruder denkt, dass ich einen Plan habe, oder ob es die falsche Ruhe in meiner Stimme ist, aber er hört damit auf, Lucas zur Seite zu schieben, und steht bewegungslos da, ohne seinen Blick von dem Flur abzuwenden.

»Ihr wollt nicht hereinkommen?«, fragt Kirill. »Schön, wir können es auch auf die harte Tour machen.«

Mit einer blitzschnellen Bewegung hebt er seine linke Hand und feuert ab. Der Schuss ist gedämpft – Kirills Waffe hat einen Schalldämpfer – aber der Schrei, der auf den Schuss folgt, ist nicht zu überhören. Ich springe ruckartig nach vorn, da ich Angst um Lucas habe, aber der steht immer noch da und weigert sich, sich auch nur einen Millimeter zu bewegen, obwohl mein Bruder erneut versucht, in das Apartment zu gelangen.

Als ich um Mishas sich heftig bewegenden Körper schaue, erkenne ich, dass die Kugel Mishas Vater ins Bein getroffen hat. Der ältere Mann liegt am Boden und schreit, während er sich sein verletztes Bein hält. Mishas Mutter kniet neben ihm und schluchzt hysterisch.

»Die nächste Kugel wird seinen Kopf treffen«, warnt Kirill, und Misha bleibt erneut bewegungslos stehen. »Und die darauffolgende ihr Gehirn.« Er deutet mit der Waffe auf die weinende Frau. »Ach, und falls einer von euch versucht, davonzulaufen, werde ich sofort beide erschießen und die Bomben werden hochgehen, bevor ihr die nächste Etage erreicht habt.« Sein Lächeln wird breiter, als er unsere Gesichter betrachtet. »Wie ich schon gesagt habe, kommt rein und fühlt euch wie zu Hause.«

»Lucas, bitte«, flüstere ich, als er sich immer noch nicht bewegt. Galle brennt in meinem Hals. »Bitte, wir müssen das tun. Wir können nicht zulassen, dass er sie vor Misha umbringt.« Ich habe keine Ahnung, ob Kirill verrückt genug ist, sich selbst zu opfern, indem er die Bomben zündet, aber ich zweifele nicht daran, dass er Mishas Eltern bedenkenlos erschießen wird.

»Du. Lass deine Waffe fallen, bevor du eintrittst«, sagt Kirill und zeigt mit seiner Pistole auf Lucas. »Du willst ja schließlich nicht, dass das hier aus Versehen losgeht.« Er hebt seine linke Hand – die mit dem Sprengzünder –, um zu demonstrieren, was genau er meint.

Ohne ein Wort zu sagen, ergreift Lucas den Gurt der M16 und lässt die Waffe auf den Boden fallen. Dann tritt er genauso schweigsam in den Flur.

Misha und ich folgen ihm. Das Gesicht meines Bruders ist leichenblass, und seine Augen sind angsterfüllt. Ich habe keinen Zweifel daran, dass ich genauso aussehe. Das Entsetzen ist wie ein hohles, eisiges Loch in meinem Magen. Als Kirill mich das letzte Mal gefangen genommen hatte, war ich allein gewesen und konnte mich in die dunklen Ecken meines Kopfes flüchten. Aber hier gibt es kein Entkommen, nicht, wenn die einzigen zwei Menschen, die ich liebe, sich neben mir in Gefahr befinden – *meinetwegen.*

Ich weiß, warum Kirill so etwas Waghalsiges und Krankes tut. Er ist hinter mir her. Er will mich für das bestrafen, was ich ihm angetan habe, und es ist ihm egal, wer außerdem dabei verletzt wird. Lucas befindet sich immer noch vor mir, sein Körper ist wie ein Schild zwischen mir und meinem ehemaligen Trainer, aber er wird mich nicht retten können.

Wir haben den Vorteil, dass wir in der Überzahl sind und unsere Männer vor dem Haus stehen, aber Kirill hat seinen Daumen auf dem Sprengzünder.

»Komm her, Schlampe«, sagt mein ehemaliger Trainer, und sein Blick wendet sich mir zu. Seine dunklen Augen funkeln vor Wut und etwas, das an Wahnsinn grenzt. »Du bist diejenige, die ich möchte.«

Ich ignoriere das Entsetzen, durch das sich meine Gedärme verkrampfen, gehe um meinen Bruder herum und schiebe ihn hinter mich, aber Lucas verstellt mir den Weg.

»Sie wird nirgendwohin gehen.« Seine Stimme ist tödlich und kalt wie Stahl.

»Nein?« Kirill hebt seine Waffe hoch und zielt mit ihr auf Viktor Rudenkos Schläfe. Der Mann versteinert, seine Schreie verstummen und Kirills Augen wandern zu mir zurück, während Natalias Schreie lauter werden. »Ich möchte mich nicht wiederholen müssen.«

»Lucas, lass mich gehen.« Ich versuche, mich an ihm vorbeizuschieben, aber der enge Flur ist mit Möbeln vollgestopft, und ich falle fast über einen Stuhl, der vor einem großen Spiegel steht. Schauer jagen meine Wirbelsäule entlang, da sich mein Grauen verstärkt, als ich sehe, dass sich Kirills Kiefer wegen Lucas' kompromissloser Haltung anspannt. Hektisch ergreife ich Lucas' Arm und versuche, ihn zur Seite zu ziehen. »Bitte, Lucas, lass mich durch.«

Er ignoriert mich. Jeder Muskel in seinem Körper ist steinhart, und als ich einen Blick auf sein Gesicht werfe, verstärkt sich meine Panik, da die kalte Wut in seinen blassen Augen unter dem Gefrierpunkt zu sein scheint.

Er wird nicht auf vernünftige Argumente hören.

Um mich zu beschützen, wird er es zulassen, dass Mishas Eltern sterben – und er ebenfalls getötet wird.

»Warum willst du sie?«, fragt er Kirill, und sein Ton ist unpassend ruhig. »Du weißt, dass du heute hier sterben wirst.«

»Werde ich das?« Kirill lacht eigenartig schrill, und zum ersten Mal bemerke ich, wie sehr er sich verändert hat. Seine Haare sind jetzt eher grau als braun, sein Gesicht ist aufgedunsen und der Körper, der immer aus harten Muskeln bestand, sieht stattdessen eher dick aus. Es scheint, als sei er in den letzten Monaten zehn Jahre gealtert. »Und warum denkst du, dass mir das etwas ausmacht?«

Lucas' Gesichtsausdruck verändert sich nicht. »Ich weiß, dass es das nicht tut. Genau deshalb bist du ja auch hier, stimmt's? Um mit Glanz und Gloria unterzugehen, anstatt wie der pathetische halbe Mann zu leben, der aus dir geworden ist.« Verachtung schleicht sich in seinen Ton. »Du hättest von Anfang an zu uns kommen sollen. Ich hätte es dir so viel leichter machen und dich viel früher aus deiner schwanzlosen Misere befreien können.«

Was tut Lucas da? Mein Herz klopft entsetzt, als ich sehe, wie Kirills Gesicht sich vor Wut verzerrt und seine rechte Hand nach oben wandert, bis die Waffe genau auf Lucas' Brust gerichtet ist.

Es sieht so aus, als wolle Lucas sich erschießen lassen.

Und einen Augenblick später verstehe ich, dass er genau das vorhat. Mein Entführer opfert sich und hofft, uns damit Zeit verschaffen zu können. Um was zu tun, weiß ich allerdings nicht. Wir befinden uns in der fünften Etage eines Gebäudes ohne Fahrstuhl. Selbst wenn die Wächter unten den Schuss gehört hätten – was wegen des Schalldämpfers, den Kirill benutzt, eher unwahrscheinlich ist – würden sie niemals rechtzeitig hier sein. Und selbst wenn sie es täten, gäbe es immer noch das Problem mit dem Sprengstoff.

Aber selbst wenn Lucas einen Plan haben sollte, kann ich ihn das nicht tun lassen.

Blitzschnell finde ich die einzige Lösung, die ich umsetzen kann.

»Ach, stimmt ja«, sage ich laut. Hinter mir atmet Misha hörbar ein, aber ich ignoriere ihn. »Ich hatte fast vergessen, dass ich dir deine Eier und den Schwanz weggeschossen habe«, fahre ich mit einer so höhnischen Stimme fort, wie ich kann. »Wie ist das denn so? Muss hart sein, keine Fünfzehnjährigen mehr vergewaltigen zu können.«

Der Zorn in Kirills Gesichtszügen ist dämonisch. Sein aufgedunsenes Gesicht übersät sich mit purpurroten Flecken und seine Waffe richtet sich auf mich. Lucas bewegt sich, um Kirills Blick auf mich zu verstellen, aber ich springe zur anderen Seite, damit er mich sehen kann.

Ich bin die Einzige, die mein ehemaliger Trainer möchte. Wenn er mich töten kann, besteht die Chance, dass er die anderen gehen lässt.

»Nun mach schon«, reize ich den Mann, während ich von einer zur anderen Seite springe, um Lukas' Versuche, mich zu decken, zu verhindern. »Erschieße mich, wie der Feigling, der du bist, wie die elende Schnecke, in die du dich verwandelt hast.« Meine Worte schießen immer schneller aus meinem Mund. »Schau dich doch nur einmal an. Der berühmte Kirill Luchenko, der nie im Nahkampf besiegt wurde. Und was ist dann passiert? Dann wurde dein Schwanz weggeschossen. Ich wette, das hat wehgetan. Ich wette, dass du nicht pissen kannst, ohne wie ein Baby zu weinen. Ich kann natürlich nicht wissen, wie es sich anfühlt, aber –«

Der Schuss ertönt und der Lärm ist trotz des Schalldämpfers ohrenbetäubend. Irgendetwas trifft mich, und ich fliege durch die Luft.

Mein letzter Gedanke ist die verzweifelte Hoffnung, dass Misha und Lucas überleben.

NEUNUNDVIERZIGSTES KAPITEL

❖ LUCAS ❖

Alles passiert blitzschnell. Als der zweite Schuss ertönt, habe ich mich bereits in Bewegung gesetzt und werfe mich auf Kirill. Ich wage es nicht, mich umzusehen, da ich das letzte bisschen meines gesunden Menschenverstandes verlieren würde, wenn ich feststellen müsste, dass Yulia tot ist oder im Sterben liegt – und das kann ich nicht zulassen.

Ich muss ihren Bruder retten.

Wir krachen gegen die Wand, und Kirill dreht sich, um seine Waffe zu schützen, aber sie ist nicht das, was ich möchte. Mit beiden Händen ergreife ich seine linke Faust und drücke sie fest zusammen, um seine Finger zu zwingen, geschlossen zu bleiben und den Daumen weiterhin auf den Knopf des Sprengzünders zu legen. Gleichzeitig gehe ich ein Stück zurück, bevor ich mich erneut auf ihn werfe und mich dabei so drehe, dass meine Schulter seinen rechten Arm trifft. Die Waffe fällt zu Boden, aber bevor ich meinen Sieg feiern kann, benutzt er seine Masse, um mich zurückzudrücken und mit seiner rechten Faust auf meine Schläfe zu schlagen.

Einen Augenblick lang wird mir schwarz vor Augen, und meine Ohren klingeln, aber ich zwinge mich dazu, bei Bewusstsein zu bleiben und drücke ihn erneut gegen die Wand. Die Wut und die Besorgnis, die in meiner Brust brodeln, geben mir übermenschliche Kraft. *Dieser Ficker hat auf Yulia geschossen.* Mit wütendem Gebrüll drücke ich meine Finger noch fester zusammen und höre, wie seine Knochen brechen. Er schreit auf und schwingt seine rechte Faust in meine Richtung, aber ich ducke mich rechtzeitig, ohne meine Hände von seiner linken Hand zu lösen. Ich bekomme entfernt mit, dass Michaels Eltern umherstolpern, um uns nicht in die Quere zu kommen, aber ich blende ihre panischen Schreie aus. Der Kampf findet in einer tödlichen Geschwindigkeit statt; eine Sekunde Unaufmerksamkeit könnte fatale Folgen haben.

Meine Ohren rauschen, und ich schmecke Blut, als ein weiterer Schlag mein Kinn trifft, aber ich bewege mein Bein rechtzeitig, um Kirills Knie auf dem Weg in meinen Lendenbereich abzuwehren. Gleichzeitig ziehe ich mich ruckartig nach hinten, um einem dritten Schlag auszuweichen und drehe mich zur Seite, um ihm meinen Ellenbogen in die Rippen zu stoßen. Ich treffe ihn hart, aber dieses Mal grunzt er nicht einmal. Dieser Bastard hat den Körperbau eines Panzers, und obwohl seine Reflexe nicht so gut sind wie meine, weiß er genau, was er tut. Schon unter normalen Umständen wäre es ein schwieriger Kampf, aber dadurch, dass ich mit beiden Händen seine linke Faust umklammere, bin ich ganz klar im Nachteil. Ich kann seine Hand aber nicht loslassen, weil ich mir sicher bin, dass er die Bombe zünden würde.

Mittlerweile ist das Einzige, was diesen Ficker noch interessiert, seine Rache, und er wird sterben, um sie zu nehmen.

Er hat Yulia vergewaltigt, als sie fünfzehn war. Er hat auf sie geschossen.

Der Zorn ist wie Raketentreibstoff für meine Muskeln. Ich drehe mich blitzschnell um, lasse meinen Hinterkopf auf seine Nase krachen, zerschmettere Knochen und Knorpel, und bevor er sich erholen kann, benutze ich meinen Griff um seine Faust, um ihn herumzudrehen und ihn gegen die gegenüberliegende Wand zu schleudern.

Seine Augen rollen nach hinten, als sein Kopf auf die harte Oberfläche knallt, aber er schafft es, zuzutreten, und sein Stiefel landet direkt in meiner Niere. Zischend atme ich aus, und einen kurzen Moment lang lockert sich mein Griff um seine Faust. Er schmeißt sich auf den Boden und zieht mich mit sich, da ich ihn bereits wieder fest umfasse. Wir stoßen zusammen und rollen, und im nächsten Moment sehe ich, hinter was er her war.

Die Waffe, die er zuvor fallen gelassen hatte.

Er hält sie in seiner rechten Hand, und er zielt genau auf meinen Kopf.

Ich sehe, wie sich die Finger auf dem Abzug anspannen, und die Zeit scheint sich zu verlangsamen. Ich nehme alles mit einer vibrierenden Klarheit wahr, so als habe mein Gehirn beschlossen, eine letzte Momentaufnahme zu machen, indem es meine Sinne überreizt. In dieser Millisekunde, bevor ich sterbe, sehe ich, wie Kirill siegessicher seine Zähne fletscht, rieche den stinkenden Schweiß, der von seinem Gesicht tropft, und höre die Schreie von Michaels Eltern am hinteren Ende des Flurs. Außerdem denke ich an Yulia und an meine verzweifelte Hoffnung, dass sie überlebt.

Ich würde tausend Tode sterben, um sie am Leben zu halten.

Der Schuss ist ohrenbetäubend.

Aber ich sterbe nicht.

Stattdessen zuckt Kirill und schreit auf, als sein rechter Arm explodiert. Verblüfft blicke ich nach oben und sehe, dass Michael meine M16 hält. Der Junge keucht, sein blasses Gesicht ist mit Blut und Schweiß überströmt, und im nächsten Augenblick drückt er erneut ab, um eine Ladung Kugeln auf Kirills rechte Schulter zu feuern.

Kirill heult auf, tritt nach Michael, und ich konzentriere mich wieder auf meinen Gegner.

Es ist Zeit, das hier zu beenden.

Meine Finger umschließen Kirills linke Faust weiterhin fest, während ich meine Stirn immer wieder in seine blutige Nase ramme, und das Knacken genieße, das ertönt, wenn ich seine Knochensplitter in sein Gehirn hämmere. Das ist nicht die Art und Weise, auf die ich den Bastard töten wollte, aber es muss genügen.

Erst als er bewegungslos daliegt und sein Gesicht ein blutiges Durcheinander ist, schaue ich mit hämmerndem Kopf zu Michael hoch. »Schieße in seinen linken Arm«, befehle ich rau, und das Kind versteht mich sofort.

Ohne zu zögern, feuert er eine neue Ladung auf den Oberarm des toten Mannes ab. Die Kugeln durchtrennen den Knochen sauber. Alles, was ich noch tun muss, ist, an seiner Faust zu reißen, und der Arm trennt sich vom Körper.

Ich ignoriere das Blut, das aus dem Stumpf schießt, stehe auf und halte die verletzte Gliedmaße an der Faust fest, die um den Sprengzünder gewickelt ist. Mein Herz schlägt in einem schwachen, ungleichmäßigen Rhythmus, als ich mich zum Eingang umdrehe. Hinter mir schluchzt Michaels Mutter, und sein Vater stöhnt vor Schmerzen, aber das ist mir scheißegal.

Alles, was mich interessiert, ist Yulia.

Sie liegt bewegungslos in den Scherben des zerbrochenen Spiegels, und ihr Körper ist so verdreht wie der einer Stoffpuppe. Ihre langen, blonden Haare bedecken ihr Gesicht, aber überall ist Blut, ihre schlanke Gestalt ist damit bedeckt.

Die Leere in meiner Brust dehnt sich aus.

Nein. Verdammt nochmal, nein.

Sie kann nicht tot sein. Das kann sie nicht.

»Yulia«, flüstere ich und sinke neben ihr auf meine Knie. Ich fühle mich, als müsste ich ersticken, als würde meine Lunge in meinem Brustkorb zusammenfallen. »Yulia, mein Liebling ...«

Sie bewegt sich nicht.

Betäubt festige ich meinen Griff um Kirills linke Hand, drücke auf den Daumen, um sicherzugehen, dass er auf dem Knopf bleibt, und strecke meine rechte Hand nach ihr aus. Meine Finger sind mit Kirills Blut getränkt, und als ich ihr Haar zur Seite streiche, habe ich plötzlich das entsetzliche Gefühl, dass ich sie mit meiner Berührung beschmutze, dass ich etwas Reines und Wunderschönes zerstöre ... einen Engel, der nicht in meine hässliche Welt gehört.

Ihre Wimpern sind braune Halbmonde auf ihren blassen Wangen, und ihr Mund ist leicht geöffnet. Sie sieht aus, als würde sie schlafen – wenn da nicht überall das Blut wäre.

So verdammt viel Blut.

»Yulia ...« Meine Hand zittert, als ich ihr Gesicht berühre und blutige Fingerabdrücke auf ihrer Porzellanhaut hinterlasse. Die Leere in mir breitet sich aus, meine Knochen knacken wegen des Drucks in ihrem Hohlraum. Ich kann mir kein Leben ohne sie vorstellen. Verdammt, ich kann mir nicht einmal eine einzige Woche ohne sie vorstellen. Innerhalb weniger Monate ist sie mein Ein und Alles geworden. Wenn sie tot ist, von mir gegangen ... Meine Finger streichen an der Seite ihres Halses entlang, um nach ihrem Puls zu fühlen, und ich versteinere, bevor mich ein gewaltiger Schauer durchfährt.

Dort ist ein Schlag. Ein leichter, aber definitiv ein Schlag.

»Yulia!« Ich beuge mich nach unten, um sie mit meinem freien Arm an mich zu ziehen. Sie ist weich und warm und definitiv am Leben. Ich fühle ihren Atem auf meinem Hals, und mein Puls rast wegen meiner überschwänglichen Freude.

Sie lebt.

Meine Yulia lebt.

Einen Moment lang ist das genug, aber als ich einen klareren Kopf bekomme, packt mich eine neue Angst.

Warum ist sie bewusstlos, und woher kommt das ganze Blut?

Ich lege sie auf den Boden und taste sie auf der Suche nach einer Schusswunde hektisch ab. Sie hat unzählige kleine Wunden von dem zerbrochenen Spiegelglas und eine größere blutige Schnittwunde an der einen Seite ihres Kopfs, aber ich kann die Stelle, an der die Kugel in sie eingedrungen ist, nicht finden.

»Ist sie okay?«, fragt Michael, und als ich aufsehe, steht er neben mir. Er schwankt unsicher, und sein Gesicht ist grünlich weiß. Einen Moment lang denke ich, dass er wegen des Anblicks des abgerissenen Arms, den ich immer noch festhalte, kotzen muss, aber während ich ihn anschaue, sinkt er neben mir auf die Knie – oder bricht besser gesagt zusammen.

Mit gerunzelter Stirn beginne ich, mich nach ihm auszustrecken, aber halte inne.

Blut fließt aus Michaels T-Shirt.

»Misha?«, krächzt Yulia rau, und als ich mich zu ihr umdrehe, sehe ich, dass sie ihre Augen geöffnet hat. Als ihr Blick auf uns fällt, verwandelt sich ihr Gesichtsausdruck in reines Entsetzen, und ich weiß, dass sie zu demselben Schluss gekommen ist wie ich.

Ihr Bruder ist angeschossen worden.

FÜNFZIGSTES KAPITEL

❖ YULIA ❖

In den nächsten zehn Minuten scheint alles gleichzeitig zu passieren. Überall ist Blut: auf Misha, der neben mir liegt, auf Lucas, um Kirills verkrüppelten Körper und dem abgerissenen Arm, den Lucas in der Hand hält. Einige Meter von uns entfernt stöhnt Mishas Vater vor Schmerzen, während sein Bein unkontrolliert blutet, und Mishas Mutter weint und rennt zwischen ihrem verwundeten Mann und ihrem verwundeten Sohn hin und her. Lucas' Männer – die die Schüsse ohne Schalldämpfer gehört haben müssen – stürmen mit gezogenen Waffen in das Apartment, und Lucas beginnt damit, ihnen Befehle zuzubrüllen. Innerhalb einer Minute arbeiten zwei Männer daran, die Sprengkörper zu entschärfen, und zwei andere versuchen, die Blutungen von Misha und seinem Vater zu stillen. Ich versuche aufzustehen, um zu helfen, aber bei jeder Bewegung überkommt mich eine Übelkeitswelle, und ich muss mich wieder hinlegen, da mein Schädel an der Stelle, an der ich mir den Kopf an dem Spiegel aufgeschnitten habe, pocht. Meine hektischen Fragen gehen unbeantwortet in dem Chaos unter, aber als wir uns wieder in dem gepanzerten Geländewagen befinden und zum Krankenhaus rasen, füge ich zusammen, was passiert sein muss.

Es war keine Kugel, die mich umgeworfen hat. Es war mein Bruder. Misha hat mich aus dem Weg gestoßen, und ich bin mit dem Kopf zuerst in den Spiegel geknallt, der daraufhin zerbrochen ist. Gleichzeitig wurde er von der Kugel getroffen, die für mich bestimmt war. Lucas' Meinung nach ist sie durch das Fleisch in seiner Schulter gegangen, weshalb er auf mich gefallen ist. Der größte Teil des Blutes, das mich bedeckt, ist seines, auch wenn ich ebenfalls aus meiner Kopfverletzung und den kleinen Schnitten, die das Glas meiner Haut zugefügt hat, geblutet habe.

»Ihm wird es bald wieder gutgehen«, sagt Lucas zum fünften Mal, als ich mich nach Misha ausstrecke, der auf der Rückbank neben mir in Ohnmacht gefallen ist. »Er hat viel Blut verloren, aber seine Blutung ist gestillt, und er wird wieder gesund werden. Er hat uns alle gerettet. Wenn er nicht meine M16 genommen hätte –« Er bricht ab, aber ein Schauer läuft meine Wirbelsäule hinunter, und ich kann die unausgesprochenen Worte spüren.

Wir sind fast gestorben, jeder von uns. Auf einen Schlag hätte ich meinen Bruder und den Mann, der mein Ein und Alles geworden ist, verlieren können.

Meine Hand zittert, als ich Mishas Hand drücke und dann Lucas berühre, der auf meiner anderen Seite sitzt.

Aber er lässt es nicht zu, dass ich seine Hand halte. Als ich ihn berühre, zieht mich Lucas sofort auf seinen Schoß, umarmt mich fest und vergräbt sein Gesicht in meinem Haar. Ich kann spüren, wie Schauer seinen großen Körper erschüttern, und kann mich nicht länger zurückhalten.

Ich umklammere ihn so fest ich kann und weine.

Ich umarme Lucas und weine einfach.

* * *

Ein örtliches Krankenhaus kümmert sich um Mishas und Viktors Schusswunden und den Schnitt an meinem Kopf, bevor wir in die Schweiz fliegen, um uns in der Privatklinik zu erholen, die Lucas schon zuvor besucht hat. Mishas Eltern kommen mit uns mit, da sie sich nicht von ihrem Sohn trennen wollen, obwohl sie Angst vor mir und Lucas haben.

Ich versuche, ihnen zu versichern, dass sie sich in Sicherheit befinden, aber ich weiß, dass wir für sie angsteinflößende Fremde aus einer gewalttätigen Welt sind – einer Welt, die sich auf brutalste Weise in ihr Leben gedrängt hat. Was Kirill getan hat, die Art, wie er sie terrorisiert hat, hat Narben hinterlassen, die niemals verschwinden werden.

Vor diesem schrecklichen Tag wussten sie, was Natalias Bruder für sein Land tat, aber sie hatten es nicht wirklich verstanden.

»Eines Morgens sind wir aufgewacht, und er war auf einmal da und hat uns mit einer Waffe bedroht«, schluchzt Natalia, als sie uns erzählt, was passiert ist. »Er hat Viktor gefesselt und mir eine Bombe umgebunden, bevor er das Gleiche mit ihm tat. Wir dachten, er sei ein Terrorist – wir dachten, wir würden sterben – aber dann hat er begonnen, von dir zu erzählen und darüber, dass er auf dich wartete, und in diesem Moment haben wir verstanden, was er wirklich wollte ...« Sie bricht an diesem Punkt hysterisch zusammen, und Lucas muss eine Krankenschwester rufen, damit sie ihr ein Beruhigungsmittel gibt.

Viktor – Mishas Adoptivvater – befindet sich in einem ähnlichen Zustand, auch wenn er versucht, für seine Frau ein mutiges Gesicht aufzusetzen. Jedes Mal, wenn Natalia beginnt zu weinen, beruhigt er sie, sagt ihr, dass es ihm gut geht, aber die Schwestern haben mir berichtet, dass er selbst schreiend aus Albträumen erwacht.

Die Kugel, die Viktors Bein getroffen hat, hat seine Kniescheibe zerschmettert, so dass er vielleicht nie wieder, ohne zu humpeln, gehen wird.

Der einzige Lichtpunkt in diesem Desaster ist, dass Mishas Schulterverletzung wirklich so sauber war, wie Lucas gesagt hatte. Mein Bruder hat eine Menge Blut verloren, aber die Ärzte haben ihm versprochen, dass er innerhalb einer Woche wieder auf den Beinen sein wird – wenn auch mit einer Armschlinge.

Während wir uns erholen, nehmen Lucas' Männer Rudenkos' Apartment auseinander, um zu untersuchen, wie Kirill ungesehen hineingelangen konnte – und was sie entdecken, überrascht uns alle. Sie finden heraus, dass die neue Wohnung von Mishas Eltern – in die sie umgesiedelt wurden, nachdem ich zurückgekehrt war – eigentlich ein geheimer Unterschlupf der UUR gewesen war. Deshalb befand sich hinter der Wohnzimmerwand ein verstecktes Apartment – ein Ort, der mit einer medizinischen Ausstattung, Waffen und genug Essen für mehrere Monate ausgestattet war. Dorthin muss Kirill gegangen sein, nachdem er von der Anlage der UUR geflüchtet war. Wie er den Weg dorthin überlebt und seine Spuren verwischt hat, wird für immer ein Geheimnis bleiben, aber von dem Zustand dieses Apartments ausgehend, hat er sich die ganze Zeit, die wir nach ihm gesucht haben, dort versteckt. Mishas Eltern schwören, dass sie keine Ahnung hatten, dass er sich dort aufgehalten hat, und nachdem er sie eingehend befragt hat, kommt Lucas zu dem Schluss, dass sie die Wahrheit sagen.

Offensichtlich haben sie einige Male Geräusche in ihrem Wohnzimmer gehört, sie aber als die eigenartige Akustik des neuen Gebäudes abgetan.

»Ich dachte, es sei ein Geist«, flüstert Natalia Rudenko mit roten, geschwollenen Augen und blassem Gesicht. »Viktor hat mir gesagt, das sei dumm, also habe ich den Mund gehalten. Aber ich hätte auf meine Instinkte hören sollen. Ich werde mir das, was geschehen ist, niemals verzeihen.«

Lucas will gerade eine weitere Frage auf sie abfeuern, aber ich stoppe ihn, indem ich meine Hand auf seinen Arm lege. Die arme Frau ist nicht in dem Zustand, eine weitere Befragung durchzustehen. »Es war nicht deine Schuld«, versichere ich ihr sanft. »Kirill war ein erfahrener Agent. Da er sich verstecken wollte, hattet ihr keine Chance, ihn zu entdecken.«

»Das hat Viktor auch gesagt, aber trotzdem hätte ich es wissen müssen.« Sie schließt ihre Augen fest und berührt mit zittrigen Fingern ihre Nasenspitze. »Es waren diese kleinen Hinweise, wie dass unser Computer einmal gehackt wurde und manchmal einige Dinge verrückt zu sein schienen ...«

Im Geheimen stimme ich ihr darin zu, dass sie diese Dinge verdächtig gefunden haben sollte – ich hätte das mit Sicherheit –, aber sie ist im Gegensatz zu mir eine Zivilistin. Normale Menschen sind nicht darauf trainiert, diese Muster zu erkennen, und auch wenn Natalia diese Schattenwelt der Geheimdienste nicht völlig fremd war, hätte sie sich nicht vorstellen können, dass ein Geheimagent sich in ihrer Wohnung versteckt.

»Durch das Hacken des Computers muss Kirill erfahren haben, dass wir kommen«, meint Lucas finster, und ich nicke zustimmend. Ich weiß nicht, ob mein ehemaliger Trainer Rudenkos' Apartment benutzt hat, weil es das beste Versteck war, oder weil er vermutete, dass ich eines

Tages mit Misha dorthin kommen würde, aber wie dem auch sei, er hatte eine gute Ausgangslage, um zuzuschlagen, als wir es am wenigsten erwarteten.

Die Wächter haben nach Gefahr von außen Ausschau gehalten, aber der Feind war die ganze Zeit über drinnen gewesen.

Zu meiner Erleichterung ist Misha weit weniger traumatisiert als seine Eltern. Ich weiß nicht, ob es wegen seines UUR-Trainings ist oder deshalb, weil er bereits Lucas' Angriff auf die Einrichtung der UUR miterlebt hatte, aber mein Bruder erholt sich auf mehr als eine Art und Weise schnell. Weit entfernt davon, wegen seiner Rolle bei Kirills Tod verstört oder reumütig zu sein, scheint Misha eher stolz darauf zu sein, dass er daran beteiligt war, den Mann zur Strecke zu bringen, der mich verletzt und seine Eltern beinahe getötet hat.

»Ich bin froh, dass ich auf den Bastard schießen konnte«, meint er grimmig, als Lucas und ich ihn an seinem Krankenbett besuchen. »Das war das Mindeste, was er verdient hatte.«

»Das hast du gut gemacht, Kind«, sagt Lucas, während er seine Hand auf die unverletzte Schulter legt. »Deine Hände haben nicht einmal gezittert, als du ihm den Arm abgeschossen hast.«

Ich zucke bei der bildlichen Beschreibung zusammen, aber Misha nickt und freut sich über die Anerkennung seiner Leistung. Er und Lucas scheinen jetzt auf einer Wellenlänge zu liegen, so als ob der gemeinsame Kampf gegen Kirill sie einander nähergebracht hat. Ich mag diese Entwicklung, aber es verstört mich, meinen vierzehn Jahre alten Bruder so beiläufig über den grausamen Tod eines Mannes reden zu hören.

»Und warum sollte er entsetzt sein?«, fragt Lucas, als ich ihm meine Bedenken später in unserem eigenen Krankenzimmer mitteile. »Er ist alt genug, um zu verstehen, dass man das tun muss, was nötig ist, um zu überleben und diejenigen zu beschützen, die man liebt. Das Kind wird erwachsen, ob es dir gefällt oder nicht, und ob du es zugeben willst oder nicht, er ist keine empfindliche Blume.«

»Aber er ist auch kein gewissenloser Mörder – oder zumindest sollte er das nicht sein«, entgegne ich, aber Lucas setzt sich auf meine Bettkante und nimmt meine Hand in seine. Sein Blick ist hart und verschlossen, aber seine Berührung ist zärtlich. Er ist so gewesen, fürsorglich, aber distanziert, seit wir in diese Klinik gekommen sind, und egal wie sehr ich es auch versuche, ich kann nicht herausfinden, warum er nicht mehr tut, als mich nachts zu umarmen.

Die Ärzte haben mir schon vor zwei Tagen gesagt, dass ich wieder Sex haben könnte, aber Lucas hat mich immer noch nicht angefasst.

»Mein Liebling«, murmelt er und drückt dabei leicht meine Hand, »dein Bruder ist nicht wie du. Das war er nie, und das wird er auch nie sein. Es war seine Entscheidung, sich der UUR anzuschließen, und ob du es dir eingestehen möchtest oder nicht, er hat mehr dorthin gehört als das jemals bei dir der Fall war.«

Die Überzeugung in Lucas' Stimme lenkt mich von meinen Überlegungen über sein eigenartiges Verhalten ab. Ich runzele meine Stirn und erwidere: »Das denke ich nicht. Misha hatte sich wahrscheinlich vorgestellt, dass es aufregend sein würde, ein Spion zu sein. Ich bin mir sicher, dass er sich ihnen genau deshalb angeschlossen hat: um James Bond zu spielen. Aber als er gesehen hat, wie es wirklich ist –«

»Wollte er es immer noch«, meint Lucas ruhig. »Oder will es, sollte ich vielleicht sagen.«

Ich schaue ihn überrascht an. »Wie meinst du das? Er geht zurück zur Schule.«

»Das tut er – aber nur, um dich und seine Eltern glücklich zu machen.«

»Was? Woher weißt du das?«

Lucas seufzt, während er mit seinem Daumen meine Handfläche streichelt. »Er hat es mir gesagt. Gestern. Er will für mich arbeiten, wenn er älter ist, aber momentan denkt er, dass es ›eine gute Idee ist, die normale Schule zu beenden, um später besser in die normale Bevölkerung zu passen‹.« Er macht eine Pause und fügt sanft hinzu: »Das sind seine Worte, nicht meine.«

»Ich verstehe.« Ich ziehe meine Hand aus seiner, stehe auf, und hinter meinen Schläfen pocht ein Kopfschmerz, der nichts mit meiner halbwegs verheilten Kopfverletzung zu tun hat. Ich sollte überrascht sein, aber ich bin es nicht. Irgendwie wusste ich es schon.

Wie Lucas fühlt sich mein Bruder von Gefahr angezogen, und irgendwann wird er diese Art von Leben umarmen.

Der Schmerz breitet sich langsam in mir aus; zuerst ist er nur leicht, aber mit jeder Sekunde wird er stärker und steigt an, bis er mich von innen heraus erstickt. Mein Hals wird eng, und ich spüre, wie ich beginne zu hyperventilieren, hektisch versuche, meine erstarrten, leeren Lungen mit Luft zu füllen. Ein raues Schluchzen ertönt, dem weitere folgen, und dann steht Lucas neben mir, um mich in seine Umarmung zu ziehen, während hässliche Geräusche meinen Mund verlassen. Es fühlt sich an, als würde ich innerlich zerbrechen. Ich versuche, aufzuhören, mich zu kontrollieren, aber ich schluchze einfach weiter.

»Yulia, mein Liebling, das ist in Ordnung ... Alles wird gut werden.« Lucas Arme sind um mich geschlungen, halten mich fest, und das Wissen, dass er da ist, dass ich nicht länger allein bin, öffnet den Damm noch mehr. Die Tränen strömen nur so aus mir heraus, verbrennen und reinigen alles gleichzeitig, sind wie eine giftige Flüssigkeit, die alles zerstört und erneuert.

Ich weine um die Zukunft meines Bruders, unsere Vergangenheit und all die Lügen, Verluste und Vertrauensbrüche. Ich weine um das, was hätte sein können und was geschehen wird, um die Grausamkeit des Schicksals und seine dazu im Widerspruch stehende Gnade.

Ich weine, weil ich nicht aufhören kann und weil ich weiß, dass ich es auch nicht tun muss.

Ich vertraue darauf, dass Lucas mich hält, wenn ich zerbreche, mir seine Stärke gibt, wenn ich sie am meisten brauche.

Irgendwie sind wir auf dem Bett gelandet, ich liege zusammengerollt in seinen Armen, und er schaukelt mich auf seinem Schoß, wiegt mich, als sei ich das Wertvollste auf der ganzen Welt. Und ich weine immer noch. Ich weine, bis mein Hals rau und wund ist, bis aus meinen Qualen Erschöpfung wird. Ich bekomme nur noch am Rande mit, dass Lucas mich ablegt, um mich auszuziehen, und als er sich neben mich legt, bin ich schon eingeschlafen.

Eingeschlafen und von allen meinen Ängsten befreit.

* * *

Als ich aufwache, sitzt Lucas auf meiner Bettkante und betrachtet mich. Augenblicklich erinnere ich mich an letzte Nacht, und ich erröte, als ich an meinen unerklärlichen Zusammenbruch denke.

»Es tut mir leid«, murmele ich und ziehe die Decke über meine Brust, als ich aufstehe. »Ich weiß nicht, was über mich gekommen ist.«

Lucas bewegt sich nicht. »Dir muss nichts leidtun, meine Süße.« Trotz seiner beruhigenden Worte ist sein Blick unleserlich und sein Gesichtsausdruck immer noch verschlossen und distanziert. »Es war Zeit, dass du endlich ordentlich weinst.«

»Ja, und das habe ich mit Sicherheit getan.« Es ist mir peinlich, und ich lasse die Decke fallen, schnappe mir einen Bademantel und verschwinde schnell in dem angrenzenden Badezimmer, um mich zu duschen und meine Zähne zu putzen, bevor die Krankenschwestern ihre Morgenrunde drehen.

Als ich herauskomme, sehe ich, dass Lucas immer noch bewegungslos auf meiner Bettkante sitzt. Die Blutergüsse in seinem Gesicht – die Andenken an seinen Kampf mit Kirill – sind schon verblasst, und in dem Morgenlicht, das auf seine harten, männlichen Gesichtszüge scheint, sieht er eher aus wie eine Kriegerstatue als ein lebendiges, atmendes menschliches Wesen. Allein seine Augen strafen diesen Eindruck Lügen; scharf und klar verfolgen sie jede meiner Bewegungen, so wie die Augen einer Raubkatze, die ihre Beute betrachtet.

Mein Atem stockt, und ich bemerke, dass ich auf ihn zugehe, dass meine Beine mich fast gegen meinen Willen zum Bett tragen.

Als ich bei ihm ankomme, legt er eine Hand um meine Hüfte und zieht mich zu sich, damit ich mich neben ihn setze.

»Lucas ...« Ich betrachte ihn eindringlich und bin eigenartig nervös. »Was hast du –«

»Schscht.« Er legt zwei Finger auf meine Lippen, und seine Berührung ist unglaublich sanft. Seine Augen brennen sich in meine, und entsetzt bemerke ich den Schatten eines dunklen Schmerzes in seinem blassen Blick. »Ich werde das nur einmal sagen, und ich möchte, dass du mir gut zuhörst«, sagt er ruhig, während er seine Hand senkt. »Ich habe Geld auf dein Konto überwiesen – erst einmal etwa zwei Millionen. Später werde ich dir mehr geben, aber es sollte für einen Neuanfang ausreichend sein.

Natürlich können du und Michael immer zu mir kommen, solltet ihr etwas brauchen –«

»Was?« Ich zucke zurück, da ich mir sicher bin, ihn missverstanden zu haben. »Wovon sprichst du?«

»Lass mich ausreden.« Sein Kiefer ist angespannt. »Ich werde dir außerdem einige Bodyguards geben«, fährt er fort, und seine Stimme klingt bei jedem Wort angestrengter. »Ihre Aufgabe wird sein, dich zu beschützen, aber ich erwarte von dir, dass du clever genug bist, nichts zu tun, was dich in Gefahr bringen würde. Wenn du irgendwohin fliegen möchtest, werde ich dir jemanden schicken, der dich abholt, und ich werde persönlich die Sicherheitsvorkehrungen rund um dein neues Haus kontrollieren. Außerdem –«

»Lucas, wovon redest du?« Zitternd springe ich auf. »Ist das ein Scherz?«

»Nein, natürlich nicht.« Er steht auf, und seine Muskeln vibrieren durch die Anspannung. »Denkst du, dass das leicht für mich ist? Verdammt!« Er dreht sich blitzschnell um und beginnt, im Raum umherzugehen, wobei jede seiner Bewegungen voller kaum kontrollierter Gewalt ist.

Wie betäubt beobachte ich ihn einige Augenblicke lang; dann beginnen die Neuronen in meinem Kopf zu feuern. Ich gehe nach vorn, ergreife seinen Arm und spüre die angestaute Stärke in ihm. »Lucas, lässt du –« Ich schlucke belegt. »Bedeutet das, dass du mich gehen lässt?«

Seine Augen verengen sich gefährlich. »Was zum Henker sollte ich sonst meinen?«

Mein Herz schlägt schnell, als ich meine Hand fallen lasse. »Aber warum? Ist es das?« Befangen berühre ich den schmalen Streifen auf meinem Kopf, wo das Haar abrasiert wurde und wo die Stiche wegen des Schnittes trotz meiner besten Versuche, sie zu verstecken, zu sehen sind. Wie bei Lucas sind die Blutergüsse auf meinem Gesicht fast verschwunden, aber die Narben durch die Glassplitter sind es nicht. Sie heilen – die Ärzte haben mir versichert, dass sie eines Tages nicht mehr zu sehen sein werden –, aber im Moment bin ich alles andere als hübsch, und plötzlich wird mir klar, dass Lucas' distanziertes Verhalten einen ganz offensichtlichen Grund haben könnte.

Seine Leidenschaft für mich hat sich abgekühlt.

»Was?« Ungläubigkeit füllt seine Stimme, als seine Augen meiner Handbewegung folgen. »Macht du verdammte Witze? Du denkst, dass ich dich wegen dieser Wunde nicht mehr möchte?«

»Du hast mich letzte Nacht nicht angefasst.« Ich weiß, dass ich mich wie ein unsicheres Schulmädchen anhöre, aber ich kann nichts dagegen tun. Lucas ist ein höchst sexueller Mann, und wenn er sich eine Gelegenheit entgehen lässt, mich zu ficken ...

»Natürlich habe ich dich nicht angefasst«, sagt er durch zusammengebissene Zähne. »Du bist noch nicht gesund, und ich – verdammt.« Er bewegt sich leicht, so als wolle er sich wieder wegdrehen, aber dann überlegt er es sich anders. Er streckt sich nach mir aus und ergreift meinen Arm. »Yulia ... wenn ich dich berührt hätte, wenn ich dich erneut genommen hätte, wäre ich nicht mehr in der Lage gewesen, das hier zu tun, verstehst du mich?« Seine Stimme wird rauer. »Ich hätte dich wie der egoistische Bastard, der ich auch bin, bei mir behalten, und du hättest niemals die Gelegenheit bekommen, zu gehen.«

Mein ganzer Atem verlässt meine Lungen. »Nein, das verstehe ich nicht. Wenn du mich immer noch willst, warum tust du das hier?«

»Weil du nicht in diese Welt gehörst ... meine Welt. Sie haben dir dieses Leben aufgezwungen, dich zu jemandem gemacht, der du nie werden wolltest. Als ich dich dort verletzt und blutend liegen sah –« Er bricht ab und sagt dann rau: »Du hättest dich niemals in einer solchen Gefahr befinden sollen, niemals Männer wie Kirill und Obenko treffen sollen.« Er atmet tief ein. »Männer wie mich.«

Ich starre ihn an, und ein eigenartiger Schmerz macht sich tief in meiner Brust breit. »Lucas, du bist kein –«

»Doch, das bin ich.« Sein harter Mund zuckt. »Wir müssen nichts beschönigen. Ich bin wie sie – die Männer, die dich verletzt, benutzt und manipuliert haben. Du hattest die ganze Zeit keine andere Wahl, und ich habe dir auch keine gelassen. Ich habe dich genommen, weil ich dich wollte, und dich behalten, weil ich mir kein Leben ohne dich vorstellen konnte. Als du geflüchtet bist, hätte ich die Welt auseinandergenommen, um dich zu suchen, meine Schöne. Ich hätte alles getan, um dich zurückzubekommen.«

Ein Schauer läuft mir über den Rücken. »Also warum lässt du mich jetzt gehen?«, flüstere ich, und mein Herz schlägt ungleichmäßig. Könnte es sein, dass ...? Ist Lucas –

»Weil ich es nicht ertragen kann, dich zu verlieren«, sagt er schroff. »Als ich dich dort blutüberströmt liegen sah, dachte ich, du seist tot. Ich dachte, er hätte dich umgebracht.« Ein sichtbarer Schauer fährt über Lucas' Haut, bevor er näher kommt und seine Hände anhebt, um meine Schultern zu umfassen. Er beugt sich nach vorne und sagt mit kaum unterdrücktem Zorn: »Was hast du dir überhaupt dabei gedacht, den Bastard derart zu reizen? Du hättest ruhig bleiben sollen und mich –«

»Dich erschießen lassen sollen?« Alles in mir zieht sich allein bei dem Gedanken daran zusammen. »Das würde ich niemals zulassen. Er war hinter mir her, nicht hinter dir oder Misha –«

»Also hast du versucht, dich für uns zu opfern, so wie du es die ganze Zeit über für deinen Bruder getan hast? Hast du ernsthaft gedacht, dass auch nur die winzigste Möglichkeit bestand, dass ich das zulassen würde?« Seine Finger graben sich in meine Schultern, aber bevor ich zusammenzucken kann, wird sein Griff sanfter und sein Gesichtsausdruck weicher. »Yulia«, flüstert er rau, »weißt du denn nicht, dass ich tausend Kugeln für dich abfangen und einhundert Tode sterben würde, bevor ich es zulasse, dass du verletzt wirst?«

Mein Puls wird noch unregelmäßiger. »Lucas ...«

»Du bist mein Lebensinhalt.« Seine Augen funkeln leidenschaftlich. »Du bist mein Ein und Alles. Ich will dich in meinem Bett, aber noch mehr will ich dich in meinem Leben. So ist es von Anfang an gewesen. Selbst als ich dich hasste, liebte ich dich. Wenn du weg wärst –«

»Du liebst mich?« Meine Lunge arbeitet nicht, als ich seine Worte einsinken lasse. Ich hatte es vermutet, gehofft – und mir auch eingeredet, ich wüsste es –, aber bis er es gesagt hatte, war ich mir nicht sicher gewesen. Dass Lucas es endlich zugegeben hat ...

»Natürlich liebe ich dich.« Seine Hände bewegen sich nach oben, um mein Gesicht zu umfassen, und seine Handflächen liegen warm auf meiner Haut. Er blickt zu mir hinunter und sagt rau: »Ich habe dich von dem Moment an geliebt, an dem ich gesehen habe, wie Diego dich aus dem Flugzeug getragen hat, abgemagert und schmutzig und so umwerfend, dass es mir in der Brust wehtat. Ich habe mir eingeredet, dass es nur Lust war, so getan, als könnte ich dich so lange ficken, bis ich genug von dir hatte, aber stattdessen verliebte ich mich immer mehr in dich, wollte dich jeden Tag mehr. Deine Treue, dein Mut, deine Wärme – das alles waren Dinge, von denen ich nie wusste, dass ich sie brauchte. Bevor du in mein Leben getreten bist, hatte ich niemanden, habe mich für niemanden interessiert, und mir ging es gut. Aber als ich dich getroffen habe ...« Er holt Luft. »Verdammt, das war, als sähe ich die Sonne zum ersten Mal. Du hast meine Welt so viel strahlender, umfangreicher ...«

Mein Hals ist so zugeschnürt, dass ich kaum sprechen kann. »Aber warum –«

»Weil du für Liebe und Familie, für schöne Dinge und sanfte Worte geschaffen wurdest.« Schmerz stiehlt sich in seine Stimme, als er meine Hände loslässt. »Du hättest von deinen Eltern und deinem Bruder über alles geliebt werden müssen, von liebevollen Partnern und treuen Freunden angebetet worden sein müssen, und stattdessen –«

»Stattdessen habe ich mich in dich verliebt.« Ich strecke mich nach ihm aus und ergreife seine kräftige Hand. Tränen schwimmen in meinen Augen, während ich meinen skrupellosen Entführer betrachte, den Mann, der jetzt mein Ein und Alles ist. »Ich habe mich in den Mann verliebt, der mich von Kirill und dem russischen Gefängnis gerettet hat, der mich gepflegt hat, bis ich wieder gesund war, und der mir meinen Bruder zurückgegeben hat. Lucas ...« Ich lege meine Hand um seinen harten Kiefer. »Du magst wie sie sein, aber du hast mir immer mehr gegeben, als du genommen hast. Immer.«

Er starrt mich an, und ich sehe in seinem Gesicht, dass er immer frustrierter wird. »Yulia ...« Seine Stimme ist leise und tödlich. »Wenn du weggehen möchtest, sag es mir jetzt. Ich werde dir nur diese eine Möglichkeit geben, verstanden?«

»Das habe ich.« Ein Lächeln umspielt meine Lippen, als ich meine Hand von seinem Kinn nehme. »Ich habe es verstanden.«

Seine Muskeln spannen sich an, so als bereite er sich auf einen Angriff vor. »Und?«

»Und ich bleibe.«

Einen Augenblick lang bleibt Lucas bewegungslos stehen, so als habe ihn seine Ungläubigkeit versteinert, aber dann ist er auch schon bei mir, verschlingt meine Lippen mit einem Hunger, der gleichzeitig stürmisch und zärtlich ist. Seine Hände fahren rau und gleichzeitig beherrscht über meinen Körper, da er sich meiner heilenden Wunden bewusst ist. Wir fallen rückwärts aufs Bett, unsere Münder sind verschmolzen, und unsere Hände reißen an der Kleidung des jeweils anderen. Irgendwo dort draußen sind Schwestern und Ärzte, mein Bruder und seine Adoptiveltern, die ganze Welt, aber hier, in diesem Zimmer, gibt es nur uns, und die Hitze brennt mit jedem Moment heißer.

»Ich liebe dich«, stöhne ich, als Lucas in mich stößt, und er flüstert die Worte mit einer heiseren und belegten Stimme zurück, während er sich in mir bewegt, mich immer wieder für sich einfordert. Wir kommen gleichzeitig, und unsere Körper explodieren in perfekter Harmonie. Als wir danach ineinander verschlungen daliegen, schaut mir Lucas in die Augen. In seinem Blick erkenne ich Lust und Besitzanspruch, Hunger und Verlangen, und hinter allem die warme Zärtlichkeit der Liebe.

In wenigen Minuten werden die Schwestern kommen, und unsere kleine Seifenblase wird zerplatzen. Wir werden uns darauf konzentrieren, gesund zu werden, und nach vorn schauen, unser neues Leben aufbauen und in unser neues Haus ziehen. In diesem Moment müssen wir uns keine Gedanken um unsere Zukunft machen.

Was Lucas und ich haben, wird nie hübsch sein, aber es ist perfekt.

Unsere eigene Version von perfekt.

BONUSNACHWORT: NORA & JULIAN
Etwa drei Jahre später

Spoiler-Warnung: Sollten Sie die Trilogie Verschleppt nicht gelesen haben, tun Sie das bitte, bevor Sie weiterlesen. Das folgende Nachwort ist für diejenigen unter Ihnen, die Noras und Julians Geschichte lieben und um einen Einblick in ihre Zukunft gebeten haben, die weiter entfernt liegt als die im Nachwort von *Hold Me - Verbunden (Verschleppt: Teil 3)* Und natürlich gibt es auch einen winzigen Einblick in Lucas' und Yulias Zukunft.

* * *

❖ JULIAN ❖

Noras Schreie hallen von den Wänden wider, und die gequälten Laute zerreißen mich. Ich lehne mich gegen den Türrahmen, zittere vor Anstrengung, ruhig zu bleiben und die Bussarde in den weißen Kitteln, die meine Frau umkreisen, nicht anzugreifen. Mein Shirt ist schweißnass, und meine Hände zucken krampfhaft an meinen Seiten, während mein Drang, Nora zu beschützen, gegen das Wissen ankämpft, dass ich den Ärzten nur im Weg sein würde.

Das Baby kommt zwei Wochen zu früh, und ich habe mich in meinem ganzen Leben noch nie so verdammt nutzlos gefühlt.

»Soll ich dir etwas holen gehen?«, fragt Lucas leise, und mir fällt auf, dass er vom Flur zu mir gekommen ist, um sich zu mir zu stellen. »Wasser, Kaffee ... einen Wodka?« Sein Gesichtsausdruck ist ungewöhnlich mitfühlend.

»Nein danke.« Meine Stimme hört sich wie das Kratzen von Sandpapier auf Holz an, und ich räuspere mich, bevor ich fortfahre. »Sie haben gesagt, dass es jetzt nicht mehr lange dauert. Deshalb haben sie auch schon die Epiduralnarkose eingestellt.«

Lucas nickt. »Stimmt. Darüber habe ich gelesen.«

»Ach?« Diese eigenartige Äußerung – und die momentane Abwesenheit von Noras Schreien – erweckt eine leichte Neugier in mir. »Bekommen du und Yulia ...?«

»Nein, noch nicht, aber Yulia redet seit der Hochzeit immer wieder darüber.« Er atmet hörbar aus. »Ich hatte geglaubt, dass es nicht so schlimm sei, aber jetzt, da ich das hier mitbekomme –«

»Julian!«

Noras schmerzerfüllter Schrei schneidet seine nächsten Worte ab, und ich vergesse alles, als ich als Antwort auf ihren Ruf den Raum durchquere.

»Herr Esguerra, bitte, Sie müssen zurücktreten –«

»Sie braucht mich«, fauche ich den Arzt an, der sich mir in den Weg gestellt hat. Wenn er nicht der beste Gynäkologe dieser Schweizer Klinik wäre, wäre er schon tot. Ich schiebe den Idioten zur Seite und gehe zu Nora, um ihre zitternde Hand zu halten. Ihre Handfläche ist durch den Schweiß rutschig, aber ihre Finger krallen sich mit erstaunlicher Kraft um meine, und ihre Knöchel werden weiß, als ihr gewaltiger Bauch sich durch eine neue Wehe zusammenzieht. Ihr schmales Gesicht ist eine schmerzverzerrte Maske, ihre Augen sind fest zusammengepresst und meine Brust bebt mit hilfloser Wut, als ein weiterer Schrei aus ihrer Kehle ertönt. Ich würde alles dafür geben, mit ihr den Platz zu tauschen, diese Schmerzen von ihr zu nehmen, aber das kann ich nicht, und dieses Wissen bringt mich um.

»Ich bin hier, Baby.« Meine Stimme ist heiser, und meine freie Hand zittert, als ich hinüberfasse, um ihr das schweißnasse Haar von der Stirn zu streichen. »Ich bin hier und für dich da.«

Nora öffnet ihre Augen, und mein Herz zieht sich zusammen, als sich unsere Blicke treffen und sie versucht, beruhigend zu lächeln. »Es ist alles okay«, keucht sie. »Es wird alles gutgehen. Ich muss nur –« Aber bevor sie zu Ende sprechen kann, verzieht sich ihr Gesicht erneut, und ich höre, wie die Ärzte rufen, ihr sagen, zu pressen und nach unten zu drücken. Noras Griff um meine Hand festigt sich, und sie drückt unglaublich kräftig zu. Ihre zarten Finger zerdrücken beinahe die Knochen in meiner Hand, und ihr ganzer Körper scheint einen gewaltigen Krampf zu durchleben. Ihr Kopf biegt sich mit einem Schrei nach hinten, der wie tausend Messer in mich schneidet. Ihre Qualen zerstören mich, lassen meine vorgetäuschte Ruhe und Vernunft verschwinden. Ich beginne rotzusehen, das Blut pocht laut in meinen Schläfen und ich weiß, ich werde das nicht mehr viel länger aushalten können.

Ohne Noras Hand loszulassen, drehe ich mich herum und brülle den Ärzten zu: »Verdammt nochmal, helft ihr! Jetzt!«

Aber niemand achtet auf mich. Alle drei Ärzte hocken am Ende des Bettes, wo ein Tuch Noras Unterleib vor Blicken schützt. Ich sehe, wie sich einer von ihnen nach vorne beugt ...

»Hier ist sie!« Der Arzt, der sich mir vorher in den Weg gestellt hatte, hält etwas Kleines, Zappelndes und Blutiges in seinen Händen. Er dreht sich weg, arbeitet mit schnellen, effektiven Bewegungen, und im nächsten Moment zerschneidet der Schrei eines Babys die Luft. Zuerst ist er schwach und unsicher, aber schon bald gewinnt er an Stärke. Das Entsetzen über diesen hohen, fordernden Laut ist wie die Stoßwelle einer Explosion und betäubt mich wie eine Lähmung. Als ich es endlich schaffe, meinen Kopf wegzudrehen, um Nora anzuschauen, bemerke ich, dass ihre Hand locker in meiner liegt und ihre Gesichtszüge nicht länger schmerzverzerrt sind. Stattdessen weint und lacht sie zur gleichen Zeit, zieht ihre Hand weg und greift nach dem Baby, das der Arzt ihr reicht – diese kleine, strampelnde Kreatur, die immer lauter schreit.

»Oh mein Gott, Julian«, schluchzt sie, als der Arzt ihr das Neugeborene in die Arme legt und das Bett in eine halb sitzende Position stellt. »Oh Gott, schau sie nur an ...« Sie drückt sie gegen ihre Brust, ihr

Krankenhauskittel öffnet sich und eine von der Schwangerschaft pralle Brust wird freigelegt. Ich starre in stummem Entsetzen, als das kleine Ding an der Brust andockt, sein Mund sich einige Male öffnet und schließt, bevor es an Noras Nippel saugt.

Nein, nicht *es. Sie.* Unsere Tochter.

Nora und ich haben eine Tochter. Eine, die an der Brust saugt wie ein Profi.

Mein Blick verschwimmt, und die Geräusche des Krankenhauses verstummen. Eine Atombombe könnte neben uns hochgehen, und ich würde es nicht mitbekommen. Alles, was ich sehe, alles, was ich wahrnehme, ist mein wunderschönes, geliebtes Kätzchen, dessen zerzaustes Haar wie eine dunkle Wolke nach vorn fällt, als sie sich über das säugende Baby beugt. Fasziniert trete ich näher heran, da ich versuche, alle Einzelheiten aufzunehmen, während mein Puls eigenartig laut schlägt. Es ist, als würde ich dem Herzschlag von jemand anderem mit einem Stethoskop zuhören. *Dudumm.* Eine kleine Faust knetet Noras weiche, plumpe Brüste. *Dudumm.* Der kleine Mund arbeitet emsig, kleine Wangen ziehen sich bei jedem Ansaugen nach innen. *Dudumm.* Das Haar auf dem winzigen Kopf ist dunkel und flaumig und sieht genauso weich aus wie ihre leicht goldfarbene Haut.

»Welche Augenfarbe hat sie?«, flüstere ich, als ich wieder sprechen kann, und Nora lacht zitterig auf, während sie zu mir hochschaut.

»Was denkst du denn?« Ihr Gesicht glüht vor Zärtlichkeit. »Blau, wie deine.«

Wie meine. Ihre Worte dringen in mich ein. Eigentlich ist mir die Augenfarbe egal – bei vielen Babys ändert sie sich sowieso, wenn sie älter werden – aber zu wissen, dass dieses kleine Lebewesen meines ist, dass es meine Tochter ist, nimmt mir den Atem. Meine Hand zittert, als ich mich ausstrecke und sanft einen kleinen Fuß berühre, wobei meine Finger neben den winzigen Füßen des Babys riesig aussehen. Es scheint unmöglich zu sein, dass etwas so Kleines existieren kann; es sieht genau aus wie eine Puppe ... eine lebende, atmende menschliche Puppe.

Meine Nora in Miniatur, nur unendliche Male verletzlicher und zerbrechlicher.

Meine Brust zieht sich zusammen, und ich nehme meine Hand schnell zurück, als irrationale Angst sich in meinem Kopf ausbreitet. Ist es normal, dass ein Neugeborenes so klein ist? Sie ist zwei Wochen zu früh gekommen. Was, wenn ich diesen winzigen Fuß verletzte, weil ich ihn anfasse? Ich blicke auf und nagele den Arzt mit einem tödlichen Blick fest. »Ist sie –«

»Sie ist gesund«, versichert mir der Arzt lächelnd. »Eher leicht mit ihren zweitausendsiebenhundert Gramm, aber ansonsten völlig normal.«

»Sie ist perfekt«, murmelt Nora und sieht das Baby mit einer so verzehrenden und absoluten Liebe an, dass mir erneut der Atem stockt.

Meine Frau. Mein Kind. Meine Familie.

Mein Blick verschwimmt einen weiteren Moment lang, meine Augen brennen, und ich muss blinzeln, um den wässrigen Schleier zu entfernen. Ich habe nicht mehr geweint, seit ich ein kleines Kind war, aber wenn ich mich richtig an das Gefühl erinnere, bedeutet das Brennen hinter meinen Augen, dass ich kurz davor bin.

»Komm her«, flüstert Nora, während sie zu mir schaut, und ich trete näher, da ich mich nicht zurückhalten kann. Langsam hebe ich meine Hand und streichele den Kopf des Babys mit einem Finger. Auf einmal bleibt mein Herz fast stehen, als das Baby Noras Nippel loslässt, um zu mir zu schauen und mich anzublinzeln. Nora hatte recht, fällt mir in dem Bruchteil einer Sekunde auf, bevor sich sein kleines Gesicht wütend verzieht.

Es hat blaue Augen.

Meine Tochter öffnet ihren Mund, brüllt los, und Nora lacht auf, bevor sie ihr hilft, den Nippel wiederzufinden. Sofort verstummt die kleine Kreatur und saugt eifrig, während ich meine Hand hinunternehme und dieses Wunder bestaune.

»Wie möchtest du sie nennen?«, frage ich gedämpft, während der Säugling trinkt. Wegen Noras Fehlgeburt vor drei Jahren hatten wir uns darauf geeinigt, dem Baby keinen Namen zu geben, bevor es nicht wirklich da ist, aber ich vermute, dass mein Kätzchen sich bereits Gedanken gemacht hat.

Und wirklich, Nora schaut mich an und lächelt. »Was hältst du von Elizabeth?«

Meine Brust zieht sich wegen eines bittersüßen Schmerzes zusammen. »Wegen Beth?«

»Wegen Beth«, bestätigt Nora. »Aber ich denke, wir könnten sie Liz rufen – oder Lizzy. Sieht sie nicht aus wie eine Lizzy?«

»Das tut sie.« Ich fahre mit meinen Fingern über den flauschigen Kopf. »Sehr sogar.«

* * *

Nora und das Baby schlafen von der Geburt erschöpft ein, und ich verlasse den Raum, um eine Flasche Wasser zu holen und mir die Beine zu vertreten. Als ich am Ende des Flurs ankomme, sehe ich zu meiner Überraschung zwei Personen, die im Warteraum ihre blonden Köpfe zusammenstecken.

Lucas' Frau – das ukrainische Mädchen, das in den Flugzeugabsturz verwickelt war – ist bei ihm.

Als ich mich ihnen nähere, schaut Yulia in meine Richtung. Sie springt sofort auf, und ihr blasses Gesicht wird noch weißer. Lucas steht ebenfalls auf und stellt sich schützend vor sie.

Ich seufze. Ich habe Lucas versprochen, dass ich ihr nichts tun werde, aber er vertraut mir immer noch nicht, was sie betrifft, obwohl Nora und ich letztes Jahr sogar zu ihrer Hochzeit nach Zypern geflogen sind. Ich mache ihm keine Vorwürfe aus seinem übertriebenen Beschützerinstinkt – normalerweise steigt mein Blutdruck schon an, wenn ich die ehemalige Spionin nur sehe – aber heute bin ich nicht in der Stimmung für Kämpfe.

Ich bin zu glücklich, um mich für etwas anderes als Nora und unsere Tochter zu interessieren.

Lizzy, erinnere ich mich selber.

Nora und Lizzy.

Mein Herz zieht sich zusammen. *Ich habe eine Tochter namens Lizzy.*

»Herzlichen Glückwunsch«, sagt Yulia leise, während sie den Arm ihres Ehemanns ergreift, und ich bemerke, dass sie mit mir spricht. »Lucas und ich freuen uns sehr für Sie.«

Zu meiner Überraschung spüre ich, wie sich meine Lippen zu einem erschöpften Lächeln verziehen. »Danke«, sage ich ehrlich. Ich werde dem Mädchen niemals verzeihen, dass sie mich fast umgebracht und Nora deshalb Gefahr ausgesetzt hat, aber im Laufe der Jahre ist aus meiner kochenden Wut auf sie ein lauwarmes Köcheln geworden. Sie macht Lucas glücklich, und Lucas macht eine Menge Geld für uns mit seinen neuen Geschäften, also fantasiere ich nicht länger darüber, ihr bei lebendigem Leib die Haut abzuziehen.

»Wie geht es Nora?«, fragt Lucas, legt seinen Arm um Yulias schlanke Taille und zieht sie näher an sich heran. »Sie muss erschöpft sein.«

»Das ist sie. Nach den Videoanrufen bei ihren Eltern, Rosa und Ana ist sie sofort eingeschlafen. Sie waren alle enttäuscht, dass sie nicht rechtzeitig hier sein konnten, aber sie verstehen, dass das Baby seine eigenen Pläne hatte.« Ich atme aus und fahre mir mit der Hand durch mein Haar. »Jetzt schläft Nora, und Lizzy auch.«

»Lizzy?«, fragt Yulia, und ich sehe, dass ihr hübsches Gesicht weicher wird. »Das ist ein wunderschöner Name.«

»Danke. Wir mögen ihn.« Eigentlich lieben wir ihn, aber ich werde nicht über Babynamen eine Verbindung zu Lucas' Frau aufbauen. Toleranz – also sie nicht auf der Stelle umzubringen – ist das höchste meiner Gefühle.

Ich wende meine Aufmerksamkeit Lucas zu und sage: »Danke dafür, dass du so kurzfristig geflogen bist und die Männer von dem Syrien-Projekt abgezogen hast. In letzter Zeit war zwar alles ruhig, aber ein wenig zusätzlicher Schutz schadet nie.« Besonders dann nicht, wenn es um meine Frau und meine Tochter geht. Ich stelle mir vor, dass Lizzy sich in Gefahr befindet, und meine Innereien verwandeln sich in Trockeneis.

Ich werde ihr die Tracker einsetzen, sobald die Ärzte es erlauben, und ein Dutzend zusätzliche Bodyguards für sie anheuern, damit sie immer überwacht wird. Sollte sie sich auch nur einen winzigen Kratzer zuziehen, wird ihr Sicherheitsteam sich dafür verantworten müssen.

»Kein Problem«, antwortet Lucas. »Wir waren sowieso gerade auf dem Weg nach London, da Yulias neues Restaurant eröffnet wird. Michael wartet dort schon auf uns.«

Ach, deshalb ist Yulia hier. Ich hatte mich schon gewundert, wieso Lucas sie mitgebracht hat. Wenn ich mich richtig erinnere, wird es das vierte Restaurant sein, dem Lucas' Frau ihre Marke und Rezepte leiht – eine interessante Geschäftsidee für eine ehemalige Spionin.

»Wie dem auch sei«, meint Yulia und schaut mich vorsichtig an, »Wir wollten Sie nicht lange aufhalten. Wahrscheinlich wollen Sie zu Nora und dem Baby zurück.«

»Das will ich«, antworte ich und versuche gar nicht erst, das abzustreiten. Da ich aber immer noch gute Laune habe, füge ich hinzu: »Falls ich dich vorher nicht noch einmal sehe: Viel Glück für deine Eröffnung.«

Und ohne eine Antwort abzuwarten, eile ich den Flur hinunter.

* * *

Ich gebe Nora gerade eine Fußmassage – der einzige Körperkontakt, der im Moment erlaubt ist –, als die Schwestern das Baby zum Füttern bringen. Lizzy schreit wie eine Furie, aber in dem Moment, in dem sie in Noras Arme gelegt wird, verstummt sie und beginnt, nach dem Nippel zu suchen. Ich betrachte wie hypnotisiert, wie ihr winziger Mund sein Ziel findet und sie beginnt, zu saugen. Nora summt leise, während sie sie sanft streichelt, und ich starre einfach nur, da ich nicht wegsehen kann. Mein wunderschönes Kätzchen ist eine Mutter – die Mutter meines Babys. Ich hätte nicht gedacht, dass ich mich Nora gegenüber noch besitzergreifender fühlen könnte, aber das tue ich. Sie gehört jetzt auf einer völlig anderen Ebene zu mir, und sie so zu sehen weckt Gefühle in mir, von denen ich nicht gedacht hätte, dass ich zu ihnen fähig wäre. Es ist, als hätte ich mein ganzes Leben lang genau darauf gewartet – auf meine Frau und Tochter, diese angsteinflößende, strahlende Freude.

»Möchtest du sie halten?«, fragt Nora leise, als das Baby ihren Nippel loslässt und ich versteinere, weil sich meine Muskeln versteifen. Ich bin Terroristen und Drogenbaronen begegnet, habe mit Generälen und Staatsoberhäuptern zu tun gehabt, aber ich war noch nie so eingeschüchtert.

»Bist du sicher?« Meine Stimme klingt angespannt. »Denkst du nicht, dass ich ihr wehtun könnte?«

»Nein.« Ein Lächeln erscheint auf Noras Lippen. »Hier, nimm sie.« Vorsichtig gibt sie mir das Baby, und ich versuche, es so zu halten, wie Nora es getan hat, indem ich es auf meine Armbeuge lege, während ich den kleinen Kopf mit meiner Hand abstütze. Lizzy ist unglaublich leicht, ein winziges Bündel Baby mit einem süßen Geruch, und als ich sie betrachte, blinzelt sie mich wieder an und schließt ihre Augen.

»Sie schläft«, flüstere ich erstaunt. »Nora, sie schläft in meinen Armen.«

»Ich weiß«, flüstert Nora, und als ich aufschaue, lächelt sie, während gleichzeitig Tränen ihre Wangen hinunterrollen. »Ihr beiden ... Gott, das hätte ich mir niemals vorstellen können.«

»Ich mir auch nicht.« Vorsichtig, um Lizzy nicht zu sehr zu schaukeln, umfasse ich Noras zarte Finger mit meiner freien Hand und führe sie zu meinen Lippen. Während ich ihre Knöchel küsse, flüstere ich: »Ich liebe dich, Baby, so unglaublich doll.«

Noras Lippen zittern, während sie lächelt. »Und ich liebe dich, Julian.«

Wir sitzen da und betrachten unsere schlafende Tochter, und ich weiß, dass das erst der Anfang ist.

Unsere wirkliche Geschichte liegt noch vor uns.

LESEPROBEN

Vielen Dank dafür, dass Sie dieses Buch gelesen haben. Wir würden uns sehr darüber freuen, wenn Sie eine Kritik hinterlassen könnten.

Auch wenn *Claim Me – Erobere Mich* der Abschluss von Lucas' & Yulia Geschichte ist, wird es viele neue Bücher von mir geben. Wenn Sie über Neuerscheinungen benachrichtigt werden wollen, tragen Sie sich bitte auf http://annazaires.com/series/deutsch/ für meinen Newsletter ein.

Sollten Sie die Geschichte von Nora & Julian noch nicht gelesen haben, empfehle ich ihnen einen Blick in *Twist Me - Verschleppt* zu werfen. Alle drei Bücher der Trilogie sind jetzt im Handel erhältlich.

Sollte Ihnen dieses Buch gefallen haben, könnten Sie auch die Geschichte von Mia & Korum mögen, eine weitere meiner Trilogien, die bereits erschienen ist.

Allen Hörbuchliebhabern empfehle ich Audible.de zu besuchen, wo Sie diese Serie und unsere anderen Bücher finden können.

Auf den folgenden Seiten finden Sie Leseproben aus *Twist Me – Verschleppt*, *Gefährliche Begegnungen* und einigen anderen meiner Werke. Viel Spaß damit!

AUSZUG AUS *TWIST ME - VERSCHLEPPT*

Anmerkungen der Autorin: Dieses Buch gehört zu einer Reihe von Büchern, die auf Grund ihres sexuellen Inhalts definitiv als Lektüre für Erwachsene gedacht sind. Bewahren Sie deshalb dieses Buch am besten außerhalb der Reichweite von Kindern im lesefähigen Alter auf. Es unterscheidet sich außerdem von meinen anderen Büchern, da die Hauptperson diese Geschichte erzählt. Alle drei Bücher der Trilogie *Verschleppt* sind jetzt erhältlich.

* * *

Entführt und auf eine einsame Insel verschleppt.

Ich hätte niemals gedacht, dass mir so etwas passiert. Ich hätte mir niemals vorstellen können, dass eine zufällige Begegnung kurz vor meinem achtzehnten Geburtstag mein Leben völlig umkrempeln würde. Jetzt gehöre ich ihm. Julian. Dem Mann, der genauso rücksichtslos wie gutaussehend ist – dem Mann, dessen Berührungen mich brennen lassen. Ein Mann, dessen Zärtlichkeit ich verstörender finde, als seine Grausamkeit.

Mein Entführer ist ein Rätsel für mich. Ich weiß nicht, wer er ist, oder warum er mich verschleppt hat. In ihm ist eine Dunkelheit – eine Dunkelheit, die mir genauso Angst macht, wie sie mich anzieht.

Mein Name ist Nora Leston und das ist meine Geschichte.

* * *

In dem Moment, als die Achtzehnjährige Nora Leston die Aufmerksamkeit von Julian auf sich zieht, verändert sich ihr Leben komplett. Sie wird verschleppt und auf eine einsame Insel im Pazifischen Ozean gebracht, wo sie die Begierden ihres sadistischen Entführers befriedigen muss – einem dunklen geheimnisvollen Mann, der genauso grausam wie gut aussehend ist ...

Hinweis: Dieses Buch ist dunkle Erotik, kein Liebesroman. Es bietet: eine junge und unberührte Heldin, beunruhigende Szenen mit dubiosem Inhalt, Gefangenschaft, Machtspiele und sehr viel Sex, bei dem die Blümchen vor der Tür bleiben.

* * *

Jetzt ist schon Abend. Mit jeder Minute, die vergeht, werde ich ängstlicher bei dem Gedanken daran, meinen Peiniger wiederzusehen.

Ich kann mich nicht länger auf den Roman konzentrieren, den ich gerade gelesen habe. Ich lege ihn weg und drehe Runden in dem Zimmer.

Ich habe die Sachen an, die Beth mir vorhin gegeben hat. Es ist keine Kleidung, die ich mir selber ausgesucht hätte, aber sie ist besser als ein Bademantel. Ein sexy Spitzenhöschen und einen dazu passenden BH als Unterwäsche. Ein hübsches blaues Sommerkleid zum vorne zuknöpfen. Alles passt mir verdächtig gut. Hat er mich schon eine ganze Weile verfolgt? Hat er alles über mich herausgefunden, einschließlich meiner Kleidergröße?

Mir wird schlecht bei dem Gedanken daran.

Ich versuche, nicht darüber nachzudenken, was noch alles passieren kann, aber das ist unmöglich. Ich weiß nicht warum ich mir so sicher bin, dass er heute Nacht zu mir kommen wird. Es ist natürlich möglich, dass er einen ganzen Harem voller Frauen hier auf dieser Insel festhält und jede nur einmal die Woche besucht, wie das die Sultane damals taten.

Und trotzdem weiß ich irgendwie, dass er bald hier sein würde. Die letzte Nacht hatte lediglich seinen Appetit angeregt. Ich weiß, dass er noch nicht mit mir fertig ist, noch lange nicht.

Endlich geht die Tür auf.

Er kommt herein, als würde ihm dies alles hier gehören. Was es natürlich auch tut.

Und wieder bin ich von seiner männlichen Schönheit beeindruckt. Mit so einem Gesicht hätte er ein Model oder ein Filmstar sein können. Wenn es auf dieser Welt Gerechtigkeit gäbe, wäre er klein oder hätte einen anderen Makel, der von seinem Gesicht ablenken würde.

Hat er aber nicht. Sein Körper ist groß und muskulös, mit perfekten Proportionen. Ich erinnere mich daran, wie es ist, ihn in mir zu haben und fühle ein unwillkommenes Aufflackern von Erregung.

Er trägt wieder Jeans und T-Shirt. Diesmal ein graues. Er scheint eine Vorliebe für schlichte Kleidung zu haben und das ist clever von ihm. So kommt sein Aussehen am besten zur Geltung.

Er lächelt mich an. Mit diesem Lächeln, dass ihn wie einen gefallenen Engel aussehen lässt – dunkel und verführerisch. »Hallo Nora.«

Ich weiß nicht, was ich ihm sagen soll, also platze ich mit dem ersten heraus, das mir in den Sinn kommt. »Wie lange wirst du mich hier fest halten?«

Er legt seinen Kopf leicht zur Seite. »Hier in diesem Raum? Oder auf der Insel?«

»Beides«

»Beth wird dir morgen die Umgebung zeigen und mit dir schwimmen gehen, falls du Lust dazu hast«, sagt er und kommt dabei immer näher. »Du wirst nicht mehr eingesperrt sein, außer du machst Dummheiten.«

»Wie zum Beispiel?« frage ich und mein Herz klopft, als er neben mir stehen bleibt und seine Hand hebt, um mein Haar zu berühren.

»Versuchen, dir oder Beth etwas anzutun.« Seine Stimme war sanft und sein Blick hypnotisierend als er zu mir hinunter sieht. Die Art und Weise, wie er mein Haar berührt, war sonderbar entspannend.

Ich zwinkere, um seinen Zauber zu brechen. »Und was ist mit der Insel? Wie lange wirst du mich hier festhalten?«

Seine Hand streichelt jetzt mein Gesicht und fährt an meiner Wange entlang. Ich erwische mich dabei, wie ich mich seiner Berührung hingebe, wie eine Katze, die gekrault wird, und versteife augenblicklich.

Seine Lippen verziehen sich zu einem wissenden Lächeln. Dieser Bastard weiß genau welche Wirkung er auf mich hat. »Eine lange Zeit, hoffe ich«, sagt er.

Aus irgendeinem Grund bin ich nicht überrascht. Er würde sich nicht die Umstände gemacht haben, mich bis hierherzubringen, wenn er mich nur einige Male ficken wollte. Ich habe Angst, aber bin nicht wirklich verwundert.

Ich nehme all meinen Mut zusammen und frage die nächste logische Frage. »Warum hast du mich entführt?«

Das Lächeln verschwindet aus seinem Gesicht. Er antwortet nicht, sondern schaut mich nur mit einem undurchschaubaren melancholischen Blick an.

Ich fange an zu zittern. »Wirst du mich töten?«

»Nein, Nora, ich werde dich nicht töten.«

Seine Verneinung beruhigt mich, auch wenn er mich gerade anlügen könnte. Ich bin ein kleines bisschen ruhiger, aber es gibt da noch eine weitere Sache, die ich unbedingt wissen muss. »Wirst du mir wehtun?«

Einen Moment lang antwortet er wieder nicht. Etwas Dunkles flackert kurz in seinen Augen auf. »Wahrscheinlich«, sagt er ruhig.

Und dann beugt er sich hinunter und küsst mich, mit seinen warmen Lippen weich und zärtlich auf meine.

Eine Sekunde lang stehe ich stocksteif da, ohne irgendeine Reaktion. Ich glaube ihm. Ich weiß, dass er mir die Wahrheit sagt, wenn er behauptet, dass er mir wehtun wird. Er hat etwas an sich, das mir Angst Macht – das mir schon von Anfang an Angst gemacht hat.

Er ist überhaupt nicht wie die Jungs, mit denen ich Verabredungen hatte. Er ist zu allem fähig.

Und ich bin ihm völlig ausgeliefert.

Ich denke darüber nach, mich zu wehren. Das wäre das Normale, was man in meiner Situation machen würde. Das wäre mutig.

Und trotzdem mache ich es nicht.

Ich kann die dunklen Abgründe in ihm fühlen. Irgendetwas stimmt mit ihm nicht. Seine äußere Schönheit verbirgt etwas Grauenvolles im Inneren.

Ich möchte diese Dunkelheit nicht entfesseln. Ich weiß nicht, was passieren wird, wenn ich es tue.

Also stehe ich bewegungslos in seiner Umarmung und lasse mich von ihm küssen. Und als er mich aufhebt und zum Bett trägt, versuche ich überhaupt nicht, etwas dagegen zu machen.

Stattdessen schließe ich meine Augen und gebe mich den Empfindungen hin.

* * *

Alle drei Bücher der Trilogie *Verschleppt* sind jetzt erhältlich. Um mehr darüber zu erfahren, besuchen Sie bitte meine Seite <u>http://annazaires.com/series/deutsch/</u> und tragen Sie sich für meinen Newsletter zu Neuerscheinungen ein.

AUSZUG AUS
GEFÄHRLICHE BEGEGNUNGEN

Anmerkungen der Autorin: *Gefährliche Begegnungen* ist das erste Buch meiner Science-Fiction Romanserie, die Krinar Chroniken. Auch wenn es nicht so düster ist wie *Twist Me – Verschleppt* und *Capture Me – Ergreife mich* ist, könnte es trotzdem etwas für diejenigen von Ihnen sein, die dunkle Erotik mögen.

* * *

Eine düstere und anregende Liebesgeschichte, die die Fans erotischer und turbulenter Beziehungen begeistern wird ...

In der nahen Zukunft herrschen die Krinar auf der Erde. Sie sind eine sehr fortgeschrittene Rasse aus einer anderen Galaxie und immer noch ein Geheimnis für uns – außerdem sind wir ihnen völlig ausgeliefert.

Mia Stalis, schüchtern und unschuldig, ist eine Studentin in New York, die ein sehr normales Leben führt. Wie die meisten Menschen, hat sie nie etwas mit den Eindringlingen zu tun gehabt – bis zu diesem schicksalhaften Tag im Park, der ihr ganzes Leben auf den Kopf stellt. Da sie Korums Aufmerksamkeit auf sich gezogen hat, muss sie jetzt mit einem mächtigen, gefährlich verführerischen Krinar fertig werden, der sie besitzen möchte und vor nichts Halt machen wird, bis er sein Ziel erreicht.

Wie weit würden Sie gehen, um ihre Freiheit wiederzuerlangen? Wie viel würden sie aufgeben, um anderen Menschen zu helfen? Welche Wahl würden Sie treffen, wenn sie beginnen, sich in ihren Feind zu verlieben?

* * *

Die Luft war frisch und rein, als Mia mit schnellen Schritten einen gewundenen Pfad im Central Park entlangging. Überall zeigte sich schon der Frühling, in winzigen Knospen auf den noch immer kahlen Bäumen und in der rasch wachsenden Anzahl an Kindermädchen, die sich draußen mit ihren wilden Schützlingen über den ersten warmen Tag freuten.

Es war eigenartig, wie sehr sich alles in den letzten paar Jahren verändert hatte und wie sehr es doch gleich geblieben war. Wäre Mia vor zehn Jahren gefragt worden, was sie denke, wie ihr Leben wohl nach der Invasion einer anderen Rasse aussehen würde, hätte sie sich das bestimmt nicht so vorgestellt. Independence Day, Der Krieg der Welten – keiner dieser Filme näherte sich auch nur ansatzweise dem, was tatsächlich geschehen würde. Die Menschen trafen eine höher entwickelte Spezies, als diese zu Ihnen auf die Erde kam. Es war weder zum Kampf, noch zu irgendeinem Widerstand auf der Regierungsebene gekommen. *Sie* hatten es nicht erlaubt. Rückblickend wurde klar, wie dumm diese Filme gewesen waren. Nuklearwaffen, Satelliten, Kampfjets waren nicht mehr als kleine Steine und Stöcke für diese uralte Zivilisation, die schneller als mit Lichtgeschwindigkeit das Universum durchqueren konnte.

Als sie eine leere Bank nahe am See sah, ging Mia dankbar auf diese zu. Auf ihren Schultern machte sich die Last des Rucksacks bemerkbar, in dem sie ihren schweren zwölf Jahre alten Laptop und einige altmodische, noch auf Papier gedruckte Bücher hatte. Mit einundzwanzig fühlte sie sich manchmal alt, fehl am Platz in dieser schnellen neuen Welt der extra-schlanken Tablets und den in die Armbanduhren integrierten Handys. Die Geschwindigkeit der technischen Entwicklungen war seit dem K-Day nicht langsamer geworden, wenn überhaupt, waren jetzt viele neue Spielereien durch das beeinflusst, was die Krinar besaßen. Nicht dass die Krinar irgendetwas ihrer kostbaren Technologie Preis gegeben hätten. Ihrer Meinung nach sollte ihr kleines Experiment ohne größere Beeinflussungen fortgeführt werden.

Mia öffnete den Reißverschluss ihres Rucksacks und holte ihren alten Mac heraus. Das Gerät war schwer und langsam, aber es funktionierte, und als arme Studentin konnte sich Mia nichts Besseres leisten. Sie loggte sich ein, öffnete ein neues Word-Dokument und machte sich bereit, sich durch das Schreiben ihrer Hausarbeit in Soziologie zu quälen.

Zehn Minuten und genau Null Worte später gab sie auf. Wem wollte sie denn damit etwas vor machen? Hätte sie wirklich dieses verdammte Ding schreiben wollen, wäre sie doch niemals in den Central Park gekommen. So verlockend es auch war, sich fest vorzunehmen die frische Luft zu genießen und gleichzeitig etwas zu arbeiten, in Wirklichkeit hatte Mia das noch nie hinbekommen. Eine muffige alte Bibliothek war ein viel besserer Ort für solche Tätigkeiten, die derartig das Hirn zermartern.

Mia gab sich in Gedanken einen Tritt für die eigene Faulheit, seufzte und sah sich trotzdem erst mal um. Die Menschen in New York zu beobachten amüsierte sie immer wieder.

Das Bild, was sie vor sich sah, war ein Klassiker, mit dem Obdachlosen auf der Parkbank – zum Glück nicht auf der neben ihr, er sah nämlich so aus, als würde er schon sehr streng riechen – und den beiden Kindermädchen, die miteinander auf Spanisch redeten, während sie langsam ihre Kinderwagen vor sich her schoben. Ein Mädchen mit leuchtend pinkfarbenen Reeboks, die einen schönen Kontrast zu ihren blauen Leggins bildeten, joggte auf einem Weg weiter vorne. Mias Blick folgte neidisch der Joggerin, als diese um die Ecke bog. Ihr eigener hektischer Tagesablauf ließ ihr nur wenig Zeit zum Trainieren und sie bezweifelte, dass sie derzeitig auch nur einen Kilometer lang mit diesem Mädchen mithalten konnte.

Rechts konnte sie die Bogenbrücke sehen, die über den ganzen See reichte. Ein Mann lehnte am Brückengeländer und schaute über das Wasser. Sein Gesicht war von ihr weg gedreht, weshalb Mia nur einen Teil seines Profils sehen konnte. Trotzdem zog irgendetwas an ihm ihre Aufmerksamkeit auf sich.

Sie war sich nicht sicher, was es war. Er war zweifellos groß und schien unter seinem teuer aussehenden Trenchcoat auch einen gut gebauten Körper zu besitzen, aber das konnte es nicht sein. Große, gut aussehende Männer waren in dem von Modells überlaufenden New York nichts Besonderes. Nein, es war irgendetwas anderes. Vielleicht war es die Art und Weise, wie er da stand – völlig bewegungslos. Sein Haar war dunkel und glänzte in der hellen Nachmittagssonne, vorne gerade lang genug, um leicht im warmen Frühlingswind zu wehen.

Außerdem war er völlig alleine.

Das ist es, bemerkte Mia auf einmal. Die normalerweise sehr beliebte und malerische Brücke war völlig leer, mit Ausnahme des Mannes, der dort am Geländer stand. Heute schien aus irgendeinem Grund jeder einen weiten Bogen um sie zu machen. Tatsächlich saß niemand außer ihr und ihrem hocharomatischen, obdachlosen Nachbarn auf den sonst so beliebten Bänken in der ersten Reihe am See, sie waren alle leer.

Als ob es ihren Blick auf sich spüren würde, drehte das Objekt ihrer Aufmerksamkeit langsam seinen Kopf und sah Mia direkt an. Bevor ihr Hirn sich dieser Tatsache bewusst werden konnte, fühlte sie, wie ihr Blut gefror und sie sich bewegungslos dem Feind ausgeliefert sah. Während sie ihn nur hilflos anstarren konnte, schien er sie sehr interessiert zu durchleuchten.

* * *

Atme, Mia, atme. Irgendwo in ihrem Hinterkopf wiederholte eine kleine rationale Stimme immer wieder diese Worte. Diesem seltsam objektiven Teil von ihr fiel auch sein symmetrisches Gesicht auf und die straffe goldfarbene Haut, die sich eng an hohe Wangenknochen und ein energisches Kinn schmiegte. Die Bilder und Videos die sie von den Krinar gesehen hatte, wurden ihnen kaum gerecht. Dieses Wesen, das weniger als 10 Meter von ihr entfernt stand, war einfach atemberaubend schön.

Während sie ihn weiterhin bewegungslos anstarrte, richtete er sich auf und ging auf sie zu. Er pirscht sich eher heran, kam ihr dummerweise in den Sinn, da jede seiner Bewegungen sie an eine junge Raubkatze erinnerte, die sich geschmeidig einer Gazelle annähert. Seine Augen ließen sie die ganze Zeit nicht aus dem Blick. Als er näherkam, konnte sie einzelne gelbe Sprenkel in seinen goldenen Augen erkennen und auch die vollen langen Wimpern sehen, die sie einrahmten.

Sie sah entsetzt und ungläubig, wie er sich weniger als einen Meter von ihr entfernt auf die gleiche Bank setzte und eine ebenmäßige Reihe weißer Zähne entblößte, als er sie anlächelte. Keine Fangzähne, bemerkte sie mit einem Teil ihres Gehirns, der noch zu funktionieren schien. Nicht die leiseste Spur von ihnen. Das war eines der Gerüchte über sie, genauso wie ihr vermeintlicher Abscheu vor der Sonne.

»Wie heißt du?« Das Wesen schnurrte die Frage förmlich. Seine Stimme war leise und weich, völlig ohne Akzent. Seine Nasenlöcher bebten leicht, als er ihren Duft einatmete.

»Ähm« Mia schluckte nervös. »M-Mia.«

»Mia«, wiederholte er langsam, und es schien, als würde er sich ihren Namen auf der Zunge zergehen lassen. »Mia, und weiter?«

»Mia Stalis.« Ach du Scheiße, warum wollte er denn ihren Namen wissen? Warum war er hier und redete mit ihr? Und überhaupt, was machte er eigentlich im Central Park, fernab aller Siedlungen der Krinar? *Atme, Mia, atme.*

»Entspanne dich, Mia Stalis.« Sein Lächeln wurde breiter und es kam ein Grübchen in seiner linken Wange zum Vorschein. Ein Grübchen? Die Krinar hatten Grübchen? »Bist du bis jetzt noch nie auf einen von uns getroffen?«

»Nein, noch nie«, stieß Mia kurz hervor und dabei fiel ihr auf, dass sie ihren Atem die ganze Zeit anhielt. Sie war stolz darauf, dass ihre Stimme nicht so zitterig klang, wie sie sich anfühlte. Sollte sie fragen? Wollte sie es wirklich wissen?

Sie nahm all ihren Mut zusammen. »Was, äh –« nochmal Schlucken. »Was willst du von mir?«

»Jetzt gerade, mich mit dir unterhalten.« Mit diesen goldenen Augen, die sich an den Winkeln leicht zusammen zogen, sah er aus, als würde er gleich über sie lachen.

Seltsamerweise machte sie das so wütend, dass sie dadurch ihre Angst verdrängte. Wenn es etwas gab, das Mia mehr hasste als alles andere, dann war das, ausgelacht zu werden. Mit ihrem kleinen, dünnen Körper und ihrem allgemeinen Mangel an sozialer Kompetenz seit

Teenagerzeiten – sie hatte das komplette Albtraumprogramm absolviert: Zahnspange, krauses Haar und Brille – waren schon mehr als einmal Witze auf Mias Kosten gemacht worden.

Sie schob angriffslustig ihr Kinn in die Höhe. »Also schön, und wie heißt du?«

»Korum.«

»Nur Korum?«

»Wir haben keine richtigen Nachnamen, zumindest nicht so wie ihr das habt. Mein voller Name ist sehr viel länger, aber du könntest ihn nicht aussprechen wenn ich ihn dir sagen würde.«

Okay, das war doch mal interessant. Sie erinnerte sich daran, mal so etwas in der *New York Times* gelesen zu haben. So weit, so gut. Ihre Beine hatten schon fast aufgehört zu zittern und ihre Atmung wurde auch wieder gleichmäßiger. Vielleicht, hatte sie ja doch noch eine klitzekleine Chance, aus dieser Nummer lebend herauszukommen. Diese Unterhaltung schien recht ungefährlich zu sein, auch wenn es sie etwas aus der Fassung brachte, dass er sie die ganze Zeit mit diesen gelblichen Augen anstarrte, ohne zu blinzeln. Sie beschloss, ihn reden zu lassen.

»Was machst du hier, Korum?«

»Das habe ich dir doch gerade gesagt. Ich unterhalte mich mit dir, Mia.« Seine Stimme hatte wieder den Hauch eines Lachens.

Frustriert stieß Mia ihren Atem aus. »Ich meine, was machst du hier im Central Park? Überhaupt in New York City?«

Er lächelte wieder und neigte seinen Kopf leicht zu einer Seite. »Vielleicht habe ich gehofft, hier ein hübsches Mädchen mit Locken zu treffen.«

Also, das reichte jetzt wirklich. Er spielte ganz klar mit ihr. Jetzt, da sie ihren Verstand wieder gebrauchen konnte, fiel ihr auf, dass sie sich mitten im Central Park befanden, in der Gegenwart einer Unmenge von Zeugen. Sie blickte sich verstohlen um, nur um sicherzugehen. Ja, obwohl die Menschen diese Bank und das darauf sitzende fremdartige Wesen offensichtlich mieden, gab es tatsächlich einige mutige Seelen, die aus sicherer Entfernung zu ihnen starrten. Ein Paar wagte es sogar, sie vorsichtig mit ihren in die Armbanduhren eingebauten Kameras zu filmen. Wenn der Krinar ihr irgendetwas antun sollte, wäre es umgehend auf YouTube zu sehen und das müsste er auch wissen. Natürlich könnte ihm das auch egal sein.

Da sie immer noch davon ausging, dass sie relativ sicher war – sie hatte noch nie von Videos gehört, die Übergriffe der Krinar auf Studentinnen mitten im Central Park zeigten – griff sie nach ihrem Laptop und hob ihn an, um ihn zurück in ihren Rucksack zu packen.

»Lass mich dir damit helfen, Mia –«

Und bevor sie auch nur blinzeln konnte, merkte sie, wie er den schweren Laptop aus ihren plötzlich kraftlosen Fingern nahm und dabei leicht deren Knöchel streifte. Als er sie berührte, durchfuhr Mia ein Gefühl wie ein elektrischer Schock, der, als er abebbte, kribbelnde Nervenverbindungen hinterließ.

Er nahm ihren Rucksack und packte den Laptop mit einer weichen und geschmeidigen Bewegung weg. »So, fertig.«

Oh Gott, er hatte sie berührt. Vielleicht war ihre Theorie über die Sicherheit auf öffentlichen Plätzen doch falsch. Sie merkte, wie sich ihre Atmung wieder beschleunigte, und ihre Herzfrequenz befand sich wahrscheinlich auch schon im Sauerstoff unabhängigen Bereich.

»Ich muss jetzt los ... Tschüss!«

Wie sie es schaffte, diese Worte herauszuquetschen ohne zu hyperventilieren, würde sie wohl nie herausfinden. Sie griff sich den Riemen ihres Rucksacks, den er soeben losgelassen hatte und sprang auf ihre Füße. Dabei fiel ihr irgendwo im Hinterkopf auf, dass die Lähmung von vorhin verschwunden war.

»Tschüss Mia. Bis später.« Seine Stimme mit dem leicht spottenden Unterton war noch lange in der klaren Frühlingsluft zu hören, als sie losging und fast rannte, weil sie es so eilig hatte, von ihm wegzukommen.

⁎ ⁎ ⁎

Wenn Sie mehr darüber erfahren möchten, besuchen Sie bitte Annas Webseite http://annazaires.com/series/deutsch/.

AUSZUG AUS DIE GEDANKENLESER

Anmerkung des Autors: Wenn Sie etwas anderes ausprobieren möchten – ganz besonders wenn Sie Urban Fantasy und Science-Fiction mögen – sollten Sie einen Blick in *Die Gedankenleser* werfen, dem ersten Buch der Serie *Gedankendimensionen*, einem Gemeinschaftsprojekt mit meinem Mann Dima Zales. Ich muss Sie allerdings warnen, dass es in dem Buch kaum um Liebe oder Sex geht. Statt Sex gibt es Gedankenlesen. Das Buch ist jetzt bei den meisten Händlern erhältlich.

* * *

Alle denken ich sei ein Genie.

Alle liegen falsch.

Sicher, Ich habe Harvard im Alter von achtzehn Jahren abgeschlossen und verdiene jetzt eine unglaubliche Menge Geld mit einem Hedge Fund. Der Grund dafür ist allerdings nicht, dass ich besonders clever bin oder wie verrückt arbeite.

Ich betrüge.

Ich besitze eine einzigartige Fähigkeit. Ich kann die Gegenwart verlassen und in meine eigene persönliche Version der Realität eintauchen – den Ort, den ich die Stille nenne – an dem ich meine Umgebung erkunden kann, während die restliche Welt innehält.

Eigentlich dachte ich immer, ich sei der Einzige, der das tun kann – bis ich sie getroffen habe.

Ich heiße Darren, und das ist die Geschichte, wie ich herausgefunden habe, dass ich ein Leser bin.

* * *

Manchmal denke ich, dass ich verrückt bin. In diesem Moment sitze ich an einem Kasinotisch und jeder um mich herum ist bewegungslos, so wie eingefroren. Ich nenne das die Stille, so als würde es das Ganze realer machen, wenn es einen Namen hätte – so als würde der Name die Tatsache ändern, dass alle Spieler um mich herum wie Statuen sind. Sie sitzen einfach nur da und ich gehe um sie herum, schaue mir die Karten an, die sie gerade erhalten haben. Hört sich das verrückt an?

Das Problem an der Theorie, ich sei verrückt ist, dass auch wenn ich die Welt 'entfriere', so wie ich es gerade getan habe, die Karten, welche die Spieler aufdecken, immer noch dieselben sind. Wäre ich verrückt, sollten die Karten dann nicht vermischt sein? Außer natürlich, ich bin schon so verrückt, dass ich mir auch die Karten auf dem Tisch einbilde.

Aber selbst dann gewinne ich. Sollte das auch Einbildung sein – sollte der Stapel Chips neben mir auf dem Tisch nur eingebildet sein – dann könnte ich auch gleich alles in Frage stellen. Vielleicht heiße ich auch gar nicht Darren.

Nein. So kann ich nicht denken. Wenn ich wirklich so verwirrt sein sollte, dann möchte ich gar nicht aus diesem Zustand herausgeholt werden – weil, wenn das passiert, werde ich höchstwahrscheinlich in einer psychiatrischen Anstalt aufwachen.

Außerdem liebe ich mein Leben, verrückt oder nicht.

Meine Psychiaterin denkt, die Stille sei eine Erfindung, um die inneren Vorgänge meines Genies zu beschreiben. Das hört sich für mich verrückt an. Es könnte auch sein, dass sie mich begehrt, aber das steht außer Frage. Sie befindet sich komplett außerhalb der Altersgruppe, mit der ich ausgehe. Ihre Erklärung würde sowieso nicht helfen, da sie nicht auf die Art und Weise zutrifft, mit der ich Dinge weiß, die selbst ein Genie nicht erahnen könnte – wie den genauen Wert des Blattes der anderen Spieler.

Ich sehe dem Croupier dabei zu, wie er eine neue Runde eröffnet. Außer mir befinden sich noch drei weitere Spieler am Tisch. Der

Cowboy, die Großmutter und der Professionelle, wie ich sie in Gedanken nenne. Ich kann die jetzt fast spürbare Angst fühlen, die mit dem Hineingleiten einhergeht – das ist der Name, den ich dem Prozess gegeben habe: in die Stille hineingleiten. Meine Sorge, ich könne verrückt sein, hat das Hineingleiten schon immer vereinfacht. Angst scheint diesen Prozess zu begünstigen.

Ich gleite hinein, und alles ist still. Daher der Name für diesen Vorgang.

Selbst jetzt finde ich das noch unheimlich. In diesem Kasino ist es normalerweise sehr laut Betrunkene Menschen, die sich unterhalten. Spielautomaten, das Läuten bei Gewinnen, Musik – nur in einem Klub oder bei Konzerten ist es lauter. Und trotzdem, genau in diesem Moment könnte ich wahrscheinlich eine Stecknadel fallen hören. Es ist so, als sei ich gegenüber dem Chaos um mich herum taub geworden.

So viele eingefrorene Menschen um mich herum zu haben macht das Ganze nur noch eigenartiger. Hier ist eine Kellnerin, die mitten im Schritt mit ihrem Tablett auf dem Arm angehalten hat. Eine Frau, die gerade dabei ist, eine Münze in einen Spielautomaten zu schmeißen. An meinem eigenen Tisch ist die Hand des Croupiers erhoben und die letzte Karte, die er gezogen hat, hängt unnatürlich in der Luft. Ich gehe von der Seite des Tisches auf sie zu und nehme sie in die Hand. Es ist ein König, der für den Professionellen bestimmt ist. Als ich die Karte loslasse, fällt sie auf den Tisch anstatt weiter in der Luft zu schweben, wie sie es vorher getan hat. Ich weiß allerdings genau, dass sie sich wieder dort befinden wird, in genau der Position in der sie war, als ich sie genommen habe, sobald ich mich aus diesem Zustand zurückziehe.

Der Professionelle sieht genau so aus, wie ich mir immer Menschen vorgestellt habe, die mit Poker spielen ihr Geld verdienen: ungepflegt, Schatten unter den Augen und generell ein wenig eigenartig. Er hat sein Pokerface das ganze Spiel über perfekt im Griff gehabt – es hat nicht ein einziges Mal ein Muskel gezuckt. Sein Gesicht ist so unbeweglich, dass ich mich frage, ob ihm vielleicht Botox dabei hilft, eine so steinerne Miene aufrechtzuerhalten. Seine Hand befindet sich auf dem Tisch und bedeckt beschützend die Karten, die ihm gegeben wurden.

Ich bewege seine schlaffe Hand zur Seite. Das fühlt sich normal an. Also gewissermaßen. Seine Hand ist schweißnass und haarig, weshalb es unangenehm ist, sie zur Seite zu legen. Es ist anormal, das zu tun. Der normale Teil des Ganzen ist, dass seine Hand eher warm als kalt ist. Als ich noch ein Kind war, erwartete ich, dass sich die Menschen in der Stille kalt anfühlen würden, wie Statuen aus Stein.

Nachdem ich die Hand des Professionellen zur Seite gelegt habe, nehme ich seine Karten auf. Zusammen mit dem König, der gerade in der Luft hängt, hat er ein hübsches hohes Blatt. Gut zu wissen.

Ich gehe zur Großmutter hinüber. Sie hält ihre Karten in der Hand. Dadurch dass sie sie wie einen Fächer ausgebreitet hat kann ich es vermeiden, ihre faltigen und fleckigen Hände zu berühren. Das ist eine Erleichterung, da ich in der letzten Zeit meine Probleme damit habe, in der Stille Menschen anzufassen – genauer gesagt Frauen. Falls ich es tun müsste, würde ich das Berühren von Großmutters Hand rational als harmlos ansehen – oder es zumindest nicht gruselig finden – aber es ist trotzdem besser es möglichst zu vermeiden.

Auf jeden Fall hat sie ein niedriges Blatt. Ich fühle mich schlecht für sie. Sie hat heute Nacht eine ganze Menge verloren. Ihre Chips gehen zur Neige. Vielleicht sind ihre Verluste, zumindest teilweise, der Tatsache zuzuschreiben, dass sie kein gutes Pokerface aufsetzen kann. Schon bevor ich einen Blick auf ihre Karten geworfen hatte wusste ich, dass sie nicht gut sein würden. Ich konnte sehen, dass sie nicht glücklich mit dem war, was sie in der Hand hielt, sobald sie ihre Karten bekam. Ich habe sie außerdem vor einigen Runden bei einem fröhlichen Aufblitzen ihrer Augen ertappt, als sie ein Dreierpaar hatte, welches gewann.

Pokern ist zu einem Großteil eine Übung, um Menschen besser lesen zu können – eine Fähigkeit, die ich gerne besser beherrschen würde. Auf meiner Arbeit wurde mir gesagt, ich sei großartig darin, Menschen zu lesen. Aber das bin ich nicht. Ich bin einfach nur gut darin die Stille zu verwenden um Ihnen das vorzumachen. Ich möchte aber trotzdem lernen, es wirklich zu können.

Was mich am Pokern eher weniger interessiert ist das Geld. Mir geht es finanziell gut genug, um nicht auf den Gewinn durch das Spielen angewiesen zu sein. Mir ist es egal, ob ich gewinne oder verliere, auch wenn das verfünffachen meines Geldes an dem Black Jack Tisch Spaß gemacht hatte. Dieser ganze Ausflug zum Spielen findet überhaupt nur deshalb statt, weil ich es mit einundzwanzig endlich darf. Ich war nie ein

Freund von falschen Ausweisen und deshalb ist das wirklich ein Meilenstein für mich.

Ich verlasse die Großmutter und gehe hinüber zum Cowboy. Ich kann seinem Strohhut nicht widerstehen und setze ihn mir auf. Ich frage mich dabei, ob ich dadurch Läuse bekommen könnte. Da ich noch nie leblose Objekte aus der Stille zurückbringen konnte und auch anderweitig die Welt nicht nachhaltig beeinflusst habe, denke ich, dass ich auch keine lebenden Viecher mit mir zurücknehme. Ich lege den Hut zurück und schaue auf seine Karten. Er hat einige Asse – eine bessere Hand als der Professionelle. Der Cowboy könnte auch ein Professioneller sein. Soweit ich das beurteilen kann hat er ein gutes Pokerface. Es wird interessant werden, die beiden in der nächsten Runde zu beobachten.

Dann schlendere ich zum Kartenstapel und schaue mir die obersten Karten an, um sie mir einzuprägen. Ich überlasse nichts dem Zufall.

Als ich meine Aufgabe in der Stille abgeschlossen habe, gehe ich zurück zu mir. Ach ja, habe ich erwähnt, dass ich mich selbst dort sitzen sehen kann? Genauso eingefroren wie alle anderen? Das ist der verrückteste Teil. Es ist so, wie eine außerkörperliche Erfahrung.

Ich nähere mich meinem eingefrorenen Ich, und schaue es an. Normalerweise vermeide ich das, weil es so beunruhigend ist. Weder sich selbst unzählige Male im Spiegel zu sehen, oder sich Videos mit sich selbst auf YouTube anzuschauen, kann einen auf den Anblick des eigenen Körpers in 3D vorbereiten. Das ist nichts, was dafür gedacht ist, es zu erleben. Außer vielleicht, man ist ein eineiiger Zwilling.

Es ist kaum zu glauben, dass ich diese Person bin. Sie sieht eher wie ein ganz normaler Typ aus. Vielleicht nach ein wenig mehr. Ich finde diesen Typen sehr interessant. Normalerweise ist für mich das Aussehen anderer Männer nicht interessant, aber ich bin neugierig, wie mein eingefrorenes Ich aussieht. Oder um ganz ehrlich zu sein: Ich mag es, wie mein eingefrorenes Ich aussieht. Es sieht cool aus. Es sieht clever aus.

Ich denke Frauen könnten es als gut aussehend bezeichnen, auch wenn es nicht bescheiden von mir ist, das zu behaupten.

Ich bin nicht gut darin, die Attraktivität von Männern zu bewerten – das war ich noch nie – aber einige Dinge sind allgemeingültig. Ich kann erkennen, wenn ein Typ hässlich ist, und mein eingefrorenes Ich ist es nicht. Ich weiß auch, dass generell ein symmetrisches Gesicht als schön angesehen wird – und meine Statue hat so eines. Ein starkes Kinn ist auch nichts schlechtes. Das habe ich. Breite Schultern zu haben ist gut und groß zu sein wirklich hilfreich. Diese Punkte decke ich auch ab. Ich habe blaue Augen – was ein Pluspunkt zu sein scheint. Mädchen haben mir gesagt, dass sie meine Augen mögen, auch wenn sie an meinem gefrorenen Ich jetzt gerade ein wenig angsteinflößend wirken – glasig und glänzend. Sie sehen aus wie die Augen einer Wachsfigur. Leblos.

Als mir auffällt, dass ich mich zu lange bei diesem Thema aufhalte, schüttele ich meinen Kopf. Ich stelle mir vor, wie meine Psychiaterin diesen Moment analysieren würde. Wer würde diese Selbstbewunderung schon als Teil der psychischen Erkrankung sehen? Ich sehe sie vor mir, wie sie Worte wie 'Narzisstisch' notiert.

Genug. Ich muss Die Stille verlassen. Ich hebe meine Hand und berühre mein eingefrorenes Ich auf der Stirn. Sobald ich meinen derzeitigen Zustand verlasse kehren die Geräusche zurück.

Alles ist wieder normal.

Der König, auf den ich noch vor einem Moment schaute – der König, den ich auf dem Tisch liegen ließ – befindet sich wieder in der Luft und folgt der Bahn, die ihm vorherbestimmt war. Er landet neben der Hand des Professionellen. Die Großmutter betrachtet immer noch enttäuscht ihre gefächerten Karten und der Cowboy hat seinen Hut wieder auf, auch wenn ich ihn in der Stille abgenommen hatte. Es ist alles genau so wie in dem Augenblick bevor ich in die Stille hineinglitt.

Auf einer bestimmten Ebene hört mein Gehirn nie auf, über diese Unterschiede zwischen der Stille und außerhalb überrascht zu sein. Es ist fast vorprogrammiert die Realität in Frage zu stellen, wenn solche Dinge passieren. Als ich versuchte, meine Psychiaterin am Anfang der Therapie auszutricksen, las ich einmal ein ganzes Lehrbuch über Psychologie während unserer Sitzung. Ihr ist das natürlich nicht aufgefallen, da ich es in der Stille tat. Das Buch handelte davon, dass Babys, auch wenn sie erst zwei Monate alt sind, schon überrascht darüber sind, wenn sie etwas Ungewöhnliches sehen – wenn zum Beispiel eine Sache gegen die Regeln der Schwerkraft zu verstoßen scheint. Kein Wunder, dass mein Gehirn Schwierigkeiten damit hat, mit diesen Vorgängen zurechtzukommen. Bis ich zehn war, war alles normal, aber dann begannen die eigenartigen Dinge, um es vorsichtig auszudrücken.

Ich blicke hinab und stelle fest, drei Gleiche in der Hand zu halten. Das nächste Mal werde ich mir meine Karten anschauen, bevor ich hineingleite. Wenn ich so ein starkes Blatt habe, kann ich es auch darauf ankommen lassen und fair spielen.

Die Partie verläuft wie erwartet, weil ich ja die Karten sämtlicher Mitspieler kenne. Schließlich gibt die Großmutter auf. Sie hat offensichtlich genug Geld verloren.

In diesem Moment sehe ich sie zum ersten Mal.

Sie ist heiß. Mein Freund Bert von der Arbeit behauptet ich hätte einen bestimmten Frauentyp. Er hat ihn mir sogar beschrieben, nachdem er einige der Mädchen, mit denen ich ausgegangen war, gesehen hatte. Ich lehne dieses Konzept eines 'Frauentyps' generell ab. Ich mag es nicht, von mir selbst zu denken, ich sei oberflächlich oder berechenbar. Allerdings könnte das schon ein wenig auf mich zutreffen, da dieses Mädchen genau in das Beuteschema passt, welches Bert mir beschrieben hat. Und ich bin milde ausgedrückt extrem interessiert an ihr.

Große blaue Augen, deutlich erkennbare Wangenknochen, ein schmales Gesicht mit einem Hauch Exotik. Lange, extrem wohlgeformte Beine, die zu einer Tänzerin gehören könnten. Dunkles, gewelltes Haar, das, wie ich es mag, zu einem Pferdeschwanz gebunden ist. Kein Pony – sehr gut. Ich hasse Ponys und kann mir auch nicht erklären, wie manche Mädchen sich so etwas antun können. Auch wenn die Abwesenheit des Ponys in Berts Beschreibung meines Frauentyps nicht vorkam, gehört dieses Kriterium definitiv dazu.

Ich starre sie weiterhin an. Mit den hohen Absätzen und dem engen Rock wirkt sie an diesem Ort overdressed. Oder vielleicht bin ich mit meiner Jeans und dem T-Shirt auch einfach underdressed. Wie dem auch sei, es interessiert mich nicht. Ich muss versuchen, mit ihr ins Gespräch zu kommen.

Ich denke darüber nach, in die Stille einzutauchen und mich ihr anzunähern. Auf diese Weise könnte ich etwas unheimliches tun, wie sie aus nächster Nähe anstarren oder sogar ihre Taschen zu durchwühlen. Irgendetwas, das mir dabei hilft, mit ihr zu reden.

Ich entscheide mich dagegen.

Dieser Verstoß gegen mein gewöhnlich Verhalten, falls man das überhaupt so nennen kann, ist sehr eigenartig. Und da ich gerade von voreiligem Handeln spreche – ich stelle mir die folgende Handlungskette vor: Sie stimmt zu, sich mit mir zu verabreden, es wird ernst zwischen uns und, weil wir diese tiefe Verbindung haben, erzähle ich ihr von der Stille. Sie erfährt, dass ich etwas Unheimliches tue, bekommt Angst und verlässt mich. Es ist natürlich lächerlich, sich so etwas auszumalen, bevor wir überhaupt miteinander gesprochen haben. Möglicherweise hat sie einen IQ von unter 70 oder besitzt die Persönlichkeit eines Holzstücks. Es könnte zwanzig verschiedene Gründe dafür geben, weshalb ich mich nicht mit ihr treffen möchte. Und außerdem hängt das ja auch nicht von mir ab. Sie könnte mir genauso gut zu verstehen geben, sie in Ruhe zu lassen, sobald ich versuche mit ihr zu sprechen.

Die Arbeit mit sicheren Geldanlagen hat mich allerdings gelehrt, mich abzusichern. So verrückt diese Entscheidung, nicht in die Stille einzutauchen, auch ist, ich bleibe bei ihr. Ich weiß, dass es so höflicher ist. Aus dem gleichen Grund beschließe ich außerdem, in dieser Pokerrunde nicht zu schummeln.

Sobald die Karten ausgegeben sind, denke ich darüber nach, wie gut es sich anfühlt so ehrenvoll gehandelt zu haben – auch wenn das niemand weiß. Vielleicht sollte ich häufiger versuchen, die Privatsphäre meiner Mitmenschen zu achten. *Ja, richtig.* Ich muss auch realistisch bleiben. Ich wäre nicht dort, wo ich heutzutage bin, wenn ich diesem Rat gefolgt wäre. Ich würde sogar innerhalb weniger Tage meinen Job verlieren, sollte ich anfangen, die Privatsphäre anderer Menschen zu respektieren – und damit auch die ganzen Annehmlichkeiten, an die ich mich gewöhnt habe.

Ich mache es dem Professionellen nach und bedecke meine Karten sobald ich sie bekomme mit meiner Hand. Ich bin gerade dabei, einen Blick auf sie zu werfen, als etwas Ungewöhnliches passiert.

Die Welt um mich herum wird still, so, als würde ich gerade eintauchen ... aber diesmal habe ich nichts gemacht.

Einen Augenblick später sehe ich sie – das Mädchen, welches mir am Tisch gegenüber sitzt, das Mädchen, an das ich gerade gedacht habe. Sie steht neben mir und zieht ihre Hand von meiner weg. Oder genauer gesagt, der Hand meines eingefrorenen Ichs – ich stehe ja daneben und schaue sie an.

Allerdings sitzt sie auch noch mir gegenüber am Tisch, eine eingefrorene Statue wie alle anderen auch.

Mir kommt nicht einmal der Gedanke, das zweite Mädchen könne ihre Zwillingsschwester oder etwas Ähnliches sein. Ich weiß, dass sie es ist. Sie tut das Gleiche, was ich vor einigen Minuten getan habe. Sie geht in der Stille umher. Die Welt um uns herum ist eingefroren, aber wir sind es nicht.

Sie sieht schockiert aus, als ihr das Gleiche klar wird. Mit einer Hand greift sie über den Tisch und berührt ihre eigene Stirn.

Die Welt wird wieder normal.

Sie starrt mich schockiert mit ihren großen Augen und dem blassen Gesicht an. Ich kann sehen, wie ihre Hände zittern, während sie aufspringt. Ohne ein Wort zu sagen dreht sie sich um und geht weg.

Als sie anfängt zu rennen, zögere ich nicht. Ich stehe auf und folge ihr. Das ist nicht sehr clever. Sie würde sich wohl kaum mit einem unbekannten Typen verabreden, der hinter ihr her rennt. Aber über diesen Punkt bin ich schon hinaus. Sie ist die einzige Person die ich jemals getroffen habe, die das Gleiche kann wie ich. Sie ist der Beweis dafür, dass ich nicht verrückt bin. Sie könnte das besitzen, was ich mehr als alles andere möchte.

Sie könnte Antworten haben.

* * *

Wenn Sie mehr über unsere Fantasy- und Science-Fiction-Bücher erfahren möchten, besuchen Sie bitte Dima Zales' Seite http://www.dimazales.com/series/deutsch/ und tragen Sie sich für seinen Newsletter zu Neuerscheinungen ein. Sie können ihn auch bei Facebook, Google Plus, Twitter, und Goodreads finden.

ÜBER DIE AUTORIN

Anna Zaires ist eine New York Times und USA Today Bestsellerautorin in den Genres Science-Fiction-Liebesromane und zeitgenössische dunkle Liebesromane. Sie hat sich bereits im zarten Alter von fünf Jahren in Bücher verliebt, in dem ihr ihre Großmutter das Lesen beibrachte. Kurz darauf schrieb sie auch schon ihre erste Geschichte. Seitdem lebt Anna neben der realen Welt ständig in einer Phantasiewelt, in der ihr nur ihre eigene Vorstellungskraft ihr Grenzen setzen kann. Zurzeit lebt die glücklich verheiratete Anna mit ihrem Ehemann Dima Zales (einem Science-Fiction und Fantasyautor) in Florida, wo die beiden eng an allen ihren Werken zusammenarbeiten.

Um mehr zu erfahren besuchen Sie bitte die Seite http://annazaires.com/series/deutsch/.